教育部人文社会科学研究重大项目成果

唐代乐府制度
与歌诗研究

左汉林　著

商务印书馆
2010 年·北京

图书在版编目(CIP)数据

唐代乐府制度与歌诗研究/左汉林著.—北京:商务印
书馆,2010
ISBN 978 - 7 - 100 - 06617 - 4

I.唐… II.左… III.乐府诗—文学研究—中国—唐代
IV. I207.22

中国版本图书馆 CIP 数据核字(2009)第 038455 号

本书得到教育部哲学社会科学研究重大项目资助
首都师范大学"211 工程"项目资助

TÁNGDÀI YUÈFǓ ZHÌDÙ YǓ GĒSHĪ YÁNJIŪ
唐 代 乐 府 制 度 与 歌 诗 研 究

左汉林 著

商 务 印 书 馆 出 版
(北京王府井大街36号 邮政编码100710)
商 务 印 书 馆 发 行
北京市白帆印务有限公司印刷
ISBN 978 - 7 - 100 - 06617 - 4

2010 年 7 月第 1 版   开本 787×960 1/16
2010 年 7 月北京第 1 次印刷   印张 24¾
定价:45.00 元

总　序

　　在中国古代,诗与歌(包括舞)一直是联系在一起的。中国现存的远古歌谣,无论是《吴越春秋》中记载的《弹歌》,还是《尚书大传》中记载的《击壤歌》,莫不是发自于人口的歌唱。《吕氏春秋》还生动地记载了古代音乐歌舞的表演情况:"昔葛天氏之乐,三人操牛尾,投足以歌八阕:一曰载民,二曰玄鸟,三曰遂草木,四曰奋五谷,五曰敬天常,六曰达帝功,七曰依地德,八曰总万物之极。"正因为如此,中国古代人很早就由此入手展开了关于艺术起源等问题的探讨。《毛诗序》曰:"诗者,志之所之也,在心为志,发言为诗。情动于中而形于言,言之不足,故嗟叹之,嗟叹之不足,故永歌之,永歌之不足,不知手之舞之、足之蹈之也。"《礼记·乐记》则曰:"凡音之起,由人心生也。人心之动,物使之然也。感于物而动,故形于声。声相应,故生变;变成方,谓之音。比音而乐之,及干戚羽旄,谓之乐。"在中国古人看来,诗与歌(包括舞)本是一对孪生兄弟,它们起源于人类的内心受到外物的感动,由此而形成美妙的声音,有时候还要配以身形的舞蹈,这就是"乐"。

　　无论中国古代这种艺术起源观是否在世界上具有普遍性,我们都不可否认它里面包含有部分的真理并且有相当的科学性与深刻性。这种艺术起源观在中华民族的文明开化初期就已经形成,并对艺术的发展产生了至为深远的影响。其中特别应该引起我们注意的,就是这种艺术起源观认为"乐"虽然发自于人类的内心,但是却根源于人心受外物的感动。人类在"乐"当中之所以会表现出喜怒哀乐等不同的情绪,则是因为受他所生活的那个社会的影响,正所谓"声音之道,与政通矣","故治世之音安以乐,其政和。乱世之音怨以怒,其政乖。亡国之音哀以思,其民困"。①

---

　　①　这段话首见于《礼记·乐记》,又见于《毛诗序》,相似的观点在《吕氏春秋·适音》等著作中也有相当多的表述。

正因为如此，所以古人很早就对"乐"表现出高度的重视，高度评价它在社会教化中的伟大功能："故正得失，动天地，感鬼神，莫近于诗。"并由此而把它视为圣人教化百姓的最佳途径："先王以是经夫妇，成孝敬，厚人伦，美教化，移风俗。"（《毛诗序》）"是故先王之制礼乐也，非以极口腹耳目之欲也，将以教民平好恶而反人道之正也。"（《礼记·乐记》）也正因为如此，中国古代很早就有了"先王制礼作乐"的说法，乐官制度很早就成为中国古代国家政治制度中的重要组成部分。

从现存文献记载来看，这个制礼作乐的"先王"，我们可以一直上溯到传说中的虞舜。《尚书·舜典》中有一段虞舜任命夔为乐官掌管音乐的记载："帝曰：'夔！命汝典乐，教胄子。直而温，宽而栗，刚而无虐，简而无傲。诗言志，歌永言，声依永，律和声。八音克谐，无相夺伦，神人以和。'夔曰：'於！予击石拊石，百兽率舞。'"虽然这段话是否真的出自于舜与夔之口，今人多有疑问，因为当下史学界一般都认为《尚书·舜典》有可能是春秋甚至战国时期才根据传闻编辑而成的。但是，无论是史学界对上古史的研究还是现代考古学的成果都表明，这些历史传闻并非是空穴来风，它说明中国古代很早已经开始乐官制度建设，起码在殷商时期乐官制度就已经非常发达了。① 到了周代，更把它与"礼"联系在一起，建立了完善的国家礼乐文化体系，并把它看成是实行国家教化的重要机构。中国现存最早的诗歌总集《诗经》本来就是一部乐歌总集，它很可能就是由周王朝的乐官编辑而成的。这说明，中国的国家礼乐制度从上古三代时候开始，就在诗歌音乐发展中起到了重要的作用。因此，如果要研究中国诗歌史的发展，我们就必须关注中国古代国家礼乐制度对它的影响。

汉魏六朝至唐代是国家礼乐制度建设对中国古代诗歌产生影响的一个重要阶段。这不仅因为从秦汉开始，中国古代社会从先秦时期的封建领主制社会走向封建地主制社会，开启了一直到清末的中国封建官僚政

---

① 具体论述参见本成果第一部《汉代乐府制度与歌诗研究》第一章中的有关论述，此处从略。

治制度,①而且还因为从汉代开始,封建国家的礼乐文化制度发生了重大改变。以汉武帝立乐府为标志的汉代乐官制度建设,对汉代以后的中国古代诗歌发展产生了重要影响。在班固的《汉书·艺文志·诗赋略》里,第一次明确地把"不歌而诵"的"赋"与可以配乐演唱的"歌诗"分成两种不同的文学门类,从此以后,"歌诗"也就因其"可以歌唱"这一特点成为中国诗歌史中一个特殊的体裁样式而被后世关注。这些"可以歌唱"的"歌诗",又因为与汉代以来的国家乐官制度的关系而被人们冠以另一个名称"乐府诗",这一方面说明"歌诗"或"乐府诗"在汉魏以后中国诗歌发展史上的特殊地位,另一方面也说明它与汉魏以来国家乐官制度之间存在的紧密关系。因此,研究汉魏六朝乐府制度与歌诗艺术之间的关系,对于我们认识这一特殊的诗歌史现象,进而弄清中国诗歌发展的规律,都有着重要的学术意义。

其实,关于音乐与歌诗的关系,自上个世纪以来,学人已经有过不少的探讨。这期间,自然以朱谦之的《中国音乐文学史》最有代表性。该书不仅详细讨论了中国文学与音乐的关系,还分诗乐、楚声、乐府、唐代歌诗、宋代歌词、剧曲几个大的方面对中国音乐文学的发展脉络以及各自特点进行了粗线条的描述。在该书之前,还有陈钟凡的长篇序言,把中国的音乐文学分为古乐时期(周诗与楚辞)、变乐时期(自汉乐府至宋词)、今乐时期(元曲至清代花部)。② 应该说,这是中国近代以来第一部系统论述音乐文学的著作,有开创之功。但是,面对着如此复杂的中国诗歌与音乐的关系,此书的论述稍显粗略。此后的探讨则主要围绕着以下四个方面展开:第一是把乐府诗文本单独作为研究的对象,探讨其发展过程,如萧涤非的《汉魏六朝乐府文学史》、罗根泽《乐府文学史》、王易《乐府通论》、

---

① 封建地主制政治制度的开启,自然应该从秦代算起。但是秦王朝是个短命的朝代,实际上中国古代封建地主制政治制度的真正完善过程还是从汉代开始。故此人们一方面常用"秦汉制度"来说明这两个朝代在政治制度上的关系,另一方面又习惯于用"汉魏六朝"这样的提法来说明汉代在开创新时代新格局方面的地位。从文学史的角度来讲,秦代留下来的东西更少,真正开启中国中古文学新格局的时代更应该是汉代。

② 朱谦之:《中国音乐文学史》,商务印书馆1935年版。

杨生枝《乐府诗史》等著作均是如此;第二是从文献学的角度对这些歌诗艺术的文献传承与演变等问题进行比较系统的梳理,任半塘的巨著《唐声诗》、《唐戏弄》可为代表;第三是对汉魏六朝乐府制度的沿革进行比较系统的研究,兼及对乐府诗某类诗题发展的讨论,王运熙的《乐府诗述论》是这方面最重要的著作;第四是对汉魏六朝音乐问题的研究,比较典型的是梁启超、黄侃、朱自清、逯钦立、曹道衡等学者对清商三调曲的讨论,以及杨荫浏、黄翔鹏的相关音乐学研究。这些前辈学者,无不为我们的研究开辟了道路。此外,还有一些学者就乐府诗当中的一些重要现象进行讨论,例如余冠英指出了汉乐府歌词中有拼凑与分割的现象,齐天举对"艳歌"这种体式在汉代乐府诗中的演变过程进行了分析,潘啸龙指出汉乐府具有的娱乐化特征,钱志熙就汉魏乐府中的音乐与诗之间的关系进行的探讨等等,均有发前人所未发之处。① 但就总体情况而言,历来就汉魏六朝歌诗与音乐问题的探讨,多采取孤立研究的方式,研究音乐者很少讨论歌诗文本,研究歌诗文本者很少探讨其与音乐演唱之间的关系,研究汉魏六朝乐府制度者,也很少讨论这些制度对歌诗的生成与发展到底产生了哪些影响。总而言之,以往学者们对于汉魏六朝歌诗的研究,或者仅仅局限于音乐文献学方面的考察与叙述,不涉及文学艺术本身,或者把歌诗仅仅当成是一般的文学作品,因而在研究方法上也把它们等同于案头写作和只供诵读的文人诗,只从一般的社会背景、诗人的生平思想等角度切入来进行传统的纯文本研究。因为囿于这样的模式,所以,即便是学者们从音乐与制度方面进行了相关的研究,这些研究成果也很难被吸纳到对歌诗文本的文学研究中来。比较典型的例子是对汉魏清商三调的音乐研究,学者们虽然经过比较详细的考证,但是清商三调到底对现存的汉乐府相和歌诗的主题表现和文体形式产生了哪些影响,学者们还是没有一个明确的认识。之所以如此,是因为以往的这种认知模式明显地忽略了歌诗艺术不同于一般诗歌艺术的特点,即它作为精神产品所具备的消费特征和娱乐功能,因而没有抓住研究对象的艺术本质。所以,从传统的意识形

---

① 关于以上诸人的学术著作的引用与评析,参见本成果后面各部分的相关论述,此不赘。

态理论的认知模式转向艺术生产理论的认知模式,并进而把音乐文献学研究方面的重要成果吸纳进来,在这里就显得特别重要,如此我们才能更好地把握汉魏六朝乃至唐代歌诗艺术的本质,从而对其生成、发展及其艺术特质等作出更加合乎实际的解释。从艺术生产的理论视角来看,歌诗艺术的生产过程是非常复杂的,它不仅要受到音乐发展整体水平,包括乐器的制作、乐工的能力等多方面的制约,还必须有歌唱艺人的投入;不仅离不开乐府官署的组织协调、民间艺人的精诚合作,更离不开从历代王室到贵族,乃至民间广大的消费者的参与。在整个过程中,歌诗作者的文本写作只是一个小小的环节,它在很大程度上要受制于其他环节。因此,以往只重视作者和文本,把歌诗完全等同于诗歌的研究方式,显然将歌诗本身的丰富性和复杂性人为地简单化了。

正是有鉴于此,本课题组从艺术生产的角度入手,首先把“歌诗”当作一个独立的研究领域而对其进行发生学方面的研究,其最终成果《中国古代歌诗研究——从〈诗经〉到元曲的艺术生产史》,系统探讨了以《诗经》、楚辞、乐府诗、唐宋词和元曲为代表的中国古代歌诗的发生机制,社会各阶层的精神消费需要对中国古代歌诗艺术发展的影响;作为精神生产者的歌诗艺术家,为艺术生产服务的歌诗演唱组织、社会机构等在中国古代歌诗发展中的地位、作用和贡献;作为满足精神消费需要的歌诗的一系列艺术特征;它的演唱、传播对一个时代的精神文明提高或一个民族文化精神塑造的巨大作用等问题,以及由此而形成的艺术生产规律,从而对中国古代歌诗的艺术本质及其生产与消费特征进行了一次比较系统的开创性的论证。

我们申报的教育部人文社会科学重点研究基地重大项目《汉魏六朝乐府机构沿革与乐府诗关系研究》,正是对这一研究的继续。其目的就是要把这种研究引向更为深入更为具体的层面,全面认识汉魏六朝乐府机构的产生、发展及其在各个朝代的鼎革关系,并通过对各朝代乐府机构的设立过程、基本职能、表演的歌舞艺术种类、歌诗的演奏情况以及历代文献记载中所保存的汉魏六朝乐府机构相关内容的索隐钩沉,揭示汉魏六朝歌诗与乐府机构的多方面联系,进而对汉魏六朝歌诗的艺术形态给予新的解释,并深入到文学文本之中,阐释其在中国文学史上的独特价值与意义。

　　根据汉唐乐府机构的沿革与歌诗的发展实际,我们又把本课题分成两汉、魏晋南北朝与唐代三个阶段分别进行研讨。从艺术生产史的角度来讲,两汉是中国音乐与歌诗发展一个重要转折阶段,以汉武帝扩充乐府的规模与职能为标志,中国古代的歌诗与音乐基本完成了从先秦到两汉,亦即从上古到中古的转变。从音乐的形态来讲,先秦时代占据主导地位的是周代雅乐,而从汉代以后是由俗乐新声占据主导地位,这恰如陈钟凡所说,这是中国音乐从古乐时期发展到变乐时期;从歌诗的角度来讲,先秦时代是以《诗经》体与楚辞体为主的时代,而汉代以后则是杂言诗与五七言诗为主的时代;从艺术审美的趋向来讲,先秦时代是一个以追求教化为主的雅正审美观时代,而两汉则是一个以追求娱乐为主的世俗审美观时代。正是在这种情况下,才出现了两汉歌舞艺术的盛况,寄食式的歌诗艺术生产与特权式消费开始突破先秦的贵族等级制,卖艺式的歌诗艺术生产与平民化的艺术消费也得到了空前的发展。这种艺术生产与消费发展的最直接成果,则是各种新的歌诗艺术形态的产生。从汉初的《安世房中歌》到汉武帝时代的《郊祀歌》十九章,从汉初流行的宫廷楚歌到西汉中期以后的鼓吹铙歌,再到以相和诸调为代表的新兴的汉代歌诗艺术,各种类型的歌诗虽然在汉代社会中承担着不同的艺术功能,也出自于不同阶层的人之手,但是它们在总体上却体现着汉代歌诗艺术共同的特点,共同奠定了中国中古时代歌诗的艺术形式,并体现了共同的时代新风与审美时尚。遵照历史与逻辑相统一的原则,我们对两汉乐府制度与歌诗关系的研究也分成三个部分:第一编重点讨论汉乐府制度的建立与歌诗艺术生产的基本情况,第二编是从艺术生产的角度对两汉歌诗的产生发展的分类研究,第三编则重点讨论两汉歌诗的文化功能与艺术特征、艺术结构与语言形式,从而概括两汉歌诗的艺术成就与历史地位。这其中尤以第二编为重点。正是通过这种分类研究,我们才会看到,两汉国家乐府制度的建立及其艺术生产的方式,是如何推动了两汉各类新型音乐的产生,推动了汉代歌诗中各种文体类别的形成、各种主题类型的出现和歌诗语言形态的新变,才会看到它在中国诗歌史上的独特历史地位。

　　与两汉社会不同,魏晋南北朝在国家乐府制度方面没有新的开创性建设,但是在歌诗艺术生产方面却有了更大的发展,留下来的相关史料也更多,给了我们更大的研究空间。同时,由于自魏晋以后,文人们越来越成为五七言诗歌的创作主体,学术界把研究的重点放在了这一时期文人诗歌创作的研究上,而对于这个时期的歌诗艺术生产与消费的关注远远不够。因此,本课题的魏晋六朝部分则直接从学术界长期忽略的文学艺术的生产与消费的视角入手,以魏晋南北朝歌诗为个案,立足于歌诗艺术的表演性和消费性特征研究,通过全面考察正史、笔记、文学总集和别集等各种典籍,致力于勾勒魏晋南北朝歌诗艺术发展原貌,紧紧抓住歌诗艺术表演、娱乐、消费的特点,以考论结合的方式,探究歌诗与音乐、舞蹈、说唱文学等多种艺术形式之间的深层联系,对魏晋南北朝歌诗表演性特点,及其对歌诗的语言、形式、审美特征及其他艺术门类的影响,作出初步的梳理和探讨。鉴于这种情况,我们把魏晋南北朝乐府制度与歌诗关系的研究也同样分为三个部分,上编"魏晋南北朝乐府制度沿革与歌诗生产",主要探讨魏晋南北朝乐府官署的发展演变及其对歌诗的影响,并梳理各种史料,对魏晋南北朝歌诗的表演、消费情况尽可能作出复原性的描述;中编"魏晋南北朝歌诗艺术生产的个案考察",主要研究与歌诗相关的音乐史上的几个问题,如西邸交游、齐梁士风对歌诗的推动,梁武帝制礼作乐与歌诗之关系,魏晋南北朝的葬礼与挽歌,社会经济的发展对歌诗的影响等;而下编"艺术生产与歌诗艺术成就的重新审视",则从文本出发,对歌诗艺术特点的形成原因进行了研究:通过对邺下后期公宴雅集的考察来探讨其与建安歌诗的关系,从西晋故事体、代言体歌诗的产生、创作背景与表演要求看它对清商曲辞的制约,从鼓吹乐的南传考察它对梁陈文人创作的影响,从哀挽活动看挽歌的艺术特征的形成。由此我们可以看到,魏晋南北朝并没有进入一个单纯的文人徒诗写作时代,国家的音乐制度与歌诗生产对这个时代的诗歌内容与形式、艺术表达方式等仍然存在着巨大的影响。可以这样说,没有魏晋南北朝歌诗艺术的丰富实践,就没有这个时代文人诗歌的空前发展。该书向读者展示的,是魏晋南北朝诗歌发展中不被人们关注的另一面。

中国古代的乐府制度,到唐代又呈现新的发展,同时唐代也是中国古代诗歌发展的高峰,这二者之间也存在着必然的联系。作为汉魏六朝乐府制度与歌诗之关系论题的延伸,我们对唐代乐府制度与歌诗的关系也顺势进行梳理,以见出中国古代歌诗的历史传承与发展。学术界关于唐代乐府制度的重要研究成果不多,日本学者岸边成雄的《唐代音乐史的研究》被视为代表性著作。但是仔细研读我们就会发现,该书对与唐代乐府制度相关的一些重要问题尚认识不清。唐代朝廷的乐府机构主要有太常寺、梨园、教坊三个部分,我们也以此为基点对唐代乐府制度及其与唐代诗歌的关系进行描述和论证。我们不仅对太常寺乐官的职能进行了详细研究,澄清了许多模糊认识,而且第一次对唐代乐工身份、法律地位和实际的社会地位、服役方式等问题进行了考察。在对太常寺管理的音乐进行研究的基础上,首次全面考察了唐代礼仪乐舞使用情况,纠正了岸边成雄多部乐的设置为"保存俗乐"之说的失误,并以大量新材料证明在唐代尚存在太常卿采诗和风俗使采诗两种形式的采诗活动。梨园也是唐代重要的乐府机构,我们首次详细描述了梨园从产生到消亡的过程,对梨园法曲一一溯源,并对法曲的性质提出新见,认为法曲不是一种单独的音乐形式,也不是以某种音乐为主融合其他音乐形式而形成的一种新乐,它只是多种音乐形式的集合体。教坊在唐代音乐机构中占有重要地位,我们首次详细描述了教坊的兴衰过程,教坊乐工的来源、身份、社会地位和经济来源、社会地位的两面性,教坊乐曲的性质及其在中晚唐的流传与巨大影响等。同时,在全面描述唐代乐府制度的基础上,我们就唐代乐府制度与唐代诗歌的关系问题进行了初步探讨,得出一些新的结论,如唐代郊庙歌辞虽然在形式上总体复古,但其创作明显受到唐代诗歌创作风气的影响,对唐代七言律诗的定型与成熟有一定促进;唐代存在两种形式的采诗制度;唐代的献乐和献诗表现出不同的文学性;梨园和教坊所演唱的歌词部分来源于诗人的作品,这在一定程度上鼓励了诗人的诗歌创作,并对诗歌创作产生了影响;教坊曲和唐代诗歌互相影响,教坊曲的流行对词体的最终确立起了关键作用等等。总之,通过这部分的研究,我们不但对唐代的乐府制度作了更为明确的剖析,而且清楚地认识到它与唐代歌诗发展之间的复杂关系。作为本课题的一部分,它同样具有重要价值。

下面简要说一下本课题的研究过程。本项目自 2002 年 12 月被批准以来,经过了五年多的时间,至 2007 年底始告完成,2008 年春由教育部批准结项。本项目的研究难度很大。要圆满地完成本项目,不仅需要阅读大量的原始文献,钩稽索隐,了解学术动态,同时还要随时进行理论学习与思考。之所以如此,是因为本项目并不仅仅是文献的搜集与整理,还包含着研究方法论的更新与理论的创造。按原计划,本项目主要分成两部分来进行,第一部分是研究两汉乐府制度与歌诗关系,第二部分是研究魏晋六朝乐府制度与歌诗关系,两部分的负责人分别是赵敏俐与刘怀荣教授。但是作为汉魏六朝乐府制度的延伸的唐代乐府制度,与歌诗的关系也是一个重要的问题,所以在实际研究过程中我们又进行了适当扩充,增加了唐代乐府制度与歌诗研究作为第三部分,由左汉林博士负责。每一部分都有相对的独立性,分开来可以成为三部独立的学术著作,合在一起又构成一个比较完整的体系。在研究的过程中,由赵敏俐教授总负责,三部分撰写人互相联系、互相讨论,根据各自的研究对象而拟定不同的结构。

中国古代乐府制度与歌诗的关系是一个大问题,也是一个亟待拓展和研究的题目,本课题立足于汉魏六朝并兼及唐代,对这个问题的探讨才刚刚展开。即便这样,通过我们的研究也可以看出,以此为切入点,不仅可以更好地对中国古代诗歌史上的重要问题——歌诗(可歌或者可舞的诗)的产生、发展及其艺术特征有一个系统的认识,还会深刻地影响我们对整个中国古代诗歌史的把握。当然,受能力所限,我们研究中还存在着许多不足,错误缺点在所难免,在此恳请专家学者给以教正。

赵敏俐

2008 年 12 月

目　　录

绪论 …………………………………………………………………… 1

第一章　太常寺乐官 …………………………………………………… 6

　　第一节　太常寺乐官概说 ……………………………………… 6

　　第二节　协律郎的任职条件和职责新论 ……………………… 11

　　第三节　太乐、鼓吹令丞的任职条件和职责新论 …………… 19

第二章　太常寺乐工 ………………………………………………… 29

　　第一节　唐太常寺乐工的来源 ……………………………… 30

　　第二节　太常寺乐工的身份构成 …………………………… 36

　　第三节　太常寺乐户的法律地位和社会地位 ……………… 50

　　第四节　太常寺乐工的番上及番上之余的活动 …………… 60

第三章　太常寺的音乐 ……………………………………………… 69

　　第一节　太常寺音乐概说 …………………………………… 70

　　第二节　郊祀之乐与庙祭之乐 ……………………………… 77

　　第三节　多部乐与二部乐 …………………………………… 92

　　第四节　献乐与献诗 ………………………………………… 109

　　第五节　采诗 ………………………………………………… 127

　　第六节　鼓吹乐 ……………………………………………… 136

第四章　梨园的建立与沿革 ………………………………………… 149

　　第一节　梨园的产生与兴盛 ………………………………… 149

　　第二节　梨园弟子的奔散和梨园的重建与消亡 …………… 157

第五章　梨园乐官、乐工和组织 …………………………………… 165

　　第一节　梨园乐官新证 ……………………………………… 165

　　第二节　关于梨园乐工的几个问题 ………………………… 171

　　第三节　梨园的组织及其与诗歌的关系 …………………… 175

第六章　梨园法曲 ·· 181

　　第一节　梨园法曲渊源考辨 ·· 181

　　第二节　法曲的性质和影响 ·· 192

第七章　内教坊 ·· 200

　　第一节　内教坊的创立、沿革及组织 ···························· 200

　　第二节　内教坊的音乐 ·· 203

第八章　教坊的创立和沿革 ·· 208

　　第一节　教坊的创立和兴盛 ·· 208

　　第二节　教坊乐工的奔散和教坊重建 ···························· 212

　　第三节　中晚唐的教坊 ·· 214

第九章　教坊的乐官和乐工 ·· 229

　　第一节　教坊的乐官及相关问题 ···································· 229

　　第二节　教坊的乐工 ··· 234

第十章　教坊曲及其与歌诗的关系 ··· 243

　　第一节　教坊曲的性质与传唱情况 ································· 243

　　第二节　教坊曲与歌诗的关系 ······································· 246

结论 ·· 266

附录 ·· 273

　　附录一　唐五代协律郎考 ··· 275

　　附录二　唐五代太乐、鼓吹令丞考 ································· 328

　　附录三　唐五代多部伎演出情况考 ································· 336

　　附录四　唐梨园弟子考 ·· 349

　　附录五　唐教坊乐工考 ·· 364

参考文献 ·· 374

后记 ·· 380

绪　　论

　　唐代的乐府诗许多是可以入乐演唱的,它们或流传于宫廷,或风行于市井。入乐演唱成为唐诗流传的重要途径之一。《乐府诗集》中就收录了大量的唐人乐府诗。解读和研究唐代的乐府诗,必须对唐代的乐府制度有清晰的认识。本书即以唐代乐府制度为研究对象,旨在详细描述唐代乐府制度,并揭示唐代乐府制度与唐代诗歌之间的复杂关系。

　　乐府,一般指朝廷管理音乐的机构,亦代指朝廷音乐机构管理的各种音乐及其歌词。乐府还是诗之一体,凡是内容或题目模拟汉乐府的作品,一般也称之为乐府。任半塘说:"我国古诗歌凡联系声乐者,除《诗经》、《楚辞》外,因文人好古博雅,遂借用'乐府'一名,为其通称。"①在唐代,乐府至少有此数意。本书中的乐府主要指的是唐代朝廷管理音乐的机构和组织,具体包括太常寺中的太乐署和鼓吹署、梨园与教坊。乐府制度指的是与以上音乐机构相关的各种制度。

　　国内关于唐代乐府制度的论述主要出现在音乐史著作中,但其涉及唐代音乐制度的部分均篇幅有限,论述简略,属于概述。

　　如廖辅叔的《中国古代音乐简史》是以 1959 年中国音乐家协会及中国音乐研究所指导拟订的《中国古代音乐史提纲》为基础编写的,全书共分"原始社会的音乐"、"奴隶制社会的音乐"、"封建社会前期的音乐"、"封建社会中期的音乐"、"封建社会后期的音乐"五编。该书对唐代的乐府制度基本没有涉及,但简要论述了燕乐、法曲及乐工的地位。杨荫浏的《中国古代音乐史稿》亦在《中国古代音乐史提纲》的基础上完成。此书先完成从远古到宋代部分,后补充了宋以后部分,成为完整的音乐史,该书基本代表了几十年来中国古代音乐史研究的最高成就。该书在第九章对唐代乐

---

　　①　任半塘:《唐声诗·弁言》,上海古籍出版社 1982 年版,第 1 页。

府制度进行了介绍,涉及太乐署、鼓吹署、教坊和梨园,但比较简略,只有几页的篇幅。该书在太乐署一节谈到乐工的考核,在教坊部分论述到教坊的乐工问题,在梨园部分谈到梨园的几个组成部分和位置。该书对乐工的地位问题也有所涉及,但对鼓吹署基本未加论述。金文达的《中国古代音乐史》是在他连载于《中央音乐学院学报》的《中国古代音乐史简述》的基础上完成的,该书以时代为序分为五编,在第三编对唐代的燕乐和雅乐进行了介绍,并有"音乐机构"一节,但只以两页的篇幅介绍了唐代音乐机构的概况。吴钊、刘东升的《中国音乐史略》最早出版于 1983 年,1993年人民音乐出版社出版了该书的增订本。该书论述了唐代的各种音乐形式,对音乐机构的论述则非常简略,对乐工的地位问题有所涉及。秦序的《中国音乐史》出版于 1998 年,该书简要介绍了中国音乐的发展历程,虽然没有专门章节讲述唐代的音乐制度,但对唐代的雅乐、多部乐与二部乐、梨园乐与教坊乐的大致情况进行了简要介绍。修海林的《中国古代音乐教育》是一部艺术教育通史性著作,该书对唐代太常寺、教坊、梨园乐工的技艺传授情况进行了论述。

　　国外涉及此论题的是日本学者岸边成雄的《唐代音乐史的研究》和田边尚雄的《中国音乐史》。岸边成雄的《唐代音乐史的研究》是研究唐代音乐制度的专书,该书原分上下两册,上册的"序说"是对唐朝乐制的概述,论述了唐代以前的乐制、唐代乐制的发展过程和趋势以及唐代乐制对后世的影响。"各说"中"太常寺乐工"部分不仅阐述汉唐间太常寺乐工制度的变迁,而且论述了唐代太常寺乐工的产生、人数、身份、考核等问题。"教坊"和"梨园"部分则对教坊和梨园的设立和变迁、乐工、组织等重要问题进行了分析。该书下卷主要研究唐代的十部乐和二部乐问题,对其成立、变迁、内容、性质等论述详明,此外还论及唐代的妓馆和四部乐等问题。总的来说,该书内容丰富、论述详细、材料充足、结构完整,相对详细和完整地勾勒出了唐代音乐制度的概貌,可称典范之作,凡研究唐代音乐制度者多参阅该书。但其中一些结论尚可斟酌,所论及的问题仍有必要进一步探讨,还有一些问题(如鼓吹乐)则未见论及。本书主要对该书存在的和未论及的问题进行讨论。田边尚雄的《中国音乐史》也属于中国古代音乐通史,书中对唐代音乐制度问题略有涉及。

　　另有部分专著和论文论及唐代音乐制度中的某些问题。对唐代太常寺中的鼓吹署和太乐署,陈成国的《中国礼制史》(隋唐五代卷)、任爽的《唐代礼制研究》和杨志刚的《中国礼仪制度研究》都曾进行研究。陈成国的《中国礼制史》(隋唐五代卷)详述了唐代的祭礼、丧礼、军礼、外交礼仪等礼仪的仪注,其祭礼部分涉及唐代的太常寺及其雅乐。任爽的《唐代礼制研究》分上下两编,上编分吉礼、宾礼、军礼、嘉礼、凶礼来论述各种礼仪的变迁和仪注,下编讨论礼制与唐代社会的关系,对了解唐代礼仪很有帮助。杨志刚的《中国礼仪制度研究》属于中国礼仪制度的通论,不仅阐述具体的礼仪仪注,而且探讨了礼制的沿革及礼与中国文化演化的特点关系等问题,对了解唐代的礼仪制度亦有所帮助。三书基本勾勒了隋唐五代时期礼制的大体轮廓。沈冬的《唐代乐舞新论》对太常寺所辖音乐及献乐问题有较深入的讨论。

　　关于梨园的专著有李尤白的《梨园考论》一书,该书对梨园的来历、遗址、组织、节目、乐工服饰化妆等均有涉及。此书结合实际地理考证出唐代梨园的位置。任半塘的《唐戏弄》中有《梨园考》一节,对梨园的位置、人员、性质等也有深入的论述。此外,张兵的《中国古代梨园百态》,黄立新、沈习康的《梨园撷英》等著作,对此论题也有涉及。迟乃鹏的《唐梨园考辨》和班一的《梨园弟子称谓考》两篇文章,重点论述了与唐代的梨园相关的某个问题。王齐秀的《华清池·梨园遗址·唐玄宗》及《唐华清宫梨园遗址在骊山发现》,证明除两京之外唐华清宫亦曾经有过较为频繁的梨园弟子演出活动。

　　任半塘的《教坊记笺订》对唐崔令钦的《教坊记》进行了细致的考订,涉及与教坊相关的许多重要问题,特别是对《教坊记》中所列曲名逐一详细考证,材料丰富,结论可信,对教坊曲的分类尤能助人认识教坊曲的本质。张发颖的《中国家乐戏班》、《中国戏班史》,修君、鉴今的《中国乐妓史》对唐代教坊略有提及,对教坊的乐人情况也稍有论及。

　　此外宁俊红的《谈〈教坊记〉中“戏”的涵义》、周延良的《关于〈教坊记〉中几个曲名的考辨》、章继光的《唐代教坊与诗歌》等文章探讨了教坊的曲目和教坊是否有戏剧等问题。关书敏的《唐代教坊妇女生活简述》、章继光的《唐代地方妓伶与诗歌》、高世瑜的《唐代的官妓》等文章对唐代的教坊乐工和地方乐妓问题有所关注。

吴相洲先生的《唐代歌诗与诗歌》、《唐诗创作与歌诗传唱关系研究》是研究唐代歌诗与文学关系的专著,重点探讨了初唐近体诗体式的形成、盛唐诗的繁荣、中唐元白诗派的创作及晚唐诗歌创作与唐代歌诗传唱之间的关系等问题。两书论及的一些重要问题,如盛唐乐府制度与盛唐文学的关系问题、边将献乐问题等,许多是从乐府制度的层面进行论证和考察的。两书从乐府制度的角度研究唐代文学,提出了许多新的命题。

项阳的《山西乐户研究》,乔健、刘贯文、李天生的《乐户:田野调查与历史追踪》涉及唐代乐工的身份和法律地位问题。项阳的《山西乐户研究》在对山西乐户的后人进行实地考察的基础上写成,阐述了乐户的社会地位、生存方式、组织形式,使人对历史上的贱民制度有了更为深切的了解。乔健、刘贯文、李天生的《乐户:田野调查与历史追踪》也是建立在详细的田野调查的基础之上的乐户研究专著,该书论述了近代乐户的婚姻家庭、存在形态、活动情况及地位与角色等重要问题,材料丰富、条理清晰,对认识唐代的乐户有很大帮助。

此外,凌廷堪、林谦三、丘琼荪的《燕乐三书》、刘崇德的《燕乐新说》涉及唐代音乐的乐律问题,日本学者林谦三的《东亚乐器考》研究唐代的乐器,姜伯勤的《敦煌艺术宗教与礼乐文明》重点论述了敦煌音乐中的一些重要问题。

从以上介绍可以看出,关于唐代乐府制度问题,概述较多而细密的考察和宏观完整的描述较少,除岸边成雄的《唐代音乐史的研究》以外,没有一本研究此问题的专著。因为对唐代乐府制度认识不甚清晰,致使许多论及唐代音乐的文章不够深入。

因此,本书拟在全面梳理相关文献的基础上,达到以下两个目的:

第一,对唐代乐府机构进行全方位描述,澄清模糊认识,纠正谬误,完整地再现唐代乐府制度的全貌。

第二,在完整勾勒唐代乐府制度全貌的基础上,考察唐代乐府制度对诗歌创作的影响。

本书主要采用实证的方法,通过文献考证解决以上问题,并主要参考赵敏俐先生提出的中国古代诗歌艺术生产理论。[①]

本书拟分为以下四个部分：

第一部分（第一章至第三章），对唐五代协律郎和太乐、鼓吹令丞的生平事迹进行考证，在此基础上讨论太常寺乐官的情况，重点探讨协律郎和太乐、鼓吹令丞的任职条件和职责。阐述唐太常寺乐工的来源、身份构成、法律地位、社会地位、番上活动。研究太常寺的音乐，重点讨论郊祀与庙祭之乐、多部乐与二部乐以及采诗、献乐与献诗等问题。

第二部分（第四章至第六章），论述梨园的建立与沿革问题，探讨梨园的内部组织情况，重点讨论梨园的乐官、乐工情况以及梨园组织与诗歌的关系问题。在对现存梨园法曲渊源的考辨基础上，探讨法曲的性质和影响。

第三部分（第七章至第十章），研究内教坊的创立与沿革、内教坊的组织情况及音乐。梳理教坊创立和沿革的过程并讨论教坊乐官的种类、来源、身份、社会地位、经济来源等问题。重点关注教坊曲与唐代文学的关系问题。

第四部分（附录），分别对唐五代协律郎的情况，唐五代太乐、鼓吹令丞的情况，唐五代多部伎演出情况，唐梨园弟子和教坊乐工情况进行全面的考察。因属于对具体问题的考证，篇幅较长，故列为附录。

唐代乐府制度较为复杂，涉及的问题较多，有一些问题，如地方政府和军队中的音乐机构问题，本书未能予以讨论。对唐代乐府制度与唐代文学的关系，虽然根据材料进行了论述和分析，但尚可进一步深入。这些问题的解决，只能留待异日了。

---

① 　参见赵敏俐：《关于中国古代诗歌艺术生产的理论思考》，《中国诗歌研究》第二辑，第47—93页。

第一章 太常寺乐官

本章摘要：本章简要论述太常寺乐官的设置及太常寺乐官的任职条件和职责。在太常寺乐官中，太常卿和太常少卿不一定需要具备实际的音乐才能，但其中却有许多精通音乐者。担任实职的协律郎一般需要精通音乐，其职责是充任乐队指挥、创制乐曲、创作歌词和完成选词入乐等工作。因为中唐以后协律郎有时是一种虚衔，所以并不是所有的协律郎都具有音乐才能。太乐、鼓吹令丞从事具体的音乐方面的工作和管理工作，其工作性质要求任职者必须精通音乐。

太常寺很早就已经存在，历代名称有所不同，掌邦国礼乐、郊庙、社稷之事。太常寺历代的沿革情况见于《大唐六典》和《通典》卷二十五《职官》七。① 大致情况是秦时称奉常，汉高祖时称太常，汉惠帝改奉常，景帝又称太常。王莽称秩宗，后汉、魏称太常。晋亦称太常，卿三品；宋、齐、梁称太常。太常在梁为春卿，加"寺"字，后代因之。陈袭梁，北魏亦称太常，卿从一品下，北齐称太常，卿三品。北周称大宗伯。隋称太常，卿三品。唐因隋制，称太常，高宗龙朔二年（662）改称奉常，咸亨元年（670）复称太常，武后光宅元年（684）又改称司礼，中宗神龙元年（705）复称太常。安史乱中，太常乐工奔散，收京后太常寺得以恢复。太常寺是唐代重要的礼乐机构，本章着重对太常寺的乐官进行考察。

第一节 太常寺乐官概说

唐代太常寺下辖八署，其中太乐署和鼓吹署是音乐机构。（"太乐署"

---

① 参见［唐］李隆基撰，李林甫注：《大唐六典》，三秦出版社 1991 年版，第 279 页；［唐］杜佑：《通典》，中华书局 1988 年版，第 691 页。

在《唐会要》等文献中又称为"大乐署",因"太乐署"使用较多,本书统一使用"太乐署"作为该机构名称。)唐太常寺乐官约可分为三种:

第一种是高层管理人员,指太常卿和太常少卿。他们是太常寺的领导者,负责管理太常寺的全面工作,而不仅仅局限于管理太乐署和鼓吹署的音乐活动。在太常卿和太常少卿当中,亦有精通音乐者。太常卿也被称为"乐卿",但太常卿或少卿并不一定需要具备音乐才能。

第二种是实际从事音乐工作的官员,包括协律郎、太乐令、太乐丞、鼓吹令、鼓吹丞和太乐署、鼓吹署之乐正。他们在太常寺从事具体的与音乐有关的工作,一般需要具备较高的音乐才能。

第三种是从事具体管理和服务工作的低级官吏,包括府、史、典事、掌固等。

岸边成雄对太常寺乐工的种类和职能有详细论述,[①]本节"太常寺乐官的任职情况和特点概述"属于概述,仅以见太常寺乐官情况之大概。岸边成雄对太乐署、鼓吹署之乐正、府、史、典事、掌固等乐官职责的论述有未周之处,本节"太常寺乐官职责补正"部分予以补正。

一、太常寺乐官的任职情况和特点概述

关于太常寺乐官的官职、品级、职责和任职条件,因前人已有所论述,兹总结为下表,以见太常寺乐官任职情况之大概:

表1—1　太常寺乐官任职情况表

序号	官职名称	品　级	人数	职　　责	隶　属	任职条件
1	太常卿	正三品	1	掌邦国礼乐	太常寺	
2	太常少卿	正四品	2	太常卿之副职	太常寺	
3	协律郎	正八品上	2	音乐活动、文学	太常寺	音乐或文学
4	太乐令	从七品下	1	掌教乐人调合钟律	太乐署	精通音乐
5	太乐丞	从八品下	1	掌教乐人调合钟律	太乐署	精通音乐
6	太乐署乐正	从九品下	8	音乐演奏、乐曲创作	太乐署	精通音乐
7	太乐署府	从九品下	3	典藏文书、音乐活动	太乐署	
8	太乐署史	从九品下	6	文书起草、音乐活动	太乐署	

---

①　参见〔日〕岸边成雄:《唐代音乐史的研究》,梁在平、黄志炯译,台湾中华书局1973年版,第103页。

序号	官职名称	品　级	人数	职　　　责	隶　属	任职条件
9	太乐署典事		8	音乐活动	太乐署	
10	太乐署掌固		6	主故事	太乐署	
11	鼓吹令	从七品下	1	掌鼓吹施用调习之节	鼓吹署	精通音乐
12	鼓吹丞	从八品下	3	掌鼓吹施用调习之节	鼓吹署	精通音乐
13	鼓吹署乐正	从九品下	4	音乐演奏、乐曲创作	鼓吹署	精通音乐
14	鼓吹署府	从九品下	3	典藏文书、音乐活动	鼓吹署	
15	鼓吹署史	从九品下	6	文书起草、音乐活动	鼓吹署	
16	鼓吹署典事		4	音乐活动	鼓吹署	
17	鼓吹署掌固		4	主故事	鼓吹署	

由此表可以归纳出唐代太常寺乐官的特点:在太常寺乐官中,高级管理者不要求必须具备音乐素养,但以具备音乐素养为佳。《旧唐书》卷二十下《哀帝本纪》:"和王傅张廷范者,全忠将吏也,以善音律,求为太常卿,全忠荐用之。宰相裴枢以廷范非乐卿之才,全忠怒,罢枢相位。"[1]此即说明太常卿以善音律者充任为佳,但并非善音律即可为太常卿。太常卿负责整个太常寺的各项工作,一般并不要求具备较高的音乐修养。而作为太常卿副职的太常少卿,虽然亦不要求精通音乐,但其中已经有许多精通音乐者,原因之一就是一些太常少卿为下级乐官升任而来。协律郎多精通音乐,这是协律郎的特殊职责决定的。低级的乐官则需要具备较高的音乐才能。太乐、鼓吹令丞是低级乐官,他们的职责和音乐密切相关,既要管理本署,又要亲自从事和参与各种音乐活动,因此必须由精通音乐的人充任。至于太乐、鼓吹二署的府、史、典事、掌固等,他们既从事档案、文书、财务等具体工作,又直接参与各种音乐活动。

二、太常寺乐官职责补正

关于太常寺乐官的职责,岸边成雄论述最为详细,但亦有一些结论颇欠斟酌,兹补正如下:

---

① ［后晋］刘昫等:《旧唐书》,中华书局 1975 年版,第 791 页。

(一)太乐署、鼓吹署之乐正

太乐署和鼓吹署都设有乐正。《旧唐书》卷四十四《职官志》:"(太乐署)乐正八人,从九品下。……(鼓吹署)乐正四人,从九品下。"①《新唐书》卷四十八《百官志》所记相同。又《旧唐书》卷四十二《职官志》:"从第九品下阶:……太乐鼓吹署乐正。"②可见太乐署设有乐正八人,鼓吹署设有乐正四人,都是从九品下,属于太常寺中的低级乐官。

关于乐正的职责,岸边成雄说:"关于乐正职掌,根据其原称乐师两字推察,似系担任直接教授乐人之责。"③从现存资料看,此观点似不完整。

《隋书》卷十五《音乐志》:"乐正展悬,司宫饰殿。"又云:"炀帝不解音律,略不关怀。后大制艳篇,辞极淫绮。令乐正白明达造新声,创《万岁乐》……等曲,掩抑摧藏,哀音断绝。帝悦之无已。"④此证明乐正在隋代既参与具体的音乐演奏,又参与乐曲的创作。

《通典》卷一百三十三《礼》九十三:"皇帝观射于射宫……太常卿于西悬内东面命乐正曰:'奏乐……'"⑤《旧唐书》卷三十《音乐志》:"(贞观)二十五年……乐正沈元福……等,铨叙前后所行用乐章,为五卷,以付太乐、鼓吹两署,令工人习之。"⑥《唐会要》卷三十二《舆服》下所记相同。则乐正沈元福参与了歌词的整理工作。贺知章《奉和圣制送张说巡边》:"饔人藉蒉实,乐正理丝桐。"⑦此可证明乐正直接参与音乐演奏。又郑锡《正月一日含元殿观百兽率舞赋》:"兽臣献伎于广廷,乐正举麾于层殿。"⑧说明乐正在音乐演奏中的重要地位和作用。要之,乐正的职责是具体参与各种音乐活动,在音乐演奏中处于重要地位,有时从事乐

---

① 〔后晋〕刘昫等:《旧唐书》,第1874页。
② 〔后晋〕刘昫等:《旧唐书》,第1803页。
③ 〔日〕岸边成雄:《唐代音乐史的研究》,梁在平、黄志炯译,第114页。
④ 〔唐〕长孙无忌等:《隋书》,中华书局1973年版,第379页。
⑤ 〔唐〕杜佑:《通典》,第3409页。
⑥ 〔后晋〕刘昫等:《旧唐书》,第1089页。
⑦ 〔清〕彭定求等编:《全唐诗》,中华书局1999年版,第1147页。
⑧ 〔清〕董诰等编:《全唐文》,中华书局1983年版,第4601页。

曲创作和歌词整理。由此可推知乐正非具备良好音乐素养者不能胜任。

(二)太乐署鼓吹署之府、史、典事、掌固

太乐署和鼓吹署还设有府、史、典事、掌固等乐官,属于低级管理人员。《大唐六典》卷十四《太常寺》:"(太乐署)府三人,史六人……典事八人,掌固六人。(鼓吹署)府三人,史六人……典事四人,掌固四人。"①《旧唐书》卷四十四《职官志》、《新唐书》卷四十八《百官志》所记大体相同。(太乐署掌固的人数,《大唐六典》记为六人,《旧唐书》记为八人,《新唐书》记为六人。因《大唐六典》时代较早,当以《大唐六典》所记为是。)《旧唐书》卷四十四《职官志》:"府三人,史六人,乐正八人,从九品下。典事八人,掌固八人。"②则府、史为从九品下的官职,典事、掌固未记载品级,或无品级。

关于府、史、典事、掌固的职责,岸边成雄说:"府员典藏文书,掌理财务之责,史担任文书起草,掌固服行警备之职,典事职掌不明。"③此种说明或未尽完善。

府和史在大驾卤簿鼓吹中骑从,此为定制。《新唐书》卷二十三下《仪卫志》:"大驾卤簿鼓吹,分前后二部。鼓吹令二人,府、史二人骑从,分左右。"④这说明大驾卤簿鼓吹中有府、史二人。

《大唐六典》卷一《三师三公尚书都省》:"掌固,主故事也。……《隋令》称'掌事',皇朝称'掌固'。"⑤可知掌固通晓本署各种事务办理的程序和惯例,其职责当是使各种活动合乎法度,不违常规。

岸边成雄认为典事职掌不明,其实典事和府、史一样,亦在大驾卤簿鼓吹中。《新唐书》卷二十三下《仪卫志》:"大驾卤簿鼓吹,分前后二

---

① 〔唐〕李隆基撰,李林甫注:《大唐六典》,第290页。
② 〔后晋〕刘昫等:《旧唐书》,第1874页。
③ 〔日〕岸边成雄:《唐代音乐史的研究》,梁在平、黄志炯译,第114页。
④ 〔宋〕欧阳修、宋祁:《新唐书》,中华书局1975年版,第508页。
⑤ 〔唐〕李隆基撰,李林甫注:《大唐六典》,第22页。

部。……前部：……典事二人骑从。"①可知大驾卤簿鼓吹中有典事二人，并为定制。

府、史、典事、掌固在太常寺八署和其他机构中大都存在，他们的职责既有共同之处，亦有其所任职机构的特点。

除此之外，岸边成雄对协律郎和太乐、鼓吹令丞的任职条件和职责的判断亦有未周之处，补正详见以下两节。

第二节　协律郎的任职条件和职责新论

协律郎是太常寺中的重要乐官，其历史可追溯到汉代。唐太常寺设协律郎二人。《大唐六典》卷十四《太常寺》："卿一人，少卿二人……协律郎二人。"②协律郎的品级历代不尽相同，唐代为正八品上。③ 因岸边成雄对协律郎的任职条件等问题考论未周，本节即对此问题予以重新考察，并讨论协律郎的职责。

一、对协律郎任职条件的重新考察

一般认为，协律郎需由精通音乐的人担任。如岸边成雄说："（协律郎）本系负考定律吕之职，故必须精通音乐者才能充任。"④"故太常寺内乐官中，具有实际音乐知识其最高官位当推协律郎。"⑤根据相关史料，协律郎在各种音乐活动中常充任指挥之职，因此很容易得出协律郎必须精通音乐的结论。但是，通过对唐代协律郎的全面考察（详见附录一），我们发现，并不是所有的协律郎都精于音乐。

唐代协律郎的情况见下表：

① ［宋］欧阳修、宋祁：《新唐书》，第508页。
② ［唐］李隆基撰，李林甫注：《大唐六典》，第280页。
③ 参见［唐］李隆基撰，李林甫注：《大唐六典》，第285页；［唐］杜佑：《通典》，第1077页。
④ 〔日〕岸边成雄：《唐代音乐史的研究》，梁在平、黄志炯译，第108页。
⑤ 〔日〕岸边成雄：《唐代音乐史的研究》，梁在平、黄志炯译，第112页。

<h3 style="text-align:center">表 1—2　唐五代协律郎任职情况表</h3>

序号	姓名	任职时间	官职类型	音乐技能	文学修养
		实任官职			
1	窦琎	武德九年(626)	实任	精通音乐	能属文
2	张文收	武德、贞观年间	实任	精通音乐	
3	裴庆远	龙朔年间	实任	深达礼乐	
4	元思敬	总章中	实任		诗人
5	沈佺期	垂拱元年(685)至圣历二年(699)	实任	熟知音乐能歌舞	诗人
6	高筠	武后朝	实任、试官		
7	郑某	武后、中宗朝	实任		
8	马利征	开元十三年(725)	实任		能文
9	张某	开元中	实任		能文
10	裴某	开元中	实任		
11	郑虔	天宝初	实任	通音乐	诗人
12	严郢	天宝十四载(755)至至德二载(757)	实任	熟知礼乐	
13	陆某	天宝至大历初	实任		
14	颜顶	乾元元年(758)	实任		
15	崔纵	代宗初年	实任	熟知礼乐	
16	贾畴	大历初年	实任		
17	卢东美	大历七年(772)	实任		通《诗》《书》
18	蒋镱	大历中	实任		
19	孔述睿	大历中	实任	熟知礼乐	
20	韦行检	大历中	实任		长于文辞
21	薛遵海	大历十一年(776)	实任		
22	沈既济	大历十四年(779)	实任、试官		能文
23	杜正	大历末年至贞元初年	实任		
24	杨某	大历至贞元中	实任	熟知音乐	
25	杨凝	贞元初	实任	熟知音乐	诗人
26	崔元翰	贞元五年(789)左右	实任		有文名、诗人
27	萧节	贞元十年(794)	实任		
28	韩愈	贞元末	实任、试官	通晓音律	诗人、古文家
29	高元裕	贞元末	实任、试官		通经术
30	吴丹	贞元末	实任		诗人、善著文
31	窦常	贞元末	实任	曾创作歌词	诗人
32	毕匀	贞元末或元和初	实任		
33	崔某	贞元、元和中	实任	能弹琴	诗人
34	于敖	元和初	实任		诗人

续表

序号	姓名	任职时间	官职类型	音乐技能	文学修养
35	邢群	元和四年(809)后	实任		能文
36	李贺	元和五年(810)至元和八年(813)	实任	熟知音乐	诗人
37	李肇	元和七年(812)	实任、试官		长于著述
38	侯喜	元和十一年(816)	实任		诗人
39	萧悦	元和中	实任		诗人
40	郑遇	元和中	实任、试官		
41	殷尧藩	元和末	实任	熟悉音律	诗人
42	苏某	会昌六年(846)前	实任	能琴	能文
43	任畴	会昌中	实任	熟知朝廷礼乐	
44	李潼	会昌六年(846)	实任		
45	诸葛畋	会昌六年(846)	实任	熟知朝廷礼乐	
46	皇甫松	会昌、大中年间	实任		工诗词
47	严某	大中初	实任		
48	宋玕	大中中	实任、试官		
虚 衔					
1	李某	肃宗、代宗朝	虚衔		
2	李锋	广德元年(763)	虚衔		
3	郑某	大历十年(775)	虚衔		
4	李听	贞元元年(785)	虚衔		
5	李愿	贞元元年(785)	虚衔		
6	柳并	贞元初	虚衔		有文名
7	路随	贞元三年(787)	虚衔		有文名
8	卢士琼	贞元中	虚衔		长于文章
9	崔元亮	贞元中	虚衔		善属文、诗人
10	李允元	贞元中	虚衔		
11	独孤朗	贞元十五年(799)	虚衔		属词可观
12	窦牟	贞元十五年(799)	虚衔		诗人
13	独孤郁	贞元二十一年(805)	虚衔		有文名
14	吕恭	贞元末	虚衔		诗人
15	刘颇	贞元末	虚衔		
16	吴元济	贞元末或元和初	虚衔		
17	孟郊	元和元年(806)至元和四年(809)	虚衔		诗人
18	李景俭	元和元年(806)	虚衔		
19	符载	元和初	虚衔	熟知音乐	诗人
20	薛存庆	元和三年(808)	虚衔		

续表

序号	姓名	任职时间	官职类型	音乐技能	文学修养
21	李翱	元和中	虚衔		古文家
22	窦巩	元和九年(814)	虚衔		诗人
23	元集虚	元和十二年(817)至十五年(820)	虚衔		
24	王师鲁	元和十四年(819)至长庆三年(823)	虚衔		
25	王某	元和中	虚衔		
26	任涑	元和中	虚衔		
27	郑懿	元和末	虚衔		
28	陈某	元和、长庆中	虚衔		诗人
29	韩湘	长庆初	虚衔		诗人
30	李褒	长庆中	虚衔		
31	晁朴	长庆中	虚衔		
32	卢载	长庆中	虚衔		
33	周元范	长庆中	虚衔		诗人
34	韦某	大和初	虚衔		
35	李方玄	大和初	虚衔		
36	张周封	大和四年(830)	虚衔		
37	石某	大和中	虚衔		
38	杜颙	大和八年(834)	虚衔		长于属文
39	赵哲	大和末至开成初	虚衔		
40	郑瓘	开成至大中间	虚衔		
41	张不疑	开成五年(840)	虚衔		
42	朱馀庆	开成、会昌中	虚衔		
43	牛蔉	会昌初	虚衔		
44	张复鲁	会昌中	虚衔		
45	杨收	大中初	虚衔	知音律	工诗词、通经术
46	张磻	大中中	虚衔		能文
47	李某	大中中	虚衔		
48	邓道石	大中十三年(859)	虚衔		
49	孔纬	大中十三年(859)后	虚衔	熟知朝廷礼乐	
50	左某	光化中	虚衔		
51	冯正	五代	虚衔		
52	李崧	五代	虚衔		

根据上表,可得出以下结论:

第一,一部分协律郎的职责的确同音乐密切相关,需由精通音乐的人充任。《旧唐书》卷八十五《张文收传》:"文琮从父弟文收,隋内史舍人虔威子也。尤善音律,尝览萧吉《乐谱》,以为未甚详悉,更博采群言及历代沿革,裁竹为十二律吹之,备尽旋宫之义。时太宗将创制礼乐,召文收于太常,令与少卿祖孝孙参定雅乐。太乐有古钟十二,近代惟用其七,余有五,俗号哑钟,莫能通者。文收吹律调之,声皆响彻,时人咸服其妙。寻授协律郎。"①可见张文收任协律郎和他出色的音乐才能相关。另如协律郎窦琎等,亦精通乐律,是出色的音乐理论家。

第二,并不是所有的协律郎都具有音乐才能。这是因为,在唐代有很多协律郎是虚衔,他们不到太常寺任职,因此不具备或不一定具备音乐才能。协律郎作为一种虚衔,大约自肃宗代宗朝开始出现。根据统计,自肃宗时期至唐末五代,可考的虚衔的协律郎共有 52 人,和唐代实任的协律郎数量相当。可考的授虚衔的协律郎以贞元、元和中人数最多,贞元年间有 13 人,元和年间有 12 人。另外长庆中有 5 人,大和中有 6 人。这些授虚衔的协律郎,一部分是靠门荫得官,有的很小就开始任职,如李听任协律郎时只有 9 岁。另外一部分则多属方镇幕府,他们在京城以外任职,由方镇的长官表荐为协律郎。授虚衔的协律郎没有相应的音乐或文学才能,或者虽有此种才能但在实际的工作中并不能得到发挥。他们不到太常寺任职,也不可能真正发挥一个协律郎的作用。对他们而言,协律郎只起到表明身份的作用。岸边成雄没有考虑到授虚衔的协律郎,因此他的协律郎"必须精通音乐者才能充任"的说法并不确切。

第三,任实职的协律郎可能也有一部分不具备音乐才能。在唐代,实际任职的协律郎可考的共有 48 人,其中精通音乐或具备一定音乐技能的只有 18 人。虽然因为史料短缺或记载不详等原因,有些具有音乐技能的协律郎很可能在历史上没有留下记载,但从上表所显示的比例看,似有不少的协律郎不精于音乐或不具备音乐才能。推测他们任协律郎当是凭借其他方面的才能。

二、协律郎职责新说

根据协律郎的人员组成情况和任职条件,我们可以推知协律郎的职

---

① ［后晋］刘昫等:《旧唐书》,第 2817 页。

责。因为协律郎并不仅仅由具有音乐才能的人充任,因此可以推断,协律郎职责也不仅仅局限在音乐方面。本书认为,任实职的协律郎的职责可以分为以下几个方面:

(一)充任乐队指挥

协律郎在音乐演奏中常充任指挥。《旧唐书》卷二十九《音乐志》:"每先奏乐三日,太乐令宿设县于庭,其日率工人入居其次。协律郎举麾,乐作;仆麾,乐止。"①《新唐书》卷十一《礼乐志》:"五曰奠玉帛。……协律郎跪,俯伏,举麾,乐舞六成。偃麾,戛敔,乐止。"②《新唐书》卷十六《礼乐志》:"欲射,协律郎举麾,先奏鼓吹……协律郎举麾,乃作乐,不作鼓吹。……协律郎偃麾,乐止。"③《唐会要》卷三十三《雅乐》下:"次协律郎二人,公服执麾,亦于门外分导。……协律郎举麾,鼓吹大振作,遍奏《破阵乐》等四曲。乐阕,协律郎偃麾,太常卿又跪奏凯乐毕。"④

在雅乐的演奏中,一般设有协律郎的专有位置,《唐会要》卷十下:"设协律郎位于坛上南陛之西,东向。"⑤协律郎就在这个位置上完成对乐队的指挥。《旧唐书》卷二十四《礼仪志》:"旧仪,大祭祀,宫悬、轩县奏于庭,登歌于堂上。自至德二载克复两京后,乐工不备,时又艰食,诸坛庙祭享,空有登歌,无坛下、庭中乐及二舞。……旧仪,有协律郎立于阼阶上,麾竿以节乐,今无协律之位。"⑥说明在安史乱后的一段时间内,由于乐工不备,在音乐活动中无协律郎之位。但随着乐工的增加和音乐的恢复,协律郎的指挥之位当亦复原。充当乐队的指挥,必须具备极高的音乐素养,可知这些协律郎必须由具备音乐才能者充任。

(二)创制乐曲

协律郎从事的另一音乐活动是创制乐曲。《旧唐书》卷二十八《音乐志》:"及孝孙卒后,协律郎张文收复采《三礼》,言孝孙虽创其端,至于郊禋

①　[后晋]刘昫等:《旧唐书》,第1081页。
②　[宋]欧阳修、宋祁:《新唐书》,第316页。
③　[宋]欧阳修、宋祁:《新唐书》,第390页。
④　[宋]王溥:《唐会要》,中华书局1955年版,第608页。
⑤　[宋]王溥:《唐会要》,第248页。
⑥　[后晋]刘昫等:《旧唐书》,第935页。

用乐,事未周备。诏文收与太常掌礼乐官等更加厘改。"①《唐会要》卷三十三《雅乐》下:"贞观十四年,有景云见,河水清。协律郎张文收,采古《朱雁》、《天马》之义,制《景云河清歌》,名曰《宴乐》。奏之管弦,为诸乐之首。"②这种创制新乐的活动显然需要更高的音乐才能,非一般乐工所能胜任。

(三)创作歌词

具有文学才能的人充任协律郎,他们的职责可能在文学方面,其中应当包括创作歌词。

《旧唐书》卷一百三十七《李贺传》:"李贺,字长吉……尤长于歌篇……其乐府词数十篇,至于云韶乐工,无不讽诵。补太常寺协律郎。"③《新唐书》卷二百三《李贺传》:"(李贺)辞尚奇诡,所得皆惊迈,绝去翰墨畦径,当时无能效者。乐府数十篇,云韶诸工皆合之弦管。为协律郎。"④李贺可能是因文学才能得任协律郎。他有《近代曲辞·十二月乐辞》十三首,⑤这些诗在当时是能够演唱的,它们可能是诗人任协律郎时所作,也可能和他任协律郎的经历有关。这些歌词从内容上看和朝廷及宫廷生活有关,适合在内廷演唱,《乐府诗集》把它们收入《近代曲辞》。

又沈佺期《梅花落》,《乐府诗集》收入《横吹曲辞》。⑥ 沈佺期《王昭君》,《乐府诗集》收入《相和歌辞》。⑦ 沈佺期《杂诗》,《乐府诗集》收入《近代曲辞》,为《伊州歌第三》。⑧ 这些歌词在当时都是可以入乐演唱的,很可能是沈佺期任协律郎时的作品。又《杂曲歌辞·大酺乐》:"泪滴珠难尽,容残玉易销。傥随明月去,莫道梦魂遥。"⑨此歌词即由协律郎张文收

---

① [后晋]刘昫等:《旧唐书》,第 1042 页。
② [宋]王溥:《唐会要》,第 614 页。
③ [后晋]刘昫等:《旧唐书》,第 3772 页。
④ [宋]欧阳修、宋祁:《新唐书》,第 5788 页。
⑤ [宋]郭茂倩:《乐府诗集》,中华书局 1998 年版,第 1161 页。
⑥ [宋]郭茂倩:《乐府诗集》,第 352 页。
⑦ [宋]郭茂倩:《乐府诗集》,第 428 页。
⑧ [宋]郭茂倩:《乐府诗集》,第 1119 页。
⑨ [清]彭定求等编:《全唐诗》,第 391 页。

撰写。

(四)选词入乐

协律郎的另一职责是为歌词配乐。这些歌词有的是皇帝作或内出，本是徒诗。要配乐演唱，就要找既有文学才能又懂音乐的人来完成。《旧唐书》卷三十《音乐志》："贞观二年，太常少卿祖孝孙既定雅乐，至六年，诏褚亮、虞世南、魏征等分制乐章。其后至则天称制，多所改易，歌词皆是内出。……享先蚕乐章五首，显庆中皇后亲蚕，奉敕内出此词。"①《旧唐书》卷三十一《音乐志》："昭德皇后室酌献用《坤元》乐章九首（内出）。……褒德庙乐章五首（神龙中为皇后韦氏祖考所立，词并内出）。"②可以推测，这些内出的歌词，很多是由协律郎来完成配乐工作的。

当然，并不是所有的歌词均由协律郎配乐，有时这项工作是由太常寺其他精通音乐的人来完成的。《旧唐书》卷七十九《吕才传》："显庆中，高宗以琴曲古有《白雪》，近代顿绝，使太常增修旧曲。才上言曰：'……臣今准敕，依琴中旧曲，定其宫商，然后教习，并合于歌，辄以御制《雪诗》为《白雪》歌词。……今取太尉长孙无忌、仆射于志宁、侍中许敬宗等《奉和雪诗》以为送声，合十六节，今悉教讫，并皆合韵。'高宗大悦，更作《白雪歌词》十六首，付太常编于乐府。"③时吕才为太常丞，可见太常丞有时也从事此项工作。

乐府歌词有一些是由大臣撰写的，也经常有大臣向朝廷献歌词的情况。如《破阵乐》歌词云："汉兵出顿金微，照日明光铁衣。百里火幡焰焰，千行云骑骓骓。蹙踏辽河自竭，鼓噪燕山可飞。正属四方朝贺，端知万舞皇威。"④此歌词由张说撰写，但歌词入乐的工作当是由协律郎来完成的。

有些歌词是由地方官撰写并献给朝廷的，这些歌词的入乐要经过选择，这个任务亦当由协律郎来完成。如柳宗元曾作《铙歌鼓吹曲》献给朝

---

① ［后晋］刘昫等：《旧唐书》，第1089页。
② ［后晋］刘昫等：《旧唐书》，第1142页。
③ ［后晋］刘昫等：《旧唐书》，第2726页。
④ ［清］彭定求等编：《全唐诗》，第395页。

廷,从其《上饶歌鼓吹曲表》看,他献乐的原因是"尝闻鼓吹署有戎乐,词独不列"①。可知柳宗元献的是歌词,而不是歌曲,是没有配乐的。如果选词配乐,当由协律郎来完成。除了官吏的献诗,亦有平民诗人向朝廷献诗的情况,这些诗歌的配乐工作可能也由协律郎完成。

协律郎可能还从事太常寺的管理活动,太常寺是九寺中最重要的机构,乐工众多,必须有一定数量的人员从事管理工作。推测如果存在既没有音乐才能,又不具备文学才能的协律郎,则他们的职责很可能是帮助太常卿和太常少卿从事管理工作。太常寺下设多个机构,太常卿和太常少卿主要负责全面的管理工作,协律郎可能帮助完成太乐署和鼓吹署的管理工作。

综上,通过对唐代全部协律郎的考察可知,在唐代,一部分协律郎由精通音乐的人担任,但并不是所有的协律郎都具有音乐才能。在太常寺中,协律郎的职责是充任乐队指挥、创制乐曲、创作歌词和选词入乐。推测也有一部分协律郎帮助太常卿和太常少卿完成太乐署和鼓吹署的管理工作。中唐以后,协律郎有时是一种虚衔,授虚衔的协律郎不需具备实任协律郎的任职条件,也不行使协律郎的职责。

第三节　太乐、鼓吹令丞的任职条件和职责新论

唐代太常寺设有八署:"一曰郊社,二曰太庙,三曰诸陵,四曰太乐,五曰鼓吹,六曰太医,七曰太卜,八曰廪牺。"②在太常寺的各署中,太乐署和鼓吹署是音乐机构。太乐署的长官是太乐令,副职为太乐丞。《大唐六典》卷十四《太常寺》:"太乐署:令一人,从七品下;丞一人,从八品下。"③鼓吹署的长官是鼓吹令,副职为鼓吹丞。《大唐六典》卷十四《太常寺》:"鼓吹署:令一人,从七品下;丞一人,从八品下。"④可知,太乐令和鼓吹令

---

① ［清］董诰等编:《全唐文》,第 5779 页。
② ［唐］李隆基撰,李林甫注:《大唐六典》,第 280 页。
③ ［唐］李隆基撰,李林甫注:《大唐六典》,第 289 页。
④ ［唐］李隆基撰,李林甫注:《大唐六典》,第 295 页。

为从七品下,太乐丞和鼓吹丞为从八品下。

前人对太乐、鼓吹令丞的任职条件和职责考论未确,如岸边成雄即认为"太乐令并非通晓音律者才能胜任"。本书将对此问题予以重新考察。

一、从太乐、鼓吹令丞的实际任职情况推断其任职条件

什么样的人有资格充任太乐令、太乐丞以及鼓吹令和鼓吹丞?此问题鲜有人论及。唯岸边成雄在他的《唐代音乐史的研究》中对此问题有所涉及。他说:

> 按令与丞均系太乐署内最官(原文如此,应为"高"。——笔者注)之监督乐官,论理应由具有相当音乐知识者才能充任。唐末之李肇之唐国史补卷下(学津讨原本)"宋沇为太乐令,知音近代无比。太常久亡徵调。沇乃考钟律而得之"中之宋沇;根据守山阁丛书本内南卓之羯鼓录"宋开府(璟)孙沇亦工之(羯鼓),并有音律之学。贞元中进乐书三卷云云",宋沇当为精通音律者。但事实上太乐令并非通晓音律者才能胜任,对于音乐毫无知识出任太乐令者大有人在,此与协律郎情形不同。至于太常寺卿、少卿、丞等乐官更然。惟旧唐书卷二八太宗本纪"显庆六年二月,太常丞吕才,造琴歌白云等曲,上制歌词十六首编入乐府"及同书卷七〇王珪传"时太常少卿祖孝孙以教宫人声乐,不称旨为太宗所让。珪及温彦博谏曰孝孙妙解音律,非不用心云云",是则吕才、祖孝孙当系精通音律之士,此或属于例外者。①

岸边成雄在本条的注释中说:

> 新唐书卷一九六隐逸,王绩传内所载"贞观初以疾罢,复调有司,时太乐署史焦革家善酿。绩求为丞。史部(应为吏部)以非流不许。绩固请曰有深意。竟除之。革死,妻送酒不绝。岁余又死。绩曰天

---

① 〔日〕岸边成雄:《唐代音乐史的研究》,梁在平、黄志炯译,第113页。

不使我酣美酒邪，弃官去。自是太乐丞为清职，追述草酒（法）为经"一语，该王绩为期从属僚处获取美酒而充任太乐丞，故并非通晓音律者。①

由此可知，岸边成雄认为"太乐令并非通晓音律者才能胜任，对于音乐毫无知识出任太乐令者大有人在"。

那么岸边成雄的观点是否正确呢？为了考察太乐、鼓吹令丞的任职条件，判断任此种职务是否需要音乐知识，我们对太乐、鼓吹令丞进行了考察（详见附录二），并将相关情况简化为下表：

表1—3　唐五代太乐、鼓吹令丞情况表

序号	姓名	任职时间	官职类型	音乐技能	文学修养
太乐令					
1	卢　庆	高宗、武后朝	实任	精通音律	能文
2	裴知古	长安中	实任	精通音律	
3	刘　贶	开元九年（721）	实任	精通音律	博通经史、能属文
4	孙玄成	开元二十五年（737）	实任	精通音律	通文学
5	柳　冕	大历中	实任	精通音律	深通文学
6	曹绍夔	大历中	实任	精通音律	
7	卫道弼	大历中	实任	精通音律	
8	宋　沇	长庆中	实任	精通音律	
9	李从周	龙纪元年（889）	实任	精通音律	
10	贾　峻	五代	实任	精通音律	
太乐丞					
1	王　绩	贞观十一年（637）	实任	通音乐	著名诗人
2	封希颜	中宗、睿宗朝	实任	精通音乐	能诗赋
3	裴知古	长安中	实任	善音律	
4	王进思	睿宗朝	实任	精通音律	
5	王　维	开元九年（721）	实任	精通音律	著名诗人
6	元行简	元和中	实任	不详	
鼓吹令					
1	王　乾	高宗、武后朝	实任	通晓音乐	
鼓吹丞					
1	吴　缤	咸通中	实任	通晓音乐	

① 〔日〕岸边成雄：《唐代音乐史的研究》，梁在平、黄志炯译，第202页。

　　根据以上考证可知,在可考的 18 名太乐、鼓吹令丞中,除元行简 1 人情况不详外,其余 17 人均精通音乐或通晓音乐。根据以上对太乐、鼓吹令丞的考察可知,太乐、鼓吹令丞精通音乐绝非例外。《大唐六典》卷十四《太常寺》:"太乐令掌教乐人调合钟律,以供邦国之祭祀、飨燕;丞为之贰。……鼓吹令掌鼓吹施用调习之节,以备卤簿之仪;丞为之贰。凡大驾行幸,卤簿则分前、后二部以统之。"①此亦可证明太乐、鼓吹令丞的职责和音乐是密切相关的,没有一定的音乐知识根本不能胜任。

　　以上充分说明,唐代太乐、鼓吹令丞的任职条件是必须精通音乐。岸边成雄的说法显然缺乏事实依据。

二、需要说明的两个问题

　　除此之外,需要说明的是,岸边成雄的错误还有以下两点:

　　首先,岸边成雄未对太乐、鼓吹令丞的情况进行全面考察,仅从个别情况就得出结论,而他所据以立论的个别情况也并不真实可靠。

　　他认为"太乐令并非通晓音律者才能胜任,对于音乐毫无知识出任太乐令者大有人在",其根据是曾任太乐丞的王绩"为期从属僚处获取美酒而充任太乐丞,故并非通晓音律者"。其实王绩求为太乐丞固然是为了痛饮美酒,但这并不能证明王绩不懂音乐。

　　《旧唐书》卷一百九十二《王绩传》:"王绩,字无功,绛州龙门人。少与李播、吕才为莫逆之交。"②按吕才是唐代著名的音乐理论家,精通音律,王绩与吕才友善,可从侧面证明王绩或有同好。王绩《古意六首》(之一)云:"幽人在何所,紫岩有仙躅。月下横宝琴,此外将安欲。材抽峄山干,徽点昆丘玉。漆抱蛟龙唇,丝缠凤凰足。前弹广陵罢,后以明光续。百金买一声,千金传一曲。世无钟子期,谁知心所属。"《古意六首》(之二)云:"宁知轩辕后,更有伶伦出。刀斧俄见寻,根株坐相失。裁为十二管,吹作雄雌律。"③又《山中叙志》:"风鸣静夜琴,月照芳春酒。直置百年内,谁论

---

①　[唐]李隆基撰,李林甫注:《大唐六典》,第 290 页。

②　[后晋]刘昫等:《旧唐书》,第 5116 页。

③　[清]彭定求等编:《全唐诗》,第 480 页。

千载后。"①又有句云："琴曲唯留古,书多半是经。"②王绩《游北山赋(并序)》："月照南浦,烟生北林。阅邱壑之新趣,纵江湖之旧心。道集吾室,风吹我襟。松花柏叶之醇酬,凤翮龙唇之素琴。"③可知王绩能弹琴。《唐才子传》卷一《王绩》："贞观初,以疾罢归。……弹琴、为诗、著文,高情胜气,独步当时。"④可知王绩弹琴的技艺或在诗歌之上。以上可以证明王绩精通音乐,至少是通晓音乐。

其次,岸边成雄不仅认为"太乐令并非通晓音律者才能胜任,对于音乐毫无知识出任太乐令者大有人在",而且认为太常寺卿、少卿、丞等乐官更不通音乐,此亦属错误。

岸边成雄引用了吕才和祖孝孙的例证,他说:"惟旧唐书卷二八太宗本纪'显庆六年二月,太常丞吕才,造琴歌白云等曲,上制歌词十六首编入乐府'及同书卷七〇王珪传'时太常少卿祖孝孙以教宫人声乐,不称旨为太宗所让。珪及温彦博谏曰孝孙妙解音律,非不用心云云',是则吕才、祖孝孙当系精通音律之士,此或属于例外者。"他认为太常寺卿、少卿、丞等乐官比太乐、鼓吹令丞更不通音乐,太常少卿祖孝孙、太常丞吕才精通音乐属于例外。其实不然,至少太常丞中很多人是精通音乐的。

《旧唐书》卷一百六十九《王涯传》:"大和三年正月,(王涯)入为太常卿。文宗以乐府之音,郑卫太甚,欲闻古乐,命涯询于旧工,取开元时雅乐,选乐童按之,名曰《云韶乐》。乐曲成,涯与太常丞李廓、少府监庚承宪、押乐工献于黎(梨)园亭,帝按之于会昌殿。上悦,赐涯等锦彩。"⑤可知太常丞李廓通晓音乐。《新唐书》卷三十五《五行志》:"调露初,京城民谣有'侧堂堂,桡堂堂'之言。太常丞李嗣真曰:'侧者,不正;桡者,不安。自隋以来,乐府有《堂堂曲》,再言堂者,唐再受命之象。'"⑥又《大唐新语》卷七《知微》:"李嗣贞,尝与朝列同过太清观,道士刘概辅俨为设乐。嗣贞

---

① [清]彭定求等编:《全唐诗》,第482页。
② [清]彭定求等编:《全唐诗》,第489页。
③ [清]董诰等编:《全唐文》,第1316页。
④ 傅璇琮主编:《唐才子传校笺》(一),中华书局1987年版,第4页。
⑤ [后晋]刘昫等:《旧唐书》,第4404页。
⑥ [宋]欧阳修、宋祁:《新唐书》,第919页。

曰:'此乐宫商不和,君臣相阻之征也。角徵失次,父子不和之兆也。杀声既多,哀调又苦,若国家无事,太子受其咎矣。'居数月,章怀太子果为则天所构,废为庶人,死于巴州。刘概辅俨奏其事,自始平令,擢为太常丞也。"①《南部新书》乙:"天后时,太常丞李嗣真闻东夷三曲一遍,援胡琴弹之,无一声遗忘。"②则太常丞李嗣真精通音乐。《唐语林》卷五《补遗》:"宋沇为太常丞,每言诸悬钟磬亡坠至多,补之者又乖律吕。忽因于光宅佛寺待漏,闻塔上铎声,倾听久之。朝回,复止寺舍,问寺主僧曰:'上人塔上铎,皆知所自乎?'曰:'不能知之。'曰:'某闻有一是近制。某请一人循铃索历扣以辨之,可乎?'初,僧难,后许。乃扣而辨焉。寺众即言:'往往无风自摇,洋洋有声,非此也耶?'沇曰:'是也。必因祠祭考本悬钟而应也。'因求摘取而观之,曰:'此姑洗编钟耳。'且请独缀于僧庭。归太常,令乐人与僧同临之;约其时彼扣本乐悬,此果应之,遂购而获。又曾送客至通化门,逢度支运乘。驻马俄顷,忽草草揖客别,乃随乘至左藏门,认一铃,亦言编钟也。他人但见镕铸独工,不与众者埒,莫知其余。及配悬,音形皆合其度,异乎!"③则太常丞宋沇精通音乐。可知,太常寺乐官虽然不是人人精通音乐,也不是必须精通音乐者才能充任,但其中,特别是太常丞中,精通音乐者毕竟大有人在。

据《大唐六典》卷十四《太常寺》:"太常寺:丞二人,从五品上……丞掌判寺事。凡大享太庙,则修七祀于太庙西门之内;若祫享,则兼修配享功臣之礼。"④《通典》卷二十五《职官》七:"丞:秦置一人,汉多以博士、议郎为之。后汉凡诸丞,皆掌行礼及祭祀小事,总署曹事,举庙中非法。皆铜印墨绶,进贤两梁冠。……历代皆有。梁旧用员外郎迁尚书郎,天监七年,改视尚书郎。陈因之。后魏、北齐亦有之。隋有二人,大唐因之,分判寺事。"⑤可知太常丞的职责是"掌判寺事",鉴于太常寺掌管礼乐,有相当

---

① ［唐］刘肃:《大唐新语》,中华书局 1984 年版,第 113 页。
② ［宋］钱易:《南部新书》,中华书局 2002 年版,第 25 页。
③ ［宋］王谠:《唐语林》,中华书局 1987 年版,第 530 页。
④ ［唐］李隆基撰,李林甫注:《大唐六典》,第 290 页。
⑤ ［唐］杜佑:《通典》,第 693 页。

比例的太常丞(也包括一些太常卿、少卿)应是精通音乐的。岸边成雄不仅认为太乐令并非通晓音律者才能胜任,而且认为太常丞等乐官更不通音乐,显然是错误的。

三、对太乐令丞职责的重新判定

从相关文献看,太乐令丞都从事具体的音乐活动。《大唐六典》卷十四《太常寺》:"太乐令掌教乐人调合钟律,以供邦国之祭祀、飨燕;丞为之贰。"①《旧唐书》卷四十四《职官志》:"太乐令调合钟律,以供邦国之祭祀享宴。丞为之贰。"②具体说来,其职责约有以下几点:

(一)管理太常寺乐工的乐籍

太常寺乐工人数众多,这些乐工的乐籍有一部分在太常寺,有的则在地方州县。乐工有的常年在太常寺任职,有的则轮番上值,乐籍的管理工作极为烦琐。据《通典》卷二十五《职官》七:"隋有太乐令、丞各一人。大唐因之。掌习音乐、乐人簿籍。"③可见,管理乐工乐籍的工作是由太乐令负责的。

(二)在各种音乐活动中设置乐悬

各种音乐活动都需要提前设置乐悬,这项工作是由太乐令主持完成的。《通典》卷七十七《礼》三十七:"大唐之制,皇帝射于射宫……太乐令设宫悬之乐。"④《新唐书》卷十六《礼乐志》记载大射之礼由太乐令设置宫悬,《新唐书》卷十五《礼乐志》记载皇后岁祀亦由太乐令设置宫悬,《新唐书》卷十六《礼乐志》记载皇帝接见藩主,其乐悬设置亦由太乐令完成。

(三)率领和监督太乐署乐工,完成各种音乐演奏活动

在太乐署负责的音乐演奏活动中,太乐令丞起组织和监督的作用。《旧唐书》卷二十九《音乐志》:"宴享陈《清乐》、《西凉乐》……每先奏乐三

---

① [唐]李隆基撰,李林甫注:《大唐六典》,第280页。

② [后晋]刘昫等:《旧唐书》,第1874页。

③ [唐]杜佑:《通典》,第696页。

④ [唐]杜佑:《通典》,第2106页。

日，太乐令宿设县于庭，其日率工人入居其次。"①《新唐书》卷十一《礼乐志》："奠玉帛……未明一刻……太乐令帅工人、二舞以次入，文舞陈于县内，武舞立于县南。"②《新唐书》卷十一《礼乐志》："若在宗庙……太乐令位于北县之间，北向。"③《新唐书》卷十六《礼乐志》："其宴蕃国主及其使……太乐令引歌者及琴瑟至阶，脱履，升坐，其笙管者，就阶间北面立。"④可见太乐令直接参与各种音乐演奏活动，是太乐署乐工的领导者和监督者。

(四)管理和校定乐器

因为在演奏之前设置乐悬是由太乐令负责完成的，由此推测，太常寺乐器当由太乐令管理。《旧唐书》卷四十四《职官志》："凡备大享之器服，有四院。一曰天府院，二曰御衣院，三曰乐悬院，四曰神厨院。"⑤可知乐悬院当由太乐令负责管理。又《旧唐书》卷二十九《音乐志》："悬下编钟……铸成，张浚求知声者处士萧承训、梨园乐工陈敬言与太乐令李从周，令先校定石磬，合而击拊之，八音克谐，观者耸听。"⑥可知太乐令亦参与乐器的校定工作。

(五)负责九部乐、十部乐的管理和演奏工作

九部乐、十部乐是唐代大型的礼仪性和政治性音乐，具体的管理和演奏等事项由太乐令负责。《新唐书》卷十九《礼乐志》："设九部乐，则去乐县，无警跸。太乐令帅九部伎立于左、右延明门外，群官初唱万岁，太乐令即引九部伎声作而入，各就座，以次作。"⑦可见在九部伎的演出中太乐令是具体负责的乐官。

(六)整理太乐署乐工演唱所用歌词

据《旧唐书》卷三十《音乐志》："时太常旧相传有宫、商、角、徵、羽《宴乐》五调歌词各一卷，或云贞观中侍中杨恭仁姜赵方等所铨集，词多郑、

---

①　[后晋]刘昫等：《旧唐书》，第1081页。

②　[宋]欧阳修、宋祁：《新唐书》，第316页。

③　[宋]欧阳修、宋祁：《新唐书》，第314页。

④　[宋]欧阳修、宋祁：《新唐书》，第383页。

⑤　[后晋]刘昫等：《旧唐书》，第1872页。

⑥　[后晋]刘昫等：《旧唐书》，第1081页。

⑦　[宋]欧阳修、宋祁：《新唐书》，第429页。

卫,皆近代词人杂诗,至缘又令太乐令孙玄成更加整比为七卷。"①可见,太乐令有时参与歌词的整理工作。

以上是太乐令的主要职责。太乐丞的职责是协助太乐令完成上述工作,著名诗人王维曾任太乐丞,他长于诗歌又精通音乐,当从事过上述工作。

四、对鼓吹令丞职责的重新判定

鼓吹署是太常寺掌管音乐的另一机关,其领导者是鼓吹令和鼓吹丞。《旧唐书》卷四十四《职官志》:"鼓吹署:令一人,从七品下。丞三人,从八品下。"②鼓吹署的音乐以鼓吹乐为主,用于各种仪式中。鼓吹令丞的具体职责如下:

(一)引导和指挥各种仪仗

仪仗是身份的象征,不同身份的人使用不同的仪仗。在不同形式的仪仗中,鼓吹令丞起引导和指挥的作用。《旧唐书》卷四十四《职官志》:"鼓吹令掌鼓吹施用调习之节,以备卤簿之仪。丞为之贰。"③《新唐书》卷二十三下《仪卫志》:"大驾卤簿鼓吹,分前后二部。鼓吹令二人,府、史二人骑从,分左右。"④《旧唐书》卷二十八《音乐志》:"其凯乐用铙吹二部……鼓吹令丞前导,分行于兵马俘馘之前。将入都门,鼓吹振作,迭奏《破阵乐》等四曲。"⑤此说明在皇帝的大驾卤簿鼓吹和凯乐鼓吹中,鼓吹令丞起引导和指挥的作用。

(二)在音乐活动前陈设鼓吹乐器

在音乐演奏之前,陈设鼓吹乐器的工作是在鼓吹令的指挥下完成的。《通典》卷一百三十一《礼》九十一:"蕃主奉见……前一日……鼓吹令设十二案。"⑥《新唐书》卷十六《礼乐志》所记同。又《通典》卷一百三十三《礼》

---

① 〔后晋〕刘昫等:《旧唐书》,第 1089 页。
② 〔后晋〕刘昫等:《旧唐书》,第 1875 页。
③ 〔后晋〕刘昫等:《旧唐书》,第 1875 页。
④ 〔宋〕欧阳修、宋祁:《新唐书》,第 508 页。
⑤ 〔后晋〕刘昫等:《旧唐书》,第 1053 页。
⑥ 〔唐〕杜佑:《通典》,第 3369 页。

九十三:"皇帝射于射宫:前一日……鼓吹令设十二案于射殿之庭,以当月之调,登歌各以其合。"①《通典》卷七十七《礼》三十七及《新唐书》卷十六《礼乐志》所记同。《通典》卷一百二十三《礼》八十三:"皇帝正至受群臣朝贺……前一日……鼓吹令分置十二案于建鼓之外。"②可知在大射等仪式上,陈设鼓吹乐器的工作是在鼓吹令的指导下完成的。

(三)指挥鼓吹乐演奏

各类鼓吹乐的演奏亦由鼓吹令指挥完成。《通典》卷一百二十二《礼》八十二:"临轩行事……太乐令、鼓吹令帅工人入就位。"③《新唐书》卷十七《礼乐志》:"皇帝加元服……其日……太乐令、鼓吹令帅工人入就位。"④则鼓吹署的乐工由鼓吹令引导进入事先陈设好的鼓吹乐器之间。在鼓吹乐的演奏中,指挥和监督之责亦应由鼓吹令行使。

鼓吹丞的职责是协助鼓吹令做好各项工作。鼓吹署的音乐较太乐署简单,担任鼓吹令丞所需的音乐才能可能比太乐令丞稍低。

综上可知,太乐、鼓吹令丞的职责是从事具体的音乐工作。太乐令丞的职责是管理太常寺乐工的乐籍,在各种音乐活动中设置宫悬,率领和监督太乐署乐工完成各种音乐演奏,管理和校定乐器,负责九部乐、十部乐的管理和演奏工作,以及整理太乐署乐工演唱所用歌词。鼓吹令丞的职责是引导和指挥各种仪仗,在音乐活动前陈设鼓吹乐器和指挥鼓吹乐演奏。太乐、鼓吹令丞的工作性质要求任职者必须精通音乐。同时,因为太常卿、太常少卿和太常丞负责太常寺的管理工作,而太常寺又以管理礼乐为主,因此太常卿、太常少卿和太常丞虽然不是必须精通音乐,但其中精通音乐者却大有人在,尤以太常丞为多。

---

① [唐]杜佑:《通典》,第3406页。
② [唐]杜佑:《通典》,第3150页。
③ [唐]杜佑:《通典》,第3106页。
④ [宋]欧阳修、宋祁:《新唐书》,第395页。

第二章 太常寺乐工

本章摘要：本章讨论太常寺乐工的来源、身份构成、音乐活动、法律地位和社会地位等问题。大部分太常寺乐工来源于官奴婢，官奴婢则来源于被籍没者。在唐代可能有相当比例的太常寺乐工受过良好的教育。太常寺乐工的身份比较复杂，其中的文武二舞郎和被赦免贱籍的前代乐工属于平民，太常音声人属于杂户，番上的乐户属于官户，其地位和太常音声人基本相同，但必须番上和当色为婚，长上乐户的身份是官奴婢。太常寺乐工以音乐技能服务于宫廷，在番上之余他们服务于民间并获取报酬，同时接受音乐技能训练。太常寺乐工的法律地位不高，但许多太常寺乐工在一定时期内拥有比较高的社会地位和经济地位。

太常寺乐工是伴随着太常寺的出现而出现的，产生时间很早。根据《通典》卷二十五《职官》对太常寺历史的叙述，可知在先秦就有相当于后世太常寺的机构。[①] 可以推测，当时宫廷中已经存在从事表演的乐工，服务于宴享和祭祀等活动，唯乐工的数量和来源等不可确考。秦汉建立了统一的帝国，朝廷也有更大的需求，太常乐工当具有一定数量。自此以下，各朝各代都设有太常寺或类似的机构，均存在一定数量的太常寺乐工。

至晚在北魏时，太常寺乐工就开始由罪犯的家属充任，单独编定户籍，名曰乐户。《魏书》卷一百一十一《刑罚志》："孝昌已后……有司奏立严制：诸强盗杀人者，首从皆斩，妻子同籍，配为乐户；其不杀人，及赃不满五匹，魁首斩，从者死，妻子亦为乐户。"[②]北周和隋亦继承了这种乐户制

---

① 参见[唐]杜佑：《通典》，第 691 页。
② [北齐]魏收：《魏书》，中华书局 1974 年版，第 2888 页。

度,《周书》卷二十一《司马消难传》:"及陈平,消难至京,特免死,配为乐户。"①在隋代,太常少卿裴蕴主持了一场大括乐户的活动。《隋书》卷六十七《裴蕴传》云:"蕴揣知帝意,奏括天下周、齐、梁、陈乐家子弟,皆为乐户。其六品已下,至于民庶,有善音乐及倡优百戏者,皆直太常。是后异技淫声咸萃乐府,皆置博士弟子,递相教传,增益乐人至三万余。"②按"天下周、齐、梁、陈乐家子弟",为乐户无疑,而"六品已下,至于民庶,有善音乐及倡优百戏者",其身份应当没有因为进入太常寺而改变,最低亦为平民。裴蕴大括乐户的活动使乐人的数量迅速增加。《隋书》卷七十八《万宝常传》:"万宝常,不知何许人也。父大通,从梁将王琳归于齐。后复谋还江南,事泄,伏诛。由是宝常被配为乐户。"③可知隋代天才的音乐家万宝常即为乐户。

在唐代,音乐文化非常发达。在开元二年(714)之前,雅乐、胡乐、俗乐都归太常寺管理。开元二年(714)之后,太常寺依然是唐代音乐的中心之一,郊祀庙祭之乐、宴享之乐、多部乐、仪仗使用的鼓吹乐和各地的献乐都归太常寺管理,乐工的来源和身份都很复杂。

本章主要对唐太常寺乐工的来源、身份构成、番上及番上之余的活动、法律地位和社会地位等问题进行讨论。

第一节　唐太常寺乐工的来源

唐太常寺乐工由不同身份的人组成,其来源较为复杂。关于这个问题,前人亦有讨论。如项阳在论及乐户的身份时说:"唐代宫廷中贱民赋役为乐人的制度是比较复杂的。至少,在籍为乐户者,其身份与初始阶段的北魏时期以及后来的明清时代均表现出一定的差异性。换言之,唐代乐户的概念与前、后代均表现出一定的异同。所谓同者,均是贱民之身份,是罪罚之人的妻与子以及因政治获罪官吏的家眷。不同

---

① ［唐］令狐德棻等:《周书》,中华书局 1971 年版,第 355 页。
② ［唐］长孙无忌等:《隋书》,第 1574 页。
③ ［唐］长孙无忌等:《隋书》,第 1784 页。

之处在于,各个时期对乐户的观念以及他们所处的社会地位有着相当的差异性。"①项阳认为乐户(亦太常寺乐工之一种)是由罪罚之人的妻与子以及因政治获罪官吏的家眷组成的。刘贯文认为乐人来源于奴婢,而奴婢来源于战俘和罪臣的家属,他说:"乐人属于奴婢一类,来源之一是被籍没的罪臣的亲属。"②"奴婢的来源主要有二:一是战争中的俘虏。……二是奴婢的另一个来源是罪臣的家属。"③

　　关于太常寺乐工的来源问题,似以岸边成雄分类较细,他认为太常寺乐工来源主要有三:"(1)太常寺乐工,主要从犯罪贬配人员中选拔,此为前代以来相传承袭者。(2)叛军将士及其妻子,或败战被捕之蕃族将士及其妻子编入乐籍者亦多。(3)亦由从良民身份者直接编入乐籍或从官贱民中选拔升充者。"④岸边成雄认为太常寺乐工亦有从平民身份者直接编入乐籍者,此为他人未述及之处。

　　以上诸说大体不错,但亦存在含混不清之处且较为简略。本书拟在此基础上对唐代太常寺乐工的来源再作辨析。

一、太常寺乐工来源辨析

　　唐太常寺乐工大略可以分为两个部分:第一部分,前代乐工(乐户),虽在武德年间被赦免,但依旧从事音乐工作;第二部分,唐代新产生的乐工,组成人员身份复杂,既有平民,亦有杂户、官户和官奴婢。下分述之。

(一)被赦免的前代乐工

　　唐太常寺乐工中有一部分来源于前代乐工,他们的身份在前代很低贱,属于官奴婢、官户、杂户或平民,在武德四年(621),这部分乐工被朝廷赦免,从而拥有了平民身份。但与平民不同的是,他们还必须以番上的方式为朝廷服役,从事他们所熟悉的音乐工作。(详见下节)

---

①　项阳:《山西乐户研究》,文物出版社 2001 年版,第 5 页。

②　乔健、刘贯文、李天生:《乐户:田野调查与历史追踪》,江西人民出版社 2002 年版,第 33 页。

③　乔健、刘贯文、李天生:《乐户:田野调查与历史追踪》,第 12—13 页。

④　〔日〕岸边成雄:《唐代音乐史的研究》,梁在平、黄志炯译,第 148—149 页。

(二)新产生的乐工

除前代乐工外,唐太常寺乐工均为新产生的乐工。这部分乐工身份较为复杂,大略可以分为以下几种:

1.文武二舞郎,其身份为平民。

2.太常音声人,其身份为杂户。

3.番上乐户,其身份为官户(即番户)。

4.长上乐户,其身份基本为官奴婢。(长上乐户中亦有一部分乐工属于官户,但数量较少。)

文武二舞郎身份为平民,他们从平民子弟中选拔而来。太常音声人和番上乐户的身份不同,太常音声人的地位要略高于番上乐户,他们均是由身份为官奴婢的长上乐户赦免奴婢身份而来的。也就是说,长上乐户被赦免而成为番上乐户,番上乐户再经赦免成为太常音声人。太常音声人如果得到赦免,可得到平民身份。长上乐户,其身份基本为官奴婢,他们是从官奴婢中选择出来的容貌端正或有音乐技能者。(详见下节)

二、官奴婢的来源

太常音声人和番上乐户一般由身份为官奴婢的长上乐户赦免奴婢身份而来。那么,官奴婢从何而来呢? 官奴婢主要来源有两个方面:

1.罪臣的家属(含罪臣的家人和原属于该罪臣的私奴婢)

在唐代,罪犯的余党、家人被籍没是通常的做法。《通典》卷一百六十九《刑法》七:"推事使顾仲琰奏称:'韩纯孝受逆贼徐敬业伪官同反,其身先死,家口合缘坐。'奉敕依曹断,家口籍没。……依有功所议,断放。此后援例皆免没官者,三数百家。"[1]此可证明籍没之寻常。《旧唐书》卷六十八《尉迟敬德传》:"太宗升春宫,授太子左卫率。时议者以建成等左右百余人,并合从坐籍没。"[2]可见籍没当是惯例。

罪臣的妻妾、儿女属于籍没的范围。据《唐语林》卷五《补遗》:

---

① [唐]杜佑:《通典》,第 4379 页。

② [后晋]刘昫等:《旧唐书》,第 1872 页。

窦参贞元壬申三月,居光福里第,月夜闲步中庭,有宠妾上清者
曰:"今欲启事。郎须到堂前,方敢言。"窦亟上堂,上清曰:"庭树上有
人,请为避之。"窦公曰:"陆贽久欲倾夺吾权位,有人在庭树上,吾死
之将至。具奏与不奏,皆受祸,必窜死于道路。汝辈流中不可多得,
身死破家,汝定为官婢。圣君如顾问,当为我辞。"上清泣曰:"诚如
是,死生以之。"……乃流参于骧州,以籍其家。未达流所,诏赐自尽。
上清果隶掖庭。后数年,善应对,能煎茶,在帝左右……后上清特敕
度为道士,终嫁为金忠义妻。①

此文献记宰相窦参获罪,其妾上清(自称"窦参女奴")被籍没入宫成为"宫
婢",受到德宗的喜爱,并终为窦参申冤。这为我们提供了一个罪臣的妻
妾被籍没入宫为官奴婢的生动例证。当然,被籍没者进入宫廷的可能
只是一部分,还有被赏赐给功臣从而成为私奴婢的。除罪臣的家人外,因
奴婢在当时被视为一种财产,所以罪臣的私奴婢亦属于籍没之列。

2. 战俘

唐代国力强盛,但叛乱不少。唐开国之初,不服从朝廷者甚众。安史
之乱以后,朝廷对各地的约束力有所下降,叛乱更是时常发生。与平定叛
乱相伴随的,往往是对叛军将士家人和财产的大规模籍没。据《旧唐书》
卷六十七《李靖传》,武德四年(621)萧铣投降,李靖诸将尚要籍没其"将帅
与官军拒战死者"②,可见,战争胜利,对俘虏的籍没是极为正常的,是一
种惯例。又据《资治通鉴》卷二百四十唐宪宗元和十三年(818)四月③,知
元和以后据蜀作乱者甚多,籍没者亦众。

三、从籍没事件看太常寺乐工的文化水平

唐代太常寺乐工的文化水平鲜有人论及,因为乐工的身份低贱,所以
一般认为他们不识文墨,这和历史事实有一定差距。

---

① ［宋］王谠:《唐语林》,第 542 页。
② ［后晋］刘昫等:《旧唐书》,第 2476 页。
③ 参见［宋］司马光:《资治通鉴》,中华书局 1956 年版,第 7749 页。

　　因为太常寺乐工从籍没人员中来,所以考察唐代的籍没事件,有助于了解唐太常寺乐工的人员构成和文化水平。虽然我们可以笼统地说唐代的乐工大部分来自于被籍没的罪臣家属和战俘,但籍没事件本身具有一定的阶段性,即在不同时期,被籍没的对象具有不同的特点。因为太常寺乐工主要来自于被籍没者,因此,籍没事件的阶段性,在一定程度上决定了官奴婢的人员构成,也决定了太常寺乐工的人员构成。

　　唐代的主要籍没事件如下:

表 2—1　唐代主要籍没事件表

序号	时　　间	事　　件	结　　果
1	武德二年(619)八月	刘文静、刘文起被诬谋反伏诛	其家籍没
2	武德三年(620)	独孤怀恩谋反被诛	其家籍没
3	武德六年(623)十月	刘世让以突厥反间被诛	其家籍没
4	武德七年(624)二月	杜伏威暴卒后高祖以为反	妻子籍没
5	武德七年(624)三月	阚棱以谋反被诛	家产妻子籍没
6	高祖朝	何稠、士澄有罪	家口籍没
7	贞观元年(627)	庐江王李瑗以反被诛	其家籍没
8	贞观十一年(637)	王守一坐与庶人潜通左道赐死	其家籍没
9	贞观十七年(643)	汉王李元昌图为不轨事发自尽	妻子籍没
10	贞观十七年(643)	侯君集谋反	其家籍没
11	贞观二十年(646)	张亮欲反被诛	其家籍没
12	高宗朝	长孙无忌以反被逼令自尽	其家籍没
13	显庆二年(657)	韩瑗被奏与长孙无忌通谋	其家籍没
14	麟德元年(664)	上官仪为许敬宗构陷而死	家口籍没
15	高宗朝	柳奭为许敬宗、李义府所构被诛	其家籍没
16	光宅元年(684)十月	裴炎以劝武后归政被诛	其家籍没
17	垂拱二年(686)	刘浚为酷吏所陷被杀	妻子籍没
18	垂拱四年(688)	越王李贞起兵反叛事败	籍没者五千口
19	永昌元年(689)	张光辅为叛臣私说图识天文被诛	家口籍没
20	永昌中	刘齐贤为酷吏所陷,自缢死	其家籍没
21	万岁通天二年(697)	来俊臣罪发弃市	其家籍没
22	圣历元年(698)	唐波若以降突厥被诛	家口籍没
23	武后朝	郭正一为酷吏所陷,流配死	家口籍没
24	武后朝	韦方质为周兴等所构配流儋州	其家籍没
25	武后朝	苏践言为酷吏所陷	其家籍没
26	武后朝	沙门理中等拟据巴蜀为乱	籍没五十余族
27	神龙初	李思冲从诛武三思事败见杀	其家籍没
28	神龙中	敬晖、桓彦范为武三思所构	其家籍没

续表

序号	时　　间	事　　件	结　　果
29	神龙二年(706)	以疏皇后秽行事桓彦范等被诛	其家籍没
30	神龙二年(706)	王同皎谋杀武三思,事发被诛	其家籍没
31	神龙三年(707)	李千里因参与诛武三思事被诛	其家籍没
32	神龙三年(707)七月	李多祚因参与杀武三思事被杀	其家籍没
33	先天元年(712)	岑羲预太平公主谋逆伏诛	其家籍没
34	先天二年(713)七月	萧至忠等从太平公主作乱被诛	其家籍没
35	先天二年(713)七月	太平公主赐死于家	公主诸子被籍没
36	开元十九年(731)	张审素被奏谋反被诛	其家籍没
37	天宝十一载(752)四月	王𫓧因弟王焊与凶人谋逆	其家籍没
38	宝应二年(763)正月	来瑱被奏通叛军赐死	其家籍没
39	永泰二年(766)	李佚坐赃	籍没
40	大历十二年(777)	元载以图为不轨得罪被诛	其家籍没
41	建中四年(783)	崔宁被诬陷通贼被诛	其家籍没
42	兴元元年(784)	斩叛逆李忠臣	其家籍没
43	兴元元年(784)	源休从朱泚叛乱被诛	其家籍没
44	元和元年(806)	刘辟反诛死	其家籍没
45	元和中	严砺违制擅赋	籍没吏民八十八户
46	元和十四年(819)	李师道再叛被诛	妻子没入掖庭
47	元和十五年(820)	杨清拒命被诛	其家籍没
48	大和元年(827)	宦官刘克明等弑敬宗,被诛	其家籍没
49	大和元年(827)	苏佐明等因矫制立绛王被斩	宗族籍没
50	大和九年(835)	郑注因甘露之变事败被诛	家属屠灭家财籍没
51	大和九年(835)	王涯被诬以反叛被诛	其家籍没
52	会昌三年(843)	以仇士良家藏兵仗数千	其家籍没
53	咸通十三年(872)	殷裕告郭敬述阴事被杖杀	其家籍没

通过上表可知,唐代的籍没事件体现出一定的阶段性,这种阶段性表现在:武德、贞观年间,被籍没的以叛乱者为主;高宗、武后朝,籍没对象多为受酷吏构陷者和武周革命的反对者;中宗朝的籍没事件多与武三思有关;玄宗朝初期的籍没事件多与太平公主有关,开元天宝年间的籍没事件多与谋逆、谋反有关;代宗、德宗朝籍没事件与叛乱有关;宪宗朝籍没的以叛乱者为主;文宗、武宗朝的籍没事件多与宦官有关。

在唐代,籍没事件具有一定的阶段性,有时甚至表现得非常明显。总结以上的籍没事件,可以发现唐代籍没事件的两个特点:

第一,籍没事件贯穿整个唐代,数量较多。

第二,被籍没者多为朝廷重臣,有的甚至是皇室,地位较高。

尽管见于记载的可能仅仅是全部籍没事件的一部分,但依然可以看出:被籍没的人员中有相当一部分出自于官宦之家,这些官宦之家的子女应该受过最好的教育,因此他们应该具有相当高的文化水平。段安节《乐府杂录》:"天后朝,有士人陷冤狱,籍没家族。其妻配入掖庭,本初善吹觱篥,乃撰此曲以寄哀情。始名《大郎神》,盖取良人行第也。既畏人知,遂三易其名,亦名《悲切子》,终号《怨回鹘》。"①此士人之妻配入掖庭,能自撰曲,即当为受过良好教育者。由于籍没事件贯穿唐代始终,因此可以推断,有相当比例的被籍没者出于官宦之家,其中大部分受过良好的教育,具有较高的文化水平。由此我们推断,有相当比例的太常寺乐工受过良好的教育,具有较高的文化水平。

第二节   太常寺乐工的身份构成

本节主要讨论太常寺乐工的身份问题。岸边成雄认为太常寺乐工的身份情形不明,大略可分两种,即太常音声人和乐户:

> 关于太常寺乐工之构成情形,因记载史料较少,探究较难。乐工系官贱民之一部,根据贱民制度方面之研究,大别为太常音声人和乐户两种,但对实际音乐之种类与人员等,却未论及,故太常寺乐工之全体组织情形不明。②

岸边成雄又说:"唐朝官贱民五种阶级中,'太常音声人'和'工乐'或即为完成乐工制度过渡时期之二种阶级。"③《唐律疏议》将太常音声人与乐户两者根据律令予以明确区别,但是其他历史编纂书籍有将两者混淆总

---

①   [唐]段安节:《乐府杂录》(《中国古典戏曲论著集成》本),中国戏剧出版社1959年版,第58页。

②   〔日〕岸边成雄:《唐代音乐史的研究》,梁在平、黄志炯译,第129页。

③   〔日〕岸边成雄:《唐代音乐史的研究》,梁在平、黄志炯译,第10页。

称为乐人或音声人者。惟后者采用之例较少,本节(指《乐工之阶级与身份》一节。——笔者注)亦将分别予以考证。"[①]岸边成雄在《官贱民五种阶级中之太常音声人及乐工》一节中对太常音声人和乐工身份的不同进行了讨论。也就是说,岸边成雄认为太常寺乐工基本可分为太常音声人和乐户两种。

其实,将太常寺乐工笼统地称为乐人或音声人固然含混,但岸边成雄将乐工划分为太常音声人和乐户两种亦失之于粗疏。因为根据现存史料,唐太常寺乐工的身份是非常复杂的,这些乐工虽然都在太常寺工作,但他们的身份和法律地位相差很大,用太常音声人和乐户并不能准确概括他们之间的区别。

关于太常寺乐工的组成情况,项阳说:

> 官奴婢是没入宫中的贱民,女性中有技艺者进入掖庭,其中的一部分又分遣至太常、教坊作为乐妓;官户又称番户,是指轮值于宫廷和各级官府中的贱民,男女均有,作为太常太乐署和鼓吹署的乐人应该是男性为众;杂户中,亦有与音乐相关的人员;至于工乐,即人们通常所称的乐工,是乐户的主要构成者;作为太常音声人,虽是贱民,却是半自由人的身份,主要的标志是此类人色其籍贯于州县,并可以与百姓通婚,这是他类官贱民所不能的。或许是因为其技艺较高,而得到特别恩宠的缘故。[②]

项阳此说比岸边成雄详细,但他忽略了被赦免的前代乐工的存在,这类乐工数量较大,在太常乐工中占有一定的比例。

本书认为,根据身份和法律地位划分,唐太常寺乐工大约可分为以下几种:

第一,平民子弟。唐太常寺中的文武二舞郎是由平民子弟担任的。关于文武二舞郎的人数,《大唐六典》卷十四《太常寺》记为一百四十人,

---

① 〔日〕岸边成雄:《唐代音乐史的研究》,梁在平、黄志炯译,第137页。

② 项阳:《山西乐户研究》,第9—10页。

《旧唐书》卷四十四《职官志》、《新唐书》卷四十八《百官志》所记相同。隋代文武二舞郎大约为一百三十人。《隋书》卷十五《音乐志》："舞郎各二等，并一百三十二人。"①（《大唐六典》卷十四《太常寺》："隋太常乐署有舞郎三百。"②所记与《隋书》卷十五《音乐志》不同。）《隋书》卷十五《音乐志》又记载："又文舞六十四人，并黑介帻，冠进贤冠，绛纱连裳，内单，皂襈、领、襈、裙、革带，乌皮履。十六人执鸷。十六人执帗。十六人执旄。十六人执羽，左手皆执籥。二人执纛，引前，在舞人数外，衣冠同舞人。武舞六十四人，并服武弁，朱褌衣，革带，乌皮履。左执朱干，右执大戚，依朱干玉戚之文。二人执旌，居前，二人执鼗，二人执铎。金錞二，四人舆，二人作。二人执铙次之。二人执相，在左，二人执雅，在右，各工一人作。自旌以下来引，并在舞人数外，衣冠同舞人。"③可知文舞除六十四人外，尚有二人执纛引前，则舞人共计六十六人。武舞除六十四人外，尚有二人执旌、二人执鼗、二人执铎、二人执铙、二人执相、二人执雅，则舞人至少七十六人。文武二舞郎合计一百四十二人。此数目与唐之一百四十人大体相同。可知《隋书》卷十五《音乐志》所记舞郎一百三十二人并不准确。岸边成雄以为唐文武二舞需要舞郎一百二十八人，文献所记一百四十人，当有十二人为"预备人员"④。因隋文武二舞需要舞郎约一百四十人，推测唐当与隋相同，因此岸边成雄之说似不准确。

　　文武二舞郎分为郊庙文舞郎、殿庭文舞郎和郊庙武舞郎、殿庭武舞郎。《新唐书》卷二十四《车服志》详细记述其衣饰的不同⑤，因为文武二舞郎的总数为一百四十人，而每种舞蹈人数不少于六十四人，因此可以推知，郊庙文舞郎和殿庭文舞郎均由相同的人员充任，郊庙武舞郎、殿庭武舞郎亦由相同的人员充任。

　　文武二舞在唐末的动乱中消亡，虽然五代时又图恢复，但不久又废。

---

①　[唐]长孙无忌等：《隋书》，第374页。

②　[唐]李隆基撰，李林甫注：《大唐六典》，第290页。

③　[唐]长孙无忌等：《隋书》，第358页。

④　〔日〕岸边成雄：《唐代音乐史的研究》，梁在平、黄志炯译，第115页。

⑤　参见[宋]欧阳修、宋祁：《新唐书》，第520页。

《旧五代史》卷八十四《(晋书)少帝纪》:"(开运二年)八月甲子朔,日有蚀之。中书舍人陶穀奏,请权废太常寺二舞郎。从之。"①《新五代史》卷五十五《崔梲传》:"(天福)五年,高祖诏太常复文武二舞,详定正、冬朝会礼及乐章。自唐末之乱,礼乐制度亡失已久,梲与御史中丞窦贞固、刑部侍郎吕琦、礼部侍郎张允等草定之。其年冬至,高祖会朝崇元殿,廷设宫县,二舞在北,登歌在上。文舞郎八佾,六十有四人……武舞郎八佾,六十有四人……文舞舞《昭德》,武舞舞《成功》之曲。礼毕,高祖大悦,赐梲金帛,群臣左右睹者皆嗟叹之……开运二年,太常少卿陶穀奏废二舞。"②则开运二年(945)文武二舞废。

《唐会要》卷三十三《雅乐》下:"国家每岁,阅司农户容仪端正者,归之太乐。"③岸边成雄也注意到这一点,但他把这些人列为乐官。因为没有文献证明这些人有品级,所以简单地判定他们为乐官似为不妥。

开元八年(720),赵慎言上《郊庙舞人宜依古制疏》云:

> 是知古之舞者,即诸侯子孙,容服鲜丽,故得神祇降福,灵光烛坛。今之舞人,并容貌蕞陋。屠沽之流,用以接神,欲求降福,固亦难矣。有隋之际,犹以品子为之,号为"二舞郎"。逮乎圣朝,遂变斯制。诚愿革兹近误,考复古道,其二舞人,望取品子年二十以下、容颜修正者为之。令太常博士主之,准国子学给料。行事之外,习六乐之道,学五礼之仪。十周年,量文武授散官,号曰"云门生"。④

杜佑《通典》卷一百四十七《乐》七注明赵慎言上疏时间为开元八年(720)九月。⑤ 赵慎言此疏非常重要,它说明了这样几个问题:

第一,古代雅舞表演者曾经由诸侯子孙担任。

---

① ［宋］薛居正等:《旧五代史》,中华书局 1976 年版,第 1109 页。
② ［宋］欧阳修:《新五代史》,中华书局 1974 年版,第 635 页。
③ ［宋］王溥:《唐会要》,第 611 页。
④ ［清］董诰等编:《全唐文》,第 3094 页。
⑤ 参见［唐］杜佑:《通典》,第 3747 页。

第二,在隋代,文武二舞郎曾经由官宦子弟充任。

第三,唐代由"屠沽之流"即平民子弟充当文武二舞郎。赵慎言认为使用这些平民子弟充任文武二舞郎难于"降福",因而上疏请求恢复官宦子弟充任文武二舞郎。

即使是由官宦子弟充任的文武二舞郎也非乐官,他们的待遇仅相当于国子监的学生,十年以后才能量才授以散官。以此推之,当时由平民子弟充任的文武二舞郎必非乐官。

赵慎言此疏不知是否被采纳,因此我们不知道在唐代是否曾经由官宦子弟充任文武二舞郎。但有一点可以肯定,那就是在唐代文武二舞郎至少是由平民子弟充当的,而且他们的身份是乐工而非乐官。在太常寺的所有乐工中,他们的身份最高。

第二,被赦免的前代乐工。唐代太常寺的大部分乐工属于官奴婢、官户或杂户,这一点毫无疑问。正如项阳所说:"唐代从太常到教坊,从宫廷乐人到地方官府乐人,从军旅中的乐营到寺属音声,县内教坊,虽然这些乐人的身份上有细微之差异,服务的机构、对象不同,户籍分隶于太常和州县,但作为贱民之贱籍是一致的。"[1]刘贯文也认为乐人属于低贱的奴婢,他说:"乐人在唐朝的社会地位,说卑贱,是奴婢群中地位最低者。……乐人属于奴婢的一类,来源之一是被籍没的罪臣的亲属。"[2]这些说法当然言之有据。

但是我们还应该看到这样一个事实,那就是,在武德年间,高祖赦免了前朝乐户的官奴婢、官户或杂户身份。李渊《太常乐人蠲除一同民例诏》云:

> 太常乐人,今因罪谪入营署,习艺伶官,前代以来,转相承袭。或有衣冠世绪,公卿子孙,一沾此色,后世不改。婚姻绝于士类,名籍异于编甿。大耻深疵,良可哀愍。朕君临区宇,思从宽惠,永言沦滞,义存刷荡。其大乐鼓吹诸旧人,年月已久,世代迁易,宜得蠲除,一同民

---

① 　项阳:《山西乐户研究》,第 13 页。
② 　乔健、刘贯文、李天生:《乐户:田野调查与历史追踪》,第 33 页。

例。但音律之伎,积学所成,传授之人,不可顿阙,仍依旧本司上下。
若已仕官,见入班流,勿更追呼,各从品秩。自武德元年以来配充乐
户者,不入此例。①

　　高祖颁布《太常乐人蠲除一同民例诏》目的是为了显示新朝廷的宽厚
和仁德,以达到稳定局势、巩固政权的效果和目的。从这份诏书看,武德
元年(618)以前的"大乐鼓吹诸旧人",其官奴婢、官户或杂户身份已经被
革除,他们的身份已经和平民无异。只是因为"音律之伎,积学所成,传授
之人,不可顿阙",朝廷需要这些人依旧从事音乐工作,故"仍依旧本司上
下"。

　　那么,这些被革除贱籍的乐户有多少人呢? 隋炀帝曾经大括乐户,据
《隋书》卷六十七《裴蕴传》:"是后异技淫声咸萃乐府,皆置博士弟子,递相
教传,增益乐人至三万余。"②则隋炀帝时乐人有三万人之多,其中"天下
周、齐、梁、陈乐家子弟",为乐户无疑,而"六品已下,至于民庶,有善音乐
及倡优百戏者",其身份应该没有因为进入太常寺而改变,最低亦为平民。
根据高祖的这份诏书,这些乐工应均被革除了贱籍。因此在武德四年
(621)之后,太常寺乐工中当存很多被赦免的前代乐工。他们依旧从事以
前的工作,但身份已不是官奴婢、官户或杂户,而是平民了。《唐会要》卷
八十六《奴婢》:"景龙三年,司农卿赵履温奏请以隋代番户子孙数没为官
奴婢,仍充赐口,以给贵倖。监察御史裴子余以为官户承恩,始为番户,且
今又是子孙,不可抑之,奏免之。"③可知在景龙三年(709)司农卿赵履温
奏请以隋代番户子孙没为官奴婢,未行。则景龙三年(709)时隋代番户子
孙尚有数千家,推测亦当有万人左右。

　　高祖的这份诏书的确起到了提升乐工地位的作用。《唐会要》卷三十四
《论乐》全文引用了这份诏书,并注曰:

---

① 　[清]董诰等编:《全唐文》,第26页。
② 　[唐]长孙无忌等:《隋书》,第1574页。
③ 　[宋]王溥:《唐会要》,第1570页。

乐工之杂士流,自兹始也。太常卿窦诞,又奏用音声博士,皆为大乐鼓吹官僚。于后筝簧琵琶人白明达,术逾等夷,积劳计考,并至大官。自是声伎入流品者,盖以百数。①

这说明乐工的地位已经提高,以至"筝簧琵琶人白明达,术逾等夷,积劳计考,并至大官。自是声伎入流品者,盖以百数"。如果不是被赦免了官奴婢、官户或杂户的身份,白明达等"并至大官"是难以想象的。

有的学者也提出初唐政治开明、政令宽松,"乐工在这种社会环境下,地位自然会有所提高。……武德四年七月二十九日诏:'太常乐人,本因罪色……自武德元年配充乐户,不在此例。'主要是将一些年纪大的乐户赦免为民"②。但从文献记载来看,高祖赦免的是前代乐人,不仅仅是年纪大的乐户。因此这种看法并不符合实际。

总之,在武德四年(621),有相当数量的前代乐工被赦免了官奴婢、官户或杂户身份,他们虽然依旧在太常寺供职,从事音乐活动,但他们的身份已经变化,法律地位有了很大的提高。

第三,太常音声人。太常音声人有两种含义。第一,太常音声人是太常寺音乐从业人员的总称。《新唐书》卷二十二《礼乐志》:"唐之盛时,凡乐人、音声人、太常杂户子弟隶太常及鼓吹署,皆番上,总号音声人,至数万人。"③即太常乐人、音声人、太常杂户子弟隶太常等不同身份的乐工总称为"音声人",此处的音声人是太常寺乐工的总称,包括了"太常乐人、音声人、太常杂户子弟"等不同身份的乐工。第二,太常音声人的另外一个含义是指太常寺中乐工的一种,其地位在平民之下、乐户之上,属于杂户,其身份在法律上高于乐户,但低于平民。

除太常寺有音声人外,教坊和高级官吏的家中亦有音声人。《唐会要》卷三十四《论乐》:"大中六年十二月,右巡使卢潘等奏:'准四年八月宣

---

① ［宋］王溥:《唐会要》,第 624 页。

② 乔志强、杨剑利:《中国乐户制度的流变》,《学术论丛》1999 年第 5 期,第 62 页。

③ ［宋］欧阳修、宋祁:《新唐书》,第 477 页。

约教坊音声人于新授观察、节度使处求乞……'依奏。"①这说明教坊中有音声人。《唐语林》卷四《贤媛》:"刘异赴分宁,安平公主辞,以异侍女从。宣宗曰:'此何人也?'曰:'刘郎音声人。'"②此条材料原出唐裴廷裕《东观奏记》卷上,它说明一些官吏家中亦有音声人,但官吏家中的音声人当系泛称,仅指歌妓,属于私奴婢,与太常寺的音声人并不相类。

关于太常音声人的数量,《通典》卷一百四十六《乐》六记载:"国家每岁阅司农户,容仪端正者归太乐,与前代乐户总名'音声人'。历代滋多,至有万数。"③《新唐书》卷二十二《礼乐志》亦云唐之盛时至数万人。此数为太常寺乐工的总数,不能视为太常音声人的数量。《新唐书》卷四十八《百官志》云:"唐改太乐为乐正,有府三人,史六人,典事八人,掌固六人,文武二舞郎一百四十人,散乐三百八十二人,仗内散乐一千人,音声人一万二十七人。"④此"音声人一万二十七人"似指太常音声人的数量。但唐代音乐从业人员的数量在不同时期变化很大,难于确定"一万二十七人"之数的具体年代。总之太常音声人的数量及不同时期的变化已难以确考。

以下讨论太常音声人的法律地位。岸边成雄认为太常音声人的法律地位和平民区别不大。他说:

> 此又说明了其他杂户以下之四种阶层,仅能同色通婚,纵使杂户在户籍进丁,受田、老免方面和太常音声人相同,较其他三种阶层为优,但在婚姻方面,仍不及太常音声人。总之,太常音声人除了上下太常寺轮值献乐以代替正常赋役外,其他方面均与良民相同。⑤

实际上,除婚姻之外,太常音声人在法律地位上更接近于官奴婢,岸边成

---

① [宋]王溥:《唐会要》,第 632 页。
② [宋]王谠:《唐语林》,第 411 页。
③ [唐]杜佑:《通典》,第 3718 页。
④ [宋]欧阳修、宋祁:《新唐书》,第 1244 页。
⑤ 〔日〕岸边成雄:《唐代音乐史的研究》,梁在平、黄志炯译,第 148 页。

雄说"太常音声人除了上下太常寺轮值献乐以代替正常赋役外,其他方面均与良民相同"并不准确。

据《唐律疏议》卷三《名例》:"'太常音声人',谓在太常作乐者,元与工、乐不殊,俱是配隶之色,不属州县,唯属太常,义宁以来,得于州县附贯,依旧太常上下,别名'太常音声人'。"①可知太常音声人在法律地位上与乐户区别不大,他们和乐户一样,需要在太常寺服役,在隋义宁之前,他们在州县没有户籍,义宁之后才在州县"附贯",实际上依然单列户籍,和平民的户籍是分开的。在后世,乐户的户籍和平民也是分开的。

太常音声人与乐户最大的区别在于婚姻。即乐户必须当色为婚,而太常音声人可以婚同百姓。《唐律疏议》卷十四《户婚》"杂户官户与良人为婚"条云:

> 其工、乐、杂户、官户,依令"当色为婚",若异色相娶者,律无罪名,并当"违令"。既乖本色,亦合正之。太常音声人,依令"婚同百姓",其有杂作婚姻者,并准良人。②

唐之法律严格禁止官私奴婢、官私贱民与平民通婚,因为混淆良贱就等于破坏了严格的等级制度,这是不为朝廷所容许的。法律规定良贱不得通婚,即使是不同等级的官奴婢、官户或杂户之间也不许通婚,这样就维护了等级制度,避免官奴婢、官户或杂户通过婚姻提高社会地位。

官奴婢、官户均是当色为婚,但太常音声人可以"婚同良民",这的确说明太常音声人比官奴婢和官户具有更高的社会地位。但是,除婚姻方面太常音声人与平民享有同样的权利以外,在其他方面他们并不具备平民的权利。相反,太常音声人的法律地位更接近于官户。也就是说,太常音声人和乐户除婚姻方面外,在法律上的地位是相同的。

岸边成雄过高地估计了太常音声人的法律地位。项阳说:"乐户人等

①　刘俊文:《唐律疏议笺解》,中华书局 1996 年版,第 282 页。

②　刘俊文:《唐律疏议笺解》,第 1067 页。

若触犯了法律,其处罚比平民百姓要重得多。"①因为太常音声人的法律地位除婚姻外与乐户无异,因此,可以推断,太常音声人的法律地位处于平民和官户之间,而更接近于官户。

《新唐书》卷九十八《万石传》:"万石奏'太乐博士弟子遭丧者,先无它业,请以卒哭追集'。侍御史刘思立劾奏万石曰:'移风易俗,莫善于乐;睦亲化人,莫善于孝。所以三年之礼,天下通丧。今遣音声人释服为乐,带经治音,岂以小人不能执礼,遂欲约为非法?万石官太常,首紊风化,请付吏论罪。'高宗方委任万石,罢其奏。"②按三年之礼是天下之通丧,平民是要遵守的,但万石提出音声人可以释服为乐,可见音声人的地位去平民较远。又《新唐书》卷四十六《百官志》:"太常音声人,得五品以上勋,非征讨功不除簿。"③《唐会要》卷三十四《论乐》所记相同。太常音声人非征讨之功不能除簿,由此可见脱籍之难及朝廷对其户籍控制之严,这也反映出太常音声人的实际地位与平民相差很大,而较接近于官户。

第四,番上的乐户。宫廷乐人产生较早,但真正出现乐户之名是在北魏,说明至晚在北魏,已经出现单列户籍、在宫廷从事音乐活动的乐户。④他们地位低下,属于官户。到隋代,隋炀帝曾经大括乐户,使乐户的数量急剧增加。这些乐户在唐武德四年(621)得到高祖的赦免,在身份上成为平民,但依旧从事旧业。而自武德以来新籍没的乐户则未能得到赦免,他们的身份没有改变。同时,因为战争、叛乱、酷吏等种种因素,在武德以后又出现了大量乐户。这些乐户在太常寺分番上下,成为太常寺乐工的重要组成部分。

《新唐书》卷二十二《礼乐志》记载,唐之盛时,乐人、音声人、太常杂户子弟有数万人。所谓"太常杂户子弟"即是乐户,他们是官户,或称番户,其身份与太常音声人相近,但比太常音声人略低。

---

① 项阳:《山西乐户研究》,第114页。
② [宋]欧阳修、宋祁:《新唐书》,第3905页。
③ [宋]欧阳修、宋祁:《新唐书》,第1181页。
④ 参见项阳:《山西乐户研究》,第1页;乔健、刘贯文、李天生:《乐户:田野调查与历史追踪》,第11页。

乐户到朝廷从事音乐活动采用番上的方式。《旧唐书》卷四十四《职官志》："凡乐人及音声人应教习，皆著簿籍，核其名数，分番上下。"①具体的番上的方法见《大唐六典》卷十四《太常寺》：

> 凡乐人及音声人应教习，皆著簿籍，核其名数而分番上下，（短番散乐一千人，诸州有定额。长上散乐一百人，太常自访召。关外诸州者分为六番，关内五番，京兆府四番，并一月上；一千五百里外，两番并上。六番者，上日教至申时；四番者，上日教至午时。）皆教习检察，以供其事。（若有故及不任供奉，则输资钱以充伎衣、乐器之用。）②

可知番上的方法大略是远离京城的乐户每年中每次服役的时间长，但次数少。而京城附近的则每次服役的时间短，但次数要多。所有番上乐户每年服役的总时间应该相同。（关于乐户番上的具体方法岸边成雄有所论述。③）这条材料也说明，无论是乐人或音声人，他们在太常寺"皆著簿籍"。又《唐会要》卷三十四《论乐》："乾封元年五月敕：音声人及乐户，祖母老病应侍者，取家内中男及丁壮好手者充。若无所取中丁，其本司乐署博士，及别教子弟应充侍者，先取户内人及近新充。"④则音声人和乐户若家中祖母老病需要侍奉，其服役应由家内中男及丁壮好手代替。

第五，身份为官奴婢的长上乐户。太常寺中还有一类乐工属于长上乐户，他们的身份与番上乐户不同。《大唐六典》卷十四《太常寺》："长上散乐一百人，太常自访召。"⑤可知散乐中有长上乐工。其实，长上的乐工并不仅仅限于散乐。太常寺的长上乐工大部分属于官奴婢。

由一般官奴婢的情况可推知太常寺官奴婢的具体情况。关于官奴婢的记载，见于《大唐六典》、《旧唐书》和《新唐书》等文献。《大唐六典》卷六

《尚书刑部》云：

　　凡反逆相坐，没其家为官奴婢。（反逆家男女及奴婢没官，皆谓之官奴婢。男年十四以下者，配司农；十五已上者，以其年长，命远京邑，配岭南为城奴。）一免为番户，再免为杂户，三免为良人，皆因赦宥所及则免之。（凡免皆因恩言之，得降一等、二等，或直入良人。诸《律》、《令》、《格》、《式》有言官户者，是番户之总号，非谓别有一色。）年六十及废疾，虽赦令不该，并免为番户；七十则免为良人，任所居乐处而编附之。凡初配没有伎艺者，从其能而配诸司；妇人工巧者，入于掖庭；其余无能，咸隶司农。凡诸行宫与监、牧及诸王、公主应给者，则割司农之户以配。（诸官奴婢赐给人者，夫、妻、男、女不得分张；三岁已下听随母，不充数。若应简进内者，取无夫无男女也。）其余杂伎则择诸司之户教充。（官户皆在本司分番，每年十月，都官按比。男年十三已上，在外州者十五已上，容貌端正，送太乐；十六已上，送鼓吹及少府教习。有工能官奴婢亦准此，业成，准官户例分番。其父兄先有伎艺堪传习者，不在简例。）凡配官曹，长输其作；番户、杂户，则分为番。（番户一年三番，杂户二年五番，番皆一月。十六已上当番请纳资者，亦听之。其官奴婢长役无番也。）男子入于蔬圃，女子入厨膳，乃甄为三等之差，以给其衣粮也。（四岁已上为"小"，十一已上为"中"，二十已上为"丁"。春衣每岁一给，冬衣二岁一给，其粮则季一给。丁奴春头巾一，布衫、袴各一，牛皮靴一量并毡。……十岁已下男春给布衫一、布裙一、鞋一量；……官户长上者准此。其粮：丁口日给二升，中口一升五合，小口六合；诸户留长上者，丁口日给三升五合，中男给三升。）凡居作各有课程。（丁奴，三当二役，中奴若丁婢，二当一役；中婢，三当一役。）凡元、冬、寒食、丧、婚、乳免咸与其假焉。（官户、奴婢，元日、冬至、寒食放三日假，产后及父母丧、婚放一月，闻亲丧放七日。）有疾，太常给其医药。（其分番及供公廨户不在给限。）男、女既成，各从其类而配偶之。（并不得养良人之子及以子继人。）每岁孟春，本司以类相从而疏其籍以申。每岁仲冬之月，条其生息，阅其老幼而正簿焉。（每岁十月，所司自黄口以上并印臂，送都官阅貌。)①

《旧唐书》卷四十三《职官志》及《新唐书》卷四十六《百官志》所记基本相同。综合以上材料,可以得出以下结论:

第一,关于官奴婢的来源,如前所述,凡犯谋反、谋逆等大罪者,其家籍没为官奴婢。《唐会要》卷八十六《奴婢》:"旧制,凡反逆相坐,没其家为官奴婢。"②可知,反逆家的全部成员及奴婢全部成为官奴婢。

第二,被籍没的官奴婢,根据其自身的才能分配给相关部门。男性官奴婢在十三以上(在外州者十五以上),容貌端正,送太常寺的太乐署学习音乐并服役;十六以上,则送太常寺鼓吹署及少府学习及服役。如果官奴婢此前已经具有一定的音乐才能,则不受此限,可直接选送到太常寺的太乐署或鼓吹署从事表演。妇人工巧者,选送掖庭,但选送掖庭的妇女必须是没有丈夫、没有儿女的。

第三,作为官奴婢的太常寺乐工长役无番,也就是说,他们必须长期服役。此与官户、杂户的番上不同。

第四,作为官奴婢的太常寺乐工地位最为低下,经过赦免,其地位可逐步提高。官奴婢乐工经过一次赦免成为番户,这时即可以番上,不必常年服役。再一次赦免则成为杂户,杂户的地位在官户和平民之间,其地位相当于太常音声人。第三次赦免则成为平民,地位有较大提高。作为官奴婢的太常寺乐工的身份亦可以因为年长或身体情况而改变。凡年龄达到六十岁或身有废疾的,即使没有得到赦免,官奴婢也自然变为番户。到七十岁则被免为平民,可以任意选择居住地,当地政府予以编入户籍。

第五,这些作为官奴婢的乐工,每年可得到一次春衣,每两年可得到一次冬衣。二十岁以上可得到春头巾一,布衫、袴各一,牛皮靴一量并毡。十岁以下可得到布衫一、布裙一、鞋袜一量。长上的乐户与此相同。口粮每季发放一次,二十岁以上每日二升,十一岁以上每日一升五合,四岁以上每日六合。元日、冬至、寒食放假三天,产后及父母丧、结婚放假一月,

---

① [唐]李隆基撰,李林甫注:《大唐六典》,第149页。
② [宋]王溥:《唐会要》,第1569页。

亲丧放假七天。患病由太常寺发给药物。

第六，作为官奴婢的太常寺乐工必须当色为婚。他们不能收养平民之子，亦不能把自己的孩子送他人收养。

第七，他们的户籍由太常寺管理，因为官奴婢的人员、年龄等情况处于变化之中，太常寺每年根据变化情况对户籍进行调整。为了防止逃亡，除幼儿外都要在手臂上印上标记。

以上说明，太常寺中身份属于官奴婢的乐工是罪犯的家属，在所有的乐工中，他们的地位最为低下，要经过几次赦免才能成为平民，这在一般情况下很难实现。他们必须在太常寺长期服役，所得衣粮极少，每年只有很少的假期。他们在州县没有户籍，其户籍属于太常寺。他们要当色为婚，否则即被视为犯罪。他们被视为畜产，没有人的权利和人的尊严。当然，他们在全部人口中所占的比例很小。唐代也有许多解放和赦免奴婢的事件，但社会上始终存在这样一个阶层，"中国奴隶制度残余的存在延续状况也比我们所能想象的严重得多"①。

从太常寺乐工的身份看，平民身份的文武二舞郎从事的是舞蹈演出，杂户身份的太常音声人中当有一部分从事乐器演奏，一部分从事演唱。作为官户的番上乐户和作为官奴婢的长上乐户同太常音声人一样，一部分演奏乐器，一部分从事歌唱。此外，太常寺在开元二年(714)之前还管理散乐和俳优。

综上，太常寺作为主管国家礼乐的机构，其乐工的身份是复杂的。太常寺乐工中的文武二舞郎属于平民，他们由平民子弟充任，是乐工中身份最高的。被赦免贱籍的前代乐工也具有平民身份，在景龙三年(709)尚有万人左右。太常音声人的身份属于杂户，在地位上接近于官户，但他们享有与平民通婚的权利。番户的地位和太常音声人基本相同，但必须当色为婚，他们以番上的方式到太常寺服役。另有一种长上乐户，其身份属于官奴婢，是所有乐工中身份最低的，他们被视为畜产，需要长期在太常寺服役，所得衣粮只能维持生存。由于乐工的身份不同，专业分工也不同。

---

① 何勤华：《唐代律学的创新及其文化价值》，《政治与法律》2000 年第 3 期，第 52—58 页。

第三节 太常寺乐户的法律地位和社会地位

唐太常寺乐工身份比较复杂,有平民身份的乐工和舞郎,有比平民身份低的太常音声人,又有官户身份的番上乐户和官奴婢身份的长上乐户。平民身份的乐工除以其音乐技能为朝廷服务外,在法律上享有平民的一切权利。而官奴婢身份的长上乐户在法律上则等同于畜产,地位极为低下。番上的乐户和太常音声人则处于他们之间,法律地位和社会地位都有一定的特殊性。本节主要讨论太常寺番上乐户(包括太常音声人)的法律地位和社会地位。

一、太常寺乐户(包括太常音声人)的法律地位概说

作为官户的一种,乐户法律地位与平民明显不同。乐工的法律地位岸边成雄有所讨论,兹根据《唐律疏议》等文献总结乐户、太常音声人违法处罚情况,以见其概况:

表 2—2　乐户、太常音声人违法处罚情况表

序号	主体	要　件	处　罚	限　制
1	乐户	习业未成犯徒刑	依式配役	
2	乐户	习业未成犯流刑	易以决杖、留住	造畜蛊毒者配流如法
3	乐户	习业已成犯徒刑	易以加杖	造畜蛊毒者配流如法
4	乐户	习业已成犯流刑	加杖二百	造畜蛊毒者配流如法
5	乐户	避本业赦后	应改正	否则各论如本犯律
6	乐户	脱漏乐籍赦后	应改正	否则各论如本犯律
7	乐户	娶平民女	杖一百	
8	乐户	与太常音声人通婚	按良贱通婚科之	强制改正
9	乐户	杀人遇赦	移乡,各从本色	
10	乐户	诈去乐户名	徒二年	
11	乐户	诈得复役使	徒一年	诈庸重者各坐赃论
12	乐户	诈自脱及脱之	杖六十	诈庸重者各坐赃论
13	乐户	逃亡	一日笞三十,十日加一等	罪止徒三年
14	乐户	谋杀本部五品以上官长	流二千里	

序号	主体	要 件	处 罚	限 制
15	乐户	谋杀本部五品以上官长已伤	绞	
16	乐户	谋杀本部五品以上官长已杀	斩	
17	平民	娶乐户女	徒一年半	
18	平民	养乐户男为子孙	徒二年,笞五十,改正	官奴婢、官户不能当色别色相养
19	平民	养乐户女为子孙	徒二年,笞五十,改正	官奴婢、官户不能当色别色相养
20	平民	养太常音声人男女为子孙	无罪	
21	太常音声人	习业未成犯徒刑	依式配役	
22	太常音声人	习业未成犯流刑	易以决杖、留住	造畜蛊毒者配流如法
23	太常音声人	习业已成犯徒刑	易以加杖	造畜蛊毒者配流如法
24	太常音声人	习业已成犯流刑	加杖二百	造畜蛊毒者配流如法
25	太常音声人	避本业赦后	应改正	否则各论如本犯律
26	太常音声人	脱漏乐籍赦后	应改正	否则各论如本犯律
27	太常音声人	杂作婚姻	并准平民治罪	
28	太常音声人	与乐户通婚	按良贱通婚科之	强制改正
29	太常音声人	杀人遇赦	移乡,各从本色	
30	太常音声人	诈去乐户名	徒二年	
31	太常音声人	诈得复役使	徒一年	诈庸重者各坐赃论
32	太常音声人	诈自脱及脱之	杖六十	诈庸重者各坐赃论
33	太常音声人	逃亡	一日笞三十,十日加一等	罪止徒三年
34	太常音声人	谋杀本部五品以上官长	流二千里	
35	太常音声人	谋杀本部五品以上官长已伤	绞	
36	太常音声人	谋杀本部五品以上官长已杀	斩	

由此表可见,唐代法律对乐户(含太常音声人)有一些特殊规定:

(一)因为乐户(含太常音声人)掌握音乐技能,因此在刑罚上与平民并不相同。这种不同表现在,如果乐户(含太常音声人)习业已成,当他们犯罪应处以流刑和徒刑时并不真正执行,而以杖刑代替。

(二)乐户(含太常音声人)均不得避本业,即乐户(含太常音声人)必须到太常寺服务,如逃避服役,即为"避本业",按律避本业者徒二年。脱漏籍指脱漏工乐的户籍,脱指全户不附,漏指隐口不附。按唐律,脱户者家长徒三年,无课役者及女户酌减。乐户(含太常音声人)如犯此种罪,遇赦后虽不再处罚,但应改正。不改正者,各论如本犯律。

(三)乐户不得与平民为婚。唐代法律严格禁止官奴婢、官户与平民通婚,同时禁止官奴婢、官户之间通婚。唯太常音声人可以与平民通婚。正如有的学者指出的那样,封建社会的户籍一般表现为户籍的地域性、世袭性和等级性。[①] 封建社会户籍的等级性表现为既有特权户籍,又有一般平民户籍和贱民户籍。属于特权户籍的人享受减免赋税、刑罚、差役等特权。一般平民户籍是社会的主体,属于平民户籍的人数量最多,承担着国家的大部分赋税。贱民户籍包括各种官私贱民和官私奴婢,其社会地位低于平民。严格禁止官奴婢、官户与平民通婚,同时禁止不同身份的官奴婢、官户之间通婚,是保持封建社会等级性的有效措施。

(四)乐户和太常音声人的身份带有世袭性,不能随意变更。即使是犯罪遇到赦免,被强制移至千里之外为户(此为避免被杀之人的亲属复仇),还要各从本色,从事原来的工作,保持原来的身份。

(五)唐律严格禁止乐户和太常音声人以欺骗手段逃脱役使,即乐户和太常音声人不得诈去工、乐及杂户等名字以避免征役。太常音声人不能诈去音声人之名。

(六)太常音声人和乐户必须根据规定番上,不得逃亡,不能逃避服役和摆脱控制。太常音声人、乐户如逃亡,一日笞三十,十日加一等,罪止徒三年。即一日笞三十,十一日笞四十,二十一日笞五十,三十一日杖六十,四十一日杖七十,五十一日八十,六十一日九十,七十一日一百,八十一日徒一年,九十一日徒一年半,一百一日徒两年。一百一十一日徒二年半,一百二十一日徒三年。至此罪满。

(七)唐代法律规定太常音声人、乐户不得以下犯上,凡谋杀本部官长者均判重罪。

---

① 参见江立华:《我国户籍制度的历史考察》,《西北人口》2002 年第 1 期,第 10—13 页。

（八）因为养乐户男女为子孙会混淆良贱、打乱血统、破坏等级制度，因此，唐律严格禁止养乐户男女为子孙的行为。同时官奴婢、官户亦不能相养，即官奴婢、官户既不能当色相养，亦不能别色相养。太常音声人婚同百姓，故养太常音声人男女为子孙无罪。

二、番上乐户（含太常音声人）的社会地位

一般认为，乐工的社会地位十分低下。如项阳认为："（唐代乐人）无论是官户、番户、杂户，不管是长役还是一年三番役、两年五番役，《大唐六典》、《唐会要》、《唐律疏议》对他们身份的认定上共性的一点即是'当色为婚'，不与良人同类，这就表明属于身份低贱者。太常乐人、音声人为犯罪没官者充任，此种观念可以说从太常设置之时便成为一种统一认识。"①他又说："乐户既属于贱民之列，其社会地位自然是十分低下。就群体说来，既不可与齐民通婚，亦不能读书科考，无论是服饰、行路都有限制，甚至同一个祖宗者，沦为乐户的也受到同族人的歧视，活着不许他们进祠堂，死了不能埋进祖坟，毫无社会地位可言。"②

学者对乐户的田野调查结果与这种观点相合，清末民初一直到新中国建立前后乐户的社会地位是十分低下的，这也能证明古代乐人社会地位的低下。乔健论述乐户的地位时说："乐户的应试、出仕与入学方面所受到的歧视，与其他低下'行业'所受的差别不大。然而在其他方面所受到的却既深且广，远远超过了同等级的其他'行道'。传统上，乐户在衣、食、住、行等生活的主要方面都受到极不公正的待遇。前面已经说过在衣着方面，在办事时须着特别服装，而人们一看到这服饰都有一种污蔑性的联想。即使在平时，也只能穿深蓝色衣服，类似因犯罪穿的'缁衣'。到主人家办事时，必须待别人吃完饭乐户才能吃，而且不能上桌，只能蹲着吃。如需过夜，不能上炕睡，只能在地上铺上干草睡。旧时，城市里都有供乐户及其他低下'行道'中人过夜的地方，叫做'窝铺'。至于行的方面，乐户永远要把好路让给别人走：晴天自己沿着屋檐走，下雨自己走在路中间，

---

① 项阳：《山西乐户研究》，第 7 页。
② 项阳：《山西乐户研究》，第 110 页。

把屋檐下让给别人走。晋东南有一些流行甚广的顺口溜可能是乐户自己编的,叙述乐户生活上的不平。譬如:动在人前,吃在人后,穿的衣服少领没袖,走在大街,一摆两溜。坐下一圈,站起一溜。在居住方面,乐户只能住在村边上,屋子的建筑及墓地的设施都有一定的限制。"①这就给人一种印象,即乐户的社会地位从古至今都是非常低下的。

实际上,在唐代乐户的社会地位固然说不上很高,但有其特殊性,唐代太常寺乐工(亦包括教坊乐工和梨园弟子)有时具有较高的社会地位。这主要表现在以下几个方面:

第一,许多乐工具有平民身份。前面已经说过,在武德四年(621),高祖赦免了前代乐工,虽然他们还从事原来的职业,但他们的身份发生了变化,社会地位应有很大的提高。因为隋代的乐户有数万人,因此可以推断,在唐代被赦免的前代乐工数量可能很大。有一大批平民身份的乐工,是唐太常寺乐工的重要特点,这也是唐代太常寺乐工社会地位比较高的重要基础。

第二,许多乐工升任较高的官职。在唐代,有许多乐工得以升任高官。虽然按照规定乐工在理论上也可以不断升职,但唐代这种现象很多,较为引人注目。

授予乐工高官的情况在高祖时就出现了。《唐语林》卷三《方正》:"高祖即位,以舞胡安叱奴为散骑侍郎。"②《资治通鉴》卷一百八十六唐高祖武德元年(618)十二月所记略同。则高祖曾授舞胡安叱奴为散骑侍郎。

太宗时乐工王长通、白明达得任高官。《唐会要》卷三十四《论乐》:"臣见王长通,白明达,本自乐工,舆皂杂类……纵使术逾侪辈,材能可取,止可厚赐钱帛,以富其家;岂得列在士流,超授官爵。遂使朝会之位,万国来庭,邹子伶人,鸣玉曳绶,与夫朝贤君子,比肩而立,同坐而食。臣窃耻之。"③虽然有人提出不同意见,但乐工王长通、白明达最终还是得任高官。马周《上太宗疏》:"臣伏见王长通白明达,本自乐工,舆皂杂类……然

---

① 乔健、刘贯文、李天生:《乐户:田野调查与历史追踪》,第 347 页。
② [宋]王谠:《唐语林》,第 220 页。
③ [宋]王溥:《唐会要》,第 624 页。

成命既往,纵不可追,谓宜不使在朝班预于仕伍也。"①可见,乐工王长通、白明达虽然不得"与夫朝贤君子,比肩而立,同坐而食",但"成命既往",最终还是得任高官。

玄宗朝,曾追拜太常乐工金藏节为右骁卫将军。②文宗曾授太常寺乐官尉迟璋高官。《唐阙史》卷下:"开成初……有太常寺乐官尉迟璋者,善习古乐,为法曲箫磬琴瑟,戛击铿拊,咸得其妙,遂成《霓裳羽衣曲》以献,诏中书门下及诸司三品以上,具常朝服,班坐以听。合奏相顾曰:'不知天上也,瀛洲也。'因以曲名宣赐贡院,充试进士赋题,又命授尉迟璋官,丞相荥阳郑公覃拟王府率。"③《旧唐书》卷一百七十七《曹确传》:"文宗欲以乐官尉迟璋为王府率,拾遗窦洵直极谏,乃改授光州长史。"④无论是王府率还是光州长史,尉迟璋所任均非乐官。

懿宗咸通年间,曾任命乐工李可及为威卫将军。《旧唐书》卷一百七十七《曹确传》:"懿宗以伶官李可及为威卫将军。"⑤《唐会要》卷五十二《识量》下所记略同。《杜阳杂编》卷下:"(李)可及官历大将军,赏赐盈万,甚无状。左军容西门季玄素颇鲠直,乃谓可及曰:'尔恣巧媚以惑天子,族无日矣。'可及恃宠,亦无改作。可及善转喉舌,对至尊弄眉眼,作头脑,连声作词,唱新声曲,须臾即百数方休。"⑥可见李可及不仅得任威卫将军,且极受懿宗宠爱。这种以乐工为高官的事件在五代亦不乏其例。

岸边成雄亦注意到唐代乐工升任高官者之多,他说:"乐工毕竟是世代相袭之一种官贱民,故可因特殊技能脱离官贱民阶级成为技术官(博士),或授为散官,更可积功升任太常寺以外官吏,此为其依据法律迁升之

---

①　[清]董诰等编:《全唐文》,第 1585 页。

②　参见[唐]刘肃:《大唐新语》,第 74 页。

③　[唐]高彦休:《唐阙史》(《唐五代笔记小说大观》本),上海古籍出版社 2000 年版,第 1351 页。

④　[后晋]刘昫等:《旧唐书》,第 4607 页。

⑤　[后晋]刘昫等:《旧唐书》,第 4607 页。参见[唐]曹确:《谏用伶官李可及为威卫将军疏》,[清]董诰等编:《全唐文》,第 7912 页。

⑥　[唐]苏鹗:《杜阳杂编》(《唐五代笔记小说大观》本),上海古籍出版社 2000 年版,第 1397 页。

道,但是实际上却不可多见;反之,不依法令规定仅凭恩宠,授予相当高位者却不在少数。此种现象,当然要成为政治上的话题,此外也有基于法令与恩宠两种要素而晋升太常寺以外高官。"①岸边成雄注意到了乐工晋升高官的现象,但是却忽略了这样一个问题:这些乐工得以升任高官,固然有"法令与恩宠"两个原因,但还有一点值得注意,那就是其中许多人具有平民身份。也就是说,他们中许多是由平民晋升为高官,而不是由官户或官奴婢直接晋升为高官的。平民晋升为高官当然要比官奴婢、官户或杂户要容易一些。

如白明达本为隋朝的乐正,曾为炀帝的诗歌配乐,《资治通鉴》卷一百八十隋炀帝大业二年(606)十二月:"帝多制艳篇,令乐正白明达造新声播之,音极哀怨。帝甚悦,谓明达曰:'齐氏偏隅,乐工曹妙达犹封王;我今天下大同,方且贵汝,宜自修谨!'"②在唐高祖赦免前代乐工贱籍身份之后,白明达得以升任高官。《唐会要》卷三十四《论乐》:"(武德)四年九月二十九日诏:'太常乐人……艺比伶官……宜并蠲除,一同民例。……乐工之杂士流,自兹始也。太常卿窦诞,又奏用音声博士,皆为大乐鼓吹官僚。于后筚篥琵琶人白明达,术逾等夷,积劳计考,并至大官。自是声伎入流品者,盖以百数。"③可见白明达等"并至大官"与高祖赦免前代乐工的贱籍关系密切。"乐工之杂士流,自兹始也",已经把其中的因果关系表述得非常清楚。也就是说,许多乐工在拥有平民身份之后加上其他的因素(如岸边成雄所述之"法令与恩宠"),才得以升任高官。

第三,一些乐工在当时甚有声名。在唐代,有不少乐工闻名于世。唐段成式《酉阳杂俎》卷十二《语资》:"乐工贺怀智、纪孩孩,皆一时绝手。"④元稹《琵琶歌》云:"琵琶宫调八十一,旋宫三调弹不出。玄宗偏许贺怀智,段师此艺还相匹。"⑤这说明盛唐乐工贺怀智不仅在当时非常有名,而且

---

① 〔日〕岸边成雄:《唐代音乐史的研究》,梁在平、黄志炯译,第189—190页。

② 〔宋〕司马光:《资治通鉴》,第5627页。

③ 〔宋〕王溥:《唐会要》,第623页。

④ 〔唐〕段成式:《酉阳杂俎》(《唐五代笔记小说大观》本),上海古籍出版社2000年版,第645页。

⑤ 〔清〕彭定求等编:《全唐诗》,第4640页。

中唐时尚为人所知。《唐语林》卷五《补遗》："李龟年、彭年、鹤年弟兄三人，开元中皆有才学盛名。鹤年能歌词，尤妙制《渭州》。彭年善舞。龟年善打羯鼓。"①又唐郑处诲《明皇杂录》卷下："唐开元中，乐工李龟年、彭年、鹤年兄弟三人，皆有才学盛名。彭年善舞，鹤年、龟年能歌，尤妙制《渭川》，特承顾遇。于东都大起第宅，僭侈之制，逾于公侯。"②可知李龟年兄弟在当时皆有大名，并和名公官吏交往。他们富比公侯，非常富有。

第四，普通的太常乐工可能亦具有比较高的社会地位和经济地位。一些乐工技艺高超，从而得到皇帝的宠信，具有较高的地位。因为从事表演得到赏赐，收入丰厚，这不难理解。那么，普通乐工是否具有较高的社会地位和经济地位呢？

根据有关文献，唐代乐工的社会地位和经济地位是较高的。《唐会要》卷三十四《论乐》："会昌二年四月二十三日敕节文：'京畿诸院太常乐及金吾角手，今后只免正身一人差使，其家丁并不在影庇限。'"③又武宗《加尊号赦文》："京畿诸县太常乐人及金吾角子，皆是富饶之户，其数至多，今一身属太常金吾，一门尽免杂差役。今日已后，只放正身一人差使，其家下并不在影庇限。"④由此可以推断，至少在会昌二年（842）四月之前的一段时间之内，太常乐工享有一人身属太常就可以一门尽免杂差役的权利。这势必使这些乐工在经济上有更多的收入。况且，太常寺乐工在番上时朝廷供给衣粮，并有可能得到赏赐。在番上之余，他们服务于官吏和平民，亦可得到相当的收入。因此，可以推断，太常寺乐工在经济上远比一般平民富有。

在具有较为丰厚的经济收入的同时，普通的太常寺乐工可能同时拥有比较高的社会地位。关于太常寺乐工社会地位的文献记载较少，但我们还是可以从零星的材料中找到一些蛛丝马迹。如杜牧《同州澄城县户

① ［宋］王谠：《唐语林》，第 480 页。

② ［唐］郑处诲：《明皇杂录》（《唐五代笔记小说大观》本），上海古籍出版社2000年版，第 962 页。

③ ［宋］王溥：《唐会要》，第 631 页。

④ ［清］董诰等编：《全唐文》，第 814 页。

工仓尉厅壁记》云：

> 征者俗讹为澄耳，其地西北山环之……是以年多薄稔，复绝丝麻蔬果之饶，固无豪族富室，大抵民户高下相差埒。然岁入官赋，未尝期表鞭一人。因征其来由，耆老咸曰："西四十里即畿郊也，至如禁司东西军禽坊龙厩彩工梓匠善声巧手之徒，第番上下户，互来进取，挟公为首，缘以一括十。民之晨炊夜春，岁时不敢尝，悉以仰奉，父伏子走，尚不能当其意，往往击辱而去。长吏固不敢援复，况其养秩安禄者耶？加以御女官多盐冗其间，递相占附，比急热如手足，自丞相、御史，咸不能与之角逐，县令固无有为也。非豪吏真工联纽相姻戚者率解去，是以县赋益逋。征民幸脱此苦者，盖以西有通洞巨壑，义牙交吞，小山峭径，驰鞍马、张机置者，不便于此，是以绝迹不到。兼之土田枯卤，树植不茂，无秀润气象，咸恶之而不家焉。民所以安活输赋者殆由此。傥使征亦中其苦，则墟矣，尚安敢比之于他邑乎？"①

此文颇为耐人寻味。从此文看，澄城县西四十里即为畿郊，居住着包括"善声者"在内的杂户。他们是"第番上下户"，其中的"善声者"当为番上的乐户或太常音声人。他们在当地"挟公为首"，很有势力，以至当地百姓被迫予以供奉，"民之晨炊夜春，岁时不敢尝，悉以仰奉，父伏子走，尚不能当其意，往往击辱而去"。地方官吏，甚至丞相、御史都奈何他们不得，以至出现许多人被迫逃走的现象，当地的赋税也就出现亏空。由此可见，番上的乐户的确具有很大的势力，他们在法律上或为平民，或为官户，但在实际生活中，却往往拥有与其法律地位不相称的社会地位，这是清末民初的乐户无法比拟的。

《隋书》卷七十三《梁彦光传》："（梁彦光）复为相州刺史。豪猾者闻彦光自请而来，莫不嗤笑。彦光下车，发摘奸隐，有若神明，于是狡猾之徒莫不潜窜，合境大骇。初，齐亡后，衣冠士人多迁关内，唯技巧、商贩及乐户

---

① ［清］董诰等编：《全唐文》，第 7811 页。

之家移实州郭。由是人情险诐,妄起风谣,诉讼官人,万端千变。"①则乐工"妄起风谣,诉讼官人"似亦为一种"传统"。

上文中提到地方官吏,甚至丞相、御史都无法和这些乐工抗衡,这是否是夸大其词呢? 从有关材料看,乐工欺侮大臣的事件也可能发生。如《资治通鉴》卷二百七十二后唐庄宗同光元年(923)十一月:"(后唐庄宗时)诸伶出入宫掖,侮弄缙绅,群臣愤嫉,莫敢出气;亦反有相附托以希恩泽者,四方藩镇争以货赂结之。其尤蠹政害人者,景进为之首。进好采闾阎鄙细事闻于上,上亦欲知外间事,遂委进以耳目。进每奏事,常屏左右问之,由是进得施其谗慝,干预政事。自将相大臣皆惮之,孔谦常以兄事之。"②可知后唐庄宗时乐工气焰嚣张,以至于侮弄缙绅,连大臣都敢怒不敢言。这些乐工还充当庄宗耳目,采闾阎鄙细事,乘机施其谗言,干预政事。这类事件其实再普通不过,《资治通鉴》卷一百七晋孝武帝太元十四年(389)十一月云:

> 岂有善人君子而干非其事,多所告白者乎! 自古以来,欲为左右耳目,无非小人,皆先因小忠而成其大不忠,先藉小信而成其大不信,遂使谗谄并进,善恶倒置,可不戒哉! ……足下但平心处之,何取于耳目哉! 昔明德马后未尝顾左右与言,可谓远识,况大丈夫而不能免此乎!③

乐工出入宫掖、侮弄缙绅的事件虽然发生在五代,但去唐未远。可以推断,这类事件在唐代亦极可能发生。

通过以上分析可以看出,许多太常寺乐工具有平民身份,他们自然应该比官奴婢有更高的社会地位。尽管太常寺乐户的法律地位并不高,但许多太常寺乐工(也包括教坊和梨园的乐工)升任较高的官职,一些乐工与皇帝关系密切,或在当时甚有声名,这都从不同的侧面说明这些乐工拥

---

① ［唐］长孙无忌等:《隋书》,第1675页。
② ［宋］司马光:《资治通鉴》,第8904页。
③ ［宋］司马光:《资治通鉴》,第3393页。

有比较高的社会地位。即使是普通的乐工,在一定时期内也有比较高的社会和经济地位。

在讨论太常寺乐工的社会地位和经济地位时,我们不能忽略他们之中有许多属于官奴婢、官户或杂户,他们来源于罪犯的家属和战俘。他们在法律地位上还远远赶不上平民。即使在唐代有较多的乐工升任高官或闻名于世,他们所占的比例也非常之小。皇帝把他们视为俳优,宠信也并不代表尊敬。因此,我们说,唐代乐工的确在一定程度上和特定时期内拥有较高的社会地位和经济地位,但这只是相对的,而不是绝对的。

第四节 太常寺乐工的番上及番上之余的活动

太常寺乐工中,除长上的乐工外,乐户和太常音声人均为番上。也就是说,他们仅根据要求每年有一定时间到太常寺服役,其余时间则自由支配。岸边成雄对乐工番上的方法已有讨论,本节略述之,以见其概况,而重点对乐工番上之余的活动情况进行论述。

一、太常寺乐工番上的方法概说

《新唐书》卷二十二《礼乐志》:"凡乐人、音声人、太常杂户子弟隶太常及鼓吹署,皆番上。"[1]《新唐书》卷四十八《百官志》:"太乐署……凡习乐,立师以教,而岁考其师之课业为三等,以上礼部。十年大校,未成,则五年而校,以番上下。有故及不任供奉,则输资钱,以充伎衣乐器之用。"[2]可见,乐户均须番上,如果因为某种原因不能在规定的时间里服役,就要交纳一定量的资钱以代替服役。

关于太常寺乐工番上的具体做法,《大唐六典》记载比较详细。《大唐六典》卷十四《太常寺》云:

> 凡乐人及音声人应教习,皆著簿籍,核其名数而分番上下。短番散乐一千人,诸州有定额。长上散乐一百人,太常自访召。关外诸州

---

① [宋]欧阳修、宋祁:《新唐书》,第477页。

② [宋]欧阳修、宋祁:《新唐书》,第1243页。

者分为六番,关内五番,京兆府四番,并一月上;一千五百里外,两番并上。六番者,上日教至申时;四番者,上日教至午时。皆教习检察,以供其事。若有故及不任供奉,则输资钱以充伎衣、乐器之用。①

又《新唐书》卷四十六《百官志》云:

> 凡反逆相坐,没其家配官曹,长役为官奴婢。一免者,一岁三番役。再免为杂户,亦曰官户,二岁五番役。每番皆一月。三免为良人。②

可见,太常寺的乐工是用番上的方式轮值的。番上须按时到达,不能耽误时间。唐戴孚《广异记》"衡山隐者"条记"乐师时充官,便仓卒使别"事,可证明番上乐官必须按时到达,不能耽误时间。③ 关于番上的方法,乐户大约一年服役三次或四次,每次一个月。岸边成雄云:"对于'一年三番,每番一月'一语,玉井学士,黄现璠解释为每年三次,每次一个月。亦有解释为将自己乐人,分为三组,轮流值班每次一个月,每年变成四次,出勤四个月。……番数并非次数,似为组数之意。"④太常音声人番上次数较乐户稍少,但服役时间亦为每次一月。距离京城远的,为节省路上的时间,可以"两番并上"。

二、太常寺乐工番上之余的活动

无论是一年服役三个月还是四个月,乐工在家的时间都是比较长的。那么,乐工番上之余的时间怎样度过呢?

项阳在其《山西乐户研究》一书中曾讨论过乐户的生存方式。他认为,除为宫廷执事应差外,乐户尚有以下活动:为地方官府应差;为王府、

---

① ［唐］李隆基撰,李林甫注:《大唐六典》,第 295 页。
② ［宋］欧阳修、宋祁:《新唐书》,第 1200 页。
③ 参见［唐］戴孚撰,方诗铭辑校:《广异记》,中华书局 1992 年版,第 10 页。
④ 〔日〕岸边成雄:《唐代音乐史的研究》,梁在平、黄志炯译,第 145—147 页。

高官应差;为军旅应差;服务于寺庙;为民间民众服务。①

因为项阳讨论的不是唐代乐户的生存方式,因此,在文献不足征的情况下,尚不能将这些结论用于唐代的太常寺乐工。比如,唐代的地方官府虽然有乐工提供音乐服务,但我们尚难以确定这些乐工是否就是太常寺乐工。我们也难以判断太常寺乐工是否在番上之余又服务于王府、高官或军旅。至于寺属音声,因长期在寺庙服务,他们和太常寺乐工不同类,充任寺属音声者当不是太常寺乐工。因为关于此问题的文献较少,兹根据相关文献对此略作陈述。

(一)服务于民间,从事婚丧中的音乐表演

唐朝廷对民间使用音乐有很多限制,因为音乐在一定意义上是等级和身份的象征,不同身份的人使用不同的音乐。《唐会要》卷三十八《服纪》下云:

> 武德六年二月十二日,平阳公主葬,诏加前后鼓吹。太常奏议,以礼妇人无鼓吹……至景龙三年十二月,皇后上言:"自妃、主及五品以上母、妻,并不因夫、子封者,请自今婚葬之日,特给鼓吹。宫官准此。"左台侍御史唐绍上疏谏曰:"……准式,公主王妃以下葬,唯有团扇、方扇、采帏、锦帐之色。加之鼓吹,历代无闻。又准令,主官婚葬,先无鼓吹,京官五品,得借四品鼓吹仪。今特给五品以下母、妻,五品官则不当给限……请停前敕,各依常典。"至元年建卯月三日,婚葬卤簿,据散官封至一品、事职官正员三品,并驸马都尉,许随事量给,余一切权停。②

可见朝廷对音乐的使用极为重视。但在民间的婚丧活动中,使用音乐的现象极为普遍,正如项阳所说:"这些制度只是为了官员们显示身份地位而设,在民间很可能不会受到太多限制。在唐代,鼓吹乐已经被用于民间

---

① 参见项阳:《山西乐户研究》,第103—110页。
② [宋]王溥:《唐会要》,第691页。

葬俗之中。"①虽然在丧葬中广泛使用音乐的现象常常引起朝廷的注意，从而加以禁绝，但这种现象又是很难禁绝的。《唐会要》卷三十八"厚葬"条：

> 长庆三年十二月，浙西观察使李德裕奏："缘百姓厚葬，及于道途盛设祭奠，兼置音乐等……丧葬僭差，祭奠奢靡，仍以音乐荣其送终……今百姓等丧葬祭，并不许以金银锦绣为饰，及陈设音乐……"敕旨宜依。②

这段材料说明，在长庆年间，流行厚葬之俗。厚葬的表现有二：一是在送葬的途中设置规模很大的祭奠活动；二是在葬礼中广泛使用音乐，"以音乐荣其送终"。因为乐户和太常音声人掌握高超的音乐技能，他们除了番上之外大部分时间居住乡里，因此为当地百姓提供服务的很可能是这些人。通过提供音乐服务，这些乐户可以得到经济上的回报。

在丧葬中使用音乐的现象从唐代一直持续到五代。在当时，这种提供音乐服务的行为很可能是乐工的"主动"行为。后晋高鸿渐《请禁丧葬不哀奏》：

> 伏睹近年已来，士庶之家，死丧之苦，当殡葬之日，被诸色音乐伎艺人等作乐，求觅钱物。伏乞显降敕文，特行止绝。或所在官吏等通容，不与觉察，请行朝典。③

高鸿渐《请禁丧葬不哀奏》即清楚地表明士庶之家遇到死丧之事，在殡葬之日，"被诸色音乐伎艺人等作乐"。也就是说，为了求得钱物，太常寺乐工常常"主动"为丧葬之家提供服务，使丧葬之家不得不拿出一定的钱物来酬谢。

---

① 项阳：《山西乐户研究》，第 162 页。
② [宋]王溥：《唐会要》，第 691 页。
③ [清]董诰等编：《全唐文》，第 8949 页。

　　乐工主动提供音乐服务以获取钱财,其服务对象不仅是平民,还包括官吏。据《唐会要》卷三十四"论乐"条:

　　　　大中六年十二月,右巡使卢潘等奏:"准四年八月宣约教坊音声人于新授观察、节度使处求乞。自今已后,许巡司府州县等捉获。如是属诸使有牒送本管,仍请宣付教坊司为遵守。"依奏。①

　　可见,在大中年间,如有官吏新授观察、节度使,即有乐人主动上门演奏音乐以表示祝贺,用这种方法得到官吏的赏赐。这实际上相当于上门行乞。这种行为已经不仅仅局限于京城。朝廷下令禁止则说明这种事情在当时必定十分普遍,扰乱了一些官吏的正常生活(来提供音乐服务的乐人可能有很多,以致难以应付)。

　　这种主动提供音乐服务的行为在民间婚礼上当也经常出现,可从以下材料得到证明,《资治通鉴》卷二百八十八后汉隐帝乾祐二年(949)七月:

　　　　西京留守、同平章事王守恩,性贪鄙,专事聚敛。丧车非输钱不得出城,下至抒厕、行乞之人,不免课率,或纵麾下令盗人财。有富室娶妇,守恩与俳优数人往为宾客,得银数铤而返。②

　　从这则材料可以看出,在五代时,后汉西京留守、同平章事王守恩为了得到钱财,在富户娶亲时"与俳优数人往为宾客",从而达到了目的,"得银数铤而返"。他为什么要和"俳优数人"往为宾客呢? 显然是因为这些人为婚礼之家提供了一定的服务。俳优亦属于广义的乐工,从此条材料可以推断,乐工到婚礼上提供服务从而获取财物的事例可能比较普遍。在唐代,番上之余的太常寺乐工很可能采用多种方式"主动"参与各种婚丧典礼和民俗活动,以获得一定的报酬。

---

① ［宋］王溥:《唐会要》,第632页。
② ［宋］司马光:《资治通鉴》,第9412页。

　　这类活动一直延续到后世,在文献和民俗中均可得到验证。乔健、刘贯文、李天生《乐户:田野调查与历史追踪》引《蒲州府志》云:

　　　　腊月十五以后,乐户中择黠辩者假为官府,袭冠带,从以吏役,名曰春官、春吏,因入官署并豪绅富家,宣语赞扬,以求赏劳,谓之报春。①

　　此条所记的乃是清代雍正初年以前的民俗。和唐代相同的是,这些乐户"主动"上门为富豪之家提供某种"服务",以得到赏赐。

　　清末和民国初年一直到解放前后,尚广泛存在所谓"讨正月"的民俗,其主角亦是乐户,他们"主动"上门提供"服务"以获取报酬。② 这些活动可以看做是唐代类似活动的遗存,尽管具体做法或程式可能变化,但其精神实质是一脉相承的。现存的民俗往往具有某种化石的意味。一些民俗形成的时间非常久远,如现在山西的迎神赛社活动中,在"打曲破"时要念这样的句子:"八宝妆腰带,珍珠络臂鞲。笑时花金眼(近艳),舞罢锦缠头。"③此即杜甫之《即事》诗,原诗为"百宝装腰带,真珠络臂鞲。笑时花近眼,舞罢锦缠头"。可知这种习俗可能形成很早。因为这些民俗是从古代流传下来的,它们包含了许多古代的信息。以今可以知古,从这些民俗可以在一定程度上推知古代的事情,因为它们正好可以互相印证。

　　实际上,无论在今天还是在唐代,民间的婚礼都需要音乐服务,因为有音乐的演奏,婚礼会更具有热闹的气氛。《唐会要》卷八十三《嫁娶》:"(贞观)六年,御史大夫韦挺上表曰:'……今贵族豪富,婚姻之始,或奏管弦,以极欢宴,唯竞奢侈,不顾礼经……'"④这说明在贞观年间的结婚仪式上演奏音乐已经到了"唯竞奢侈,不顾礼经"的地步。而音乐的演奏者很可能是这些番上之余的乐户。

　　———————

　　①　乔健、刘贯文、李天生:《乐户:田野调查与历史追踪》,第 129 页。
　　②　参见乔健、刘贯文、李天生:《乐户:田野调查与历史追踪》,第 134 页。
　　③　参见乔健、刘贯文、李天生:《乐户:田野调查与历史追踪》,第 245 页。
　　④　[宋]王溥:《唐会要》,第 1527 页。

因为婚礼中的音乐表演极为奢华,所以它引起朝廷的广泛关注,并被禁止。《唐会要》卷八十三《嫁娶》:"会昌元年十一月敕:'婚娶家音乐,并公私局会花蜡,并宜禁断。'"①又唐绍《禁奢侈疏》:"近日此风转盛,上及王公,乃广奏音乐,多集徒侣,遮拥道路,留滞淹时,邀致财物,动逾万计。遂使障车礼宽,过于聘财,歌舞喧哗,殊非助感,既亏名教,实蠹风猷,违紊礼经,须加节制。"②朝廷屡次下诏禁止婚礼中的音乐表演,这一方面说明朝廷对音乐的使用非常注视,一方面说明在各地的婚礼中广泛存在"广奏音乐"的奢侈行为。因为这些表演是由番上之余闲居在家的乐工(推测主要是太常寺乐工)完成的,所以这也同时说明太常寺乐工为民间服务的行为是非常普遍的。

以上说明,在番上之余,太常寺乐工的活动之一是为当地百姓提供服务,从而获得钱物,以维持生存。根据项阳的调查,当今的山西乐户广泛活跃在各种民俗活动之中。"山西与音乐相关的民俗活动众多。主要体现在驱傩仪礼、迎神赛社、祈雨、岁时节令、婚丧嫁娶等等。许多民俗中的音乐形式和乐曲以及仪规都相对固定,这也成为民俗的特色。"③民俗是千百年来逐渐形成的,虽然缺乏文献记载,但我们可以推测,唐代的太常寺乐工在番上之余可能广泛参与各种民俗活动,在上述驱傩仪礼、迎神赛社、祈雨、岁时节令、婚丧嫁娶等活动中,可能都有他们的身影。

(二)培养和训练音乐技能

唐太常寺非常重视乐工的音乐技能的训练,有专门的音声博士负责教习,且考核制度也非常严格。《旧唐书》卷四十四《职官志》:"凡习乐,立师以教。每岁考其师之课业,为上中下三等,申礼部。十年大校之,量优劣而黜陟焉。"④对此,《大唐六典》卷十四《太常寺》记载较为详细:

> 凡习乐立师以教,每岁考其师之课业,为上、中、下三等,申礼部;

---

① [宋]王溥:《唐会要》,第 1530 页。
② [清]董诰等编:《全唐文》,第 2752 页。
③ 项阳:《山西乐户研究》,第 190 页。
④ [后晋]刘昫等:《旧唐书》,第 1875 页。

十年大校之,若未成,则又五年而校之,量其优劣而黜陟焉。(诸无品博士随番少者,为中第;经十五年,有五上考者,授散官,直本司。)若职事之为师者,则进退其考。习业者亦为之限,既成,得进为师。①

　　太乐署教乐:雅乐大曲,三十日成;小曲,二十日。清乐大曲,六十日;大文曲,三十日;小曲,十日。燕乐、西凉、龟兹、疏勒、安国、天竺、高昌大曲,各三十日;次曲,各二十日;小曲,各十日。高丽、康国一曲。鼓吹署:㧗鼓一曲十二日,三十日;大鼓一曲十日;长鸣三声十日;铙鼓一曲五十日,歌、箫、笳一曲各三十日;大横吹一曲六十日,节鼓一曲二十日;笛、箫、觱篥、笳、桃皮觱篥一曲各二十日;小鼓一曲十日;中鸣三声十日;羽葆鼓一曲三十日,铙于一曲五日,歌、箫、笳一曲各三十日;小横吹一曲六十日,箫、笛、觱篥、笳、桃皮觱篥一曲各三十日成。②

关于太常寺的音乐教育,《新唐书》卷四十八《百官志》曰:

　　凡习乐,立师以教,而岁考其师之课业为三等,以上礼部。十年大校,未成,则五年而校,以番上下。有故及不任供奉,则输资钱,以充伎衣乐器之用。散乐,闰月人出资钱百六十,长上者复繇役,音声人纳资者岁钱二千。博士教之,功多者为上第,功少者为中第,不勤者为下第,礼部覆之。十五年有五上考、七中考者,授散官,直本司,年满考少者,不叙。教长上弟子四考,难色二人、次难色二人业成者,进考,得难曲五十以上任供奉者为业成。习难色大部伎三年而成,次部二年而成,易色小部伎一年而成,皆入等第三为业成。业成、行修谨者,为助教;博士缺,以次补之。长上及别教未得十曲,给资三之一;不成者隶鼓吹署。习大小横吹,难色四番而成,易色三番而成;不

---

① 　[唐]李隆基撰,李林甫注:《大唐六典》,第295页。
② 　[唐]李隆基撰,李林甫注:《大唐六典》,第286页。

成者,博士有谪。内教博士及弟子长教者,给资钱而留之。①

可见,太常寺乐工有严格的教育、培训和考核制度。尽管关于太常寺乐工番上之余在家习乐的情况无多记载,但他们即使在番上之余也要进行音乐训练以提高技艺,达到太常寺对乐工的基本要求,是不难理解的。

音乐是一项难以掌握的技能。在近代的乐户身上,我们依稀能够看到太常寺乐工在番上之余接受音乐教育和培训的影子。根据阎钟、乔健的调查,近代乐户的学习过程是十分艰苦的。② 近代乐户的音乐训练和唐代乐户的音乐训练应该大体相同,因为只有艰苦的训练,才会有高超的技艺。唐代的太常寺乐工无论是在番上期间,还是在番上之余,都不会停止音乐的学习和训练,因此,音乐学习、音乐训练是太常寺乐工番上之余所从事的活动之一。

综上所述,太常寺乐工要按时到太常寺服役,用其音乐技能服务于宫廷。在番上之余,他们所从事的活动主要是服务民间,从事婚丧和各种民俗中的音乐表演,以获得一定的报酬。与此同时,他们努力培养和训练音乐技能,以使音乐技能不断得到提高。

---

① ［宋］欧阳修、宋祁:《新唐书》,第 1243 页。
② 参见乔健、刘贯文、李天生:《乐户:田野调查与历史追踪》,第 85 页。

第三章　太常寺的音乐

本章摘要:本章讨论太常寺管理的音乐。唐代太常寺管理的音乐种类复杂,用途广泛。郊祀和庙祭音乐是太常寺音乐的重要组成部分,唐代郊庙歌辞在形式上总体复古,但其创作仍然受诗坛的风气的影响。唐代郊庙歌辞与七言律诗的定型和成熟关系密切。二部伎与多部伎都是政治性与艺术性相结合的大型宴享音乐,但它们政治性的表现方式有所不同。唐代献乐时往往选取或截取著名诗人的作品作为歌词,因而有很强的文学性,献诗的文学成就则远不及献乐中的歌词。本书认为在初唐存在两种形式的采诗制度。唐代的鼓吹曲可分为鼓吹部等五部,艺术性稍差,但广泛应用于仪仗、凯乐、合朔伐鼓、大傩等仪式中。

太常寺是唐代宫廷音乐的中心。尽管在开元二年(714)之后,朝廷又设立了教坊和梨园,教坊乐工和梨园弟子在宫廷娱乐中占有非常重要的地位,但是教坊乐工和梨园弟子有很大一部分是从太常寺乐工中分离出来的,他们和太常寺有着密切的关系。同时,太常寺兴盛时乐工有数万人,而教坊和梨园的乐工远远不及此数,其规模要小得多。再有,太常寺还承担着为教坊和梨园培训乐工的任务,教坊和梨园的许多乐工曾向太常乐工学习。《新唐书》卷九十八《王珪传》:"帝使太常少卿祖孝孙以乐律授宫中音家,伎不进,数被让。"[1]可知太常少卿祖孝孙曾教授宫廷女伎音乐技艺。在开元二年(714)教坊和梨园与太常寺分离之后,太常寺管理雅乐,十部伎和二部伎都是政治性和艺术性相结合的大型乐舞,它们虽然用

---

① 　[宋]欧阳修、宋祁:《新唐书》,第3888页。

在典礼仪式之中,但艺术性很强,①演奏和表演的难度很高,规模也很大,所以绝不能认为太常寺的乐工在音乐技艺上比教坊和梨园的乐工低。《新唐书》卷二十二《礼乐志》:"堂下立奏,谓之立部伎;堂上坐奏,谓之坐部伎。太常阅坐部,不可教者隶立部,又不可教者,乃习雅乐。"②这段材料说明演奏雅乐的乐工技艺不高,但无论坐部还是立部,都归太常管理,即使雅乐乐工的技艺不高,也不能说明太常乐工整体水平不高。实际上,十部伎和二部伎的艺术性很强,需要乐工具备很高的音乐才能。本章即对太常寺的音乐进行讨论。

第一节　太常寺音乐概说

在唐代,太常寺管理的音乐非常复杂,既有郊祀之乐,又有庙祭之乐,还有用于仪仗和各种仪式的鼓吹乐。十部乐、二部乐是大型乐舞,也归太常寺管理。四夷乐和各地的献乐也属于太常寺管理的范围。为论述方便,本章按照郊祀之乐、庙祭之乐、多部乐、二部乐、献乐、献诗、采诗和鼓吹乐顺序来对太常寺音乐进行讨论。在开元二年(714)之前,太常寺还负责管理俗乐和散乐。因为唐代的音乐文化非常发达,朝廷对音乐非常重视,所以太常寺的音乐种类繁多,音乐活动也非常丰富。

本节拟全面考察唐代礼仪中的乐舞使用情况,总结唐代礼仪音乐使用的特点。

一、唐代礼仪使用乐舞的总体情况

因为太常寺是主管礼乐的机关,所以太常寺的音乐以各种礼仪用乐为主。在开元二年(714)之前,太常寺也负责管理俗乐,但不久被教坊和梨园所取代。《大唐开元礼》列唐代的吉礼、嘉礼、宾礼、军礼和凶礼共计一百五十余项,这些礼仪很多与音乐密切相关。尽管用于这些礼仪的音

---

①　参见[唐]徐元鼎:《太常寺观舞圣寿乐》,[清]彭定求等编:《全唐诗》,第8914页。

②　[宋]欧阳修、宋祁:《新唐书》,第475页。

乐不是太常寺音乐的全部,如采诗和献乐等即不在其内,但它们包括了大部分太常寺的祭祀雅乐。

为了了解太常寺使用音乐的总体情况,根据《大唐开元礼》,本书对每项礼仪的音乐使用情况进行梳理,具体情况如下:

表 3—1　唐礼仪乐舞使用情况表

编号	礼仪名称	类别	使用时间	用乐	用舞	归属	途中鼓吹
1	冬至祀昊天于圆丘	吉礼	冬至	十二和	文舞武舞	太乐署	有
2	正月上辛祈谷于圆丘	吉礼	正月	十二和	文舞武舞	太乐署	有
3	孟夏雩祀于圆丘	吉礼	孟夏	十二和	文舞武舞	太乐署	有
4	季秋大享于明堂	吉礼	季秋	十二和	文舞武舞	太乐署	有
5	立春祀青帝于东郊	吉礼	立春	十二和	文舞武舞	太乐署	有
6	立夏祀赤帝于南郊	吉礼	立夏	十二和	文舞武舞	太乐署	有
7	季夏祀黄帝于南郊	吉礼	季夏	十二和	文舞武舞	太乐署	有
8	立秋祀白帝于西郊	吉礼	立秋	十二和	文舞武舞	太乐署	有
9	立冬祀黑帝于北郊	吉礼	立冬	十二和	文舞武舞	太乐署	有
10	腊日蜡百神于南郊	吉礼	腊日	十二和	文舞武舞	太乐署	有
11	春分祀朝日于东郊	吉礼	春分	十二和	文舞武舞	太乐署	有
12	秋分祀夕月于西郊	吉礼	秋分	十二和	文舞武舞	太乐署	有
13	祀风师雨师灵星等	吉礼		无	无	无	无
14	夏至祭皇地祇于方丘	吉礼	夏至	十二和	文舞武舞	太乐署	无
15	孟冬祭神州于北郊	吉礼	孟冬	十二和	文舞武舞	太乐署	无
16	仲春上戊祭社稷	吉礼	仲春	十二和	文舞武舞	太乐署	无
17	祭五岳、四镇	吉礼	迎气日	无	无	无	无
18	祭四海、四渎	吉礼	迎气日	无	无	无	无
19	时享太庙	吉礼	卜日	十二和	文舞武舞	太乐署	无
20	祫享太庙	吉礼	卜日	十二和	文舞武舞	太乐署	无
21	禘享太庙	吉礼	卜日	十二和	文舞武舞	太乐署	无
22	拜陵	吉礼		无	无	无	无
23	太常卿行诸陵	吉礼	择吉日	无	无	无	无
24	孟春吉亥享先农,耕籍	吉礼	孟春	十二和	文舞武舞	太乐署	有
25	皇后季春吉巳享先蚕,亲桑	吉礼	季春	十二和	无	宫中女乐	无
26	有司享先代帝王	吉礼	不详	无	无	无	无
27	荐新及祭中霤于太庙	吉礼		无	无	无	无
28	孟冬祭司寒,纳冰	吉礼	孟冬	无	无	无	无

编号	礼仪名称	类别	使用时间	用乐	用舞	归属	途中鼓吹
29	兴庆宫祭五龙坛	吉礼	筮日	不详	不详	太乐署	无
30	皇帝皇太子视学	吉礼	不详	无	无	无	有
31	皇太子释奠于孔宣父	吉礼	不详	十二和	文舞武舞	太乐署	无
32	国子释奠于孔宣父	吉礼	不详	十二和	文舞武舞	太乐署	无
33	仲春仲秋释奠于齐太公	吉礼	仲春仲秋	十二和	文舞武舞	太乐署	无
34	巡狩告圆丘	吉礼	卜日	十二和	文舞武舞	太乐署	有
35	巡狩告太社	吉礼	卜日	十二和	不详	太乐署	有
36	巡狩告宗庙,归格仪附	吉礼	卜日	十二和	不详	太乐署	有
37	皇帝巡狩	吉礼		十二和	不详	太乐署	有
38	封祀于太山禅于社首山	吉礼	卜日	十二和	文舞武舞	太乐署	有
39	时旱祈太庙	吉礼	卜日	无	无	无	无
40	时旱祈太社	吉礼	卜日	无	无	无	无
41	时旱祈岳镇以下于北郊	吉礼	筮日	无	无	无	无
42	时旱祈岳镇海渎	吉礼	筮日	无	无	无	无
43	诸州祭社稷	吉礼	不详	无	无	无	无
44	诸州释奠于孔宣父	吉礼	不详	无	无	无	无
45	诸州祈社稷,祈诸神,禜城门	吉礼	不详	无	无	无	无
46	诸县诸里祭社稷	吉礼	不详	无	无	无	无
47	诸县释奠于孔宣父	吉礼	不详	无	无	无	无
48	诸县祈社稷及诸神	吉礼	不详	无	无	无	无
49	诸太子庙时享	吉礼	卜日	十二和	不详	太乐署	无
50	三品以上时享其庙	吉礼	筮日	无	无	无	无
51	三品以上祫享其庙	吉礼	筮日	无	无	无	无
52	三品以上禘享其庙	吉礼	筮日	无	无	无	无
53	四品五品时享其庙	吉礼	筮日	无	无	无	无
54	六品以下时祠	吉礼	筮日	无	无	无	无
55	王公以下拜扫	吉礼	卜日	无	无	无	无
56	皇帝加元服	嘉礼	卜日	十二和及鼓吹乐	无	太乐署 鼓吹署	无
57	纳后	嘉礼	卜日	十二和及鼓吹乐	无	太乐署 鼓吹署	有

续表

编号	礼仪名称	类别	使用时间	用乐	用舞	归属	途中鼓吹
58	皇帝正至受皇太子朝贺	嘉礼	元正冬至	十二和及鼓吹乐	无	太乐署鼓吹署	有
59	皇后受太子朝贺	嘉礼	元正冬至	无	无	无	有
60	皇帝正至受皇太子妃朝贺	嘉礼	元正冬至	无	无	无	有
61	皇后正至受皇太子妃朝贺	嘉礼	元正冬至	无	无	无	有
62	皇帝正至受群臣朝贺	嘉礼	元正冬至	十二和及鼓吹乐	文舞武舞	太乐署鼓吹署	无
63	皇帝千秋节受群臣朝贺	嘉礼	千秋节	雅俗乐	不详	太乐署鼓吹署	有
64	皇后正至受群臣朝贺	嘉礼	元正冬至	无	无	无	有
65	皇后受外命妇朝贺	嘉礼	元正冬至	十二和	无	宫中女乐	有
66	皇帝于明堂读春令	嘉礼	春	十二和	无	太乐署	有
67	皇帝于明堂读夏令	嘉礼	夏	十二和	无	太乐署	有
68	皇帝于明堂读秋令	嘉礼	秋	十二和	无	太乐署	有
69	皇帝于明堂读冬令	嘉礼	冬	十二和	无	太乐署	有
70	皇帝于太极殿读五时令	嘉礼		十二和	无	太乐署	有
71	养老于太学	嘉礼		十二和	无	太乐署	有
72	临轩册皇后	嘉礼	卜日	十二和鼓吹乐女乐	无	太乐署鼓吹署	无
73	临轩册皇太子	嘉礼	卜日	十二和及鼓吹乐	无	太乐署鼓吹署	有
74	内册皇太子	嘉礼	卜日	十二和	无	太乐署	有
75	临轩册立王公	嘉礼		十二和	无	太乐署	无
76	朝堂册命诸臣	嘉礼		无	无	无	有
77	册内命妇	嘉礼		无	无	无	无
78	遣使册授官爵	嘉礼		无	无	无	无
79	朔日受朝	嘉礼		十二和	无	太乐署	有
80	朝集使引见	嘉礼		无	无	无	无
81	皇太子加元服	嘉礼		十二和及鼓吹乐	无	太乐署鼓吹署	无
82	皇太子纳妃	嘉礼		不详	无	太乐署	有
83	皇太子正至受群臣贺	嘉礼	元正冬至	十二和	有	不详	有
84	皇太子受宫臣朝贺	嘉礼	元正冬至	十二和	无	不详	有
85	皇太子与师傅保相见	嘉礼		十二和	无	不详	有

编号	礼仪名称	类别	使用时间	用乐	用舞	归属	途中鼓吹
86	皇太子受朝集使参辞	嘉礼		无	无	无	有
87	亲王冠	嘉礼	筮日	无	无	无	无
88	亲王纳妃	嘉礼		无	无	无	有
89	公主降嫁	嘉礼		十二和	无	太乐署	有
90	三品以上子冠	嘉礼	筮日	无	无	无	无
91	四品五品子冠	嘉礼	筮日	无	无	无	无
92	六品以下子冠	嘉礼	筮日	无	无	无	无
93	三品以上婚	嘉礼		无	无	无	有
94	四品以下婚	嘉礼		无	无	无	有
95	朝集使礼见	嘉礼		无	无	无	有
96	任官初上相见	嘉礼		无	无	无	有
97	乡饮酒	嘉礼		歌《诗经》	无	不详	无
98	正齿位	嘉礼	季冬	歌《诗经》	无	不详	无
99	宣赦书	嘉礼		击鼓	无	不详	无
100	群臣诣阙上表	嘉礼		无	无	无	无
101	群臣起居	嘉礼		无	无	无	无
102	遣使慰劳诸番	嘉礼		无	无	无	无
103	遣使宣抚诸州	嘉礼		无	无	无	无
104	遣使诸州宣制	嘉礼		无	无	无	无
105	遣使诸州宣赦书	嘉礼		无	无	无	无
106	番国主来朝	宾礼	当日	无	无	无	无
107	皇帝遣使戒番国主见	宾礼	当日	无	无	无	无
108	番主奉见	宾礼	当日	十二和及鼓吹乐	无	太乐署鼓吹署	无
109	受番使表及币	宾礼	当日	十二和	无	太乐署	无
110	皇帝宴番国主	宾礼	当日	十二和及鼓吹乐	文舞武舞	太乐署鼓吹署	无
111	皇帝宴番国使	宾礼	当日	十二和	文舞武舞	太乐署	无
112	皇帝亲征类于上帝	军礼	卜日	十二和	无	太乐署	有
113	皇帝亲征宜于大社	军礼	卜日	十二和	无	太乐署	有
114	皇帝亲征告于太庙	军礼	卜日	十二和	无	太乐署	有
115	皇帝亲征祃于所征之地	军礼	卜日	无	无	无	无
116	亲征及巡狩郊祭轪于国门	军礼		无	无	无	无
117	亲征及巡狩告所过山川	军礼		无	无	无	无

编号	礼仪名称	类别	使用时间	用乐	用舞	归属	途中鼓吹
118	平荡寇贼宣露布	军礼		无	无	无	无
119	遣使劳军将	军礼		无	无	无	无
120	皇帝讲武	军礼	仲冬	军乐	无	诸军	有
121	皇帝田狩	军礼	仲冬	鼓吹乐	无	鼓吹署	有
122	皇帝射于射宫	军礼		鼓吹乐等	无	太乐署 鼓吹署	有
123	皇帝观射于射宫	军礼		狸首之 乐等	无	太乐署	有
124	遣将出征有司宜于太社	军礼	卜日	无	无	无	无
125	遣将出征有司告太庙	军礼	卜日	无	无	无	无
126	遣将出征有司告齐太公庙	军礼	卜日	无	无	无	无
127	祃马祖	军礼	仲春	无	无	无	无
128	享先牧	军礼	仲夏	无	无	无	无
129	祭马社	军礼	仲秋	无	无	无	无
130	祭马步	军礼	仲冬	无	无	无	无
131	合朔伐鼓	军礼	合朔日	鼓乐	无	鼓吹署	无
132	合朔诸州伐鼓	军礼	合朔日	鼓乐	无	诸州	无
133	大傩	军礼	不详	鼓角乐	无	鼓吹署	无
134	诸州县傩	军礼	不详	鼓鞉乐	无	诸州	无
135	凶年振抚	凶礼		无	无	无	无
136	劳问疾患	凶礼		无	无	无	无
137	中宫劳问	凶礼		无	无	无	无
138	皇太子劳问	凶礼		无	无	无	不详
139	皇帝为小功以上举哀	凶礼		无	无	无	不详
140	敕使吊	凶礼		无	无	无	无
141	册赠	凶礼		无	无	无	无
142	致奠	凶礼		无	无	无	无
143	皇后举哀吊祭	凶礼		无	无	无	有
144	皇帝太子举哀吊祭	凶礼		无	无	无	不详
145	皇太子妃举哀吊祭	凶礼		无	无	无	不详
146	三品以上丧	凶礼		鼓记时	无	不详	无
147	五品以上丧	凶礼		鼓记时	无	不详	无
148	六品以下丧	凶礼		无	无	无	无
149	王公以下丧	凶礼		无	无	无	无

二、唐代礼仪使用乐舞的特点

根据上表,可以看出唐代礼仪使用乐舞的一些特点,也可以通过这些资料证明或说明一些问题:

(一)祭祀或礼仪的等级越高,使用的音乐越复杂。如祭祀昊天上帝、五方帝、皇地祇、神州及宗庙为大祀,在这些祭祀中全部使用了"十二和"的音乐和文武二舞。祭祀社稷、日月星辰、先代帝王、岳镇海渎、帝社、先蚕、释奠为中祀,其中祭祀社稷、先代帝王、岳镇海渎、释奠均不使用乐舞。而作为小祀的司中、司命、风伯、雨师、诸星、山林川泽的祭祀活动则一概不使用音乐和文武二舞。

(二)皇后参与的祭祀活动使用的音乐,不由太常寺的乐工演奏,而由宫中的女乐(内教坊)来演奏。如皇后先蚕、亲桑以及皇后受外命妇朝贺,祭祀的乐悬设置由太常寺提前完成,但正式的音乐演奏却是由宫中的女乐完成的。

(三)与军事活动相关的礼仪,其音乐演奏由军中的乐工完成。如皇帝讲武,其音乐演奏即由军中乐工完成,而不是由太常寺乐工完成。这说明在唐代的军队中,存在一定数量的乐工为军队提供音乐服务。

(四)唐代的州县有一定数量的乐工,在各种礼仪活动中提供音乐服务。如合朔伐鼓和诸州县傩,其音乐表演均由州县的乐工完成。

(五)凶礼一般不使用音乐。在唐代的丧葬礼仪中很少使用音乐,只有三品以上丧和五品以上丧的"反哭"仪式中有击鼓,但其作用很小。《大唐开元礼》"三品已上丧"之"反哭"条云:"即下柩于圹,槌一鼓为一严,(无鼓者量时陈布),掩墓户。槌二鼓为在严,内外就灵所。槌三鼓为三严,撤酒脯之奠。"[1]《大唐开元礼》"四品五品丧"之"反哭"条所记完全相同。这里的鼓只起到提示时间的作用,从"无鼓者量时陈布"一语看,鼓在这里可有可无。《大唐开元礼》又云:"父有服,子不与于乐。母有服声闻焉不举

---

[1]　[唐]萧嵩等:《大唐开元礼》,民族出版社 2000 年版,第 667 页。

乐。妻有服,不举乐于其侧。大功至,辟琴瑟。小功至,不绝乐。"①因此,音乐在凶礼中并不重要。

(六)皇帝和皇太子亲自参加的礼仪,在去往礼仪举行地的途中一般使用鼓吹乐。有时虽然按规定设有仪仗,但"不鸣鼓吹"。

(七)在"乡饮酒"和"正齿位"的礼仪中,乐工歌唱的是《诗经》中的诗篇。这些歌唱《诗经》的乐工的身份则不详。此条材料说明,在民间亦存在音乐活动,并有乐工活跃在民间。

(八)与皇太子相关的几项礼仪,虽然演奏的还是"十二和"的音乐,但乐工却不是太常寺的乐工。如"皇太子正至受群臣贺"、"皇太子受宫臣朝贺"、"皇太子与师傅保相见"等礼仪,其乐工称"伶官",不是其他礼仪中的太常卿、协律郎、太乐丞、鼓吹丞。这里的"伶官"不能等同于太常寺的各种乐官,"伶官"指的是皇太子家中的乐工。这说明在朝廷的音乐机构之外,皇室或高官家中还存在乐工。

通过以上分析可以看出,太常寺所管理的音乐是非常复杂的,其用途也极为广泛。本章以下各节即根据太常寺音乐形式的不同,对其所管理的音乐进行分析。

第二节 郊祀之乐与庙祭之乐

在太常寺管理的音乐中,郊祀之乐与庙祭之乐占有重要地位。唐代的祭祀活动多种多样,但总体上可分为祭神和祭人两种活动,其音乐即郊祀之乐与庙祭之乐。本节主要讨论音乐在郊祀与庙祭中的地位和作用,以及唐代的郊庙歌辞的特点及其对唐代诗歌的影响。

一、郊祀和庙祭中乐舞使用的特点

郊祀活动是朝廷最重要的祭祀活动,也是吉礼的主要内容。吉礼的

---

① [唐]萧嵩等:《大唐开元礼》,第724页。

地位非常重要。"作为中国古代最早出现的内容,吉礼不仅反映了先民对诸神的崇拜,而且反映了先民对人与自然、人与社会的关系的认识与定位。随着历史的发展,吉礼的政治特征日益突出,并在事实上成为历代王朝建国君民的神权依据。"①而郊祀活动实际上体现的是君权神授的观念,统治者依靠对天地等的祭祀,证明自己的正统地位,实现对国家的有效统治。

在唐代,乐舞与郊祀活动是密不可分的,几乎所有的高规格的祭祀活动都要用到音乐和舞蹈。在唐代,皇帝冬至祀圆丘是最大规模的祭祀活动。

人类很早就开始了对天的祭祀。《通典》卷四十二《礼》二"郊天上"条云:"黄帝封禅天地,少昊载时以象天,颛顼乃命南正重司天以属神,高辛顺天之义,帝尧命羲和敬顺昊天,故郊以明天道也。所从来尚矣。"②自周至于唐,对天的祭祀从未断绝。

李唐对天命的信奉与前代并无不同,武德初年,高祖即定令每岁冬至祀昊天上帝于圆丘(圜丘)。祀昊天上帝在国家的大祀中排在首位,是国家最大规模和最高等级的祭祀活动。《大唐开元礼》、《通典》、《旧唐书》等有关文献,详细记述了唐代祀昊天上帝的仪注和音乐使用情况,③兹不具述。

唐代祭天的圆丘的遗址尚存。2004年12月30日,笔者对唐圆丘遗址(西安市称为"天坛遗址")进行了实地考察。遗址在唐长安城郭城正南门明德门遗址以东约950米处,即现在西安市南部天坛路南侧,陕西师范大学家属院旁边,为陕西省第二批文物保护单位(陕西省人民委员会1957年8月31日公布)。

---

① 任爽:《唐代礼制研究》,东北师范大学出版社1999年版,第11页。

② [唐]杜佑:《通典》,第1161页。

③ 参见[唐]萧嵩等:《大唐开元礼》,卷四《吉礼》"皇帝冬至祀圆丘"条,第35页;[唐]杜佑:《通典》,卷一百九《礼》六十九"皇帝冬至祀圆丘"条,第2821页;[后晋]刘昫等:《旧唐书》,卷三十《音乐志》,第1090页。

图 3—1　复原后的唐圆丘遗址

圆丘遗址原高 8 米。1999 年中国社会科学院考古研究所对其进行了考古发掘,发掘显示遗址为四层素土夯筑圆坛,表面涂白灰,底层面径约 54 米,第二层约 40 米,第三层约 29 米,顶层约 20 米,各层层高在 1.5—2.3 米。各层设置十二条登坛的台阶,南阶为皇帝登坛所用,比其余十一阶宽。《旧唐书》卷二十一《礼仪志》:"其坛在京城明德门外道东二里。坛制四成,各高八尺一寸,下成广二十丈,再成广十五丈,三成广十丈,四成广五丈。"①《唐会要》卷九上《杂郊议上》所记相同。2003 年至 2004 年,西安市文物局组织实施了对圆丘遗址的保护工程。上图拍摄于 2004 年 12 月 30 日下午,是对圆丘遗址实施保护工程(复原)之后的情况。

春分祀朝日于东郊亦是大唐吉礼之一。朝日的缘起较早,据说在周代就以柴祀日月星辰。汉武帝立二十八年,曾朝日夕月。魏文帝在黄初二年(221)正月曾朝日于东门之外。魏明帝太和元年(227)二月朝日于东

---

① 　[后晋]刘昫等:《旧唐书》,第 820 页。

郊。晋因之。后周以春分朝日于都城东门外,司徒亚献,宗伯终献。隋开皇初年,曾于春明门外为坛朝日。唐亦朝日于都城之东。①

《大唐开元礼》《通典》和《旧唐书》都有关于唐代春分朝日仪注的记载,②从中可见唐春分朝日的乐舞使用情况。

庙祭也是唐代重要的祭祀活动,在庙祭中亦多使用乐舞。其中,太庙祭祀的规格最高。太庙祭祀分享、祫、禘三种,一岁五享,在四孟月及腊月;三年一祫,在孟冬;五年一禘,在孟夏。《大唐开元礼》《旧唐书》、《通典》详细记述了"皇帝时享于太庙"的仪注和音乐使用情况,③不具引。

从皇帝冬至祀圆丘、皇帝春分朝日和皇帝享太庙的仪注及音乐使用情况,可以看出郊祀和庙祭中使用乐舞的一些特点:

第一,乐舞在祭祀活动中的地位非常重要,特别是高规格的祭祀活动,从头至尾都伴随着音乐和舞蹈。

第二,祭祀活动中的音乐既有太乐署管理的雅乐,也有鼓吹署管理的鼓吹乐。雅乐是祭祀活动中最重要的音乐,但一些祭祀活动中亦使用鼓吹乐,而在皇帝至祭祀场所的往来途中,都要使用鼓吹乐。

第三,雅乐的歌词有的是由皇帝撰写,有的由重臣撰写。祭祀的礼仪常引起朝臣的激烈争论,这说明朝廷对祭祀活动非常重视。因此,即使祭祀使用的雅乐音调简单,音乐性不强,也不能简单地得出朝廷不重雅乐的结论。人们对雅乐也许不喜欢,却不能不重视。

二、郊庙歌辞对唐代诗歌的影响

郊庙歌辞一般被视为庙堂文学或宫廷文学,人们认为其文学价值

---

① 参见[唐]杜佑:《通典》,卷四十四《礼》四"朝日夕月"条,第1230页。
② 参见[唐]萧嵩等:《大唐开元礼》,卷二十四《吉礼》"皇帝春分朝日于东郊"条,第148页;[唐]杜佑:《通典》,卷一百十一《礼》七十一"皇帝春分朝日于东郊"条,第1230页;[后晋]刘昫等:《旧唐书》,卷三十《音乐志》,第1109页。
③ 参见[唐]萧嵩等:《大唐开元礼》,卷三十七"皇帝时享于太庙"条,第203页;[唐]杜佑:《通典》,卷一百十四《礼》七十四"皇帝时享于太庙"条,第2919页;[后晋]刘昫等:《旧唐书》,卷三十一《音乐志》,第1129页。

不大。如游国恩等主编的《中国文学史》在谈到《诗经》对后代文学的影响时就说:"《诗经》对后代文学也有影响不好的一面。它的不少雅诗和颂诗是属于统治阶级的庙堂文学和宫廷文学,后世封建文人正是把这些继承下来,用以歌颂统治阶级的文治、武功和祖先的'圣明',成为他们献媚求宠的手段,历代礼乐志中所载的郊庙歌、燕射歌,以及虚夸的赋、颂、铭、诔等都是这一类作品。"[1]游国恩认为郊庙歌辞对后世文学产生了不良影响,郊庙歌辞没有什么文学价值。这种说法有一定的道理。

但是,我们也应该看到,郊庙歌辞曾经承担着重要的职能,因而备受重视。如果说"艺术首先是一种特殊的生产门类,是为了满足人的精神需求的一种生产"[2],那么,郊庙歌辞的产生也是艺术生产的一种,它有着强烈的目的性,它的目的是礼赞天地祖先、沟通人神、乞求鬼神降福,而不是追求"艺术性"。因此,不能单纯从文学角度看待郊庙歌辞,尽管郊庙歌辞也有文学上的意义。

在唐代,许多郊庙歌辞是"内出",还有许多郊庙歌辞由重臣撰写,也有一些郊庙歌辞出自诗人之手。郊庙歌辞虽然在内容上以颂美为主,在形式上是复古的,但它们还是或多或少地在发生变化。大规模的郊庙歌辞的创作往往能够对当时的诗歌创作产生一定的影响。所以,对于郊庙歌辞对唐代诗歌的影响应从内容到形式仔细分析,而不应不加辨析,盲从前人之说。

(一)唐代郊庙歌辞的体裁特征

唐代的郊庙歌辞在体裁上是复古的。唐诗以五言和七言为主,而郊庙歌辞却以四言为主,这显然是受了《诗经》中"颂"诗的影响。还有一些郊庙歌辞是三言,这是受了汉代郊庙歌辞影响。为了较为准确地把握唐代郊庙歌辞的体裁特征,本书对它进行了统计,列表如下:

---

① 游国恩等:《中国文学史》,人民文学出版社 1963 年版,第 49 页。
② 赵敏俐:《关于中国古代诗歌艺术生产的理论思考》,《中国诗歌研究》第二辑,第 47—93 页。

表 3—2　唐郊庙歌辞体裁统计表

序号	郊祀庙祭名称	三言	四言	五言八句	五言其他	六言	七言四句	七言八句	其他	合计
1	祀圆丘乐章		16	1			3			20
2	享昊天乐	2	10	4	2	1	3			22
3	封泰山乐章	5	7	1			1			14
4	祈谷乐章		2				1			3
5	明堂乐章	1	7		2		2			14
6	雩祀乐章		4				1			5
7	五郊乐章		26				4			30
8	朝日乐章		2							2
9	夕月乐章		2				1			3
10	蜡百神乐章		4				1			5
11	祀九宫贵神		13	1			1			15
12	祀风师乐章	1	3					1		5
13	祀雨师乐章	1	3					1		5
14	祭方丘乐章		6	1			1			8
15	大享拜洛乐章		6	2		2	2		2	14
16	祭汾阴乐章		11							11
17	禅社首乐章	1	6				1			8
18	祭神州乐章		6				2			8
19	祭太社乐章		2							2
20	享先农乐章		4				1			5
21	享先蚕乐章			5						5
22	释奠文宣王乐章		5				2			7
23	释奠武成王乐章	2	3							5
24	享龙池乐章							10		10
25	享太庙乐章	5	127	7	2	1	5			147
26	合　计	18	275	25	6	4	31	12	2	373

说明:本表基本根据《乐府诗集》编订,凡重复使用的郊庙歌辞按一首计算,对相同的类目进行了合并。

根据上表,唐代的郊庙歌辞共有 373 首,其中最多的是四言,有 275 首,占全部郊庙歌辞的 74%。其次为七言四句体,有 31 首,占 8%。再次为五言八句体,有 25 首,占 7%。再次为三言体,共 18 首,占 5%。再次为七言八句体,有 12 首,占 3%。除此之外,尚有五言八句之外的五言体 6 首,六言体 4 首,其他 2 首,所占比例很小。

这些数据可说明以下两个问题:

　　第一,唐代郊庙歌辞在形式上总体是复古的。唐代诗歌中的四言诗很少,而在郊庙歌辞中四言诗占了绝大部分,这是模仿《诗经》"颂"诗的结果,充分说明郊庙歌辞在形式上是复古的。唐诗中很少用到的三言体也占到全部郊庙歌辞的5%,同样可以说明这个问题。

　　第二,唐代郊庙歌辞的创作和唐代诗坛的风气是密切相关的。尽管唐代郊庙歌辞在形式上总体是复古的,尽管在郊庙歌辞中四言诗占了绝大部分,但也应看到,在全部郊庙歌辞中,七言四句体和七言八句体占了11%,五言体占了8%,两项合并,七言和五言体约占全部郊庙歌辞的四分之一。这说明虽然郊庙歌辞在形式上总体是复古的,但从中还是可以找到不少新的诗歌体裁的痕迹。即使是郊庙歌辞的创作,也是和整个社会的诗歌创作风气息息相关的。

(二)唐代郊庙歌辞与唐七言律诗的定型与成熟

　　诗歌体裁的改变往往是一个非常缓慢的过程,从七言诗产生到七言律诗的最后定型和成熟,经过了一个缓慢的过程。如韩成武先生认为,在太宗朝没有合于格律的七言律诗,当时创作七言八行体诗的诗人很少,七言八行体诗作品也很少,粘对规则尚未确立,七律体诗尚处于萌生阶段,所有的七言八行体诗无一完全合律,传为唐太宗所作的七言律诗亦系后人伪造或伪托。[①] 这是可信的。我们认为,唐代七言八句体郊庙歌辞的创作对唐七言律诗最后走向成熟,起到了一定的推动作用。

　　根据上表的统计,唐代七言八句体郊庙歌辞的数量并不多,只有12首。但是,其中竟然有10首作于同时,它们就是《享龙池乐章十首》,(《全唐诗》又作《奉和圣制龙池篇》和《龙池篇》)。十首诗的全文如下:

第一章(姚崇)

恭闻帝里生灵沼,应报明君鼎业新。

既协翠泉光宝命,还符白水出真人。

此时舜海潜龙跃,此地尧河带马巡。

---

　　① 　参见韩成武:《唐太宗有可能写出严整的七律吗?》,《文学遗产》2002年第2期,第118—120页。

独有前池一小雁，叼承旧惠入天津。

第二章（蔡孚）

帝宅王家大道边，神马龙龟涌圣泉。
昔日昔时经此地，看来看去渐成川。
歌台舞榭宜正月，柳岸梅洲胜往年。
莫言波上春云少，只为从龙直上天。

第三章（沈佺期）

龙池跃龙龙已飞，龙德先天天不违。
池开天汉分黄道，龙向天门入紫微。
邸第楼台多气色，君王凫雁有光辉。
为报寰中百川水，来朝此地莫东归。

第四章（卢怀慎）

代邸东南龙跃泉，清漪碧浪远浮天。
楼台影就波中出，日月光疑镜里悬。
雁沼回流成舜海，龟书荐祉应尧年。
大川既济惭为楫，报德空思奉细涓。

第五章（姜皎）

龙池初出此龙山，常经此地谒龙颜。
日日芙蓉生夏水，年年杨柳变春湾。
尧坛宝匣余烟雾，舜海渔舟尚往还。
愿似飘飘五云影，从来从去九天间。

第六章（崔日用）

龙兴白水汉兴符，圣主时乘运斗枢。
岸上丰茸五花树，波中的皪千金珠。
操环昔闻迎夏启，发匣先来瑞有虞。

风色云光随隐见,赤云神化象江湖。

第七章(苏颋)

西京凤邸跃龙泉,佳气休光镇在天。

轩后雾图今已得,秦王水剑昔常传。

恩鱼不似昆明钓,瑞鹤长如太液仙。

愿侍巡游同旧里,更闻箫鼓济楼船。

第八章(李乂)

星分邑里四人居,水溯源流万顷余。

魏国君王称象处,晋家藩邸化龙初。

青蒲暂似游梁马,绿藻还疑宴镐鱼。

自有神灵滋液地,年年云物史官书。

第九章(姜晞)

灵沼萦回邸第前,浴日涵天写曙天。

始见龙台升凤阙,应如霄汉起神泉。

石匮渚傍还启圣,桃李初生更有仙。

欲化帝图从此受,正同河变一千年。

第十章(裴璀)

乾坤启圣吐龙泉,泉水年年胜一年。

始看鱼跃方成海,即睹龙飞利在天。

洲渚遥将银汉接,楼台直与紫微连。

休气荣光常不散,悬知此地是神仙。①

此十首诗是《龙池乐》的歌词,俱为奉和圣制之作。据《通典》卷一百四十六《乐》六"坐立部伎"条:"龙池乐,玄宗龙潜之时,宅于崇庆坊,宅南

---

① ［清］彭定求等编:《全唐诗》,第123页。

坊人所居变为池,瞻气者亦异焉。故中宗末年,泛舟池内。玄宗正位,以宅为宫,池水逾大,弥漫数里,为此乐以歌其祥也。舞有七十二人,冠饰以芙蓉……自长寿乐以下,皆用龟兹乐,舞人皆著靴,唯龙池乐备用雅乐,而无钟磬,舞人蹑履。"①《旧唐书》卷二十九《音乐志》:"《龙池乐》,玄宗所作也。玄宗龙潜之时,宅在隆庆坊,宅南坊人所居,变为池,望气者亦异焉。故中宗季年,泛舟池中。玄宗正位,以坊为宫,池水逾大,弥漫数里,为此乐以歌其祥也。舞十有二人,人冠饰以芙蓉……惟《龙池》备用雅乐,而无钟磬,舞人蹑履。"②又《新唐书》卷二十二《礼乐志》:"初,帝赐第隆庆坊,坊南之地变为池,中宗常泛舟以厌其祥。帝即位,作《龙池乐》,舞者十有二人,冠芙蓉冠,蹑履,备用雅乐,唯无磬……坐部伎六:一《燕乐》,二《长寿乐》,三《天授乐》,四《鸟歌万岁乐》,五《龙池乐》,六《小破阵乐》……自《长寿乐》以下,用龟兹舞,唯《龙池乐》则否。"③三条材料所记略同,唯《龙池乐》的作者两《唐书》记为玄宗,而《通典》则未明言。或以为此是玄宗与群臣各有诗作入乐而以玄宗为初创,或以为玄宗创制乐曲而采群臣诗作入乐。两《唐书》记《龙池乐》舞者为十二人,而《通典》记为七十二人,未知孰是。岸边成雄认为当以十二人为是,他说:"《通典》载为'舞有七十二人,冠饰以芙蓉'。《太乐令壁记》则书为'十二人'。根据坐部伎之性质及其他名曲实例,似以'十二人'较为正确。"④

《龙池乐》属于二部伎中的坐部伎,但它和二部伎中其他的曲目不同,《龙池乐》具有更为浓厚的雅乐性质,它的演奏主要使用雅乐器。这也是《乐府诗集》把《龙池乐》的歌词收入"郊庙歌辞"的原因。(鼓吹乐中亦有《龙池乐》,《新唐书》卷二十三下《仪卫志》:"凡鼓吹五部……总七十五曲。……羽葆部十八曲……十七《龙池》……"⑤)唐代确有祭祀龙池的仪注,据韦绦《祠龙池祭仪奏》:"飨之法请用二月,有司筮日,池

---

① 〔唐〕杜佑:《通典》,第 3721 页。
② 〔后晋〕刘昫等:《旧唐书》,第 1062 页。
③ 〔宋〕欧阳修、宋祁:《新唐书》,第 475 页。
④ 〔日〕岸边成雄:《唐代音乐史的研究》,梁在平、黄志炯译,第 635 页。
⑤ 〔宋〕欧阳修、宋祁:《新唐书》,第 508 页。

傍设坛,官致斋,设笾豆,如祭雨师之仪,以龙致雨也。其牲用少牢,其乐用鼓钟,奏姑洗,歌南吕。郑玄云:'风师雨师及小祀用此乐,凡六变者,三变而致鳞物。'今飨龙亦请三变,舞用帗舞,尊用散,酒以一献。"①这说明《龙池乐》是独特的,它不仅用于平时的宫廷娱乐,还用于龙池祭祀活动。

关于创制《龙池乐》的时间,岸边成雄说"故此曲谅系兴庆宫落成后为时未久所制作者",②并未确定具体创制时间。根据《唐会要》卷二十二"龙池坛"条,此曲创制在开元二年(714)。③ 而王溥《唐会要》卷三十三"太常乐章"条:"祭龙池,乐章十。开元元年,内出编入杂乐。十六年,筑坛于兴庆宫,以仲春之月祭之。"④则又记为开元元年。因玄宗旧宅改建为兴庆宫在开元二年,故《龙池乐》的创制时间以开元二年为是。上引《龙池乐》歌词十章当作于此时。

《龙池乐》歌词的创作是一次集体创作七言律诗的活动。这一活动对七言律诗的成熟产生了很大的影响。《龙池乐》歌词十首全部为七言八行体诗,这在全部的郊庙歌辞中是一个特例。其实,当时创作的歌词很多,并不仅有十首。《唐会要》卷二十二"龙池坛"条记载:

> 开元二年闰二月诏,令祠龙池。六月四日,右拾遗蔡孚献《龙池篇》,集王公卿士以下一百三十篇。太常寺考其词合音律者,为《龙池篇乐章》,共录十首。十六年,诏置坛及祠堂,每仲春将祭,则奏之。⑤

此条材料对《龙池乐》歌词的创作情况记述极为详细。由这条材料可知,当时创作的诗歌有一百三十篇之多,创作者均为"王公卿士"。右拾遗蔡孚将这些诗歌献给朝廷,太常寺进行了选择,选择了十篇配以音

---

① [清]董诰等编:《全唐文》,第 3122 页。
② 〔日〕岸边成雄:《唐代音乐史的研究》,梁在平、黄志炯译,第 613 页。
③ 参见[宋]王溥:《唐会要》,第 433 页。
④ [宋]王溥:《唐会要》,第 606 页。
⑤ [宋]王溥:《唐会要》,第 433 页。

乐歌唱。这就是《龙池乐》的创制过程。被选择入乐的诗歌都是七言八行体诗,体裁一致。在武后和群臣的《石淙》唱和中,许多唱和的诗作,不仅体裁与原作一样,就连原诗第二联的"句中对"都亦步亦趋地加以模仿,唱和之作和原作在体裁上一致,是诗歌唱和的基本要求。本书推测,未被选中的一百二十余篇诗歌也应为七言八行体。张九龄有《奉和圣制龙池篇》一首,诗云:

> 天启神龙生碧泉,泉水灵源浸迤延。
>
> 飞龙已向珠潭出,积水仍将银汉连。
>
> 岸傍花柳看胜画,浦上楼台问是仙。
>
> 我后元符从此得,方为万岁寿图川。①

此诗很可能是当时创作但并未入选的诗歌。理由有二:第一,此诗题为《奉和圣制龙池篇》,其他入选诗歌在《全唐诗》中亦是此题。第二,开元二年(714)创作《奉和圣制龙池篇》时张九龄在朝。《旧唐书》卷四十三《职官志》:"玄宗即位……张九龄……等,召入禁中,谓之翰林待诏。王者尊极,一日万机,四方进奏、中外表疏批答,或诏从中出。"②可知玄宗即位后以张九龄为翰林待诏,则开元二年(714)张九龄在朝。开元二十三年(735)张九龄又作《龙池圣德颂》一文,③玄宗则有《答张九龄进龙池圣德颂批》。④

被选择入乐的诗歌都是七言八行体,张九龄当时创作但并未入选的这首诗亦为七言八行体,这说明右拾遗蔡孚所献的一百三十首诗很可能均为七言八行体。因此,创作《龙池乐》是一次七言八行体诗的大规模的创作活动,此次创作活动的作品数量是惊人的。

---

① 〔清〕彭定求等编:《全唐诗》,第596页。

② 〔后晋〕刘昫等:《旧唐书》,第1854页。

③ 〔清〕董诰等编:《全唐文》,第671页。

④ 〔清〕董诰等编:《全唐文》,第407页。

那么,这次大规模的七言八行体诗的创作活动与唐七言律诗的定型和成熟之间有没有关系呢?

关于七律的发展、定型和成熟,学界有广泛讨论。我们把唐代七律的发展过程分为以下几个阶段:

第一阶段,太宗朝。此时尚没有合于格律的七言律诗,创作七言八行体诗的诗人很少,作品也很少,粘对规则尚未确立,七律尚处于萌生阶段。

第二阶段,高宗武后朝(含中宗、睿宗朝)。此时七言八行体诗的创作数量有所增加,已经有相当多的作品合律。如沈佺期有七律 15 首,其中 13 首合律;宋之问有 3 首,1 首合律;杜审言有 3 首,2 首合律;李峤有 4 首,全部合律;苏颋有 13 首,全部合律。[①] 因此,七言律诗的定型就在这个时期。

在这一阶段,武后与群臣的唱和活动引人注目。久视元年(700),武后作《石淙》诗一首,诗云:

> 三山十洞光玄箓,玉峤金峦镇紫微。
>
> 均露均霜标胜壤,交风交雨列皇畿。
>
> 万仞高岩藏日色,千寻幽涧浴云衣。
>
> 且驻欢筵赏仁智,雕鞍薄晚杂尘飞。[②]

据《资治通鉴》卷二百六武后久视元年(700)腊月,"乙巳,太后幸嵩山;春,一月,丁卯,幸汝州之温汤;戊寅,还神都。作三阳宫于告成之石淙。"[③]《金石萃编》卷六十四载《夏日游石淙诗碑》,显示诗碑刻成时间为久视元年(700)五月。此诗当作于此时。诗成后,太子李显作和诗,诗云:

---

① 参见韩成武:《试论七律的定型与成熟》,《河北大学学报》1997 年第 1 期,第 41—48 页。

② [清]彭定求等编:《全唐诗》,第 60 页。

③ [宋]司马光:《资治通鉴》,第 6545 页。

三阳本是标灵纪，二室由来独擅名。

霞衣霞锦千般状，云峰云岫百重生。

水炫珠光遇泉客，岩悬石镜厌山精。

永愿乾坤符睿算，长居膝下属欢情。①

相王李旦亦有《石淙》诗与之唱和，诗云：

奇峰隐嶙箕山北，秀崿岩峣嵩镇南。

地首地肺何曾拟，天目天台倍觉惭。

树影蒙茏郭叠岫，波深汹涌落悬潭。

□愿紫宸居得一，永欣丹扆御通三。②

群臣亦多有唱和。苏味道、崔融、沈佺期的《嵩山石淙侍宴应制》，狄仁杰、姚崇、阎朝隐、武三思、张易之、张昌宗、薛曜、杨敬述、于季子的《奉和圣制夏日游石淙山》，李峤、徐彦伯的《石淙》均系当时唱和之作。这些唱和之作均为七言八行体。正如有的学者指出的那样，这些作品虽然内容不尽可取，但对七律格律的形成起到了推动作用，特别是作者的地位和身份显赫，于文坛具有很大的导向作用。③

虽然七言律诗在这个时期已经定型，但是，尚未出现大量创作七律的诗人。在数量上完全合律的七律还比较少，在内容上尚多侍宴奉和、流连光景之作，虽有佳句，但没有出现足以震撼人心的作品。因此，七律虽已定型，但远远没有达到成熟。

第三阶段，玄宗朝。这一时期是七言律诗从定型到成熟的过渡期，七律的创作数量大幅增加，通过不断的艺术实践诗人对七律的规则掌握更加纯熟。比如《龙池乐》歌词竟然有130篇，无论是玄宗的首倡之作，还

---

① ［清］彭定求等编：《全唐诗》，第25页。

② ［清］彭定求等编：《全唐诗》，第25页。

③ 参见陈增杰：《论唐人七律艺术的发展风貌》，《浙江社会科学》1999年第2期，第144—150页。

是大臣的奉和之作,都在体裁上保持一致,也就是说,130篇诗作都应该是成熟过程中的七言律诗。此时还出现了创作七律的优秀诗人和七律的优秀作品。王维有七律20首,其中有10首合律;高适有7首七律,其中5首完全合律;岑参有七律11首,4首合律;李白有7首七律,3首合律;李颀七律有7首,王昌龄有2首,崔颢有2首,孟浩然有4首,全部合律。杜甫也于此时开始了他的七律创作,但数量很少。这些七律大部分创作于安史之乱前,其中有不少脍炙人口的佳作,内容充实,在艺术上也取得了很大的成就。和前期相比,这一时期七律的创作在数量上和质量上都有很大进步,为七律的完全成熟打下了良好的基础。

第四阶段,肃宗、代宗朝。这是七律的成熟期。安史之乱后,杜甫流落蜀中,又漂泊荆湘,韩成武先生根据仇兆鳌《杜诗详注》统计,杜甫创作的七言律诗有151首,其中有113首完全合律。[①] 其余则属于拗体七律,不是不能合律,而是有意为之。杜甫的七律创作数量惊人,用凌云健笔书写乱世的所见所感,取得了惊人的艺术成就。叶嘉莹在《论杜甫七律之演进及其承前启后之成就》中认为杜甫定居成都草堂期间的七律已经从纯熟完美转变为老健疏放,进入夔州后,其变体拗律横放杰出,正格七律则达到完全从心所欲的化境,就技巧而言,此时的七律句法突破传统,意象超越现实,"七言律诗才得真正发展臻于极致"[②]。杜甫的七律创作,代表了唐代七律创作的最高水平,标志着七律这一体裁的完全成熟。

通过以上分析可以看出,从七律的定型到成熟,经过了大约四五十年的时间,《龙池乐》歌词的写作时间,正好在其中。这次诗歌创作活动产生了130首七律,这种大规模的艺术实践,必然对当时的七律创作产生推动作用,就像武后和大臣的《石淙》唱和一样,必然对当时的诗歌创作风气产生巨大影响。玄宗朝出现优秀的七律作品不是偶然的,它们是在这种大规模的艺术实践的基础上产生的,是和当时兴起的七律创作的风气密切相关的。同时,这种大规模的七律创作及在此风气下产生的优秀诗作,也

---

① 韩成武:《试论七律的定型与成熟》,《河北大学学报》1997年第1期,第41—48页。

② 叶嘉莹:《迦陵论诗丛稿》,中华书局1984年版,第48页。

为杜甫等诗人提供了宝贵的艺术经验,从而推动了七律从定型走向全面成熟。

因此,我们认为,作为后来郊庙歌辞的《龙池乐》的大规模创作,对唐代七言律诗的全面成熟产生了一定的影响。

以上,我们讨论了郊祀和庙祭中的音乐的作用。这些音乐既有太乐署管理的雅乐,也有鼓吹署管理的鼓吹乐。我们对全部唐代郊庙歌辞的体裁进行了统计,认为唐代郊庙歌辞在形式上总体是复古的,但它的创作和唐代诗坛的风气仍然密切相关。唐代郊庙歌辞与七言律诗的定型和成熟关系密切。

第三节 多部乐与二部乐

在太常寺管理的音乐之中,九部乐、十部乐和二部乐用于宫廷宴享。十部乐和二部乐又称为十部伎和二部伎。按照惯例,我们把隋唐的七部伎、九部伎和十部伎称为"多部伎"或"多部乐"。[①] 唐之十部伎由隋开皇七部伎(《国伎》、《清商伎》、《高丽伎》、《天竺伎》、《安国伎》、《龟兹伎》、《文康伎》)、隋大业中之九部伎(《清乐》、《西凉》、《龟兹》、《天竺》、《康国》、《疏勒》、《安国》、《高丽》、《礼毕》)演变而来。在贞观年间,唐十部伎形成,它是在隋大业中九部伎基础上增加《燕乐伎》和《高昌伎》并去掉《礼毕》而成。关于其中燕乐产生的时间,郑祖襄先生有详明考订。[②] 十部伎和二部伎是宫廷使用的大型组乐,均由多曲组成。既有乐曲又有歌舞,参加演出的是最优秀的演员,因而具有很高的艺术性。它们主要用于外交场合和国内的各种大型庆典,因此,其政治作用更为突出。十部伎和二部伎被视为唐代音乐的代表,向来为人所重视。

本节首先对多部乐和二部乐的基本情况进行概述,重新考察多部乐

---

① 参见杨荫浏:《中国古代音乐史稿》,人民音乐出版社 1981 年版,第 214 页;沈冬:《唐代乐舞新论》,北京大学出版社 2004 年版,第 18 页。

② 参见郑祖襄:《"增其事,省其文"难免疏漏——〈新唐书·礼乐志〉若干记载讨论》,《音乐研究》2001 年第 4 期,第 32—37 页。

的演出情况,在此基础上对多部乐和二部乐的性质进行考察,揭示它们深刻的政治性,证明岸边成雄多部乐的设置为"保存俗乐"说之不确。考订多部乐和二部乐的关系,证明前人"二部伎系将大部分十部伎二大分类"说之不确。

一、十部伎概况

下面根据《隋书》、《大唐六典》、两《唐书》等文献,对十部伎的乐、舞、乐器、服饰等情况予以概述。《通典》卷一百四十四《乐四》云:"凡大燕会,设十部之伎于庭,以备华夷:一曰燕乐伎,有景云之舞、庆善乐之舞、破阵乐之舞、承天乐之舞;二曰清乐伎;三曰西凉伎;四曰天竺伎;五曰高丽伎;六曰龟兹伎;七曰安国伎;八曰疏勒伎;九曰高昌伎;十曰康国伎。"①岸边成雄以为此为十部伎演出最可信的顺序。② 我们即以此为序叙述十部伎的概况。对十部伎的乐曲、乐器、服饰等,岸边成雄《唐代音乐史的研究》第五章《十部伎》考证甚详,故在此不作考证,仅据《旧唐书》《新唐书》等史料概述十部伎的简况如下,以见十部伎之概况:

(一)燕乐伎

由来:贞观十四年(640)景云见河水清。张文收采古《朱雁》、《天马》之义制《景云河清歌》,名曰宴乐奏之管弦,为诸乐之首,元会第一奏。

乐器:玉磬、方响、扫筝、筑、卧箜篌、大小箜篌、大小琵琶、大小五弦、吹叶、大小笙、大小觱篥、箫、铜钹、长笛、尺八、短笛,皆一;毛员鼓、连鼗鼓、桴鼓、贝,皆二。

乐工:二十九人。

舞曲:景云之舞、庆善乐之舞、破阵乐之舞、承天乐之舞。

舞者:二十人。《景云乐》,舞八人。《庆善乐》,舞四人。《破阵乐》,舞四人。《承天乐》,舞四人。

歌者:二人。

服饰:《景云乐》,五色云冠,锦袍,五色袴,金铜带。《庆善乐》,紫袍,

---

① 〔唐〕杜佑:《通典》,第 3687 页。

② 参见〔日〕岸边成雄:《唐代音乐史的研究》,梁在平、黄志炯译,第 562 页。

白袴。《破阵乐》,绫袍,绛袴。《承天乐》,进德冠,紫袍,白袴。

(二)清乐伎

属于俗乐系。

由来:《清乐》其始为《清商三调》,是汉以来旧曲。晋朝迁播,其音分散。苻坚平张氏,始得之于凉州。宋武平关中因而入南,不复存于内地。及隋平陈后获之。隋高祖谓之华夏正声,置清商署以掌之,又编入七部伎和九部伎,唐为十部伎之一。

乐器:编钟、编磬各一架,瑟、弹琴、击琴、琵琶、箜篌、筝、筑、节鼓各一,笙、长笛、箫、篪各二。

乐工:二十五人。

舞者:四人。

舞曲:《明君》、《并契》等。①

歌者:二人。

歌曲:《阳伴》。武后时犹有六十三曲,开元中,唯余《雅歌》一曲。

服饰:舞者,碧轻纱衣,裙襦大袖,画云凤之状。漆鬟髻,饰以金铜杂花,状如雀钗;锦履。舞容闲婉,曲有姿态。工人平巾帻,绯袴褶。

(三)西凉伎

属于西凉系音乐。

由来:起苻氏之末,吕光、沮渠蒙逊等据有凉州,变龟兹声为之,号为秦汉伎。魏太武既平河西得之,谓之《西凉乐》。至魏、周之际,遂谓之《国伎》。隋唐列入多部伎。

乐器:编钟、编磬各一架,弹筝、搊筝、卧箜篌、竖箜篌、琵琶、五弦、笙、长笛、短笛、大觱篥、小觱篥、箫、腰鼓、齐鼓、担鼓各一,铜钹二,贝一。

乐工:二十人(又作二十二人)。

歌者:二人。

歌曲有《永世乐》,解曲有《万世丰》。

舞者:白舞一人,方舞四人。

---

① 田青认为,“契”的意思可能是乐谱,“而且是‘声曲折’一类的曲线谱”。见田青:《净土天音:田青音乐学研究文集》,山东文艺出版社 2002 年版,第 5 页。

舞曲:《于阗佛曲》。

服饰:工人平巾帻,绯褶。方舞假髻,玉支钗,紫丝布褶,白大口袴,五彩接袖,乌皮靴。

(四)天竺伎

属于西域系音乐。

由来:起自张重华据有凉州,重四译来贡男伎,《天竺》即其乐焉。唐代散乐亦有天竺伎,与十部伎中之天竺伎非一类。《新唐书》卷二十二《礼乐志》:"天竺伎能自断手足,刺肠胃,高宗恶其惊俗,诏不令入中国。睿宗时,婆罗门国献人倒行以足舞,仰植铦刀,俯身就锋,历脸下,复植于背,齎篾者立腹上,终曲而不伤。又伏伸其手,二人蹑之,周旋百转。开元初,其乐犹与四夷乐同列。"①

乐器:铜鼓、羯鼓、都昙鼓、毛员鼓、齎篾、横笛、凤首箜篌、琵琶、五弦、贝、绋一,铜钹二。

乐工:十二人。

舞者:二人。

舞曲:《天曲》。

歌者:不详。

歌曲:《沙石疆》。

服饰:乐工皂丝布幞头巾,白练襦,紫绫葱,绯帔。舞者辫发,朝霞袈裟,若今之僧衣也。行缠,碧麻鞋。

(五)高丽伎

属于东夷系音乐。

由来:起自后魏平冯氏及通西域,因得其伎。后渐繁会其声,以列于太乐。隋唐均编入多部伎。

乐器:弹筝、卧箜篌、竖箜篌、琵琶、五弦、笙、横笛、小齎篾、箫、桃皮齎篾、腰鼓、齐鼓、担鼓、贝各一。

乐工:十八人。

舞者:四人。

———

① [宋]欧阳修、宋祁:《新唐书》,第479页。

舞曲:《歌芝栖》。

歌曲:《芝栖》。

歌者:不详。

服饰:工人紫罗帽,饰以鸟羽,黄大袖,紫罗带,大口葱,赤皮靴,五色绦绳。舞者椎髻于后,以绛抹额,饰以金珰。二人黄裙襦,赤黄葱;二人赤黄裙,襦葱。

(六)龟兹伎

属于西域系音乐。

由来:起自后凉吕光灭龟兹,因得其声。吕氏亡,其乐分散,后魏平中原,复获之。其声后多变易。隋有《西国龟兹》、《齐朝龟兹》、《土龟兹》等,凡三部。开皇中,其器大盛于闾閈。时有曹妙达、王长通、李士衡、郭金乐、安进贵等,皆妙绝弦管,估炫公王之间,举时争相慕尚。开元中大盛。

乐器:弹筝、竖箜篌、琵琶、五弦、横笛、笙、箫、觱篥、答腊鼓、毛员鼓、都昙鼓、侯提鼓、鸡娄鼓、腰鼓、齐鼓、檐鼓、贝,皆一;铜钹二。

乐工:二十人。

舞者:四人。又有五方狮子,高丈余,饰以方色。每狮子有十二人,共六十人,画衣,执红拂,首加红袜,谓之狮子郎。

舞曲:《小天》、《疏勒盐》。

歌曲:《善善摩尼》,解曲有《婆伽儿》。

歌者:不详。

服饰:工人皂丝布头巾,绯丝布袍,锦袖,绯布袴。舞者四人,红抹额,绯袄,白袴帑,乌皮靴。

(七)安国伎

属于西域系音乐。

由来:起自后魏平冯氏及通西域,因得其伎。后渐繁会其声,以列于太乐。列于十部乐。

乐器:竖箜篌、琵琶、五弦、横笛、大觱篥、双觱篥、正鼓、和鼓各一,铜钹二。

乐工:十二人。

舞曲:《末奚》。

舞者:二人。

歌曲:《附萨单时》,解曲有《居和祇》。

歌者:不详。

服饰:工人皂丝布头巾,锦襟领,紫袖袴。舞者,紫袄,白袴帑,赤皮靴。

(八)疏勒伎

属于西域系音乐。

由来:起自后魏平冯氏及通西域,因得其伎。后渐繁会其声,以列于太乐。周、隋与北齐、陈接壤,故歌舞杂有四方之乐。至唐,列于十部乐。

乐器:竖箜篌、琵琶、五弦、箫、横笛、觱篥、答腊鼓、羯鼓、侯提鼓、腰鼓、鸡娄鼓,皆一。

乐工:十二人。

舞曲:《远服》。

舞者:二人。

歌曲:《亢利死让乐》,解曲有《盐曲》。

歌者:不详。

服饰:工人皂丝布头巾,白丝布袍,锦衿襟,白丝布葱。舞者,白襖,锦袖,赤皮靴,赤皮带。

(九)高昌伎

属于西域系音乐。

由来:高昌乐者,西魏与高昌通,始有高昌伎。隋文帝开皇六年(586),高昌献圣明乐曲,大唐平高昌,尽收其乐,编入十部伎。

乐器:竖箜篌、琵琶、五弦、笙、横笛、箫、觱篥、腰鼓、鸡娄鼓各一,铜角一。

乐工:不详。

舞者:二人。

乐曲:不详。

歌者:不详。

服饰:白襖锦袖,赤皮靴、皮带,红抹额。

（十）康国伎

属于西域系音乐。

由来：起自周武帝聘北狄公主为后，获西戎伎，习其声。隋唐列于九、十部乐。

乐器：正鼓、和鼓，皆一；笛、铜钹，皆二。

舞曲：《贺兰钵鼻始》、《末奚波地》、《农惠钵鼻始》、《前拔地惠地》四曲。

舞者：二人。舞急转如风，俗谓之胡旋。

乐工：七人。

歌曲：《戢殿农和正》。

歌者：不详。

服饰：工人皂丝布头巾，绯丝布袍，锦衿。舞二人，绯襖，锦袖，绿绫浑裆葱，赤皮靴，白葱帑。

二、对多部伎的演出情况的重新考察

对十部伎的演出情况，岸边成雄有过详细的梳理。他在《唐代音乐史的研究》一书中列出了九部伎和十部伎的演出年表。[①] 根据岸边成雄的考证，九、十部伎在唐代共演出 33 次。我们认为，岸边成雄的考证尚不够完善，根据本书的统计，九部伎和十部伎在唐代的演出可考的至少有 47 次之多（详见附录三）。

下表列出的是经过梳理的唐五代九、十部伎演出情况：

表 3—3　唐五代多部伎演出情况表

序号	演出时间	公元年	事　由	用　途	乐　种
1	武德元年十月	618	突厥使来朝	宴使节	九部乐
2	武德元年十一月	618	降薛仁杲	纳降	九部乐
3	武德二年二月	619	宴群臣	宴群臣	九部乐
4	武德二年闰二月	619	考群臣	宴群臣	九部乐
5	武德二年五月	619	宴凉州使人	宴使节	九部乐
6	武德三年正月	620	宴突厥	宴使节	九部乐

---

① 参见〔日〕岸边成雄：《唐代音乐史的研究》，梁在平、黄志炯译，第 489 页。

续表

序号	演出时间	公元年	事　由	用　途	乐　种
7	武德三年五月	620	宴突厥使	宴使节	九部乐
8	武德三年八月	620	宴群臣	宴群臣	九部乐
9	武德四年三月	621	宴西突厥使	宴使节	九部乐
10	武德四年五月	621	宴五品以上	宴群臣	九部乐
11	武德四年七月	621	宴群臣	宴群臣	九部乐
12	武德四年十一月	621	赐太宗	祝捷	九部乐
13	武德六年	623	宴东征官僚	祝捷	九部乐
14	武德七年二月	624	宴突厥使	宴使节	九部乐
15	武德七年四月	624	宴群臣	宴群臣	九部乐
16	武德七年六月	624	飨丘和	纳降	九部乐
17	武德七年七月	624	交州首领来朝	宴使节	九部乐
18	武德八年四月	625	宴西藩突厥林邑使者	宴使节	九部乐
19	武德八年	625	范梵志遣使献方物	宴使节	九部乐
20	武德八年	625	宴占城使	宴使节	九部乐
21	贞观二年九月	628	庆有年	庆丰年	九部乐
22	贞观四年	630	宴回纥	宴使节	十部乐
23	贞观十五年二月	641	宴从官及山东宗姓等	宴群臣	九部乐
24	贞观十六年	642	新兴公主下嫁，群臣侍	嫁公主	十部伎
25	贞观十六年十一月	642	宴百僚	宴群臣	十部乐
26	贞观十七年	643	突利设来纳币献马	宴使节	十部乐
27	贞观十七年闰六月	643	大飨百僚	宴群臣	十部乐
28	贞观十九年	645	迎经像入寺	佛事	九部乐
29	贞观二十一年正月	647	封回纥部	宴使节	十部乐
30	贞观二十二年正月	648	会四夷君长	宴使节	十部乐
31	贞观二十二年	648	送玄奘等入住慈恩寺	佛事	九部乐
32	显庆六年九月	661	徙封潞王贤为沛王	封王	九部乐
33	乾封元年	666	改元宴群臣	改元	九部乐
34	乾封元年	666	封泰山毕宴群臣	封禅	九部乐
35	乾封元年四月甲辰	666	景云阁晏	宴群臣	九部乐
36	总章元年十月	668	贺破高丽	祝捷	九部乐
37	永隆元年	680	高宗立太子	立太子	九部伎
38	长安二年	702	赐招福寺等身金铜像	佛事	九部乐
39	延和元年七月	712	宴群公卿士	宴群臣	九部乐
40	开元二十四年	736	千秋节宴群臣	祝寿	九部乐
41	开元二十九年正月	741	得祥瑞	得祥瑞	十部乐
42	天宝十四载三月	755	宴群臣	宴群臣	九部乐
43	贞元四年春正月	788	宴群臣	宴群臣	九部乐

序号	演出时间	公元年	事　　由	用　　途	乐　　种
44	贞元四年三月	788	宴群臣	宴群臣	九部乐
45	贞元十四年二月	798	宴文武百僚	宴群臣	九部乐
46	贞元中		帝坐秘殿	宴群臣	十部乐
47	大中十二年十月	858	封敖任太常卿	太常卿视事	九部乐
48	后唐天成四年	929	宴文武百僚	宴群臣	九部乐
49	后晋天福四年十二月	939	正旦上寿	祝寿	九部乐

根据以上材料可知,唐五代九部伎十部伎演出共计 49 次,其中唐代 47 次,五代 2 次。

因为所依据的材料不同,所以本书的结论也与岸边成雄有异,主要有以下三点:

第一,岸边成雄认为在五代已经没有九部乐和十部乐的演出,据此推断九部乐和十部乐在五代已经绝迹。[①] 但据我们的考证,九部乐和十部乐在五代并未"绝迹",它们在后唐天成四年(929)和后晋天福四年(939)都曾经演出过。

第二,岸边成雄认为安史之乱后九、十部乐的恢复在贞元十四年(798)。他说:"乱后,太常寺、教坊、梨园等一度荒废,贞元十四年,十部伎才告复活。"[②]根据本节上面的考证,贞元四年(788)春正月,德宗宴群臣,就曾经演出《九部乐》,与舞马等一同演出。德宗还赋诗一章,群臣属和。由此可知,九、十部乐的恢复不在贞元十四年(798),而在贞元四年(788)。

第三,岸边成雄认为九、十部乐兴盛期在初唐,而在盛唐衰落。他说:"九部伎与十部伎自唐朝中叶武后、中宗开始渐告衰退,失却上演机会。按中唐玄宗时期,唐初新形式之宴享音乐渐次盛行,坐立二部伎制度完成,且新胡乐经由河西方面传入,结合中国原有之俗乐(清乐)而生法曲。当时朝廷,为了新古胡乐,设立内外教坊;为了法曲,新设梨园。十部伎在二部伎、教坊、梨园三种制度成立以后,尽失光芒。"[③]根据上面的考证,知

---

① 参见〔日〕岸边成雄:《唐代音乐史的研究》,梁在平、黄志炯译,第 488 页。

② 〔日〕岸边成雄:《唐代音乐史的研究》,梁在平、黄志炯译,第 488 页。

③ 〔日〕岸边成雄:《唐代音乐史的研究》,梁在平、黄志炯译,第 488 页。

多部伎在开元、天宝年间有三次演出,在贞元年间也有四次演出,故尚不能说在武后、中宗时开始渐告衰退,"失却上演机会"。虽然历史文献记载九、十部伎在开元、天宝年间(岸边成雄视为中唐)只有三次演出,但估计实际演出的次数要远远超出这个数字,因为玄宗的千秋节一般都要演奏九、十部伎。《大唐六典》卷四"尚书礼部"条云:"凡千秋节,皇帝御楼,设九部之乐,百官裤褶陪位,上公称觞献寿。"[1]《旧唐书》卷四十三《职官志》亦云:"凡千秋节,御楼设九部之乐,百官袴褶陪位。"[2]另外,在当时的外交活动中,九、十部伎亦当频繁演出。因此,在玄宗朝,九、十部伎并没有"渐告衰退,失却上演机会"。

三、关于多部伎性质及其设立原因的思考

(一)多部伎的性质

关于多部伎的性质,有两种说法。一是认为它是一种礼仪音乐。如岸边成雄即持此见,他说:"十部伎之本质,一言蔽之,即宫廷内举行燕飨时所奏礼仪音乐一大组合歌曲……形式庄重,具有仪礼的燕飨伎之性格。"[3]"总之,十部伎具有胡、俗乐内容而属于礼仪形式上的一种燕飨乐。"[4]另一种观点认为它以娱乐性为主。如曾美月通过对十部乐的乐器、服饰、乐部风格和审美特征等方面的考察,认为唐代十部乐的功能以"娱乐性"为主而"政治性"兼而有之。他说:"唐代的十部乐,在乐部的编排上符合中国人的动静相协,急缓结合,首尾呼应,对比统一的审美情趣,乐部的选择充分考虑了观赏者的审美需要,音乐风格贴切反映了唐代社会的时代特征,因此,十部乐的表演,是完全能够达到令观赏者身心愉悦的目的的,它的娱乐功能也得以展现,史料中相关文字的记载,也的确证实了这一点,而十部乐的政治性功能,与娱乐性功能并不是截然对立的,而是在依附于娱乐性功能的前提下,与娱乐性功能相辅

---

① 〔唐〕李隆基撰,李林甫注:《大唐六典》,第89页。

② 〔后晋〕刘昫等:《旧唐书》,第1829页。

③ 〔日〕岸边成雄:《唐代音乐史的研究》,梁在平、黄志炯译,第18页。

④ 〔日〕岸边成雄:《唐代音乐史的研究》,梁在平、黄志炯译,第571页。

相存相得益彰。"①两种观点的不同之处在于一种比较注重多部乐的礼仪性,一种比较注重多部乐的娱乐性。

我们认为,多部乐是一种政治性、礼仪性、艺术性和娱乐性相结合的音乐形式,其本质的属性是政治性。考察多部乐的性质,必须追溯其制度的渊源,台湾学者沈冬详细梳理了多部乐的形成过程,这个过程可简化如下:1.《诗经》已经有乐部的概念,行人采诗,分为十五国风。2.《周礼》已载有《四夷乐》。3.汉立乐府,有秦声、楚歌、"赵、代、秦、楚之讴",并有"江南鼓员"、"淮南鼓员"、"巴俞鼓员"等名目。4.北周在阿史那皇后来归时"行周礼,建六官",效法《周礼》"大司乐"制度,网罗四夷之乐,已经有乐部之实。5.隋承北周,建立七部乐和九部乐。6.唐承隋有九部乐,又加以增删,成十部乐。② 我们认为沈冬的梳理清晰可信。多部乐演变的过程告诉我们,唐代的多部乐根源于《周礼》的"四夷乐"体系,因此,政治性和礼仪性才是其根本属性。

唐代多部乐的演出多在宴使节、宴群臣、封王、改元、封禅、祝捷、立太子、庆丰年、嫁公主、重大佛事等重要场合,在这些场合演奏多部乐,当然可以娱乐来宾,烘托热烈的气氛,但更重要的目的则是表现大唐四夷宾服的声威。

毫无疑问,多部乐具有极强的艺术性和娱乐性,这是实现其政治性、礼仪性的手段。我们认为,多部乐是一种政治性、礼仪性、艺术性和娱乐性相结合的音乐形式,而政治性是其本质属性。

(二)多部伎设立的原因

岸边成雄认为隋唐多部伎设立是为了保存正在衰落的俗乐。他说:"九部伎系选择胡乐及俗乐中具有代表性的音乐,在一定程序下从第一部伎出演至第九部伎者。按九部伎设立的目的,不仅为了纠正'雅郑混淆',并将零乱胡乐,加予整理,以保存正在衰退中之俗乐。"③本书认为此说不

---

① 曾美月:《唐代"十部乐"功能的再度审视》,《天津音乐学院学报》2003年第1期,第37—40页。

② 参见沈冬:《唐代乐舞新论》,第37—49页。

③ 〔日〕岸边成雄:《唐代音乐史的研究》,梁在平、黄志炯译,第6页。

妥。

通过对唐代多部乐设立的原因的分析可以看出,唐代多部乐的设立,其目的在于从礼仪上继承《周礼》中"四夷乐"的音乐体系和北周以来逐渐形成的以乐部为重要标志的音乐制度,通过具有高度艺术性和娱乐性的多部乐的演出,表现大唐四夷宾服的声威,从而实现和达到其政治目的。无论隋代还是唐代,多部伎设立都是为了政治目的,而不是为了音乐本身,音乐是为政治服务的。在多部伎中,从头至尾都贯穿着当时的"主流意识形态",处处体现着"主旋律",因此,岸边成雄设立多部乐以保存正在衰落的俗乐的说法是欠妥的。

四、二部伎概说

除多部伎之外,唐代尚有坐、立二部伎,为具有代表性的大型乐舞。立部伎有《安乐》、《太平乐》、《破阵乐》、《庆善乐》、《大定乐》、《上元乐》、《圣寿乐》、《光圣乐》,凡八部。坐部伎有《宴乐》、《长寿乐》、《天授乐》、《鸟歌万岁乐》、《龙池乐》、《破阵乐》,凡六部。虽然二部伎中有的曲目产生时间很早,但二部伎的最终编成在玄宗朝。值得注意的是,二部伎和多部伎是并存的,并不是多部伎废,二部伎生,也不是将多部伎又分为坐、立二部。[1] 多部伎必须从头至尾依次演出,而二部伎的曲目不受此限制,可以只演出部分曲目,也可以单独演出其中的某一曲目。

岸边成雄在《唐代音乐史的研究》中对二部伎的乐舞情况考证甚详,现仅将相关情况简述如下,以见二部伎的情况之大略:

(一)立部伎八部

1.安乐

《安乐》,后周武帝平齐所作,又或作于隋代。舞蹈行列方正,象城郭,故周世谓之城舞。舞者八十人。刻木为面,狗喙兽耳,以金饰之,垂线为发,画獏皮帽。舞蹈姿制,作羌胡状。

---

[1] 参见〔日〕岸边成雄:《唐代音乐史的研究》,梁在平、黄志炯译,第42页;秦序:《唐九、十部乐与二部伎之关系》,《一苇凌波》(中国音乐学研究文库),上海音乐学院出版社2004年版,第286页。

2. 太平乐

《太平乐》，亦谓之五方狮子舞。狮子鸷兽，出于西南夷天竺、狮子等国。缀毛为之，人居其中，像其俯仰驯狎之容。二人持绳秉拂，为习弄之状。五狮子各立其方色。一百四十人歌《太平乐》，舞以足，持绳者服饰作昆仑象。产生时间不详，或出于隋代。① 据《旧唐书》卷一百六十七《赵宗儒传》、唐薛用弱《集异记》、宋钱易《南部新书》乙，可知《太平乐》不能随意使用。白居易有《太平乐》歌词二首。《新唐书》卷二十一《礼乐志》："《龟兹伎》……设五方师子，高丈余，饰以方色。每师子有十二人，画衣，执红拂，首加红袜，谓之师子郎。"② 可知《太平乐》当由十部伎中的龟兹伎演变而来。

3. 破阵乐

《破阵乐》，太宗所造。太宗为秦王之时，征伐四方，民间歌《秦王破阵乐》之曲。贞观七年（633），使吕才协音律，李百药、虞世南、褚亮、魏征等制歌词。一百二十人披甲持戟，凡为三变，每变为四阵，声韵慷慨。按十部伎中燕乐伎有《破阵乐》之舞，舞四人，作于贞观十四年（640），产生时间在立部伎之《破阵乐》之后。但十部伎中燕乐伎之《破阵乐》与坐部伎中之《破阵乐》当均系从《秦王破阵乐》演变而来。《破阵乐》在高宗显庆元年（656）改称《神功破阵乐》。《破阵乐》曾修入雅乐。

4. 庆善乐

《庆善乐》，太宗所造。太宗生于武功之庆善宫，贞观六年（632）九月，太宗幸庆善宫，赏赐闾里，与贵臣宴，赋诗。起居郎请平宫商，被之管弦，命曰《功成庆善乐》。舞者六十四人。皆进德冠，衣紫大袖裙襦，漆髻皮履。舞蹈安徐，以象文德洽而天下安乐。正至飨宴及国有大庆，奏于庭。神功破阵乐、功成庆善乐二舞每奏，皇帝曾立对。《庆善乐》歌词为太宗所作，《庆善乐》曾修入雅乐，名曰《九功》。庆善乐用西凉乐，最为闲雅。按十部伎燕乐伎中有《庆善乐》，舞四人，紫袍，白袴，乃贞观十四年（640）张

---

① 此据岸边成雄说，参见〔日〕岸边成雄：《唐代音乐史的研究》，梁在平、黄志炯译，第604页。

② 〔宋〕欧阳修、宋祁：《新唐书》，第470页。

文收所作,当从立部伎之《庆善乐》演化而来。

5.大定乐

《大定乐》,又名《一戎大定乐》,龙朔元年(661)三月高宗所造,出自破阵乐。高宗将伐高丽,宴洛阳城门,观屯营教舞,按新征用武之势,舞者百四十人,被五彩文甲,持槊而舞,歌者和之,歌云“八纮同轨乐”,以象平辽东而边隅大定也。乐舞擂大鼓,杂以龟兹乐,加金钲,声势浩大。大定乐词六首。

6.上元乐

《上元乐》,高宗所造。舞者百八十人(又作八十人)。画云衣,备五色,以象元气,故曰“上元”。上元乐词一十五首。

7.圣寿乐

《圣寿乐》,武后所作。舞者百四十人。金铜冠,五色画衣。舞之行列必成字,十六变而毕。有“圣超千古,道泰百王,皇帝万年,宝祚弥昌”字。舞者回身换衣,作字如画。则《圣寿乐》为字舞,凡十六变,每一次变换一字。

8.光圣乐

《光圣乐》,玄宗所造。舞者八十人。鸟冠,五彩画衣,兼以《上元》、《圣寿》之容,以歌王迹所兴。

(二)坐部伎六部

1.宴乐

《宴乐》,贞观十四年(640)张文收所造。工人绯绫袍,丝布袴。舞二十人,分为四部,即《景云》、《庆善》、《破阵》、《承天》。《景云乐》,舞八人,花锦袍,五色绫袴,云冠乌皮靴。《庆善乐》,舞四人,紫绫袍,大袖,丝布袴,假髻。《破阵乐》,舞四人,绯绫袍,锦衿褾,绯绫裤。《承天乐》,舞四人,紫袍,进德冠,并铜带。乐用玉磬一架,大方响一架,搊筝一,卧箜篌一,小箜篌一,大琵琶一,大五弦琵琶一,小五弦琵琶一,大笙一,小笙一,大筚篥一,小筚篥一,大箫一,小律一,正铜钹一,和铜钹一,长笛一,短笛一,楷鼓一,连鼓一,鼗鼓一,桴鼓一,工歌二。按此宴乐与多部伎中之宴乐关系密切,或系由隋唐多部伎之宴乐演变而来。又坐部伎《宴乐》中之《庆善乐》和《破阵乐》当系立部伎中《庆善乐》和《破阵乐》的小型化。

2. 长寿乐

《长寿乐》,武太后长寿年间所造。舞十有二人。画衣冠。

3. 天授乐

《天授乐》,武太后天授年间所造。舞四人。画衣五彩,凤冠。

4. 鸟歌万岁乐

《鸟歌万岁乐》,武后所造。武太后时,宫中养鸟能人言,又常称万岁,为乐以象之。舞三人。绯大袖,并画鹋鸧,冠作鸟像。

5. 龙池乐

《龙池乐》,玄宗开元二年(714)所作。玄宗龙潜之时,宅在隆庆坊,宅南坊人所居,变为池,望气者亦异焉。故中宗季年,泛舟池中。玄宗正位,以坊为宫,池水逾大,弥漫数里,为此乐以歌其祥。舞十二人,杜佑《通典》卷一百四十六《乐》六记为"七十二人",因坐部伎规模较小,岸边成雄以为当以十二人为是。① 冠饰以芙蓉,舞人蹑履。备用雅乐,而无钟磬,姚崇等作有《享龙池乐章》十首。

6. 破阵乐

《破阵乐》,即《小破阵乐》,玄宗所作。来自于立部伎《破阵乐》。舞四人,金甲胄。

五、二部伎与多部伎的关系及二部伎的性质考论

(一)二部伎与多部伎的关系

二部伎与多部伎关系密切,秦序先生就曾指出,唐九、十部乐与二部伎性质不同,形式内容也多不相同,并且二者是平行和并列的。② 很明显,二部伎中的一些曲目与多部伎是相同的,或者存在渊源关系。如立部伎中的《太平乐》当由十部伎中的龟兹伎演变而来;十部伎中《燕乐伎》之《破阵乐》与坐部伎中之《破阵乐》当均系从《秦王破阵乐》演变而来;十部伎《燕乐伎》中的《庆善乐》,当从立部伎之《庆善乐》演化而来;立部伎中的

---

① 参见〔日〕岸边成雄:《唐代音乐史的研究》,梁在平、黄志炯译,第 635 页。

② 参见秦序:《唐九、十部乐与二部伎之关系》,《一苇凌波》(中国音乐学研究文库),第 278 页。

《大定乐》,出自《破阵乐》。坐部伎中的《宴乐》与多部伎中之宴乐关系密切,或系由隋唐多部伎之宴乐演变而来。又坐部伎《宴乐》中之《庆善乐》和《破阵乐》当系立部伎中《庆善乐》和《破阵乐》之小型化。坐部伎中的《破阵乐》,即《小破阵乐》,生于立部伎《破阵乐》。

由此可知,二部伎与多部伎关系大略可分为以下几种情况:

第一,一些二部伎的曲目由多部伎转化而来,规模有所变化。

第二,一些多部伎的曲目由二部伎转化而来,规模有所变化,但数量极少。

第三,一些二部伎的曲目与多部伎的曲目有共同的源头。

第四,一些坐部伎的曲目由立部伎的曲目转化而来,规模有所变化。

第五,二部伎和多部伎中各有部分曲目为它们自身所独具,彼此各不相同。

由此五条,基本可以概括二部伎与多部伎的关系。此亦可说明二部伎吸收和改造了十部伎的一些曲目,但只是较少的一部分。同时,二部伎对多部伎也产生了一定的影响。但二部伎中有相当多的曲目是它独有的。在论述二部伎与多部伎的关系时,岸边成雄引石井文雄氏《立坐部伎论》中的观点云:"二部伎系将大部分之十部伎二大分类。"[1]实际上,二部伎只是吸收和改造了部分十部伎的乐曲,并不是"将大部分之十部伎二大分类",石井文雄氏之说不确。

(二)二部伎的性质

同十部伎一样,二部伎也是政治性与艺术性相结合的大型宴享音乐,但二部伎政治性的表现方式与十部伎有所不同。如果说唐代多部乐的设立其目的在于从礼仪上继承《周礼》中"四夷乐"的音乐体系和北周以来逐渐形成的以乐部为重要标志的音乐制度,通过具有高度艺术性和娱乐性的多部乐的演出,表现大唐四夷宾服的声威,那么二部伎的设立,其目的则是通过乐舞这种精美的艺术形式,表现帝王的文治武功以及国家和帝王的祥瑞。在表现对帝王的赞颂的同时使观赏者对国家的前途拥有信心,从而实现其政治目的。二部伎的表演也是表现"主旋

---

[1]　〔日〕岸边成雄:《唐代音乐史的研究》,梁在平、黄志炯译,第 657 页。

律"的一个手段。

　　立部伎中的《安乐》、《太平乐》表现国家的安乐和太平景象,《破阵乐》和《庆善乐》分别表现太宗的武功和文治,《大定乐》、《上元乐》和《圣寿乐》表现的是高宗的武功和高宗武后朝的祥瑞。《光圣乐》是玄宗所造,歌王迹所兴,也是歌颂帝王功绩的。坐部伎中的《宴乐》为贞观十四年(640)张文收所造,为诸乐之首、元会第一奏,也表现大唐的祥瑞,而《宴乐》中的《庆善乐》和《破阵乐》系立部伎中《庆善乐》和《破阵乐》之小型化,也是表现太宗的文治武功的。《长寿乐》、《天授乐》和《鸟歌万岁乐》是表现武后朝的祥瑞的。《龙池乐》表现帝王祥瑞。通过对二部伎乐舞内容的分析可以看出,二部伎以表现帝王的功绩和国家祥瑞为主,它的政治性也体现在这里。可以说,多部伎表现大唐富有四海和四夷宾服,二部伎表现的则是大唐开国之艰难,表现的是帝王的丰功伟绩和受命于天,表现的是国家的安乐祥和。在内容上,多部伎和二部伎是互为表里、相辅相成的。多部伎和二部伎的设立都出于国家政治的需要,尽管在内容上有所不同,但在政治性上它们是一致的。

　　在论述二部伎的本质时,岸边成雄的意见有三:第一,"二部伎之本质,实由雅乐之堂上登歌、堂下乐悬两种形式所产生"[1];第二,二部伎为"属于太常寺之一种雅乐"[2];第三,"二部伎在唐朝音乐为占有重要地位之宫廷燕享乐之中心"[3]。

　　我们认为,岸边成雄的三点意见言之未周,这是因为:

　　第一,虽然二部伎的堂上坐奏、堂下立奏与雅乐的堂上登歌、堂下乐悬在形式上有一定的相似性,但认为二部伎演奏形式由雅乐演变而来尚缺乏证据。其实,大规模的舞蹈因受场地限制必然要在堂下,而小规模的乐器演奏只有在堂上才能听得清晰。因此,坐部、立部是一种自然的分类,二部伎不一定源于雅乐。

　　第二,二部伎同时具有燕乐和雅乐的性质。二部伎全部用于宴享,其

　　① 〔日〕岸边成雄:《唐代音乐史的研究》,梁在平、黄志炯译,第657页。
　　② 〔日〕岸边成雄:《唐代音乐史的研究》,梁在平、黄志炯译,第655页。
　　③ 〔日〕岸边成雄:《唐代音乐史的研究》,梁在平、黄志炯译,第655页。

中一部分也用于祭祀。《旧唐书》卷二十八《音乐志》:"立部伎内《破阵乐》五十二遍,修入雅乐,只有两遍,名曰《七德》。立部伎内《庆善乐》七遍,修入雅乐,只有一遍,名曰《九功》。《上元舞》二十九遍,今入雅乐,一无所减。"①因此,我们说它同时具有燕乐和雅乐的性质。但是,二部伎主要用于宴享,它们同用于祭祀的雅乐还是有本质的区别。

第三,二部伎的确是"占有重要地位之宫廷燕享乐之中心",但是,如果只看到它的缓歌曼舞,而看不到精美的乐舞后面深刻的政治目的,就不能达到对二部伎的本质的真正理解。宴享是一方面,宴享背后的政治是一方面。宴享是表象,政治才是本质。况且宴享往往是政治活动不可或缺的组成部分。因此,岸边成雄对二部伎本质的论述是不全面的。

二部伎也有很高的艺术性,《新唐书》卷二十二《礼乐志》:"又分乐为二部:堂下立奏,谓之立部伎;堂上坐奏,谓之坐部伎。太常阅坐部,不可教者隶立部,又不可教者,乃习雅乐。"②白居易《立部伎》:"太常部伎有等级,堂上者坐堂下立。堂上坐部笙歌清,堂下立部鼓笛鸣。笙歌一声众侧耳,鼓笛万曲无人听。立部贱,坐部贵,坐部退为立部伎,击鼓吹笙和杂戏。立部又退何所任,始就乐悬操雅音。"③这说明在一定程度上二部伎的艺术性远远高于用于祭祀的雅乐,在二部伎中,坐部伎的艺术性要高于立部伎。

第四节　献乐与献诗

在太常寺管理的音乐中,有一部分是由边疆的小国即所谓四夷进献的,也就是献乐。还有一些音乐的歌词来源于大臣或百姓进献的诗歌,此即所谓献诗。献乐和献诗在太常寺掌管的音乐中所占的比例很小,但也是太常寺音乐的一个组成部分。

---

① 　[后晋]刘昫等:《旧唐书》,第 1049 页。

② 　[宋]欧阳修、宋祁:《新唐书》,第 475 页。

③ 　[清]彭定求等编:《全唐诗》,第 4703 页。

一、唐代的献乐及其相关问题

唐代宫廷中的四夷乐并非全部由四夷进献而来,相反,它们往往是隋代宫廷燕乐的遗存或唐朝开边战争的战利品。唐之九部乐和十部乐中,很多承于隋代。唐灭高昌,尽收其乐,高昌乐就是唐开边战争的战利品之一。在唐代,可考的四夷献乐有以下几次:

第一,在睿宗时,婆罗门曾经向朝廷献散乐。《旧唐书》卷二十九《音乐志》:"睿宗时,婆罗门献乐,舞人倒行,而以足舞于极铦刀锋,倒植于地,低目就刃,以历脸中,又植于背下,吹筚篥者立其腹上,终曲而亦无伤。又伏伸其手,两人蹑之,施身绕手,百转无已。"①散乐即百戏之类,为杂戏或幻术,出自西域,后传至中原,并不是严格意义上的乐舞。汉安帝时,天竺献伎,能自断手足,刳剔肠胃。唐高宗恶其惊人,敕不令入中国。睿宗时,婆罗门向朝廷献散乐,散乐又一次进入唐朝廷。

第二,贞元十六年(799),南诏进献《南诏奉圣乐》。据《旧唐书》卷二十八《音乐志》:"贞元十六年正月,南诏异牟寻作《奉圣乐舞》,因韦皋以进。"②《旧唐书》卷十三《德宗本纪》记载贞元十六年春正月庚子朔"南诏献《奉圣乐舞曲》,上阅于麟德殿前"③。又《唐会要》卷三十三"南蛮诸国乐"条:"《南诏乐》:贞元十六年正月,南诏异牟寻作《奉圣乐舞》,因西川押云南八国使韦皋以进,特御麟德殿以阅之。"④此《奉圣乐舞》即《南诏奉圣乐》,它是南诏所作,经由剑南西川节度使韦皋进献朝廷。

关于《南诏奉圣乐》的乐工人数、舞容、演奏形式等,《新唐书》卷二十二《礼乐志》有一段记载:"(《南诏奉圣乐》)用黄钟之均,舞六成,工六十四人,赞引二人,序曲二十八叠,执羽而舞'南诏奉圣乐'字,曲将终,雷鼓作于四隅,舞者皆拜,金声作而起,执羽稽首,以象朝觐。每拜跪,节以钲鼓。又为五均:一曰黄钟,宫之宫;二曰太蔟,商之宫;三曰姑洗,角之宫;四曰

---

① ［后晋］刘昫等:《旧唐书》,第 1073 页。
② ［后晋］刘昫等:《旧唐书》,第 1053 页。
③ ［后晋］刘昫等:《旧唐书》,第 392 页。
④ ［宋］王溥:《唐会要》,第 620 页。

林钟,徵之宫;五曰南吕,羽之宫。其文义繁杂,不足复纪。德宗阅于麟德殿,以授太常工人,自是殿庭宴则立奏,宫中则坐奏。"①《新唐书》卷二百二十二下《南蛮传》记之最详,②不具引。

由以上可知,《南诏奉圣乐》用黄钟之均,舞六成,乐工六十四人,执羽而舞"南诏奉圣乐"字,是一种字舞,类似于立部伎中的《圣寿乐》。歌有《圣主无为化》、《南诏朝天乐》、《海宇修文化》、《雨露覃无外》、《辟土丁零塞》,又有《天南滇越俗》歌四章。舞有《辟四门》、《亿万寿》等。太常乐工曾经学习这些乐舞,并经常在宫廷中立奏或坐奏。

《旧唐书》等文献记载《南诏奉圣乐》为南诏所作,由剑南西川节度使韦皋上奏朝廷,但《新唐书》以其为韦皋所作。《新唐书》卷二十二《礼乐志》云:"贞元中,南诏异牟寻遣使诣剑南西川节度使韦皋,言欲献夷中歌曲,且令骠国进乐,皋乃作《南诏奉圣乐》。"③又《新唐书》卷二百二十二下《南蛮传》:"贞元中,王雍羌闻南诏归唐,有内附心,异牟寻遣使杨加明诣剑南西川节度使韦皋请献夷中歌曲,且令骠国进乐人。于是皋作《南诏奉圣乐》。"④此于理不合,又与《旧唐书》等文献相抵触,《新唐书》所记当误。权德舆《中书门下奉韦皋奏南诏奉圣乐章状》云:"韦皋所奏南诏奉圣乐章,嘉其远诚,昨已阅试,卿宜知悉者……伏惟陛下覆露法天,和泽柔远。顺气旁达,殊方洽欢。愿为保障,以禀声朔,纳邸献乐,赞扬时休。制氏新其曲度,舌人协其辞礼。虽渝舞可玩,夷歌成章,两汉所书,未若今日。"⑤此云"和泽柔远"、"纳邸献乐"云云,可证明《南诏奉圣乐》为南诏乐工所作。《中书门下奉韦皋奏南诏奉圣乐章状》又云"制氏新其曲度,舌人协其辞礼",则《南诏奉圣乐》很可能经过韦皋和唐太常乐工的加工。

第三,贞元十八年(802),骠国献其国乐。贞元十八年(802),在南诏

---

① [宋]欧阳修、宋祁:《新唐书》,第 480 页。

② 参见[宋]欧阳修、宋祁:《新唐书》,第 6308 页。

③ [宋]欧阳修、宋祁:《新唐书》,第 480 页。

④ [宋]欧阳修、宋祁:《新唐书》,第 6308 页。

⑤ [清]董诰等编:《全唐文》,第 4950 页。

向朝廷进献《南诏奉圣乐》两年之后,骠国又向唐朝廷献其国乐。《新唐书》卷二十二《礼乐志》记献乐时间为贞元十七年,[1]有的学者认为贞元十七年骠国乐工到达成都,贞元十八年正月到达长安。《旧唐书》卷十三《德宗本纪》记载贞元十八年(802)春正月乙丑"骠国王遣使悉利移来朝贡,并献其国乐十二曲与乐工三十五人"[2]。《旧唐书》卷二十八《音乐志》:"(贞元)十八年正月,骠国王来献本国乐。"[3]《旧唐书》卷一百九十七《西南蛮传》:"骠国,在永昌故郡南二千余里,去上都一万四千里……古未尝通中国。贞元中,其王闻南诏异牟寻归附,心慕之。十八年,乃遣其弟悉利移因南诏重译来朝,又献其国乐凡十曲,与乐工三十五人俱。乐曲皆演释氏经论之词意。寻以悉利移为试太仆卿。"[4]则骠国闻南诏归附,乃献其国乐,先至成都,剑南西川节度使韦皋先谱次其声,又图其舞容、乐器以献。经朝廷允许后,骠国乐工才来到朝廷。韦皋此举颇得当时人赞誉,如符载《上西川韦令公书》就赞叹说:"伏见自建功汧陇之后,天子念重,付托西蜀,拥旄仗节,垂二十年,能断西戎之股臂,凿南蛮之耳目,献骠国之弦管,摧芥蒂之横猾,四方仰首,威声赫然,是何才略如是之伟也。"[5]

关于骠国国乐的乐器,《新唐书》卷二百二十二下《南蛮传》云:"工器二十有二,其音八:金、贝、丝、竹、匏、革、牙、角。金二、贝一、丝七、竹二、匏二、革二、牙一、角二。"[6]即骠国国乐的乐器为二十二种,但文中叙述的乐器却只有十九种。此或为《新唐书》所漏记。白居易《骠国乐》:"玉螺一吹椎髻耸,铜鼓一击文身踊。珠缨炫转星宿摇,花鬘斗薮龙蛇动。"[7]根据此诗来看,其乐器当还有铜鼓一种。

但有的学者对骠国乐中是否有铜鼓仍然持谨慎的态度,如林谦三

① 参见[宋]欧阳修、宋祁:《新唐书》,第480页。
② [后晋]刘昫等:《旧唐书》,第396页。
③ [后晋]刘昫等:《旧唐书》,第1053页。
④ [后晋]刘昫等:《旧唐书》,第5285页。
⑤ [清]董诰等编:《全唐文》,第7047页。
⑥ [宋]欧阳修、宋祁:《新唐书》,第6313页。
⑦ [清]彭定求等编:《全唐诗》,第4709页。

认为骠国乐中有铜鼓是个"大有可疑的说法"①。沈冬也说:"骠乐中是否有铜鼓,仍是一个悬而未决的疑案;但综合上论,缜密详实的《新唐书》里没有铜鼓,白居易《骠国乐》文人词笔多于纪实,而典籍、文物、铜鼓的分布流传也显示骠国并无铜鼓,因此,我们可以谨慎地推论,骠国乐团有铜鼓这种乐器的可能性是微乎其微的。"②

本书倾向于骠国乐中可能存在铜鼓,理由如下:

其一,《新唐书》记载骠国乐有乐器二十二种,但实际记录的只有十九种,可能有三种乐器漏记,其中或许有铜鼓。也就是说,骠国乐中的铜鼓有其存在的可能性。

其二,铜鼓是当时西南方很常见的乐器,骠国乐中有铜鼓亦在情理之中。《旧唐书》卷二十九《音乐志》:"铜鼓,铸铜为之,虚其一面,覆而击其上。南夷扶南、天竺类皆如此。岭南豪家则有之,大者广丈余。"③《旧唐书》卷一百九十七《西南蛮传》:"东谢蛮,其地在黔州之西数百里……有功劳者,以牛马、铜鼓赏之……宴聚则击铜鼓,吹大角,歌舞以为乐。"④简其华等《中国乐器介绍》云:"关于铜鼓的记载,自汉以来常见。西南少数民族地区盛行铜鼓。"⑤可见,铜鼓是一种常见的乐器,骠国乐中有铜鼓并不奇怪。

其三,白居易《骠国乐》:"玉螺一吹椎髻耸,铜鼓一击文身踊。"已经明言骠国乐的乐器中有玉螺和铜鼓,并且玉螺见于《新唐书》的记载之中。

沈冬认为白居易可能没见过骠国乐的表演,理由是:"《新乐府》的写作当在元和四年(809)前后,上去献乐的贞元十七年(801),至少已有数年;则《骠国乐》一诗是追记前事,而非当时纪实,不辨自明。"⑥秦序也认

---

① 〔日〕林谦三:《东亚乐器考》,钱稻孙译,人民音乐出版社 1962 年版,第 68 页。

② 沈冬:《唐代乐舞新论》,第 167 页。

③ 〔后晋〕刘昫等:《旧唐书》,第 1078 页。

④ 〔后晋〕刘昫等:《旧唐书》,第 5274 页。

⑤ 简其华等:《中国乐器介绍》(修订版),人民音乐出版社 1997 年版,第 68 页。

⑥ 沈冬:《唐代乐舞新论》,第 164 页。

为"白居易没有看见过骠国献乐",因为在骠国献乐时,白居易当时只是"前进士"的身份,"按唐代制度,进士及第后并不授官,称为'前进士',还需参加吏部的考选及格后,才可授职。白居易是贞元十八年冬天参加吏部考试,次年春天才授官的。因此,即便献乐时他就在长安,以他的前进士身份,是不可能出席宫内骠国乐的献演的"。①

我们认为白居易是亲眼看到过骠国乐的演出的。骠国献乐在当时是一件有轰动效应的大事,唐朝廷必借此宣扬远人来附的声威,因此,骠国乐在当时和其后的几年一定经常演出,演出的范围很大,观看者不仅仅限于官吏,白居易完全有可能看到。白居易贞元十六年(800)登进士第,十八年(802)登"书判拔萃"科,十九年(803)授秘书省校书郎,元和元年(806)中"才识兼茂、明于体用"科,元和二年(807)任翰林学士。可知在贞元十八年(802)骠国献乐到元和四年(809)白居易写作新乐府的这段时间,白居易在长安任职,因此,他对骠国献乐事件的来龙去脉是非常清楚的,他应当亲自观看过骠国乐的演出。

白居易看到过骠国乐的演出还有另外一个证据。胡直钧《太常观阅骠国新乐》:"异音来骠国,初被奉常人。才可宫商辨,殊惊节奏新。转规回绣面,曲折度文身。舒散随鸾吹,喧呼杂鸟春。襟袿怀旧识,丝竹变恒陈。何事留中夏,长令表化淳。"②此诗颇可说明骠国乐的演出情况。此诗题云《太常观阅骠国新乐》,则作者胡直钧显然亲眼看到过骠国乐演出。此诗云"异音来骠国,初被奉常人",骠国献乐在贞元十八年(802),因此可以判定该诗作于贞元十八年(802),即骠国献乐"初被奉常"之时。而据《全唐诗》卷四六四及《全唐文》卷六百一十之胡直均小传,胡直钧直到贞元十九年(803)才中进士,可以证明当时连"前进士"身份都不具备的人都可以看到骠国乐的演出。未中进士的胡直钧能亲见骠国乐,已中进士的白居易自然也有同样的机会。

也就是说,白居易写作《骠国乐》是以亲身体验为基础的,他在诗中说

---

① 秦序:《骠国献乐与白居易〈骠国乐〉诗》,《一苇凌波》(中国音乐学研究文库),第 218 页。

② [清]彭定求等编:《全唐诗》,第 5307 页。

骠国乐的乐器中有铜鼓当非虚语。

白居易《骠国乐》云:"德宗立仗御紫庭,戡矿不塞为尔听。玉螺一吹椎髻耸,铜鼓一击文身踊。珠缨炫转星宿摇,花鬘斗薮龙蛇动。"从中可以看出,白居易写了骠国乐工的椎髻、文身、珠缨、花鬘,描写比较真切,这都可以证明他曾亲眼看到过骠国乐的演出,而不是道听途说。因此,白诗写到骠国乐中有铜鼓当属可信。元稹《骠国乐》:"骠之乐器头象驼,音声不合十二和。促舞跳趁筋节硬,繁辞变乱名字讹。千弹万唱皆咽咽,左旋右转空偼偼。俯地呼天终不会,曲成调变当如何。"①说明元稹可能也看过骠国乐的演出。

其四,还有其他文献可资参证。唐刘恂《岭表录异》卷上:"蛮夷之乐,有铜鼓焉。形如腰鼓,而一头有面。鼓面圆二尺许,面与身连,全用铜铸。其身遍有虫鱼花草之状。通体均厚,厚二分以外,炉铸之妙,实为奇巧。击之响亮,不下鸣鼍。贞元中,骠国进乐,有玉螺铜鼓。即知南蛮酋首之家,皆有此鼓也。"②刘恂为晚唐人,昭宗时为广州司马,因中原动乱遂留居岭南,所著《岭表录异》三卷多述岭南风物,详细可信,此条材料尚不能轻易否定。

《新唐书》卷二百二十二下《南蛮传》详细记录了骠国乐的曲目,共计十二曲:

> 一曰《佛印》,骠云《没驮弥》,国人及天竺歌以事王也。
>
> 二曰《赞娑罗花》,骠云《咙莽第》,国人以花为衣服,能净其身也。
>
> 三曰《白鸽》,骠云《荅都》,美其飞止遂情也。
>
> 四曰《白鹤游》,骠云《苏谩底哩》,谓翔则摩空,行则徐步也。
>
> 五曰《斗羊胜》,骠云《来乃》。昔有人见二羊斗海岸,强者则见,弱者入山,时人谓之"来乃"。来乃者,胜势也。
>
> 六曰《龙首独琴》,骠云《弥思弥》,此一弦而五音备,象王一德以畜万邦也。

① [清]彭定求等编:《全唐诗》,第 4629 页。

② 商壁、潘博:《岭表录异校补》,广西民族出版社 1988 年版,第 44 页。

七曰《禅定》,骠云《掣览诗》,谓离俗寂静也。

八曰《革蔗王》,骠云《遏思略》,谓佛教民如蔗之甘,皆悦其味也。

九曰《孔雀王》,骠云《桃台》,谓毛采光华也。

十曰《野鹅》,谓飞止必双,徒侣毕会也。

十一曰《宴乐》,骠云《啘聪网摩》,谓时康宴会嘉也。

十二曰《涤烦》,亦白《笙舞》,骠云《扈那》,谓时涤烦督,以此适情也。

据《新唐书》卷二百二十二下《南蛮传》,骠国乐十二曲,前七曲皆律应黄钟商。后五曲律应黄钟两均:黄钟商伊越调和林钟商小植调。乐工皆昆仑。在演奏中,有赞者一人先导乐意,其舞容随曲。用人或二、或六、或四、或八、至十。

元稹《骠国乐》:"史馆书为朝贡传,太常编入鞮鞻科。"①《新唐书》卷二十二《礼乐志》:"德宗阅于麟德殿,以授太常工人,自是殿庭宴则立奏,宫中则坐奏。"②《新唐书》卷二百二十二下《南蛮传》:"开州刺史唐次述《骠国献乐颂》以献。"③由此可见,骠国乐在当时还是产生了一定的影响。

第四,元和末年,高丽向朝廷献乐。《新唐书》卷二百二十《东夷传》:"垂拱中,以藏孙宝元为朝鲜郡王。圣历初,进左鹰扬卫大将军,更封忠诚国王,使统安东旧部,不行。明年,以藏子德武为安东都督,后稍自国。至元和末,遣使者献乐工云。"④则高丽曾于元和末向朝廷献乐,献乐的具体情况不详。

除此之外,尚有边将向朝廷献乐事:

第一,开元中郭知运献《凉州》。《乐府诗集》有《凉州六首》。《乐府诗集》引《乐苑》云:"《凉州》,宫调曲。开元中,西凉府都督郭知运进。"⑤据

①　[清]彭定求等编:《全唐诗》,第4630页。
②　[宋]欧阳修、宋祁:《新唐书》,第480页。
③　[宋]欧阳修、宋祁:《新唐书》,第6314页。
④　[宋]欧阳修、宋祁:《新唐书》,第6159页。
⑤　[宋]郭茂倩:《乐府诗集》,第1117页。

《唐方镇年表》,郭知运开元二年(714)至开元九年(721)为陇右节度使,开元九年(721)卒于军中。则郭知运献《凉州》当在开元二年至开元九年之间。

第二,开元中杨敬述献《婆罗门》。《婆罗门》一曲,《乐府诗集》引《乐苑》云:"《婆罗门》,商调曲。开元中,西凉府节度杨敬述进。"①据《唐方镇年表》,杨敬述开元八年(720)为西凉节度使,则杨敬述献《婆罗门》当在开元八年(720)前后。

第三,开元中盖嘉运献《伊州》。《乐府诗集》引《乐苑》云:"《伊州》,商调曲,西凉节度盖嘉运所进也。"②据《唐方镇年表》,盖嘉运开元二十八年(740)为陇右节度使,其献《伊州》当在此时。

边将向朝廷献乐不仅仅是进献歌词,而是把歌词和配乐甚至乐工一起进献给朝廷,这些边将所献的乐曲和歌词也是由太常寺管理的。

二、关于献诗的几个问题

唐代太常寺管理的音乐中,有一部分歌词来源于士人或大臣的献诗。即太常寺在士人或大臣献给朝廷的诗中选择歌词,然后配以音乐演唱。献诗也是太常寺歌词的来源之一。

(一)献诗的类型

在唐代,献诗大略可分为两种。一种是讽谏性质的,即献给皇帝的诗歌含有讽谏之意。《旧唐书》卷九十八《魏知古传》云:"先天元年冬,(魏知古)从上畋猎于渭川,因献诗讽曰:'尝闻夏太康,五弟训禽荒……《辛甲》今为史,《虞箴》遂孔彰。'手制褒之曰:'夫诗者,志之所以,写其心怀,实可讽谕君主……今赐卿物五十段,用申劝奖。'"③《新唐书》卷二百二《吕向传》:"吕向,字子回……玄宗开元十年,召入翰林,兼集贤院校理,侍太子及诸王为文章。时帝岁遣使采择天下姝好,内之后宫,号'花鸟使',向因奏《美人赋》以讽,帝善之,擢左拾遗。天子数校猎渭川,向又献诗规讽,进

---

① [宋]郭茂倩:《乐府诗集》,第1128页。
② [宋]郭茂倩:《乐府诗集》,第1119页。
③ [后晋]刘昫等:《旧唐书》,第3063页。

左补阙。帝自为文，勒石西岳，诏向为镌勒使。"①这些诗歌因为语含讽谏，不宜在朝廷演唱，很难被选作歌词。

献诗的第二种是敬献歌颂帝王或表达对朝廷忠心的诗歌。《旧唐书》卷一百四十《张建封传》："令高品中使赉常所执鞭以赐之，曰：'以卿忠贞节义，岁寒不移，此鞭朕久执用，故以赐卿，表卿忠节也。'建封又献诗一篇，以自警励。"②《封氏闻见记》卷六"打球"条云："时玄宗为临淄王，中宗又令与嗣虢王邕、驸马杨慎交、武延秀等四人敌吐蕃十人。玄宗东西驱突，风回电激，所向无前。吐蕃功不获施，其都满赞咄尤此仆射也。中宗甚说，赐强明绢断百段。学士沈佺期、武平一等皆献诗。"③《大唐新语》卷八《文章》："李峤……长寿三年，则天……于定鼎门内铸八棱铜柱，高九十尺，径一丈二尺，题曰'大周万国述德天枢'，纪革命之功，贬皇家之德……武三思为其文，朝士献诗者不可胜纪。唯峤诗冠绝当时。"④同书又云："玄宗朝，张说为丽正殿学士，常献诗曰：'东壁图书府，西垣翰墨林。讽诗关国体，讲《易》见天心。'玄宗深佳赏之，优诏答曰：'得所进诗，甚为佳妙，风雅之道，斯焉可观。并据才能，略为赞述，具如别纸，宜各领之。'"⑤这些诗都有歌功颂德的意味，朝廷用来入乐的歌词也多从中选择。

（二）献诗的途径

献诗的途径有二：有官职的人献诗依例上奏，无官职的人献诗，要投匦上奏。

投匦并非仅为献诗而设。《资治通鉴》卷二百三记载武后垂拱二年（686）三月"戊申，太后命铸铜为匦：其东曰：'延恩'，献赋颂、求仕进者投之；南曰：'招谏'，言朝政得失者投之；西曰：'伸冤'，有冤抑者投之；北曰：'通玄'，言天象灾变及军机秘计者投之。命正谏、补阙、拾遗一人掌之，先责识官，乃听投表疏"⑥。可知投匦除谏论时政之得失及自陈屈抑以外，

---

① ［宋］欧阳修、宋祁：《新唐书》，第5758页。
② ［后晋］刘昫等：《旧唐书》，第3832页。
③ ［唐］封演撰，赵贞信校注：《封氏闻见记》，中华书局1958年版，第48页。
④ ［唐］刘肃：《大唐新语》，第126页。
⑤ ［唐］刘肃：《大唐新语》，第129页。
⑥ ［宋］司马光：《资治通鉴》，第6437页。

还可以献诗。

匦设于垂拱二年(686),置四枚,共为一室。天宝九载(750)三月十八日,改理匦使为献纳使。至德元载(757)十月,复改为匦令。开始时理匦使要先视其事状,然后为投。至大历十二年(777)开始,理匦使不需勘责副本。但这样一来,投匦事项颇涉繁杂,因此长庆三年(823),理匦使、谏议大夫李渤奏请今后有投匦进状者,请事之大者奏闻,次申中书门下,小者各牒诸司处理。但情况并未好转,所投文状颇甚烦碎,又有匿名者极言不讳。开成五年(840)四月下诏规定如有朝廷得失,军国利害,实负冤屈有司不为申明者,任投匦进状。其余并不在投匦之限,并且从此时开始仍具副本。

匦设在光顺门外,光顺门为大明宫之西门。《旧唐书》卷一百三十五《裴延龄传》:"(张)忠妻、母于光顺门投匦诉冤,诏御史台推问,一宿得其实状,事皆虚,乃释忠。"①

献诗的程序是:第一,献诗者到光顺门投匦献诗或进状。杜甫的《朝献太清宫赋》等三大赋即是通过此渠道上奏的,其《进三大礼赋表》云:"臣生长陛下淳朴之俗,行四十载矣……窃慕尧翁击壤之讴,适遇国家郊庙之礼。不觉手足蹈舞,形于篇章。……臣谨稽首投沿恩匦上表,进明主《朝献太清宫》……等三赋以闻。"②杜甫之《封西岳赋》亦通过此渠道上达。可见,献诗文可以通过投匦来完成。武宗李炎《禁妄投匦使状敕》:"匦函所设,贵达下情。近者所投文书烦碎,或论列祖曾功业,或进献自己文章。"③则在唐代通过此渠道进献诗赋的情况是很多的。《旧唐书》卷一百八十四《吐突承璀传》:"太子通事舍人李涉,性狂险,投匦上书,论希先、承璀无罪,不宜贬戮。谏议大夫、知匦事孔戣,见涉疏之副本,不受其章。涉持疏于光顺门欲进之,戣上疏论其纤邪,贬涉硖州司仓。"④可见,除献诗外,光顺门进状亦是一条进献途径。

---

①　[后晋]刘昫等:《旧唐书》,第 3728 页。

②　[清]浦起龙:《读杜心解》,中华书局 1977 年版,第 691 页。

③　[清]董诰等编:《全唐文》,第 804 页。

④　[后晋]刘昫等:《旧唐书》,第 4768 页。

在唐代,献诗的情况比较多。宋尤袤《全唐诗话》卷一:"景龙二年七月七夕……李峤献诗云:'谁言七襄咏,流入五弦歌。'九月,幸慈恩寺塔,上官氏献诗,群臣并赋。闰九月,幸总持,登浮图,李峤等献诗……十二月十二日,幸温泉宫,敕蒲州刺史徐彦伯入仗,同学士例,因与武平一等五人献诗,上官昭容献七言绝句三首。"①可见献诗是一时风气。

第二,瓯使及阁门使直接或经初步筛选后将献诗进呈皇帝。杜甫《赠献纳使起居田舍人澄》:"献纳司存雨露边,地分清切任才贤。舍人退食收封事,宫女开函捧御筵。晓漏追趋青琐闼,晴窗点检白云篇。扬雄更有河东赋,唯待吹嘘送上天。"②杜甫此诗赠献纳使(即瓯使)田澄,颇可见瓯使收到诗赋后进呈皇帝的过程。"舍人退食收封事,宫女开函近御筵",就是写其将瓯中诗赋献于皇帝,即所谓"吹嘘送上天"者。

第三,皇帝对献诗进行判别,选择优秀者令中书门下详考。杜甫《进封西岳赋表》云:"顷岁国家有事于郊庙,幸得奏赋,待罪于集贤。委学官试文章,再降恩泽。仍猥以臣名实相副,送隶有司,参列选序。"③可知杜甫即因为投瓯献赋,得试文章,"送隶有司,参列选序"。玄宗《令考试投瓯人敕》:"诸投瓯献书上策人,其中或有怀才抱器者,不能自达。宜令理瓯使料简,随事探赜,仍加考试。如有可采,具状奏闻。"④对优秀者需要进行考核,而考核不合格者不得变易姓名再行投递,如果发现,知瓯使及阁门使不得收状与进状,明知故犯者要给予重罚。

第四,中书门下对献诗者进行考核,考核合格者可直接授予官职。

(三)献诗的原因

人们热衷于献诗是因为通过献诗可以得官或得到高名。《新唐书》卷六十《艺文志》:"郑良士……字君梦。昭宗时献诗五百篇,授补阙。"⑤《唐才子传》卷十"郑良士"条亦云:"良士,字君梦。咸通中累举进士不第。昭

---

① [清]何文焕辑:《历代诗话》,中华书局1981年版,第69页。

② [清]浦起龙:《读杜心解》,第602页。

③ [清]浦起龙:《读杜心解》,第603页。

④ [清]董诰等编:《全唐文》,第377页。

⑤ [宋]欧阳修、宋祁:《新唐书》,第1615页。

宗时,自表献诗五百余篇,敕授补阙而终。以布衣一旦俯拾青紫,易若反掌,浮俗莫不骇羡,难其比也。"①权德舆《唐故太常卿赠刑部尚书韦公墓志铭(并序)》:"承诏与近臣名儒缁黄大士讲议于麟德殿,上以为能,拜秘书郎,寻献诗七百字,极其文采。"②杜甫因为献赋,得到一个考核的机会。据唐张彦远《历代名画记》卷九《唐朝》上,杜甫的好友郑虔"进献诗篇及书画",得到玄宗的高度评价。③

除科举考试外,献诗提供了另外一条入仕的途径。人们希望通过献诗而进入仕途,当献诗的道路不能走通时,他们就会像科举失意一样感到心灰意冷。《唐摭言》卷十一"荐举不捷"条云:"张祜,元和、长庆中,深为令狐文公所知。公镇天平日,自草荐表,令以新旧格诗三百篇表进献。辞略曰:'凡制五言,包含六义,近多放诞,靡有宗师。前件人久在江湖,早工篇什,研机甚苦,搜象颇深,辈流所推,风格罕及。'云云。谨令录新旧格诗三百首,自光顺门进献,望请宣付中书门下。祜至京师,方属元江夏偃仰内庭,上因召问祜之辞藻上下,稹对曰:'张祜雕虫小巧,壮夫耻而不为者,或奖激之,恐变陛下风教。'上颔之,由是寂寞而归。祜以诗自悼。"④则张祜曾献诗三百首,自光顺门进献,举荐者希望皇帝重视张祜的献诗,早日"宣付中书门下"对张祜进行考核,但皇帝听了元稹的意见,认为张祜的诗"雕虫小巧",因此并未安排中书门下对张祜进行考核,张祜此时已到长安,听此消息,只能寂寞而归,以诗自悼。

献诗固然可以得官和得名,但也有因为献诗而失官或得罪的。《资治通鉴》卷二百一十二记载唐玄宗开元六年(718)夏四月戊子"河南参军郑铣、朱阳丞郭仙舟投匦献诗,敕曰:'观其文理,乃崇道法;至于时用,不切事情。宜各从所好。'并罢官,度为道士"⑤。宋王谠《唐语林》卷五《补

---

① 傅璇琮主编:《唐才子传校笺》(四),第 312 页。

② [清]董诰等编:《全唐文》,第 5145 页。

③ [唐]张彦远:《历代名画记》,《画品》,北方文学出版社 2000 年版,第 234 页。

④ [五代]王定保:《唐摭言》(《唐五代笔记小说大观》本),上海古籍出版社 2000 年版,第 1673 页。

⑤ [宋]司马光:《资治通鉴》,第 6733 页。

遗》："和元祐为贞化府长史。景龙末,元祐献诗十首,其词猥陋,皆寓言嬖幸,而意及兵戎。韦氏命鞠于大理,而将戮之。"①则河南参军郑铣、朱阳丞郭仙舟因投匦献诗而失官,被度为道士。和元祐因为献诗得罪,险些被杀。当然,这样的事例很少。

(四)献诗的用途

对于献诗,朝廷会选择其中的佳什入乐演唱。如康洽曾经向朝廷进献乐府诗,他的诗歌就曾在朝廷演唱。李颀《送康洽入京进乐府歌》云:

> 识子十年何不遇,只爱欢游两京路。
> 朝吟左氏娇女篇,夜诵相如美人赋。
> 长安春物旧相宜,小苑蒲萄花满枝。
> 柳色偏浓九华殿,莺声醉杀五陵儿。
> 曳裾此日从何所,中贵由来尽相许。
> 白夹春衫仙吏赠,乌皮隐几台郎与。
> 新诗乐府唱堪愁,御妓应传鸬鹚楼。
> 西上虽因长公主,终须一见曲陵侯。②

诗中说"朝吟左氏娇女篇,夜诵相如美人赋",可见康洽能诗。"曳裾此日从何所,中贵由来尽相许",可知康洽在王公间有诗名。"新诗乐府唱堪愁,御妓应传鸬鹚楼",可知康洽的乐府诗当时已经在朝廷演唱。李端《赠康洽》:"声名恒压鲍参军,班位不过扬执戟。迩来七十遂无机,空是咸阳一布衣。后辈轻肥贱衰朽,五侯门馆许因依。自言万物有移改,始信桑田变成海。同时献赋人皆尽,共壁题诗君独在。"③则康洽多年献诗,空有诗名,而终身未遇。《唐才子传》卷四"康洽"条云:"洽,酒泉人,黄须美丈夫也。盛时携琴剑来长安,谒当道,气度豪爽。工乐府诗篇,宫女梨园,皆写于声律。玄宗亦知名,尝叹美之。所出入皆王侯贵主之宅,从游与宴。虽

----

① [宋]王谠:《唐语林》,第453页。
② [清]彭定求等编:《全唐诗》,第1351页。
③ [清]彭定求等编:《全唐诗》,第3236页。

骏马苍头，如其已有。观服玩之光，令人归欲烧物，怜才乃能如是也。后遭天宝乱离，飘蓬江表。至大历间，年已七十余，龙钟衰老。谈及开元繁盛，流涕无从。往来两京，故侯馆谷空，咸阳一布衣耳……后卒杜陵山中。文章不得见矣。"①可知康洽曾经献诗，并且他的诗的确曾在朝廷演唱。

　　有的人献诗实际是向朝廷进献歌词。《旧唐书》卷五十一《后妃列传》："右骁卫将军、知太史事迦叶志忠上表曰：'昔高祖未受命时，天下歌《桃李子》……伏惟皇后降帝女之精，合为国母，主蚕桑以安天下，后妃之德，于斯为盛。谨进《桑条歌》十二篇，伏请宣布中外，进入乐府，皇后先蚕之时，以享宗庙。'帝悦而许之，特赐志忠庄一区、杂彩七百段。太常少卿郑愔又引而申之，播于舞咏，亦受厚赏。"②《资治通鉴》卷二百九唐中宗景龙二年（708）二月："迦叶志忠奏：'……谨上《桑韦歌》十二篇，请编之乐府，皇后祀先蚕则奏之。'太常卿郑愔又引而申之。上悦，皆受厚赏。"③此例中右骁卫将军、知太史事迦叶志忠进《桑条歌》十二篇即为献诗，实际上是未配乐的歌词。因为没有配乐，所以要"进入乐府"，请太常少卿郑愔"引而申之，播于舞咏"，即配上音乐，并由太常寺的乐工来演唱。

　　又如杨巨源有《春日奉献圣寿无疆词十首》，④《乐府诗集》作《圣寿无疆词十首》。⑤唐太常寺有《圣寿乐》，《旧唐书》卷二十九《音乐志》："今立部伎有《安乐》、《太平乐》、《破阵乐》、《庆善乐》、《大定乐》、《上元乐》、《圣寿乐》、《乐圣乐》，凡八部。"⑥徐元鼎有《太常寺观舞圣寿乐》一诗。⑦杨巨源为朝廷进献的是《圣寿乐》歌词，因此这十首诗当是可以入乐演唱的。此亦可证明献诗的一个用途是配乐演唱。

---

① 傅璇琮主编：《唐才子传校笺》（二），第 88 页。
② ［后晋］刘昫等：《旧唐书》，第 2173 页。
③ ［宋］司马光：《资治通鉴》，第 6619 页。
④ ［清］彭定求等编：《全唐诗》，第 3737 页。
⑤ ［宋］郭茂倩：《乐府诗集》，第 1279 页。
⑥ ［后晋］刘昫等：《旧唐书》，第 1059 页。
⑦ ［清］彭定求等编：《全唐诗》，第 8914 页。

三、献乐、献诗文学性的比较

从现存文献看,献乐和献诗表现出不同的文学性。边将献乐往往选取或截取当时著名诗人的诗作作为歌词,因此歌词往往具有很高的文学性。而献诗则是诗人一时之作,歌功颂德之作较多,文学性往往很差。

例如,郭知运献《凉州》共有歌词五首,诗云:

> 汉家宫里柳如丝,上苑桃花连碧池。
> 圣寿已传千岁酒,天文更赏百僚诗。
>
> 朔风吹叶雁门秋,万里烟尘昏戍楼。
> 征马长思青海北,胡笳夜听陇山头。
>
> 开箧泪沾襦,见君前日书。
> 夜台空寂寞,犹见紫云车。
>
> 三秋陌上早霜飞,羽猎平田浅草齐。
> 锦背苍鹰初出按,五花骢马喂来肥。
>
> 鸳鸯殿里笙歌起,翡翠楼前出舞人。
> 唤上紫微三五夕,圣明方寿一千春。

五首诗中,中间的三首写得或慷慨壮阔、情景交融,或明白晓畅而又语短情长,颇有盛唐诗的风韵。第一首和最后一首亦可称佳作。"开箧泪沾襦"一首是截取高适《哭单父梁九少府》的前四句,高适诗的首句为"开箧泪沾臆",《凉州》改为"开箧泪沾襦",使首句入韵,显然是为了方便入乐歌唱。当然,此五首诗不尽作于郭知运献《凉州》之前,因此它们可能是根据乐曲重新采诗入乐后的歌词。

杨敬述进《婆罗门》歌词云:

> 回乐峰前沙似雪,受降城外月如霜。

不知何处吹芦管，一夜征人尽望乡。

此为李益的名篇《夜上受降城闻笛》,《婆罗门》一曲直接选取此诗入乐演唱。又盖嘉运所进《伊州》歌词云：

秋风明月独离居，荡子从戎十载余。
征人去日殷勤属，归雁来时数寄书。

彤闱晓辟万鞍回，玉辂春游薄晚开。
渭北清光摇草树，州南嘉景入楼台。

闻道黄花戍，频年不解兵。
可怜闺里月，偏照汉家营。

千里东归客，无心忆旧游。
挂帆游白水，高枕到青州。

桂殿江乌对，雕屏海燕重。
只应多酿酒，醉罢乐高钟。

千门今夜晓初晴，万里天河彻帝京。
璨璨繁星驾秋色，棱棱霜气韵钟声。

长安二月柳依依，西出流沙路渐微。
阏氏山上春光少，相府庭边驿使稀。

三秋大漠冷溪山，八月严霜变草颜。
卷旆风行宵渡碛，衔枚电扫晓应还。

行乐三阳早，芳菲二月春。
闺中红粉态，陌上看花人。

君住孤山下，烟深夜径长。
辕门渡绿水，游苑绕垂杨。

以上是现存的《伊州》歌词,这些歌词是否为献乐时所歌,已不详。第一首诗选取王维《伊州歌》入乐,王维原诗为:"清风明月苦相思,荡子从戎十载余。征人去日殷勤嘱,归雁来时数附书。""闻道黄花戍"一首为截取沈佺期《杂诗三首》(之三)的前四句,沈佺期诗首句又作"闻道黄龙戍"。"千里东归客"一首是截取韩翃《送张儋水路归北海》的前四句,原诗为:"千里东归客,孤心忆旧游。片帆依白水,高枕卧青州。"又薛逢《凉州词》:"千里东归客,无心忆旧游。挂帆游□水,高枕到青州。"词句略有变化。"君住孤山下"一首为薛逢《凉州词》。

由此可知,这些献乐的歌词有以下特点:第一,献乐的歌词往往选取或截取著名诗人的诗歌,歌词有盛唐风韵,具有很强的文学性。第二,从现存的歌词看,这些歌词不尽出于盛唐,如李益即为中唐诗人。这说明在献乐之后又根据乐曲重新进行过采诗入乐的活动,为旧曲配上了一部分新词。

那么,献诗的文学成就如何呢?我们认为,献诗的文学成就远不及献乐中的歌词。即以杨巨源《圣寿无疆词十首》的前二首为例,其诗云:

> 文物京华盛,讴歌国步康。
> 瑶池供寿酒,银汉丽宸章。
> 灵雨含双阙,雷霆肃万方。
> 代推仙祚远,春共圣恩长。
> 凤扆临花暖,龙垆旁日香。
> 遥知千万岁,天意奉君王。
>
> 鸳鹭彤庭际,轩车绮陌前。
> 九城多好色,万井半祥烟。
> 人醉逢尧酒,莺歌答舜弦。
> 花明御沟水,香暖禁城天。
> 赐宴文逾盛,征歌物更妍。
> 无穷艳阳月,长照太平年。

以此二首即可以看出,这些献诗采用了排律的形式,从内容上看则是歌功颂德之作,缺乏真情实感,因此文学成就并不高,去献乐的歌词远矣。从现存的献诗看,情况大略如此。这些诗歌中,虽然不排除有一些优秀的作品,但它们总体上文学性不强,成就不高,对整个唐代诗坛产生的影响也有限。

以上分析了唐代献乐和献诗的情况,应该说明的是,无论是边疆的小国献乐或边将献乐,还是诗人向朝廷进献的诗歌又被谱曲入乐,这些音乐在太常寺管理的音乐中所占的比例都很小,应该不是主流的音乐。

第五节　采诗

中国古代很早就有采诗的制度,从西周开始,采诗在不同的历史时期不同程度地出现过。白居易《采诗官》诗云:"周灭秦兴至隋氏,十代采诗官不置。郊庙登歌赞君美,乐府艳词悦君意。若求兴谕规刺言,万句千章无一字。"[①]论者多据此认为唐代已不存在采诗官和采诗制度。如任半塘先生就说:"汉、魏、六朝皆有乐府机构,当时统治者皆曾对民间采诗,或采曲,或采谣;惟至唐代,虽有太常寺之大乐署及内外教坊,却未见立有采诗之制度,或何时曾采诗谣之史实。"[②]

那么,在唐代是否存在采诗制度呢? 是否如任半塘先生所说,不仅"未见立有采诗之制度",而且未见"何时曾采诗谣之史实"呢? 经过对有关材料的梳理,我们发现,唐代是存在采诗制度的,并且唐代的采诗制度与元白新乐府关系密切。

唐代的采诗可分为两种,一种是太常寺的太常卿采诗,一种是风俗使采诗。下分述之。

一、太常卿采诗制度及相关问题

在唐代,当天子巡狩时,太常卿负有采诗之责。据《新唐书》卷十四

---

① 〔唐〕白居易撰,顾学颉校点:《白居易集》,中华书局 1979 年版,第 90 页。

② 任半塘:《唐声诗》(上编),第 416 页。

《礼乐志》:

> 天子将巡狩……会之明日,考制度。太常卿采诗陈之,以观风俗。命市纳贾,以观民之好恶。①

这段材料说明在天子巡狩中,太常卿是负责采诗的。《大唐开元礼》云:"朝觐之明日,左右丞相以考制度事奏闻。命太常卿采诗陈之,以观百姓之风俗。命市纳贾,以观百姓之所好恶。"②《通典》卷一百十八《礼》"皇帝巡狩告圜丘"条云:"朝觐之明日,左右丞相以考制度事奏闻。命太常卿采诗陈之,以观百姓之风俗。"③又《通典》卷五十四《礼》"巡狩"条:"天子乃令太师采人歌谣之诗,以乐播而陈之,以观人风俗,以审其善恶。命典市之官,陈百物之贵贱,以观人之所好恶。"④所记略同。

可见,太常卿采诗是天子巡狩的一个重要环节。综合《大唐开元礼》和《通典》的记载,可考知唐天子巡狩的具体过程为:天子将巡狩,告于其方之州;将发,告于圆丘;出发前一日,皇帝斋;告昊天上帝、太庙、社稷;巡狩中具大驾卤簿;所过州、县,刺史、令候于境,通事舍人承制问高年,祭古帝王、名臣、烈士;既至,刺史、令奉见;第二日,望于岳、镇、海、渎等;下一日,乃肆觐;再下一日,考制度;太常卿采诗陈之,以观风俗;命市纳贾,以观民之好恶;考时月、定日、同律,观礼乐、制度、衣服,正之。可知,太常卿采诗是天子巡狩至某处的仪式的其中一个环节。采诗的目的是为了"观风俗"。

从相关史料看,唐代天子巡狩时,的确存在这种采诗活动。玄宗《幸并州制》:"朕顷自镐京……又眷彼晋阳,是称重镇,将陈诗以问俗,式安边而训武。虽来往祗供,颇有烦役,而国之大事,不可云劳。"⑤玄宗《北都巡

---

① 〔宋〕欧阳修、宋祁:《新唐书》,第 349 页。
② 〔唐〕萧嵩等:《大唐开元礼》,第 328 页。
③ 〔唐〕杜佑:《通典》,第 3025 页。
④ 〔唐〕杜佑:《通典》,第 1501 页。
⑤ 〔清〕董诰等编:《全唐文》,第 257 页。

狩制》:"朕爰自滦雒,有事省方。乘发生之和,因豫动之庆,将欲恤鳏寡,问老疾,陈诗展礼,黜幽陟明,使滞伏必申,微物咸遂。"①玄宗《幸凤泉汤诏》:"陈诗展义,问俗观风,乃王者之所务也。顷属农事皆隙,岁功有成,近历鄠镐,左连岐雍。见江山秀丽,沟塍绮错。长杨鄠杜之间,竹林园果之富,相望于道,家给人足,谓之时迈,颇慰予怀。"②玄宗《幸并州推恩敕》:"朕躬承宝位,十有余年……今省俗观风,肆觐群后,陈诗纳贾,亲问百年。"③又《唐会要》卷二十七《行幸》:"开元五年正月十日,幸东都,右散骑常侍褚无量陈意见上表曰:'……又天子巡狩所至之处,命太师陈诗,以观人好恶,不敬不孝,削地黜爵,有功于人,加秩进赏。'"④

唐代天子巡狩中的太常卿采诗实际上是一种复兴古礼的行为。在先秦和汉代,天子巡狩以及在巡狩中采诗已经成为一种制度,唐代的太常卿采诗明显是对这种传统的继承。

太常卿采诗有以下三点值得注意:

第一,太常卿所采诗歌为大臣所创作,而非于民间采得。也就是说,如果在先秦存在真正意义上的从民间采诗以观风俗的活动的话,那么到了唐代,这种活动仅仅保留了一个躯壳,演变为一种形式,它所具有的仅仅是上古帝王采诗以观风俗的象征意义,而不是实际的意义。

刘禹锡《太和戊申岁大有年诏赐百僚出城观秋稼谨书盛事以俟采诗者》云:"长安铜雀鸣,秋稼与云平。玉烛调寒暑,金风报顺成。川原呈上瑞,恩泽赐闲行。欲反重城掩,犹闻歌吹声。"⑤白居易《大和戊申岁、大有年,诏赐百寮出城观稼,谨书盛事,以俟采诗》云:"清晨承诏命,丰岁阅田间。膏雨抽苗足,凉风吐穗初。早禾黄错落,晚稻绿扶疏。好入诗家咏,宜令史馆书。散为万姓食,堆作九年储。莫道如云稼,今秋云不如!"⑥这些诗歌很像是大臣为应对太常卿采诗而创作的。又杜光庭有《贺天贞军

---

① [清]董诰等编:《全唐文》,第 259 页。
② [清]董诰等编:《全唐文》,第 303 页。
③ [清]董诰等编:《全唐文》,第 381 页。
④ [宋]王溥:《唐会要》,第 519 页。
⑤ [清]彭定求等编:《全唐诗》,第 4027 页。
⑥ [唐]白居易撰,顾学颉校点:《白居易集》,第 580 页。

进嘉禾表》云："臣窃仰瑞图，赓歌圣德，愿预采诗之录，思陪唐叔之篇。谨课《颂圣德嘉禾合穗》诗一首进上。"①则《颂圣德嘉禾合穗》诗当是为太常卿采诗而创作。

这也可以在苏颋《封东岳朝觐颂（并序）》中得到证明。苏颋《封东岳朝觐颂（并序）》云："帝曰：'吁！夫艰难系王业，休咎牵人事，况天监之，殊祥也，殊典也……汝作朕左右丞相，嶷汝忠，益以嘉猷，补衮之阙，罔或怠。'遂宏天封，焕天章，篆介邱而旋德阳，大飨乎群方。程后代，美其律，声其实，坟作四而籍言七也。臣颋不敏，继伯夷之直清微太史之留滞，聆金奏同百兽之舞，振木铎采万人之诗，敢陈诗以颂曰：'天子圣兮天孙崇，登以封兮报以功……舜四朝而禹万国，莫之我京。'"②天子巡狩中的一个重要环节是望于岳、镇、海、渎，因此封东岳亦当是皇帝巡狩中的活动之一。在此次巡狩中，天子云"汝作朕左右丞相，嶷汝忠，益以嘉猷，补衮之阙"，是为征求诗歌之意，而苏颋则"振木铎采万人之诗，敢陈诗以颂"，这可视为大臣的采诗活动。但从诗歌的内容看，此诗当为苏颋自己创作的，而不是从民间采集的。因此，太常卿采诗仅仅是一种象征。

第二，采诗活动中的诗歌为颂美之作，在意义上不当含有讥讽。正因为太常卿采诗仅仅是一种象征，这些诗歌是大臣所创作而非取自民间，因此可以推知，所采诗歌为颂美之作。这从前引苏颋《封东岳朝觐颂（并序）》中的诗歌亦可得到证明。张九龄《奉和圣制途次陕州作》："驰道当河陕，陈诗问国风。川原三晋别，襟带两京同。后殿函关尽，前旌阙塞通。行看洛阳陌，光景丽天中。"③王维《和仆射晋公扈从温汤》："天子幸新丰，旌旗渭水东。寒山天仗外，温谷嶂城中。奠玉群仙座，焚香太乙宫。出游逢牧马，罢猎见非熊。上宰无为化，明时太古同。灵芝三秀紫，陈粟万箱红。王礼尊儒教，天兵小战功。谋犹归哲匠，词赋属文宗。司谏方无阙，

---

①　[清]董诰等编：《全唐文》，第9683页。

②　[清]董诰等编：《全唐文》，第2525页。

③　[清]彭定求等编：《全唐诗》，第584页。

陈诗且未工。长吟吉甫颂，朝夕仰清风。"①杨巨源《春日奉献圣寿无疆词十首》："代是文明昼，春当宴喜时。垆烟添柳重，宫漏出花迟。汉典方宽律，周官正采诗。碧霄传凤吹，红旭在龙旗。造化膺神契，阳和沃圣思。无因随百兽，率舞奉丹墀。"②从这些诗歌我们可以了解太常卿所采诗歌的一些情况。

第三，所采诗歌一部分用来入乐。太常卿采诗数量可能比较多，太常卿可能选择其中一部分配乐演唱。太常卿主管朝廷礼乐，又称"乐卿"，故此项工作由他来负责，但具体的配乐工作可能由既精通音乐又长于诗歌的协律郎等乐官完成。

总之，太常卿采诗在唐代已经演变为一种形式，成为一种象征，已经失去了原本观风知政的意义。

二、风俗使采诗制度及其特征

唐代设有风俗使（又称"观风俗使"）的官职，风俗使负有采诗观风之责。《唐会要》卷七十七"观风俗使"条云："观风俗使（自贞观八年以后不置）。贞观八年正月二十九日，诏曰：'昔者，明王之御天下也，内列公卿，允厘庶绩；外廷侯伯，司牧黎元。惟惧淳化未敷，名教或替，故有巡狩之典，黜陟幽明；行人之官，存省风俗。时雍之化，率由兹道。宜遣大使，分行四方，申谕朕心，延问疾苦，观风俗之得失，察政刑之苛弊，务尽使乎之旨，俾若朕亲觌焉。'于是分遣萧瑀、李靖、杨恭仁、窦静、王珪、李大亮、刘德威、皇甫无逸、韦挺、李袭誉、张亮、杜正伦、赵宏智等，巡省天下。"③据此可知，在贞观八年（634）正月，朝廷曾派遣萧瑀、李靖、杨恭仁、窦静等人充任观风俗使。

那么，风俗使是否负有采诗之责呢？敦煌文献为我们提供了风俗使采诗的明确证据。敦煌文献《沙州都督府图经》（伯2005号）云：

---

① ［清］彭定求等编：《全唐诗》，第1286页。

② ［清］彭定求等编：《全唐诗》，第3737页。

③ ［宋］王溥：《唐会要》，第1411页。

（上略）

歌谣

神皇圣氏，生于文王，[文王]之祖，生于后稷，故诗人所/（"/"代表原文换行，下同）谓生人尊祖也。于昭武王，承天剪商；谁其下武，/圣母神皇；穆氏九族，绥彼四方；遵以礼仪，/调以阴阳；三农五谷，万庾千箱；载兴文/教，载构明堂；八窗四闼，上圆下方；多士济济，/流水洋洋；明堂之兴，百工时揆；庶人子来，□鼓不胜，肃肃在上，无幽不察，无远不相；千龄/所钟，万国攸往；俗被仁礼，家怀孝让；帝/德广远，/圣寿遐延；明明在下，于昭于天；本枝百代，/福作（祚）万年；惟彼洛邑，/圣母营之；惟彼河水，/神皇清之；穆穆帝子，/圣母生之；浩浩海渎，/神皇平之；福兮祐兮，在/圣母兮，在/神皇兮。/

圣母皇皇，抚临四方；东西南北，无思不服，秃发/狂矕，侵我西方；/皇赫斯怒，爰整其旅；皇徼之外，各安其/所；穆穆/圣君，受天之祐，圣皇为谁，/神皇圣母；于万斯年，受天之祐；/永淳之季，皇昇玉京；如丧其考，人不聊生；裴徐作/疊（疂），淮海波惊；皇皇神母，定从服/横；绥以大德，威以往（佳）兵；神谋独运，/天鉴孔明，危邦载静；乱俗还平。河/图洛书，龟背龙胸；/圣母临人，永昌帝业。既营大室，爰/构明堂；如天之堰，如地之方；包含五色，/吐纳三光；傍洞八牖，中制九房；百神荐趾，臀乾之统；得神之经，子来之作；不/日而成，不得有得非名，如天之寿，于万/新龄；黄山海水，蒲昌沙场；地临蕃/服，家接浑乡；昔年寇盗，禾麦调（凋）伤；/四人扰扰，百姓遑遑；/圣人哀念，赐以惟良，既抚既育，或引/或将；昔糜单袴，今日重裳；春兰/秋菊，无绝斯芳。/

右唐载初元年四月，风俗使于百/姓间采得前件歌谣，具状上讫。①

（以下残缺）

---

① 《沙州都督府图经》（伯2005号），郑炳林：《敦煌地理文书汇辑校注》，甘肃教育出版社1989年版，第19—20页。此《沙州都督府图经》又见于敦煌文献伯2695号，题名为《歌谣》，文字与此文略异，参见徐俊纂辑：《敦煌诗集残卷辑考》，中华书局2000年版，第758页。

此材料非常重要,材料中说"右唐载初元年四月,风俗使于百姓间采得前件歌谣,具状上讫",此为风俗使采诗的明证。

从这段材料可以看出:

第一,除太常卿采诗之外,唐代还存在风俗使或称观风俗使采诗。李峤《大周降禅碑》云:"远安迩肃,地平天成,玉律调年,珠囊叶纪,栖京坻于陇亩,逸马牛于衢路。茕嫠蒙饩,班白不提,闾阎无犬吠之惊,风俗有鹑成之暇。原隰驱轺之使,采诗听歌;苗畬植杖之翁,击壤鼓腹。"[1]此两节材料可以互相印证,李峤《大周降禅碑》中所说的"原隰驱轺之使,采诗听歌",当系风俗使采诗。参之敦煌文献,李峤所说之言不虚。

第二,观风俗使的存在时间最晚到武后载初元年(689)。这说明《唐会要》所记观风俗使自贞观八年(634)以后不置的说法可能有误。

第三,风俗使是从民间而不是从官吏中采集诗歌,这和太常卿采诗相比,是更接近原始意义的采诗活动。从此节材料看,尽管它模仿《诗经》采用了四言体,尽管其内容是歌颂武后的,但它用的是百姓视角,基本可视为平民立场。如"昔年寇盗,禾麦调(凋)伤;四人扰扰,百姓遑遑;圣人哀念,赐以惟良,既抚既育,或引或将;昔糜单袴,今日重裳;春兰秋菊,无绝斯芳"一节,明显是百姓口吻。篇末云"风俗使于百姓间采得前件歌谣",可证明它来自于民间。当然,地方官吏伪造歌谣应付风俗使采诗亦有可能。

第四,风俗使所采的诗歌是入乐的。所谓"风俗使于百姓间采得前件歌谣",证明歌词和音乐有可能是同时采集的。

《沙州都督府图经》是沙州都督府编制的方志的一种,其所收录的文献当是根据沙州都督府存档文献而来,因而是准确可信的。[2] 更为重要的是,此材料可与《唐会要》卷七十七"观风俗使"条互相印证,在贞观八年(634)正月,朝廷曾派遣萧瑀等多人充任观风俗使,分遣四方,观风俗之得

---

① [清]董诰等编:《全唐文》,第 2505 页。

② 参见易雪梅、李淑芬:《西北地区地方志概述》,《西北史地》1997 年第 1 期,第 62—66 页;陈国生、向旭:《我国方志的源流及其在历史地理研究中的利用》,《贵州师范大学学报》1997 年第 2 期,第 15—18 页。

失,并且直到武后载初元年(689)还有观风俗的活动。这说明朝廷派出观风俗使不只一次,而是有很多次。另一方面,由武后载初元年(689)观风俗使采诗,亦可推知其他的观风俗使亦当负有采诗之责,如果观风俗使在初唐是一种制度,那么观风俗使采诗也应当是一种制度,而不是偶然的行为。从敦煌文献《沙州都督府图经》(伯 2005 号)中的观风俗使采集的歌谣被归档并被地方志全文著录来看,地方政府对采诗一事显然是非常重视的。

用敦煌文献可以证明唐代存在风俗使采诗活动,但采诗在唐代是一种偶然的活动还是一种确定的制度尚需深入考察。本书倾向于后者,即采诗在唐代是一种确定的制度。这是因为:第一,风俗使采诗,并不是唐代独有的活动,此活动至少在汉代就已存在,唐代的风俗使采诗实际上是一种制度的传承。第二,唐代朝廷的使职设置很多,风俗使的活动也比较频繁,因此风俗使采诗的活动应该比较多,不会是偶然的行为。第三,在唐代,歌谣是表达民意的一种手段,也是衡量官吏执政能力的一个尺度,这正是因为在唐代存在政府采集歌谣的活动。第四,有其他证据(如徐安贞《送丹阳采访》)证明风俗使有采集诗歌的活动。由此,初步推测采诗在唐代是一种确定的制度。

总之,在唐代的确有采诗活动存在,并且采诗在当时是一种制度。风俗使从民间直接采诗,以起到真正意义上的观风俗的作用。两种不同形式的采诗活动,目的不同,方式也不同,这决定了它们所采集诗歌的内容也不同。太常卿所采集的多是典雅的颂美之作,而风俗使所采集的则更多地带有民间色彩。

三、关于初唐以后是否有采诗官的讨论

以上证明了初唐存在采诗制度,那么,盛唐和中晚唐是否有采诗官和采诗制度呢?

从有关材料看,盛唐和中晚唐似亦有采诗制度。在中晚唐,许多诗人写诗之后,都希望有采诗官将自己的诗歌采集到朝廷,这说明当时可能有专门负责采诗的官员。孟郊《读张碧集》:"天宝太白殁,六义已消歇。大哉国风本,丧而王泽竭。先生今复生,斯文信难缺。下笔证兴亡,陈词备

风骨。高秋数奏琴,澄潭一轮月。谁作采诗官,忍之不挥发。"①皮日休《奉和鲁望樵人十咏·樵歌》:"此曲太古音,由来无管奏。多云采樵乐,或说林泉候。一唱凝闲云,再谣悲顾兽。若遇采诗人,无辞收鄙陋。"②陆龟蒙《南泾渔父》:"吾嘉渔父旨,雅叶贤哲操。倘遇采诗官,斯文诚敢告。"③这说明当时可能存在采诗活动。

一些文章也提到采诗官,从中依稀可以看到采诗者的影子。如梁肃《贺苏常二孙使君邻郡诗序》:"肃尝辱二公之眷,谨序篇首,庶采诗者得之,陈于太师,以知吴风。"④武元衡《刘商郎中集序》:"子与司空严公,亲结义深,相与编葺,恨不得继采诗之末,播于乐章,且传诸名士,庶几不朽。"⑤庾承宣《唐前义成军节度郑滑等州观察使检校吏部尚书兼御史大夫李公二州慰思述》:"乃编邦人之咏,系于篇末,俾采诗之官,得以荐馨香云。"⑥王起《振木铎赋》:"国家敷文教,布时令。爰振铎于九衢,将采诗于万姓。上立其典,将兴咏之必闻;下听其音,知从谏而则圣。"⑦白居易《序洛诗》:"故集洛诗,别为序引;不独记东都履道里有闲居泰适之叟,亦欲知皇唐大和岁,有理世安乐之音。集而序之,以俟夫采诗者。"⑧秦瑀《柏梁体状云门山物序》:"状比也,比与。释氏有药草谕品,诗家则六义之一焉。义取睹物临事,君子早辨,不当有似是而非。采诗之官,可得而补缺矣!"⑨这些材料说明初唐之后可能存在某种形式的采诗活动。

尽管如此,因为诗意和文意模糊不清,采诗官所指为何已难确定,盛唐和中晚唐是否有采诗官和采诗活动尚需要更多的材料证明。可以确定在初唐存在两种形式的采诗制度,推测太常卿采诗制度在盛唐和中晚唐

---

① ［清］彭定求等编:《全唐诗》,第 4275 页。

② ［清］彭定求等编:《全唐诗》,第 7101 页。

③ ［清］彭定求等编:《全唐诗》,第 7180 页。

④ ［清］董诰等编:《全唐文》,第 5263 页。

⑤ ［清］董诰等编:《全唐文》,第 5389 页。

⑥ ［清］董诰等编:《全唐文》,第 6211 页。

⑦ ［清］董诰等编:《全唐文》,第 6472 页。

⑧ ［唐］白居易撰,顾学颉校点:《白居易集》,第 1457 页。

⑨ ［清］董诰等编:《全唐文》,第 9838 页。

的某些时期曾经实施过,至于是否存在风俗使采诗制度,尚待详考。

第六节　鼓吹乐

　　岸边成雄认为鼓吹乐不是唐代音乐的主流,因此在他的《唐代音乐史的研究》中未对鼓吹乐作专门研究。其实鼓吹乐是由太常寺管理的重要音乐种类之一,本书现对鼓吹乐的基本情况和相关问题予以考察。

　　鼓吹乐由太常寺的鼓吹署管理。鼓吹署的乐官有令一人、丞一人、府三人、史六人、乐正四人、典事四人、掌固四人,他们具体负责鼓吹署乐工的管理工作。据《大唐六典》卷六《尚书刑部》:“官户皆在本司分番,每年十月,都官按比。男年十三已上,在外州者十五已上,容貌端正,送太乐,十六已上,送鼓吹及少府教习。”①作为与太乐署并列的音乐机构,鼓吹署管理的是鼓吹乐,鼓吹署乐工需要的音乐技能似乎比太乐署乐工略低,但亦当具备比较高的艺术水平。② 同太乐署一样,鼓吹署教乐有一定的期限,《大唐六典》卷十四《太常寺》:“凡大乐、鼓吹教乐则监试,为之课限。……鼓吹署:桐鼓一曲十二变三十日;大鼓一曲十日;长鸣三声十日;铙鼓一曲五十日,歌、箫、笳一曲各三十日;大横吹一曲六十日,节鼓一曲二十日,笛、箫、觱篥、笳、桃皮觱篥一曲各二十日;小鼓一曲十日;中鸣三声十日;羽葆鼓一曲三十日,錞于一曲五日,歌、箫、笳一曲各三十日;小横吹一曲六十日,箫、笛、觱篥、笳、桃皮觱篥一曲各三十日成。”③可知鼓吹乐的教习以大小横吹为最难,一曲需要六十日。其次为铙鼓,一曲需要五十日。其余则三十日、二十日、十日、五日不等。

一、鼓吹曲的种类和曲目概述

　　唐代鼓吹曲可分为鼓吹部、羽葆部、铙吹部、大横吹部、小横吹部五部,根据《新唐书》卷二十三下《仪卫志》,鼓吹曲五部现存曲目为八十五

---

①　[唐]李隆基撰,李林甫注:《大唐六典》,第 150 页。

②　参见[唐]李德裕:《鼓吹赋》,[清]董诰等编:《全唐文》,第 7144 页。

③　[唐]李隆基撰,李林甫注:《大唐六典》,第 286 页。

曲,《新唐书》卷二十三下《仪卫志》记为"七十五曲"①,当是"八十五曲"之误。具体情况如下:

(一)鼓吹部

鼓吹部有扛鼓曲、大鼓曲、金钲小鼓曲、长鸣曲和中鸣曲。

扛鼓十曲:《警雷震》、《猛兽骇》、《鸷鸟击》、《龙媒蹀》、《灵夔吼》、《雕鹗争》、《壮士怒》、《熊罴吼》、《石坠崖》、《波荡壑》。

大鼓十五曲,严用三曲:《元骊合逻》、《元骊他固夜》、《元骊跋至虑》。警用十二曲:《元咳大至游》、《阿列乾》、《破达析利纯》、《贺羽真》、《鸣都路跋》、《他勃鸣路跋》、《相雷析追》、《元咳赤赖》、《赤咳赤赖》、《吐咳乞物真》、《贪大讦》、《贺粟胡真》。

小鼓九曲:《渔阳》、《鸡子》、《警鼓》、《三鸣》、《合节》、《覆参》、《步鼓》、《南阳会星》、《单摇》。皆以为严、警,其一上马用之。

长鸣一曲三声:《龙吟声》、《彪吼声》、《河声》。

中鸣一曲三声:《荡声》、《牙声》、《送声》。

(二)羽葆部

羽葆部共有十八曲:《太和》、《休和》、《七德》、《驺虞》、《基王化》、《纂唐风》、《厌炎精》、《肇皇运》、《跃龙飞》、《珍马邑》、《兴晋阳》、《济渭险》、《应圣期》、《御宸极》、《宁兆庶》、《服遐荒》、《龙池》、《破阵乐》。

(三)铙吹部

铙吹部共有七曲:《破阵乐》、《上车》、《行车》、《向城》、《平安》、《欢乐》、《太平》。

(四)大横吹部

大横吹部有节鼓二十四曲:《悲风》、《游弦》、《间弦明君》、《吴明君》、《古明君》、《长乐声》、《五调声》、《乌夜啼》、《望乡》、《跨鞍》、《间君》、《瑟调》、《止息》、《天女怨》、《楚客》、《楚妃叹》、《霜鸿引》、《楚歌》、《胡笳声》、《辞汉》、《对月》、《胡笳明君》、《湘妃怨》、《沉湘》。

(五)小横吹部

小横吹部有角、笛、箫、笳、觱篥、桃皮觱篥六种,曲名失传。

---

① [宋]欧阳修、宋祁:《新唐书》,第508页。

　　《新唐书》卷二十三下《仪卫志》记载:"凯乐用铙吹二部,笛、觱篥、箫、笳、铙鼓,皆工二人,歌工二十四人,乘马执乐,阿列如卤簿。鼓吹令、丞前导,分行俯骹之前。将入都门,鼓吹振作,奏《破阵乐》、《应圣期》、《贺朝欢》、《君臣同庆乐》等四曲。"①查四曲中之《贺朝欢》、《君臣同庆乐》不在上述曲目之中,故应在鼓吹曲目中补入此二曲。《唐会要》卷三十三"凯乐"条记有此四曲的歌词:"《破阵乐》曰:'受律辞元首,相将讨叛臣。咸歌《破阵乐》,共赏太平人。'《应圣期》词曰:'圣德期昌运,雍熙万宇清。乾坤资化育,海岳共休明。辟土欣耕稼,销戈遂偃兵。殊方歌帝泽,执贽贺升平。'《贺朝欢》词曰:'四海皇风被,千年德水清。戎衣更不著,今日告功成。'《君臣同庆乐》词曰:'主圣开昌历,臣忠奏大猷。君看偃革后,便是太平秋。'"②

　　柳宗元曾作《铙歌鼓吹曲》十二首,即《晋阳武》、《兽之穷》、《战武牢》、《泾水黄》、《奔鲸沛》、《苞枿》、《河右平》、《铁山碎》、《靖本邦》、《吐谷浑》、《高昌》、《东蛮》十二首,③亦当为鼓吹曲。《全唐诗》卷三五〇亦收此十二首歌词,题目有异。关于作此十二首鼓吹曲的目的,柳宗元《上铙歌鼓吹曲表》云:"伏惟汉魏以来,代有铙歌鼓吹词,唯唐独无有。臣为郎时,以太常联礼部,尝闻鼓吹署有戎乐,词独不列……今臣窃取晋魏义,用汉篇数,为唐铙歌鼓吹曲十二篇,纪高祖、太宗功能之神奇,因以知取天下之勤劳,命将用师之艰难。每有戎事,治兵振旅,幸歌臣词以为容,且得大戒,宜敬而不害。"④可见,柳宗元见鼓吹署戎乐"词独不列",故被贬永州期间作此以纪高祖、太宗之功,取天下之勤劳,命将用师之艰难。郭茂倩云:"按此诸曲,史书不载,疑宗元私作而未尝奏,或虽奏而未尝用,故不被于歌。"⑤因《全唐文》卷五百七十一收有柳宗元《上铙歌鼓吹曲表》一文,可知十二首《铙歌鼓吹曲》确曾上奏朝廷,郭茂倩云"疑宗元私作而未尝奏"不确。

---

① 　[宋]欧阳修、宋祁:《新唐书》,第510页。

② 　[宋]王溥:《唐会要》,第608页。

③ 　[宋]郭茂倩:《乐府诗集》,第303页。

④ 　[清]董诰等编:《全唐文》,第5779页。

⑤ 　[宋]郭茂倩:《乐府诗集》,第303页。

但它们是否曾在朝廷入乐演唱则不可知,郭茂倩怀疑它们"或虽奏而未尝用,故不被于歌"是有道理的。

二、鼓吹署乐工的服饰

鼓吹署乐工根据乐器的不同穿着不同的服饰,这样既是为了美观,也是为了显示等级,也就是说,不同等级的官吏,他们使用的鼓吹不仅数量上有严格的限制,乐工的衣服也不相同。此外,鼓吹乐器的装饰也非常讲究。①

《大唐六典》卷二十七《家令率更仆寺》:"凡张乐,轩县之制:……其大鼓、长鸣、大横吹、节鼓及横吹后笛、箫、筚篥、笳等工人皆服绯地苴文袍、裤及帽。金钲、扛鼓皆加六角紫伞。小鼓、中鸣等,小横吹及铙,及横吹后笛、箫、筚篥、笳等工人皆服青地苴文袍、裤及帽。铙鼓及箫、笳工人服并武弁、朱构衣、革带。大角工人平巾帻、绯衫、白布大口裤。"②此为乐悬时鼓吹署乐工的衣饰。

在天子仪仗中,鼓吹乐工的服饰与乐悬时大略相同。《大唐六典》卷十四《太常寺》:"凡大驾行幸,卤簿则分前、后二部以统之。……大鼓、长鸣、大横吹、节鼓及横吹后笛、箫、觱篥等工人服皆绯地苴文袍、裤及帽,金钲、扛鼓、小鼓、中鸣、小横吹及横吹后笛、箫、觱篥、笳、桃皮觱篥等工人服并青地苴文袍、裤及帽,羽葆鼓、铙鼓及歌、箫、笳工人服并武弁、朱褠衣、革带,大角工人平巾帻、绯衫、白布大口裤。其鼓吹主帅服与大角同,以下主帅服亦准此也。"③无论是乐悬还是仪仗,鼓吹乐都是直接为天子服务的,所以乐工的服饰变化不大。

而亲王以下的仪仗,其乐工的服饰与天子仪仗则有较大的不同。《大唐六典》卷十四《太常寺》:"亲王已下,亦各有差……其大鼓、长鸣、大笛、横吹、节鼓及横吹后笛、箫、觱篥、笳等工人服绯䌷帽,赤布裤褶;金钲、扛鼓工人服青䌷帽,青布裤褶;铙鼓、箫、笳工人服武弁,朱褠衣,革带;大角

---

① 　[唐]李隆基撰,李林甫注:《大唐六典》,第 296 页、第 489 页。
② 　[唐]李隆基撰,李林甫注:《大唐六典》,489 页。
③ 　[唐]李隆基撰,李林甫注:《大唐六典》,第 296 页。

工人服平巾帻，绯衫，白布大口袴。四品铙鼓及箫、笳工人衣服同三品，余鼓皆绿沈；金钲、扛鼓、大鼓工人服青绅帽，青布裤褶。"①与天子仪仗相比，亲王以下的仪仗乐工和乐器的数量减少了，乐工的服饰也有较大变化。

在仪仗之中，乐工的数量、乐器的种类、乐工的服饰都有严格的规定和限制，鼓吹乐成为显示等级的重要手段。

三、鼓吹乐的用途及相关问题

鼓吹乐的艺术性可能略差，但它的用途却相当广泛，是其他音乐种类所不能代替的。在唐代，鼓吹乐被广泛使用于仪仗、军中和各种仪式中，下分述之。

(一)仪仗

《大唐六典》卷十四《太常寺》云："鼓吹令掌鼓吹施用调习之节，以备卤簿之仪。"②可见用于卤簿仪仗是鼓吹乐最重要的用途之一。皇帝、皇太后、皇后、皇太子、亲王以及不同品级的大臣根据各自的身份和具体的场合使用不同的仪仗。下面对仪仗中的鼓吹作简要介绍。

1. 唐代皇帝出行

皇帝出行仪仗分大驾、法驾、小驾三种。大驾卤簿：大驾卤簿鼓吹分前、后二部。前部：扛鼓十二，夹金钲十二；次大鼓一百二十；次长鸣一百二十；次铙鼓十二，夹歌、箫、笳各二十四；次大横吹一百二十，节鼓二，夹笛、箫、觱篥、笳、桃皮觱篥各二十四；次扛鼓十二，夹金钲十二；次小鼓一百二十；次中鸣一百二十；次羽葆鼓十二，夹歌、箫、笳各二十四。后部：羽葆鼓十二，夹歌、箫、笳各二十四；次铙鼓十二，夹歌、箫、笳各二十四；次小横吹一百二十，夹笛、箫、觱篥、笳、桃皮觱篥各二十四。③ 大驾卤簿一千八百三十八人，分为二十四队，列为二百一十四行。鼓吹乐人只是其中的一小部分。唐大驾卤簿的情况可参见《大唐开元礼》卷二"大驾卤簿"条和

---

① [唐]李隆基撰，李林甫注：《大唐六典》，第 297 页。
② [唐]李隆基撰，李林甫注：《大唐六典》，第 296 页。
③ [唐]李隆基撰，李林甫注：《大唐六典》，第 296 页。

《通典》卷一百七《礼》六十七"大驾卤簿"条。

法驾卤簿鼓吹：法驾三分减一，即法驾卤簿的乐器数量为大驾卤簿的三分之二。当然，法驾卤簿的规模亦很大，不仅仅包括鼓吹乐人。

小驾卤簿鼓吹：小驾卤簿则减大驾之半，即其乐器数量为大驾卤簿的二分之一。

2. 皇太后、皇后出行

皇太后、皇后出行，使用的鼓吹乐如小驾卤簿之制，全部仪仗和小驾卤簿有很大差异。

3. 皇太子出行

皇太子鼓吹亦有前、后二部。前部为扛鼓、金钲各二；次大鼓三十六；次长鸣三十六，铙鼓二、箫、笳各六；次扛鼓、金钲各二；次小鼓三十六；次中鸣三十六。后部为铙吹一部，铙鼓二，夹箫、笳各六；横吹一部，横吹十，节鼓一，夹笛、觱篥、箫、笳各五。东宫卤簿六百二十四人，分为九队，列为三十一行。这只是卤簿中的乐人数量，并非全部皇太子卤簿。

4. 亲王以下出行

亲王鼓吹：扛鼓、金钲各一，次大鼓十八，次长鸣十八，次扛鼓、金钲各一，次小鼓十、中鸣十。后部，铙吹一部，铙鼓一，夹箫、笳各四；次横吹一部，横吹六，节鼓一，夹笛、箫、觱篥、笳各四。

一品鼓吹：扛鼓、金钲各一，大鼓十六，长鸣十六；铙吹一部，铙一、箫、笳各四；横吹一部，横吹六，节鼓一，笛、箫、觱篥、笳各四。

二品鼓吹：扛鼓、金钲各一，大鼓十四；铙吹一部，铙一、箫、笳各二；横吹一部，横吹四，笛、箫、觱篥、笳各一。

三品鼓吹：减二品大鼓四，横吹二。即：扛鼓、金钲各一，大鼓十；铙吹一部，铙一、箫、笳各二；横吹一部，横吹二，笛、箫、觱篥、笳各一。

四品鼓吹：又减三品大鼓二，而去其横吹。即：扛鼓、金钲各一，大鼓八；铙吹一部，铙一、箫、笳各二。

在唐代，上至皇帝，下至官吏，仪仗的使用有严格的规定。《通典》卷一百七《礼》六十七："右应给卤簿者，职事四品以上，散官二品以上，爵郡王以上及二王后，依品给。国公准三品给。官爵两应给者，从高给。若京官职事五品，身婚葬并尚公主、娶县主及职事官三品以上有公爵者嫡子婚,并准四品给。凡自王公以下在京拜官初上、正冬朝会及婚葬则给之。(婚及拜官初上、正冬朝会,去槊、弓箭、刀楯、大小鼓、横吹、大角、长鸣、中鸣也。)凡应导驾及都督刺史奉辞至任上日,皆依品给。(奉辞去槊、弓箭、刀楯、金钲、掆鼓、大小鼓、横吹、大角、长鸣、中鸣。)"①可见,并非所有的官吏都有仪仗。

(二)凯乐

所谓凯乐指的是由鼓吹署管理的在军队战胜还朝奏捷时为庆祝胜利和歌颂武功而演奏的音乐。唐代军队中亦有乐人,演奏的音乐当以鼓吹乐为主,平时用以鼓舞士气,胜利时演奏以祝捷。但是,当军队回朝献捷时,演奏音乐的并不是军中的乐队,而是鼓吹署的乐工。沈佺期《塞北二首》(之一):"归来拜天子,凯乐助南薰。"②韩休《奉和御制平胡》:"功成奏凯乐,战罢策归勋。"③军队归来献捷时凯乐的演奏是由太常寺之鼓吹署完成的。

历代献捷,必有凯歌,唐代亦不例外。大和三年(829)八月太常礼院《进凯乐奏》云:"太宗平东都,破宋金刚,其后苏定方执贺鲁,李勣平高丽,皆备军容,凯歌入京师。"④可见凯乐很早就存在,但贞观、显庆、开元礼书并无仪注。直到大和三年(829)八月,太常寺才上奏凯乐仪注,得以实行。高郢有《献凯乐赋》或作于此时。⑤《唐会要》卷三十三"凯乐"条详细记述了献捷演奏凯乐的仪注,⑥通过这则材料可知以下情况:第一,凯乐使用铙吹二部,乐器为笛、筚篥、箫、笳、铙、鼓等,每色二人,歌唱者为二十四人;第二,乐工在马上演奏;第三,这些乐工属于太常寺的鼓吹署,柳宗元《上铙歌鼓吹曲表》中"臣为郎时,以太常联礼部,尝闻鼓吹署有戎乐"⑦,可为证明;第四,演奏的曲目为《破阵乐》、《应圣期》、《贺朝欢》、《君臣同庆

---

① [唐]杜佑:《通典》,第 2789 页。
② [清]彭定求等编:《全唐诗》,第 1043 页。
③ [清]彭定求等编:《全唐诗》,第 1133 页。
④ [清]董诰等编:《全唐文》,第 10030 页。
⑤ [清]董诰等编:《全唐文》,第 4589 页。
⑥ [宋]王溥:《唐会要》,第 607 页。
⑦ [清]董诰等编:《全唐文》,第 5779 页。

乐》,四曲均有歌词;第五,在大社及太庙门演奏停止,告献礼毕再开始演奏;第六,至皇帝御楼前,乐工下马,在太常卿和协律郎的指挥下遍奏《破阵乐》等四曲。

(三)合朔伐鼓

鼓吹乐亦用于合朔伐鼓。合朔伐鼓的历史非常久远,《通典》卷七十八《礼》三十八云:"周制,日有蚀之,天子不举乐,素服,置五麾,陈五鼓、五兵及救日之弓矢。又以朱丝萦社,而伐鼓责之……汉制,天子救日蚀,素服,避正殿,陈五鼓五兵,以朱丝萦社,内外严警。太史登灵台,候日有变,便伐鼓。太仆赞祝史陈辞以责之。闻鼓音,侍臣皆著赤帻,带剑入侍。三台令史以上,皆持剑立其户前。卫尉驱驰绕宫,伺察守备。日复常,皆罢。"[1]可见合朔伐鼓的历史很长。

在唐代,朝廷的合朔伐鼓由鼓吹署负责。《大唐六典》卷十四《太常寺》:"凡合朔之变,(鼓吹令)则帅工人设五鼓于太社,执麾旒,于四门之塾置龙床焉。有变则举麾,击鼓齐发,变复而止。"[2]

据《通典》卷一百三十三《礼》九十三,合朔伐鼓的过程如下:

> 其日合朔,前二刻,郊社令及门仆各服赤帻绛衣,守四门,令巡门监察。鼓吹令平巾帻,袴褶,帅工人以方色执麾旒,分置四门屋下,龙蛇鼓随设于左。东门者立于北塾,南面;南门者立于东塾,西面;西门者立于南塾,北面;北门者立于西塾,东面。(门侧堂曰塾。麾杠各长一丈。旒以方色,各长八尺。)队正一人著平巾帻、袴褶,执刀,帅卫士五人执五兵于鼓外,矛处东,戟在南,斧钺在西,稍在北。郊社令立攒于社坛四隅,以朱丝绳萦之。太史官一人著赤帻、赤衣,立于社坛北,向日观变。黄麾次之;龙鼓一面,次之在北;弓一张,矢四只,次之。诸工鼓静立候。日有变,史官曰:"祥有变。"工人齐举麾,龙鼓齐发声如雷。史官称"止",工人罢鼓。其日废务,百官守本司。日有变,皇帝素服,避正殿;百官以下皆素服,各于厅事前重行,每等异位,向日

---

① ［唐］杜佑:《通典》,第 2114 页。

② ［唐］李隆基撰,李林甫注:《大唐六典》,第 298 页。

立。明复而止。①

在唐代,朝廷就是用这种轰轰烈烈的行为来对付合朔、日食。又《通典》卷一百三十三《礼》九十三云:"诸州伐鼓:其日见日有变则废务,所司置鼓于刺史厅事前。刺史及州官九品以上俱素服,立于鼓后,重行,每等异位,向日,刺史先击鼓,执事代之。明复俱止。"②可见诸州也进行合朔伐鼓,参与合朔伐鼓的当是诸州的乐工。

(四)大傩

大傩是一种逐恶鬼于禁中的仪式。传说颛顼氏有三子,生而亡去为疫鬼。一居江水,是为虐鬼;一居若水,是为魍魉蜮鬼;一居人宫室区隅,善惊小儿。故人们很早就通过大傩这种仪式逐除阴疫和恶鬼,扶阳抑阴,除旧迎新。在唐代,大傩已经演变成为一种固定的礼仪。唐代大傩需要使用鼓吹,大傩所需的鼓吹乐是由鼓吹署的乐工来完成的。《新唐书》卷四十八《百官志》:"(鼓吹令)大傩,帅鼓角以助侲子之唱。"③

根据《通典》卷一百三十三《礼》九十三,大傩之礼的过程如下:

　　前一日,所司奏闻。选人年十二以上、十六以下为侲子,著假面,衣赤布袴褶。二十四人为一队,六人作一行。执事者十二人,著赤帻褠衣,执鞭。工人二十二人:其一人方相氏,著假面,黄金四目,蒙熊皮,玄衣朱裳,右执戈,左执楯;其一人为唱帅,著假面,皮衣,执棒;鼓角各十,合为一队。队别鼓吹令一人,太卜令一人,各监所部巫师二人,以逐恶鬼于禁中。有司先备每门雄鸡及酒,拟于宫城正门、皇城诸门磔禳设祭。太祝一人,斋郎三人,右校为瘗坎,各于皇城中门外之右,方深称其事。先一日之夕,傩者各赴集所,具其器服,依次陈布以待事。

　　其日未明,诸卫依时刻勒所部,屯门列仗,近仗入陈于阶下如常

---

① [唐]杜佑:《通典》,第3419页。
② [唐]杜佑:《通典》,第3420页。
③ [宋]欧阳修、宋祁:《新唐书》,第1244页。

仪。鼓吹令帅傩者各集于宫门外。内侍诣皇帝所御殿前,奏:"侲子备,请逐疫。"讫,出命内寺伯六人,分引傩者于前长乐门、永安门,以次入,至左右上阁,鼓噪以进。方相氏执戈扬楯,唱率侲子和曰:"……胇胃食疫,雄伯食魅,腾简食不祥,览诸食咎,伯奇食梦,强梁、祖明共食磔死寄生,委随食观,错断食巨,穷奇、腾根共食蛊。凡使十二神追恶鬼凶,赫汝躯,拉汝干,节解汝肌肉,抽汝肺肠,汝不急去,后者为粮。"周呼讫,前后鼓噪而出。诸队各趣顺天门以出,分诣城门,出郭而止。

　　傩者将出,祝布神席当中门,南向。出讫,宰手斋郎酾牲匈,磔之神席之西,藉以席,北首。斋郎酌酒,太祝受奠之。祝史持版于座右,跪读祝文曰:"维某年岁次月朔日,天子遣太祝臣姓名,昭告于太阴之神:玄冬已谢,青阳驭节,惟神屏除凶厉,俾无后艰,谨以清酌敬荐于太阴之神,尚飨。"讫,兴,奠版于席,乃举牲并酒瘗于坎,讫,退。其内寺伯导引出顺天门外,止。[1]

　　根据此项材料,大傩之礼需要鼓角各十,合为一队,即需要鼓吹乐人二十人。另有鼓吹令一人负监督之责。同合朔伐鼓一样,大傩之礼也是一项非常热闹的活动,鼓吹乐所起的作用是渲染气氛,制造声势。大傩之礼的有关情况还可参阅乔琳《大傩赋》。[2] 可以推测,大傩之礼所需要的鼓吹乐艺术性并不强。

　　在唐代,各州县也要举行大傩之礼,只是规模要小。一般说来,州县大傩之礼的规模根据各州县的规模大小而有所不同,据杜佑《通典》卷一百三十三《礼》九十三:"州县傩,方相四人执戈楯,唱率四人。侲子,都督及上州六十人,中下州四十人,县皆二十人。方相、唱率,县皆二人,皆以杂职差之。其侲子,取人年十五以下,十三以上充之。又杂职八人,四人执鼓鞀,四人执鞭。"[3]各州县的大傩之礼也需要鼓吹乐,这些鼓吹乐是由

---

①　[唐]杜佑:《通典》,第3420页。

②　参见[清]董诰等编:《全唐文》,第3613页。

③　[唐]杜佑:《通典》,第3420页。

隶属于州县的乐工演奏的。

(五)婚葬

唐代对婚葬中使用鼓吹有严格的限制。唐绍《论妇人葬礼用鼓吹疏》:"五品官婚葬,先无鼓吹,惟京官五品得借四品鼓吹为仪。"①也就是说,一般四品官以上在婚葬中才能使用鼓吹,京官五品可以借四品鼓吹使用。女子去世则不使用鼓吹。

实际上这种规定并未得到严格的执行,破例使用鼓吹的情况是很多的。如高祖的第三女平阳公主的葬礼中就曾使用鼓吹。②又《旧唐书》卷一百四十九《于休烈传》:"休烈妻韦氏卒。上以休烈父子儒行著闻,特诏赠韦氏国夫人,葬日给卤簿鼓吹。"③这都是违制的例子。

另外,在中宗朝,曾特许妃、主及命妇、宫官在葬日使用鼓吹。《旧唐书》卷八十五《唐绍传》:"景龙二年,韦庶人上言:'自妃、主及命妇、宫官,葬日请给鼓吹。'中宗特制许之。绍上疏谏曰:'窃闻鼓吹之乐,本为军容。……准式,公主、王妃已下葬礼,惟有团扇、方扇、彩帷、锦障之色。加之鼓吹,历代未闻。又准令,五品官婚葬,元无鼓吹,惟京官五品,得借四品鼓吹为仪。令特给五品以上母妻,五品官则不当给限,便是班秩本因夫子,仪饰乃复过之。事非伦次,难为定制,参详义理,不可常行。请停前敕,各依常典。'疏奏不纳。"④据此材料,在景龙二年(708)之前,五品以上母妻的葬礼中已经使用鼓吹了。

因为朝廷对鼓吹的使用有比较严格的限制,所以无论地位高低,如果能在葬礼中使用官给鼓吹,一般都视为一种荣耀,有的还要在墓志中大书一笔。张说《唐玉泉寺大通禅师碑铭(并序)》:"太常卿鼓吹导引,城门郎护监丧葬。"⑤武三思《大周无上孝明高皇后碑铭(并序)》:"葬事并依王礼,给班剑四十人,羽葆鼓吹仪仗,送至墓所往还。"⑥李迥秀《唐齐州长史

---

① 　[清]董诰等编:《全唐文》,第 2752 页。
② 　参见[后晋]刘昫等:《旧唐书》,第 2315 页。
③ 　[后晋]刘昫等:《旧唐书》,第 4009 页。
④ 　[后晋]刘昫等:《旧唐书》,第 2813 页。
⑤ 　[清]董诰等编:《全唐文》,第 2334 页。
⑥ 　[清]董诰等编:《全唐文》,第 2417 页。

裴府君神道碑》:"敕万年县令卢齐卿监护葬事,并给帐幕手力,羽仪鼓吹,仍送至墓所。"①张九龄《大唐故光禄大夫右散骑常侍集贤院学士赠太子少保东海徐文公神道碑铭(并序)》:"特遣中使内侍伊凤祥吊祭,而别赐布帛若干端匹,俾鸿胪少卿元复监护葬事,官给鼓吹仪仗。"②常衮《华州刺史李公墓志铭》:"将军卤簿,司空法驾,钲车介士,前后鼓吹。"③元稹《唐故开府仪同三司检校兵部尚书兼左骁卫上将军充大内皇城留守御史大夫上柱国南阳郡王赠某官碑文铭》:"薨之日,家甚贫,几无以葬其身。天子怜之,废视朝,赗布帛,给班剑鼓吹以葬之。"④李德裕《唐故开府仪同三司行右领军卫上将军致仕上柱国扶风马公神道碑铭》:"至开成六年九月四日,薨于永嘉里第,享年六十三,诏赠扬州大都督。明年二月八日,以卤簿鼓吹葬于京兆灞陵之原。"⑤穆员《鲍防碑》:"诏赠太子少保,给卤簿鼓吹旌其卒。"⑥这说明,当时是以在葬礼中有官给鼓吹为荣的。当然,亦有不以丧葬中使用鼓吹为意者,如魏征、令狐楚等。⑦

总之,在唐代,鼓吹乐亦根据当时的规定使用于婚葬礼仪之中。

(六)夜警晨严

在唐代,皇帝出行有夜警晨严之制。《旧唐书》卷七十《岑文本传》:"太宗……谓左右曰:'文本今与我同行,恐不与我同返。'及至幽州,遇暴疾,太宗亲自临视,抚之流涕。寻卒,年五十一。其夕,太宗闻严鼓之声,曰:'文本殒逝,情深恻怛。今宵夜警,所不忍闻。'命停之。"⑧岑文本暴疾而卒,是夕太宗命停当晚夜警,由此可知,夜警晨严之制为皇帝出行所必备。

---

① [清]董诰等编:《全唐文》,第 2861 页。
② [清]董诰等编:《全唐文》,第 2953 页。
③ [清]董诰等编:《全唐文》,第 4285 页。
④ [清]董诰等编:《全唐文》,第 6650 页。
⑤ [清]董诰等编:《全唐文》,第 7297 页。
⑥ [清]董诰等编:《全唐文》,第 8189 页。
⑦ 参见[宋]司马光:《资治通鉴》,第 6183 页;[后晋]刘昫等:《旧唐书》,第 4464 页。
⑧ [后晋]刘昫等:《旧唐书》,第 2539 页。

皇帝出行时的夜警晨严要使用鼓吹乐。据《大唐六典》卷十四《太常寺》，凡大驾行幸有夜警晨严之制。大驾夜警十二曲，中警七曲，晨严二通。皇太子夜警九曲，公卿以下夜警七曲，晨严并三通。夜警众一曲，转次而振。晨严之曲，第一曰《元驎合逻》，第二曰《元驎他固夜》，第三曰《元驎跋至虑》。可知，这些鼓吹乐的演奏也是由太常寺鼓吹署的乐工完成的。

(七)朝廷的礼仪活动

朝廷的许多礼仪活动都离不开鼓吹乐，必须有鼓吹署参与，与太乐署共同完成音乐演奏活动。根据《大唐开元礼》，皇帝加元服、纳后、皇帝正至受皇太子朝贺、皇帝正至受群臣朝贺、临轩册皇后、临轩册皇太子、皇太子加元服、番主奉见、皇帝宴番国主、皇帝射于射宫等都要演奏十二和的雅乐和鼓吹乐，音乐演奏是由太乐署和鼓吹署共同完成的。皇帝千秋节受群臣朝贺要演奏雅乐和俗乐，此项音乐演奏亦由太乐署和鼓吹署共同完成。

综上，唐代的鼓吹曲可分为鼓吹部、羽葆部、铙吹部、大横吹部、小横吹部五部，现存曲目八十五曲。鼓吹署乐工根据不同的场合和不同的乐器穿戴不同的服饰。鼓吹曲的用途极为广泛，它既用于皇帝、皇太后、皇后、皇太子、亲王以及一定品级大臣的仪仗，又用于凯乐、合朔伐鼓、大傩、一定品级官吏的婚葬和皇帝出行的夜警晨严。除此之外，皇帝加元服、纳后等多项礼仪活动都要使用鼓吹乐。

第四章 梨园的建立与沿革

本章摘要：本章主要讨论梨园建立与衰亡的过程。梨园于开元二年(714)由玄宗设立，并在盛唐达到全盛。在安史之乱中梨园弟子奔散，肃宗收京后梨园得以重建。到大历十四年(779)，唐德宗曾取消梨园的设置，剩余的梨园弟子都归到太常寺。文宗开成年间，梨园一度改为仙韶院。到晚唐末年，梨园弟子数量已极少。

梨园弟子在唐代产生并兴盛一时，"梨园与十部伎，立坐二部伎，教坊，太常四部乐等制度，均系唐朝音乐之精华。"①梨园(不含梨园别教院)为玄宗所设，主要是为了训练宫廷乐器演奏人员和演唱者，供朝廷娱乐之用。梨园选词入乐的方式对唐诗在盛唐的全面繁荣产生了一定的影响。作为供奉于内廷的乐师，梨园弟子见证了唐王朝的兴衰。

岸边成雄《唐代音乐史的研究》中《梨园》一章对梨园建立与沿革的过程有所考述，但比较简略，且多有言之未周处。本章主要梳理相关史料，详细描述唐代梨园从产生到消亡的过程。

第一节 梨园的产生与兴盛

一、梨园别教院的产生

唐代的梨园是在太常寺梨园别教院的基础上建立的。梨园是禁苑的一处果园，因为皇帝经常在此游乐，所以在这里有一处常设的音乐机构，即太常寺梨园别教院。太常寺的梨园别教院又称太常梨园别教院，产生

① 〔日〕岸边成雄：《唐代音乐史的研究》，梁在平、黄志炯译，第 333 页。

可能很早。《唐会要》卷三十三"诸乐"条:"太常梨园别教院,教法曲乐章等:《王昭君乐》一章,《思归乐》一章……十二章。贞观十四年,有景云见,河水清。协律郎张文收,采古《朱雁》、《天马》之义,制《景云河清歌》,名曰《宴乐》。"①这段材料虽然没有说明太常梨园别教院建立的具体时间,但从其叙述的方式推测,太常梨园别教院的设立可能在贞观十四年(640)前后。

太常梨园别教院隶属于太常寺,是太常寺的派出机构。其乐工的教习应由太常寺负责。

在开元二年(714)之前,太常寺既管理雅乐,又管理俗乐,太常寺梨园别教院是为皇帝宴享服务的音乐机构,因此演奏的音乐当以燕乐为主。《唐会要》卷三十三"诸乐"条记梨园别教院法曲乐章共十二章,即:《王昭君乐》一章,《思归乐》一章,《倾杯乐》一章,《破阵乐》一章,《圣明乐》一章,《五更转乐》一章,《玉树后庭花乐》一章,《泛龙舟乐》一章,《万岁长生乐》一章,《饮酒乐》一章,《斗百草乐》一章,《云韶乐》一章。②从这些乐曲的名称可推知梨园别教院演奏的乐曲中包含了许多俗乐。

梨园别教院可能具有相当的规模。《旧唐书》卷二十八《音乐志》:"太常又有别教院,教供奉新曲。太常每凌晨,鼓笛乱发于太乐署。别教院廪食常千人。"③说明梨园别教院的规模一度达到千人左右。梨园就是在梨园别教院的基础上建立的。

二、梨园的设立

唐初的音乐机关以太常寺为主,太常寺主要负责朝廷礼乐,其职能是统和神人、典司礼乐。"立国之本,礼乐为先,今之太常,兼掌其事,贰兹职者,不亦重乎?"④但朝廷礼乐庄重正规,并不适用于娱乐。于是,太常寺就吸纳了一些俗乐以供朝廷娱乐之用。崔令钦《教坊记序》记载了太常寺

① ［宋］王溥:《唐会要》,第 614 页。
② 参见［宋］王溥:《唐会要》,第 614 页。
③ ［后晋］刘昫等:《旧唐书》,第 1051 页。
④ ［清］董诰等编:《全唐文》,第 6687 页。

中竞奏俗乐的热闹场面,中云:"凡戏辄分两朋,以判优劣,则人心竞勇,谓之热戏。于是诏宁王主蕃邸之乐以敌之。一伎戴百尺幢,鼓舞而进,太常所戴即百余尺,比彼一出,则往复矣,长欲半之,疾仍兼倍。太常群乐鼓噪,自负其胜。上不悦,命内养五六十人,各执一物,皆铁马鞭、骨挝之属也,潜匿里中,杂于声儿后立,(坊中呼太常人为声儿)复候鼓噪,当乱捶之。皎、晦及左右初怪内养麏至,窃见里中有物,于是夺气褫魄。而戴幢者方振摇其幢,南北不已,上顾谓内人者曰:其竿即自当折。斯须中断,上抚掌大笑,内伎咸称庆,于是罢遣。翌日诏曰:太常礼司,不宜典俳优杂伎。"①

　　正是在这种背景下,梨园弟子从太常寺中分离出来,成立了独立的音乐机构。《新唐书》卷二十二《礼乐志》:"玄宗既知音律,又酷爱法曲,选坐部伎子弟三百教于梨园,声有误者,帝必觉而正之,号'皇帝梨园弟子'。宫女数百,亦为梨园弟子,居宜春北院。梨园法部,更置小部音声三十余人。"②《唐会要》卷三十四"论乐"条:"开元二年,上以天下无事,听政之暇,于梨园自教《法曲》,必尽其妙,谓之'皇帝梨园弟子'。"③《资治通鉴》卷二百一十一唐玄宗开元二年(714)春正月记之较为详细:"旧制,雅俗之乐,皆隶太常。上精晓音律,以太常礼乐之司,不应典倡优杂伎;乃更置左右教坊以教俗乐,命右骁卫将军范及为之使。又选乐工数百人,自教法曲于梨园,谓之皇帝梨园弟子。"④由此可见,梨园产生的时间是开元二年,即公元714年。

三、唐玄宗建立梨园的原因

　　唐玄宗建立梨园的原因是因为太常寺是管理礼乐的机构,"不应典倡优杂伎",把雅乐和俗乐分开,可以突出雅乐的地位。

　　但这也许只是表面上的原因,实际上唐玄宗建立梨园是为了更好地

---

① 〔清〕董诰等编:《全唐文》,第4041页。
② 〔宋〕欧阳修、宋祁:《新唐书》,第476页。
③ 〔宋〕王溥:《唐会要》,第629页。
④ 〔宋〕司马光:《资治通鉴》,第6694页。

满足歌舞娱乐的需要。玄宗曾下诏禁断女乐,诏云:"朕方大变浇讹,用清淄蠹,眷兹女乐,事切骄淫,伤风害政,莫斯为甚,既违令式,尤宜禁断。自今以后不得更然,仍令御史金吾,严加捉搦。如有犯者,先罪长官,务令杜绝,以称朕意。"①《旧唐书》卷九《玄宗本纪》亦赞扬玄宗说:"我开元之有天下也,纠之以典刑,明之以礼乐,爱之以慈俭,律之以轨仪。黜前朝徼幸之臣,杜其奸也;焚后庭珠翠之玩,戒其奢也;禁女乐而出宫嫔,明其教也。"②玄宗曾有禁断女乐的行为,但作为一位精通音律、喜爱享乐的皇帝,真正的禁断女乐是很困难的,玄宗说一些冠冕堂皇的话,不过是装装样子。梨园弟子的产生恰好证明了这一点。

　　唐玄宗建立梨园的另一个原因是:直到开元二年(714),玄宗才真正掌握朝廷的权力。作为一名精通音乐的皇帝,在经历了无数的阴谋和斗争之后,他真正掌握了整个帝国的命运。建立梨园(也包括教坊)表明他可以安心从事他喜欢的音乐活动了。

四、梨园弟子的组成和梨园的位置

　　关于梨园弟子的组成,《资治通鉴》卷二百一十一唐玄宗开元二年(714)春正月云:"又选乐工数百人,自教法曲于梨园,谓之'皇帝梨园弟子'。又教宫女使习之。又选伎女,置宜春院,给赐其家。"③《旧唐书》卷二十八《音乐志》:"玄宗又于听政之暇,教太常乐工子弟三百人为丝竹之戏,音响齐发,有一声误,玄宗必觉而正之。号为皇帝弟子,又云梨园弟子,以置院近于禁苑之梨园。"④《新唐书》卷二十二《礼乐志》:"玄宗既知音律,又酷爱法曲,选坐部伎子弟三百教于梨园,声有误者,帝必觉而正之,号'皇帝梨园弟子'。宫女数百,亦为梨园弟子,居宜春北院。梨园法部,更置小部音声三十余人。"⑤

---

①　[清]董诰等编:《全唐文》,第 2573 页。
②　[后晋]刘昫等:《旧唐书》,第 236 页。
③　[宋]司马光:《资治通鉴》,第 6694 页。
④　[后晋]刘昫等:《旧唐书》,第 1051 页。
⑤　[宋]欧阳修、宋祁:《新唐书》,第 476 页。

综合以上材料可知,梨园弟子的来源有三:一是太常寺中的坐部伎,数量是三百人;二是宫女,数量也有数百人之多;三是"小部音声"三十余人,亦属梨园弟子,当是其中年幼而技艺高超者。除此之外,推测可能有一些民间的精于音乐者经过严格选拔加入其中。

梨园在禁苑中,对此清人已考述详明,清刘于义等修《陕西通志》卷七十三"梨园"条云:"(梨园)在光化门北。光化门,禁苑南面西头第一门,在芳林、景曜门之西也。中宗令学士自芳林门入集于梨园,分朋拔河,则梨园在太极宫西禁苑之内矣。开元二年,置教坊于蓬莱宫,上自教法曲,谓之梨园弟子。至天宝中即东宫宜春北苑,命宫女数百人为梨园弟子。是梨园者按乐之地,预教者名为弟子。凡蓬莱宫、宜春苑皆不在梨园之内也。《长安志》曰:文宗幸北军,因幸梨园。又令太常卿王涯取开元雅乐,选乐童按之,名曰《云韶乐》。乐成,献诸梨园亭,帝按之会昌殿。此会昌殿即在梨园中矣。唐末芳林十哲即自此门入交中官,故十人者冠戴芳林名号,如鸿都赋徒也。"①可知梨园即此禁苑中之梨园。

任半塘认为梨园在芳林门东北。他说:"禁苑梨园,试看日人足立喜六《长安史迹考》内所载《唐长安城坊图》,便知在长安北部、大明宫(即蓬莱宫)之西、宫城之北,有禁苑,面积甚广。偏近宫城之西北角,在芳林门之东北,乃唐代真正梨园所在,其地仍属后世之长安县。"②任半塘《教坊记笺订》中之《西京教坊位置图》,即将梨园标示于芳林门东北。③ 因梨园在禁苑之中,禁苑在芳林门、光华门以北,故任半塘此说与《陕西通志》所考略同。

关于梨园的遗址,约有五说。清人汪汲认为在"今西安府临潼县骊山锈岭下",王瑞荣认为在长安县西南香积寺附近今黄良乡立园村,范紫东认为在西安城东北唐大明宫东侧附近三华里的午门村,翁维谦等认为在西安城东南隅曲江池附近汉武帝所造宜春苑旧址近旁之春临村一带。④

---

①　[清]刘于义等修,沈青崖纂:《陕西通志》,卷七十三,清雍正十三年刻本。

②　任半塘:《唐戏弄》(下册),作家出版社 1958 年版,第 920 页。

③　参见任半塘:《教坊记笺订》,中华书局 1962 年版,第 196 页。

④　参见李尤白:《梨园考论》,陕西人民出版社 1995 年版,第 9 页。

李尤白认为在现在的"西安城西北六华里许的未央宫区未央宫乡大白杨村村西"①。

我们认为,五说之中李尤白之说考订最为细密,最接近历史真实情况。

图 4—1 "唐代梨园遗址"碑

但是,如果确定梨园在芳林门的东北,则李尤白确定的梨园遗址位置似并不准确。芳林门为长安北城自西向东第四门,芳林门与长安南城之安化门相对。如果能够确定安化门的位置,则芳林门的纵向位置即可基本确定。安化门与明德门相隔一门,位置比较接近,与北城的玄武门基本相对。明德门的遗址在现在的陕西师范大学以西、西北政法学院以南的明德门小区附近,即明德门的位置是确定的。另外,因为大明宫的遗址已经发现,从明德门和大明宫的位置推断,梨园的遗址似应在李尤白判定的梨园遗址之东。

_____

① 李尤白:《梨园考论》,第 21 页。

当然,禁苑的范围是很大的,据《陕西通志》卷七十三"禁苑"条:"禁苑在宫城之北,东西二十七里,南北三十三里,东接灞水,西临长安,城南连京城,北枕渭水……苑四面皆有监,南面太乐监……南面三门:中曰景曜,东曰芳林,西曰光化。"①梨园在禁苑之中,但确切位置不明。因为禁苑四面皆有"监",而南面为"太乐监",其性质与音乐有关,估计梨园在"太乐监"的附近,即在禁苑的南侧。因此,总体说来,李尤白对梨园位置的判断虽不中亦不远。

"唐代梨园遗址"碑原立于大白杨村村西,该碑的位置是根据李尤白判定的梨园遗址的位置确定的。2004 年 12 月 30 日,西安市大雪初霁,笔者到大白杨村实地考察,同去的有中华书局赵伏先生和西安市李蓬勃先生。笔者发现"唐代梨园遗址"碑的位置已经变动,从原来的大白杨村村西,向西北方向移至现在的西安市北二环的北侧。此位置在李尤白判定的梨园遗址位置的西北方。如果说李尤白判定的梨园遗址位置已经不太准确,那么,移动之后的位置离真正的梨园遗址可能就更远了。

五、梨园的全盛

梨园弟子又称"皇帝梨园弟子",其身份的特殊性自不待言,从梨园弟子产生到"安史之乱"之前的这段时间是梨园的全盛期。梨园的兴盛表现在:梨园弟子在宫廷娱乐中充当着重要角色;玄宗和梨园弟子关系特殊;梨园弟子在当时极为知名;梨园的规模有所扩大。

梨园弟子在宫廷娱乐中发挥的作用是无法替代的,正是他们陪伴玄宗和杨贵妃度过了无数欢乐时光。王昌龄《殿前曲二首》之二云:"胡部笙歌西殿头,梨园弟子和凉州。新声一段高楼月,圣主千秋乐未休。"②顾况《八月五日歌》云:"开元九年燕公说,奉诏听置千秋节。……梨园弟子传法曲,张果先生进仙药。"③元稹诗云:"玄宗爱乐爱新乐,梨园弟子承恩

---

① ［清］刘于义等修,沈青崖纂:《陕西通志》,卷七十三。
② ［清］彭定求等编:《全唐诗》,第 1445 页。
③ ［清］彭定求等编:《全唐诗》,第 2937 页。

横。"①这些正是玄宗宠爱梨园弟子的写照。《乐府诗集》卷八十转引《松窗录》曰："开元中,禁中重木芍药。会花方繁开,帝乘照夜白,太真妃以步辇从,李龟年以歌擅一时之名。帝曰:'赏名花,对妃子,焉用旧乐辞为!'遂命李白作《清平调》辞三章,令梨园弟子略抚丝竹以促歌,帝自调玉笛以倚曲。"②《新唐书》卷二十二《礼乐志》:"帝幸骊山,杨贵妃生日,命小部张乐长生殿,因奏新曲,未有名,会南方进荔枝,因名曰《荔枝香》。"③这都是盛唐宫廷中梨园弟子陪伴皇帝歌舞娱乐的典型场景。

梨园弟子得罪,玄宗会亲自过问。据《唐语林》卷二《政事》下,梨园弟子胡雏以善吹笛承恩,得罪后玄宗亲自说情,④这反映了玄宗与梨园弟子的特殊关系。

玄宗的娱乐项目极多,可能包括欣赏太常寺的雅乐、太常别教院的新曲、梨园弟子的歌舞以及舞马、舞象等。《旧唐书》卷二十八《音乐志》记载了一次这种大型歌舞娱乐的场面,⑤场面宏大、节目丰富、参加的人也很多,既有太常乐工,也有梨园弟子。这是盛唐经济、文化全面繁荣的表现,也是梨园达到全盛的表现。

与梨园兴起相伴的是太常寺的相对衰落。刘浃是玄宗时人,他曾上表请求添置太常寺乐工,这说明太常寺的乐工已不能满足使用需要,表云:"当工全少乐工,或正冬朝会,郊庙行礼,旋差京府衙门首乐官权充。虽曾教习,未免生疏。兼又各业胡部音声,不闻太常乐曲。伏乞宣下所司,量支请给,据见阙乐师添召,令在寺习乐。敕太常寺见管西京雅乐节级乐工共四十人外,受添六十人。内三十八人,宜抽教坊贴部乐官兼先。余二十二人,宜令本寺招召充填。仍令三司定支春冬衣粮,月报闻奏。其旧管四十人,亦量添请。"⑥这说明在梨园弟子大行其道的时候,太常寺反而不被朝廷重视。

① [清]彭定求等编:《全唐诗》,第 4627 页。

② [宋]郭茂倩:《乐府诗集》,第 1133 页。

③ [宋]欧阳修、宋祁:《新唐书》,第 476 页。

④ 参见[宋]王谠:《唐语林》,第 111 页。

⑤ 参见[后晋]刘昫等:《旧唐书》,第 1051 页。

⑥ [清]董诰等编:《全唐文》,第 8956 页。

梨园弟子如李龟年等在当时很有名。杜甫《江南逢李龟年》云："岐王宅里寻常见，崔九堂前几度闻。"①可见像李龟年这样的歌唱家不仅在朝廷演唱，而且经常到王公贵族家中演出，这为他们赢得了巨大的声名。②此外，梨园弟子马仙期、贺怀智等亦以洞晓音律而知名于世。

综上，梨园正式建立于开元二年（714），梨园的建立是为了更好地满足唐玄宗歌舞娱乐的需要。从梨园弟子产生到安史之乱之前的这段时间梨园达到全盛。

第二节　梨园弟子的奔散和梨园的重建与消亡

安史之乱的爆发给唐朝廷以沉重的打击，也给唐代的音乐机构造成很大的冲击，梨园弟子在安史之乱中奔散殆尽。虽然在收京后梨园得到重建，但盛唐时梨园的辉煌已经一去不返了。到德宗朝，梨园被解散，至此，作为音乐机构的梨园就不复存在了。

一、梨园弟子在安史之乱中的奔散

安史之乱给唐王朝带来极大的冲击，梨园也遭灭顶之灾。安史叛军攻破长安，玄宗幸蜀，梨园弟子在战乱中奔散逃亡，梨园这个音乐机构不复存在。杜甫《观公孙大娘弟子舞剑器行》诗云"梨园弟子散如烟"③，正是梨园弟子奔散逃亡的写照。

梨园弟子在安史乱中的去向大约有三：一是流落到民间，这占很大的比例；二是被叛军俘获，送至洛阳；三是随玄宗入蜀，人数很少。

梨园弟子流落民间之后很多靠音乐技艺谋生。如李龟年在乱中流落到潭州（今湖南长沙），仍以歌唱为生。杜甫《江南逢李龟年》一诗，就表达了乱中相逢的无限感慨。《云溪友议》卷中载："明皇幸岷山，百官皆窜辱，积尸满中原……唯李龟年奔迫江潭，杜甫以诗赠之曰：'岐王宅里寻常见，

---

① ［清］彭定求等编：《全唐诗》，第2559页。
② 参见［唐］李端：《赠李龟年》，［清］彭定求等编：《全唐诗》，第3247页。
③ ［清］彭定求等编：《全唐诗》，第2361页。

崔九堂前几度闻。正值江南好风景,落花时节又逢君。'龟年曾于湘中采访使筵上唱:'红豆生南国,秋来发几枝。赠君多采撷,此物最相思。'又:'清风朗月苦相思,荡子从戎十载余。征人去日殷勤嘱,归雁来时数附书。'此词皆王右丞所制,至今梨园唱焉。歌阕,合座莫不望行幸而惨然。"①李龟年的遭际代表了许多梨园弟子的经历。《广异记》云:"唐天宝末,禄山作乱,潼关失守,京师之人于是鸟散。梨园弟子有笛师者,亦窜于终南山谷,中有兰若,因而寓居。清宵朗月,哀乱多思,乃援笛而吹,嘹唳之声,散漫山谷。"②此亦是梨园弟子流落民间的写照。

梨园弟子流落民间,也把宫廷的音乐带到了民间。《云溪友议》卷上载:"李尚书讷夜登越城楼,闻歌曰:'雁门山上雁初飞。'其声激切,召至。曰:'去籍之妓盛小藂也。'曰:'汝歌何善乎?'曰:'小藂是梨园供奉南不嫌女甥也。所唱之音,乃不嫌之授也。'"③杜甫《秋日夔府咏怀奉寄郑监李宾客一百韵》云:"高宴诸侯礼,佳人上客前。哀筝伤老大,华屋艳神仙。南内开元曲,常时弟子传。法歌声变转,满座涕潺湲。"④则杜甫在夔州亦可听到梨园法曲。梨园弟子使普通的官吏、百姓有机会欣赏的高水平的宫廷音乐,起到了传播音乐知识和传授音乐技能的作用,对音乐的普及和民间音乐水平的提高起到了很大作用。

另有一部分梨园弟子在长安城破后被送至洛阳,同时被俘的亦当有太常寺和教坊的乐师。安禄山抓这些乐师可能是为了供自己娱乐,还可能考虑到改朝换代后朝廷亦需建立自己的礼乐制度,也需要乐师。安禄山多次到长安,玄宗赏赐极丰,这些赏赐之中除珍宝、田宅、器物、食品以外还有乐师。《资治通鉴》卷二百一十六唐玄宗天宝十载(751)正月:"禄山入新第……是日,上欲于楼下击球,遽为罢戏,命宰相赴之。日遣诸杨与之选胜游宴,侑以梨园教坊乐。"⑤又《安禄山事迹》卷上亦云"王铣、杨

---

① [唐]范摅:《云溪友议》(《唐五代笔记小说大观》本),上海古籍出版社 2000年版,第 1290 页。

② [宋]李昉等:《太平广记》,中华书局 1961 年版,第 3482 页。

③ [唐]范摅:《云溪友议》(《唐五代笔记小说大观》本),第 1272 页。

④ [清]彭定求等编:《全唐诗》,第 2512 页。

⑤ [宋]司马光:《资治通鉴》,第 6903 页。

国忠选胜燕乐，（上）必赐（安禄山）梨园教坊音乐，贵妃姊妹亦多在会中。"①安禄山在长安时还有机会参加宫廷的各种娱乐活动，接触宫廷的各类音乐。安禄山知道玄宗酷爱音乐，曾经向玄宗进献乐器。《谭宾录》载："安禄山自范阳入觐，亦献白玉箫管数百事，皆陈于梨园，自是音响殆不类人间。"②因此，他对梨园弟子并不陌生。

　　长安城破，安禄山将俘获的官吏和掠夺的财物送至洛阳，其中还包括宫中的犀、象、舞马等。安禄山曾着意搜求乐师，《安禄山事迹》卷下云："禄山尤致意于乐工，求访颇切，不旬日间，获梨园弟子数百人。群贼乃相与大会于凝碧池，宴伪官数十人，陈御库珍宝，罗列前后。乐既作，梨园弟子皆不觉欷歔，相视泣下，群贼露刃持满以胁之，而悲不自胜。乐工雷海清者，投乐器于地，西向恸哭，贼乃缚海清于戏马台，支解以示乐人，闻之无不伤痛。时王维亦在贼中，拘于菩提佛寺，闻之赋诗曰：'万户伤心生野烟，百官何日更朝天。秋槐叶落空宫里，凝碧池头奏管弦。'"③被俘获的乐师并非均为梨园弟子，此记载不确。《旧唐书》卷一百九十下《王维传》云："禄山陷两都，玄宗出幸，维扈从不及，为贼所得。维服药取痢，伪称瘖病，禄山素怜之，遣人迎置洛阳，拘于普施寺，迫以伪署。禄山宴其徒于凝碧宫，其工皆梨（梨）园弟子、教坊工人。"④《旧唐书》以为被俘乐师既有"梨园弟子"，又有"教坊工人"，较合情理。

　　安禄山夺取皇位的野心并没有实现，随着叛军在军事上的失利，被俘至洛阳的梨园弟子一部分被杀害，另一部分在肃宗军队收复两京的混战中或流落民间或重新回到朝廷。

　　只有极少数梨园弟子随玄宗入蜀。见于记载有姓名可考的似唯有张野狐一人。《明皇杂录·补遗》云："明皇既幸蜀，西南行初入斜谷，属霖雨涉旬，于栈道雨中闻铃，音与山相应。上既悼念贵妃，采其声为《雨霖铃》

---

　　① ［唐］姚汝能：《安禄山事迹》（丛书集成初编本），中华书局1991年版，第9页。

　　② ［宋］李昉等：《太平广记》，第1545页。

　　③ ［唐］姚汝能：《安禄山事迹》（丛书集成初编本），第31页。

　　④ ［后晋］刘昫等：《旧唐书》，第5051页。

曲,以寄恨焉。时梨园子弟善觱篥者,张野狐为第一,此人从至蜀,上因以其曲授野狐。洎至德中,车驾复幸清华宫,从官嫔御多非旧人,上于望京楼下命野狐奏《雨霖铃》曲,未半,上四顾凄凉,不觉流涕,左右感动,与之歔欷,其曲今传于法部。"①玄宗仓皇出逃,只带了宫中的人,这些人中有少量梨园弟子是可以理解的。《本事诗·事感第二》载:"天宝末,玄宗尝乘月登勤政楼,命梨园弟子歌数阕。有唱李峤诗者云:'富贵荣华能几时,山川满目泪沾衣。不见只今汾水上,惟有年年秋雁飞。'时上春秋已高,问是谁诗,或对曰李峤,因凄然泣下,不终曲而起,曰:'李峤真才子也。'又明年,幸蜀,登白卫岭,览眺久之,又歌是词,复言李峤真才子,不胜感叹。时高力士在侧,亦挥涕久之。"②在白卫岭唱李峤诗的歌者亦当为梨园弟子。收京之后,这些人又跟随玄宗回到了长安。

二、梨园的重建

肃宗收京,平叛取得阶段性胜利,不久即迎玄宗回銮。玄宗带回了一些梨园弟子,《碧鸡漫志》卷五引《杨妃外传》云:"上皇还京后,复幸华清,从官嫔御多非旧人。于望京楼下,命张野狐奏雨淋铃曲,上四顾凄然。自是圣怀耿耿,但吟'刻木牵丝作老翁,鸡皮鹤发与真同。须臾弄罢寂无事,还似人生一世中。'杜牧之诗云:'零叶翻红万树霜,玉莲开蕊暖泉香。行云不下朝元阁,一曲淋铃泪数行。'张祜诗云:'雨淋铃夜却归秦,犹是张徽一曲新。长说上皇和泪教,月明南内更无人。'张徽即张野狐也。"③可见,随玄宗入蜀的张野狐,即张徽,又随玄宗回到了长安。流落民间的梨园弟子也有一部分回归,这样,梨园得以重建。《文献通考》卷一百四十《乐考》十三引陈氏《乐书》曰:"天宝之乱,肃宗克复两京。至德以来,惟正旦含元殿受朝贺,设宫架,自余郊庙大祭,但有登歌,无坛下庭中乐舞矣。"④这说

---

① 〔唐〕郑处诲:《明皇杂录》(《唐五代笔记小说大观》本),第 973 页。

② 〔唐〕孟棨:《本事诗》(《唐五代笔记小说大观》本),上海古籍出版社 2000 年版,第 1244 页。

③ 〔宋〕王灼:《碧鸡漫志》(丛书集成初编本),中华书局 1991 年版,第 37 页。

④ 〔元〕马端临:《文献通考》,中华书局 1986 年版,第 1239 页。

明太常寺等负责礼乐的机构也得以重建,但朝廷礼乐和盛唐比较已经简化。

玄宗回京后曾着力搜求梨园旧人。《明皇杂录·补遗》载:"唐玄宗自蜀回,夜阑登勤政楼,凭栏南望,烟云满目,上因自歌曰:'庭前琪树已堪攀,塞外征夫久未还。'盖卢思道之词也。歌歇,上问:'有旧人乎? 逮明为我访来。'翌日,力士潜求于里中,因召与同至,则果梨园子弟也。其夜,上复与乘月登楼,唯力士及贵妃侍者红桃在焉。遂命歌《凉州词》,贵妃所制,上亲御玉笛为之倚曲。曲罢相睹,无不掩泣。"①白居易《长恨歌》云:"西宫南苑多秋草,宫叶满阶红不扫。梨园弟子白发新,椒房阿监青娥老。"②这都证明当时的西宫南苑有梨园弟子存在。《新唐书》卷二百八《李辅国传》云:"时太上皇居兴庆宫……帝命……梨园弟子日奏声伎为娱乐。"③《资治通鉴》卷二百二十一唐肃宗上元元年(760)六月亦云:"上皇爱兴庆宫,自蜀归,即居之……上又命玉真公主、如仙媛、内侍王承恩、魏悦及梨园弟子常娱侍左右。"④《文献通考》卷一百二十九《乐考》二记载:"代宗繇广平王复二京,梨园供奉官刘日进制《宝应长宁乐》十八曲以献,皆宫调也。"⑤这都说明收京后尚存梨园之制。

重建的梨园人数显然已达不到原来的规模,乐器多已不存,保存下来的曲目亦较安史乱前为少。《乐府杂录》云:"洎从离乱,礼寺隳颓,簨虡既移,警鼓莫辨。梨园弟子,半已奔亡;乐府歌章,咸皆丧坠。"⑥梨园已不复是原来的梨园了。

但是,随着时间的推移,梨园的规模可能又有所扩大。如肃宗乾元二年(759)十月诏以十七日幸东京,时苏源明为考功郎中、知制诰,上言谏曰:"陛下中官冗食,不减往年;梨园杂伎,有盛今日。陛下未得穆然高枕,

① [唐]郑处诲:《明皇杂录》(《唐五代笔记小说大观》本),第973页。
② [清]彭定求等编:《全唐诗》,第4826页。
③ [宋]欧阳修、宋祁:《新唐书》,第5880页。
④ [宋]司马光:《资治通鉴》,第7093页。
⑤ [元]马端临:《文献通考》,第1155页。
⑥ [唐]段安节:《乐府杂录》(《中国古典戏曲论著集成》本),第37页。

用此奚为?"①苏源明云"梨园杂伎,有盛今日",可知梨园的规模在一定程度上可能有所恢复,但总体上已达不到原来的水平。

三、梨园的衰落

从收京开始,梨园得以逐步恢复,此后,梨园又存在了二十余年。到大历十四年(779),唐德宗登基,他采取了一系列措施,力图振作,如下诏诸州府、新罗、渤海停岁贡鹰鹞;又诏山南枇杷、江南柑橘,岁一贡以供宗庙,余贡皆停;罢剑南岁贡春酒;诏禁天下不得贡珍禽异兽,等等。其中的一项措施就是取消梨园弟子。

据《旧唐书》卷十二《德宗本纪》大历十四年(779)五月:"停梨园使及伶官之冗食者三百人,留者皆隶太常。"②《新唐书》卷七《德宗本纪》大历十四年(779)五月癸未:"罢梨园乐工三百人。"③即首先裁撤了梨园和伶官中的"冗食者"共计三百人,然后取消梨园的设置,剩余的梨园弟子都归到太常寺。这样,梨园作为独立的音乐机构似已不复存在。

但大历十四年(779)以后,史料中亦不乏关于梨园的记载,如《旧唐书》卷十七下《文宗本纪》文宗大和九年(835)八月甲戌朔:"上幸左军龙首殿,因幸梨园,含元殿大合乐。"④可见在梨园举行的演出活动并没有停止。此时梨园的归属殊难判断,可能并未归属太常寺,也可能只是作为禁苑中的一处地名出现,无论如何,梨园此时已经走向衰落。

四、从梨园到仙韶院

梨园自建立起,其名称未曾改变,唯到文宗开成年间,梨园改为仙韶院。《旧唐书》卷十七下《文宗本纪》开成三年(838)夏四月乙酉:"改《法曲》为《仙韶曲》,仍以伶官亲处为仙韶院。"⑤《新唐书》卷四十八《百官

---

① [清]董诰等编:《全唐文》,第3795页。
② [后晋]刘昫等:《旧唐书》,第320页。
③ [宋]欧阳修、宋祁:《新唐书》,第480页。
④ [后晋]刘昫等:《旧唐书》,第184页。
⑤ [后晋]刘昫等:《旧唐书》,第573页。

志》："开成三年，改法曲所处院曰仙韶院。"①《新唐书》卷二十二《礼乐志》："文宗好雅乐……改法曲为仙韶曲。"②《唐会要》卷三十四"杂录"："开成三年四月，改《法曲》名《仙韶曲》，仍以伶官所处为仙韶院。"③可知在开成三年(838)四月文宗改《法曲》名《仙韶曲》，改法曲所处院即梨园为仙韶院。梨园改为仙韶院与文宗喜爱雅乐有关。《仙韶曲》由梨园法曲更名而来，故仙韶院可视为梨园的延续。

　　梨园改为仙韶院之后，宫廷娱乐多使用《仙韶乐》。《旧唐书》卷十七下《文宗本纪》开成三年(838)冬十月甲午："庆成节，命中人以酒醑、《仙韶乐》赐群臣宴于曲江亭。"④《旧唐书》卷五十二《后妃列传》："开成中正月望夜，帝于咸泰殿陈灯烛，奏《仙韶乐》，三宫太后俱集，奉觞献寿，如家人礼，诸亲王、公主、驸马、戚属皆侍宴。"⑤《仙韶乐》继承梨园法曲，成为宫廷娱乐的主要曲目。

五、梨园的消亡

　　梨园消亡的具体时间难以确定。但在晚唐，梨园弟子已经若存若亡。在昭宗年间，尚有梨园弟子为朝廷校定乐器，《旧唐书》卷二十九《音乐志》记载："广明初，巢贼干纪，舆驾播迁，两都覆圮，宗庙悉为煨烬，乐工沦散，金奏几亡。及僖宗还宫，购募钟县之器，一无存者。昭宗即位，将亲谒郊庙，有司请造乐县……铸成，张浚求知声者处士萧承训、梨园乐工陈敬言与太乐令李从周，令先校定石磬，合而击拊之，八音克谐，观者耸听。"⑥晚唐时国力日衰、战乱频繁、乐工沦散，太常礼乐多已不存，梨园弟子即使存在，数量也很少了。

　　唐全盛时乐工在万人之上，梨园弟子有数百人之多。《文献通考》卷一百四十六《乐》十九载："唐全盛时，内外教坊近及二千员，梨园三百员，

①　[宋]欧阳修、宋祁：《新唐书》，第1244页。
②　[宋]欧阳修、宋祁：《新唐书》，第478页。
③　[宋]王溥：《唐会要》，第631页。
④　[后晋]刘昫等：《旧唐书》，第575页。
⑤　[后晋]刘昫等：《旧唐书》，第2203页。
⑥　[后晋]刘昫等：《旧唐书》，第1081页。

宜春、仙韶诸院及掖庭之伎,不关其数。太常乐工动万余户。"①而到了晚唐,乐工的总体数量已大为减少,梨园弟子改隶太常寺,数量更是少得可怜。唐代末年的社会动乱对这些乐工亦有很大冲击。到五代时,朝廷致力于彼此之间的攻战,对礼乐极不重视,后唐的舞童不过百十人,有人还提出以舞童充士伍。据后唐陈致雍《上音律疏》,②从晚唐至五代,朝廷乐工极不受重视且数量有限,梨园弟子当已零落殆尽。

由以上可知,梨园弟子在安史之乱中奔散,肃宗收京后,梨园得以重建。到大历十四年(779),唐德宗取消梨园的设置,剩余的梨园弟子都归到太常寺。文宗开成年间,梨园改为仙韶院。晚唐末年,梨园弟子已数量极少。梨园的兴衰,正是唐王朝由盛转衰的一个缩影。

---

① [元]马端临:《文献通考》,第1281页。
② 参见[清]董诰等编:《全唐文》,第9133页。

第五章　梨园乐官、乐工和组织

本章摘要：本章讨论梨园的乐官、乐工和内部组织情况。梨园的乐官由梨园教坊使、梨园使、梨园判官、梨园供奉官、都都知与都知组成。高级乐官由不一定具备音乐才能的宦官担任，低级乐官由具备较高音乐才能的乐人担任。梨园与内侍省关系密切，是直接服务于皇帝和宫廷的高级乐舞演出机构。梨园弟子的身份不同，社会地位也不同，但大部分梨园弟子的地位很低。梨园分为几处，其内部设有"部"这样的组织。梨园采用诗人作品入乐演唱，从而鼓励了诗人的创作，也促使他们把诗歌献给朝廷，这种机制会对当时的诗歌创作产生一定的影响。

以理推之，梨园建立之后应有自己的组织，有自己的乐官和乐工。但是，现存的关于梨园的组织及乐官和乐工的材料较少，使我们难以从中窥见梨园的全貌。本章仅根据现有材料，对梨园的有关情况进行梳理。

第一节　梨园乐官新证

对于梨园的乐官岸边成雄等进行过考察，但相当简略，而且存在错误。如岸边成雄说："梨园似亦设有监督及教授乐令乐官……梨园之使当与教坊之使相同均非宦官出身……乐官除使外，都知、博士等乐官亦当有相当人数。此外梨园中一部分教习工作，系在太常寺别教院实施，故'供奉官'亦系其乐官之一种者。"①岸边成雄推测梨园设有使、都知、博士及供奉官，并且梨园之使由非宦官出身者充任。按，岸边成雄之说并不完备，且多系推测。如梨园博士就无文献记载，梨园之使由非宦官出身者充

---

① 〔日〕岸边成雄：《唐代音乐史的研究》，梁在平、黄志炯译，第 347 页。

任的说法也是错误的。李尤白曾指出岸边成雄在此问题上的错误。①

此外,也有人认为梨园由崖公(即院长)、梨园教坊使、副使、都知、都管及梨园弟子组成。② 按,梨园是否设有称为"崖公"的院长尚待讨论。唐崔令钦《教坊记》:"诸家散乐,呼天子为崖公。以欢喜为蚬斗,以每日长在至尊左右为长人。"③宋王谠《唐语林》卷一《政事》上亦云:"诸家散乐呼天子为'崖公',以欢喜为'蚬斗',以每日长在至尊左右为'长人。'"④此所记为教坊中事,教坊散乐称天子为'崖公',梨园未必如此称呼。并且,"皇帝梨园弟子"云云,可视为梨园弟子自己抬高自己身份的说法,皇帝即使曾经在梨园教授法曲,也未必真的就把这些乐工视为弟子。因此,尚不能简单地认为皇帝就是梨园的"院长"。另外,副使、都管的职务于史无据,是否存在尚待材料证明。

根据相关材料,梨园乐官现在可以考知的有几种,下面我们将进行详细考辨。

一、由宦官充任的高级乐官

(一)梨园教坊使

梨园教坊使当是梨园的最高管理者。梨园教坊使之职,见于李邕撰《唐故逸人窦居士神道碑(并序)》:

> 居士讳天生,字自然,扶风人也……以长安二年正月十三日□□化于□□,时春秋六十……长子处宾……季子正议大夫行内侍上柱国元礼,多□□□,全节冠时,以孝则忠,曰慈故勇。西南护塞,设五□以□谋,东北□戎,纵一鼓而包敌。由是昭宣豹略,作为虎臣,归西戎之数□,□□□之□□。□克以少,谋胜取多,欧脱连头而受诛,穹庐屈膝而请命。燕山之石,杨先祖之刻铭,属国之官,笑□来之系颈。

---

① 参见李尤白:《梨园考论》,第23页。
② 参见李尤白:《梨园考论》,第22—23页。
③ 任半塘:《教坊记笺订》,第44页。
④ [宋]王谠:《唐语林》,第53页。

□□□迫公事违阻，□心不□，□□松楸，身庐茔陇，犹且匍匐泣血，辨踊椎心，□天地以昭亲，表山河而刻石。其词曰：……天宝六载岁次丁亥二月□未朔八日□寅，嗣子上柱国思宾，季子梨园教坊使制新加银青光禄大夫行内侍省内侍上柱国元□。①

此墓志包含的信息很多，由此墓志可知：

第一，窦天生之次子窦元礼曾任梨园教坊使一职，证明在唐代设有梨园教坊使这一职务。

第二，窦元礼是"行内侍省内侍"，在唐代，内侍省的官职全部由宦官担任，可知梨园教坊使亦由宦官充任。

第三，唐初，太宗规定内侍省不设置三品官，设内侍四人，从四品上，为内侍省最高官。天宝十三载（754）始设内侍监二人，从三品，为内侍省长官。此墓志撰写于天宝六载（747），可知窦元礼当时可能为内侍省最高官。在开元末，宦官开始任监军使。窦元礼有战功，新加银青光禄大夫或许是因为战功之故，而银青光禄大夫已经是从三品的散官。因此可以推断，梨园教坊使是梨园的最高官，这一职务也是由内侍省最高官担任的。

第四，由此也可以看出，梨园（包括教坊）与内侍省关系密切，推测梨园可能是内侍省的下属机构，或为内侍省所代管。

（二）梨园使

梨园使亦为梨园乐官之一，是梨园的直接管理者。《旧唐书》卷十二《德宗本纪》大历十四年（779）五月："停梨园使及伶官之冗食者三百人，留者皆隶太常。"②《资治通鉴》卷二百二十五唐代宗大历十四年（779）五月："诏罢省四方贡献之不急者，又罢梨园使及乐工三百余人，所留者悉隶太常。"③可知梨园乐官中有梨园使。又《南部新书》有"梨园使奏曰"④，亦证

---

① ［清］王昶：《金石萃编》二编，唐四十七，国家图书馆善本金石组编：《隋唐五代石刻文献全编》（三），北京图书馆出版社 2003 年版，第 486 页。

② ［后晋］刘昫等：《旧唐书》，第 320 页。

③ ［宋］司马光：《资治通鉴》，第 7258 页。

④ ［宋］钱易：《南部新书》，第 34 页。

明梨园乐官中有梨园使。推测梨园教坊使全面管理梨园和教坊,而梨园使当是梨园的管理者,其地位在梨园教坊使之下,估计亦由宦官充任,但品级不详。或者梨园教坊使是梨园使和教坊使的合称,如果一人兼任梨园使和教坊使,此人即称为梨园教坊使,在这种情况下,不一定再设置梨园使或教坊使。

（三）梨园判官

梨园判官为梨园乐官之一,赵造《中大夫行内侍省内给事员置同正员上柱国赐绯鱼袋王公墓志铭(并序)》:

> 公讳文干,字强之……宪宗践阼时,公年始童舞。入趋紫闼,出践丹墀。敷奏详明,郁为俊彦,遂拜供奉官。恪居官次,务谨去奢,临事无渝,为官不昧。斯乃冲天逸翰,出润乔松。锡以朱绂之荣,带以银章之命。改梨园判官,奉八音之礼,专五果之名。艺就日新,功勤益著。迁鸡坊使……转宣和殿使……改军器监判官……寻迁左神策军宴设使……拜同官镇监军……依前充供奉官,使于四方,善能专对,利于一事,罔不克堪。未几息车,改栽接使……开成五年,诏遣充新罗使……享年五十有三,会昌四年岁在甲子夏四月冀生五叶日,终于京兆万年广化里私第。①

由此墓志可知:

第一,墓主王文干曾任梨园判官,证明梨园设有梨园判官之职。

第二,王文干自宪宗朝至文宗朝四朝担任宦官,证明梨园判官亦由宦官担任。

第三,梨园判官当为梨园的管理者,地位在梨园教坊使和梨园使之下,这样的官职亦由宦官担任,说明梨园与内侍省关系密切,可能为内侍省所管辖。

第四,墓主王文干担任内侍省内给事,从五品下,则梨园判官的品级当不超过从五品下。

---

① ［清］董诰等编:《全唐文》,第7938页。

苏繁《唐故监事使太中大夫行内侍奚官局令员外置同正员上柱国赐绯鱼袋梁公墓志(并序)》:

> 公讳元翰,字□,安定郡人也……贞元廿年九月,德宗皇帝以聪哲之叹,拔自宸衷,嘉锡绿绶,□东头供奉官……至元和九年,宪宗皇帝奖以政直恭密之用,改□内冰井兼浴堂园覆使。至元和十一年,恩命缀其时才,转充梨园判官。至长庆元年三月,穆宗皇帝以义行贞固,都会新恩,却改充东头库家。昆玉无私,出纳唯咨……至会昌四年甲子岁二月廿一日子时薨于任位,享龄五十七。①

可知,墓主梁元翰在元和十一年(816)曾任梨园判官。梁元翰亦为宦官,他任梨园判官时的品级不详,或与王文干相类似。

魏则之《唐故正议大夫行内侍省内寺伯上柱国陇西郡开国子食邑五百户李公墓志铭(并序)》:

> 公讳升荣,字处约,京兆府长安县人也……公自幼敏聪,早蒙指使,小心翼翼,恪慎厥躬。肇自贞元廿年秋,蒙恩赐绿(禄)。至廿一年春授将仕郎内侍省掖庭局监作。不逾年,秋九月,又转登仕郎。至元和九年春,特授梨园判官。至十二年春,加上柱国,仍赐绯鱼袋,兼授左神策军护军中尉判官……至十五年春,又转授弓箭库西库判官……至其年秋,又加宣德郎。……以五年冬十一月十六日薨于邠州之廨署,享龄七十。②

则墓主李升荣亦是品级较高的宦官,但他担任梨园判官时品级似并不太高,当与王文干担任梨园判官时相类。

---

① 王仁波主编:《隋唐五代墓志汇编》(陕西卷第二册),天津古籍出版社1991年版,第76页。

② 西安文物管理处:《西安西郊热电厂基建工地隋唐墓地清理简报》,《考古与文物》1991年第4期,第94页。

通过以上材料可知,梨园判官为梨园乐官之一,由宦官担任,其品级不超过从五品下。

二、由乐人充任的低级乐官

(一)梨园供奉官

梨园供奉官亦为梨园乐官之一。《新唐书》卷二十二《礼乐志》:"代宗䌷广平王复二京,梨园供奉官刘日进制《宝应长宁乐》十八曲以献。"[①]则刘日进曾担任梨园供奉官,在收京后作《宝应长宁乐》十八曲献给朝廷。梨园供奉官似为梨园乐官之一种,又似是梨园乐官的统称。

张谓《进宝应长宁乐表》云:"伏见所部寄住客、前梨园供奉官、梁州充义府果毅刘日进新造《宝应》等凡十八曲,其调合雅,其声用宫,以歌尽言,以舞尽意……今臣见《宝应乐》用宫调,知皇家运祚无疆。故制造其词,发挥成曲,庶登乐府,上达天朝。谨附前梨园供奉官某进表以闻。"[②]张谓,天宝二年(743)进士及第,天宝十三载(754)或天宝十四载(755)入安西四镇节度副大使封常清幕,乾元元年(758)为尚书郎。此表称刘日进为"所部寄住客、前梨园供奉官",则刘日进当在安史乱前供奉梨园,收京后又回到朝廷。刘日进曾任梨园供奉官,他精通音乐,当是梨园的下级乐官,品级不详。梨园供奉官可能不由宦官充任。

(二)都都知与都知

宋钱易《南部新书》丙:"咸通中,俳优恃恩,咸为都知。一日乐喧哗,上召都知止之,三十人并进。上曰:'止召都知,何为毕至?'梨园使奏曰:'三十人皆都知。'乃命李可及为都都知。"[③]则梨园中最早设有都知之职,后因担任此职的乐官过多,无法管理,故又设都都知一职,位在都知之上。都都知与都知都是梨园乐官,负责具体的音乐活动,不由宦官担任。都都知设一人,都知设多人,品级不详。教坊中亦设有此职。

---

①　[宋]欧阳修、宋祁:《新唐书》,第477页。
②　[清]董诰等编:《全唐文》,第3806页。
③　[宋]钱易:《南部新书》,第34页。

三、仙韶院的乐官

仙韶院的乐官,可考者有仙韶院副使一职。《旧唐书》卷十八上《武宗本纪》开成五年(840)正月三日:"仇士良收捕仙韶院副使尉迟璋杀之,屠其家。"①尉迟璋为乐工,他可能因为有过人的音乐才能所以担任仙韶院副使。推测仙韶院应设有仙韶院使一职,由宦官充任,那么,仙韶院的管理同梨园是大体相同的,即高级管理者如仙韶院使,由宦官充任,低级管理者如仙韶院副使等,则由乐工担任。

四、从梨园乐官看梨园的性质

通过以上考论可知,梨园的乐官有梨园教坊使、梨园使、梨园判官、梨园供奉官、都都知与都知,其中梨园教坊使、梨园使、梨园判官是高级管理者,由宦官担任,不一定具备音乐才能。梨园供奉官、都都知与都知是低级乐官,不由宦官担任,具备较高的音乐才能,在梨园从事具体的工作。

从梨园的高级管理者均为宦官充任这一点看,梨园与内侍省的关系极为密切,推测梨园为内侍省所兼管,其性质为直接服务于皇帝和宫廷的高级乐舞演出机构。把梨园简单地视为"皇家音乐、舞蹈、戏剧学校"②,并不符合实际。

总之,梨园乐官中有由不一定具备音乐才能的宦官担任的高级乐官,又有具备较高的音乐才能在梨园从事具体音乐工作的低级乐官,梨园是直接服务于皇帝和宫廷的高级乐舞演出机构。

第二节　关于梨园乐工的几个问题

梨园虽然是隶属于内侍省由宦官管理的音乐机构,其核心却是乐工。本节将对梨园乐工的生平、技艺、供奉时间等进行考辨,在此基础上对梨园的组织形式等问题进行探讨。

---

① ［后晋］刘昫等:《旧唐书》,第584页。
② 李尤白:《梨园考论》,第22页。

一、梨园弟子的技艺、活动及其与戏剧的关系

我们收集和整理了梨园弟子的生平、技艺等情况的文献资料(详见附录四),并简化为下表:

表 5—1 唐梨园弟子情况表

序号	姓 名	供奉梨园时间	技 艺	备 注
1	胡雏	开元二年至开元九年(714—721)	善吹笛	被洛阳令崔隐甫所诛
2	公孙大娘	开元中	善舞剑器	
3	潘大同	开元中	不详	其女亦善歌舞
4	贺怀智	开元天宝年间及安史乱后	精于琵琶	
5	李龟年	开元天宝年间	知音律,善歌	安史乱中流落到江南
6	迎娘	开元天宝年间	善歌	
7	蛮儿	开元天宝年间	善舞	
8	澄上人	开元天宝年间	善吹小管	后出家为僧
9	李暮	开元天宝年间	擅长吹笛	
10	骆供奉	玄宗朝	精于琵琶	安史乱中流离江湖
11	许云封	天宝十载至天宝十四载(751—755)	擅长吹笛	安史乱后漂流南海
12	雷海清	天宝年间	擅长琵琶	安史乱中为安禄山所杀
13	天宝乐叟	天宝年间	擅长琵琶	安史乱中漂泊江南
14	张徽	天宝、至德年间	善觱篥俳优	曾随玄宗入蜀
15	萧炼师	大历年间	善舞柘枝	后学道
16	李凭	元和、长庆间	善弹箜篌	
17	尉迟璋	大中年间至开成五年(840)	乐器歌唱制曲	
18	南不嫌	会昌、大中年间	擅长歌唱	
19	李周	僖宗、昭宗朝	擅长弹筝制曲	
20	陈敬言	龙纪元年(889)	精通音律	

梨园弟子的情况对于判断梨园的性质具有较大的意义。根据上表可以得出以下结论:

第一,梨园弟子乃是具有高超技艺的乐工。虽然梨园弟子可以确考

的并不很多，但依然可以看出，他们的技艺是高超和惊人的，远非一般乐工所能及。这也是其直接为皇帝服务的性质所决定的。

第二，梨园弟子以从事乐器的演奏和歌唱、舞蹈为主。有人认为梨园弟子还从事马球、足球、抛球、拔河等活动，①我们认为，即使在梨园曾经举行过马球、足球、抛球、拔河等活动，在缺少直接证据的情况下，也不能证明梨园弟子从事过上述活动。

第三，梨园弟子擅长的技艺为乐器演奏和歌舞，说明梨园表演的是乐器演奏和歌舞，或以此占绝大部分。在可考的梨园弟子中，只有张徽除了善觱篥之外还擅长俳优，李龟年于俳优偶一为之，其余梨园弟子擅长的都是各种不同乐器的演奏和歌唱、舞蹈。因此，我们推断乐器演奏和歌舞占梨园演出的全部或绝大部分。

有人认为梨园弟子还演出戏剧，认为梨园在我国戏剧发展史上产生了重大影响。② 从梨园弟子的技艺和有关梨园的记载看，并没有梨园弟子演出戏剧的直接证据。因此，判断梨园弟子演出戏剧，或推论梨园在我国戏剧发展史上产生重大影响，还需要寻找证据，在直接的证据出现之前，尚不能得出这样的结论。从现存的材料看，梨园弟子与戏剧没有关系或关系不大。

二、梨园弟子的身份和地位

梨园弟子的身份较为复杂。梨园弟子的来源约有三种：一是太常寺中的坐部伎，二是宫女，三是"小部音声"三十余人，为十五岁以下的儿童。除此之外，推测可能有一些民间精于音乐者经过严格选拔加入其中。如梨园弟子李周即为民间乐工而供奉梨园者，曾多次应诏入宫，为皇帝演奏。

我们认为，一部分梨园弟子来自于太常寺中的坐部伎和宫女，他们没

① 参见李尤白：《梨园考论》，第 96 页；李尤白：《唐代梨园马球、足球、抛球及拔河等技艺概观》，《运城师专学报》1988 年第 1 期，第 62—67 页。

② 参见李尤白：《唐戏刍议》、《梨园在我国戏剧发展史上的重大影响》及《梨园对世界戏剧事业的贡献》，《梨园考论》，第 41 页、第 75 页、第 84 页。

有因为服务机构的不同而改变自己原来的身份,而是保留了原来的身份。太常寺乐工中具有平民身份的为文武二舞郎,因为他们从事的是雅舞,艺术性不强,所以他们不大可能被选入梨园。其他的太常寺乐工的身份为番上乐户、长上乐户和太常音声人。番上乐户、长上乐户的身份为官户和官奴婢,太常音声人的身份处于官户和平民之间,属于杂户。由此推测,梨园弟子中来自于太常寺的部分身份已经非常复杂,可能包括了杂户、官户和官奴婢。王建《霓裳词》:"自直梨园得出稀,更番上曲不教归。一时跪拜霓裳彻,立地阶前赐紫衣。"①这说明梨园弟子有一部分是乐户,他们是轮值的,只是因为供奉梨园出宫的时间减少了。

宫女的身份是官奴婢,来源于宫女的梨园弟子,其身份依旧为官奴婢。

梨园弟子中的"小部音声",一部分可能是官户和官奴婢中精通音乐者,另一部分可能具有平民身份。如梨园弟子许云封,十岁入长安学习音乐,其身份可能是平民。不久,他供奉于梨园小部,安史之乱爆发,许云封漂流南海,近四十载。

此外,民间乐工应诏入宫供奉梨园者,其身份当是平民。

三、仙韶院乐官和乐工的地位问题

因为仙韶院由梨园演变而来,因此仙韶院的乐官和乐工亦可视为梨园弟子。同梨园乐官一样,仙韶院的乐官亦有极受皇帝宠信的。《旧唐书》卷一百七十三《陈夷行传》:"仙韶院乐官尉迟璋授王府率,右拾遗窦洵直当衙论曰:'伶人自有本色官,不合授之清秩。'……帝曰:'别与一官。'乃授光州长史。"②可知仙韶院乐官尉迟璋因受皇帝宠信而授王府率,最后改授光州长史。尉迟璋后来又回到仙韶院任副使,开成五年(840)正月被仇士良所杀。

尽管仙韶院的乐官有极受皇帝宠信的,但在总体上,仙韶院乐官和乐工的地位并不高。如上面所述仙韶院乐官尉迟璋虽受皇帝宠爱而不得授

---

① [清]彭定求等编:《全唐诗》,第3418页。
② [后晋]刘昫等:《旧唐书》,第4495页。

王府率。《新唐书》卷一百八十一《陈夷行传》:"仙韶乐工尉迟璋授王府率,右拾遗窦洵直当衙论奏,郑覃、嗣复嫌以细故,谓洵直近名。夷行曰:'谏官当衙,正须论宰相得失,彼贱工安足言者?然亦不可置不用。'帝即徙璋光州长史,以百缣赐洵直。进门下侍郎。"①可见,即使是乐官也会被目为贱工。又《旧唐书》卷一百六十四《王起传》:"(开成)四年,(王起)迁太子少师,判兵部事,侍讲如故。以其家贫,特诏每月割仙韶院月料钱三百千添给。起富于文学,而理家无法,俸料入门,即为仆妾所有。帝以师友之恩,特加周给。议者以与伶官分给,可为耻之。"②王起理家无法,皇帝割仙韶院月料钱添给,议者认为王起与伶官分享月料钱,深以为耻。可见仙韶院乐官和乐工的地位并不高。

总之,梨园弟子有不同的身份,因此,他们也就有着各不相同的社会地位。平民身份的乐工,其地位要高于杂户、官户和官奴婢身份的乐工。梨园弟子地位高的仅仅相当于平民,低的则为官户和官奴婢,因此,他们的地位从总体上说还是很低的。我们不否认一些梨园弟子因种种原因受到皇帝的宠爱,从而有较高的地位,但大部分梨园弟子的地位还是很低。有人认为梨园弟子的社会地位较高,③甚至在某些方面取得了和达官贵人、士大夫一样的权利,这与史实不合,这样的判断是不恰当的。

第三节 梨园的组织及其与诗歌的关系

梨园是供奉内廷、服务于皇室的乐舞演出机构,因为梨园的人数较多,所以它的内部必定有一定的组织,以方便管理。另外,梨园弟子演唱的歌词,一部分来源于当时诗人的诗作,因此,梨园与唐代诗歌亦有一定的关系。

---

① [宋]欧阳修、宋祁:《新唐书》,第5346页。
② [后晋]刘昫等:《旧唐书》,第4280页。
③ 参见李尤白:《梨园考论》,第81页。

一、梨园内部组织补证

关于梨园的内部组织,由于史料缺失,难以详考。岸边成雄以为梨园内部同教坊一样设有"部"的组织。他说:

> (梨园)似有与教坊相同设有第×部之组织者。如《太平广记》引用之《逸史》内"太府卿崔公……过天门街,偶逢卖鱼甚鲜。曰何处去得。左右曰裴令公亭子甚近。及(升)亭下马。俄顷,紫衣三四人至亭子游看。一人见鱼曰:"极是珍鲜,二君莫欲作鲙否?"诘之,乃梨园第一部乐徒。此人遂解衣操刀。既毕,忽有使人呼曰:"贺(按当作"驾")幸龙首池,唤第一部音声。"切者携衫,带望门而走。(按当作'切者携衫带,望门而走'。)"此系明证。①

岸边成雄又举《乐府杂录》之例云:"(《乐府杂录》云:)'咸通中第一部,有张小子。忘其名,弹弄冠于古今。今则在蜀。'本文内之'第一部'当与前述《逸史》中之'梨园第一部音声'意义相同,而表示某种制度者。"他以为除此之外,音乐史料中之"第一部",多系"第一等"之意。②

岸边成雄以为梨园设有"部"的组织,此说是。下面再举几例,予以补证。元辛文房《唐才子传》卷三"王之涣"条:"之涣……与王昌龄、高适、畅当忘形尔汝。尝共诣旗亭,有梨园名部继至……"③则此"梨园名部"当指梨园组织。《唐国史补》卷下:"李衮善歌,初于江外,而名动京师。崔昭入朝,密载而至。乃邀宾客,请第一部乐,及京邑之名倡,以为盛会。"④元稹《五弦弹》:"赵璧五弦弹徵调,徵声巉绝何清峭。……众乐虽同第一部,德宗皇帝常偏召。"⑤宋李昉《太平广记》卷二五七《嘲诮》五"张滂伶人"

① 〔日〕岸边成雄:《唐代音乐史的研究》,梁在平、黄志炯译,第347—348页。
② 〔日〕岸边成雄:《唐代音乐史的研究》,梁在平、黄志炯译,第359页。
③ 傅璇琮主编:《唐才子传校笺》(一),第446页。
④ 〔唐〕李肇:《唐国史补》(《唐五代笔记小说大观》本),上海古籍出版社2000年版,第196页。
⑤ 〔清〕彭定求等编:《全唐诗》,第4627页。

条:"唐宰相张濬,常与朝士于万寿寺阅牡丹而饮,俄有雨降,抵暮不息,群公饮酣未阑。左右伶人皆御前供奉第一部者,恃宠肆狂,无所畏惮。"[1]因为梨园和教坊都设有第一部乐这样的内部组织,则此处之"第一部乐"可能属于梨园,也可能属于教坊。

由此可知,梨园的内部当设有"部"这样的组织,岸边成雄言之不虚。

二、梨园的组成部分补正

梨园的乐工主要由太常乐工和宫女组成,除此之外,尚有小部音声和来自民间的乐工,数量都很少。

岸边成雄认为梨园乐工由四部分组成,即太常乐工、宫女、乐伎和小部。[2] 他认为乐伎亦是梨园弟子的一部分,此不确。岸边成雄的根据是《资治通鉴》的记载,《资治通鉴》卷二百一十一唐玄宗开元二年(714)正月云:"又选乐工数百人,自教法曲于梨园,谓之'皇帝梨园弟子'。又教宫女使习之。又选伎女,置宜春院,给赐其家。"[3]此处"又选伎女,置宜春院,给赐其家"指的不是梨园弟子,而是教坊的乐工,梨园弟子中的宫女住的是宜春北院,而不是宜春院。唐崔令钦《教坊记》:"妓女入宜春院,谓之内人,亦曰前头人。"[4]可见宜春院住的是教坊乐工。岸边成雄认为"教坊乐伎亦为梨园弟子之一份子"[5],此说混淆了梨园乐工和教坊的乐工,并不准确。

梨园弟子中的太常乐工、宫女和小部音声并不居住一处。据岸边成雄的考证,梨园分成以下部分:

第一,梨园本院。太常乐工住在梨园附近之本院,梨园本院在禁苑之中。

第二,梨园别教院。梨园别教院又称梨园新院,是梨园本院派在太常

---

① 〔宋〕李昉等:《太平广记》,第 2003 页。

② 参见〔日〕岸边成雄:《唐代音乐史的研究》,梁在平、黄志炯译,第 344—348 页。

③ 〔宋〕司马光:《资治通鉴》,第 6694 页。

④ 任半塘:《教坊记笺订》,第 14 页。

⑤ 〔日〕岸边成雄:《唐代音乐史的研究》,梁在平、黄志炯译,第 346 页。

寺的分支机构。

第三,宜春北院。梨园弟子中的宫女住在宜春北院。

第四,小部。小部音声的位置不明,可能在宫内。①

岸边成雄之说近是。但他还认为宜春院亦属于梨园的一部分,根据上文考证可知宜春院是教坊所在地,故可以判明宜春院并不属于梨园。

此外,岸边成雄认为洛阳和骊山也设有梨园。他说:

> 又据《新唐书》卷二二《礼乐志》:"其后巨盗起,蹈(应为'陷')两京,自此天下用兵不息。而离宫苑囿遂以荒堙……代宗繇广平王,复二京梨园。……"即梨园于天宝末年曾一旦荒废,迨至代宗时期,与洛阳梨园共同复兴,是则洛阳亦设有梨园,此外据唐骊山宫图,骊山亦设有梨园。②

骊山设有梨园已经为考古材料所证明,③当系事实。而洛阳设有梨园却没有材料证明。岸边成雄引《新唐书》的材料断句有误,并不能作为洛阳设有梨园的证据。现根据中华书局版《新唐书》引此段完整材料如下:

> 千秋节者,玄宗以八月五日生,因以其日名节,而君臣共为荒乐,当时流俗多传其事以为盛。其后巨盗起,陷两京,自此天下用兵不息,而离宫苑囿遂以荒堙,独其余声遗曲传人间,闻者为之悲凉感动。盖其事适足为戒,而不足考法,故不复著其详。自肃宗以后,皆以生日为节,而德宗不立节,然止于群臣称觞上寿而已。代宗繇广平王复二京,梨园供奉官刘日进制《宝应长宁乐》十八曲以献,皆宫调也。④

---

① 参见〔日〕岸边成雄:《唐代音乐史的研究》,梁在平、黄志炯译,第 348—355 页。

② 〔日〕岸边成雄:《唐代音乐史的研究》,梁在平、黄志炯译,第 349 页。

③ 王秀齐:《华清池·梨园遗址·唐玄宗》,《丝绸之路》1997 年第 2 期,第 25—26 页。

④ [宋]欧阳修、宋祁:《新唐书》,第 477 页。

"代宗颥广平王,复二京梨园。……"当为"代宗颥广平王复二京,梨园供奉官刘日进制《宝应长宁乐》十八曲以献"。可知岸边成雄认为洛阳亦设有梨园,是对《新唐书》的这段材料误读所致。在新材料出现之前,尚不能判定洛阳设有梨园。

三、梨园与唐代诗歌的关系

梨园的曲目以器乐演奏和乐舞为主,根据有关文献可知,梨园演唱的曲目的歌词有时采用唐代诗人的诗歌。

据唐薛用弱《集异记》"王之涣"条及元辛文房《唐才子传》卷三"王之涣"条所记之"旗亭画壁"的故事,可知当时梨园弟子经常采用著名诗人的诗作入乐演唱。

又孟简《酬施先辈》诗云:"襄阳才子得声多,四海皆传古镜歌。乐府正声三百首,梨园新入教青娥。"①孟简贞元七年(791)前后登进士第,贞元十三年(797)入朝任职,元和四年(809)出为常州刺史,元和十二年(817)入为户部侍郎,次年出为山南东道节度使,卒于长庆二年(822)。则施先辈当系贞元、元和中人。徐凝有《回施先辈见寄新诗二首》,②诗中之施先辈与此施先辈或非一人。细味诗意,可知施先辈为襄阳人,当时有诗名,曾作《古镜歌》闻名于世。其诗多为朝廷所使用,在梨园广泛传唱。施先辈自己则非梨园弟子。此亦证明梨园弟子经常采用当时诗人的诗作入乐演唱。李白的《清平调》三首亦是由梨园弟子配乐演唱的。虽然我们尚不能确定有多少诗人的作品在梨园演唱,但从施先辈一人就有"乐府正声三百首"演唱于梨园来看(此或有夸饰成分),梨园演唱的诗人作品可能有很多。

以上两条材料还透露出这样的信息,即一个诗人的作品被梨园演唱,是一件非常光荣的事情,是很值得夸耀的,它说明诗人的作品在一定程度上得到了朝廷的承认。如果整个社会形成了这样一种认识,那么肯定会对当时的诗歌创作产生一定的影响。如康洽曾经到朝廷献乐府诗,他的

---

① 〔清〕彭定求等编:《全唐诗》,第5403页。
② 〔清〕彭定求等编:《全唐诗》,第5421页。

诗也曾经在梨园演唱,①这可能就是为了得到一种承认。

也就是说,梨园采用诗人作品入乐演唱,一方面鼓励了诗人的诗歌创作,同时也鼓励诗人把自己创作的诗歌献给朝廷。尽管我们已经难以确定这种机制在何种程度上鼓励和影响了诗歌创作,但是我们依然认为,如果当时梨园采诗入乐有一定的制度,如果有很多诗人到朝廷献诗,如果梨园选用诗歌有一定的"标准",那么,这种机制会对当时的诗歌创作产生一定的影响。

综上,梨园内部同教坊一样设有"部"这样的组织,梨园并不止有一处,而是分为几处。梨园演唱的歌词有时采自唐代诗人的作品,这种机制在一定程度上鼓励了诗人的诗歌创作,对诗歌创作产生一定的影响。

---

① 　傅璇琮主编:《唐才子传校笺》(一),第446页。

第六章　梨园法曲

本章摘要：本章在对唐梨园法曲进行逐一溯源的基础上考订法曲性质，认为法曲是唐代音乐的精华，是清乐、胡乐、俗乐、雅乐、道曲和佛曲等多种音乐形式的集合体，而不是一种新乐。

梨园演奏的曲目统称为法曲。关于法曲的性质，学术界并没有一致的看法。丘琼荪认为："法曲出自清商，以清商为基本再融合部分的道曲佛曲以及若干外族乐而成的一种新乐。"[1]岸边成雄认为法曲是唐代的正乐，他说："至于法曲，则系玄宗在梨园亲自教授之音乐，系正乐之意（但非佛教法乐之意），其主要内容为汉朝清商三乐之遗声（清乐），其中有名者计有《堂堂》、《大白纻》、《十二时》、《泛龙舟》等曲。惟玄宗所教之法曲，则系以玄宗帝所作之《景云》、《九真》、《紫极》、《承天》、《顺天》等诸曲为主体，并吸收一部分《破阵乐》、《庆善乐》等二部伎曲；其中以《霓裳羽衣》和《赤白桃李花》较著名。……因其道教思想背景极浓故有法曲之名，而一般则称为道调法曲者。"[2]杨荫浏认为法曲的主要特点是"曲调和所用乐器方面，接近汉族的《清乐》系统，比较幽雅一些"[3]。关于法曲的性质还有其他一些说法。本章将主要对这一问题进行讨论。

第一节　梨园法曲渊源考辨

唐代梨园法曲所传曲目不多，在《唐会要》卷三十三《雅乐》下集中记

---

① 丘琼荪：《燕乐探微》，上海古籍出版社 1989 年版，第 99 页。
② 〔日〕岸边成雄：《唐代音乐史的研究》，梁在平、黄志炯译，第 46 页。
③ 杨荫浏：《中国古代音乐史稿》，第 221 页。

录了太常梨园别教院所教法曲乐章,其他的法曲曲目则散见于宋郭茂倩
《乐府诗集》等文献。

一、太常梨园别教院法曲乐章

太常梨园别教院法曲乐章共有十二章。《唐会要》卷三十三《雅乐》
下:"太常梨园别教院,教法曲乐章等:《王昭君乐》一章,《思归乐》一章,
《倾杯乐》一章,《破阵乐》一章,《圣明乐》一章,《五更转乐》一章,《玉树后
庭花乐》一章,《泛龙舟乐》一章,《万岁长生乐》一章,《饮酒乐》一章,《斗百
草乐》一章,《云韶乐》一章,十二章。"①丘琼荪曾对法曲渊源进行过考
证,②任半塘亦曾对法曲中的曲目如《五更转》等进行过考证。③ 我们现对
十二章法曲的渊源进行考订。

(一)《王昭君乐》

《王昭君乐》又称《王明君歌》、《明君》。《通典》卷一百四十五《乐》五:
"明君,汉曲也。汉元帝时,匈奴单于入朝,诏以待诏王嫱配之,即昭君也。
及将去,入辞,光彩射人,悚动左右,天子悔焉。汉人怜其远嫁,为作此歌。
晋石崇妓绿珠善舞,以此曲教之,而制新歌曰:'……'晋文王讳昭,故晋人
谓之明君。"④唐吴兢《乐府古题要解》卷上"王昭君"条所记略同。则此曲
为汉曲,而晋石崇妓绿珠曾经依此曲制《王明君歌》。《旧唐书》卷二十九
《音乐志》:"《清乐》者,南朝旧乐也。永嘉之乱,五都沦覆,遗声旧制,散落
江左。宋、梁之间,南朝文物,号为最盛;人谣国俗,亦世有新声。后魏孝
文、宣武,用师淮、汉,收其所获南音,谓之《清商乐》。隋平陈,因置清商
署,总谓之《清乐》。遭梁、陈亡乱,所存盖鲜。隋室已来,日益沦缺。武太
后之时,犹有六十三曲,今其辞存者,惟有……《明君》……此中朝旧曲,今
为吴声,盖吴人传受讹变使然。"⑤则此曲为用吴声演唱的清乐。

---

① [宋]王溥:《唐会要》,第 614 页。
② 参见丘琼荪:《燕乐探微》,第 99 页。
③ 参见任半塘:《唐声诗》(下编),第 341 页。
④ [唐]杜佑:《通典》,第 3701 页。
⑤ [后晋]刘昫等:《旧唐书》,第 1062 页。

(二)《思归乐》

《思归乐》又名《思归》、《思归分》、《思归引》、《离拘操》。《乐府诗集》云:"《思归分》,一曰《离拘操》。《琴操》曰:'卫有贤女,邵王闻其贤而请聘之,未至而王薨。太子曰:吾闻齐桓公得卫姬而霸,今卫女贤,欲留之。大夫曰:不可。若贤女必不我听,若听必不贤,不可取也。太子遂留之,果不听。拘于深宫,思归不得,遂援琴而作歌,曲终,缢而死。'"①则《思归乐》为琴曲,其来久矣。张祜有《思归引》,为琴曲歌辞。②唐南卓《羯鼓录》载《思归》为"太蔟商"调。《太平广记》卷四八九《杂传记六》载《思归乐》之曲名,亦为琴曲。按,琴曲和清商乐关系密切,《思归乐》的性质当亦为清乐,或由清乐变化而来。

(三)《倾杯乐》

许敬宗《上恩光曲歌词启》:"窃寻乐府雅歌,多皆不用六字,近代有《三台》、《倾杯乐》等,艳曲之例,始用六言。"③则《倾杯乐》为六言的"艳曲",当为俗乐,可能产生较早。《明皇杂录》补遗:"玄宗尝命教舞马四百蹄各为左右⋯⋯其曲谓之《倾杯乐》者数十回,奋首鼓尾,纵横应节。"④唐姚汝能《安禄山事迹》卷中:"禄山自唱《倾杯乐》。"⑤欧阳詹《韦晤宅听歌》:"等闲逐酒倾杯乐,飞尽虹梁一夜尘。"⑥从演出《倾杯乐》的场合可以看出,《倾杯乐》当是俗乐,因演出场面宏大,在梨园的演出中可能经过改造。另唐南卓《羯鼓录》载《倾杯乐》为"太蔟商"调。唐崔令钦《教坊记》中有《倾杯乐》曲名,则《倾杯乐》亦为教坊曲。唐段安节《乐府杂录》记载宣宗喜吹芦管,自制《新倾杯乐》。

(四)《破阵乐》

《破阵乐》是太宗为秦王时所创,列入多部乐和二部乐,又列入雅乐,后又成为法曲。《破阵乐》在唐代经历了创作、燕乐化、雅乐化和法曲化的

---

① ［宋］郭茂倩:《乐府诗集》,第 838 页。
② ［清］彭定求等编:《全唐诗》,第 295 页。
③ ［清］董诰等编:《全唐文》,第 1549 页。
④ ［唐］郑处诲:《明皇杂录》,第 972 页。
⑤ ［唐］姚汝能:《安禄山事迹》,第 24 页。
⑥ ［清］彭定求等编:《全唐诗》,第 3922 页。

复杂过程。① 《破阵乐》在唐代极为盛行,有多种演出形式,法曲是其演出形式的一种。推测作为法曲的《破阵乐》可能是从燕乐化和雅乐化的《破阵乐》变化而来,具有较高的艺术性,是一种宴享的雅乐。

(五)《圣明乐》

《隋书》卷十五《音乐志》:"(开皇)六年,高昌献《圣明乐》曲,帝令知音者于馆所听之,归而肄习。及客方献,先于前奏之,胡夷皆惊焉。其歌曲有《善善摩尼》,解曲有《婆伽儿》,舞曲有《小天》,又有《疏勒盐》。其乐器有竖箜篌、琵琶、五弦、笙、笛、箫、筚篥、毛员鼓、都昙鼓、答腊鼓、腰鼓、羯鼓、鸡娄鼓、铜拔、贝等十五种,为一部。工二十人。"②《通典》卷一百四十六《乐》六:"高昌乐者,西魏与高昌通,始有高昌伎。隋文帝开皇六年,高昌献《圣明乐曲》,帝令知音者于官所听之,归而肄习,及客献,先于前奏之,胡夷大惊。大唐平高昌,尽收其乐,又进《宴乐》,而去《礼毕》曲。今著令者,唯十部。"③《羯鼓录》载有《圣明乐》,为"太蔟商"调。则《圣明乐》为高昌乐,是一种胡乐。唐代梨园法曲之《圣明乐》当从此变化而来。

(六)《五更转乐》

《五更转乐》又称《五更啭》。《羯鼓录》载有《五更啭》,为"太蔟商"调,可能产生于唐代,为一种俗乐。

(七)《玉树后庭花乐》

《资治通鉴》卷一百七十六陈后主至德二载(584)十一月:"上(陈后主)自居临春阁,张贵妃居结绮阁,龚、孔二贵嫔居望仙阁,并复道交相往来。……上每饮酒,使诸妃、嫔及女学士与狎客共赋诗,互相赠答,采其尤艳丽者,被以新声,选宫女千余人习而歌之,分部迭进。其曲有《玉树后庭花》、《临春乐》等,大略皆美诸妃嫔之容色。"④则《玉树后庭花》创于陈,为南朝旧乐。唐吴兢《贞观政要》卷七《礼乐》第二十九:"太常少卿祖孝孙奏所定新乐。太宗曰:'礼乐之作,是圣人缘物设教,以为撙节,治政善恶,岂

① 参见沈冬:《唐代乐舞新论》,第54页。
② [唐]长孙无忌等:《隋书》,第379页。
③ [唐]杜佑:《通典》,第3726页。
④ [宋]司马光:《资治通鉴》,第5477页。

此之由？'御史大夫杜淹对曰：'前代兴亡，实由于乐。陈将亡也为《玉树后庭花》；齐将亡也而为《伴侣曲》。行路闻之，莫不悲泣，所谓亡国之音。以是观之，实由于乐。'太宗曰：'不然，夫音声岂能感人？欢者闻之则悦，哀者听之则悲。悲悦在于人心，非由乐也。将亡之政，其人心苦，然苦心相感，故闻而则悲耳。何有乐声哀怨，能使悦者悲乎？今《玉树》、《伴侣》之曲，其声具存，朕能为公奏之，知公必不悲耳。'尚书右丞魏征进曰：'古人称，礼云，礼云，玉帛云乎哉！乐云，乐云，钟鼓云乎哉！乐在人和，不由音调。'太宗然之。"①《新唐书》卷二十一《礼乐志》所记同。则初唐时《玉树后庭花》其声具存。《通典》卷一百四十六《乐》六"清乐"条："清乐者……大唐武太后之时，犹六十三曲。今其辞存者有……玉树后庭花。"②《旧唐书》卷二十九《音乐志》："《清乐》者，南朝旧乐也……武太后之时，犹有六十三曲，今其辞存者，惟有……《玉树后庭花》。……《玉树后庭花》……并陈后主所作。"③《唐会要》卷三十三"清乐"条所记相同。④ 则《玉树后庭花》为清乐。《教坊记》曲名中有《后庭花》，《玉树后庭花》亦当为教坊曲。

(八)《泛龙舟乐》

《隋书》卷十五《音乐志》："炀帝不解音律，略不关怀。后大制艳篇，辞极淫绮。令乐正白明达造新声，创……《泛龙舟》……等曲，掩抑摧藏，哀音断绝。帝悦之无已。"⑤隋炀帝杨广《泛龙舟》诗云："舳舻千里泛归舟，言旋旧镇下扬州。借问扬州在何处，淮南江北海西头。六辔聊停御百丈，暂罢开山歌棹讴。讵似江东掌间地，独自称言鉴里游。"⑥则《泛龙舟乐》为隋炀帝时乐工所作。《通典》卷一百四十六《乐》六："清乐者，其始即清商三调是也……大唐武太后之时，犹六十三曲。今其辞存者有……《泛龙

---

① 谢保成集校：《贞观政要集校》，中华书局 2003 年版，第 417 页。
② [唐]杜佑：《通典》，第 3716 页。
③ [后晋]刘昫等：《旧唐书》，第 1062 页。
④ [宋]王溥：《唐会要》，第 610 页。
⑤ [唐]长孙无忌等：《隋书》，第 379 页。
⑥ [宋]郭茂倩：《乐府诗集》，第 682 页。

舟》等共三十二曲。"①《旧唐书》卷二十九《音乐志》:"《清乐》者,南朝旧乐也……武太后之时,犹有六十三曲,今其辞存者,惟有……《泛龙舟》等三十二曲。……《泛龙舟》,隋炀帝江都宫作。"②《新唐书》卷二十二《礼乐志》:"隋亡,清乐散缺,存者才六十三曲。其后传者……《泛龙舟》,隋炀帝作也。"③则《泛龙舟》为清乐。《教坊记》曲名中有《泛龙舟》,《泛龙舟》亦为教坊曲。

(九)《万岁长生乐》

《万岁长生乐》或称《万岁乐》、《长生乐》。《资治通鉴》卷二百六武后圣历元年(698)九月:"默啜使阎知微招谕赵州,知微与虏连手蹋《万岁乐》于城下。将军陈令英在城上谓曰:'尚书位任非轻,乃为虏蹋歌,独无惭乎!'知微微吟曰:'不得已,《万岁乐》。'"④则此曲或产生于唐代,当是俗乐或胡乐。

(十)《饮酒乐》

唐南卓《羯鼓录》载有《饮酒乐》曲目,为"太蔟商"调。聂夷中有《饮酒乐》:"日月似有事,一夜行一周。草木犹须老,人生得无愁。一饮解百结,再饮破百忧。白发欺贫贱,不入醉人头。我愿东海水,尽向杯中流。安得阮步兵,同入醉乡游。"⑤为杂曲歌辞。则《饮酒乐》或产生于唐代,当是俗乐或胡乐。

(十一)《斗百草乐》

《隋书》卷十五《音乐志》:"炀帝不解音律,略不关怀。后大制艳篇,辞极淫绮。令乐正白明达造新声,创……《斗百草》。"⑥唐杜佑《通典》卷一百四十五《乐》五:"又令太乐令白明达造新声……《斗百草》……掩抑摧藏,哀音断绝。"⑦则《斗百草乐》创自隋炀帝时,其风格"掩抑摧藏,哀音断

---

① ［唐］杜佑:《通典》,第3716页。
② ［后晋］刘昫等:《旧唐书》,第1062页。
③ ［宋］欧阳修、宋祁:《新唐书》,第474页。
④ ［宋］司马光:《资治通鉴》,第6533页。
⑤ ［清］彭定求等编:《全唐诗》,第361页。
⑥ ［唐］长孙无忌等:《隋书》,第379页。
⑦ ［唐］杜佑:《通典》,第3705页。

绝"，唐代法曲之《斗百草乐》当由此变化而来，当是俗乐。

(十二)《云韶乐》

邵轸《云韶乐赋》："我后垂拱，而作乐嗣曰《云韶》……逾千载而未返，以俟我开元之濬哲……霓裳彩斗，云髻花垂；清歌互举，玉步徐移。俯仰有节，周旋中规；将导志以变转，几成文于合离。尔其美目流盼，轻姿耸峙；或少进而赴商，俄善来而应徵。鱼贯初度，惊鸿乍起；容裔自得，蹁跹未已。裴衣屡更，新态不穷；忽举袖而萦紫，复回身而拖红。"①则《云韶乐》似创立于开元年间，为宴享雅乐。此当即梨园法曲之《云韶乐》。《旧唐书》卷一百六十九《王涯传》："文宗以乐府之音，郑卫太甚，欲闻古乐，命涯询于旧工，取开元时雅乐，选乐童按之，名曰《云韶乐》。"②《新唐书》卷二十二《礼乐志》："文宗好雅乐，诏太常卿冯定采开元雅乐制《云韶法曲》及《霓裳羽衣舞曲》。《云韶乐》有玉磬四虡，琴、瑟、筑、箫、篪、籥、跋膝、笙、竽皆一，登歌四人，分立堂上下，童子五人，绣衣执金莲花以导，舞者三百人，阶下设锦筵，遇内宴乃奏。"③文宗时的《云韶乐》并非梨园法曲之《云韶乐》，但它是在初盛唐《云韶乐》的基础上改造而成，证明梨园法曲之《云韶乐》具有雅乐性质。

二、见于其他文献之梨园法曲

宋郭茂倩《乐府诗集》卷九六白居易《法曲》诗小序云："按法曲起于唐，谓之法部。其曲之妙者，有《破阵乐》、《一戎大定乐》、《长生乐》、《赤白桃李花》，余曲有《堂堂》、《望瀛》、《霓裳羽衣》、《献仙音》、《献天花》之类，总名法曲。"④《破阵乐》、《长生乐》已经见于太常梨园别教院法曲乐章。陈旸《乐书》所记与此略同，唯增加《听龙吟》、《碧天雁》二曲。

白居易《法曲》："法曲法曲歌大定，积德重熙有余庆。永徽之人舞而咏，法曲法曲舞霓裳。政和世理音洋洋，开元之人乐且康。法曲法曲歌堂

① ［清］董诰等编：《全唐文》，第 3373 页。
② ［后晋］刘昫等：《旧唐书》，第 4404 页。
③ ［宋］欧阳修、宋祁：《新唐书》，第 478 页。
④ ［宋］郭茂倩：《乐府诗集》，第 1352 页。

堂,堂堂之庆垂无疆。"①其中提到的法曲有《一戎大定乐》、《霓裳羽衣》、《堂堂》,均包含在《乐府诗集》所列法曲名称之内。元稹《法曲》:"汉祖过沛亦有歌,秦王破阵非无作。……赤白桃李取花名,霓裳羽衣号天落。雅弄虽云已变乱,夷音未得相参错。自从胡骑起烟尘,毛毳腥膻满咸洛。女为胡妇学胡妆,伎进胡音务胡乐。火凤声沉多咽绝,春莺啭罢长萧索。"②其中提到的法曲名有《破阵乐》、《赤白桃李花》、《霓裳羽衣》,亦包含在《乐府诗集》所列法曲名称之内。元稹《法曲》一诗中提到的《火凤》和《春莺啭》或亦为法曲。又唐郑处诲《明皇杂录》谓《雨霖铃》传于法部,则《雨霖铃》当为法曲。

丘琼荪认为《荔枝香》是法曲,③所据为《新唐书》等文献,《新唐书》卷二十二《礼乐志》云:"帝幸骊山,杨贵妃生日,命小部张乐长生殿,因奏新曲,未有名,会南方进荔枝,因名曰《荔枝香》。"④可知《荔枝香》只是一首"新曲",虽曾经在梨园小部演奏,但一时难称典范和精华,所以不一定是法曲。

现就以上法曲曲目略考如下:

(一)《一戎大定乐》

《旧唐书》卷二十八《音乐志》:"(永徽)六年三月,上欲伐辽,于屯营教舞……乐名《一戎大定乐》。赐观乐者杂彩有差。"⑤《旧唐书》卷二十九《音乐志》:"今立部伎有……《大定乐》……凡八部。……《大定乐》,出自《破阵乐》。舞者百四十人。被五彩文甲,持槊。歌和云,'八纮同轨乐',以象平辽东而边隅大定也……自《破阵舞》以下,皆雷大鼓,杂以龟兹之乐,声振百里,动荡山谷。《大定乐》加金钲。"⑥则《大定乐》为高宗永徽六年(655)所创,为燕乐,后收入立部伎。《新唐书》卷二十一《礼乐志》:"帝将伐高丽,燕洛阳城门,观屯营教舞,按新征用武之势,名曰《一戎大定

---

① [清]彭定求等编:《全唐诗》,第 4702 页。
② [清]彭定求等编:《全唐诗》,第 4628 页。
③ 丘琼荪:《燕乐探微》,第 194 页。
④ [宋]欧阳修、宋祁:《新唐书》,第 476 页。
⑤ [后晋]刘昫等:《旧唐书》,第 1047 页。
⑥ [后晋]刘昫等:《旧唐书》,第 1059 页。

乐》,舞者百四十人,被五采甲,持槊而舞,歌者和之,曰'八弦同轨乐',象高丽平而天下大定也。"①《资治通鉴》卷二百唐高宗龙朔元年(661)三月:"丙申朔,上与群臣及外夷宴于洛城门,观屯营新教之舞,谓之《一戎大定乐》。时上欲亲征高丽,以象用武之势也。"②则龙朔元年(661)伐高丽时曾演出。法曲《大定乐》当从立部伎之《大定乐》变化而来。《教坊记》和《羯鼓录》曲名中均有《大定乐》。

(二)《赤白桃李花》

《唐会要》卷三十三"诸乐"条:"天宝十三载七月十日,太乐署供奉曲名,及改诸乐名。……林钟角调:……《赤白桃李花》。"③则《赤白桃李花》本出太乐署,或为宴享雅乐。李益《听唱赤白桃李花》:"赤白桃李花,先皇在时曲。欲向西宫唱,西宫宫树绿。"④

(三)《堂堂》

《通典》卷一百四十六《乐》六"清乐"条:"清乐者,其始即清商三调是也,并汉氏以来旧曲……大唐武太后之时,犹六十三曲。今其辞存者有……堂堂……等共三十二曲……自长安以后,朝廷不重古曲,工伎转缺,能合于管弦者,唯……堂堂……等八曲。"⑤《旧唐书》卷二十九《音乐志》所记相同。《新唐书》卷三十五《五行志》:"自隋以来,乐府有《堂堂曲》。"⑥可知,《堂堂》为陈后主所作,是南朝旧乐,在武后朝为遗留的六十三曲清乐之一,长安以后尚可歌唱。梨园法曲《堂堂》当由此而来,为清乐。

(四)《望瀛》

《望瀛》,不详所起,或产生于唐代。按瀛洲为海上仙山,《望瀛》似有较强的道教意味。《望瀛》的内容当写求仙,或由道曲变化而来。

(五)《霓裳羽衣》

《霓裳羽衣》即《霓裳羽衣曲》。《霓裳羽衣曲》出自西域《婆罗门曲》,

---

① [宋]欧阳修、宋祁:《新唐书》,第 472 页。
② [宋]司马光:《资治通鉴》,第 6323 页。
③ [宋]王溥:《唐会要》,第 615 页。
④ [清]彭定求等编:《全唐诗》,第 3216 页。
⑤ [唐]杜佑:《通典》,第 3716 页。
⑥ [宋]欧阳修、宋祁:《新唐书》,第 919 页。

当是根据胡乐变化而来。沈朗《霓裳羽衣曲赋》："乃制神仙之妙响,是知郑卫之难侵。与钧天之潜契,冀瑶池之可寻……开元之圣运复启,羽衣之余响宁遗。观两阶之舞干,既柔殊俗;睹三清之仙乐,复播明时。"①陈嘏《霓裳羽衣曲赋》："我玄宗心崇至道,化叶无为。制神仙之妙曲,作歌舞之新规。被以衣裳,尽法上清之物;序其行缀,乃从中禁而施。原夫采金石之清音,象蓬壶之胜概。俾乐工以交泰,俨彩童而相对。漓洒合节,初闻六律之和;摇曳动容,宛似群仙之态……清凄满听,无非冲穆之音;飒沓盈庭,尽是云霄之事……既心将道合,乃乐与仙同。悦康平于有截,延圣寿于无穷。"②《霓裳羽衣曲赋》："昔开元皇帝以海内清平,天下丰足,思紫府瑶池之乐,制《霓裳羽衣》之曲……观夫降辇路,临广场,被羽衣,披霓裳……似到蓬莱之殿,见舞仙童;如升太乙之宫,忽闻帝乐。"③可见,它表现的是道教的内容。④ 有人认为它兼具佛道音乐的特色。⑤ 也有人认为其为印度乐曲。

(六)《献仙音》

《献仙音》,不详所起,或产生于唐代。宋尤袤《全唐诗话》卷三云："今蒲州逍遥楼楣上有唐人横书,类梵字,相传是《霓裳》谱,字训不通,莫知是非。或谓今燕部有《献仙音曲》,乃其遗声。然《霓裳》本谓之道调法曲,今《献仙音》乃小石调耳,未知孰是?"⑥则《献仙音》可能由《霓裳羽衣曲》变化而来,从其名称看,它表现的可能也是道教的内容,或与道教音乐有关。

(七)《献天花》

《献天花》,不详所起,或产生于唐代。据其曲名推测,可能表现佛教

①　[清]董诰等编:《全唐文》,第 7665 页。

②　[清]董诰等编:《全唐文》,第 7896 页。

③　[清]董诰等编:《全唐文》,第 9985 页。

④　参见黄晓非:《〈霓裳羽衣〉考》,《贵州民族学院学报》2000 年第 4 期,第 44—45 页。

⑤　参见邱源媛:《唐代雅乐简论》,《四川大学学报》2003 年第 3 期,第 123—127 页。

⑥　[清]何文焕辑:《历代诗话》,第 126 页。

内容，并与佛教音乐有关。唐崔令钦《教坊记》曲名中有《献天花》，则《献天花》亦为教坊曲。任半塘《教坊记笺订》附录三《曲名事类》亦把此曲归为"释"类。①

（八）《听龙吟》

《听龙吟》不详所起，性质亦不详。

（九）《碧天雁》

《碧天雁》不详所起，性质亦不详。

（十）《火凤》

《唐会要》卷三十三"宴乐"条："贞观末，有裴神符者，妙解琵琶，作《胜蛮奴》、《火凤》、《倾杯乐》三曲，声度清美，太宗深爱之。"②则《火凤》产生于唐，为贞观年间裴神符所作，最早为琵琶曲，性质不详。

（十一）《春莺啭》

唐崔令钦《教坊记》："《春莺啭》：高宗晓声律……尝晨坐，闻莺声，命乐工白明达写之为《春莺啭》。"③则《春莺啭》为高宗朝乐工白明达所作，性质不详。

（十二）《雨霖铃》

唐段安节《乐府杂录》："《雨淋铃》者，因唐明皇驾回至骆谷，闻雨淋銮铃，因令张野狐撰为曲名。"④唐郑处诲《明皇杂录》："明皇既幸蜀，西南行初入斜谷，属霖雨涉旬，于栈道雨中闻铃，音与山相应。上既悼念贵妃，采其声为《雨霖铃》曲，以寄恨焉……其曲今传于法部。"⑤则《雨霖铃》为玄宗所作，传于乐工张野狐，初以觱篥演奏，性质不详。

综上，根据《唐会要》和《乐府诗集》等文献，现在可以考知的梨园法曲曲目共有以上二十四曲。

---

① 　任半塘：《教坊记笺订》，第 260 页。
② 　［宋］王溥：《唐会要》，第 610 页。
③ 　任半塘：《教坊记笺订》，第 182 页。
④ 　［唐］段安节：《乐府杂录》（《中国古典戏曲论著集成》本），第 59 页。
⑤ 　［唐］郑处诲：《明皇杂录》（《唐五代笔记小说大观》本），第 973 页。

第二节　法曲的性质和影响

法曲历来被看做是唐代音乐艺术的精华,但法曲到底是何种性质的音乐,学界却没有一致的意见。另外,因为法曲演奏于梨园,是直接为皇帝和宫廷服务的,它在当时的社会上如何产生影响,影响有多大,也是值得关注的问题。

一、从现存法曲情况看法曲的性质

关于法曲的性质,学术界并没有一致的意见,岸边成雄、任半塘、杨荫浏、丘琼荪等所述不一。为了判定法曲的性质,兹将上节所考唐代梨园法曲的相关情况列表如下:

表 6—1　梨园法曲情况表

序号	曲　名	产生年代	性　质	备　注
1	《王昭君乐》	汉曲	清乐	用吴声演唱
2	《思归乐》	古曲	清乐	
3	《倾杯乐》	唐	俗乐	
4	《破阵乐》	唐	雅乐	
5	《圣明乐》	隋	胡乐	
6	《五更转乐》	唐	俗乐	
7	《玉树后庭花乐》	南朝陈	清乐	
8	《泛龙舟乐》	隋	清乐	
9	《万岁长生乐》	唐	俗乐或胡乐	
10	《饮酒乐》	唐	俗乐或胡乐	
11	《斗百草乐》	隋	俗乐	
12	《云韶乐》	唐	雅乐	
13	《一戎大定乐》	唐	雅乐	
14	《赤白桃李花》	唐	雅乐	
15	《堂堂》	南朝陈	清乐	
16	《望瀛》	唐	道曲	
17	《霓裳羽衣》	唐	胡乐	兼具佛道音乐特色
18	《献仙音》	唐	道曲	
19	《献天花》	唐	道曲	
20	《听龙吟》	唐	不详	
21	《碧天雁》	唐	不详	

续表

序号	曲　名	产生年代	性　质	备　注
22	《火凤》	唐	不详	
23	《春莺啭》	唐	不详	
24	《雨霖铃》	唐	不详	

通过上表，可以得出下面的结论：

第一，法曲保留了前代清乐的内容。

清乐本是南朝旧乐，隋平陈，置清商署，保存了清乐。唐代亦有清乐，《大唐六典》卷十四《太常寺》："太乐署教乐：……清乐大曲，六十日。"可见在太乐署，清乐是学习的内容之一。但清乐在唐代呈散落衰微之势，武后朝清乐只存六十三曲。又因为长安以后朝廷不重古曲，使清乐逐渐消亡。到开元中，歌工只有李郎子一人，李郎子是北人，而唱清乐要使用吴音，他唱的已经不是地道的清乐声调。李郎子死后，清乐就在宫廷消失了。"清乐在唐代（至少在初盛唐）是独立于燕乐之外的一个乐种，其性质近雅，与燕乐的近俗构成对立关系，而古雅正是清乐衰落的根本原因。"①在可考的 24 曲法曲中，《思归乐》、《王昭君乐》、《玉树后庭花乐》、《堂堂》、《泛龙舟乐》五曲基本可以判定是清乐或由清乐变化而来。所以，学者们认为法曲接近传统的清乐或者法曲保留了前代清乐的内容，是有道理的。但是，法曲并不就等于清乐，亦不完全由清乐变化而来。

第二，法曲之中有胡乐成分。

法曲还吸收了胡乐的成分，这是确定无疑的。如《圣明乐》，从曲目和乐器看，是胡乐无疑。《霓裳羽衣曲》出自西域《婆罗门曲》，当是根据胡乐变化而来。《饮酒乐》和《万岁长生乐》也可能有胡乐的因素。

第三，法曲中俗乐占了很大比例。

俗乐指雅乐、二部伎、多部伎、清乐、西凉乐等"正乐"之外的来源于中原地区的民间乐曲。在可考的法曲中，《倾杯乐》、《破阵乐》、《五更转乐》、《万岁长生乐》和《饮酒乐》基本可判定为俗乐或从俗乐变化而来。《倾杯乐》为六言的"艳曲"，安禄山也可以演唱，当为俗乐。《万岁长生乐》可以

---

① 葛晓音：《初盛唐清乐从属关系质疑》，《北京大学学报》1994 年第 4 期，第 97—101 页。

"为虏蹋歌",当是俗乐。《斗百草乐》"掩抑摧藏,哀音断绝",亦是俗乐性质。《五更转乐》和《饮酒乐》从名称推测可能是俗乐。

第四,法曲中还有雅乐成分。

法曲中的《云韶乐》、《一戎大定乐》、《赤白桃李花》具有雅乐性质。《云韶乐》为宴享雅乐确定无疑,《一戎大定乐》为燕乐,后收入立部伎,也是宴享雅乐,《赤白桃李花》是太乐署供奉曲名,推测亦为宴享雅乐。可以说,梨园法曲吸纳了一定的雅乐成分。

第五,法曲中有道曲和佛曲的成分。

法曲中的《望瀛》、《献仙音》都有道教意味,《献天花》有可能是佛曲。《望瀛》写求仙,可能由道曲变化而来。《献仙音》是《霓裳》的遗声,亦当是道曲。《献天花》推测可能表现佛教内容,或与佛教音乐有关。

从以上五条可以看出,法曲的性质是比较复杂的。它既有清乐的成分,又有胡乐、俗乐、雅乐、道曲和佛曲的成分,从现存的曲目看,很难判断哪一种音乐占绝对的优势。过去认为法曲以保存清商乐为主,从以上材料分析,这种说法是值得怀疑的。

一方面,清商乐在宫廷呈逐渐衰微的趋势,保存的曲目越来越少,在开元天宝年间,清商乐在宫廷的数量可能已经很少,以它为基础已经不足以改造和衍生出更多的法曲。并且,清商乐声音单调,很可能不能满足宫廷娱乐的需要。

另一方面,在清商乐衰微的同时,唐代的胡乐、俗乐极度繁荣,出现许多优秀的具有极高艺术性的作品,宴享雅乐也因为政治的需要出现了许多既具政治性又具娱乐性和艺术性的名作。因为朝廷的推崇,道曲也非常发达,一些音乐作品或采用道家音乐,或表现道家的思想内容,风行一时。这些胡乐、俗乐、雅乐和道曲中的优秀作品具有极高的艺术性,不可能不为喜爱音乐、具有极高音乐才能的唐玄宗和玄宗以后的君主所注意,因为只有这些音乐才能满足他们娱乐的需要。

在隋代,隋文帝曾经把南朝清乐称为华夏正声,并建立清商署专门保存这些音乐。这并不是出于艺术的考虑,而是出于政治的考虑。正如郑祖襄指出的那样:"像隋文帝这样一个'不知乐'的人,虽然对音乐有些爱好('颇好音乐'),但是难以善'清乐'之节奏,更不会从清商乐中理解华夏音乐的'古致所在'……平陈之后隋文帝对南朝雅乐和清商乐的态度有一个很大的转变,原因是出于他的政治谋略。南北统一的隋朝已不比以前的半壁江山,统治这样一个传统文化极为丰富、历史渊源又极其深远的华夏民族,不沿袭文化的传统是不明智的。采纳南朝雅乐和设立清商署对于当时隋朝政权能得到汉族百姓(特别是汉族知识分子)的支持是有重要意义的。尽管隋文帝'素不悦学',但他很明白政治上要去这样做。"①

　　但唐代的情况与隋代并不相同。在唐代,特别是玄宗朝,整个社会呈现一种开放的态势,人们对音乐也采取开放的心态,玄宗本人就精通音乐,所以我们认为,玄宗在梨园教习法曲,与隋文帝建立清商署的目的是截然不同的,那就是:隋文帝建立清商署是出于政治考虑,而唐玄宗则完全是出于艺术和娱乐的考虑。

　　因为玄宗是从艺术和娱乐的角度出发来教授梨园法曲的,他就要把最优秀的音乐作品传授给梨园弟子。当然,真正由玄宗亲自传授的梨园法曲可能很少,担任教习任务的主要还是太常寺的乐工和梨园的乐官。梨园选择音乐作品是从该作品的艺术性和娱乐性着眼的,凡是具有很高艺术性和娱乐性的作品,无论是清乐,还是胡乐、俗乐、雅乐或道曲,都在教授之列。也可能一开始清乐的成分多一些,最后则大量吸收了胡乐、俗乐、雅乐、道曲的内容。这就是法曲包括清乐、胡乐、俗乐、雅乐、道曲等各种形式的音乐的根本原因。

　　丘琼荪也注意到"法曲包含的内容非常广泛",但他认为法曲是"以清乐为基本再融合部分的道曲佛曲以及若干外族乐而成的一种新乐"②。我们认为,法曲之中包含清乐、胡乐、俗乐、雅乐、道曲等各种形式的音乐,这些音乐从风格到内容差异很大。丘琼荪也承认,法曲"古今中外,无所不包,雅乐俗乐,歌曲舞曲,声乐曲,器乐曲,无不具备"③。因此我们认为它们不可能融合成为"一种新乐",尽管它们都称为法曲,但它们保留了各

①　郑祖襄:《"开皇乐议"中的是是非非及其他》,《中国音乐学》2001年第4期,第117—133页。

②　丘琼荪:《燕乐探微》,第99页。

③　丘琼荪:《燕乐探微》,第99页。

自的独特性。

法曲是一个集合体,虽然包含了佛曲和道曲,但它并不就是佛曲或道曲,李昌集认为法曲之法乃"楷模"、"典范"之意,①是有道理的。也就是说,法曲是"典范"的乐曲,是优秀的乐曲。另外,法曲也包含了俗乐,但法曲中的俗乐是具有典范意义的俗乐,是俗乐中的"精品",因此,法曲中的俗乐与教坊中的俗乐虽然性质相同,却有高下之分。

另外,据刘崇德《燕乐新说》,法曲的乐调也比较复杂,不仅包括了商调曲、羽调曲,还有一些商、角或羽角;法曲中同一曲目调高会有所不同,特别是移入法曲的胡部新乐,其乐调有"原所在部当之痕迹"②。这也从一个侧面证明法曲中的各种音乐保留了自己的音乐属性。

从根本上说,法曲不是一种单独的音乐形式,也不是以某一种音乐形式为主吸收其他音乐形式融合而成的一种新的音乐形式,它是清乐、胡乐、俗乐、雅乐、道曲、佛曲等多种音乐形式的集合体。另外,自唐天宝十三载(754)始,法曲与胡部合奏,这恰好说明在开元二年(714)至天宝十三载(754)之间长达四十年的时间里,法曲与胡乐是分离的,它们保持着各自的音乐特色。并且,所谓合奏也不一定是法曲和胡乐的完全融合,任半塘认为法曲与胡部合奏是"先后递奏,同时同场之谓,事实上单位有别,仍各自为乐,并非将法曲与胡乐揉合于同一曲调中也"③。

因此,各种音乐形式在法曲中的状态是并列的和基本独立的,而不是融合的。法曲是这些音乐形式的精华的集合。

二、梨园法曲的影响考论

梨园法曲是供奉于内廷的唐代音乐的精华,它对当时的社会是否产生过影响呢?当时宫廷以外的官员和百姓是否有机会欣赏到梨园法曲

---

① 　参见李昌集:《唐代宫廷乐人考略——唐代宫廷华乐、胡乐状况一个角度的考察》,钟振振等主编:《第三届唐宋诗词国际学术研讨会论文集》,中国社会出版社2004年版,第21页。

② 　刘崇德:《燕乐新说》(上编),黄山书社2003年版,第29页。

③ 　任半塘:《教坊记笺订》,第147页。

呢？我们认为，梨园法曲虽然主要是为宫廷服务的，但它在产生时就开始对社会产生影响。宫廷之外的官员甚至百姓，都有机会欣赏到梨园法曲。原因如下：

第一，安史之乱之前，梨园法曲等内廷的乐舞除服务于宫廷之外也服务于民间。

梨园法曲等内廷的乐舞服务于民间的证据为玄宗《示节俭敕》：

> 朕闻舞者，所以节八音而行八风，岂徒夸翊时人，眩曜耳目而已也。自立云韶内府，百有余年，都不出于九重。今欲陈于万姓，冀与群公同乐，岂独娱于一身。①

从《示节俭敕》可以看出，为了表示节俭，玄宗要把"百有余年，都不出于九重"的内府音乐"陈于万姓"，希望"与群公同乐"。可见，内府的音乐不仅要给一般的官员看，还要给普通百姓看。从武德年间开始，唐内廷就有乐舞机构，即玄宗所谓"云韶内府"。玄宗说此云韶内府"百有余年，都不出于九重"，如果从武德元年（618）算起，下推百年，为唐玄宗开元六年（718），玄宗《示节俭敕》当颁布于此时前后，这时梨园已经建立了四年左右。

那么，玄宗的诏书是否真正得到了实行呢？答案是肯定的，这可以用杜甫《观公孙大娘弟子舞剑器行》的诗序来证明。由此诗序可知，开元三年（715），在杜甫年幼时，他就在郾城看到过公孙氏舞剑器浑脱。序云："自高头宜春、梨园二伎坊内人，泊外供奉舞女，晓是舞者，圣文神武皇帝初，公孙一人而已。"②可知在开元三年（715）时，即梨园创立一年之后，公孙大娘已经是供奉于内廷的歌舞伎。按"高头宜春"指的是内教坊的女伎，"梨园"指的是梨园弟子，教坊和梨园是不同的机构，故称"二伎坊内人"。"外供奉舞女"则指外教坊的女伎。此本甚明，但由于不了解内廷歌舞到民间表演的背景，所以虽然注杜者甚多，却没有人指出为什么杜甫能

---

① 〔清〕董诰等编：《全唐文》，第382页。
② 〔清〕仇兆鳌：《杜诗详注》，中华书局1979年版，第1815页。

够在郾城看到公孙氏舞剑器浑脱。更由于对唐代音乐制度的生疏，产生了不少对杜甫此诗诗序的曲解。杜甫不是在内廷而是在郾城看到舞剑器浑脱，正是内廷歌舞到民间表演的明证。

又杜甫《江南逢李龟年》："岐王宅里寻常见，崔九堂前几度闻。正是江南好风景，落花时节又逢君。"①则杜甫也曾经多次听过梨园弟子李龟年的演唱。

由此可知，梨园等内廷的乐舞是服务于民间的。因为它们具有极高的艺术性，代表了唐代乐舞的最高水平，可以推测它们在民间演出时反响十分巨大，因此，它们在当时就产生了极大的影响。

第二，安史之乱之后，梨园法曲的影响依然很大。

安史之乱之后，因为乐工在战乱中奔散，他们也把朝廷的音乐带到了民间，使宫廷之外的人也有机会欣赏到高水平的宫廷音乐，这些音乐之中就包括梨园法曲。如白居易有《卧听法曲霓裳》诗，诗云：

> 金磬玉笙调已久，牙床角枕睡常迟。
> 朦胧闲梦初成后，宛转柔声入破时。
> 乐可理心应不谬，酒能陶性信无疑。
> 起尝残酌听余曲，斜背银釭半下帷。②

又白居易《醉吟先生传》："每良辰美景，或雪朝月夕，好事者相遇，必为之先拂酒罍，次开诗箧，诗酒既酣，乃自援琴，操宫声弄《秋思》一遍，若兴发，命家僮调法部丝竹，合奏《霓裳羽衣》一曲。"③此诗说明白居易在自己家中就可以听到法曲《霓裳》，此法曲《霓裳》当是他的歌伎演奏和演唱的，证明法曲在安史之乱后已经流传到民间。

另外，平乱之后，梨园等音乐机构得到重建，梨园法曲在内廷也得到恢复。朝廷有时会为一些官员演奏法曲。《旧唐书》卷十七下《文宗本纪》

---

① ［清］彭定求等编：《全唐诗》，第 2559 页。
② ［清］彭定求等编：《全唐诗》，第 5092 页。
③ ［清］董诰等编：《全唐文》，第 6954 页。

大和八年(834)九月壬寅:"翰林院宴李仲言,赐《法曲》弟子二十人奏乐以宠之。"①此事《旧唐书》卷一百六十九《李训传》记载更为详细:"大和八年,自流人补四门助教,召入内殿,面赐绯鱼。其年十月,迁国子《周易》博士,充翰林侍讲学士。入院日,赐宴,宣法曲弟子二十人就院奏法曲以宠之。"②可知,梨园弟子是到翰林院为李训演奏法曲的。这说明一些官员有机会听到梨园法曲。

总之,法曲是唐代音乐的精华,是清乐、胡乐、俗乐、雅乐、道曲和佛曲等多种音乐形式的集合体。无论安史之乱前还是安史之乱后,它在朝廷和民间都产生了较大的影响。

---

① [后晋]刘昫等:《旧唐书》,第 556 页。
② [后晋]刘昫等:《旧唐书》,第 4395 页。

第七章　内教坊

本章摘要：本章讨论内教坊的创立沿革、乐官乐工和音乐等问题。内教坊是直接服务于内廷的音乐机构，创立于武德年间，除在战乱中受到一些冲击外，几乎和唐王朝相始终。内教坊最高的乐官由宦官担任，称内教坊使或教坊使。低级的乐官则有音声博士、第一曹博士、第二曹博士等。翰林内教坊是内教坊之外的另一机构，与内教坊无涉。内教坊既掌俗乐，又掌雅乐。俗乐满足宫廷日常娱乐的需要，雅乐则在先蚕和亲桑等皇后参与的典礼仪式中使用。

　　教坊也是唐代重要的音乐机构。唐代教坊的设置比较复杂，分为内教坊和外教坊，外教坊又分为左、右教坊，这些机构有着不同的职能和特点。本章将首先概述内教坊的创立、沿革及其组织情况，并对内教坊俗乐问题进行补证。前人认为内教坊的音乐为俗乐，本书则证明内教坊中既有俗乐，又有雅乐。

第一节　内教坊的创立、沿革及组织

　　内教坊是直接服务于内廷的。内教坊产生的时间较早，持续的时间也最长，除去在战乱中受到一些冲击，它的存在几乎和唐王朝相始终。

一、内教坊的创立和沿革

　　内教坊创立于武德年间。《旧唐书》卷四十三《职官志》："内教坊，武德已来，置于禁中，以按习雅乐，以中官人充使。则天改为云韶府，神龙复为教坊。"①《唐会要》卷三十四《杂录》:"如意元年五月二十八日,内教坊改为云韶府。内文学馆、教坊,武德以来,置在禁门内。"②由此可知,武德年间,内教坊设立,地点在禁中,其目的自然是为了满足新朝廷歌舞享乐的需要。如意元年(692)五月,武则天改内教坊为云韶府。中宗神龙年间,云韶府又改称教坊,恢复为原来的名称。

太宗朝规定,在处决囚犯时内教坊不举乐。《大唐六典》卷六《尚书刑部》:"凡京城决囚之日,尚食进蔬食。内教坊及太常皆彻乐。"③《通典》卷一百七十《刑法》八"宽恕"条:"上(太宗)又曰:'……令尚食相知,刑人日勿进酒肉。内教坊及太常,并宜停教。'"④《通典》卷一百六十八《刑法》六"考讯"条:"其京城及驾在所,决囚日尚食进蔬食,内教坊及太常寺并停音乐。"⑤《旧唐书》卷三《太宗本纪》贞观五年(631)七月戊申:"初令天下决死刑必三覆奏,在京诸司五覆奏,其日尚食进蔬食,内教坊及太常不举乐。"⑥这说明同武德年间一样,太宗朝存在内教坊。同时也说明内教坊是直接服务于内廷的。内教坊有时亦用于赏赐,据欧阳修、宋祁《新唐书》卷二百二《吕向传》,吕向即因至孝曾获听内教坊音乐。⑦《旧唐书》卷十七上《敬宗本纪》长庆四年(824)三月庚午:"赐内教坊钱一万贯,以备游幸。"⑧《资治通鉴》卷二百四十三唐穆宗长庆四年(824)三月庚午:"赐内教坊钱万缗,以备行幸。"⑨此亦证明内教坊是直接服务于皇帝和宫廷的。

《新唐书》卷四十八《百官志》:"开元二年,又置内教坊于蓬莱宫侧。"⑩则开元二年(714),唐玄宗置内教坊于蓬莱宫侧。蓬莱宫亦在禁中,此当是内教坊在宫中位置的变化,不是重新设置了一个内教坊。

① [后晋]刘昫等:《旧唐书》,第1854页。
② [宋]王溥:《唐会要》,第628页。
③ [唐]李隆基撰,李林甫注:《大唐六典》,第145页。
④ [唐]杜佑:《通典》,第4413页。
⑤ [唐]杜佑:《通典》,第4349页。
⑥ [后晋]刘昫等:《旧唐书》,第41页。
⑦ 参见[宋]欧阳修、宋祁:《新唐书》,第5758页。
⑧ [后晋]刘昫等:《旧唐书》,第509页。
⑨ [宋]司马光:《资治通鉴》,第7835页。
⑩ [宋]欧阳修、宋祁:《新唐书》,第1244页。

《旧唐书》卷十五《宪宗本纪》元和十四年（819）正月壬午："复置仗内教坊于延政里。"①《唐会要》卷三十四《杂录》："（元和）十四年正月，诏徙仗内教坊于布政里。"②则在元和十四年（819）正月内教坊又被迁至延政里，《唐会要》记为布政里，当系一处。

正因为内教坊是直接服务于内廷的机构，因此虽然名称和位置屡有变化，但它是始终存在的，和唐王朝相伴始终。

二、关于翰林内教坊

除内教坊外，宫中尚设有翰林内教坊。《旧唐书》卷四十三《职官志》："习艺馆，本名内文学馆，选宫人有儒学者一人为学士，教习宫人。则天改为习艺馆，又改为翰林内教坊，以事在禁中故也。"③则习艺馆、内文学馆、翰林内教坊是同一机构。

《新唐书》卷四十七《百官志》："初，内文学馆隶中书省，以儒学者一人为学士，掌教宫人。武后如意元年，改曰习艺馆，又改曰万林内教坊，寻复旧。有内教博士十八人，经学五人，史、子、集缀文三人，楷书二人，《庄老》、太一、篆书、律令、吟咏、飞白书、算、棋各一人。开元末，馆废，以内教博士以下隶内侍省，中官为之。"④则翰林内教坊在《新唐书》记为"万林内教坊"，岸边成雄认为当是"翰林内教坊"，⑤此说是。

翰林内教坊为教习宫人才艺的机构，并不是音乐机构。《新唐书》记其教授内容为经史、诸子、书法、律令、诗词、棋算等，并没有音乐。《新唐书》卷二百二《宋之问传》："宋之问……甫冠，武后召与杨炯分直习艺馆。累转尚方监丞、左奉宸内供奉。"⑥则宋之问和杨炯都曾经任职于习艺馆，很可能是在习艺馆教授宫人诗词。

由此可知，翰林内教坊是内教坊之外的另一机构，不是音乐机构，并

---

① 〔后晋〕刘昫等：《旧唐书》，第 465 页。

② 〔宋〕王溥：《唐会要》，第 630 页。

③ 〔后晋〕刘昫等：《旧唐书》，第 1854 页。

④ 〔宋〕欧阳修、宋祁：《新唐书》，第 1222 页。

⑤ 参见〔日〕岸边成雄：《唐代音乐史的研究》，梁在平、黄志炯译，第 223 页。

⑥ 〔宋〕欧阳修、宋祁：《新唐书》，第 5750 页。

不教习音乐,与内教坊无涉。

三、关于内教坊的组织、乐官和乐工问题的考察

内教坊因为包含了雅乐和俗乐(详见下节),因此在组织上可能分为雅乐部分和俗乐部分,具体则限于文献难以查明。

《新唐书》卷四十八《百官志》:"武德后,置内教坊于禁中。武后如意元年,改曰云韶府,以中官为使。开元二年,又置内教坊于蓬莱宫侧,有音声博士、第一曹博士、第二曹博士。"①又《唐会要》卷三十四"杂录"条:"(开元)二十三年敕:'内教坊博士及弟子,须留长教者,听用资钱,陪其所留人数,本司量定申者为簿。音声内教坊博士,及曹第一、第二博士房,悉免杂徭,本司不得驱使。'"②可知内教坊同梨园一样,最高的乐官由宦官担任,称内教坊使或教坊使。如是教坊使,其管理范围可能包括了内教坊和左、右教坊,内教坊使或教坊使不一定具有音乐才能。低级的乐官则有音声博士、第一曹博士、第二曹博士,应当由精通音乐者担任。第一曹和第二曹也可能是内教坊中的音乐组织的两个部分,可能分管雅乐和俗乐,具体分工则难以明究。普通的乐工则称为"弟子",此与梨园相似。

另外,在内教坊的雅乐部分,还有"司乐"和"典乐"这样的乐官,乐工则称"诸女工人"、"诸女工"、"女工人"(详见下节)。

第二节　内教坊的音乐

关于内教坊掌管的是何种音乐,殊难考定。岸边成雄认为内教坊为"内乐"("房中乐"),③但唐代并无"内乐""房中乐"这样的音乐类别。我们认为,内教坊中既有俗乐,又有雅乐。

---

① 〔宋〕欧阳修、宋祁:《新唐书》,第 1244 页。
② 〔宋〕王溥:《唐会要》,第 629 页。
③ 参见〔日〕岸边成雄:《唐代音乐史的研究》,梁在平、黄志炯译,第 222 页。

一、内教坊俗乐问题补证

内教坊的确有俗乐,并且包含了散乐、倡优等,补证如下。

《新唐书》卷二十二《礼乐志》:"(玄宗)置内教坊于蓬莱宫侧,居新声、散乐、倡优之伎,有谐谑而赐金帛朱紫者。"①可见在玄宗朝,内教坊中就包含了新声、散乐和倡优。

《新唐书》卷二百七《鱼朝恩传》:"朝恩好引轻浮后生处门下……永泰中,诏判国子监……始诣学,诏宰相、常参官、六军将军悉集,京兆设食,内教坊出音乐俳倡侑宴。"②在永泰中"内教坊出音乐俳倡",可知在代宗朝内教坊中仍然有"俳倡"存在。

根据以上记载,可以证明为满足宫廷宴享的需要,在内教坊中不仅掌俗乐,还存在散乐和倡优。

二、内教坊雅乐考

岸边成雄以为内教坊仅掌俗乐,此说并不完整,我们认为内教坊还掌雅乐,这一点尤其值得注意。

《旧唐书》卷四十三《职官志》:"内教坊,武德已来,置于禁中,以按习雅乐。"③可见内教坊在成立之初,就包含了雅乐。

在唐代,雅乐主要由太常寺管理,但内教坊中也有一部分雅乐。这是因为太常寺的乐工绝大部分为男性,而一些皇后参与的仪式不便使用男性乐工,因此,必须使用内教坊的女性乐工。在这些礼仪活动中,内教坊的乐工演奏的就是雅乐。

那么哪些礼仪活动必须使用内教坊的雅乐呢?根据《大唐开元礼》等文献记载,至少以下三种礼仪要使用内教坊的女性乐工演奏雅乐。

(一)皇后祀先蚕、亲桑

皇后祀先蚕和亲桑在唐代为中祀,是吉礼的一种。《旧唐书》卷三十

---

① [宋]欧阳修、宋祁:《新唐书》,第 475 页。
② [宋]欧阳修、宋祁:《新唐书》,第 5864 页。
③ [后晋]刘昫等:《旧唐书》,第 1854 页。

《音乐志》载"享先蚕乐章"五首，云"显庆中，皇后亲蚕，奉敕内出此词"①。因为这项活动是皇后参与的，所以活动的主持由宦官担任。《旧唐书》卷四十四《职官志》："内侍之职……凡皇后祭先蚕，则相仪。后出，则为之夹引。"②

　　在唐代，皇后祀先蚕举行过多次，《唐会要》卷十"皇后亲蚕"条有较为详细的记载。③ 皇后祀先蚕和亲桑是经常举行的，安史之乱前举行的次数较多，安史之乱后此礼渐废。

　　皇后祀先蚕和亲桑中使用的是内教坊的女性乐工，而不是太常寺的男性乐工。《通典》卷一百十五《礼》七十五"皇后季春吉巳享先蚕"条：

　　　　前享二日，太乐令设宫悬之乐于坛南内壝之内，如圆丘仪。诸女工人各为位于悬后……享日……司乐帅女工人入就位。典赞引亚献、终献，女相者引执事者，司宾引内命妇，内典引引外命妇俱入就位……典乐跪举麾，鼓柷，奏永和之乐……尚宫引皇后，正和之乐作，皇后诣坛，升自南陛……④

　　关于皇后亲桑，可见《新唐书》卷十五《礼乐志》的记载：

　　　　皇后岁祀一。季春吉巳享先蚕，遂以亲桑……前享二日，太乐令设宫县之乐于坛南内壝之内，诸女工各位于县后……前享一日……典乐举麾位于坛上南陛之西，东向；司乐位于北县之间，当坛北向……其日三刻……司赞帅掌赞先入就位，女相者引尚仪、典正及女史、祝史与女执尊罍筐幂者入自东门……司乐帅女工人入……女相者引执事者、司宾引内命妇、内典引引外命妇入，就位……乐三成。⑤

---

①　［后晋］刘昫等：《旧唐书》，第1122页。

②　［后晋］刘昫等：《旧唐书》，第1870页。

③　参见［宋］王溥：《唐会要》，第260页。

④　［唐］杜佑：《通典》，第2947页。《大唐开元礼》所记略同，见［唐］萧嵩等：《大唐开元礼》卷四八"皇后季春吉巳享先蚕亲桑"条，第247页。

⑤　［宋］欧阳修、宋祁：《新唐书》，第367页。

可见,皇后祀先蚕和亲桑使用的是女性乐工。

(二)皇后受外命妇朝贺

皇后受外命妇朝贺是嘉礼的一种。《通典》卷一百二十三《礼》八十三"皇后正至受外命妇朝贺"条云:

> 前一日……司乐展宫悬之乐于殿庭,设麾于殿上西阶之西,东向……受朝日……司乐帅女工人入就位,典乐升就举麾位……皇后首饰袆衣以出,警跸如常仪……皇后降座,乐作;入自东房,侍卫警跸如来仪,乐止。女工人退。①

由此条材料可知,在皇后正至受外命妇朝贺时,不仅演奏音乐的是女性乐人,帅女工人入就位的是"司乐",举麾的是"典乐",就连布置乐悬的工作也是由"司乐"来完成的。同皇后祀先蚕和亲桑一样,完成整个音乐演奏任务的是内教坊的女性乐官和女性乐工。

(三)皇后受册

皇后受册即临轩册命皇后,也是嘉礼的一种。据《通典》卷一百二十五《礼》八十五:

> 前一日……司乐展宫悬之乐于殿庭,设麾于殿上西阶之西……其日……司乐帅女工人入就位,典乐升就举麾位……皇后首饰袆衣,司言引尚宫,尚宫引皇后,出自正殿西房,侍卫警跸如常仪。典乐举麾,奏正和之乐……皇后降座,乐作,御舆入自东房,侍卫警跸如常仪,乐止。女工人退。②

由此条材料可知,皇后受册的礼仪,同皇后受外命妇朝贺一样,演奏音乐

---

① [唐]杜佑:《通典》,第3160页。《大唐开元礼》所记略同,见[唐]萧嵩等:《大唐开元礼》卷九八"皇后季春吉巳享先蚕亲桑"条,第458页。

② [唐]杜佑:《通典》,第3194页。《大唐开元礼》所记略同,见[唐]萧嵩等:《大唐开元礼》卷一百五"临轩册命皇后"条,第497页。

的是女性乐人,帅女工人入就位的是"司乐",举麾的是"典乐",布置乐悬也是由"司乐"来完成的。完成整个音乐演奏任务的也是内教坊的女性乐官和乐工。

综合以上材料可知,和其他礼仪活动相比,皇后祀先蚕和亲桑、受外命妇朝贺和受册三项礼仪在音乐使用上有以下特点:

第一,皇后受外命妇朝贺和皇后受册的宫悬设置由"司乐"来完成,皇后祀先蚕和亲桑宫悬设置由太乐令完成。这说明在皇后参加的礼仪活动中尽量使用女性乐工,但内教坊可能没有重大礼仪活动所需要的乐器,因此有的礼仪活动需要太常寺太乐署的长官太乐令代为设置乐悬。

第二,从事具体音乐演奏的乐人称"诸女工人"、"诸女工"、"女工人",而在其他礼仪活动中担任音乐演奏的人员则为"工人"。可知这里的乐工为女性,而其他礼仪活动中的乐工则为男性。

第三,举麾者为"典乐",在其他的礼仪活动中举麾者为协律郎,推测此"典乐"当是内教坊中的女性乐官。

第四,帅女工人入就位的是"司乐",而在其他仪式上帅乐工入就位的一般为太乐令。推测此"司乐"当是内教坊中的女性乐官。

第五,演奏的音乐同一般的礼仪活动一样,为"十二和"之乐,则内教坊中的音乐可能是由太常寺的乐官或乐工传授的。

皇后祀先蚕亲桑、皇后受外命妇朝贺、皇后受册等都是正规的礼仪活动,在这些活动中不可能使用俗乐,而只能使用雅乐。以上材料证明在这些活动中担任音乐演奏任务的是内教坊的女乐,其音乐则是雅乐。

总之,除了俗乐以外,内教坊还掌雅乐。俗乐是为了满足宫廷日常娱乐的需要,雅乐则是在皇后的祀先蚕和亲桑、皇后受外命妇朝贺和皇后受册等由皇后参与的仪式中使用的。

第八章　教坊的创立和沿革

本章摘要：本章讨论教坊从建立到消亡的复杂过程。教坊由玄宗创立于开元二年(714)，其目的是为了更好地满足自己在音乐方面享乐的需要。教坊分为左、右教坊和宜春院三个部分。从开元二年(714)教坊建立到天宝十四载(755)安史之乱爆发，这段时间是教坊的兴盛期。安史之乱冲击了教坊，教坊乐工在安史之乱中奔散。收京之后教坊得以重建。德宗朝到宣宗朝是教坊的平稳发展期，这个时期教坊逐步走向民间。懿宗、僖宗朝之后，教坊逐渐衰亡。

除了内教坊之外，唐代还设有外教坊，一般称教坊。教坊是和梨园同时建立的，同梨园一样，外教坊是唐代重要的音乐机构之一。以前的学者对教坊在唐代沿革的过程言之未详，本章拟详细描述此过程。

第一节　教坊的创立和兴盛

教坊创立的背景同梨园相似。在教坊和梨园创立之前，雅俗之乐由太常寺管理，玄宗认为太常是礼乐之司，不应该管理倡优杂伎，于是在开元二年(714)建立了梨园和教坊。

一、教坊的创立

教坊创立于开元二年(714)。《资治通鉴》卷二百一十一唐玄宗开元二年(714)正月："旧制，雅俗之乐，皆隶太常。上精晓音律，以太常礼乐之司，不应典倡优杂伎；乃更置左右教坊以教俗乐，命右骁卫将军范及为之使……又选伎女，置宜春院，给赐其家。"①唐刘肃《大唐新语》卷十《厘革第二十二》："开元中，天下无事。玄宗听政之后，从禽自娱。又于蓬莱宫侧立教坊，以习倡优蓴衍之戏。"②

可知教坊由玄宗创立于开元二年(714)，创立的理由是太常寺作为朝廷正规的礼乐机构不应该杂以倡优杂伎，实际上，建立教坊和梨园是玄宗在完全掌握政权之后，为了更好地满足自己在音乐方面的享乐而采取的措施之一。大概当时朝中的大臣对此有清醒的认识，酸枣尉袁楚客就曾就此事上疏进谏，但玄宗并没有采纳。

教坊分为左、右教坊和宜春院三个部分。

唐崔令钦《教坊记》："西京右教坊在光宅坊，左教坊在延政坊。右多善歌，左多工舞，盖相因成习。东京：两教坊俱在明义坊中。右在南，左在北也。"③唐段安节《乐府杂录》："开元中始别署左右教坊，上都在延政里，东都在明义里，以内官掌之。至元和中，只署一所；又于上都广化里、太平里，兼各署乐官院一所。"④可知教坊分左、右教坊，位置不同，右教坊在光宅坊，左教坊在延政坊，元和中合并为一处。在东都洛阳也设有教坊，这是因为皇帝和朝廷的官员除在长安外亦经常在洛阳，在洛阳设立教坊，可以在皇帝居住洛阳时不用长安教坊的乐工跟随，而就近使用洛阳的教坊乐工。

教坊除包括左、右教坊之外还包括宜春院。《资治通鉴》卷二百一十一唐玄宗开元二年(714)正月已经载明"又选伎女，置宜春院，给赐其家"。又唐崔令钦《教坊记》："妓女入宜春院，谓之'内人'，亦曰'前头人'。常在上前，若其家犹在教坊，谓之'内人家'，四季给米。其得幸者，谓之'十家'，给第宅，赐无异等。初，特承恩宠者有十家；后继进者，敕有司给赐同十家。虽数十家，犹故以'十家'呼之。每月二日、十六日，内人母得以女

---

①　[宋]司马光：《资治通鉴》，第6694页。

②　[唐]刘肃：《大唐新语》，第151页。

③　任半塘：《教坊记笺订》，第14页。

④　[唐]段安节：《乐府杂录》(《中国古典戏曲论著集成》本)，第64页。

对,无母则姊、妹若姑一人对。"①可知宜春院是教坊乐人中得皇帝恩宠者所在,宜春院的乐伎经常在皇帝面前表演,故称为"内人"或"前头人"。

有的学者认为宜春院的女伎是从内教坊选拔而来。任半塘云:"知内教坊以女伎为主,其色艺兼优者,方入宜春院,院材又精于坊。"②从《教坊记》看,有一部分宜春院女伎"其家犹在教坊",则宜春院女伎似不来自内教坊,而是从外教坊选拔而来。

宜春院的女伎从教坊精选而来,故造诣在教坊乐工之上,任半塘云"院材又精于坊"是可信的。如开元中著名的歌伎许和子就是属于宜春院的教坊乐工。唐段安节《乐府杂录》:"开元中,内人有许和子者,本吉州永新县乐家女也,开元末选入宫,即以永新名之,籍于宜春院。既美且慧,善歌,能变新声。韩娥、李延年殁后千余载,旷无其人,至永新始继其能。遇高秋朗月,台殿清虚,喉啭一声,响传九陌。明皇尝独召李谟吹笛逐其歌,曲终管裂,其妙如此。又一日,赐大酺于勤政楼,观者数千万众,喧哗聚语,莫得闻鱼龙百戏之音。上怒,欲罢宴。中官高力士奏请:'命永新出楼歌一曲,必可止喧。'上从之。永新乃撩鬓举袂,直奏曼声,至是广场寂寂,若无一人;喜者闻之气勇,愁者闻之肠绝。"③王仁裕《开元天宝遗事》卷四"歌直千金"条:"宫妓永新者善歌,最受明皇宠爱。每对御奏歌,则丝竹之声莫能遏。帝尝谓左右曰:'此女歌直千金。'"④可知籍于宜春院的"内人"许和子因为有极高的演唱技巧而深受玄宗宠爱。

二、教坊的兴盛

从开元二年(714)教坊建立之后到天宝十四载(755)安史之乱爆发之前这段时间是教坊的兴盛期。

在教坊建立之后的大约四十年的时间里,教坊的乐工同梨园弟子一

---

① 任半塘:《教坊记笺订》,第19页。
② 任半塘:《教坊记笺订》,第20页。
③ [唐]段安节:《乐府杂录》(《中国古典戏曲论著集成》本),第46页。
④ [五代]王仁裕:《开元天宝遗事》(《唐五代笔记小说大观》本),上海古籍出版社2000年版,第1739页。

起参与玄宗的各种娱乐活动。《资治通鉴》卷二百一十八唐肃宗至德元载
(756)八月:"初,上皇每酺宴,先设太常雅乐坐部、立部,继以鼓吹、胡乐、
教坊、府县散乐、杂戏。"①教坊乐工陪伴玄宗度过了无数欢乐的时光。

　　教坊不仅有歌舞,还包括了散乐等节目。《通典》卷一百四十六《乐》
六"散乐"条:"大抵散乐杂戏多幻术,皆出西域,始于善幻人至中国……大
唐高宗恶其惊人,敕西域关津,不令入中国。睿宗时,婆罗门献乐,舞人倒
行,而以足舞于极铦刀锋,倒植于地,抵目就刃,以历脸中;又植于背下,吹
筚篥者立其腹上,曲终而亦无伤。又伏伸其手,两人蹑之,旋身绕手,百转
无已……歌舞戏,有《大面》、《拨头》、《踏摇娘》、《窟垒子》等戏。玄宗以其
非正声,置教坊于禁中以处之。"②可见教坊演出当包括了散乐和歌舞戏
等艺术形式。教坊的王大娘擅长戴百尺竿,竿木即是散乐的一种。唐郑
处海《明皇杂录》:"玄宗御勤政楼,大张乐,罗列百伎。时教坊有王大娘
者,善戴百尺竿,竿上施木山,状瀛洲、方丈,令小儿持绛节出入于其间,歌
舞不辍……贵妃复令(刘晏)咏王大娘戴竿,晏应声曰:'楼前百戏竞争新,
唯有长竿妙入神,谁谓绮罗翻有力,犹自嫌轻更著人。'玄宗与贵妃及诸嫔
御,欢笑移时,声闻于外,因命牙笏及黄文袍以赐之。"③王大娘是玄宗朝
教坊乐人,这证明教坊中包括了散乐,并且这些散乐节目受到玄宗的喜
爱。

　　在玄宗朝就用教坊的音乐来赏赐大臣。《资治通鉴》卷二百一十六唐
玄宗天宝十载(751)正月:"禄山入新第……是日,上……命宰相赴之。日
遣诸杨与之选胜游宴,侑以梨园教坊乐。"④可知,玄宗曾经赐给安禄山、
王銇、杨国忠、杨贵妃姊妹教坊音乐。《新唐书》卷一百四十六《李栖筠
传》:"故事,赐百官宴曲江,教坊倡颋杂侍。"⑤则百官亦有机会欣赏到教
坊的节目。

---

① ［宋］司马光:《资治通鉴》,第 6993 页。
② ［唐］杜佑:《通典》,第 3729 页。
③ ［唐］郑处海:《明皇杂录》(《唐五代笔记小说大观》本),第 957 页。
④ ［宋］司马光:《资治通鉴》,第 6903 页。
⑤ ［宋］欧阳修、宋祁:《新唐书》,第 4737 页。

不仅如此,教坊音乐还用来"宴蕃客",即用在外交场合。宋王谠《唐语林》卷一《政事》上:"玄宗宴蕃客。唐崇句当音声,先述国家盛德,次序朝廷欢娱,又赞扬四方慕义,言甚明辨。上极欢。"①唐崇为玄宗时教坊乐人,曾经在玄宗接见蕃客的宴会上演唱,说明宴蕃客曾使用教坊音声。

《唐语林》载教坊长入许小客替唐崇求官事,②证明教坊乐工和皇帝保持着比较紧密的关系,并且教坊长入与皇帝的关系要比一般教坊乐工亲近。

总之,这段时间是教坊的兴盛期。推测在这段时间里,教坊吸纳了较多的优秀乐工,创作了很多优秀曲目,教坊的规模和乐工的人数不断增加,教坊在此期间得到了很大发展。

第二节　教坊乐工的奔散和教坊重建

安史之乱不仅冲击了太常寺和梨园,也冲击了教坊。同太常寺和梨园乐工一样,教坊的乐工也在安史之乱中奔散,收京之后,教坊得以重建。

一、教坊乐工的奔散及乐工的去向

教坊乐工的去向有三。一是被安禄山挟持到洛阳。据《旧唐书》卷一百九十下《王维传》,可知在被挟持到洛阳的乐工中包括教坊的乐工,③这部分乐工可能一部分被安禄山所杀,一部分在战乱中流散。流散的乐工有一部分在收京后又回到朝廷。李德裕《次柳氏旧闻》:"安禄山之叛也,玄宗忽遽播迁于蜀,百官与诸司多不知之。有陷在贼中者,为禄山所胁从,而黄幡绰同在其数,幡绰亦得出入左右。及收复,贼党就擒。幡绰被拘至行在,上素怜其敏捷,释之。"④可知安史之乱中教坊俳优黄幡绰陷

---

① 　[宋]王谠:《唐语林》,第53页。

② 　参见[宋]王谠:《唐语林》,第53页。

③ 　参见[后晋]刘昫等:《旧唐书》,第5052页。

④ 　[唐]李德裕:《次柳氏旧闻》(《唐五代笔记小说大观》本),上海古籍出版社2000年版,第470页。

贼,收京后又回到朝廷。教坊乐工的第二个去向是在战乱中流落民间。另外,可能有极少数乐工像梨园乐工张徽一样随玄宗入蜀,此为教坊乐工的第三个去向。

二、教坊的重建

收京之后,教坊得以重建。教坊重建的时间无法确定,但从相关材料看,在肃宗朝,长安已经存在教坊,证明教坊的重建是在肃宗朝。

肃宗《推恩祈泽诏》:"比者不急之务,寻已诏停……太常寺音声,除礼用雅乐外,并教坊音声人等,并仰所司疏理,使敦生业。非祠祭大祀及宴蕃客,更不得辄有追呼。"[1]肃宗下诏如果不是祠祭大祀及宴蕃客,不能使用教坊音声,证明教坊在收京后已经得到恢复。上引李德裕《次柳氏旧闻》记载教坊俳优黄幡绰在安史之乱后又回到朝廷,也证明当时的教坊得到一定程度的恢复。但刚刚恢复的教坊规模肯定比乱前要小得多,但是会随着教坊乐工的不断补充而逐渐加大。

在肃宗朝,因为战争一直没有结束,所以教坊即使得到恢复,在规模和使用的频率上都已经赶不上前代。《旧唐书》卷二十四《礼仪志》:"自至德二载收两京,唯元正含元殿受朝贺,设宫悬之乐,虽郊庙大祭,只有登歌乐,亦无文、武二舞。"[2]说明肃宗朝使用音乐有诸多的限制,只有在含元殿受朝贺时才设宫悬之乐,即使是郊庙大祭,也只有登歌,连文、武二舞都没有。因此,在这段时间,虽然教坊得到恢复,但使用较少。

在代宗朝,教坊的规模有所扩大,演出也有所增加。代宗曾经用教坊乐赏赐功臣。《旧唐书》卷一百二十《郭子仪传》:"(代宗)以子仪为尚书令,上表恳辞曰:'……'答诏不允。翌日,敕所司令子仪于尚书省视事。诏宰相百僚送上,遣射生五百骑执戟翼从,自朝堂至省,赐教坊乐。"[3]则代宗曾经赏赐郭子仪教坊音乐。代宗永泰二年(766),宦官鱼朝恩判国子

---

① [清]董诰等编:《全唐文》,第 469 页。
② [后晋]刘昫等:《旧唐书》,第 923 页。
③ [后晋]刘昫等:《旧唐书》,第 3460 页。

监事,据《旧唐书》卷一百八十四《鱼朝恩传》,①他曾在国子监大奏教坊乐,说明在永泰二年(766)教坊不仅存在,而且已经具备了一定的规模。

代宗朝教坊规模在扩大。教坊不断吸收新的乐工。唐段安节《乐府杂录》:"大历中有才人张红红者,本与其父歌于衢路丐食。过将军韦青所居,青于街牖中闻其歌者喉音寥亮,仍有美色,即纳为姬……寻达上听。翊日,召入宜春院,宠泽隆异,宫中号'记曲娘子',寻为才人。"②张红红擅长歌唱和记曲,后被招入宜春院,则张红红为教坊乐工,后为才人。张红红供奉教坊当在大历中。这证明在当时不仅存在教坊,宜春院也得到了恢复,而且教坊已经开始从民间吸收优秀乐工。

到代宗末年,教坊的演出似乎已经颇为频繁。演出不仅在朝廷举行,在大臣的家中也能看到教坊乐工的身影。如教坊乐工曹自庆就曾在代宗忌辰时到王仕平家中演出。《唐会要》卷二十三"忌日"条:"初经代宗忌辰,驸马诸亲,悉诣银台奉慰。及回,王仕平遂邀驸马郭暧、张昭贤、张怙,及暧女婿嗣许王昭、暧堂弟煦、晅,用教坊音声人曹自庆,并于宅中欢乐。"③皇帝忌辰时驸马诸亲本应禁乐,但他们还是邀请教坊乐工到家中作乐,如在平时,这种演出活动当更为频繁。

总之,在肃宗朝教坊得以重建,到代宗朝教坊已基本得到恢复。

第三节　中晚唐的教坊

从德宗朝到宣宗朝,是教坊的平稳发展期,教坊的规模有时增大,有时缩小,但基本保持了平稳。在这个时期,教坊逐步走向民间。到懿宗、僖宗之后,教坊逐渐衰亡。

一、教坊的平稳发展

从德宗到武宗,唐王朝为藩镇、宦官和朋党所祸,政治时好时坏,教坊

---

① 参见[后晋]刘昫等:《旧唐书》,第 4764 页。
② [唐]段安节:《乐府杂录》(《中国古典戏曲论著集成》本),第 47 页。
③ [宋]王溥:《唐会要》,第 449 页。

因为是由宦官领导直接服务于皇帝的,反而顽强生存了下来,一直到晚唐宣宗以后,才渐趋衰落。

(一)德宗朝的教坊

德宗不是一个有为的皇帝,但在即位之初却颇思振作。德宗在大历十四年(779)即皇帝位,当年即采取了罢梨园使和放乐工的措施。《资治通鉴》卷二百二十五唐代宗大历十四年(779)五月:"诏罢省四方贡献之不急者,又罢梨园使及乐工三百余人,所留者悉隶太常。"①在这次行动中,教坊乐工亦当在裁撤之列。德宗的这项措施产生了一定的影响,《资治通鉴》卷二百二十六唐德宗建中元年(780)四月:"吐蕃……称:'新天子出宫人,放禽兽,英威圣德,洽于中国。'"②可见连吐蕃对此都感到惊奇。

但教坊在德宗朝依然存在,可能还保持了相当的规模,它还是一个独立的机构,并没有"悉隶太常"。《旧唐书》卷十二《德宗本纪》兴元元年(784)七月辛卯:"御丹凤楼,大赦天下。赐李晟永崇里第,女乐八人。甲午,命宰臣诸将送晟入新赐第。教坊乐,京兆府供帐食馔,鼓吹导从,京城以为荣观。"③《旧唐书》卷一百三十三《李晟传》:"(德宗)赠晟父钦太子太保,母王氏赠代国夫人,赐永崇里第及泾阳上田、延平门之林园、女乐八人。入第之日,京兆府供帐酒馔,赐教坊乐具,鼓吹迎导,宰臣节将送之,京师以为荣观。"④德宗赐李晟教坊乐,说明教坊在兴元元年(784)是存在的。宋王谠《唐语林》卷五《补遗》:"李令常为制将,至西川,与张延赏有隙。及延赏作相,二勋臣在朝,德宗尝令韩晋公和解。宴乐则宰臣尽在,而太常、教坊音乐皆至,恩赐酒馔,相望于路。"⑤可见德宗还曾经赏赐其他大臣教坊乐。

在德宗放乐工之后,教坊又在吸收乐工。

一种情况是把民间的乐工招入教坊。大约从德宗朝开始,教坊不仅

①　[宋]司马光:《资治通鉴》,第 7258 页。

②　[宋]司马光:《资治通鉴》,第 7279 页。

③　[后晋]刘昫等:《旧唐书》,第 345 页。

④　[后晋]刘昫等:《旧唐书》,第 3671 页。

⑤　[宋]王谠:《唐语林》,第 535 页。

服务于宫廷,也开始服务于民间,这是这一时期教坊的新特点。王建《宫词》:"青楼小妇砑裙长,总被抄名入教坊。春设殿前多队舞,朋头各自请衣裳。"①此可证明有时民间乐工也会到教坊服务。

另一种情况是把安史之乱中流落民间的乐工招回教坊。唐赵璘《因话录》卷一《宫部》:"德宗初登勤政楼,外无知者。望见一人衣绿乘驴戴帽至楼下,仰视久之,俯而东去。上立遣宣示京尹,令以物色求之。尹召万年捕贼官李镕,使促求访。李尉伫立思之曰:'必得。'及出,召干事所由于春明门外数里内,应有诸司旧职事使艺人,悉搜罗之。而绿衣者果在其中。诘之,对曰:'某天宝教坊乐工也。……'以此奏闻。敕尽收此辈,却系教坊。"②则此衣绿乘驴戴帽者原为玄宗朝乐工,德宗"敕尽收此辈,却系教坊",可知他们又回到了教坊。

随着教坊的发展,教坊乐工的技艺也得到恢复和提高。贞元十六年(800),南诏作《奉圣乐舞》,因韦皋以进。宋王谠《唐语林》卷三《夙慧》:"韦皋镇西川,进《奉圣乐》曲,兼乐工舞人曲谱到京。于留邸按阅,教坊人潜窥得,先进之。"③教坊乐工"潜窥"《奉圣乐》,竟然就能够掌握这一套非常复杂的乐舞,得以"先进之",德宗末年教坊乐工的技艺实在让人惊叹。

(二)顺宗、宪宗朝的教坊

在顺宗在位的不到一年的时间里,教坊的人数有所减少,演出的机会可能也不多。顺宗即位在贞元二十一年(805),他在当太子时就有疾,即位后已不能说话,缠绵病榻的皇帝自然不能尽情地享乐,况且掌握大权的王叔文等人还想依靠皇帝有所作为。于是,又一次大规模放乐人出宫的活动开始了。韩愈《顺宗实录》贞元二十一年(805)三月癸酉:"出后宫并教坊女妓六百人,听其亲戚迎于九仙门。"④《旧唐书》卷十四《顺宗本纪》贞元二十一年(805)三月庚午:"出宫女三百人于安国寺,又出掖庭教坊女

---

① 〔清〕彭定求等编:《全唐诗》,第 3442 页。

② 〔唐〕赵璘:《因话录》(《唐五代笔记小说大观》本),上海古籍出版社 2000 年版,第 607 页。

③ 〔宋〕王谠:《唐语林》,第 313 页。

④ 〔清〕董诰等编:《全唐文》,第 5660 页。

乐六百人于九仙门,召其亲族归之。"①《新唐书》卷七《顺宗本纪》贞元二十一年(805)三月庚午:"放后宫三百人。癸酉,放后宫及教坊女妓六百人。"②《唐会要》卷三"出宫人"条:"贞元二十一年三月,出后宫人三百人。其月,又出后宫及教坊女妓六百人,听其亲戚迎于九仙门。百姓莫不叫呼大喜。"③综合各种史料,在贞元二十一年(805),放宫女三百人,又放包括教坊在内的女乐六百人。从被放人数看,教坊在当时已经达到相当的规模。放教坊乐工出宫,不仅是使她们脱离了内廷的拘管,更使她们的身份发生了改变,由官户和官奴婢上升为平民,这对于这些乐工来说是一种解放,她们还把教坊的音乐带到了民间。

在宪宗朝,教坊的发展也受到限制和削弱。二十七岁的宪宗在贞元二十一年(805)的八月九日即皇帝位,他是一位有为的皇帝,九月就开始对教坊进行改革。《旧唐书》卷十四《宪宗本纪》元和元年(806)九月己巳:"罢教坊乐人授正员官之制。"④《唐会要》卷三十四"杂录":"永贞元年九月诏,除教坊乐人授正员官之制。"⑤宪宗在即位后一个月左右的时间里,就开始罢教坊乐人授正员官之制,对教坊进行限制。

另一项措施是禁乐。因为宪宗即位就开始准备对藩镇的战争,对河北的战争不久就开始了。因此宪宗下令禁公私乐。禁乐的措施到元和五年(810)二月才告结束,《唐会要》卷三十四"杂录":"元和五年二月,宰臣奏,请不禁公私乐,从之。时以用兵,权令断乐,宰臣以为大过,故有是请。"⑥在禁乐期间,教坊的演出活动也停止,在元和五年(810)二月才告恢复。

在教坊恢复演出一年零四个月之后,元和六年(811)六月,宪宗又下诏减教坊乐人衣粮。《旧唐书》卷十四《宪宗本纪》元和六年(811)六月甲

---

① ［后晋］刘昫等:《旧唐书》,第 406 页。
② ［宋］欧阳修、宋祁:《新唐书》,第 206 页。
③ ［宋］王溥:《唐会要》,第 36 页。
④ ［后晋］刘昫等:《旧唐书》,第 412 页。
⑤ ［宋］王溥:《唐会要》,第 630 页。
⑥ ［宋］王溥:《唐会要》,第 630 页。

子朔："减教坊乐人衣粮。"①这次下诏减教坊乐人衣粮，是在宰相李吉甫改革的背景下发生的。

　　元和六年(811)正月二十五日，朝廷征召李吉甫入朝为相，李吉甫胆识过人，入朝后即开始采取省官减俸的政策。《旧唐书》卷一百四十八《李吉甫传》："明年(元和六年)正月，授吉甫金紫光禄大夫、中书侍郎、平章事、集贤殿大学士、监修国史、上柱国、赵国公。及再入相，请减省职员并诸色出身胥吏等，及量定中外官俸料，时以为当。"②李吉甫在写给宪宗的《请汰冗吏疏》中说："方今置吏不精，流品庞杂。存无事之官，食至重之税。故生人日困，冗食日滋。又国家自天宝以来，宿兵常八十余万。其去为商贩，度为佛老，杂入科役者，率十五以上。天下常以劳苦之人三，奉坐侍衣食之人七。而内外官仰俸廪者，无虑万员，有职局重出，名异事杂者甚众。故财日寡而受禄多，官有限而调无数，九流安得不杂，万务安得不烦？"③此次行动共减省内外官员八百零八人，诸司及流外吏员一千七百六十九人，占当时唐朝官吏的四分之一。在省官减俸的政策之下，元和六年(811)六月，教坊乐人衣粮亦被削减。

　　限制官职、禁乐、减衣粮等措施的实施，使教坊的规模在宪宗朝可能有所缩小。但在宪宗朝，教坊亦曾在民间采择良家士女。《旧唐书》卷一百六十四《李绛传》："(宪宗朝)，时教坊忽称密旨，取良家士女及衣冠别第妓人，京师嚣然。"④此次采择良家士女进入教坊的行动并没有成功，但从这件事可以看出，教坊采择乐人的行为并没有停止。

　　孟郊《教坊歌儿》："十岁小小儿，能歌得朝天。六十孤老人，能诗独临川。去年西京寺，众伶集讲筵。能嘶竹枝词，供养绳床禅。能诗不如歌，怅望三百篇。"⑤此十岁教坊歌儿以能歌而得见天子，时孟郊六十岁。孟郊生于天宝十载(751)，他六十岁时为贞元十一年(810)，则此教坊歌儿供

----

① 〔后晋〕刘昫等：《旧唐书》，第435页。
② 〔后晋〕刘昫等：《旧唐书》，第3994页。
③ 〔清〕董诰等编：《全唐文》，第5203页。
④ 〔后晋〕刘昫等：《旧唐书》，第4289页。
⑤ 〔清〕彭定求等编：《全唐诗》，第4214页。

奉教坊当在元和年间。孟郊诗云"十岁小小儿,能歌得朝天",此教坊小儿当是因为能歌而被选入教坊,说明当时也存在教坊从民间选拔乐工的情况。

另外,在这一时期,教坊乐工也会向民间的乐人学习。唐赵璘《因话录》卷四《角部》:"有文淑僧者,公为聚众谭说,假托经论所言,无非淫秽鄙亵之事。不逞之徒,转相鼓扇扶树。愚夫冶妇,乐闻其说,听者填咽。寺舍瞻礼崇奉,呼为和尚。教坊效其声调,以为歌曲。"①这说明教坊与民间乐人的交流得到了加强。

(三)穆宗、敬宗朝的教坊

元和十五年(820)正月宪宗英年早逝,二十六岁的穆宗即位。穆宗天生喜欢享乐,尤喜俳优、杂戏。元和十五年(820)二月,宪宗尚未下葬,穆宗的享乐就已经开始。《旧唐书》卷十六《穆宗本纪》元和十五年(820)二月丁丑:"御丹凤楼,大赦天下。宣制毕,陈俳优百戏于丹凤门内,上纵观之。"②到这年的九月,又大合乐于鱼藻宫,引起朝臣的不满。《旧唐书》卷十六《穆宗本纪》元和十五年(820)九月辛丑:"大合乐于鱼藻宫,观竞渡。又召李酅、李光颜入朝,欲于重阳日宴群臣。拾遗李珏等上疏谏云:'元朔未改,园陵尚新。虽易月之期,俯从人欲;而三年之制,犹服心丧。夫遏密弛禁,盖为齐人;合乐内庭,事将未可。'不听。"③大臣的进谏并没有奏效。

到次年的二月,又有大臣对他喜欢伎乐进行讽谏。《旧唐书》卷十六《穆宗本纪》长庆元年(821)二月丙子:"上观杂伎乐于麟德殿,欢甚,顾谓给事中丁公著曰:'比闻外间公卿士庶时为欢宴,盖时和民安,甚慰予心。'公著对曰:'诚有此事。然臣之愚见,风俗如此,亦不足嘉。百司庶务,渐恐劳烦圣虑。'上曰:'何至于是?'对曰:'……国家自天宝已后,风俗奢靡,宴席以喧哗沉湎为乐。而居重位、秉大权者,优杂倡肆于公吏之间,曾无愧耻。公私相效,渐以成俗。则是物务多废。独圣心求理,安得不劳宸虑乎!陛下宜颁训令,禁其过差,则天下幸甚。'时上荒于酒乐,公著因对讽

---

① [唐]赵璘:《因话录》,第856页。
② [后晋]刘昫等:《旧唐书》,第476页。
③ [后晋]刘昫等:《旧唐书》,第485页。

之,颇深嘉纳。"①可见皇帝荒于酒乐已经引起大臣的担心。

在这个时期,教坊经常得到皇帝的赏赐。《旧唐书》卷十六《穆宗本纪》元和十五年(820)八月乙亥:"赐教坊钱五千贯,充息利本钱。"②《唐会要》卷三十四"杂录":"长庆四年三月,赐教坊乐官绫绢三千五百匹,又赐钱一万贯,以备行幸。乐官十三人,并赐紫衣鱼袋。"③赐教坊钱充息利本钱是补充教坊经费的一种方式,而赐教坊乐官绫绢、赐钱、赐紫衣鱼袋则是实实在在的赏赐,体现出皇帝对教坊乐工的满意程度。

在这样的背景下,教坊可能得到了一些发展,教坊的地位得到了某种程度的"提高"。这一方面是因为皇帝的宠信,另一方面是因为教坊由宦官管理,当时宦官的势力很大,④因此教坊乐工的地位也就有所提高。

长庆四年(824)正月穆宗服食金丹致死,年仅三十岁。正月二十六日太子即位,是为敬宗。

和穆宗一样,敬宗也是一个喜欢歌舞的皇帝,即位以后的几个月,这个十六岁的少年天子都是在宴饮和乐舞之中度过的。即位的次月,他就开始赏赐教坊乐官,《旧唐书》卷十七上《敬宗本纪》长庆四年(824)二月丁未:"御中和殿击球,赐教坊乐官绫绢三千五百匹。"⑤到下一月,又赐内教坊钱,赏赐教坊乐官,《旧唐书》卷十七上《敬宗本纪》长庆四年(824)三月庚午:"赐内教坊钱一万贯,以备游幸……乙亥,幸教坊,赐伶官绫绢三千五百匹。"⑥即位的开始几个月,新皇帝就充分显示出对乐舞的喜爱。

敬宗对乐舞的酷爱同样招致了大臣的强烈不满。《旧唐书》卷一百五十四《刘栖楚传》:"敬宗即位,畋游稍多,坐朝常晚。栖楚出班,以额叩龙墀出血,苦谏曰:'……陛下即位已来,放情嗜寝,乐色忘忧,安卧宫闱,日晏方起。西宫密迩,未过山陵,鼓吹之声,日喧于外……臣忝谏官,致陛下

① [后晋]刘昫等:《旧唐书》,第485页。
② [后晋]刘昫等:《旧唐书》,第480页。
③ [宋]王溥:《唐会要》,第631页。
④ 参见[后晋]刘昫等:《旧唐书》,卷一百六十七《赵宗儒传》,第4363页。
⑤ [后晋]刘昫等:《旧唐书》,第508页。
⑥ [后晋]刘昫等:《旧唐书》,第509页。

有此,请碎首以谢!'遂以额叩龙墀,久之不已。"①刘栖楚以死相谏,证明敬宗对乐舞的喜爱已经达到狂热的地步。

尽管有大臣以死相谏,敬宗对乐舞的爱好却始终如一。《旧唐书》卷十七上《敬宗本纪》宝历二年(826)五月戊辰朔:"上御宣和殿,对内人亲属一千二百人,并于教坊赐食,各颁锦彩。"②《旧唐书》卷十七上《敬宗本纪》宝历二年(826)六月甲子:"上御三殿,观两军、教坊、内园分朋驴鞠、角抵。戏酣,有碎首折臂者,至一更二更方罢。"③

教坊开始从民间招募具有各种技艺的艺人充实力量。唐苏鹗《杜阳杂编》卷中:"上(敬宗)降日,大张音乐,集天下百戏于殿前。时有妓女石火胡,本幽州人,挈养女五人,才八九岁。于百尺竿上张弓弦五条,令五女各居一条之上,衣五色衣,执戟持戈,舞《破阵乐》曲。俯仰来去,赴节如飞,是时观者目眩心怯。火胡立于十重朱画床子上,令诸女迭踏以至半空,手中皆执五彩小帜,床子大者始一尺余,俄而手足齐举,为之踏浑脱,歌呼抑扬若履平地。上赐物甚厚。文宗即位,恶其太险伤神,遂不复作。"④石火胡及其五养女擅长竿技,演出场面无比惊险,在敬宗"集天下百戏于殿前"时她们被招募到长安的宫廷中表演,最后很可能进入了教坊。《新唐书》卷二百八《刘克明传》:"刘克明,亦亡所来,得幸敬宗。敬宗善击球,于是陶元皓、靳遂良、赵士则、李公定、石定宽以球工得见便殿,内籍宣徽院或教坊,然皆出神策隶卒或里间恶少年,帝与狎息殿中为戏乐。四方闻之,争以趫勇进于帝。尝阅角抵三殿,有碎首断臂,流血廷中,帝欢甚,厚赐之,夜分罢。"⑤可见教坊从神策隶卒和里间恶少年中招募了不少人供敬宗戏乐。这说明中唐以后,宫廷有时吸纳民间艺人和其他人员到宫中表演,而不专用宫廷乐人。他们是寄名于教坊,身份是平民,与身份是官户或官奴婢的教坊乐工是不同的。

---

① ［后晋］刘昫等:《旧唐书》,第 4106 页。
② ［后晋］刘昫等:《旧唐书》,第 519 页。
③ ［后晋］刘昫等:《旧唐书》,第 520 页。
④ ［唐］苏鹗:《杜阳杂编》(《唐五代笔记小说大观》本),第 1387 页。
⑤ ［宋］欧阳修、宋祁:《新唐书》,第 5883 页。

在敬宗朝,教坊不仅从民间招募寄名的演员,也服务于一般的官员和民间。《唐会要》卷三十四"杂录":"宝历二年九月,京兆府奏:'……伏以府司每年重阳、上巳两度宴游,及大臣出领藩镇,皆须求雇教坊音声,以申宴饯。今请自于当已钱中,每年方图三二十千,以充前件乐人衣粮。伏请不令教坊收管,所冀公私永便。'从之。盖京兆尹刘栖楚所请也。"①可见,在重阳、上巳的宴游活动中以及大臣出领藩镇时,都要求雇教坊音声,教坊在宫廷之外的演出活动已经是相当频繁了。

教坊乐工的地位也得到显著提高。《旧唐书》卷十七上《敬宗本纪》宝历二年(826)春正月庚午:"贬殿中侍御史王源植为昭州司马。时源植街行,为教坊乐伎所侮,导从呵之,遂成纷竞。京兆尹刘栖楚决责乐伎,御史中丞独孤朗论之太切,上怒,遂贬源植。"②教坊乐伎竟然敢侮辱朝廷大臣,他们的势力之大可想而知。教坊乐工地位的提高和皇帝的宠信是分不开的,同时,教坊归宦官管理,宦官势力增大也是原因之一。

在敬宗时,教坊的人员应有所增加,并且因为有从神策隶卒和民间招募的寄名乐工,教坊乐工的组成和身份也趋于复杂。

(四)文宗、武宗朝的教坊

宝历二年(826)十二月初八,敬宗为宦官所杀,几天后江王即位,是为文宗。文宗即位之后,一心想铲除宦官势力,在大和年间并不注重妓乐。甘露之变后,反而较多使用教坊音乐。

文宗在即位后的第三天就开始放宫人、省教坊乐工。文宗《即位诏》云:"教坊乐官、翰林待诏、技术官并总监诸色职事中,冗员者共一千二百七十人,并宜停废;总监中一百二十四人,先属诸军,并各归本司;余七百三人,勒纳牒,身放归本管。先供教坊衣粮一百分,厢家及诸司新加衣粮三千分,并宜停给。"③大臣似乎从文宗身上看到了希望。

在大和年间,文宗对教坊始终采取限制的态度。《旧唐书》卷十七上《文宗本纪》大和三年(829)三月乙酉:"敕兵戈未息,教坊每日祗候乐人宜

---

① [宋]王溥:《唐会要》,第 5883 页。
② [后晋]刘昫等:《旧唐书》,第 631 页。
③ [清]董诰等编:《全唐文》,第 742 页。

权停。"①又《旧唐书》卷十七下《文宗本纪》大和七年(833)闰七月乙卯朔:"诏曰:'……停教坊乐,厩马量减刍粟……宜出宫女千人。'"②

文宗亦曾授乐工官。《旧唐书》卷一百七十六《魏谟传》:"(文宗朝)教坊副使云朝霞善吹笛,新声变律,深惬上旨。自左骁卫将军宣授兼扬府司马……乃改授润州司马。"③《新唐书》卷九十七《魏谟传》:"教坊有工善为新声者,诏授扬州司马,议者颇言司马品高,郎官、刺史迭处,不可以授贱工,帝意右之。宰相谕谏官勿复言,谟独固谏不可,工降润州司马。"④则教坊副使云朝霞擅长吹笛,自左骁卫将军宣授兼扬府司马。宰臣以为郎官刺史不可授伶官,而文宗亟称云朝霞之善,最后改授润州司马。《唐会要》卷三十四"杂录"条记此事在大和九年:"大和九年,文宗以教坊副使云朝霞善吹笛……乃改授润州司马。"⑤按,甘露之变发生在大和九年(835)的十一月二十一日,最晚在大和九年(835)初文宗就在为铲除宦官做准备,教坊副使云朝霞是宦官,正是文宗所痛恨的人,云朝霞在大和九年授润州司马可能与文宗的政治谋略有关,推测这件事是文宗麻痹宦官的一种手段。

甘露之变后,文宗基本失去自由,政权为宦官所把持。文宗只有依靠音乐消磨时光,教坊乐工可能反而使用得较为频繁。宋王谠《唐语林》卷四《伤逝》:"太和九年,仇士良诛王涯、郑注。上或登临游幸,虽百戏列于前,未尝少悦。往往瞪目独语,左右不敢进问……时有宫人沈阿翘为上舞《河满子》词,声态宛转,曲罢,锡以金臂环。乃问其从来,阿翘曰:'妾本吴元济女。元济败,因入宫。'"⑥实际上歌舞也不能消解文宗的忧愁。

但即便在开成年间,文宗对教坊乐工也说不上有什么宠信,而甘露之变后宦官意图报复,竟欲将宗室女没入教坊。《资治通鉴》卷二百四十六唐文宗开成四年(839)十月丁卯:"上幸会宁殿作乐,有童子缘橦,一夫来

---

① ［后晋］刘昫等:《旧唐书》,第531页。
② ［后晋］刘昫等:《旧唐书》,第550页。
③ ［后晋］刘昫等:《旧唐书》,第4568页。
④ ［宋］欧阳修、宋祁:《新唐书》,第3882页。
⑤ ［宋］王溥:《唐会要》,第631页。
⑥ ［宋］王谠:《唐语林》,第389页。

往走其下如狂。上怪之,左右曰:'其父也。'上泫然流涕曰:'朕贵为天子,不能全一子!'召教坊刘楚材等四人、宫人张十十等十人责之曰:'构害太子,皆尔曹也,今更立太子,复欲尔邪?'执以付吏,已巳,皆杀之。"①唐段安节《乐府杂录》:"文宗朝,有内人郑中丞,善胡琴……时有权相旧吏梁厚本,有别墅在昭应县之西,正临河岸。垂钩之际,忽见一物浮过,长五六尺许,上以锦绮缠之。令家僮接得就岸,即秘器也。及发棺视之,乃一女郎,妆饰俨然,以罗领巾系其颈。解其领巾,伺之,口鼻有余息,即移入室中,将养经旬,乃能言,云:'是内弟子郑中丞也,昨以忤旨,命内官缢杀,投于河中,锦绮,即弟子相赠尔。'"②此种种迹象隐约表明文宗并不喜欢教坊乐工。甘露之变后还发生了一件御史中丞李孝本二女没入教坊的事件。《旧唐书》卷一百七十六《魏谟传》:"(文宗朝)御史中丞李孝本,皇族也,坐李训诛,有女没入掖廷。谟谏曰:'……'"③《新唐书》卷九十七《魏谟传》:"御史中丞李孝本,宗室子,坐李训事诛死,其二女没入宫。谟上言……帝(文宗)即出孝本女。"④据《资治通鉴》卷二百四十五,此事发生在开成元年(836)。御史中丞李孝本参与了甘露之变,并于大和九年(835)十一月二十三日被当众处死,因甘露之变后天下事皆决于宦官,所以取李孝本二女入宫当是宦官采取的报复行为,而不是文宗的本意。

在文宗朝,教坊依然服务于民间。《唐会要》卷二十九"节日"条:"(开成)五年四月,中书门下奏请,以六月一日为庆阳节,休假二日,著于令式……京城内,宰臣与百官就诣大寺,共设僧一千人斋,仍望田里借教坊乐官,充行香庆赞,各移本厨,兼下令京兆府别置歌舞,依奏。"⑤可见教坊乐人在当时广泛参与各种社会活动,用自己的音乐技能服务于民间。

开成五年(840)正月初四文宗去世,正月十四日皇弟颍王即位,是为

---

①　[宋]司马光:《资治通鉴》,第 7941 页。

②　[唐]段安节:《乐府杂录》(《中国古典戏曲论著集成》本),第 52 页。

③　[后晋]刘昫等:《旧唐书》,第 4567 页。

④　[宋]欧阳修、宋祁:《新唐书》,第 3882 页。

⑤　[宋]王溥:《唐会要》,第 547 页。

武宗。武宗朝是一个宦官完全掌握权力的时代。这些宦官都愿意皇帝沉溺于享乐而忘掉国事,拥戴武宗即位的大宦官仇士良就是这样告诫他的继任者的。《新唐书》卷二百七《仇士良传》:"士良之老,中人举送还第,谢曰:'诸君善事天子,能听老夫语乎?'众唯唯。士良曰:'天子不可令闲暇,暇必观书,见儒臣,则又纳谏,智深虑远,减玩好,省游幸,吾属恩且薄而权轻矣。为诸君计,莫若殖财货,盛鹰马,日以球猎声色蛊其心,极侈靡,使悦不知息,则必斥经术,暗外事,万机在我,恩泽权力欲焉往哉?'众再拜。"①仇士良的话正是宦官们做事的原则。

正由于此,武宗经常到教坊作乐,并到扬州选择妓女。宋王谠《唐语林》卷三《方正》:"武宗数幸教坊作乐,优倡杂进。酒酣,作技谐谑,如民间宴席,上甚悦。谏官奏疏,乃不复出,遂召优倡人,敕内人习之。宦者请令扬州选择妓女,诏扬州监军取解酒令妓女十人进入。"②由此推测教坊在武宗朝要比文宗朝兴盛一些。

总之,从德宗朝到武宗朝,教坊得以平稳发展,可能一直保持了一定的规模。在此期间,教坊出现了一些新的特点,一是从民间招募乐工,使教坊乐工的身份趋于复杂,教坊乐工不再完全由官户和官奴婢担任;二是教坊不再仅仅服务于宫廷,而是除服务于宫廷外,还参与民间的各种活动。教坊音乐服务于民间,使高水平的音乐传播到了民间并产生了极大的影响。

二、教坊的衰落

从宣宗朝开始,教坊走向衰落。会昌六年(846)三月二十三日武宗去世,大智若愚的皇太叔光王即位,是为宣宗。宣宗晦而内朗,庄重少言,却多才多艺,对音乐也颇为内行,擅长吹管,又能自制曲。但他喜欢读书,又想有所作为,故即位后对这些都不以为意。

宣宗崇尚法制,对教坊乐工也不留丝毫情面。《资治通鉴》卷二百四十九唐宣宗大中十一年(857)七月:"教坊祝汉贞,滑稽敏给,上或指物使

---

① 〔宋〕欧阳修、宋祁:《新唐书》,第 5874 页。
② 〔宋〕王谠:《唐语林》,第 209 页。

之口占,摹咏有如宿构,由是宠冠诸优。一日,在上前抵掌诙谐,颇及外事。上正色谓曰:'我畜养尔曹,正供戏笑耳,岂得辄预朝政邪!'自是疏之。会其子坐赃,杖死,流汉贞于天德军。"①则祝汉贞善俳优"累朝供奉",因言谈中"颇及外事",于大中十一年(857)被流于天德军。

在宣宗朝,教坊的"行乞"活动也被禁止。《唐会要》卷三十四"杂录"条:"大中六年十二月,右巡使卢潘等奏:'准四年八月宣约教坊音声人于新授观察、节度使处求乞。自今已后,许巡司府州县等捉获。如是属诸使有牒送本管,仍请宣付教坊司为遵守。'依奏。"②这无疑减少了教坊乐工的收入。

宣宗对女乐时刻保持着戒备心理。宋王谠《唐语林》卷七《补遗》:"宣宗时,越守进女乐,有绝色。上初悦之。数日,锡予盈积。忽晨兴不乐,曰:'明皇帝只一杨妃,天下至今未平。我岂敢忘?'召诣前曰:'应留汝不得。'左右奏'可以放还',上曰:'放还我必思之,可赐鸩一杯。'"③

宣宗在位十三年,政局比较平稳,但因为宣宗对教坊和女乐的戒备心理,教坊在宣宗朝开始走向衰落。

大中十三年(859)八月七日,宣宗病逝,八月十日,宣宗的长子郓王即皇帝位,是为懿宗。

懿宗也喜欢音乐。《新唐书》卷二百八《杨复恭传》:"帝(昭宗)遂问游幸费,对曰:'闻懿宗以来,每行幸无虑用钱十万,金帛五车,十部乐工五百,犊车、红网朱网画香车百乘,诸卫士三千。凡曲江、温汤若畋猎曰大行从,宫中、苑中曰小行从。'"④但懿宗朝外患不断,对懿宗的享乐多少产生了一些影响。

到咸通十四年(873)七月,懿宗去世,年仅十二岁的僖宗即位,在僖宗朝,宦官掌握了全部权力。两年以后,也就是乾符二年(875),在关东道爆发了王仙芝、黄巢起义。起义军发展迅速,声势越来越大,广明元年(880)

---

① [宋]司马光:《资治通鉴》,第8063页。

② [宋]王溥:《唐会要》,第632页。

③ [宋]王谠:《唐语林》,第630页。

④ [宋]欧阳修、宋祁:《新唐书》,第5890页。

黄巢的军队攻进了长安,僖宗逃到了成都。黄巢起义持续了十年,占领长安就达三年之久,在十年中,黄巢的军队席卷了大半个中国,唐王朝受到沉重的打击。黄巢起义后,群雄并起,兵戈就再没有停止过,光启元年(885)十二月,僖宗又一次逃往凤翔。光启四年(888)初还京,不久病死。

僖宗确实是一位喜欢享乐的天子。宋王谠《唐语林》卷七《补遗》:"僖宗好蹴球、斗鸭为乐,自以能于步打,谓俳优石野猪曰:'朕若步打进士,当得状元。'"①僖宗在《赐薛应辞诏》中说:"朕自违奉寝园,播越梁蜀,日往月来,首尾三年……蜀国素号繁华,朕不观绮艳;教坊乐官继到,朕不听笙歌。"②这也许只是他的自我标榜。唐段安节《乐府杂录》:"僖宗幸蜀时,戏中有刘真者,尤能(弄参军),后乃随驾入京,籍于教坊。"③则刘真为蜀中乐工,因长于弄参军而受到僖宗的喜爱,后随僖宗入京,籍于教坊。可见即使逃亡到蜀中,僖宗也没有忘记享乐。此材料证明僖宗回京后依然设有教坊。但在僖宗两次出逃的过程中,教坊当受到很大冲击,并彻底走向了衰落。

文德元年(888),昭宗即位。在昭宗朝,宦官专权,战乱不断,局势完全失去了控制。《旧唐书》卷四十六《经籍志》:"昭宗即位,志弘文雅。秘书省奏曰:'当省元掌四部御书十二库,共七万余卷。广明之乱,一时散失。后来省司购募,尚及二万余卷。及先朝再幸山南,尚存一万八千卷。窃知京城制置使孙惟晟收在本军,其御书秘阁见充教坊及诸军人占住。伏以典籍国之大经,秘府校雠之地,其书籍并望付当省校其残缺,渐令补辑。乐人乞移他所。'并从之。"④《新唐书》卷五十七《艺文志》:"昭宗播迁,京城制置使孙惟晟敛书本军,寓教坊于秘阁,有诏还其书,命监察御史韦昌范等诸道求购,及徙洛阳,荡然无遗矣。"⑤则在昭宗即位之初教坊乐人就已经无处容身,只能在御书秘阁暂住,估计人数已经很少。在连绵不

---

① [宋]王谠:《唐语林》,第 670 页。

② [清]董诰等编:《全唐文》,第 913 页。

③ [唐]段安节:《乐府杂录》(《中国古典戏曲论著集成》本),第 49 页。

④ [后晋]刘昫等:《旧唐书》,第 1962 页。

⑤ [宋]欧阳修、宋祁:《新唐书》,第 1423 页。

断的战乱中,教坊乐工逐渐流离失散。天复四年(904)昭宗被杀,昭宗十三岁的儿子即位,是为哀帝。天祐四年(907),皇帝把皇位禅让给朱全忠,唐朝灭亡。在哀帝时朝廷是否还有零星教坊乐工已不可知,无论如何,随着唐帝国的灭亡,唐代教坊也走到了尽头。

第九章　教坊的乐官和乐工

本章摘要:本章主要讨论教坊乐官和乐工的相关问题。教坊乐官有由宦官担任的高级乐官和由乐人担任的低级乐官两种,具体包括梨园教坊使、教坊使、教坊副使、都判官、判官、都都知和都知等。教坊的乐工来源比较复杂,供奉教坊的形式也不尽相同,其身份以官户和官奴婢为主,社会地位具有两面性,经济收入则由几个部分组成。

同太常寺和梨园一样,教坊也有属于它自己的乐官和乐工。本章将对教坊的乐官和乐工的有关情况进行讨论。因前人对教坊乐官的推定并不完备,本章对教坊乐官的种类进行重新考订,并详细考证教坊乐工的来源、身份、社会地位和经济来源等问题。

第一节　教坊的乐官及相关问题

教坊的乐官和梨园乐官颇有相似之处,亦是以宦官担任最高长官。根据岸边成雄的考证,教坊乐官设有使、副使、都知、色(色长及部头),[①]此说并不完备,且岸边成雄关于色长及部头的说法系推测。他自己也说:"关于'色'、'色长'与'部'、'部头',在教坊正式制度方面,并无实证。"[②]现根据唐代史料,对教坊的乐官进行重新考订,并对教坊乐官的地位和任职条件进行讨论。

---

① 参见〔日〕岸边成雄:《唐代音乐史的研究》,梁在平、黄志炯译,第 237—248 页。

② 〔日〕岸边成雄:《唐代音乐史的研究》,梁在平、黄志炯译,第 248 页。

一、教坊乐官的种类新考

《大唐六典》卷二《尚书吏部》:"凡诸司置直,皆有定制。诸司诸色有品直……太常寺三十人……教坊二十人。"①则教坊乐官可能一度是二十人。本书认为,唐代教坊乐官可分为以下几种:

(一)梨园教坊使

梨园教坊使之职,见于李邕撰《唐故逸人窦居士神道碑(并序)》(该文在第五章已引),根据此碑,窦天生之次子窦元礼曾任梨园教坊使一职,证明在唐代教坊设有梨园教坊使这一职务。梨园教坊使也可能不是一个常设的官职,也许是因为窦元礼曾同时管理梨园和教坊,故称梨园教坊使。

同时,窦元礼是"行内侍省内侍",可知梨园教坊使由宦官充任。《旧唐书》卷一百六十七《赵宗儒传》:"太常有《师子乐》,备五方之色,非会朝聘享不作,幼君荒诞,伶官纵肆,中人掌教坊者移牒取之。"②《乐府杂录》:"开元中始别署左右教坊……以内官掌之。"③此亦证明教坊由宦官掌管。

(二)教坊使

唐代教坊设有教坊使一职,负责管理教坊的全面工作。《新唐书》卷一百五十二《李绛传》:"教坊使称密诏阅良家子及别宅妇人内禁中。"④刘玄休《唐故太原郡王夫人墓志铭并序》:"王氏之先祖,太原郡人也。曾祖庆,列于行□□□任内□□赐紫金鱼袋充教坊使曰盈之爱女也。"⑤这证明有教坊使一职存在。

《资治通鉴》卷二百一十一唐玄宗开元二年(714)正月:"乃更置左右教坊以教俗乐,命右骁卫将军范及为之使。"⑥范及当为范安及,韦述《大唐故镇军大将军行右骁卫大将军上柱国岳阳郡开国公范公墓志铭并序》:

---

① [唐]李隆基撰,李林甫注:《大唐六典》,第 36 页。
② [后晋]刘昫等:《旧唐书》,第 4363 页。
③ [唐]段安节:《乐府杂录》(《中国古典戏曲论著集成》本),第 64 页。
④ [宋]欧阳修、宋祁:《新唐书》,第 4842 页。
⑤ 王仁波主编:《隋唐五代墓志汇编》(陕西卷第二册),第 92 页。
⑥ [宋]司马光:《资治通鉴》,第 6694 页。

"公讳安及，字匡时……神龙之初，以翊赞中兴之功起家，拜朝散大夫，都苑总监……先天之际，国步犹艰，□气肇于夏庭，邪谋连于盖主。公推忠奉国，徇义忘身，始预经纶之期，遂偶元亨之会。乃以殊勋，特加云麾将军，拜左瓶军卫翊府中郎将，兼知总监、教坊、内作等使。"①此范安及与范及当系一人，为宦官，曾任教坊使。张仲素《内侍护军中尉彭献忠神道碑》："公讳献忠，字琦夫……（贞元）二十年加正议大夫内侍省内侍，仍赐上柱国，充教坊使。"②则右骁卫将军范及和内侍护军中尉彭献忠均曾任教坊使，这说明教坊使一职是由宦官担任的。

教坊使不一定具备音乐才能。岸边成雄云："似非其有音乐上之嗜好，仅为行政上之监督官者。"③此说是。

（三）教坊副使

教坊副使是教坊使的副职。《旧唐书》卷一百七十六《魏谟传》："教坊副使云朝霞善吹笛，新声变律，深惬上旨。"④则云朝霞曾经任教坊副使，证明存在教坊副使一职。

教坊副使云朝霞在改授润州司马之前为"左骁卫将军"，左骁卫将军是中央宿卫官，为十六卫之一，掌宿卫宫禁，在皇城四面、宫城内外。因为在德宗以后宦官典禁军已经制度化，所以推测任"左骁卫将军"的教坊副使云朝霞亦为宦官。则教坊副使一职同教坊使一样，也是由宦官担任的。

教坊副使云朝霞既是宦官，又精通音乐，推测教坊副使一职当由宦官担任，主要负责教坊的管理工作。如果有宦官精通音乐，如云朝霞，则是最佳人选。

（四）都判官

教坊中亦有都判官一职，是教坊的乐官之一，职位在教坊副使之下。

---

①　［唐］韦述：《大唐故镇军大将军行右骁卫大将军上柱国岳阳郡开国公范公墓志铭并序》，西安碑林藏石。

②　［清］董诰等编：《全唐文》，第 6522 页。

③　〔日〕岸边成雄：《唐代音乐史的研究》，梁在平、黄志炯译，第 240 页。

④　［后晋］刘昫等：《旧唐书》，第 4568 页。

据苏繁《唐故监事使太中大夫行内侍奚官局令员外置同正员上柱国赐绯鱼袋梁公墓志并序》,[①]可知梁元翰元和十一年(816)曾任梨园判官,长庆二年(822)九月改充教坊都判官,证明教坊中存在都判官一职,且此职务由宦官担任。梁元翰任此职务后,"乐府推能,六律和畅","宫商不失",证明他可能有音乐才能,则教坊都判官一职可能由精通音乐的宦官担任。梁元翰大和六年(832)"从教坊判官除西头著番",此处之"教坊判官"当是"教坊都判官"之误。

(五)判官

判官为都判官之下的乐官。《唐语林》卷一《政事》上记唐崇求许小客向玄宗求教坊判官事,证明教坊的确设有判官一职。唐崇为教坊乐工,精于音乐,推测此职可能在精通音乐的乐工中选拔。

卢纵之《大唐故朝议大夫检校国子祭酒侍御史兼王府傅琼果二州刺史赐紫金鱼袋雁门郡田府君墓志铭并叙》:

> 公讳章,字汉风,雁门郡人也……公年始弱冠,幼而知礼,夙承麻□,早年入仕,解褐授宣州宁国县尉,充教坊使判官。[②]

则田章曾经任由"宣州宁国县尉"改任"教坊使判官"。"教坊使判官"当即教坊中的判官。从田章由"宣州宁国县尉"改任判官看,教坊判官的职位不会很高,当在七品左右。田章曾经任"国子祭酒"和"琼果二州刺史",则并非宦官,说明教坊判官一职不一定由宦官担任。田章本人并非乐工,则虽然教坊判官会在乐工中选拔,但有时也可能由不通音乐者担任。

(六)都都知、都知

宋钱易《南部新书》癸:"近有商训者,善吹笙,亦籍教坊,为都知。能别五音,知凶吉。"[③]可知教坊设有都知一职。梁补阙《赠米都知》:"供奉

---

① 王仁波主编:《隋唐五代墓志汇编》(陕西卷第二册),第76页。

② 吴钢主编:《隋唐五代墓志汇编》(陕西卷第四册),天津古籍出版社1991年版,第143页。

③ 〔宋〕钱易:《南部新书》,第176页。

三朝四十年,圣时流落发衰残。贪将乐府歌明代,不把清吟换好官。"①则米某曾任都知,供奉朝廷达四十年之久,此都知或为教坊都知,米都知亦长于歌唱。据宋钱易《南部新书》丙:"咸通中,俳优恃恩,咸为都知……乃命李可及为都都知。"②李可及可能是梨园乐官,梨园和教坊都设有都知一职,而梨园在都知之上还设有都都知,推测教坊也可能设有都都知一职。如果是这样的话,则都都知和都知都是具体从事音乐活动的乐官,故必须由精通音乐的乐人担任。

一般说来,在教坊中宦官担任的是高级乐官,乐人担任的是低级乐官。《旧唐书》卷一百八十四《高力士传》:"玄宗尊重宫闱,中官稍称旨,即授三品将军,门施棨戟……殿头供奉、监军、入蕃、教坊、功德主当,皆为委任之务。"③可见在玄宗朝就开始由宦官担任教坊的高级乐官了。梨园和教坊的乐官有相似之处,当都设有都都知和都知。

综上可知,教坊的乐官当包括梨园教坊使、教坊使、教坊副使、都判官、判官、都都知和都知等,而岸边成雄之说不确。

二、教坊乐官的地位问题

教坊与梨园的高级乐官都由宦官担任,低级乐官则由精通音乐的乐工担任,乐官的名称也非常相似。教坊乐官的地位与梨园乐官也基本相同,地位并不高,但有一部分乐官受到皇帝的宠幸,在一定时期内颇有权势。

宋钱易《南部新书》乙:"五方师子本领出在太常,靖恭崔尚书邠为乐卿,左军并教坊曾移牒索此戏,称云备行从。崔公判回牒不与阅。傩日如方镇大享,屈诸司侍郎两省官同看。崔公时在色养之下,自靖恭坊露冕从板舆入太常寺棚中,百官皆取路回避,不敢直冲,时论荣之。"④《新唐书》

① [清]彭定求等编:《全唐诗》,第 8930 页。
② [宋]钱易:《南部新书》,第 34 页。
③ [后晋]刘昫等:《旧唐书》,第 4757 页。
④ [宋]钱易:《南部新书》,第 23 页。

卷一百五十一《赵宗儒传》："太常有《五方师子乐》,非大朝会不作。帝嗜
声色,宦官领教坊者,乃移书取之。宗儒不敢违,以诉宰相。"①可见有时
教坊乐官特别是由宦官担任的高级乐官的势力很大,这主要是因为由宦
官担任的高级乐官往往依仗着皇帝的权势的缘故。

　　但教坊普通乐官在任职上还是有很多限制的。《旧唐书》卷十四《宪
宗本纪》永贞元年(805)九月己巳:"罢教坊乐人授正员官之制。"②《新唐
书》卷七《顺宗本纪》永贞元年(805)八月:"顺宗诏立为皇帝。乙巳,即皇
帝位于太极殿……九月己巳,罢教坊乐工正员官。"说明在永贞元年(805)
之后,教坊乐人不可再授正员官。

　　《旧唐书》卷一百七十六《魏谟传》载教坊副使云朝霞改授官职事,③
说明尽管有的教坊乐官深受皇帝宠信,但他们在任职方面还是颇受限制,
表明他们地位比其他的官员要低。有时教坊乐官会成为宫廷政治斗争的
牺牲品,如唐文宗开成四年(839),④教坊乐官刘楚材等四人即因"构害太
子"的罪名被杀。⑤

第二节　教坊的乐工

　　完成音乐演奏任务的主要是教坊的乐工。本节主要对教坊乐工的
事迹、来源、社会地位和经济来源等进行考订,以见出教坊乐工的生存
状态。

一、教坊乐工的专业分工及来源、身份考辨

　　根据对教坊乐工的考察(详见附录五),可知虽然教坊乐工可考者不

---

① 　[宋]欧阳修、宋祁:《新唐书》,第4827页。
② 　[后晋]刘昫等:《旧唐书》,第412页。
③ 　[后晋]刘昫等:《旧唐书》,第4568页。
④ 　参见[宋]司马光:《资治通鉴》,第7941页。
⑤ 　参见[后晋]刘昫等:《旧唐书》,第4543页。

多,但来源还是相当复杂的。现把教坊乐工的情况简化为下表:

表 9—1　唐教坊乐工情况表

序号	姓　名	技　艺	供奉时间	备　注
1	黄幡绰	俳优、弄参军	玄宗、肃宗朝	
2	裴承恩	筋斗	玄宗朝	西域人
3	裴大娘	善歌	玄宗朝	西域人
4	侯某	竿木	玄宗朝	
5	赵解愁	竿木	玄宗朝	
6	张四娘	善歌舞,能弄踏谣娘	玄宗朝	
7	范汉女	竿木	开元年间	胡人
8	吕元真	打鼓	玄宗朝	
9	某小儿	筋斗和竿木	玄宗朝	
10	任氏四女	善歌	玄宗朝	
11	庞三娘	善歌舞、工化妆	玄宗朝	
12	颜大娘	歌舞和化妆	玄宗朝	胡人
13	魏二	歌舞甚拙	玄宗朝	
14	杨家生	不详	玄宗朝	
15	王辅国	不详	玄宗朝	
16	郑衔山	不详	玄宗朝	
17	薛忠	不详	玄宗朝	
18	王琰	不详	玄宗朝	
19	许和子	善歌	玄宗朝	籍于宜春院
20	唐崇	歌唱	玄宗朝	
21	许小客	不详	玄宗朝	教坊长人
22	乐工某	不详	玄宗、德宗朝	
23	曹自庆	不详	代宗、德宗朝	
24	王大娘	戴百尺竿	玄宗、德宗朝	
25	张红红	歌唱	大历中	籍于宜春院
26	教坊某小儿	歌唱	元和中	
27	某内人	吹笙	中唐	被放后出家
28	舞工某	舞	中唐	
29	石火胡	擅长竿技	敬宗朝	
30	郑中丞	善胡琴	文宗朝	
31	祝汉贞	善俳优	武宗、宣宗朝	
32	王内人	琵琶	宣宗朝	
33	刘真	弄参军	僖宗朝	
34	石野猪	俳优	僖宗朝	

根据上表,可知教坊乐工在专业分工方面包括了器乐、歌唱、舞蹈、散乐和俳优,这和教坊的性质是相吻合的。教坊乐工的来源则有以下几种:

(一)乐户

教坊乐工的主体当是乐户,其身份是官户或官奴婢。也可能有一部分乐工身份比官户要高,属于杂户,地位在官户和平民之间。

如任氏四女,皆供奉教坊。唐崔令钦《教坊记》:"任智方四女皆善歌。其中:二姑子吐纳凄婉,收敛浑沦;三姑子容止闲和,旁观若意不在歌;四姑子发声遒润虚静,似从空中来。"①则任智方四女皆教坊乐人,皆善歌,从此材料可以看出教坊乐工有一家均供奉于教坊的。则任智方当是乐户家庭。唐段安节《乐府杂录》:"开元中,内人有许和子者,本吉州永新县乐家女也。"②许和子为"内人",《教坊记》:"妓女入宜春院,谓之内人,亦曰前头人。"③故许和子为教坊乐人。她是"永新县乐家女",当是乐户的后代,属于官户或官奴婢,被选入宫。

据《旧唐书》卷一百六十四《李绛传》、④《新唐书》卷一百五十二《李绛传》,⑤在宪宗朝教坊称密旨,取"良家士女及衣冠别第妓人"进入教坊,引起京师舆论的震动,这是因为教坊乐工的身份是官户或官奴婢,而良家士女的身份是平民,取良家士女为教坊乐工混淆了平民和官户、官奴婢的等级关系。

又据《新唐书》卷九十七《魏谟传》,御史中丞李孝本之二女,因李训事被没入教坊,引起大臣的不满,最后皇帝只好放出李孝本之二女,并解释说"非曰声妓"⑥,可见当时无论大臣还是皇帝对教坊乐工的乐户身份都有极清楚的认识。从以上两件事推测,乐户身份的教坊乐工可能是教坊乐工的主体。

(二)民间乐工

教坊中还有一部分从民间选拔的乐工,其身份可能是平民。据孟郊

---

① 任半塘:《教坊记笺订》,第 42 页。
② [唐]段安节:《乐府杂录》(《中国古典戏曲论著集成》本),第 46 页。
③ 任半塘:《教坊记笺订》,第 19 页。
④ 参见[后晋]刘昫等:《旧唐书》,第 4289 页。
⑤ 参见[宋]欧阳修、宋祁:《新唐书》,第 4842 页。
⑥ [宋]欧阳修、宋祁:《新唐书》,第 3882 页。

《教坊歌儿》①，十岁小儿以能歌而被选入教坊，得见天子。时孟郊六十岁。孟郊生于天宝十载（751），他六十岁时为元和十一年（810），则此教坊歌儿供奉教坊当在元和年间。孟郊诗云"十岁小小儿，能歌得朝天"，则此教坊小儿是因为能歌而被选入教坊的，说明当时教坊可能存在从民间选拔乐工的制度。

据唐段安节《乐府杂录》记载，张红红擅长歌唱和记曲，②被韦青纳为妾，后被招入宜春院，则张红红为教坊乐工。韦青本是士人，官至金吾将军，亦长于歌唱。③ 韦青卒，张红红一恸而绝。张红红供奉教坊当在大历中，"本与其父歌于衢路丐食"，其身份当是平民，进入教坊是因为她的歌唱技艺，而不是因为她是乐户。

《乐府杂录》："箜篌乃郑、卫之音……大和中有季齐皋者，亦为上手，曾为某门中乐史，后有女，亦善此伎，为先徐相姬。大中末，齐皋尚在，有内官拟引入教坊，辞以衰老，乃止。"④乐工季齐皋擅长弹奏箜篌，大中末年有内官拟将其引入教坊，季齐皋辞以衰老，最终没有进入教坊，这是一个教坊从民间选拔乐工的实例。

（三）民间乐工挂名教坊

从相关材料看，除从民间选拔的乐工进入教坊之外，还有一部分民间乐工挂名教坊，即在需要时就到教坊表演，平时则不到教坊供奉。这是教坊为解决乐工不足问题所采取的措施之一。这部分乐工的身份当是平民。

据苏鹗《杜阳杂编》卷中，石火胡及其五养女擅长竿技，⑤石火胡本是幽州人，在敬宗"集天下百戏于殿前"时到宫廷中表演，至于是否进入教坊则不可知，很可能是挂名教坊的民间乐人。此材料说明中唐以后，宫廷有时吸纳民间艺人到宫中表演，而不专用宫廷乐人。

---

① ［清］彭定求等编：《全唐诗》，第4214页。
② 参见［唐］段安节：《乐府杂录》（《中国古典戏曲论著集成》本），第47页。
③ 参见［唐］段安节：《乐府杂录》（《中国古典戏曲论著集成》本），第46页。
④ ［唐］段安节：《乐府杂录》（《中国古典戏曲论著集成》本），第53页。
⑤ 参见［唐］苏鹗：《杜阳杂编》（《唐五代笔记小说大观》本），第1387页。

　　白居易《琵琶行》："自言本是京城女,家在虾蟆陵下住。十三学得琵
琶成,名属教坊第一部。曲罢曾教善才伏,妆成每被秋娘妒。五陵年少争
缠头,一曲红绡不知数……门前冷落鞍马稀,老大嫁作商人妇。"①此琵琶
女是为"五陵年少"表演节目而不是在宫中表演节目,且她"老大嫁作商人
妇",有婚嫁的自由,则"名属教坊第一部"当是挂名或寄名教坊。琵琶女
的身份是平民,她和教坊的关系是一种比较固定的雇佣关系。

　　王建《宫词》："青楼小妇砑裙长,总被抄名入教坊。"②此亦可证明有
的民间乐工"被抄名入教坊",到教坊服务。此"青楼小妇"同琵琶女当属
同类情况。

　　(四)胡人乐工

　　教坊中还有一部分乐工是胡人。唐崔令钦《教坊记》中有"筋斗裴承
恩"③。裴承恩当系教坊乐工,供奉于玄宗朝,善筋斗,任半塘以为他是西
域人。④《教坊记》："筋斗裴承恩妹大娘,善歌。"⑤则裴大娘为裴承恩之
妹,善歌,供奉教坊亦当在玄宗朝,亦当是胡人。《教坊记》："有颜大娘,亦
善歌舞。眼重、脸深,有异于众。能料理之,遂若横波,虽家人不觉也。"⑥
则教坊乐工颜大娘,善于歌舞和化妆,从其容貌看或为胡人。

　　胡人进入教坊的途径可能比较复杂,推测有以下几种:一是唐朝廷在
历次战争中俘获的乐工经选择进入教坊;二是属国或藩将献乐,其中多有
胡人乐工,经选择进入教坊;三是胡人以其音乐才能到长安谋生,经选择
进入教坊或寄名教坊。胡人乐工进入教坊的途径不同,他们的身份可能
也有所不同,或为平民身份,或为官户、官奴婢身份。

　　总之,教坊乐工的来源比较复杂,他们供奉教坊的形式也不尽相同,
其身份也有多种,但教坊乐工当以乐户为主,其身份则以官奴婢和官户为
主。

①　[清]彭定求等编:《全唐诗》,第4831页。
②　[清]彭定求等编:《全唐诗》,第3442页。
③　任半塘:《教坊记笺订》,第49页。
④　参见任半塘:《教坊记笺订》,第50页。
⑤　任半塘:《教坊记笺订》,第49页。
⑥　任半塘:《教坊记笺订》,第43页。

二、教坊乐工的社会地位问题

教坊乐工的社会地位有两面性。一方面,他们的主体是乐户,身份是杂户、官户或官奴婢,法律地位尚不及平民,故社会地位不高。另一方面,因为教坊乐工是直接服务于宫廷的,他们有机会接触皇帝,其中技艺高超者很多受到皇帝的宠幸,借助皇帝的宠信,他们有时会拥有较高的社会地位。

在唐代,有不少教坊乐工以其技艺得官和受到皇帝赏赐。如文宗时教坊有乐工善为新声,诏授扬州司马,尽管经大臣进谏,最后还是授润州司马。在大和中也有"乐工弟子,赐与至广"①的事情发生,引起朝臣的关注和进谏。

教坊乐工恃宠,有时和朝廷官员争胜。《旧唐书》卷十七上《敬宗本纪》宝历二年(826)春正月庚午:"贬殿中侍御史王源植为昭州司马。时源植街行,为教坊乐伎所侮,导从呵之,遂成纷竟。京兆尹刘栖楚决责乐伎,御史中丞独孤朗论之太切,上怒,遂贬源植。"②则昭州司马王源植为教坊乐伎所侮,这场争斗以教坊乐工的最后胜利告终。

当然,并不是在任何时候教坊的乐工都能达到自己的目的。据《资治通鉴》卷二百四十九唐宣宗大中十一年(857)七月,教坊祝汉贞宠冠诸优,但因为言及外事被疏,最后被流于天德军。教坊乐工罗程"恃恩暴横,以睚眦杀人"③,虽经乐工为之说情,最后仍然被杀。这两个事例,正说明了教坊乐工社会地位的两面性。

三、教坊乐工的经济来源问题

教坊乐工大略有以下几个方面的收入:

(一)教坊发放的衣粮和钱物

教坊乐工的身份多为官户和官奴婢,官户供奉教坊是轮值的,而官奴

---

① ［清］董诰等编:《全唐文》,第7862页。
② ［后晋］刘昫等:《旧唐书》,第518页。
③ ［宋］司马光:《资治通鉴》,第8064页。

婢一般则要长期在教坊服务。身份为官户和官奴婢的教坊乐工,根据朝廷的规定,享有朝廷发放的衣粮。而平民身份的教坊乐工供奉教坊期间,亦应得到相应的衣粮和钱物作为报酬。教坊发放的衣粮和钱物,是随着时局和国家的经济状况的变化而变化的,如元和六年(811)和大和元年(827)均曾减教坊乐人衣粮。

(二)皇帝的赏赐

教坊乐工被皇帝赏识,一般会得到皇帝的赏赐。皇帝行幸教坊时,有时也给予教坊的乐官和乐工一定的赏赐。如《旧唐书》卷十七上《敬宗本纪》长庆四年(824)二月丁未:"御中和殿击球,赐教坊乐官绫绢三千五百匹。(三月)庚午,赐内教坊钱一万贯,以备游幸……(三月)乙亥,幸教坊,赐伶官绫绢三千五百匹。"[1]《册府元龟》卷一百八十:"宝历元年……闰七月壬申,赐教坊乐官任自达大宁坊宅一区。"[2]这些皇帝的赏赐,是教坊乐官和乐工经济收入的一部分。

(三)求乞

教坊乐人的另一项经济收入是到新任职的官员处"求乞"所得。《册府元龟》卷一百五十三:"(开成)二年六月,荆南观察使韦尝奏教坊乐人八人到本道求乞,诏令锢身送入城,委本司,各杖四十。"[3]从这条材料看,教坊乐人的"求乞"活动似乎非常频繁,已经使一些官员无法应付,故要给予惩罚以制止这种行为。但这种行为似乎一直没有得到有效的禁止。《唐会要》卷三十四:"大中六年十二月,右巡使卢潘等奏:'准四年八月宣约教坊音声人于新授观察、节度使处求乞。自今已后,许巡司府州县等捉获。如是属诸使有牒送本管,仍请宣付教坊司为遵守。'依奏。"[4]可见,教坊乐人的"求乞"活动在大中年间依然十分活跃。

教坊俳优石野猪的求乞为我们提供了一个求乞的实例。唐孙光宪《北梦琐言》卷十"前贤戏调"条:"又孔昭纬拜官,教坊优伶继至,各求利

① [后晋]刘昫等:《旧唐书》,第508页。
② [宋]王钦若等:《册府元龟》,中华书局1960年版,第2165页。
③ [宋]王钦若等:《册府元龟》,第1861页。
④ [宋]王溥:《唐会要》,第632页。

市。石野猪独先行到,公有所赐,谓曰:'宅中甚阙,不得厚致。若有诸野猪,幸勿言也。'"①石野猪为僖宗时教坊俳优,可见这种"求乞"之风在僖宗时尚存。

(四)以本钱生利

教坊乐人的另一项收入是依靠朝廷发放的钱款生息。武德以来,京官文武官按品级给禄,但比隋代要少,外官不同级别的官员则有不同数量的职分田。《新唐书》卷五十五《食货志》:"京司及州县皆有公廨田,供公私之费。其后以用度不足,京官有俸赐而已。诸司置公廨本钱,以番官贸易取息,计员多少为月料。"②《唐会要》卷九十一"内外官料钱上"条:"武德已后,国家仓库犹虚,应京官料钱,并给公廨本,令当司令史番官回易给利,计官员多少分给。"③所谓番官,指流外官中级别最低分番上下的小吏。也就是说,诸司(包括教坊在内)会通过番官以公廨本钱生利,用来充当本司人员的俸料和补充经费的不足。

据《新唐书》卷五十五《食货志》、《通典》卷三十五《职官》、《唐会要》卷九十一"内外官料钱上"条、《唐会要》卷九十三"诸司诸色本钱上"条可知,在整个唐代,这种"公廨本钱"时兴时废,经过了多次变化。但从总体上看,以公廨本钱生利,是包括教坊在内的诸司的收入之一。肃宗《推恩祈泽诏》:"太常寺音声,除礼用雅乐外,并教坊音声人等,并仰所司疏理,使敦生业。非祠祭大祀及宴蕃客,更不得辄有追呼。"④肃宗即位之后力图振作,他在诏书中提出,如果不是"祠祭大祀及宴蕃客",对包括教坊乐工在内的乐人不能擅自追呼,肃宗提出"所司疏理,使敦生业",明显有让这些乐人自食其力的意味。以公廨本钱生利也许在当时就是教坊乐人自食其力的方法之一。

《旧唐书》卷十六《穆宗本纪》元和十五年(820)八月乙亥:"赐教坊钱

---

① ［五代］孙光宪:《北梦琐言》(《唐五代笔记小说大观》本),上海古籍出版社2000年版,第1891页。
② ［宋］欧阳修、宋祁:《新唐书》,第1394页。
③ ［宋］王溥:《唐会要》,第1651页。
④ ［清］董诰等编:《全唐文》,第469页。

五千贯,充息利本钱。"①这是教坊乐人以公廨本钱生利的证据,说明至少在元和年间,教坊乐人的收入中还包括了公廨本钱生利这部分收入。

(五)在教坊以外演出

中唐以后,教坊乐工不再仅仅服务于宫廷,而是时常到宫廷之外演出。正如任半塘所说:"至中唐,教坊音声先开外雇之业,渐与宫外社会接近。"②此说是。但在盛唐时教坊乐工可能就可以外雇了。如唐崔令钦《教坊记》:"庞三娘善歌舞,然特工装束。又有年,面多皱,帖以轻纱,杂用云母和粉蜜涂之,遂若少容。尝大酺汴州,以名字求雇。……故坊中呼为'卖假金贼'。"③可知庞三娘为教坊中人,善歌舞,工化妆,在大酺汴州时曾以名字求雇。则教坊乐工求雇于宫廷之外可能在盛唐时就已经开始了。这些外雇演出的所得也是教坊乐工的收入之一。

通过以上讨论可知,教坊的乐官基本包括由宦官担任的高级乐官和由乐工担任的低级乐官两种,他们的地位是不同的。教坊的乐工可考者不多,他们的身份也比较复杂,但以官户和官奴婢为主体。他们的社会地位具有两面性,其收入则由几部分组成。教坊的乐官和乐工同梨园颇有相似之处。

---

① [后晋]刘昫等:《旧唐书》,第480页。
② 任半塘:《教坊记笺订》,第19页。
③ 任半塘:《教坊记笺订》,第42页。

第十章 教坊曲及其与歌诗的关系

本章摘要:本章主要讨论教坊曲的性质和教坊曲与歌诗的关系。从性质上说,教坊乐曲大部分为华乐和俗乐。宫廷中流行的教坊曲歌词当是经过加工的,并不一定直接来自民间。中晚唐以来,随着教坊逐步社会化,教坊乐曲在宫廷之外的较大范围内传唱并产生了影响。教坊曲与文学和歌诗关系密切,唐诗的繁荣提高了教坊乐曲的艺术品位。教坊曲不仅以其音乐形式规定和限制了词的形式,逐渐形成了词的格律,而且其广泛流行还最终决定了词的内容和风格。因此,教坊曲的流行对词体的最终确立起到了关键作用。

教坊的艺术形式有多种。《教坊记》云:"右多善歌,左多工舞,盖相因习。"[1]则歌舞是教坊表演的主要艺术形式。《教坊记》中所记乐工,许多是俳优和竿木家,说明俳优、百戏也是教坊的艺术形式,教坊一度还包含了击球、角觝等活动,但歌舞在各种艺术形式中最为重要。本章主要讨论教坊的乐曲及其与文学的关系。

第一节 教坊曲的性质与传唱情况

唐代的教坊曲,见于崔令钦《教坊记》。《教坊记》所记曲名,可以反映初、盛唐教坊音乐的基本情况,正如任半塘所云:"故论本书之内容,比较上尚可代表初、盛唐之时代,及我汉民族自己所有之音乐。"[2]

---

① 任半塘:《教坊记笺订》,第 14 页。
② 任半塘:《教坊记笺订》,第 60 页。

一、教坊曲的性质

从崔令钦《教坊记》所记教坊曲情况可知,教坊共有曲子三百二十四曲,其中曲名二百七十八,大曲名四十六。加上《教坊记》中提到的其他曲名,合计曲名共三百四十三。① 因为《教坊记》一书并不完整,所以此三百四十三目教坊曲只反映盛唐教坊的一部分曲目,但这一部分曲目已经可以供后人对教坊曲的情况进行判断,故非常珍贵。

从教坊曲的曲名看,教坊乐曲的内容非常广泛。正如任半塘所云:"则因取材真切,而觉含意生动,分明由此可见唐代乐曲富有生命,多为时代与社会反映逼真之物……例如反战争则有《叹疆场》、《怨黄沙》、《怨胡天》、《卧沙堆》、《沙碛子》、《羌心怨》、《断弓弦》、《回戈子》、《静戎烟》之类;苦戍役则有《牧羊怨》、《送征衣》、《遐方怨》、《念家山》、《归国遥》、《忆汉月》之类;关于民间故事者则有《别赵十》、《忆赵十》、《濮阳女》、《想夫怜》、《踏谣娘》、《离别难》之类;关于民间风俗者,则有《抛球乐》、《五云仙》、《七夕子》、《化生子》、《拜新月》、《看月宫》之类。余名或表宗教信仰,或寄才人幽忧,或抒宫闺怨思,或彰'蛮夷'向慕……显然范围广阔,而情志真纯。"②

据此,可对教坊乐曲的性质作出初步判断:

第一,教坊乐曲大部分为华乐。

据任半塘统计,在《教坊记》三百余曲名中,"可以肯定为外国乐无疑者,则有三十五调"③。可知"外国乐曲"在教坊乐曲中所占比例很小,教坊乐曲绝大部分为华乐。即使是胡乐,也有转化为华乐的。④

第二,教坊曲多为俗乐。

根据教坊曲的内容,可以判断有相当多的教坊曲来自民间,它们是从

---

① 参见任半塘:《教坊记笺订》,第 59—165 页。
② 任半塘:《教坊记笺订》,第 170 页。
③ 任半塘:《教坊记笺订》,第 168 页。
④ 参见李昌集:《"苏幕遮"的乐与辞——胡乐入华的个案研究与唐代曲子词的声、辞关系探讨》,《中国文化研究》2004 年第 2 期,第 22 页。

民间进入宫廷的。如教坊曲《武媚娘》本来产生于民间,迦叶志忠《进桑条歌表》:"昔高祖未受命时,天下歌《桃李子》;太宗未受命时,天下歌《秦王破阵乐》;高宗未受命时,天下歌《侧堂堂》;天后未受命时,天下歌《武媚娘》。"①《新唐书》卷三十五《五行志》:"永徽后,民歌《武媚娘曲》。"②此曲后来进入教坊,成为教坊曲。

那么,这些乐曲是如何从民间进入教坊的呢?推测有以下几种途径:一是教坊乐工学习民间曲调;二是民间的乐工进入教坊时将民间乐曲一并带入教坊;三是观风俗使到民间采集而来。这些来自民间的乐曲虽然很可能经过教坊乐工的加工和改造,但它们从本质上看当为俗乐。

除了民间乐曲进入教坊以外,可能也有教坊乐工创作的乐曲流行于民间的情况。

第三,教坊曲的歌词是经过加工的,并不一定直接来自民间。

任半塘先生说:"(教坊曲)其声若断若续,展转万里,居然递达最高统治者之耳,而终于发生作用,从封建时代衡之,未尝不是一种奇迹也。"③则任半塘认为唐代教坊的乐曲,无论是曲调还是歌词,都从民间直接进入宫廷,能够"递达最高统治者之耳,而终于发生作用"。从教坊乐曲的名称看,它们有相当大的比例来自民间,则这部分乐曲来自民间是可信的。但是,乐曲的曲调来自民间,其歌词不一定来自民间,因为和民间曲调相配的原歌词不一定适合在宫廷演唱。教坊乐曲进入宫廷之后,由文人对其歌词进行改造和重新撰写几乎是必然的。

总之,从性质上说,一方面教坊乐曲大部分是华乐而不是胡乐,另一方面,教坊曲多为俗乐,它的曲调大部分来自于民间。但教坊曲的歌词并不直接来自民间,推测在宫廷演唱的教坊乐曲中很多经过加工改造。

二、教坊曲在民间的传唱情况

教坊乐曲大部分为俗乐。乐工对曲调进行加工,对歌词进行改造,使

---

①　[清]董诰等编:《全唐文》,第 2805 页。
②　[宋]欧阳修、宋祁:《新唐书》,第 918 页。
③　任半塘:《教坊记笺订》,第 171 页。

来自民间的乐曲更为精致,适合宫廷演出之用。

　　教坊曲有很强的艺术性和娱乐性,经过加工的民间乐曲在艺术上有了很大提高。这是因为教坊集中了唐代最为优秀的乐人,他们精通音律,有能力对教坊乐曲进行加工和改造,使这些来自民间的乐曲在艺术上更为精美。同时,来自民间的乐曲,其词带有民间的色彩,而教坊乐工选择唐代优秀诗人的诗作入乐,或由著名诗人根据乐曲创作新词,这样的歌词必定是典雅精致的,与来自民间的歌词有了很大区别。

　　如《还京乐》本来自民间,《新唐书》卷二十二《礼乐志》:"是时,民间以帝自潞州还京师,举兵夜半诛韦皇后,制《夜半乐》、《还京乐》二曲。"①窦常《还京乐歌词》:"百战初休十万师,国人西望翠华时。家家尽唱升平曲,帝幸梨园亲制词。"②《还京乐》来自民间,而窦常的《还京乐歌词》则是后来根据《还京乐》的曲调创作的新词。这是依据教坊曲撰写新词的例子。

　　经过教坊乐工的加工改造,教坊的乐曲在艺术上取得了很大的成功。中晚唐以来,随着教坊逐步社会化,教坊乐曲也走向民间,因其艺术性强,受到民众的喜爱,从而在宫廷之外广泛传唱并产生了很大影响。

第二节　教坊曲与歌诗的关系

　　教坊曲的兴盛和流行与唐代文学特别是唐代歌诗关系密切。教坊曲和唐代文学的关系是相互的,一方面唐代文学对教坊曲产生了一定影响,另一方面教坊曲的兴盛也影响了唐代文学的发展进程和风貌。

一、唐代诗歌对教坊曲的影响

　　唐代诗歌对教坊曲的最大影响是提高了教坊乐曲的艺术品位。

　　教坊曲的名称和数量见唐崔令钦《教坊记》,但该书所记仅仅是部分教坊曲,唐代的教坊曲数量更为可观。正如上文所述,教坊采取了民间乐曲的曲调,但不一定同时采用了和曲调相配的歌词。教坊曲的传词多是

---

①　[宋]欧阳修、宋祁:《新唐书》,第 476 页。
②　[清]彭定求等编:《全唐诗》,第 3026 页。

典雅的文人作品,很少有浅白和通俗的作品,这说明民间乐曲在进入教坊时教坊对歌词进行了改造。郭茂倩《乐府诗集》卷七九《近代曲辞》中有许多是教坊曲,但其中几乎没有民间的作品,而多是文人的创作。这说明教坊演唱的歌词以文人创作的为主,而不是直接来自民间。

教坊对歌词的改造分为以下两种情况:

第一种情况是保留民间曲调(曲调也是可以改造的),歌词则采用当时诗人的诗歌。如《突厥三台》词云:"雁门山上雁初飞,马邑阑中马正肥。日旰山西逢驿使,殷勤南北送征衣。"①此采用韦应物诗。李讷《纪崔侍御遗事》:"李尚书夜登越城楼,闻歌曰:'雁门山上雁初飞。'其声激切。召至,曰:'去籍之妓盛小丛也。''汝歌何善乎?'曰:'小丛是黎(梨)园供奉南不嫌女甥也,所唱之音,乃不嫌之授也。今老且废矣。'时察院崔侍御自府幕而拜,李公连夕饯崔君于镜湖之光候亭,屡命小丛歌饯,在座各为赋一绝句赠送之。"②则盛小丛所唱为梨园供奉南不嫌所授,当在宫廷演唱。又《长相思》采用张继诗:"辽阳望河县,白首无由见。海上珊瑚枝,年年寄春燕。"③李峤《汾阴行》亦被采入《水调》演唱,唐李德裕《次柳氏旧闻》:"兴庆宫,上潜龙之地……及羯胡犯阙,乘传遽以告,上欲迁幸,复登楼置酒,四顾凄怆……时美人善歌从者三人,使其中一人歌《水调》。毕奏,上将去,复留眷眷。因使视楼下有工歌而善《水调》者乎。一少年心悟上意,自言颇工歌,亦善《水调》。使之登楼且歌,歌曰:'山川满目泪沾衣,富贵荣华能几时。不见只今汾水上,唯有年年秋雁飞。'上闻之,潸然出涕,顾侍者曰:'谁为此词?'或对曰:'宰相李峤。'上曰:'李峤真才子也。'不待曲终而去。"④《水调》是唐代流行的曲调,白居易《杨柳枝》:"六么水调家家唱,白雪梅花处处吹。"⑤从上面的材料可以看出,《水调》流行于宫中,教坊或亦有之。又岑参《宿关西客舍寄东山严、许二山人时天宝初七月初三

---

① ［清］彭定求等编:《全唐诗》,第 362 页。
② ［清］董诰等编:《全唐文》,第 4470 页。
③ ［清］彭定求等编:《全唐诗》,第 341 页。
④ ［唐］李德裕:《次柳氏旧闻》(《唐五代笔记小说大观》本),第 469 页。
⑤ ［清］彭定求等编:《全唐诗》,第 396 页。

日在内学见有高道举征》诗云:"云送关西雨,风传渭北秋。孤灯然客梦,寒杵捣乡愁。滩上思严子,山中忆许由。苍生今有望,飞诏下林丘。"①此诗的前四句被截取用为《长命女》的歌词。②

此外教坊大曲,如《凉州》等亦多截取诗人诗作作为歌词。③

在唐代,教坊可能有到民间采诗在教坊配乐演唱的机制。唐孟棨《本事诗·事感第二》:"白尚书姬人樊素,善歌,妓人小蛮,善舞,尝为诗曰:'樱桃樊素口,杨柳小蛮腰。'年既高迈,而小蛮方丰艳,因为杨柳之词以托意,曰:'一树春风万万枝,嫩于金色软于丝。永丰坊里东南角,尽日无人属阿谁?'及宣宗朝,国乐唱是词,上问谁词,永丰在何处?左右具以对之。遂因东使,命取永丰柳两枝,植于禁中。白感上知其名,且好尚风雅,又为诗一章,其末句云:'定知此后天文里,柳宿光中添两枝。'"④白居易所作《杨柳枝》在宣宗朝于宫廷演唱,说明当时很可能有采诗入乐的机制。

在唐代,民间有许多优美动听的曲调可供选择。唐代又是一个诗歌繁荣的时代,有许多诗人的诗作流行。因此,对于教坊乐工来说,用选词入乐的方式最为方便。

第二种情况是由诗人直接根据已有的曲调填词。

欧阳炯《花间集序》:"有唐已降,率土之滨,家家之香径春风,宁寻越艳。处处之红楼夜月,自锁常娥。在明皇朝则有李太白应制《清平乐》词四首。"⑤李白的《清平乐》词四首就是依照《清平乐》的曲调创作的歌词。刘禹锡《抛球乐词》当是刘禹锡根据《抛球乐》的曲调创作的歌词。吴曾《能改斋漫录》推测因声填词的方法始于盛唐是有道理的。

通过以上两种方式,教坊曲不仅拥有了优美的风格多样的曲调,而且具备了典雅而富有情韵的歌词。

应该注意的是,民间的歌词和文人创作的歌词往往表现出不同的艺

---

① [清]彭定求等编:《全唐诗》,第 2071 页。

② 参见[清]彭定求等编:《全唐诗》,第 387 页。

③ [宋]郭茂倩:《乐府诗集》,第 1117 页。

④ [唐]孟棨:《本事诗》(《唐五代笔记小说大观》本),第 1245 页。

⑤ [清]董诰等编:《全唐文》,第 9305 页。

术性。民间的歌词浅俗、直白,有口语化的倾向,表意比较直接。而文人的创作则形式上比较精致,较有文采,文学性较强。文人创作的教坊曲与民间歌词的区别显而易见。下面以《抛球乐》为例加以说明。

刘禹锡《抛球乐》云:

> 五彩绣团圆,登君玳瑁筵。
> 最宜红烛下,偏称落花前。
> 上客如先起,应须赠一船。
>
> 春早见花枝,朝朝恨发迟。
> 及看花落后,却忆未开时。
> 幸有抛球乐,一杯君莫辞。①

徐铉《抛球乐》云:

> 歌舞送飞球,金觥碧玉筹。
> 管弦桃李月,帘幕凤凰楼。
> 一笑千场醉,浮生任白头。②

冯延巳《抛球乐》:

> 酒罢歌余兴未阑,小桥清水共盘桓。
> 波摇梅蕊当心白,风入罗衣贴体寒。
> 且莫思归去,须尽笙歌此夕欢。
>
> 逐胜归来雨未晴,楼前风重草烟轻。
> 谷莺语软花边过,水调声长醉里听。

---

① 曾昭岷等编:《全唐五代词》,中华书局1999年版,第63页。
② 曾昭岷等编:《全唐五代词》,第1078页。

款举金觥劝,谁是当筵最有情?①

《抛球乐》是教坊曲,据任半塘考证为"唐人催酒之曲"②,即便如此,刘禹锡、徐铉、冯延巳所作的《抛球乐》语言上也比较精致,刘禹锡、徐铉之作为五言六句体,中二句都采用对仗。冯延巳《抛球乐》为杂言体,亦为六句,中间二句亦是对句。语言精致,创作上的难度就比较大。

而敦煌曲《抛球乐》则与上面的作品不同:

> 珠泪纷纷湿绮罗,少年公子负恩多。
> 当初姊姊分明道,莫把真心过与他。
> 子细思量着,淡薄知闻解好么。③

此敦煌曲《抛球乐》为杂言六句,形式上与冯延巳《抛球乐》相同。但此《抛球乐》比较口语化,中间两句"当初姊姊分明道,莫把真心过与他"亦不使用对仗,与刘禹锡、徐铉、冯延巳所作的《抛球乐》显然不同。

又如滕潜《凤归云》云:

> 金井栏边见羽仪,梧桐枝上宿寒枝。
> 五陵公子怜文彩,画与佳人刺绣衣。
>
> 饮啄蓬山最上头,和烟飞下禁城秋。
> 曾将弄玉归云去,金翘斜开十二楼。④

敦煌曲《凤归云·闺怨》云:

---

① 曾昭岷等编:《全唐五代词》,第 689 页。
② 任半塘:《教坊记笺订》,第 67 页。
③ 曾昭岷等编:《全唐五代词》,第 819 页。
④ [清]彭定求等编:《全唐诗》,第 8893 页。

征夫数载，萍寄他邦。去便无消息，累换星霜。月下愁听砧杵，拟塞雁行。孤眠莺帐里，枉劳魂梦，夜夜飞飏。　　想君薄行，更不思量。谁为传书与，表妾衷肠。倚牖无言垂血泪，阗祝三光。万般无那处，一炉香尽，又更添香。①

儿家本是，累代簪缨。父兄皆是，佐国良臣。幼年生于闺阁，洞房深。训习礼仪足，三从四德，针指分明。　　娉得良人，为国远长征。争名定难，未有归程。徒劳公子肝肠断，谩生心。妾身如松柏，守志强过，鲁女坚贞。②

滕潜《凤归云》与敦煌曲《凤归云·闺怨》不仅形式不同，语言也一雅一俗，差异较大。再以《浣溪沙》为例加以说明。韩偓《浣溪沙》云：

拢鬓新收玉步摇，背灯初解绣裙腰，枕寒衾冷异香焦。
深院不关春寂寂，落花和雨夜迢迢，恨情残醉却无聊。

宿醉离愁慢髻鬟，六铢衣薄惹轻寒，慵红闷翠掩青鸾。
罗袜况兼金菡萏，雪肌仍是玉琅玕，骨香腰细更沉檀。③

韦庄《浣溪沙》：

清晓妆成寒食天，柳球斜袅间花钿，卷帘直出画堂前。
指点牡丹初绽朵，日高犹自凭朱阑，含嚬不语恨春残。

欲上秋千四体慵，拟交人送又心松，画堂帘幕月明风。
此夜有情谁不极，隔墙梨雪又玲珑，玉容憔悴惹微红。④

---

①　曾昭岷等编：《全唐五代词》，第 800 页。
②　曾昭岷等编：《全唐五代词》，第 802 页。
③　[清]彭定求等编：《全唐诗》，第 10142 页。
④　[清]彭定求等编：《全唐诗》，第 10145 页。

敦煌曲《浣溪沙》云：

> 五两竿头风欲平，张帆举棹觉舡行。柔橹不施停却棹，是舡行。
> 满眼风波多陕汋，看山恰似走来迎。子细看山山不动，是舡
> 行。①

> 一队风来一队尘，万里迢迢不见人。陆上无水受却□，使风行。
> 斑山不迭跕乌远，早晚到我本乡园。思忆耶娘长服药，应昏
> 晨。②

> 一只黄鹰薄天飞，空中罗网嗟长悬。唤取家中好恩眷。贪人言。
> 高意郎君劳敬缚，忽然得夺旋高天。悔不当初人心负，奉你两个
> 没因缘。③

韩偓《浣溪沙》、韦庄《浣溪沙》与敦煌曲《浣溪沙》在语言风格上有显著的差异。尽管以上文人创作的歌词未必曾经在教坊演唱，尽管敦煌曲的歌词也可能经过文人的加工和改造而不完全出诸民间，但我们认为，以上文人创作的教坊曲词与敦煌曲词在语言风格上的差异，大体可以反映宫廷教坊音乐的歌词与民间歌词语言风格的不同。

从这种语言风格的不同可以看出，文人参与教坊歌词的创作使教坊歌词的语言更精炼，表意更畅达，更为典雅和富有情韵，提高了教坊歌词的艺术品位。在唐代，诗人们全面继承了前代诗歌创作积累的艺术经验，在丰富的艺术实践中，他们把中国的诗歌艺术推向巅峰。在诗歌创作上，唐代诗人有着超越前人的创造力。当教坊曲在宫廷和民间流行的时候，他们把在诗歌创作中积累的艺术经验运用到教坊曲歌词的创作中，从而使教坊曲的歌词具有了同唐代诗歌一样的艺术魅力。

---

① 曾昭岷等编：《全唐五代词》，第 819 页。
② 曾昭岷等编：《全唐五代词》，第 904 页。
③ 曾昭岷等编：《全唐五代词》，第 943 页。

教坊曲在中晚唐的流行,既有社会原因,也有教坊曲自身的原因。王晓骊认为,商业文化力量的崛起以及由此而引起的文化冲突对包括教坊曲在内的唐宋词产生了影响,商业文化是推动词史演进的主要文化动力之一,在唐代,商业发展对燕乐的繁荣产生了影响。① 教坊乐曲的流行促使唐代诗人参与教坊曲歌词的创作,诗人创作的歌词提高了教坊曲的艺术性,使教坊曲更加流行。

二、教坊曲与歌诗创作及词体确立的关系

教坊曲和唐代诗歌的影响是相互的,唐代诗歌对教坊曲产生影响的同时,教坊曲也对唐代诗歌产生了影响,并改变了唐代文学发展的轨迹。教坊曲对唐代文学的影响表现在以下几个方面:

第一,对诗人来说,根据教坊曲创作歌词改变了诗人的创作风貌。

根据教坊曲创作歌词改变了诗人的创作风貌,这是教坊曲对唐代文学的重要影响之一。要证明这种影响的存在,需要证明两个前提:一是教坊曲的流行,二是诗人与乐人的广泛交往。在唐代,这两个条件都是具备的。

首先,在唐代,特别是中晚唐,教坊曲在民间广泛流行已经是不争的事实。唐代诗人有许多机会听到教坊乐曲的演奏。根据材料可证明至少以下教坊曲曾在民间广泛传唱:

《巫山女》

白居易《夜闻筝中弹潇湘送神曲感旧》:"缥缈巫山女,归来七八年。殷勤湘水曲,留在十三弦。苦调吟还出,深情咽不传。万重云水思,今夜月明前。"②白居易此诗中的"缥缈巫山女",指的可能是教坊曲《巫山女》。

《夜半乐》

颜真卿《水堂送诸文士戏赠潘丞联句》:"莫唱阿鹊回,应云夜半

---

① 参见王晓骊:《唐宋词与商业文化关系研究》,中国社会科学出版社 2004 年版,第 62 页。

② 〔清〕彭定求等编:《全唐诗》,第 5226 页。

乐。"①根据《新唐书》卷二十二《礼乐志》,《夜半乐》来自民间,后被采用为教坊曲。从颜真卿诗可以看出,《夜半乐》在当时是广泛传唱的。

《还京乐》

《还京乐》亦在民间广泛传唱,罗隐《中元甲子以辛丑驾幸蜀四首》:"可怜一曲还京乐,重对红蕉教蜀儿。"②施肩吾《云州饮席》:"巡次合当谁改令,先须为我打还京。"③

《长命女》

虞世南《琵琶赋》:"少年有长命之词,倡女有可怜之调。"④这证明《长命女》曾广泛演唱。

《杜韦娘》

刘禹锡《赠李司空妓》:"高髻云鬟宫样妆,春风一曲杜韦娘。司空见惯浑闲事,断尽苏州刺史肠。"⑤这说明官吏的家妓亦能演唱教坊曲《杜韦娘》。

《想夫怜》

李涉《听多美唱歌》:"一曲梁州听初了,为君别唱想夫怜。"⑥武元衡《中秋夜听歌联句》:"诗裁明月扇,歌索想夫怜。"⑦则《想夫怜》亦在宫廷之外广泛演唱。

《乌夜啼》

贾岛《送张道者》:"生来未识山人面,不得一听乌夜啼。"⑧《乌夜啼》是古曲,贾岛诗中的《乌夜啼》当是琴曲,不详与教坊曲《乌夜啼》关系如何。

《剪春罗》

敦煌变文《妙法莲华经讲经文》:"衙前乐部好笙歌,音乐清泠解合和;

① 〔清〕彭定求等编:《全唐诗》,第 8972 页。
② 〔清〕彭定求等编:《全唐诗》,第 7649 页。
③ 〔清〕彭定求等编:《全唐诗》,第 5640 页。
④ 〔清〕董诰等编:《全唐文》,第 1397 页。
⑤ 〔清〕彭定求等编:《全唐诗》,第 4131 页。
⑥ 〔清〕彭定求等编:《全唐诗》,第 5469 页。
⑦ 〔清〕彭定求等编:《全唐诗》,第 8983 页。
⑧ 〔清〕彭定求等编:《全唐诗》,第 6741 页。

花下爱灌(催)南浦子,延(筵)中偏送剪春罗。"①

《思帝乡》

令狐楚《坐中闻思帝乡有感》:"年年不见帝乡春,白日寻思夜梦频。上酒忽闻吹此曲,坐中惆怅更何人。"②刘禹锡《和令狐相公闻思帝乡有感》:"当初造曲者为谁,说得思乡恋阙时。沧海西头旧丞相,停杯处分不须吹。"③

《一捻盐》

宋王谠《唐语林》卷七《补遗》:"方干貌陋唇缺,味嗜鱼鲊,性多讥戏。萧中丞典杭,军倅吴杰患眸子赤;会宴于城楼饮,促召杰,杰至,目为风掠,不堪其苦,宪笑命近座女伶裂红巾方寸帖脸,以障风。干时在席,因为令戏杰曰:'一盏酒,《一捻盐》,止见门前悬箔,何处眼上垂帘?'杰还之曰:'一盏酒,一窝鲊,止见半臂着襕,何处口唇开袴?'一席绝倒。尔后人多目干为'方开袴'。"④则《一捻盐》是当时流行的曲调。

《感恩多》

白居易《闻歌妓唱严郎中诗,因以绝句寄之》:"已留旧政布中和,又付新词与艳歌。但是人家有遗爱,就中苏小感恩多。"⑤李群玉《留别马使君》:"唯有管弦知客意,分明吹出感恩多。"⑥

《倾杯乐》

欧阳詹《韦晤宅听歌》:"等闲逐酒倾杯乐,飞尽虹梁一夜尘。"⑦鲍溶《范真传侍御累有寄,因奉酬十首》:"玉管倾杯乐,春园斗草情。野花无限意,处处逐人行。"⑧

《濮阳女》

岑参《醉后戏与赵歌儿》:"秦州歌儿歌调苦,偏能立唱濮阳女。座中

---

①　黄征、张涌泉校注:《敦煌变文校注》,中华书局 1997 年版,第 719 页。

②　[清]彭定求等编:《全唐诗》,第 3756 页。

③　[清]彭定求等编:《全唐诗》,第 4134 页。

④　[宋]王谠:《唐语林》,第 678 页。

⑤　[清]彭定求等编:《全唐诗》,第 5028 页。

⑥　[清]彭定求等编:《全唐诗》,第 6656 页。

⑦　[清]彭定求等编:《全唐诗》,第 3922 页。

⑧　[清]彭定求等编:《全唐诗》,第 5551 页。

醉客不得意,闻之一声泪如雨。"①

《山鹧鸪》

李白《秋浦清溪雪夜对酒,客有唱山鹧鸪者》:"客有桂阳至,能吟山鹧鸪。"②顾况有《听山鹧鸪》。③

《离别难》

白居易《听歌六绝句·离别难》:"绿杨陌上送行人,马去车回一望尘。不觉别时红泪尽,归来无泪可沾巾。"④

以上材料说明,随着教坊乐工与民间交流的加强,教坊曲在中晚唐已经广泛流传,产生了较大的影响。因为演出有诗人观赏,因此这种影响也包含了对诗人的影响。也就是说,唐代诗人,特别是中晚唐诗人,他们生活在一个教坊曲广泛流行的时代,教坊曲的流行对他们的诗歌创作一定会产生影响。

其次,唐代诗人和乐工的交往也非常频繁。

从相关材料看(附录四、附录五),乐工李龟年与李白、杜甫、王维有过直接或间接的交往;澄上人与诗人严维有过交往;天宝乐叟在安史乱中漂泊江南,与白居易有过交往;白居易等诗人还曾经与萧炼师有过交往。此外,杜甫看过公孙大娘的表演,刘晏曾经咏王大娘戴竿,孟郊写过教坊歌儿,雷海清死后王维有诗赞扬其忠烈,张祜的《雨霖铃》歌咏张徽事,杨巨源、李贺曾经听过李凭弹奏箜篌,李周与吴融、吹笙内人与白居易亦似有过交往。

以上提到的都是较著名的乐人,无名乐人与诗人的交往当有很多,这一点从唐诗中出现大量的教坊曲名就可以得到证明。并且,像白居易这样的诗人,他的家里就养有一定数量的家伎,他们听到包括教坊曲在内的各种音乐毫无困难。

正是因为教坊曲在宫廷之外广泛流行,因为诗人与乐人交往频繁,使

---

① [清]彭定求等编:《全唐诗》,第 2064 页。

② [清]彭定求等编:《全唐诗》,第 1833 页。

③ 参见[清]彭定求等编:《全唐诗》,第 2951 页。

④ [清]彭定求等编:《全唐诗》,第 5239 页。

得一些诗人开始根据教坊曲的曲调创作歌词。因为这些歌词是用来演唱的，诗人在创作这些歌词时就必须考虑到演唱的需要，这样就改变了诗人原来的创作风格，从而使诗人创作出具有新的艺术风格的诗作。例如，白居易根据教坊曲创作了大量的《竹枝》《浪淘沙》《长相思》《何满子》等，呈现出与他的其他诗作不同的艺术趣味。白居易的诗歌重写实、尚通俗，他因教坊曲而写作的歌诗，虽也不脱于通俗，但却比其他诗歌更抒情、更明快、更富有情韵。再如，刘禹锡最令人称道是他的怀古诗，这些诗歌往往沉雄健举，其他诗歌也写得昂扬激越，但刘禹锡的《浪淘沙》大部分有很强的民歌风味。除白居易、刘禹锡以外，沈佺期、李白、韦应物、张志和、王建、温庭筠等都根据教坊曲创作过数量不等的歌词，这些歌词和他们原来的作品风格都有一定的差异，说明他们在创作时意识到歌词别是一体，不同于一般的诗歌。歌词的创作在一定程度上影响了唐代诗人诗歌创作的风貌，也在一定程度上改变和影响了中晚唐诗歌的风貌。

第二，教坊曲的流行导致了词体的确立。

词的起源是一个非常复杂的问题，关于词的起源有多种不同的说法，但并没有形成一致的意见。正如刘尊明、王兆鹏所说："几乎从晚唐五代时期开始，人们就已经在自觉不自觉地关注和探索词的起源问题，然而千余年来，对这个问题的探讨却并没有获得很一致的认识与实质性的结论。"①

我们认为，刘尊明、王兆鹏对词的起源问题所作的论述是基本符合事实的，他们说：

> 我们可以按照大家已逐渐形成的共识首先把"词体的成立"确立在中、晚唐之际，因为在这个时期里以张志和、白居易、刘禹锡、温庭筠、皇甫松为代表的一批词人及相当数量的词作表明，"依曲拍为句"、"由乐以定词"、"因声度词"已成为词的自觉而稳定的创作方式。词的长短句的形体特征以及篇制、声韵、格律等形式规则也都日益形

---

① 刘尊明、王兆鹏：《〈全唐五代词〉前言》，曾昭岷等编：《全唐五代词》，第7页。

成并凸现出来,而且他们的大多数作品都已被稍后的《花间集》、《尊前集》等流行词集所选录,表明了当时人们对这些作品作为"词"的集合体与文本范例的性质的共同认识。其次我们可以把中唐以前的历史时期视为词的起源阶段或发生过程;如果觉得这个时间段稍显长了一些的话,我们还可以有稍微细致一些的做法,即把"隋至初唐之际"确定为词的起源阶段,而把初、盛唐视为词的萌芽阶段或形成过程。[①]

也就是说,中唐以前是词的起源阶段,而"词体的成立"在中、晚唐之际,词作为一种文体,尽管其酝酿阶段很长,但它的确立却在中晚唐。王昆吾在论及词的产生时说:"兴盛于南北宋的词,是隋唐燕乐曲子的文学产物。词的起源,应当在燕乐曲子的起源中去寻找。……词则是曲子一系的文学化的发展,其格律主要来源于酒令曲的著辞令格。"[②]

我们发现,词体确立的时间和教坊曲在宫廷之外广泛流行的时间是一致的。因此,我们认为,教坊曲的广泛传播导致了因声以度词的创作方式的产生和兴盛,最终使词作为一种新的文学体裁得以确立。当然,其实际情况可能要复杂得多。

我们认为,教坊曲对词体确立的影响有以下几方面:

首先,教坊曲的音乐形式限制和规定了词的形式,逐渐形成了词的格律。

我们看到,同样的一首教坊曲,往往有不同形式的歌词。试举教坊曲《南歌子》为例,有是五言四句体,如裴诚《南歌子》:"不信长相忆,抬头问取天。风吹荷叶动,无夜不摇莲。"[③]有七言四句体,如温庭筠《南歌子词》:"井底点灯深烛伊,共郎长行莫围棋。玲珑骰子安红豆,入骨相思知

---

① 刘尊明、王兆鹏:《〈全唐五代词〉前言》,曾昭岷等编:《全唐五代词》,第 10 页。

② 王昆吾:《隋唐五代燕乐杂言歌辞研究》,中华书局 1996 年版,第 481 页。

③ 曾昭岷等编:《全唐五代词》,第 133 页。

不知。"①有杂言体五五五五三形式，此当从五言四句体变化而来，如温庭筠《南歌子》："手里金鹦鹉，胸前绣凤凰。偷眼暗形相。不如从嫁与，作鸳鸯。"②有杂言体五五七六三形式，此亦当从五言四句体变化而来，如欧阳炯《南歌子》："锦帐银灯影，纱窗玉漏声。迢迢永夜梦难成。愁对小庭秋色，月空明。"③四种不同形式的《南歌子》歌词，均可配《南歌子》曲调演唱。但四种形式在宋代固定为一种，即杂言体五五七六三形式。

再举《生查子》为例予以说明。《生查子》一为五言八句体，如韩偓《生查子》："侍女动妆奁，故故惊人睡。那知本未眠，背面偷垂泪。懒卸凤凰钗，羞入鸳鸯被。时复见残灯，和烟坠金穗。"④一为杂言五五五五三三五五五体，如牛希济《生查子》："春山烟欲收，天澹星稀小。残月脸边明，别泪临清晓。语已多，情未了，回首犹重道。记得绿罗裙，处处怜芳草。"⑤一为杂言五五五五七五五五体，如魏承班《生查子》："离别又经年，独对芳菲景。嫁得薄情夫，长抱相思病。花红柳绿间晴空，蝶舞双双影。羞看绣罗衣，为有金鸾并。"⑥一为杂言三三五五五三三五五五体，如张泌《生查子》："相见稀，喜相见。相见还相远。檀画荔枝红，金蔓蜻蜓软。鱼雁疏，芳信断，花落庭阴晚。可惜玉肌肤，消瘦成慵懒。"⑦后三种杂言体《生查子》当都由五言八句体变化而来。在宋代，《生查子》固定为五言八句体，在一百七十多首《生查子》中，只有王安石、陈亚作过三四首杂言体的《生查子》。

由此可见，从教坊曲到定型的词体，中间经历了三个环节。在教坊曲流行的背景下，诗人根据教坊曲的音乐形式撰写歌词。因为音乐对歌词有很强的约束性，同时歌词又有一定的灵活性，所以同一首曲子的歌词在形式上既有一定的差异，又有相似之处。然后，多种形式的歌词在一种音

---

① ［清］彭定求等编：《全唐诗》，第6819页。

② 曾昭岷等编：《全唐五代词》，第115页。

③ 曾昭岷等编：《全唐五代词》，第456页。

④ 曾昭岷等编：《全唐五代词》，第1058页。

⑤ 曾昭岷等编：《全唐五代词》，第545页。

⑥ 曾昭岷等编：《全唐五代词》，第488页。

⑦ 曾昭岷等编：《全唐五代词》，第523页。

乐形式下并存,其中一种歌词的形式为更多的人所接受和认可。最后,最终一种形式的歌词被接受,其他形式的歌词不再使用或基本不再使用。

从最初的教坊曲的歌词到定型的词体,中间经历了几个环节,在这个过程中词体的格律逐渐形成。虽然这是一个缓慢的过程,但依然可以看出,是教坊曲对词体的形成起了决定性的作用。当然,除了教坊曲以外,也有民间曲调转化为词调的情况。

其次,教坊曲的流行决定了词的内容。

如前文所述,教坊曲内容非常丰富,但是写艳情和相思是其中的重要内容。如李白的《清平乐》云:

> 禁庭春昼。莺羽披新绣。百草巧求花下斗。只赌珠玑满斗。
> 日晚却理残妆。御前闲舞霓裳。谁道腰肢窈窕,折旋笑得君王。
>
> 禁闱清夜。月探金窗罅。玉帐鸳鸯喷兰麝。时落银灯香炧。
> 女伴莫话孤眠。六宫罗绮三千。一笑皆生百媚,宸衷教在谁边。
>
> 烟深水阔。音信无由达。惟有碧天云外月。偏照悬悬离别。
> 尽日感事伤怀。愁眉似锁难开。夜夜长留半被,待君魂梦归来。
>
> 鸾衾凤褥。夜夜常孤宿。更被银台红蜡烛。学妾泪珠相续。
> 花貌些子时光。抛人远泛潇湘。欹枕悔听寒漏,声声滴断愁肠。①

又刘禹锡《杨柳枝》云:

> 迎得春光先到来,轻黄浅绿映楼台。
> 只缘袅娜多情思,便被东风长挫摧。
>
> 巫峡巫山杨柳多,朝云暮雨远相和。
> 因想阳台无限事,为君回唱竹枝歌。②

---

① 曾昭岷等编:《全唐五代词》,第9页。
② 曾昭岷等编:《全唐五代词》,第63页。

又白居易《长相思·闺怨》：

> 汴水流。泗水流。流到瓜洲古渡头。吴山点点愁。
> 思悠悠。恨悠悠。恨到归时方始休。月明人倚楼。
>
> 深画眉。浅画眉。蝉鬓鬌髻云满衣。阳台行雨回。
> 巫山高。巫山低。暮雨潇潇郎不归。空房独守时。①

无论在宫廷还是民间，艳情和相思都是教坊曲的重要主题。从曲名看，教坊曲的内容十分丰富，但经过改造之后，曲调和内容之间已经不存在必然的关系。比如教坊曲《定西番》，任半塘认为是"歌功"之作，②但后来创作的《定西番》内容却并不限于"歌功"。如温庭筠《定西番》云："汉使昔年离别。攀弱柳，折寒梅。上高台。千里玉关春雪。雁来人不来。羌笛一声愁绝。月徘徊。""海燕欲飞调羽。萱草绿，杏花红。隔帘栊。双鬓翠霞金缕。一枝春艳浓。楼上月明三五。琐窗中。""细雨晓莺春晚。人似玉，柳如眉。正相思。罗幕翠帘初卷。镜中花一枝。肠断塞门消息。雁来稀。"③可见，《定西番》最早虽是"歌功"之作，但也可以用来写相思。

由此可见，所有的教坊曲都可以用来写艳情和相思，也可以用来写其他内容，这要看宫廷和社会需要什么内容的歌词。毫无疑问，艳情和相思适合宫廷的娱乐，也符合士大夫和市民的口味。因此可以说，艳情和相思一开始就是教坊曲的主要内容之一，这在现存的教坊曲传词中也可以得到证明。王晓骊在论述词的社会功能时指出，词具有抒情功能、娱乐功能和商业功能。④ 词所具备的这些社会功能，与词主要写艳情和相思是密不可分的。

从《花间集》开始，词以写艳情和相思为主，所谓词为艳科。这和教坊曲词的内容是一脉相承的。

---

① 曾昭岷等编：《全唐五代词》，第 74 页。
② 任半塘：《教坊记笺订》，第 261 页。
③ 曾昭岷等编：《全唐五代词》，第 111 页。
④ 参见王晓骊：《唐宋词与商业文化关系研究》，第 230 页。

再次,教坊曲的流行决定了词的风格。

诗和词具有不同的风格。大体说来诗言志,词抒情;诗文雅,词自然;诗庄而词媚。词之所以形成与诗不同的风格,教坊曲的流行起了很大的作用。

教坊曲从民间进入宫廷之初,如果曲词不合用,就只保留其音乐形式,而采当时著名诗人的诗作入乐。这时的教坊曲词实际上也就是诗。

随着教坊乐曲的广泛流传,开始有诗人根据教坊曲的曲调创作教坊曲词,入乐演唱。由于人们习惯了诗歌的创作而对歌词的特点和创作方法不熟悉,所以人们很自然地把诗歌的创作方法移植到教坊曲歌词的创作之中。因此,初期(指盛唐和中唐)的教坊曲词中有些作品在风格上颇近诗而不似词。如李白《清平调》三首:

> 云想衣裳花想容,春风拂槛露华浓。
> 若非群玉山头见,会向瑶台月下逢。

> 一枝红艳露凝香,云雨巫山枉断肠。
> 借问汉宫谁得似,可怜飞燕倚新妆。

> 名花倾国两相欢。长得君王带笑看。
> 解释春风无限恨,沉香亭北倚阑干。[①]

李白《清平调》三首虽然是为朝廷创作的歌词,却纯是诗体。

但是,随着教坊曲在民间的广泛流传,人们对歌词写作特点的认识越来越清晰,从而根据教坊曲的内容和演出场合,创作出与诗风格截然不同的歌词。如温庭筠《菩萨蛮》:"小山重叠金明灭。鬓云欲度香腮雪。懒起画蛾眉。弄妆梳洗迟。照花前后镜。花面交相映。新帖绣罗襦。双双金鹧鸪。"[②]韦庄《菩萨蛮》:"红楼别夜堪惆怅。香灯半卷流苏帐。残月出门

---

① 曾昭岷等编:《全唐五代词》,第 14 页。
② 曾昭岷等编:《全唐五代词》,第 99 页。

时。美人和泪辞。琵琶金翠羽。弦上黄莺语。劝我早归家。绿窗人似花。"又:"人人尽说江南好。游人只合江南老。春水碧于天。画船听雨眠。炉边人似月。皓腕凝双雪。未老莫还乡。还乡须断肠。"①这已经是别是一家的词体了。

　　下面再以教坊曲《木兰花》为例说明从诗歌到词体的风格的变化。从中唐一直到晚唐,教坊曲《木兰花》的歌词基本都是诗体。如中唐李涉《木兰花》云:"碧落真人著紫衣,始堪相并木兰枝。今朝绕郭花看遍,尽是深村田舍儿。"②晚唐李商隐《木兰花》:"洞庭波冷晓侵云,日日征帆送远人。几度木兰舟上望,不知元是此花身。"③晚唐温庭筠《木兰花》:"家临长信往来道,乳燕双双拂烟草。油壁车轻金犊肥,流苏帐晓春鸡早。笼中娇鸟暖犹睡,帘外落花闲不扫。衰桃一树近前池,似惜容颜镜中老。"④这些曲词均为七言绝句或七言律诗,温庭筠《木兰花》中间四句为对仗,全诗平仄亦符合诗律。

　　但到晚唐,已经有更接近词体的《木兰花》了。如晚唐牛峤《木兰花》:"春入横塘摇浅浪,花落小园空惆怅。此情谁信为狂夫,恨翠愁红流枕上。小玉窗前嗔燕语,红泪滴穿金线缕。雁归不见报郎归,织成锦字封过与。"⑤晚唐至五代韦庄《木兰花》:"独上小楼春欲暮,愁望玉关芳草路。消息断,不逢人,却敛细眉归绣户。坐看落花空叹息,罗袂湿班红泪滴。千山万水不曾行,魂梦欲教何处觅。"⑥牛峤的《木兰花》虽然还是七言八句,但已经不是律体,韦庄的《木兰花》则已经发展为杂言体了。

　　到五代,无论在形式上是齐言还是杂言,从风格上看,《木兰花》已经完全从诗体变为词体。如后唐李煜《木兰花》:"晓妆初了明肌雪,春殿嫔娥鱼贯列。凤箫声断水云闲,重按霓裳歌遍彻。临风谁更飘香屑,醉拍阑

---

①　曾昭岷等编:《全唐五代词》,第 152 页。

②　[清]彭定求等编:《全唐诗》,第 5463 页。

③　[清]彭定求等编:《全唐诗》,第 6309 页。

④　[清]彭定求等编:《全唐诗》,第 10139 页。

⑤　[清]彭定求等编:《全唐诗》,第 10152 页。

⑥　[清]彭定求等编:《全唐诗》,第 10149 页。

干情未切。归时休放烛花红,待蹋马蹄清夜月。"①五代魏承班《木兰花》:
"小芙蓉,香旖旎。碧玉堂深清似水。闭宝匣,掩金铺,倚屏拖袖愁如醉。
迟迟好景烟花媚。曲渚鸳鸯眠锦翅。凝然愁望静相思,一双笑靥嚬香
蕊。"②五代毛熙震《木兰花》:"掩朱扉,钩翠箔。满院莺声春寂寞。匀粉
泪,恨檀郎,一去不归花又落。对斜晖,临小阁,前事岂堪重想着。金带
冷,画屏幽,宝帐慵熏兰麝薄。"③五代欧阳炯《木兰花》:"儿家夫婿心容
易,身又不来书不寄。闲庭独立鸟关关,争忍抛奴深院里。闷向绿纱窗下
睡,睡又不成愁已至。今年却忆去年春,同在木兰花下醉。"④五代徐昌图
《木兰花》:"沉檀烟起盘红雾。一箭霜风吹绣户。汉宫花面学梅妆,谢女
雪诗栽柳絮。长垂夹幕孤鸾舞,旋炙银笙双凤语。红窗酒病嚼寒冰,冰损
相思无梦处。"⑤五代庾传素《木兰花》:"木兰红艳多情态,不似凡花人不
爱。移来孔雀槛边栽,折向凤凰钗上戴。是何芍药争风彩,自共牡丹长作
对。若教为女嫁东风,除却黄莺难匹配。"⑥五代许岷《木兰花》:"小庭日
晚花零落,倚户无聊妆脸薄。宝筝金鸭任生尘,绣画工夫全放却。有时觑
著同心结,万恨千愁无处说。当初不合尽饶伊,赢得如今长恨别。"⑦

除《木兰花》之外,还可举《抛球乐》、《长命女》、《离别难》、《拜新月》、
《南歌子》、《生查子》、《何满子》等教坊曲词加以说明,证明从中晚唐到五
代和宋代,教坊曲词的风格经历了从诗体到词体的变化。我们认为,是教
坊曲的流行导致了以上的变化,如果没有教坊曲在中晚唐的流行,就不会
有曲词从诗体到词体的风格变化。同时,教坊曲的流行也激发了诗人的
创作,词体的兴起和流行与此关系密切。

教坊曲不仅以其音乐形式限制和规定了词的形式,逐渐形成了词的
格律,教坊曲的流行还最终决定了词的内容和风格。因此,教坊曲的流行

---

①　[清]彭定求等编:《全唐诗》,第 10118 页。
②　曾昭岷等编:《全唐五代词》,第 483 页。
③　曾昭岷等编:《全唐五代词》,第 591 页。
④　曾昭岷等编:《全唐五代词》,第 464 页。
⑤　曾昭岷等编:《全唐五代词》,第 730 页。
⑥　曾昭岷等编:《全唐五代词》,第 493 页。
⑦　曾昭岷等编:《全唐五代词》,第 483 页。

对词体的确立起了决定性的作用。

　　总之，从性质上说，教坊乐曲大部分为华乐和俗乐，宫廷中流行的教坊曲歌词是经过加工的，并不一定直接来自民间。教坊曲在中晚唐已经广泛流传，在宫廷内外都产生了很大的影响。唐诗的繁荣提高了教坊乐曲的艺术品位，同时，教坊曲的流行对词体的最终确立起了关键作用。

结　论

在中国历史上，唐代是一个辉煌的时代，这种辉煌也包括了音乐文化的辉煌。唐代音乐文化的辉煌和发达，既有赖于君主的提倡，也有赖于城市经济的迅速发展；既是中外音乐文化相互交流碰撞的产物，也是中国古代音乐按照自身规律发展的必然结果。唐代健全的音乐制度也是唐代音乐不断发展和完善的原因之一。

在这里，我们将着重对唐代太常寺、梨园、教坊之间的关系，唐代乐府制度的特点，唐代乐府制度与文学的关系等问题予以简要说明。

一

太常寺、梨园和教坊是唐代宫廷音乐机构的主体，三个机构分工不同，而又联系密切。

从机构的性质上看，太常寺是国家正式的礼乐管理机构，其下属的太乐署和鼓吹署管理的是祭祀和礼仪所用音乐，梨园和教坊则是直接服务于皇帝和宫廷的高级别的乐舞演出机构。作为音乐机构的梨园建于开元二年(714)，梨园的建立是为了更好地满足唐玄宗歌舞娱乐的需要。从梨园产生到安史之乱前的这段时间是梨园的全盛期，梨园弟子在安史之乱中奔散，肃宗收京后，梨园得以重建。到大历十四年(779)，唐德宗一度取消梨园的设置，剩余的梨园弟子都归到太常寺。文宗开成年间，梨园曾经改为仙韶院。到晚唐末年，梨园弟子数量极少。教坊也是唐代重要的音乐机构，在前期直接服务于皇帝和宫廷，在后期则逐渐走向民间。

从乐曲上看，太常寺管理的音乐最为复杂，既有郊祀之乐和庙祭之乐，也有用于仪仗和各种仪式的鼓吹乐。多部乐、二部乐等大型乐舞，四

夷乐和各地的献乐以及大傩乐等都属于太常寺管理的范围。在开元二年
(714)之前,太常寺还负责管理俗乐和散乐。因为唐代的音乐文化非常发
达,朝廷对音乐非常重视,所以太常寺的音乐种类繁多,各种音乐活动也
非常繁杂,用途也比较广泛。著名的多部乐和二部乐艺术性很强,演奏和
表演的难度很高,规模也很大。多部乐的演出多在宴使节、宴群臣、封王、
改元、封禅、祝捷、立太子、庆丰年、嫁公主、重大佛事等重要场合,是一种
政治性、礼仪性、艺术性和娱乐性相结合的音乐形式,但其本质属性是政
治性。唐代多部乐的设立,目的在于从礼仪上继承《周礼》中"四夷乐"的
音乐体系和北周以来逐渐形成的以乐部为重要标志的音乐制度,通过具
有高度艺术性和娱乐性的演出,表现大唐四夷宾服的声威,从而实现其政
治目的。同多部乐一样,二部乐也是政治性与艺术性相结合的大型宴享
音乐,但二部乐政治性的表现方式与多部乐有所不同,二部乐主要是通过
乐舞这种精美的艺术形式表现帝王的文治武功和祥瑞,通过对帝王的赞
颂使观赏者对国家的前途拥有信心,从而达到其政治目的。

　　在太常寺管理的音乐中,有一部分是由边疆小国即所谓四夷进献的,
此即献乐。还有一些音乐的歌词来源于臣民进献的诗歌,此即所谓献诗。
献乐和献诗在太常寺的音乐中所占的比例很小,但也是太常寺音乐的一
个组成部分。唐代还存在采诗制度,唐代的采诗有太常卿采诗和风俗使
采诗两种形式。

　　鼓吹乐是太常寺管理的重要音乐种类之一,它由太常寺的鼓吹署管
理。鼓吹乐的艺术性略差,但用途却相当广泛,是其他音乐种类所不能代
替的。鼓吹乐既用于皇帝、皇太后、皇后、皇太子、亲王以及一定品级大臣
的仪仗,又用于凯乐、合朔伐鼓、大傩、一定品级官吏的婚葬和皇帝出行的
夜警晨严等场合。除此之外,皇帝加元服、纳后等多项礼仪活动都要使用
鼓吹乐。可见,隶属于太常寺的太乐署和鼓吹署,是唐代宫廷音乐的中
心,其中太乐署更为重要。

　　梨园演奏的音乐称为法曲。法曲不是一种单独的音乐形式,也不是
以某一种音乐形式为主吸收其他音乐形式融合而成的一种新的音乐形
式。法曲是清乐、胡乐、俗乐、雅乐、道曲、佛曲等多种音乐形式的集合体。
各种音乐在法曲中的状态是并列的和基本独立的,而不是融合的。法曲

是这些音乐的精华所在。由此可见,梨园演奏的音乐是唐代音乐中的精华。

教坊的表演以歌舞为主。根据《教坊记》的记载,教坊曲合计共有三百四十三曲。因为《教坊记》一书并不完整,所以此三百四十三首教坊曲只是盛唐教坊的一部分曲目。教坊乐曲大部分是华乐而不是胡乐,并且多为俗乐,它的曲调大部分来自于民间。但教坊曲的歌词并不直接来自民间,在宫廷演唱的教坊乐曲,其歌词是经过改造的。

从乐官来看,太常寺的乐官是朝廷的正式官员,梨园和教坊的高级乐官由宦官担任,低级乐官则由具备较高音乐才能的乐人担任。梨园乐官和教坊乐官的地位并不高,但有一部分乐官受到皇帝的宠幸,在一定时期内颇有权势。

从乐工的身份看,太常寺、梨园和教坊乐工的身份都比较复杂,有平民身份的乐工,又有官户和官奴婢身份的乐工,但以后者为主。梨园和教坊乐工的社会地位有两面性:一方面,乐工的主体是乐户,身份是杂户、官户或官奴婢,法律地位不及平民,故其社会地位并不高。另一方面,因为这些乐工是直接服务于宫廷的,他们有机会接触皇帝,其中技艺高超者会受到皇帝的宠信,借助皇帝的宠信,他们有时会拥有相对较高的社会地位。

总之,大体上说,太常寺管理的是雅乐,梨园管理的是法曲,教坊管理的是俗乐。当然,梨园法曲中亦包含俗乐,但法曲中的俗乐是具有典范意义的俗乐,是俗乐中的精华,法曲中的俗乐与教坊中的俗乐性质相同但有高下之分。太常寺、梨园、教坊分工不同,又联系密切。教坊乐工和梨园弟子有很大一部分是从太常寺分离出来的,他们和太常寺有着密切的关系。太常寺还承担着为教坊和梨园培训乐工的任务,教坊和梨园的很多乐工技艺高超,他们的音乐技能多是向太常乐工学习而来的。太常寺、梨园、教坊的乐工在演出中也会以不同方式进行合作。

二

唐代音乐非常发达,其乐府制度有如下特点:

第一,唐代乐府制度对前代乐府制度既有继承又有创新。太常寺基本上沿用前代的制度。在乐曲方面,唐代的太常寺也继承了前代不少曲目而有所改造和创新,如唐在隋七部乐的基础上丰富了多部乐的内容,二部乐则基本上是唐人的创造。教坊和梨园是唐代新设置的音乐机构,在当时规模宏大,代表了唐代音乐的最高水平,对后世音乐和音乐制度也产生了很大影响。在唐代,乐工的数量很多,技艺高超,乐官的设置也较前代完备。

第二,尽管唐代音乐是以华乐为主体的音乐,[①]但唐人以开放的心态对待外来文化,他们对外来音乐的接纳和吸收是空前的。

第三,唐代的政治和社会变迁对乐府制度影响巨大。在安史之乱以前,国家基本保持大一统的局面,在这种局面之下,唐代的乐府制度得到不断的健全和发展。安史之乱之后,朝廷对国家的控制力减弱,唐代的乐府制度一步步走向衰落和崩溃。同时,音乐和乐府制度的发展,与君主的好尚亦关系密切。

三

各种类型的音乐一般都是歌、乐、舞相结合的,配乐的歌词可以体现出不同程度的文学性。因此,唐代的音乐机构、音乐制度与唐代文学有比较密切的关系。

太常寺的郊庙歌辞创作与唐七言律诗的定型与成熟关系密切,对唐代七言律诗的全面成熟产生了一定的影响。玄宗朝出现优秀的七律作品不是偶然的,它们和当时兴起的七律创作风气密切相关。同时,这种大规模的七言律诗创作及在此风气下产生的优秀诗作,也为杜甫等盛唐诗人

---

① 有的学者认为在唐代胡乐极为盛行,参见金文达:《中国古代音乐史》,人民音乐出版社 1994 年版,第 198 页。有的学者认为在唐代中叶,胡乐和俗乐得以融合,参见杨荫浏:《中国古代音乐史稿》,第 217 页;〔日〕岸边成雄:《唐代音乐史的研究》,梁在平、黄志炯译,第 4 页。有的学者则认为华乐在唐代仍然占主导地位,胡乐未占主流,参见任半塘:《教坊记笺订》,第 147 页、150 页;李昌集:《华乐、胡乐与词:词体发生再论》,《文学遗产》2003 年第 6 期,第 60—80 页。本书同意后者的意见。

提供了宝贵的艺术经验，推动了七言律诗从定型、过渡，走向全面成熟。唐代郊庙歌辞在形式上总体是复古的，但郊庙歌辞的创作与唐代诗坛的风气依然息息相关。

唐代太常寺管理的音乐中有献乐和经过选择后入乐的献诗。献乐的歌词往往选取或截取著名诗人的诗作入乐，因而有盛唐风韵，具有很强的文学性。献诗在内容上多歌功颂德，缺乏真情实感，采用排律的形式，较为板滞，文学成就并不高。

在唐代存在太常卿采诗和风俗使采诗两种形式的采诗活动。无论太常卿采诗还是风俗使采诗，所采诗歌都是经过选择后到太常寺配乐演唱的。采诗制度和唐诗创作关系密切。

梨园弟子经常采用当时诗人的诗作入乐演唱。诗人的作品被梨园演唱，说明诗人的作品得到了朝廷的承认，这会对诗歌创作产生影响。梨园的采诗入乐，鼓励了诗人的诗歌创作，也促使诗人把自己创作的诗歌献给朝廷。如果当时梨园的采诗入乐有一定的制度，如果有很多的诗人到朝廷献诗，如果梨园选用诗歌有一定的"标准"，那么这种机制将必然对当时诗人的诗歌创作产生影响。

教坊曲的兴盛和流行与唐代诗歌关系密切。唐代诗歌对教坊曲产生了一定影响，同时教坊曲的兴盛也影响了唐代文学的发展进程和风貌。唐代诗歌对教坊曲的最大影响是提高了教坊乐曲的艺术品位。文人参与教坊歌词的创作，使教坊歌词的语言更为精炼，表意更为畅达，更为典雅和富有情韵，从而提高了教坊歌词的艺术品位。根据教坊曲创作歌词则改变了诗人的创作风貌。同时，教坊曲的音乐形式规定和限制了歌词的形式，促进了词的格律的形成，教坊曲的流行决定了词的内容和风格，因此，教坊曲的流行对词体的最终确立起了重要作用。

唐代音乐的发达和音乐制度的完备是令人惊叹的。当我们再一次回望唐代音乐和乐府制度的时候，我们仿佛看到一幕幕精美的乐舞在历史的长河里隐现。当皇帝斋戒后虔诚地来到长安南郊，缓缓地从南阶登上祭天的圆丘，当异国的使节从遥远的四方风尘仆仆地来到长安，当皇帝在大臣的簇拥下驾临梨园和教坊，当太乐令带领乐工布置完乐悬，当协律郎庄重地举麾,我们仿佛听到那古老而又美妙的音乐从那些身份卑微却又技艺高超的乐工们的手中传来,从遥远的大唐帝国传来。

附　录

唐五代协律郎考

1. 窦琎 武德九年(626)

《新唐书》卷二十一《礼乐志》:"盖王者未作乐之时,必因其旧而用之。唐兴即用隋乐。武德九年,始诏太常少卿祖孝孙、协律郎窦琎等定乐。"①则武德九年(626)窦琎任协律郎。《旧唐书》所记略异,《旧唐书》卷七十九《祖孝孙传》:"时军国多务,未遑改创,乐府尚用隋氏旧文。武德七年,始命孝孙及秘书监窦琎修定雅乐。孝孙又以陈、梁旧乐杂用吴、楚之音,周、齐旧乐多涉胡戎之伎,于是斟酌南北,考以古音,作《大唐雅乐》。"②则以为修定雅乐在武德七年(624),且窦琎当时为秘书监。《唐会要》卷六十三《史馆上》:"(武德)五年十二月二十六日,诏:司典序言,史官纪事,考论得失,究尽变通。所以裁成义类,惩恶劝善。……秘书监窦琎、给事中欧阳询、秦王府文学姚思廉,可修《陈史》。"③可知武德五年(622)十二月窦琎任秘书监,则武德七年(624)或九年(626)窦琎任秘书监也有可能。《新唐书》卷五十七《艺文志》著录窦琎《正声乐调》一卷,知窦琎熟知礼乐,兹据此及《新唐书》卷二十一《礼乐志》记载推断窦琎所任为协律郎。窦琎在隋曾任扶风太守,武德元年(618)由礼部尚书转户部尚书。④

2. 张文收 武德、贞观年间

《旧唐书》卷七十九《祖孝孙传》:"旋宫之义,亡绝已久,世莫能知,一朝复古,自孝孙始也。孝孙寻卒。其后,协律郎张文收复采《三礼》,增损

---

① [宋]欧阳修、宋祁:《新唐书》,第460页。
② [后晋]刘昫等:《旧唐书》,第2710页。
③ [宋]王溥:《唐会要》,第1090页。
④ [宋]司马光:《资治通鉴》,第5793页。

乐章,然因孝孙之本音。"①可知张文收初唐即为协律郎,是唐代著名的音乐家。但大唐雅乐及旋宫之义自祖孝孙始,并非张文收首创。《旧唐书》卷二十八《音乐志》:"高祖受禅,擢祖孝孙为吏部郎中,转太常少卿,渐见亲委。孝孙由是奏请作乐。时军国多务,未遑改创,乐府尚用隋氏旧文。武德九年,始命孝孙修定雅乐,至贞观二年六月奏之……孝孙又奏:陈、梁旧乐,杂用吴、楚之音;周、齐旧乐,多涉胡戎之伎。于是斟酌南北,考以古音,作为大唐雅乐。以十二律各顺其月,旋相为宫。按《礼记》云:大乐与天地同和,故制十二和之乐,合三十一曲,八十四调……及孝孙卒后,协律郎张文收复采《三礼》,言孝孙虽创其端,至于郊禋用乐,事未周备。诏文收与太常掌礼乐官等更加厘改……及成,奏之。太宗称善。"②此亦可证明,张文收任协律郎在太宗时。张文收精通音乐,在当时很著名。《新唐书》卷二百二十《东夷传》:"(高宗永徽)五年,真德死,帝为举哀,赠开府仪同三司,赐彩段三百,命太常丞张文收持节吊祭。"③则高宗永徽五年(654)张文收任太常丞。《新唐书》卷一百一十三《张文收传》:"(文收)善音律,著《新乐书》十余篇。"④《新唐书》卷五十七《艺文志》有"张文收《新乐书》十二卷"⑤。《新唐书》卷一百一十三《张文收传》:"(文收)终太子率更令。"⑥《旧唐书》卷八十五《张文收传》:"咸亨元年,迁太子率更令,卒官。"⑦

3.裴庆远　龙朔年间

张说《赠太尉裴公神道碑》:"次子庆远,协律郎,深达礼乐,克和神人:咸负长才,同沦短运。"⑧可知裴庆远曾为协律郎,并深通礼乐。裴庆远是裴行俭之子。裴行俭生于武德元年(618),卒于永淳元年(682)。据张说

---

① ［后晋］刘昫等:《旧唐书》,第2710页。
② ［后晋］刘昫等:《旧唐书》,第1040页。
③ ［宋］欧阳修、宋祁:《新唐书》,第6204页。
④ ［宋］欧阳修、宋祁:《新唐书》,第4188页。
⑤ ［宋］欧阳修、宋祁:《新唐书》,第1436页。
⑥ ［宋］欧阳修、宋祁:《新唐书》,第4188页。
⑦ ［后晋］刘昫等:《旧唐书》,第2817页。
⑧ ［清］董诰等编:《全唐文》,第2304页。

《赠太尉裴公神道碑》，行俭另有一子，名光庭。《新唐书》卷一百八《裴光庭传》："子光庭……光庭由是累迁太常丞。以武三思婿，坐贬郢州司马。开元中，擢兵部郎中、鸿胪少卿……卒，年五十八，赠太师。"①可知裴光庭卒于开元二十年(732)。又据张说《赠太尉裴公神道碑》，裴行俭先后娶两妻，一为河南陆氏，一为华阳夫人厍狄氏。《新唐书》卷一百八《裴光庭传》："光庭字连城，早孤。母厍狄氏，有妇德，武后召入宫，为御正，甚见亲宠。"②可知季子光庭是厍狄氏所生，次子庆远则是河南陆氏所生。裴光庭生于高宗咸亨五年(674)，则裴行俭继娶厍狄氏或在此前不久。由此可知河南陆氏去世可能在咸亨三年(672)左右，时裴行俭 54 岁。张说《赠太尉裴公神道碑》："次子庆远……咸负长才，同沦短运。"这说明裴庆远寿命不长，在永淳元年(682)裴行俭去世前已经去世。假定裴庆远生于裴行俭二十岁时，那么，他当生活在贞观十二年(638)至永淳元年(682)之间。假定裴庆远 25 岁任协律郎，则裴庆远任协律郎当在高宗龙朔三年(663)左右。

4. 元思敬　总章中

《旧唐书》卷一百九十上《元思敬传》："元思敬者，总章中为协律郎。预修《芳林要览》，又撰《诗人秀句》两卷，传于世。"③则元思敬总章中为协律郎。《新唐书》卷六十《艺文志》著录元思敬《诗人秀句》二卷，许敬宗、元思敬等集《芳林要览》三百卷。

5. 沈佺期　垂拱元年(685)至圣历二年(699)

《新唐书》卷二百二《文艺中》："沈佺期，字云卿，相州内黄人。及进士第，由协律郎累除给事中。"④沈佺期进士及第是在上元二年(675)，他任协律郎在垂拱元年(685)至圣历二年(699)这几年中。沈佺期是当时著名的诗人，《旧唐书》卷一百九十中《沈佺期传》："佺期善属文，尤长七言之

---

① ［宋］欧阳修、宋祁：《新唐书》，第 4089 页。
② ［宋］欧阳修、宋祁：《新唐书》，第 4089 页。
③ ［后晋］刘昫等：《旧唐书》，第 4997 页。
④ ［宋］欧阳修、宋祁：《新唐书》，第 5749 页。

作,与宋之问齐名,时人称为沈宋。"①宋尤袤《全唐诗话》卷一:"张燕公说尝谓佺期曰:'沈三兄诗须还他第一。'"②《唐才子传》卷一:"及佺期、之问,又加靡丽。回忌声病,约句准篇,著定格律,遂成近体,如锦绣成文,学者宗尚。"③沈佺期又能歌舞,这大约和他曾任协律郎,熟悉音乐有关。《新唐书》卷二百二《文艺中》:"既侍宴,帝诏学士等舞《回波》,佺期为弄辞悦帝,还赐牙、绯。"④《回波》即《回波乐》,歌词见于《全唐诗》,云:"回波尔时佺期,流向岭外生归。身名已蒙齿录,袍笏未复牙绯。"⑤沈佺期因依附张易之长流驩州,后历任台州录事参军事、起居郎兼修文馆直学士、中书舍人、太子少詹事,开元初卒。《新唐书》卷六十《艺文志》著录《沈佺期集》十卷。

6. 高筠 武后朝

据《唐故河中府左果毅都尉高府君墓志》:"君讳思温,字知柔,渤海郡人也。曾祖筠,试太常协律郎。"⑥则高筠曾试协律郎。唐张鷟《朝野金载》卷四:"周夏官侍郎侯知一年老,敕放致仕。上表不伏,于朝堂踊跃驰走,以示轻便。张惊丁忧,自请起复。吏部主事高筠母丧,亲戚为举哀,筠曰:'我不能作孝。'员外郎张栖贞被讼诈遭母忧,不肯起对。时台中为之语曰:'侯知一不伏致仕,张琮自请起复,高筠不肯作孝,张栖贞情愿遭忧。皆非名教中人,并是王化外物。'兽心人面,不其然乎!"⑦按张鷟卒于开元十八年(730),所著《朝野金载》多记武后朝事,则高筠试协律郎或在武后朝。

7. 郑某 武后、中宗朝

宋之问《春日郑协律山亭陪宴饯郑卿同用楼字》:"潘园枕郊郭,爱客

---

① [后晋]刘昫等:《旧唐书》,第5017页。

② [清]何文焕辑:《历代诗话》,第72页。

③ 傅璇琮主编:《唐才子传校笺》(一),第83页。

④ [宋]欧阳修、宋祁:《新唐书》,第5750页。

⑤ [清]彭定求等编:《全唐诗》,第10121页。

⑥ [清]陆心源编:《唐文拾遗》,中华书局1983年版,第11119页。

⑦ [唐]张鷟:《朝野金载》(《唐五代笔记小说大观》本),上海古籍出版社2000年版,第52页。

坐相求。尊酒东城外,骖骓南陌头。池平分洛水,林缺见嵩丘。暗竹侵山径,垂杨拂妓楼。彩云歌处断,迟日舞前留。此地何年别,兰芳空自幽。"①可知郑某曾为协律郎。宋之问为武后、中宗朝诗人,郑某作协律郎当亦在此期间。

8.马利征　开元十三年(725)

《新唐书》卷一百九十九《儒学中》:"即拜怀素秘书监。乃诏……扶风丞马利征……是正文字。秘书省校书郎源幼良代利征,后以协律郎罢。"②可知马利征曾于开元初到朝廷校书,后为协律郎。"马利征"又作"马利贞",马利贞入丽正修书院为右散骑常侍褚无量所奏。马利征校书丽正院可能在开元五年(717)至十三年(725)之间,到太常寺任协律郎当在开元十三年(725)之后。

9.张某　开元中

王泠然《赠张公子协律》:"官微思倚玉,文浅怯投珠。"③则张某曾为协律。按王泠然开元五年(717)进士及第,开元十二年(724)卒。以此推之,张某任协律郎或亦在此期间。韦应物《酬张协律》一诗中的张协律不详是否即此人。④

10.裴某　开元中

《全唐文》卷九百九十四载《太常协律郎裴公故妻贺兰氏墓志铭》一文,可知裴某曾为协律郎。按贺兰氏卒于开元四年(716),则裴某任协律郎或在开元中。

11.郑虔　天宝初

《新唐书》卷二百二《文艺中》:"郑虔,郑州荥阳人。天宝初,为协律郎。"⑤《唐语林》卷二《文学》:"郑虔,天宝初协律,采集异闻,著书八十余卷。"⑥可知郑虔天宝初任协律郎。又《唐会要》卷六十六"广文馆"条:

① [清]彭定求等编:《全唐诗》,第650页。
② [宋]欧阳修、宋祁:《新唐书》,第5680页。
③ [清]彭定求等编:《全唐诗》,第1175页。
④ 参见[清]彭定求等编:《全唐诗》,第1958页。
⑤ [宋]欧阳修、宋祁:《新唐书》,第5766页。
⑥ [宋]王谠:《唐语林》,第120页。

"(广文馆)天宝九载七月十三日置,领国子监进士业者,博士、助教各一人,品秩同太学。以郑虔为博士,至今呼郑虔为郑广文。"①则郑虔天宝九载(750)已转广文馆博士。安禄山反,伪授郑虔水部郎中,因称风缓,求摄市令,潜以密章达灵武,收京后贬台州司户参军。他的诗、书、画被玄宗称为"郑虔三绝"。又长于地理,山川险易、方隅物产、兵戍众寡无不详。郑虔亦精通音乐,只是他的音乐才能被他的诗、书、画的造诣所掩,不为人们注意而已。杜甫是郑虔的挚友,杜甫《八哀诗·故著作郎贬台州司户荥阳郑公虔》云:"嗜酒益疏放,弹琴视天壤……萧条阮咸在,出处同世网。"②

12.严郢　天宝十四载(755)至至德二载(757)

《新唐书》卷一百四十五《严郢传》:"严郢,字叔敖,华州华阴人。父正诲,以才吏更七郡,终江南西道采访使。郢及进士第,补太常协律郎,守东都太庙。禄山乱,郢取神主秘于家,至德初,定洛阳,有司得以奉迎还庙,擢大理司直。"③《旧唐书》卷十八下《宣宗本纪》会昌六年(846)四月:"东都太庙者,本武后家庙,神龙中中宗反正,废武氏庙主,立太祖已下神主祔之。安禄山陷洛阳,以庙为马厩,弃其神主,而协律郎严郢收而藏之。"④《唐会要》卷十七《祭器议》记之略同。安禄山陷洛阳在天宝十四载(755),可知严郢最晚此时已为协律郎。收洛阳在至德二载(757),严郢擢大理司直当在此时。《旧唐书》卷十一《代宗本纪》大历十四年(779)三月庚戌:"以河南尹严郢为京兆尹。"⑤此后,严郢又曾任河南尹、水陆运使、御史大夫。《旧唐书》卷十二《德宗本纪》建中三年(782)夏四月壬午:"贬御史大夫严郢为费州长史……郢岁余卒。"⑥则严郢卒于费州长史(一说为费州刺史)任上。严郢为官有峻暴之病,《旧唐书》卷九十八《裴佶传》:"时严郢为京兆,政尚峻暴,加以朝旨甚迫,尹正之命,急如风霆。"⑦《新唐书》卷一

---

①　[宋]王溥:《唐会要》,第 1163 页。

②　[清]仇兆鳌:《杜诗详注》,第 1414 页。

③　[宋]欧阳修、宋祁:《新唐书》,第 4727 页。

④　[后晋]刘昫等:《旧唐书》,第 614 页。

⑤　[后晋]刘昫等:《旧唐书》,第 315 页。

⑥　[后晋]刘昫等:《旧唐书》,第 333 页。

⑦　[后晋]刘昫等:《旧唐书》,第 3083 页。

百二十七《裴佶传》:"严郢为京兆,政刻急。"①柳宗元《先君石表阴先友记》:"严郢,河南人。刚厉好杀。"②但他忠于朝廷,有干才,曾言凿陵阳渠之弊③。为京兆尹时,"严明持法令,疾恶抚穷,敢诛杀,盗贼一衰,减隶官匠丁数百千人,号称职尹"④。

13. 陆某　天宝至大历初

贾至《送陆协律赴端州》:"越井人南去,湘川水北流。江边数杯酒,海内一孤舟。岭峤同仙客,京华即旧游。春心将别恨,万里共悠悠。"⑤贾至天宝元年(742)及第,大历七年(772)卒官,诗当作于此间,陆某任协律郎或亦在此时。

14. 颜顶　乾元元年(758)

颜真卿《祭伯父豪州刺史文》:"二兄杲卿,任常山郡太守,忠义愤发,首开土门,擒斩逆竖,挫其凶憝,先盖授卫尉卿兼御史中丞。城孤援绝,身陷贼庭,圣朝哀荣……兄弟儿侄,尽蒙国恩……顶授协律郎。"⑥可知颜顶为杲卿之子,真卿之侄,曾任协律郎。安史之乱中,杲卿抗敌有功,收京后,朝廷表彰忠烈,颜杲卿被追赠为太子太保,⑦其子亦多由此得官。一门之内,极尽哀荣。顺宗《即位赦文》:"武德已来配享功臣,及张巡、许远、南霁云、颜杲卿、颜真卿等子孙中,各与一人正员官。"⑧宪宗《南郊赦文》:"故尚父子仪、太师晟、太尉秀实、颜真卿、颜杲卿、张巡、许远、南霁云及配享功臣,与一子官及出身有差。"⑨穆宗《南郊改元德音》:"武德已来配飨及第一等功臣,并张巡、许远、南霁云、颜杲卿、真卿等,尚父子仪、赠太师

---

① [宋]欧阳修、宋祁:《新唐书》,第4455页。
② [清]董诰等编:《全唐文》,第5943页。
③ 参见[宋]欧阳修、宋祁:《新唐书》,第1365页。
④ [宋]欧阳修、宋祁:《新唐书》,第4728页。
⑤ [清]彭定求等编:《全唐诗》,第2591页。
⑥ [清]董诰等编:《全唐文》,第3498页。
⑦ [清]董诰等编:《全唐文》,第467页。
⑧ [清]董诰等编:《全唐文》,第603页。
⑨ [清]董诰等编:《全唐文》,第673页。

晟、赠太尉秀实,子孙中与一子官有差,其中有才行堪任台省者,量才叙用。"①文宗《褒赐颜从览等官爵诏》:"朕每览国史,见忠烈之臣,未尝不嗟叹久之,思有以报。如闻从览、宏式,实杲卿、真卿之孙。永惟九原,既不可作,旌其嗣续,谅协典彝。考绩已深于宦途者,命列于中台;官次未齿于搢绅者,俾佐于左辅。庶使天下,再新义风。"②武宗《加尊号后郊天赦文》:"故尚父汾阳王、赠太师晟、赠太尉秀实、赠司徒颜杲卿、赠太师颜真卿、许远、张巡、南霁云,子孙中未经甄奖者,每家与一人出身。"③宣宗《大中改元南郊赦文》:"誓著山河,勋铭鼎鼐,恩延后裔,义在劝人。故尚父汾阳王、赠太师晟、太尉秀实、司徒颜杲卿、赠太师颜真卿、许远、张巡、南霁云,子孙中未经甄奖者,每家与一人正员官。"④懿宗《即位赦文》:"张巡、许远、南霁云、颜真卿、杲卿子孙中各与一人出身。"⑤僖宗《车驾还京师德音》:"自贞观、开元之后,建中、元和以来,翊戴皇家,扶持宗社,勋绩已铭于鼎鼐,谋猷实在于册书。如闻子孙或多凌替,赠太师汾阳王子仪、临淮王光弼、西平王李晟、咸宁王浑瑊、赠太尉秀实、颜真卿、颜杲卿、以下子孙宜各与一子九品正员官。其子孙有才术可称,委中书门下量才叙用,以劝勋贤。"⑥昭宗《改元天复赦文》:"功著定倾,名高死难,永言风烈,讵废赏延。故尚父子仪、赠太师晟、赠太尉秀实、赠太保瑊、赠司徒杲卿、赠太师真卿、张巡、许远、南霁云等家,有主祭祀本房子孙中,每家各与一子九品正员官。"⑦可见,这种封赏一直持续到唐末。颜真卿《祭伯父豪州刺史文》作于乾元元年(758),可知此时颜顶已任协律郎。又据颜真卿《唐故通议大夫行薛王友柱国赠秘书少监国子祭酒太子少保颜君碑铭》:"顶,干办,扬府法曹。"⑧则颜顶后又曾任扬府法曹。

---

① 〔清〕董诰等编:《全唐文》,第 701 页。
② 〔清〕董诰等编:《全唐文》,第 763 页。
③ 〔清〕董诰等编:《全唐文》,第 816 页。
④ 〔清〕董诰等编:《全唐文》,第 855 页。
⑤ 〔清〕董诰等编:《全唐文》,第 890 页。
⑥ 〔清〕董诰等编:《全唐文》,第 924 页。
⑦ 〔清〕董诰等编:《全唐文》,第 959 页。
⑧ 〔清〕董诰等编:《全唐文》,第 3448 页。

15. 李某　肃宗、代宗朝

　　钱起《送李协律还东京》："芳草忽无色,王孙复入关。长河侵驿道,匹马傍云山。愁见离居久,萤飞秋月闲。"①钱起主要生活在肃宗、代宗时,则李某任协律郎或亦在此时。当是虚衔。

16. 崔纵　代宗初年

　　《旧唐书》卷一百八《崔纵传》："初以荫补协律郎。"②《新唐书》卷一百二十《五王》："纵繇协律郎三迁监察御史。"③《旧唐书》本传又云崔纵曾任蓝田令,宽明勤干,德化大行,县人为之立碑颂德。后转京兆府司录,累迁金部员外郎,以父贬道州刺史,弃官就养。据《旧唐书》卷一百八《崔涣传》,崔纵父崔涣卒于大历三年(768)十二月壬寅,则崔纵补协律郎或在代宗初年。根据本传,崔纵曾六迁大理卿,兼御史中丞,汴西水陆运两税盐铁等使。德宗幸奉天,四方握兵,未有至者。崔纵先知之,奔行在。崔纵为人孝悌,修饬自立,不求闻达,由此深得德宗信任。崔纵熟知朝廷礼乐。《旧唐书》卷一百八《崔纵传》："贞元元年,亲祠南郊,为大礼使。属兵旱之后,赋入尚少,纵裁定文物,俭而中礼。"④崔纵有《请诸王母封号奏》⑤,亦可证明。此后,崔纵又除吏部侍郎,寻检校礼部尚书、东畿唐汝邓都观察使、河南尹。崔纵曾任太常卿,这当与他熟知礼乐有关。《旧唐书》卷一百八《崔纵传》："征拜太常卿。"⑥《旧唐书》卷三十七《五行志》："贞元二年夏,京师通衢水深数尺。吏部侍郎崔纵,自崇义里西门为水漂浮行数十步,街铺卒救之获免。"⑦《新唐书》卷一百三十六《陈利贞传》："贞元五年,疽发首,卒。遗观察使崔纵书,自陈受国恩,恨不得死所云。"⑧则崔纵贞元五年(789)时尚未任太常卿。《唐会要》卷三《杂录》："贞元六年七月九

----

① 〔清〕彭定求等编:《全唐诗》,第 2670 页。
② 〔后晋〕刘昫等:《旧唐书》,第 3281 页。
③ 〔宋〕欧阳修、宋祁:《新唐书》,第 4319 页。
④ 〔后晋〕刘昫等:《旧唐书》,第 3281 页。
⑤ 〔清〕董诰等编:《全唐文》,第 4881 页。
⑥ 〔后晋〕刘昫等:《旧唐书》,第 3281 页。
⑦ 〔后晋〕刘昫等:《旧唐书》,第 1359 页。
⑧ 〔宋〕欧阳修、宋祁:《新唐书》,第 4594 页。

日，太常卿崔纵奏……"①可知其任职太常当在贞元五年（789）至六年
（790）之间。据《旧唐书》本传及《旧唐书》卷十三《德宗本纪》，崔纵卒于贞
元七年（791）六月，年六十二，谥曰忠，赠吏部尚书。

17. 李锋　广德元年（763）

　　梁肃《越州长史李公墓志铭》："公器宇魁异，英风明迈，中立不回，旁
通多可。初不以禄仕为意，用朋酒知娱，游江湖间，交必一时之选，言必可
大之业。相国张平原镐之镇江西也，闻而器之，表为协律郎，兼上饶
令。"②则在张镐镇江西时，李锋曾为协律郎兼上饶令。故协律郎一职亦
是虚衔。张镐字从周，博州人。《旧唐书》卷一百一十一《张镐传》："代宗
即位，推恩海内，拜抚州刺史。迁洪州刺史、饶吉等七州都团练观察等使，
寻正授江南西道都团练观察等使。广德二年九月卒。"③可见，张镐广德
二年（764）九月卒于江南西道观察使任上，李锋任协律郎当在此时而稍
前，或在广德元年（763）前后。

18. 贾畤　大历初年

　　郑馀庆《左仆射贾耽神道碑》："（贾耽）长子畤，太常寺协律郎，凋于青
春。"④权德舆《唐故金紫光禄大夫检校司空兼尚书左仆射同中书门下平
章事上柱国魏国公赠太傅贾公墓志铭（并序）》："嗣子畤，太常寺协律郎，
早夭。"⑤则贾耽之长子贾畤曾为协律郎。《旧唐书》卷一百三十八《贾耽
传》："（贾耽）永贞元年十月卒，时年七十六。废朝四日，册赠太傅，谥曰元
靖。"⑥郑馀庆撰神道碑又称："（贾耽）以永贞元年十月一日，薨于长安光
福里之私第，享年七十六，辍朝四日，再赠太傅。"《新唐书》卷一百六十六
《贾耽传》所记相同。则贾耽当生于开元十七年（729）。因贾畤为其长子
且"凋于青春"，假定贾耽二十岁生子，其子二十岁得官，则贾畤任协律郎
当在大历四年（769）左右。

---

①　[宋]王溥：《唐会要》，第 34 页。
②　[清]董诰等编：《全唐文》，第 5293 页。
③　[后晋]刘昫等：《旧唐书》，第 3328 页。
④　[清]董诰等编：《全唐文》，第 4887 页。
⑤　[清]董诰等编：《全唐文》，第 5137 页。
⑥　[后晋]刘昫等：《旧唐书》，第 3787 页。

19. 卢东美　大历七年(772)

　　梁肃《舒州望江县丞卢公墓志铭》："范阳卢君,讳同,字某,汉侍中尚书植之裔孙……大历七年月日,允子太常寺协律郎东美初奉严训,以公之丧后祔先大夫于阳翟之某原,礼也。"①则望江县丞卢同之子卢东美在大历七年(772)时曾任协律郎。《旧唐书》卷一百三十《崔造传》："崔造,字玄宰,博陵安平人。少涉学,永泰中,与韩会、卢东美、张正则为友,皆侨居上元,好谈经济之略,尝以王佐自许,时人号为'四夔'。"②《新唐书》卷一百五十《崔造传》："崔造,字玄宰,深州安平人。永泰中,与韩会、卢东美、张正则三人友善,居上元,好言当世事,皆自谓王佐才,故号'四夔'。"③《资治通鉴》卷二百三十二所记同。可知卢东美在永泰中有美名。卢东美事迹略见于韩愈《考功员外卢君墓铭》,此铭的写作时间是元和二年(807)二月,则卢东美当卒于此时。

20. 蒋锜　大历中

　　任华《西方变画赞》："蒋氏兄弟,惟孝也哉! 前殿中侍御史蒋炼,炼弟前右拾遗镇,镇弟前无锡尉镝,镝弟前千牛锋,锋弟前协律郎锜等,泣血三年,哀过乎礼,愿西方上圣,永福先人。"④可知蒋锜曾为协律郎。蒋氏兄弟中蒋镇、蒋练(炼)在朱泚叛乱中任伪职,后被杀。据《旧唐书》卷一百二十七《蒋镇传》,蒋氏兄弟被杀是在德宗兴元元年(784)。⑤《资治通鉴》卷二百三十一唐德宗兴元元年(784)秋七月丙子："车驾至凤翔,斩乔琳、蒋镇、张光晟等。李晟以光晟虽臣贼,而灭贼亦颇有力,欲全之,上不许。"⑥又《旧唐书》卷十二《德宗本纪》兴元元年秋七月丙子："车驾次凤翔府,诏放管内今年秋税……受伪署官乔琳、蒋镇……伏诛。"⑦可知蒋锜任协律郎必在兴元元年(784)之前。任华《西方变画赞》："蒋氏兄弟……泣血三

---

①　[清]董诰等编：《全唐文》,第5295页。
②　[后晋]刘昫等：《旧唐书》,第3625页。
③　[宋]欧阳修、宋祁：《新唐书》,第4813页。
④　[清]董诰等编：《全唐文》,第3824页。
⑤　参见[后晋]刘昫等：《旧唐书》,第3578页。
⑥　[宋]司马光：《资治通鉴》,第7440页。
⑦　[后晋]刘昫等：《旧唐书》,第343页。

年,哀过乎礼,愿西方上圣,永福先人。"因蒋氏兄弟死于兴元元年(784),故他们画妙法莲华变最晚应在大历末年。又任华《西方变画赞》:"华太常故吏也,侍御以华情之拳拳,见示经变,泣对灵相,祗感遗仁。"任华任太常属吏在肃宗朝,则此文中自称"太常故吏",当作于任太常属吏之后,可能在代宗朝。综上,可判断蒋镝为协律郎当在大历年间。

21.孔述睿　大历中

《旧唐书》卷一百九十二《隐逸传》:"孔述睿,越州人也……述睿少与兄克符、弟克让,皆事亲以孝闻。既孤,俱隐于嵩山。述睿好学不倦,大历中,转运使刘晏累表荐述睿有颜、闵之行,游、夏之学。代宗以太常寺协律郎征之。"①则孔述睿大历中任协律郎。《旧唐书》本传:"贞元十六年九月卒,年七十一。"以此推之,孔述睿当生于玄宗开元十七年(729)。他任协律郎当在四十岁左右。常衮《授孔述睿起居舍人制》:"宣议郎试太常博士东都河南江淮南等道转运使判官孔述睿,左右史正用第一流,其选殆精于尚书郎也。今东观诸儒,皆约注记而修简册,事之当否,多取正焉。以某圣人之允,历代儒首,博通古训,述作可传,出入起居,期于秉直。"②则孔述睿又曾经担任太常博士。从先后任协律郎和太常博士的经历看,孔述睿应熟知朝廷礼乐。孔述睿谦和退让,与物无竞,时人称为长者。

22.韦行检　大历中

权德舆《唐故朝议大夫太子右庶子上柱国赐紫金鱼袋韦君墓志铭(并序)》:"君讳聿,字某,京兆杜陵人……嗣子行检,进士第,自协律郎移朗州司户,有文业为素艺器干。"③可知韦聿之子韦行检进士及第后曾任协律郎。权德舆所撰韦君墓志铭云:"(韦聿)元和三年九月景戌,以官寿殁于长兴里,春秋七十五。"可推知韦聿生于开元二十一年(733),假定韦行检在韦聿二十岁时出生,并在二十岁时及第任协律郎,则韦行检任协律郎当在大历八年(773)。由此可推断韦行检任协律郎当在大历年间。权德舆所撰韦君墓志铭载韦行检"有文业,为素艺器干",可知韦行检亦长于

① ［后晋］刘昫等:《旧唐书》,第5130页。
② ［清］董诰等编:《全唐文》,第4209页。
③ ［清］董诰等编:《全唐文》,第5147页。

文辞。

23. 郑某　大历十年(775)

　　据刘长卿《听笛歌留别郑协律》,则郑某曾任协律郎,并与刘长卿友善。① 刘长卿大历十年(775)贬睦州司马,此诗或作于此时。刘长卿又有《逢郴州使因寄郑协律》云:"相思楚天外,梦寐楚猿吟。更落淮南叶,难为江上心。衡阳问人远,湘水向君深。欲逐孤帆去,茫茫何处寻。"②则郑协律似任职郴州,协律郎当是虚衔。

24. 薛遵海　大历十一年(776)

　　韦建《黔州刺史薛舒神道碑》:"(薛舒)季子……协律郎遵海。"③可知薛遵海为黔州刺史薛舒之子,曾任协律郎。此碑又云:"(薛舒)以大历十年四月二十五日,薨于溪州之公馆,春秋六十有八……以大历十一年七月二十日,合祔于万年县栖凤原,礼也。季子太常寺奉礼郎遵诚、协律郎遵海、太祝遵训等七人,童卯而孤,孺慕罔极。"则大历十一年(776)时,薛遵海任协律郎。

25. 沈既济　大历十四年(779)

　　《新唐书》卷四十五《选举志》下:"肃、代以后兵兴,天下多故,官员益滥,而铨法无可道者。至德宗时,试太常寺协律郎沈既济极言其敝。"④可知沈既济在德宗时曾任协律郎。《资治通鉴》卷二百二十六唐代宗大历十四年(779)八月:"协律郎沈既济上选举议,以为选用之法,三科而已:曰德也、才也、劳也。"⑤则沈既济试协律郎在大历十四年(779)前。又《唐会要》卷六十三"修国史"条:"建中元年七月,左拾遗、史馆修撰沈既济以吴兢所撰《国史》则天事为本纪,奏议驳之。"⑥可知在建中元年(780)七月沈既济已改任左拾遗、史馆修撰。沈既济有良史才,拜左拾遗史馆修撰,坐贬处州司户参军,入为礼部员外郎,卒。《新唐书》卷五十八《艺文志》著录

---

①　参见[清]彭定求等编:《全唐诗》,第1577页。

②　[清]彭定求等编:《全唐诗》,第1492页。

③　[清]董诰等编:《全唐文》,第3813页。

④　[宋]欧阳修、宋祁:《新唐书》,第1178页。

⑤　[宋]司马光:《资治通鉴》,第7268页。

⑥　[宋]王溥:《唐会要》,第1059页。

沈既济《建中实录》十卷、《选举志》十卷。唐李肇《唐国史补》卷下记沈既济撰《枕中记》。

26. 杜正　大历末年至贞元初年

吕温《柳氏墓志铭》:"所母先公之子三人、女一人:长曰温,前集贤殿校书郎;次曰俭,前仆寺进马;季字秦生,能言而夭;女适故太常寺协律郎杜正。"①可知杜正曾为协律郎,在柳氏去世时已卒。柳氏夫为吕渭。《旧唐书》卷一百三十七《吕渭传》:"吕渭,字君载,河中人……贞元十六年卒,年六十六。"②则吕渭生于开元二十二年(734),卒于贞元十六年(800)。吕温《柳氏墓志铭》:"贞元十六年六月庚寅,前先公七日,弃养于潭州官舍,享年四十有二。"则柳氏亦卒于是年。柳氏"年十四,归我先公",则其嫁吕渭在大历七年(772)。柳氏是吕渭的再娶之妻,吕温《柳氏墓志铭》云"所母先公之子三人、女一人",可知柳氏嫁于吕渭时,即大历七年(772),其女尚未出嫁。贞元十六年(800)柳氏卒时,杜正已卒。则杜正任协律郎当在大历七年(772)至贞元十六年(800)之间,或以大历末年至贞元初年为是,不能确考。

27. 杨某　大历至贞元中

刘商有《赋得射雉歌送杨协律表弟赴婚期》,③刘商是《胡笳十八拍》的作者,生活在大历、贞元年间,杨某任协律郎或亦在此时。从诗意看杨协律熟知音乐,刘商和他可能有音乐上的交流。韦应物有《寄杨协律》,④或即此人。

28. 李听　贞元元年(785)

《旧唐书》卷一百三十三《李听传》:"听七岁以荫授太常寺协律郎。"⑤《新唐书》卷一百五十四《李听传》记之略同。则李听七岁即为协律郎,亦是虚位加官,而非实授。《旧唐书》卷一百三十三《李听传》云:"(开成)四

---

① 〔清〕陆心源编:《唐文拾遗》,第 10674 页。
② 〔后晋〕刘昫等:《旧唐书》,第 3768 页。
③ 参见〔清〕彭定求等编:《全唐诗》,第 3446 页。
④ 参见〔清〕彭定求等编:《全唐诗》,第 1924 页。
⑤ 〔后晋〕刘昫等:《旧唐书》,第 3682 页。

年,以疾求代,除太子太保。是岁十月卒,时年六十一,赠司徒。"①开成四年为839年,则李听生于778年,授太常寺协律郎则当在785年,即唐德宗贞元元年。又《旧唐书》卷一百三十三《李听传》云:"常入公署,吏胥小之,不为致敬,听令鞭之见血,父晟奇之。"②则李听任协律郎虽非实授,亦曾到太常寺行走。李听后随吐突承璀讨王承宗,为神策行营兵马使。《旧唐书》卷一百六十二《高霞寓传》:"元和五年,以左威卫将军随吐突承璀击王承宗。"③可知李听在元和五年(810)讨王承宗,时32岁。李听先后任神策行营兵马使、左骁卫将军兼御史中丞、安州刺史、检校兵部尚书、太原尹、河东节度使、滑州刺史、义成军节度使、河中尹、河中晋慈隰节度使等职。他位至一品,而急于聚敛,穷极侈欲,盛饰车马服玩。虽有朝臣弹劾,但朝廷以为他"勋德承家,麾幢统镇,功宣武略,化洽政经。军令肃于藩方,吏理惠于黔庶,芳猷克茂,德业弥彰"④,终不加罪。据《新唐书》卷一百一十九《白敏中传》,白敏中长庆初曾辟义成节度使李听府。李听镇夏州时,曾辟柳公权为掌书记。

29.李愬 贞元元年(785)

《旧唐书》卷一百三十三《李愬传》:"愬以父荫起家,授太常寺协律郎。"⑤《新唐书》卷一五四《李愬传》:"愬,字元直,有筹略,善骑射。以荫补协律郎。"⑥则李愬任太常寺协律郎不因其熟知礼乐,而是靠其父之功,故此职当是虚位加官,而非实授。按,李愿、李愬、李听为兄弟,授官当在同时。李听授太常寺协律郎在785年,即唐德宗贞元元年,则李愬授官当亦在此年。李愬生于代宗大历七年(772),其任协律郎时年十三岁。李愬父李晟,字良器,陇西临洮人,贞元三年(787)拜太尉中书令,五年画像凌烟阁。愬事母孝,有筹略,善骑射。元和十二年(817)十月,李愬帅师入蔡州,执贼帅吴元济,平淮西,建立大功,长庆元年(821)十月卒于洛阳。《旧

---

① [后晋]刘昫等:《旧唐书》,第3685页。

② [后晋]刘昫等:《旧唐书》,第3682页。

③ [后晋]刘昫等:《旧唐书》,第4249页。

④ [唐]李昂:《赐李听敕》,[清]董诰等编:《全唐文》,第773页。

⑤ [后晋]刘昫等:《旧唐书》,第3678页。

⑥ [宋]欧阳修、宋祁:《新唐书》,第4874页。

唐书》卷一百三十三《李愬传》:"长庆元年……是年十月,卒于洛阳,时年四十九。"①

30.杨凝　贞元初

《新唐书》卷一百六十《杨凝传》:"凝,字懋功。由协律郎三迁侍御史,为司封员外郎。"②柳宗元《唐故兵部郎中杨君墓碣》:"君既举进士,以校书郎为书记,毗赞元侯,于汉之明,式徙荆州,由协律郎三转御史。"③可知杨凝曾为协律郎。柳宗元《为李京兆祭杨凝郎中文》:"维贞元十九年岁次癸未四月辛未朔某日,检校工部尚书京兆尹司农卿李实,谨以清酌庶羞之奠,敬祭于故兵部郎中杨公之灵。"④则杨凝应卒于贞元十九年(803)。柳文又云:"英风未摅,沉疴遽婴。孰云积善,降以促龄。"则杨凝可能死于中年。其任协律郎可能在贞元初年。《新唐书》卷六十《艺文志》著录《杨凝集》二十卷。

31.柳并　贞元初

柳宗元《故叔父殿中侍御史府君墓版文》:"渭北节度使论惟明辟为从事,受太常寺协律郎。"⑤则柳宗元之叔父曾为协律郎。据柳宗元《先君石表阴先友记》⑥及《新唐书》卷二百二《柳并传》⑦,柳宗元曾任协律郎的叔父当是柳并。柳宗元撰墓版文云:"贞元十二年岁在丙子,正月九日壬寅,遇暴疾,终于私馆,享年五十。"柳宗元《故殿中侍御史柳公墓表》:"唐贞元十二年二月庚寅,葬我殿中侍御史河东柳公于万年县之少陵原……以其年正月九日遇疾,终于私馆,享年五十。"⑧据其卒年推之,柳并当生于天宝六载(746)。又据柳宗元《故叔父殿中侍御史府君墓版文》,柳并任协律郎在渭北节度使论惟明辟为从事之后。《旧唐书》卷一百五十四《吕元膺

①　[后晋]刘昫等:《旧唐书》,第3678页。
②　[宋]欧阳修、宋祁:《新唐书》,第4971页。
③　[清]董诰等编:《全唐文》,第5949页。
④　[清]董诰等编:《全唐文》,第5999页。
⑤　[清]董诰等编:《全唐文》,第5973页。
⑥　参见[清]董诰等编:《全唐文》,第5943页。
⑦　参见[宋]欧阳修、宋祁:《新唐书》,第5771页。
⑧　[清]董诰等编:《全唐文》,第5946页。

传》:"贞元初,论惟明节制渭北。"①《旧唐书》卷十二《德宗本纪》贞元三年(787)十一月辛丑:"鄜坊节度使论惟明卒。"②则柳并任协律郎当在贞元初年。其任协律郎在任职渭北时,故当是虚衔。柳并在当时有文名。《唐语林》卷二《文学》记载:"代宗独孤妃薨,赠贞皇后。将葬,尚父汾阳王子仪在邠州,其子尚主,欲致祭。遍问诸吏,皆云:'古无人臣祭皇后之仪。'子仪曰:'此事须柳侍御裁之。'时殿中侍御史柳并,字伯存,掌书记,奉使在邠,即急召之。既至,子仪曰:'有切事,须藉侍御为之。'遂说祭事。殿中初亦对如诸人,既而曰:'礼缘人情。令公勋德,不同常人。且又为姻戚,今自令公始,亦谓得宜。'子仪曰:'正合某本意。'殿中草祭文,其官衔称驸马都尉郭暧父具官某,其文并叙特恩许致祭之意,辞简礼备,子仪大称之。"③《全唐文》卷三百七十二有柳并《代汾阳王祭贞懿皇后文》。

32.路随 贞元三年(787)

李翱《荐士于中书舍人书》:"前岭南节度判官试大理司直兼殿中侍御史韦词、处士石洪(原注:明经出身,十五年前曾任冀州纠)、前宣歙来石军判官试太常寺协律郎路随、江西观察推官试秘书郎独孤朗,右三人先以论荐,一人继此咨陈。"④则路随曾试协律郎。路随之父路泌,字安期,少好学,博涉史传,工五言诗。随珹与吐蕃会盟于平凉,因劫盟陷蕃,在绝域累年,卒于戎鹿。路泌劫盟陷蕃之后,路随得官。据《旧唐书》卷一百九十六下《吐蕃列传》:"(贞元三年)七月,诏曰:乃者吐蕃犯塞,毒我生灵,俶扰陇东,深入河曲。朕以兵戈粗定,伤夷未瘳,务息战伐之谋,遂从通和之请。亦知戎丑,志在贪婪,重违修睦之辞,乃允寻盟之会。果为隐匿,变发遗宫,纵犬羊凶狡之群,乘文武信诚之众,苍黄沦陷,深用恻然。此皆由朕之不明,致其至此。既无德于万众,亦有愧于四方,宵旰贻忧,何嗟而及。今兵部尚书崔汉衡等,皆国之良士,朝之荩臣,婴絷穷庐,眇然殊域。念其家室,或未周于屡空;录以息男,庶或资于薄俸。汉衡宜与一子七品官,司勋

---

① [后晋]刘昫等:《旧唐书》,第4103页。
② [后晋]刘昫等:《旧唐书》,第358页。
③ [宋]王谠:《唐语林》,第123页。
④ [清]董诰等编:《全唐文》,第6414页。

员外郎郑叔矩、检校户部郎中路泌……等,各与一子八品官。"①路随任协律郎当在贞元三年(787)。《旧唐书》卷一百五十九《路随传》:"大和九年七月,遘疾于路,薨于扬子江之中流,年六十。册赠太保,谥曰贞。"②则路随当生于大历十年(775),在贞元三年(787)任协律郎时只有12岁,此官当是虚衔。《旧唐书》卷十四《宪宗本纪》元和五年(810)五月庚申:"吐蕃使论思即热朝贡,并归郑叔矩、路泌之枢。"③《唐会要》卷九十七《吐蕃》:"(元和)五年春,以吐蕃俘人归于西蕃,虏遣使论思邪热来朝,并归郑叔矩、路泌之枢。"④可知在元和五年(810)路泌之枢被归还时,路随已经35岁。路随有文名,曾参与修《顺宗实录》和《宪宗实录》,官至宰相。

33.崔元翰 贞元五年(789)左右

崔鹏,字元翰,以字行。权德舆《比部郎中崔君元翰集序》:"初闭关隐约于河朔之间,年殆知天命,甫与计偕至京师,洎博学宏词直言极谏,凡三登甲科,名动天下。初自典校秘书,连辟汴公北平王二司徒府,管奏记之职,历太常寺协律郎、大理评事,锡以命服,登朝廷为太常寺博士、礼部员外郎。"⑤则崔元翰登第后曾任协律郎,后又任太常寺博士。《旧唐书》卷一百三十七《崔元翰传》:"崔元翰者,博陵人。进士擢第,登博学宏词制科,又应贤良方正、直言极谏科,三举皆升甲第,年已五十余。"⑥《新唐书》卷二百三《崔元翰传》:"元翰举进士、博学宏辞、贤良方正,皆异等。义成李勉表在幕府,马燧更表为太原掌书记。召拜礼部员外郎。窦参秉政,引知制诰。"⑦可知崔元翰任协律郎在登第之后,召拜礼部员外郎和知制诰之前。《太平御览》卷六百二十九《治道部十》:"(贞元)四年四月,贤良、方正能直言极谏科:崔元翰……",⑧则崔元翰登直言极谏科在贞元四年

---

① [后晋]刘昫等:《旧唐书》,第5253页。
② [后晋]刘昫等:《旧唐书》,第4193页。
③ [后晋]刘昫等:《旧唐书》,第431页。
④ [宋]王溥:《唐会要》,第1737页。
⑤ [清]董诰等编:《全唐文》,第4997页。
⑥ [后晋]刘昫等:《旧唐书》,第3766页。
⑦ [宋]欧阳修、宋祁:《新唐书》,第5783页。
⑧ [宋]李昉等:《太平御览》,中华书局1960年版,第2821页。

(788)四月。权德舆《比部郎中崔君元翰集序》："贞元七年春转职方员外郎知制诰,八年冬罢为比部郎中。"①崔元翰任协律郎当在贞元四年(788)至贞元七年(791)之间。因崔元翰在贞元七年(791)春转职方员外郎知制诰之前还曾担任太常寺博士、礼部员外郎,由此推断崔元翰任协律郎可能在贞元五年(789)左右。崔元翰苦心文章,好学不倦,介独耿直,伏膺翰墨,其文致思精密,有声名于当时,亦有诗作传世。《新唐书》卷六十《艺文志》著录《崔元翰集》三十卷。

34. 萧节　贞元十年(794)

　　吕温《祭座主故兵部尚书顾公文》："维贞元十年岁次甲申月日,门生侍御史王播、监察御史刘禹锡、陈讽、柳宗元……协律郎萧节……等,谨以清酌之奠,祭于座主故兵部尚书东都留守顾公之灵。"②则萧节在贞元十年(794)时任协律郎。

35. 卢士琼　贞元中

　　李翱《故河南府司录参军卢君墓志铭》："君讳士琼,字德卿,范阳人,家世为甲姓,祠部郎中融之长子。明经及第,历宁陵、华阴二县主簿,知泗州院事,得协律郎。"③则卢士琼曾得协律郎,当亦是虚衔。卢士琼之父为卢融。宋李昉《太平广记》卷四六三《禽鸟》四:"开元初,范阳卢融病中独卧,忽见大鸟自远飞来,俄止庭树,高四五尺,状类鸮,目大如杯,嘴长尺余。下地上阶,顷之,入房登床,举两翅,翅有手,持小枪,欲以击融,融伏惧流汗。忽复有人从后门入,谓鸟云:'此是善人,慎勿伤也。'鸟遂飞去,人亦随出,融疾自尔永差。"④又卢融兴元元年(784)曾经为李澄送信。《旧唐书》卷一百三十二《李澄传》:"兴元元年春,澄密令亲信人卢融间道赍表达于奉天。"⑤《新唐书》卷一百四十一《李澄传》所记略同。可知卢融可能生活在开元至贞元之间。《太平广记》卷三四一《鬼》二十六记邑客李

　　①　[清]董诰等编:《全唐文》,第4997页。
　　②　[清]董诰等编:《全唐文》,第6370页。
　　③　[清]董诰等编:《全唐文》,第6455页。
　　④　[宋]李昉等:《太平广记》,第3811页。
　　⑤　[后晋]刘昫等:《旧唐书》,第3656页。

道古遇郑驯因暴病霍乱卒而化鬼游历人间事，事在贞元中。其中提到卢士琼时任华阴县主簿。以其父生活的年代推之，卢士琼得协律郎或在贞元中。据李翱《故河南府司录参军卢君墓志铭》，卢士琼精晓吏事，亦善著文。

36. 崔元亮　贞元中

白居易《唐故虢州刺史赠礼部尚书崔公墓志铭（并序）》："公讳元亮，字晦叔……解褐补秘书省校书郎，从事宣、越二府，奏授协律郎、大理评事。"①可知崔元亮曾授协律郎，亦是虚衔。白居易所撰墓志铭："太和七年七月十一日，遇疾薨于虢州廨舍……公之将终也，遗诫诸子，其书大略云：'吾年六十六，不为无寿；官至三品，不为不达。死生定分，何足过哀？'"以此推之，崔元亮当生于大历二年（767），卒于大和七年（833）。此文又说："居易不佞，辱与公游者三十余年。"白居易贞元十六年（800）登进士第，初识崔元亮当在此时，崔元亮已经入仕。以此推之，崔元亮任协律郎当在贞元中。据白居易所撰墓志铭，崔元亮善属文，以辞赋举进士登甲科，前后著文集凡若干卷，尤工五言七言诗，警策之篇，多在人口。

37. 李允元　贞元中

吕温《唐故银青光禄大夫京兆尹兼御史大夫上柱国赠吏部尚书京兆韦公神道碑铭（并序）》："（韦武）二女：长适桂管观察支使太常寺协律郎陇西李允元，次适荆南营田判官江陵府户曹参军陇西李景俭。有是子以为后，有是婿以托孤，公其无忧于地下矣。"②则韦武之婿李允元曾为协律郎。亦当是虚衔。《旧唐书》卷十四《宪宗本纪》："（元和元年）五月辛未，以兵部侍郎韦武为京兆尹兼御史大夫。"③《新唐书》卷九十八《韦武传》："武少孤。年十一，荫补右千牛，累迁长安丞。德宗幸梁州，委妻子奔行在，除殿中侍御史……宪宗时，入为京兆尹，护治丰陵，未成，卒，赠吏部尚书。"④韦武卒于元和元年（806），以此推之，韦武之婿李允元为协律郎或

---

① ［清］董诰等编：《全唐文》，第 6946 页。
② ［清］陆心源：《唐文拾遗》，第 10671 页。
③ ［后晋］刘昫等：《旧唐书》，第 417 页。
④ ［宋］欧阳修、宋祁：《新唐书》，第 3905 页。

在贞元中。

38. 独孤朗　贞元十五年(799)

李翱《唐故福建等州都团练观察处置等使兼御史中丞赠右散骑常侍独孤公墓志铭》：“公讳朗，字用晦……以处士起佐江西、宣歙、浙东三府，得试校书协律郎。”①则独孤朗曾为协律郎。《旧唐书》卷十七上《文宗本纪》大和元年(827)八月癸丑：“前福建观察使独孤朗卒。”②李翱所撰独孤公墓志铭云：“大和元年……生于九月壬子，以疮卒，年五十三。”则独孤朗当生于大历九年(774)，卒于大和元年(827)。此文又云：“(朗)年二十一，与弟郁同来举进士，其二年，既得之矣，会有司出赋题，德宗不悦，宰相喻使减人数，故公与十余人皆黜。公以伯父母无子，即日归养于苏州，使其弟留以卒业，由是孝慈之名称于朋友间。以处士起佐江西、宣歙、浙东三府，得试校书协律郎。”可知独孤朗二十三岁举进士，被黜回乡，被征时或在二十五岁左右。独孤朗生于大历九年(774)，以此推之，他任协律郎当在德宗贞元十五年(799)左右。李翱《荐士于中书舍人书》：“独孤朗人物材能，不后韩休起居，比以伯父年高，罢举推荐归侍，遂伯父之身，岂非厚于孝而薄于名者耶？”③独孤朗为协律郎或因李翱推荐。元稹《授独孤朗尚书都官员外郎韦瓘守右补阙同充史馆修撰制》称“朗能彰善瘅恶，属词可观”④，可知独孤朗亦善属文。

39. 窦牟　贞元十五年(799)

褚藏言《窦牟传》：“府君讳牟，字贻周。家世所传，载于首序。府君贞元二年举进士，与从父弟故相赠司徒易直、故相赠少师李公夷简、故兵部侍郎张公贾、故工部侍郎张公正甫，同年上第。府君初授秘校东都留守巡官，历河阳昭义从事，累转协律郎评事监察御史里行。”⑤则窦牟在任河阳昭义从事时曾任协律郎。窦牟贞元五年(789)为河阳节度使李元淳从事，

---

①　[清]董诰等编：《全唐文》，第6449页。
②　[后晋]刘昫等：《旧唐书》，第527页。
③　[清]董诰等编：《全唐文》，第6414页。
④　[清]董诰等编：《全唐文》，第6579页。
⑤　[清]董诰等编：《全唐文》，第7909页。

贞元十五年(799)随其移镇昭义,贞元二十年(804)李元淳卒。窦牟任协律郎当在贞元十五年(799)前后,亦是虚衔。韩愈《国子司业窦公墓志铭》:"年七十四,长庆二年二月丙寅,以疾卒。其年八月某日,葬河南偃师先公尚书之兆次。"①《旧唐书》卷一百五十五《窦牟传》所记同。由此可知,窦牟当生于天宝七载(748),卒于长庆二年(822)。按,窦牟为窦常之弟,其生年与窦常生年不合,必有一误。褚藏言《窦牟传》:"府君和粹积中,文华发外。惟琴与酒,克俭于家。时人以为有前古风韵。世为五言诗,加以笔述,文集十卷,未暇编录。"则窦牟亦能诗。

40. 独孤郁　贞元二十一年(805)

　　韩愈《秘书少监赠绛州刺史独孤府君墓志铭》:"(独孤郁)年二十四,登进士第。时故相太常权公掌出诏文,望临一时,登君于门,归以其子,选授奉礼郎。杨於陵为华州,署君镇国军判官,奏授协律郎,朋游益附,华问弥大。"②则独孤郁登进士第之后曾为协律郎。独孤郁贞元十四年(798)进士及第,授奉礼郎。贞元二十一年(805)为华州判官,元和元年(806)对诏策,拜右拾遗。则其任协律郎当在贞元二十一年(805),当为虚衔。独孤郁"为人沉实,敏行寡言,粲然文藻,秀出于众"③,故历任要职,曾掌制诰。韩愈所撰墓志铭云:"(元和)五年,迁起居郎,为翰林学士。愈被亲信,有所补助。权公既相,君以嫌自列,改尚书考功员外郎,复史馆职。七年,以考功知制诰,入谢,因赐五品服。八年,迁驾部郎中,职如初。权公去相,复入翰林。九年,以疾罢,寻迁秘书少监,即间于郊。十年正月,病遂殆。甲午,舆归,卒于其家。赠绛州刺史。年四十。"独孤郁为宪宗所赏识。《旧唐书》卷一百六十八《独孤郁传》:"(元和)五年,兼史馆修撰。寻召充翰林学士,迁起居郎。权德舆作相,郁以妇公辞内职。宪宗曰:'德舆乃有此佳婿。'"独孤郁又有文名。《旧唐书》卷一百六十八《独孤郁传》:"独孤郁,河南人。父及,天宝末与李华、萧颖士等齐名。善为文,所著《仙

---

① ［清］董诰等编:《全唐文》,第 5701 页。
② ［清］董诰等编:《全唐文》,第 5716 页。
③ ［清］董诰等编:《全唐文》,第 6712 页。

掌铭》,大为时流所赏……文学有父风。"①《新唐书》卷五十八《艺文志》著录独孤郁等撰《德宗实录》五十卷,《新唐书》卷六十《艺文志》著录独孤郁、元稹、白居易《元和制策》三卷。

41. 韩愈　贞元末

李翱《故正议大夫行尚书吏部侍郎上柱国赐紫金鱼袋赠礼部尚书韩公行状》:"武宁军节度使张建封奏为节度推官,得试太常寺协律郎,选授四门博士,迁监察御史。"②则韩愈曾试协律郎。韩愈任张建封节度推官在贞元十五年(799)秋,选授四门博士在贞元十八年(802)。可知其得试太常寺协律郎当在贞元十五年(799)至十八年(802)之间。韩愈深于文章,辞必己出,是唐代的古文大家,亦通晓音律,有《琴操》十首,《拘幽操》、《越裳操》、《岐山操》收入《乐府诗集》。

42. 吕恭　贞元末

柳宗元《吕侍御恭墓铭》:"恭字敬叔,他名曰宗礼,或以为字,实惟吕氏宗子。尚气节,有勇略,不事小谨。读从横书,理《阴符》《握机》《孙子》之术……从山南西道节度府掌书记,预谋画,不甚合,以试守军卫佐加协律郎,入荐为长安主簿。"③则吕恭在山南西道节度府掌书记时曾任协律郎,其任协律郎在被荐为长安主簿之前,故亦是虚衔。柳宗元《吕侍御恭墓铭》:"元和八年去桂州,相国尚书郑公遮留,假岭南道节度判官。至广州……六月二十八日卒……恭未及理人,年三十七又卒。"则吕恭当生于大历十二年(777),卒于元和八年(813)。任山南西道节度府掌书记在贞元末,以监察御史参江南西道都团练军事在元和二年(807),故其任协律郎亦当在贞元末年。吕恭最后被表为进殿中侍御史,《太平御览》卷六百六十三《道部五》载吕恭成仙事,④或即此人。吕恭能诗。《全唐诗》卷七八九有《道州春日感兴》一首是吕恭与吕温、李景俭唱和之作。吕温《和恭听晓笼中山鹊》、《同恭夏日题寻真观李宽中秀才书院》、《同舍弟恭岁暮寄

---

① [后晋]刘昫等:《旧唐书》,第 4381 页。
② [清]董诰等编:《全唐文》,第 6459 页。
③ [清]董诰等编:《全唐文》,第 5957 页。
④ 参见[宋]李昉等:《太平御览》,第 2962 页。

晋州李六协律三十韵》均是同吕恭唱和之作。

43.刘颇　贞元末

元稹《唐故使持节万州诸军事万州刺史赐绯鱼袋刘君墓志铭》:"保极
讳颇,姓刘氏……三十余试授秘书省校书郎,复以协律郎从事于郎。元和
初,高崇文方下蜀,宰相杜黄裳以君为大理评事画于君,后为寿安主
簿。"①则刘颇曾以协律郎从事于郎。又据元稹所撰刘君墓志铭,刘颇元
和初为大理评事,后为寿安主簿,则其任协律郎或在贞元末年。刘颇为人
磊落,气志豪健。元稹所撰刘君墓志铭云:"唐刺史愿得君为婿,君不愿为
刺史婿,刺史怒,暴租其田。君乃大集里中诸老曰:'刺史谓田足以累我
耶?'由是火其居,出契书投火中,尽畀诸老田,弃去汝上。"李肇《唐国史
补》卷上:"渑池道中,有车载瓦瓮,塞于隘路。属天寒,冰雪峻滑,进退不
得。日向暮,官私客旅群队,铃铎数千,罗拥在后,无可奈何。有客刘颇
者,扬鞭而至,问曰:'车中瓮直几钱?'答曰:'七八千。'颇遂开囊取缣,立
偿之,命僮仆登车,断其结络,悉推瓮于崖下。须臾,车轻得进,群噪而
前。"②元稹对他颇为推崇,元稹《刘颇诗》:"一言感激士,三世义忠臣。破
瓮嫌妨路,烧庄耻属人。迥分辽海气,闲踏洛阳尘。傥使权由我,还君白
马津。"③又《寄刘颇》:"平生嗜酒颠狂甚,不许诸公占丈夫。唯爱刘君一
片胆,近来还敢似人无。"④

44.高元裕　贞元末

萧邺《大唐故吏部尚书赠尚书右仆射渤海高公神道碑》:"公讳元裕,
字景圭……幼而颖悟,及长魁岸秀发。弱冠博学工文,擢进士上第。调补
秘书省正字,佐山南西道荆南二镇为掌书记。转试协律郎、大理评事,摄
监察御史,入拜真御史。"⑤可知高元裕曾试协律郎。此碑又云:"大中四
年夏六月廿日,次于邓,无疾暴薨于南阳县之官舍,享年七十六。上闻,抚

---

① [清]董诰等编:《全唐文》,第6653页。
② [唐]李肇:《唐国史补》(《唐五代笔记小说大观》本),第169页。
③ [清]彭定求等编:《全唐诗》,第4556页。
④ [清]彭定求等编:《全唐诗》,第4587页。
⑤ [清]董诰等编:《全唐文》,第7941页。

机震悼。"以此推之，高元裕当生于大历九年(774)，卒于大中四年(850)。高元裕进士及第在贞元十二年(796)，入拜御史是在大和初年，则其试协律郎当在贞元末年。高元裕历任要职，为人推重。《旧唐书》卷一百七十一《高元裕传》："开成三年，充翰林侍讲学士……会昌中，为京兆尹。大中初，为刑部尚书。二年，检校吏部尚书、襄州刺史，加银青光禄大夫、渤海郡公、山南东道节度使。入为吏部尚书。"①他是"国之重臣"②，"在长庆、宝历之际，匡拂时病，磨切贵近，罔有顾虑，知无不为。复以谏议舍人，在大和末，词摧凶魁，坐折左宦。继为中丞京兆，公卿藩服"③。《新唐书》卷一百七十七《高元裕传》称赞他"性勤约，通经术，敏于为吏，岩岩有风采，推重于时"④。

45. 吴丹　贞元末

白居易《故饶州刺史吴府君神道碑铭(并序)》："君讳丹，字真存，太子通事舍人览之曾孙，睦州司马庶之孙，太子宫门郎赠工部尚书铨(一作诠)之长子。以进士第入官，历正字、协律郎、大理评事、监察殿中侍御史、太子舍人、水部库部员外郎、都官驾部郎中、谏议大夫、大理少卿、饶州刺史，职历义成军节度推官、浙西道节度判官、潼关防御判官、镇州宣慰副使(一作司)、瓯函使，阶至中大夫，勋至上柱国。"⑤则吴丹曾任协律郎。此铭又称："宝历元年六月某日，薨于饶州官次。其年十一月某日，葬于常州晋陵县仁和乡北原，从遗志也……履仕途二十七年，享寿命八十二岁，无室家累，无子孙忧。"以此推之，吴丹当生于天宝二年(743)，卒于宝历元年(825)。吴丹卒于官，白居易文记其履仕途二十七年，则其入仕当在贞元十四年(798)。任协律郎当在此时而稍后，约在贞元末年。吴丹读书数千卷，著文数万言，喜道书，奉真箓，每专气入静，不粒食者累岁。他与白居易、元稹交好。白居易《赠吴丹》："爱君无巧智，终岁闲悠悠。尝登御史

---

①　[后晋]刘昫等:《旧唐书》，第4452页。

②　[清]董诰等编:《全唐文》，第7483页。

③　[清]董诰等编:《全唐文》，第7746页。

④　[宋]欧阳修、宋祁:《新唐书》，第5286页。

⑤　[清]董诰等编:《全唐文》，第6932页。

府,亦佐东诸侯。手操纠谬简,心运决胜筹。宦途似风水,君心如虚舟。泛然而不有,进退得自由。"①元稹《和乐天赠吴丹》:"不识吴生面,久知吴生道。迹虽染世名,心本奉天老。雌一守命门,回九填血脑。委气荣卫和,咽津颜色好。传闻共甲子,衰隤尽枯槁。独有冰雪容,纤华夺鲜缟。"②吴丹有《赋得玉水记方流》诗一首。③ 可见,吴丹虽入仕却有很强的道家思想。

46.窦常　贞元末

褚藏言《窦常传》:"府君大历十四年举进士……繇是弃高科于盛时,就泉府之少职,遭回者十年。厥后载罹家祸,因卜居广陵之柳杨西偏,流泉种竹隐几著书者又十载。繇擢第至释褐,凡二十年。洎贞元十四年秋……其年,淮南节度左仆射霸陵杜公奏为参谋,授秘书省校书郎。厥后历泉府从事,繇协律郎迁监察御史里行。居无何,湘东倅戎,转殿中侍御史,赐绯鱼袋。元和六年,繇侍御史入为水部员外郎。"④可知窦常曾任协律郎,时当贞元末年。褚藏言《窦常传》:"宝历元年秋,寝疾告终于广陵之白沙别业,卒时年七十。"可推知窦常生于天宝十四载(755),卒于宝历元年(825)。《全唐诗》卷二百七十一录窦常《还京乐歌词》云:"百战初休十万师,国人西望翠华时。家家尽唱升平曲,帝幸梨园亲制词。"⑤这说明窦常曾任协律郎,并创作歌词。刘商《白沙宿窦常宅观妓》:"扬子澄江映晚霞,柳条垂岸一千家。主人留客江边宿,十月繁霜见杏花。"⑥则窦常家中亦蓄有歌舞伎。《新唐书》卷六十《艺文志》著录《窦常集》十八卷。

47.毕匀　贞元末或元和初

《旧唐书》卷一百七十七《毕諴传》:"毕諴者,字存之,郓州须昌人也。伯祖构,高宗时吏部尚书。构弟栩,酃王府司马,生凌。凌为汾州长史,生

---

①　[清]彭定求等编:《全唐诗》,第 4728 页。

②　[清]彭定求等编:《全唐诗》,第 4500 页。

③　参见[清]彭定求等编:《全唐诗》,第 5305 页。

④　[清]董诰等编:《全唐文》,第 7909 页。

⑤　[清]彭定求等编:《全唐诗》,第 3026 页。

⑥　[清]彭定求等编:《全唐诗》,第 3461 页。

匀,为协律郎。匀生诚,少孤贫,燃薪读书,刻苦自励。"①则毕诚之父毕匀曾任协律郎。《旧唐书》又称:"(毕诚)在相位三年⋯⋯十二月二十三日,卒于镇,时年六十二。"《新唐书》卷九《懿宗本纪》:"四月,毕诚罢。"《资治通鉴》卷二百五十唐懿宗咸通四年(863)三月:"中书侍郎、同平章事毕诚以同列多徇私不法,称疾辞位。夏,四月,罢为兵部尚书。"②按毕诚卒于咸通四年(863),则毕诚生于贞元十七年(801),其父任协律郎或在贞元末年或元和初年。

48. 吴元济　贞元末或元和初

《旧唐书》卷一百四十五《吴元济传》:"吴元济,少阳长子也。初为试协律郎、兼监察御史、摄蔡州刺史。"③《新唐书》卷二百一十四《吴元济传》:"元济者,其长子也,山首燕颔,垂颐,鼻长六寸。始仕,试协律郎,摄蔡州刺史。"④则吴元济曾被任命为协律郎。《旧唐书》卷一百四十五《吴少阳传》:"遂授彰义军节度使、检校工部尚书。少阳据蔡州凡五年,不朝觐。"⑤吴元济为少阳长子,其任协律郎并不到太常任职,故是虚衔。《资治通鉴》卷二百四十唐宪宗元和十二年(817)十一月:"上御兴安门受俘,遂以吴元济献庙社,斩于独柳之下。"⑥《旧唐书》卷一百四十五《吴元济传》:"元济至京,宪宗御兴安门受俘,百僚楼前称贺,乃献庙社,徇于两京,斩之于独柳,时年三十五。"⑦元和十二年(817)吴元济三十五岁,则当生于德宗建中三年(782)。以此推之,吴元济任协律郎在贞元末年或元和初年。《旧唐书》卷一百四十五《吴元济传》:"吴元济,少阳长子也。初为试协律郎⋯⋯及父死,不发丧,以病闻,因假为少阳表,请元济主兵务。"⑧少阳卒于元和九年(814)九月,则吴元济任协律郎当在元和九年(814)之前。

---

① ［后晋］刘昫等:《旧唐书》,第4608页。
② ［宋］司马光:《资治通鉴》,第8104页。
③ ［后晋］刘昫等:《旧唐书》,第3948页。
④ ［宋］欧阳修、宋祁:《新唐书》,第6004页。
⑤ ［后晋］刘昫等:《旧唐书》,第3947页。
⑥ ［宋］司马光:《资治通鉴》,第7744页。
⑦ ［后晋］刘昫等:《旧唐书》,第3952页。
⑧ ［后晋］刘昫等:《旧唐书》,第3948页。

吴元济被诛之后,弟弟和儿子被杀,妻沈氏及女儿没入掖庭。① 到大和九年(835),其女沈阿翘为宫人,曾为文宗舞《河满子》。②

49. 崔某 贞元、元和中

权德舆《崔四郎协律以诗见寄,兼惠蜀琴,因以酬赠》:"临风结烦想,客至传好音。白雪缄郢曲,朱弦亘蜀琴。泠泠响幽韵,款款寄遐心。岁晚何以报,与君期断金。"③权德舆主要生活在贞元、元和时,则崔某任协律郎或在此时。

50. 孟郊 元和元年(806)至元和四年(809)

贾岛《寄孟协律》:"我有吊古泣,不泣向路歧。挥泪洒暮天,滴著桂树枝。别后冬节至,离心北风吹。坐孤雪扉夕,泉落石桥时。不惊猛虎啸,难辱君子词。欲酬空觉老,无以堪远持。岩峣倚角窗,王屋悬清思。"④又《吊孟协律》:"才行古人齐,生前品位低。葬时贫卖马,远日哭惟妻。孤冢北邙外,空斋中岳西。集诗应万首,物象遍曾题。"⑤孟协律即为孟郊,此证明孟郊曾任协律郎。韩愈《登封县尉卢殷墓志》:"元和五年十月日,范阳卢殷以故登封县尉卒登封,年六十五。君能为诗,自少至老,诗可录传者,在纸凡千余篇。无书不读,然止用以资为诗。与谏议大夫孟简、协律孟郊、监察御史冯宿好,期相推挽,卒以病不能为官。"⑥此可证明孟郊试协律郎在元和初年。韩愈《贞曜先生墓志铭》:"先生讳郊,字东野……年几五十,始以尊夫人之命,来集京师,从进士试,既得,即去。间四年,又命来,选为溧阳尉,迎侍溧上。去尉二年,而故相郑公尹河南,奏为水陆运从事,试协律郎,亲拜其母于门内。"⑦孟郊贞元十二年(796)登进士第,十六年(800)任溧阳尉,二十年(804)秋辞溧阳尉。据韩愈《贞曜先生墓志铭》,孟郊去尉二年试协律郎,则孟郊任协律郎当在宪宗元和元年(806),孟郊

---

① 参见[后晋]刘昫等:《旧唐书》,第3952页。
② 参见[宋]王谠:《唐语林》,第389页。
③ [清]彭定求等编:《全唐诗》,第3622页。
④ [清]彭定求等编:《全唐诗》,第6680页。
⑤ [清]彭定求等编:《全唐诗》,第6692页。
⑥ [清]董诰等编:《全唐文》,第5722页。
⑦ [清]董诰等编:《全唐文》,第5715页。

元和四年(809)丁母忧去协律郎职。孟郊生于天宝十载(751),试协律郎或在 55 岁至 58 岁之间。白居易《与元九书》:"近日孟郊六十,终试协律。"①与此相合。孟郊是中唐著名诗人。韩愈《送孟东野序》:"孟郊东野,始以其诗鸣,其高出魏晋,不懈而及于古,其他浸淫乎汉氏矣。"②又《贞曜先生墓志铭》:"及其为诗,刿目钵心,刃迎缕解,钩章棘句,搯擢胃肾,神施鬼设,间见层出。"③李观《上梁补阙荐孟郊崔宏礼书》:"孟之诗,五言高处,在古无二;其有平处,下顾两谢。"④孟郊集中有一部分乐府诗,当时可能入乐,这可能与他试协律郎有关。《新唐书》卷六十《艺文志》著录《孟郊诗集》十卷。

51. 李景俭　元和元年(806)

吕温有《同舍弟恭岁暮寄晋州李六协律三十韵》一首,⑤可知李六曾为协律郎。白居易有《闻李六景俭自河东令授唐邓行军司马,以诗贺之》诗,⑥则李六当是李景俭。白居易与李景俭交深,彼此较多唱和,白居易有《华阳观桃花时招李六拾遗饮》、《自城东至以诗代书,戏招李六拾遗、崔二十六先辈》等诗是写给李景俭的。李景俭字宽中,贞元十五年(799)进士及第,元和元年(806)任晋绛观察从事,吕温《同舍弟恭岁暮寄晋州李六协律三十韵》当作于此时。李景俭元和元年(806)任协律郎,亦是虚衔。

52. 符载　元和初

《全唐文》卷六百八十八《符载小传》:"载字厚之,蜀人,隐居庐山。李巽观察江西,辟掌书记。试太常寺协律郎,授监察御史。"⑦符载《梵阁寺常准上人精院记》:"弟子以赢漏之质,入旃檀之林,自闻馨香,身意快乐,故书美以示于道流,欲使后之君子,游其地,睹其文,明其人,知余词之不卤莽也。丁亥岁正月辛卯,国家郊天之日也,试太常寺协律郎摄监察御史

---

①　[清]董诰等编:《全唐文》,第 6888 页。

②　[清]董诰等编:《全唐文》,第 5612 页。

③　[清]董诰等编:《全唐文》,第 5715 页。

④　[清]董诰等编:《全唐文》,第 5420 页。

⑤　参见[清]彭定求等编:《全唐诗》,第 4172 页。

⑥　参见[清]彭定求等编:《全唐诗》,第 4904 页。

⑦　[清]董诰等编:《全唐文》,第 7041 页。

符载厚之记。"①可见载符曾试太常寺协律郎。符载《答卢大夫书》："贞元元年八月二十五日，野人符载再拜顿首，上书于观察使大夫卢公。"②白居易《代书》："庐山自陶、谢洎十八贤已还，儒风绵绵，相续不绝。贞元初，有符载、杨衡辈隐焉，亦出为文人。"③可知符载在贞元元年（785）尚在归隐之中。《南部新书》辛："元和初，阴阳家言五福太一在蜀，故刘辟造五福楼，符载为文记。"则符载元和中为刘辟书记。又符载《梵阁寺常准上人精院记》作于元和二年（807）正月辛卯，则符载当在元和初试协律郎。《北梦琐言》卷五："唐武都符载，字厚之，本蜀人，有奇才。始与杨衡、宋济栖青城山以习业。杨衡擢进士第，宋济先死无成，唯符公以王霸自许，耻于常调怀会之望。韦南康镇蜀，辟为支使……刘辟之败也，幕僚多罹其祸，唯符生以笺奏稿草一箧呈高崇文相公，长揖东下，栖于庐山，即前之《真赞》可谓有先鉴也。居浔阳二林间，优游卒岁。南昌军奏请为副倅，授奉礼郎，不赴，命小僮持一幅上于襄阳乞百万钱买山，四方交辟，羔雁盈于山门草堂中。"④可知符载并未到朝廷任职，其协律郎为虚授。符载长于文，曾与杨衡、崔群、李渤同隐庐山，号"山中四友"，日以琴酒遣怀。他曾上书为孟浩然修墓。⑤ 符载有《甘州歌》，可见其熟悉音乐。

53. 于敖　元和初

《旧唐书》卷一百四十九《于敖传》："敖字蹈中，以家世文史盛名……自协律郎、大理评事试监察御史。"⑥则于敖曾任协律郎。《新唐书》卷一百四《于敖传》未载。《旧唐书》本传云："凤翔节度使李鄘、鄂岳观察使吕元膺相继辟召。自协律郎、大理评事试监察御史，元和六年，真拜监察御史，转殿中，历仓部司勋二员外、万年令，拜右司郎中，出为商州刺史。"《新唐书》卷一百四《于敖传》："元和初，拜监察御史。"⑦于敖元和六年（811）

① ［清］董诰等编：《全唐文》，第7059页。
② ［清］董诰等编：《全唐文》，第7054页。
③ ［清］董诰等编：《全唐文》，第6920页。
④ ［五代］孙光宪：《北梦琐言》（《唐五代笔记小说大观》本），第1848页。
⑤ 参见［清］董诰等编：《全唐文》，第7054页。
⑥ ［后晋］刘昫等：《旧唐书》，第4009页。
⑦ ［宋］欧阳修、宋祁：《新唐书》，第4009页。

已拜监察御史,其任协律郎在元和六年(811)之前,故其任职时间当在元和初年。《旧唐书》本传云:"大和四年八月卒,年六十六。"《旧唐书》卷十七下《文宗本纪》大和四年八月己未:"宣歙观察使于敖卒。"以此推之,于敖当生于代宗永泰元年(765)。《旧唐书》本传云:"敖温裕长者,与物无忤,居官亦未尝有立。周践台阁,三为列曹侍郎,谨顺自容而已。"《新唐书》本传云:"敖修谨,家世用文学进……不迕物以自容。"《全唐诗》卷三一八载于敖《闻莺》诗一首。

54. 薛存庆　元和三年(808)

吕温《湖南都团练副使厅壁记》:"元和三年冬,天子命御史中丞陇西李公,以永嘉之清政、京兆之懿则,廷赐大旆,俾绥衡湘。威如秋霜无私凋,惠如冬阳无私煦,用人如止水无私鉴。始下车,表前副使殿中侍御史扶风窦君常字中行以本官复职,于是……太常寺协律郎河东薛君存庆……群材响附,各以类至。文雅器用,岁余大备。名教之乐,搢绅慕焉。"①则薛存庆曾任协律郎。因地在衡湘,故亦是虚衔。《唐会要》卷七十六《贡举中》:"元和元年四月,才识兼茂明于体用科,元稹……崔护、薛存庆……及第。"②则元和元年(806)四月薛存庆及第,此事又见《全唐文》卷五十九宪宗《处分及第举人诏》。按,吕温《湖南都团练副使厅壁记》作于元和五年(810)七月五日,御史中丞陇西李公赴湖南在元和三年(808)冬,则薛存庆在元和三年(808)冬已任协律郎。薛存庆又曾任给事中、宣慰使、兵部郎中等职。《旧唐书》卷十六《穆宗本纪》长庆元年(821)五月壬戌:"幽州宣慰使给事中薛存庆卒于镇州。"③

55. 邢群　元和四年(809)后

杜牧《唐故歙州刺史邢君墓志铭(并序)》:"亡友邢涣思讳群……君进士及第,历官九,历职八。始太子校书郎,协律郎,大理评事,监察御史,京兆府司录,殿中侍御史,户部员外郎,处州刺史,歙州刺史。"④可知邢群在

---

①　[清]董诰等编:《全唐文》,第6339页。
②.　[宋]王溥:《唐会要》,第1389页。
③　[后晋]刘昫等:《旧唐书》,第489页。
④　[清]董诰等编:《全唐文》,第7832页。

进士及第后曾为协律郎。此铭又云："大和三年六月八日,卒于东都思恭里,年五十。"则邢群生于大历十四年(779),卒于大和三年(829)。此铭又云："十五知书,二十有文。三十登进士,五十终刺史。"则其进士及第当在元和四年(809)。邢群任协律郎当在此时而稍后。

56.李翱　元和中

韩愈《代张籍与李浙东书》："近者阁下从事李协律翱到京师,籍与李君友也,不见六七年,闻其至,驰往省之。"①李翱元和六年(811)八月自京赴浙东,元和九年(814)罢官居家,其任协律郎当在此期间。

57.李贺　元和五年(810)至元和八年(813)

《旧唐书》卷一百三十七《李贺传》："其乐府词数十篇,至于云韶乐工,无不讽诵。补太常寺协律郎。"②《新唐书》卷二百三《李贺传》："为协律郎。"③则李贺曾任协律郎无疑。李商隐《李贺小传》："长吉……位不过奉礼太常中,当世人亦多排摈毁斥之。"④元辛文房《唐才子传》卷五《李贺》："后官至太常寺奉礼郎。"⑤又以李贺为太常寺奉礼郎。李贺《听颖师琴歌》："竺僧前立当吾门,梵宫真相眉棱尊。古琴大轸长八尺,峄阳老树非桐孙。凉馆闻弦惊病客,药囊暂别龙须席。请歌直请卿相歌,奉礼官卑复何益。"⑥亦可证明李贺又曾任太常寺奉礼郎。据《大唐六典》："奉礼郎二人,从九品上。奉礼郎掌设君臣之版位,以奉朝会、祭祀之礼……协律郎二人,正八品上。协律郎掌和六律、六吕,以辨四时之气,八风五音之节。"⑦李贺可能先任奉礼郎,后升任协律郎。李贺卒年有二十七、二十四两说。《新唐书》卷二百三《李贺传》："卒,年二十七。"⑧《旧唐书》卷一百

---

① 　[唐]韩愈撰,马其昶校注,马茂元整理:《韩昌黎文集校注》,上海古籍出版社1987年版,第173页。

② 　[后晋]刘昫等:《旧唐书》,第3772页。

③ 　[宋]欧阳修、宋祁:《新唐书》,第5788页。

④ 　[清]董诰等编:《全唐文》,第8149页。

⑤ 　傅璇琮主编:《唐才子传校笺》(二),第282页。

⑥ 　[清]彭定求等编:《全唐诗》,第4454页。

⑦ 　[唐]李隆基撰,李林甫注:《大唐六典》,第284页。

⑧ 　[宋]欧阳修、宋祁:《新唐书》,第5788页。

三十七《李贺传》：“卒,时年二十四。”①元辛文房《唐才子传》卷五《李贺》：“死时才二十七,莫不怜之。”②杜牧《太常寺奉礼郎李贺歌诗集序》：“大和五年十月中,半夜时,舍外有疾呼传缄书者。某曰：‘必有异。’亟取火来,及发之,果集贤学士沈子明书一通,曰：‘吾亡友李贺,元和中义爱甚厚,日夕相与起居饮食。贺且死,尝授我生平所著歌诗,杂为四编,凡若干首……子厚于我,与我为贺集序,尽道其所由来,亦少解我意。’……某因不敢复辞,勉为贺序：贺,唐皇诸孙,字长吉……贺生二十七年死矣,世皆曰：‘使贺且未死,少加以理,奴仆命《骚》可也。’贺死后凡十五年,京兆杜某为其序。”③集贤学士沈子明称“吾亡友李贺,元和中义爱甚厚”,则此文所记李贺之卒年当可信。此文作于大和五年(831)十月,杜牧云其时“贺死后凡十五年”,则李贺当生于德宗贞元六年(790),卒于宪宗元和十一年(816)。元和八年(813)春,李贺辞官,故李贺作协律郎和奉礼郎当在元和五年(810)至元和八年(813)间。《旧唐书》卷一百三十七《李益传》：“李益,肃宗朝宰相揆之族子。登进士第,长为歌诗。贞元末,与宗人李贺齐名。每作一篇,为教坊乐人以赂求取。唱为供奉歌词。”④《新唐书》卷二百三《李贺传》：“辞尚奇诡,所得皆惊迈,绝去翰墨畦径,当时无能效者。乐府数十篇,云韶诸工皆合之弦管……每撰著,时为所取去。”⑤唐赵璘《因话录》卷三《商部》下：“又张司业籍善歌行,李贺能为新乐府,当时言歌篇者,宗此二人。”⑥宋王谠《唐语林》卷二《文学》所记相同。元辛文房《唐才子传》卷五《李贺》：“(贺)乐府诸诗,云韶众工,谐于律吕。”⑦协律郎和奉礼郎均与朝廷礼乐有关,李贺集中歌词和乐府旧题很多,则李贺诗当时或可入乐歌唱。以父名晋肃,不肯举进士。晚唐韦庄曾上书追赐李贺为

①　[后晋]刘昫等：《旧唐书》,第 3772 页。

②　傅璇琮主编：《唐才子传校笺》(二),第 282 页。

③　[清]董诰等编：《全唐文》,第 7806 页。

④　[后晋]刘昫等：《旧唐书》,第 3771 页。

⑤　[宋]欧阳修、宋祁：《新唐书》,第 5788 页。

⑥　[唐]赵璘：《因话录》(《唐五代笔记小说大观》本),第 846 页。

⑦　傅璇琮主编：《唐才子传校笺》(二),第 282 页。

进士。① 李贺诗歌曾得到韩愈和杜牧的高度评价。

58. 李肇　元和七年(812)

　　《全唐文》卷七百二十一《李肇小传》："肇,元和七年试太常寺协律郎,迁司勋员外郎。"②可知李肇在元和七年(812)曾试协律郎。崔损《祭成纪公文》:"维贞元十二年月日……左拾遗李肇、王中书、右拾遗蒋武等,谨以庶羞之奠敢昭告于门下平章事赠太子太傅成纪公之灵。"③可知李肇贞元十二年(796)时任左拾遗。《旧唐书》卷十六《穆宗本纪》唐宪宗元和十五年(820)正月庚子:"宪宗崩。丙午,即皇帝位于太极殿东序。是日,召翰林学士……李肇……对于思政殿,并赐金紫。"④可知长庆元年(821)李肇任翰林学士。《旧唐书》卷一百七十一《李景俭传》:"其年(长庆元年)十二月,景俭朝退,与兵部郎中知制诰冯宿、库部郎中知制诰杨嗣复、起居舍人温造、司勋员外郎李肇、刑部员外郎王镒等同谒史官独孤朗,乃于史馆饮酒。景俭乘醉诣中书谒宰相,呼王播、崔植、杜元颖名,面疏其失,辞颇悖慢。宰相逊言止之,旋奏贬漳州刺史。是日同饮于史馆者皆贬逐。"白居易《论左降独孤朗等状》:"司勋员外郎李肇可澧州刺史。"⑤可知长庆元年(821)十二月李肇被放为澧州刺史。《全唐诗》卷二百九十七载王建《荆南赠别李肇著作转韵诗》,则他与王建有过交往。李肇长于著述。《南部新书》丙:"李肇自尚书郎守澧阳,人有藏书者,卒藏玩焉。因著经史目录。"⑥李肇著有《唐国史补》一书,其《序》云:"予自开元至长庆撰《国史补》,虑史氏或阙则补之意,续传记而有不为。言报应,叙鬼神,征梦卜,近帷箔,悉去之;纪事实,探物理,辨疑惑,示劝戒,采风俗,助谈笑,则书之。"⑦则书成于开元至长庆之间。《新唐书》卷五十八《艺文志》著录李肇《国史补》三卷。

---

① 　参见[清]董诰等编:《全唐文》,第9287页。
② 　[清]董诰等编:《全唐文》,第7415页。
③ 　[清]董诰等编:《全唐文》,第4864页。
④ 　[后晋]刘昫等:《旧唐书》,第475页。
⑤ 　[清]董诰等编:《全唐文》,第6796页。
⑥ 　[宋]钱易:《南部新书》,第36页。
⑦ 　[唐]李肇:《唐国史补》(《唐五代笔记小说大观》本),第158页。

59.窦巩　元和九年(814)

褚藏言《窦巩传》:"府君讳巩,字友封……府君元和二年举进士……故相淮阳公镇滑台,辟为从事,释褐授秘校。淮阳移镇渚宫,迁岘首,改协律郎。二府专掌奏记。"①则窦巩曾任协律郎,亦是虚衔。文中称"淮阳移镇渚宫,迁岘首",即窦巩为荆南节度使掌书记在元和九年(814),窦巩改协律郎当在此时。窦巩有诗才。《旧唐书》卷一百六十六《元稹传》:"会稽山水奇秀,稹所辟幕职,皆当时文士,而镜湖、秦望之游,月三四焉。而讽咏诗什,动盈卷帙。副使窦巩,海内诗名,与稹酬唱最多,至今称兰亭绝唱。"②《新唐书》卷一百七十四《元稹传》:"在越时,辟窦巩。巩,天下工为诗,与之酬和,故镜湖秦望之奇益传,时号'兰亭绝唱'。"③褚藏言《窦巩传》:"公温仁华茂,风韵峭逸。遇境必言诗,言之必破的。佳句不泯,传于人间。"④《唐才子传》卷四《窦巩》:"巩尚来场屋间,颇抑初志。作《放鱼》诗云:'黄金赎得免刀痕,闻道禽鱼亦感恩。好去长江千万里,不须辛苦上龙门。'"⑤窦巩借物咏怀,诗亦可观。

60.侯喜　元和十一年(816)

《全唐诗》卷三百四十四有韩愈《和侯协律咏笋》一诗,注云:"侯喜也。"诗云:"侯生来慰我,诗句读惊魂。属和才将竭,呻吟至日暾。"⑥则侯喜曾为协律郎,且长于诗。韩愈《与祠部陆员外书》:"文章之尤者,有侯喜者、侯云长者。喜之家,在开元中,衣冠而朝者,兄弟五六人,及喜之父仕不达,弃官而归。喜率兄弟操末耜而耕于野,地薄而赋多,不足以养其亲,则以其耕之暇读书而为文,以干于有位者,而取足焉。喜之文章,学西京而为也。"⑦《唐摭言》卷八《通榜》:"贞元十八年,权德舆主文,陆傪员外通

---

①　[清]董诰等编:《全唐文》,第7909页。

②　[后晋]刘昫等:《旧唐书》,第4336页。

③　[宋]欧阳修、宋祁:《新唐书》,第5223页。

④　[清]董诰等编:《全唐文》,第7911页。

⑤　傅璇琮主编:《唐才子传校笺》(一),第241页。

⑥　[清]彭定求等编:《全唐诗》,第3862页。

⑦　[清]董诰等编:《全唐文》,第5597页。

榜帖,韩文公荐十人于侪,其上四人曰侯喜……"①可知侯喜先务农,后于
贞元十八年(802)或十九年(803)举进士。韩愈《石鼎联句诗序》:"元和七
年十二月四日,衡山道士轩辕弥明自衡下来,旧与刘师服进士衡湘中相
识,将过太白,知师服在京,夜抵其居宿。有校书郎侯喜,新有能诗声,夜
与刘说诗。"②可知侯喜元和七年(812)任校书郎,他任协律郎当在元和十
一年(816)。韩愈《与汝州卢郎中论荐侯喜状》:"进士侯喜……其人为文
甚古,立志甚坚,行止取舍,有士君子之操……观其所为文,未尝不掩卷长
叹。"③侯喜长于文章,且与韩愈交深。

61. 元集虚　元和十二年(817)至元和十五年(820)

韩愈《赠别元十八协律六首》:"知识久去眼,吾行其既远。昔昔莫訾
省,默默但寝饭。子兮何为者,冠珮立宪宪。何氏之从学,兰蕙已满畹。
于何玩其光,以至岁向晚。治惟尚和同,无俟于謇謇。或师绝学贤,不以
艺自挽。子兮独如何,能自媚婉娩。金石出声音,宫室发关楗。何人识章
甫,而知骏蹄踠。惜乎吾无居,不得留息偃。临当背面时,裁诗示缱
绻。"④可知元十八为协律郎,即元集虚。据钱仲联《韩昌黎诗系年集释》,
此诗当作于元和十四年(819),时韩愈被贬潮州。诗一题六首,其中一首
写给桂管观察使裴行立。根据《唐方镇年表》,裴行立任桂管观察使在元
和十二年(817)至元和十五年(820)之间,则元集虚任协律郎亦在此时。
韩愈又有《初南食贻元十八协律》一诗,也是写给元集虚的。

62. 王师鲁　元和十四年(819)至长庆三年(823)

刘禹锡《送王师鲁协律赴湖南使幕》:"翩翩马上郎,驱传渡三湘。橘
树沙洲暗,松醪酒肆香。素风传竹帛,高价聘琳琅。楚水多兰芷,何人事
搴芳。"⑤则王师鲁曾为协律郎赴湖南使幕,亦是虚衔。元稹《授王师鲁等
岭南判官制》:"王师鲁等:古称南海为难理,盖蛮蜒獠俚之难俗,有珠玑玳

---

①　[五代]王定保:《唐摭言》(《唐五代笔记小说大观》本),第1643页。
②　[清]董诰等编:《全唐文》,第5630页。
③　[清]董诰等编:《全唐文》,第5558页。
④　[清]彭定求等编:《全唐诗》,第3832页。
⑤　[清]彭定求等编:《全唐诗》,第4023页。

瑁之奇货,为吏者不能洁身,无以格物,是以非吴处默之清德,不可以耀远人,非孙子荆之长才,不可以参密画。尔等皆当茂迁,取重元戎,更职命官,各如来奏。可依前件。"①则王师鲁亦曾任职岭南。宋钱易《南部新书》戊:"王师鲁在孔邓幕中,尝言曰:……"②据《唐方镇年表》,孔戢元和十四年(819)至长庆三年(823)任湖南观察使,《南部新书》中的"孔邓幕中"或指孔戢,则王师鲁作为协律郎赴湖南使幕或在此期间。

63. 萧悦 元和中

白居易《醉后狂言,酬赠萧、殷二协律》:"余杭邑客多羁贫,其间甚者萧与殷。天寒身上犹衣葛,日高甑中未拂尘。江城山寺十一月,北风吹沙雪纷纷。宾客不见绨袍惠,黎庶未沾襦袴恩。此时太守自惭愧,重衣复衾有余温。因命染人与针女,先制两裘赠二君。吴绵细软桂布密,柔如狐腋白似云。劳将诗书投赠我,如此小惠何足论。"③白居易《忆杭州梅花,因叙旧游,寄萧协律》:"三年闲闷在余杭,曾为梅花醉几场。伍相庙边繁似雪,孤山园里丽如妆。蹋随游骑心长惜,折赠佳人手亦香。赏自初开直至落,欢因小饮便成狂。薛刘相次埋新垄,沈谢双飞出故乡。歌伴酒徒零散尽,唯残头白老萧郎。"④则萧某曾任协律郎。《全唐诗》卷四百四十三载白居易诗题云:"予以长庆二年冬十月到杭州,明年秋九月,始与范阳卢贾、汝南周元范、兰陵萧悦……同游恩德寺之泉洞竹石……遂留绝句。"《唐语林》卷三《赏誉》:"时杭州有萧协律悦,善画竹,家酷贫,白居易典郡,尝叙云:'悦之竹举世无伦,颇自秘重,有终岁求其一竿一枝不得者。'又遗之歌曰:'余杭邑客多羁贫,其中甚者萧与殷,天寒身上犹衣葛,日高甑中未扫尘。'"⑤则萧协律为萧悦。白居易又有《画竹歌》云:"萧郎下笔独逼真,丹青以来唯一人。人画竹身肥拥肿,萧画茎瘦节节竦……幽姿远思少人别,与君相顾空长叹。萧郎萧郎老可惜,手颤眼昏头雪色。自言便是绝

---

① [清]董诰等编:《全唐文》,第6562页。
② [宋]钱易:《南部新书》,第62页。
③ [清]彭定求等编:《全唐诗》,第4833页。
④ [清]彭定求等编:《全唐诗》,第5035页。
⑤ [宋]王谠:《唐语林》,第279页。

笔时,从今此竹尤难得。"①工于丹青的萧郎亦是萧悦。白居易《岁假内命酒赠周判官、萧协律》:"共知欲老流年急,且喜新正假日频。闻健此时相劝醉,偷闲何处共寻春。脚随周叟行犹疾,头比萧翁白未匀。岁酒先拈辞不得,被君推作少年人。"②则萧悦比白居易年长。萧悦是白居易的朋友,年老家贫,在生活上得到白居易的照顾。《醉后狂言,酬赠萧、殷二协律》中"劳将诗书投赠我"一句,说明萧悦亦能诗。白居易除杭州刺史在长庆二年(822),此时萧悦当因去官,流落杭州。他任协律郎或在元和年间。

64.郑遇(又作郑恒) 元和中

秦贯《荥阳郑府君夫人博陵崔氏合祔墓志铭(并序)》:"府君讳遇(一作恒),字行甫。皇试太常寺协律郎。文业著于当时,礼义饰于儒行。少有倜傥之志,长负瓌奇之名。不苟誉以求容,每亲仁以竭爱。"③则郑遇曾试协律郎。据秦贯《荥阳郑府君夫人博陵崔氏合祔墓志铭(并序)》,郑夫人博陵崔氏卒于大中九年(855)正月十七日,享年七十有六。郑遇先夫人三十一年而亡,享年六十。则郑遇当生于广德二年(764),卒于长庆四年(824)。推测其试协律郎或在元和年间。

65.王某 元和中

元稹《送王协律游杭越十韵》:"去去莫凄凄,余杭接会稽。松门天竺寺,花洞若耶溪。浣渚逢新艳,兰亭识旧题。山经秦帝望,垒辨越王栖。江树春常早,城楼月易低。镜呈湖面出,云叠海潮齐。章甫官人戴,莼丝姹女提。长干迎客闹,小市隔烟迷。纸乱红蓝压,瓯凝碧玉泥。荆南无抵物,来日为侬携。"④诗当为元稹元和五年(810)被贬江陵时作,王某任协律郎当在此时。

66.任溆 元和中

李翱《故检校工部员外郎任君墓志铭》:"君讳佶,字叔正,乐安人……生子三人,曰溆、曰羡、曰并……溆历佐大府,以吏能有声,为度支振武营

---

① [清]彭定求等编:《全唐诗》,第4826页。

② [清]彭定求等编:《全唐诗》,第4984页。

③ [清]董诰等编:《全唐文》,第8301页。

④ [清]彭定求等编:《全唐诗》,第4538页。

田使,得试协律郎,摄监察御史。"①则任溆为任佶之子,曾试协律郎。因不在朝廷,故当是虚衔。李翱所撰墓志铭又说:"元和十四年,杜氏卒,溆乃自信州奉府君之丧,合葬于万年杨村,从先人旧茔。"揣摩文意,任溆任协律郎当在元和十四年(819)之前。此铭又云:"溆尝与翱同事岭南府,翱知溆之才,亟荐于时,故溆来请志。"李翱任岭南东道节度使在元和三年(808)十月,任溆任协律郎当在此后。故任溆任协律郎或在元和三年(808)至元和十四年(819)之间。

67. 郑懿 元和末

白居易《姚元康等授官充推官掌书记制》:"朝散郎行秘书省秘书郎姚元康儒林郎试太常寺协律郎郑懿等……懿可试左金吾卫兵曹参军充横海军节度掌书记,散官如故。"②白居易知制诰在长庆元年(821),则郑懿试太常寺协律郎当在此前,或在元和末年。当是虚衔。

68. 殷尧藩 元和末

《全唐诗》卷四百四十二有白居易《和殷协律琴思》一诗,诗云:"秋水莲冠春草裙,依稀风调似文君。烦君玉指分明语,知是琴心伴不闻。"③又卷四百四十八有《寄殷协律(多叙江南旧游)》,诗云:"五岁优游同过日,一朝消散似浮云。琴诗酒伴皆抛我,雪月花时最忆君。几度听鸡歌白日,亦曾骑马咏红裙。吴娘暮雨萧萧曲,自别江南更不闻。"④可知殷某曾为协律郎。张为《诗人主客图序》:"以白居易为广大教化主,上入室杨乘,入室张祐、羊士谔、元稹,升堂卢仝、顾况、沈亚之,及门……殷尧藩……"⑤按殷尧藩与白居易交好,则殷协律当即殷尧藩。王定保《唐摭言》卷八'已落重收'条:"元和九年韦贯之榜,殷尧藩杂文落矣。杨汉公尚书,乃贯之前榜门生,盛言尧藩之屈,贯之为之重收。"⑥可知他元和九年(814)及第。他任协律郎当在此后。白居易有《齐云楼晚望偶题十韵兼呈冯侍御,周、

---

① [清]董诰等编:《全唐文》,第 6453 页。
② [清]董诰等编:《全唐文》,第 6690 页。
③ [清]彭定求等编:《全唐诗》,第 4968 页。
④ [清]彭定求等编:《全唐诗》,第 5069 页。
⑤ [清]董诰等编:《全唐文》,第 8604 页。
⑥ [五代]王定保:《唐摭言》(《唐五代笔记小说大观》本),第 1649 页。

殷二协律》一诗。根据白居易《吴中好风景二首》(之二):"吴中好风景,风景无朝暮。晓色万家烟,秋声八月树。舟移管弦动,桥拥旌旗驻。改号齐云楼,重开武丘路。况当丰岁熟,好是欢游处。州民劝使君,且莫抛官去。"①可知齐云楼在杭州,殷尧藩当时亦流落杭州。白居易《醉后狂言,酬赠萧、殷二协律》:"余杭邑客多羁贫,其间甚者萧与殷。天寒身上犹衣葛,日高甑中未拂尘。江城山寺十一月,北风吹沙雪纷纷。宾客不见绨袍惠,黎庶未沾襦裤恩。此时太守自惭愧,重衣复衾有余温。"②则白居易知杭州时与殷尧藩相交,仍以其所任旧职称之。白居易知杭州在长庆二年(822),则殷此时已经去官。殷尧藩熟知宫廷生活。其《早朝》诗云:"曙钟催人紫宸朝,列炬流虹映绛绡。天近鳌头花簇仗,风低豹尾乐鸣韶。衣冠一变无夷俗,律令重颁有正条。昨日钟山甘露降,玻璃满赐出宫瓢。"③殷尧藩《宫词》:"悄悄深宫不见人,倚阑惟见石麒麟。芙蓉帐冷愁长夜,翡翠帘垂隔小春。天远难通青鸟信,风寒欲动锦花茵。夜深怕有羊车过,自起笼灯看雪纹。"④殷尧藩又有《帝京二首》。另外,从殷尧藩《席上听琴》、《吹笙歌》、《赠歌人郭婉二首》等诗看,⑤他亦熟悉音律。

69.陈某　元和、长庆中

白居易《与微之唱和来去常以竹筒贮诗陈协律美而成篇因以此答》:"拣得琅玕截作筒,缄题章句写心胸。随风每喜飞如鸟,渡水常忧化作龙。粉节坚如太守信,霜筠冷称大夫容。烦君赞咏心知愧,鱼目骊珠同一封。"⑥元、白唱和在元和、长庆年间,则陈某任协律郎当在此期间。元白唱和,多于被贬任地方官期间,故推测陈某任协律郎亦是虚衔。

70.韩湘　长庆初

朱庆馀《雪夜与真上人宿韩协律宅》:"斜雪微沾砌,空堂夜语清。逆风听漏短,回烛向楼明。盥漱随禅伴,讴吟得野情。此欢那敢忘,世贵丈

---

① 　[清]彭定求等编:《全唐诗》,第4995页。
② 　[清]彭定求等编:《全唐诗》,第4833页。
③ 　[清]彭定求等编:《全唐诗》,第5608页。
④ 　[清]彭定求等编:《全唐诗》,第5608页。
⑤ 　参见[清]彭定求等编:《全唐诗》,第4841页、第5616页。
⑥ 　[清]彭定求等编:《全唐诗》,第5026页。

夫名。"①又《韩协律相送精舍读书四韵奉寄呈陆补阙》："白鹤西山别，更看上去船。遥知寻寺路，应念宿江烟。到处无闲日，回期已隔年。何因陪夜坐，清论谏臣边。"②又朱庆馀《赠韩协律》："永日微吟在竹前，骨清唯爱漱寒泉。门闲多有投文客，身病长无买药钱。岭寺听猿频独宿，湖亭避宴动经年。亲知尽怪疏荣禄，的是将心暗学禅。"③则韩某曾任协律郎。朱庆馀又有《送韩校书赴江西幕》一诗："从军五湖外，终是称诗人。酒后愁将别，涂中过却春。山桥槲叶暗，水馆燕巢新。驿舫迎应远，京书寄自频。野情随到处，公务日关身。久共趋名利，龙钟独滞秦。"④可知韩校书曾赴江西幕。韩湘长庆三年（823）登进士第，授校书郎，不久任为江西从事。朱庆馀宝历二年（826）登进士第，如果韩湘及第后三年赴江西幕，这时朱庆馀刚刚登进士第，两人极可能相识，韩湘赴江西幕朱庆馀亦有可能相送，因此韩协律可能即韩湘。

71.李褒　长庆中

白居易《柳经李褒并泗州判官制》："征事郎前河南县尉柳经、儒林郎试太子通事舍人李褒等……褒可试太常寺协律郎充武宁军节度泗州兵马留后判官，仍改名'衔'，散官、勋如故。"⑤则李褒曾试太常寺协律郎，当亦是虚衔。此文为白居易所撰，白居易知制诰在长庆元年（821），则李褒试太常寺协律郎当在此时。据钱珝《授李褒刺史等制》⑥，知李褒曾任虢州刺史。《旧唐书》卷一百七十六《李让夷传》："开成元年，以本官兼知起居舍人事。时起居舍人李褒有痼疾，请罢官。"⑦则李褒曾任起居舍人。

72.晁朴　长庆中

据白居易《京兆府司录参军孙简可检校礼部员外郎荆南节度判官浙东判官试大理评事韩伙可殿中侍御史巡官试正字晁朴可试协律郎充推官

---

① ［清］彭定求等编：《全唐诗》，第5909页。
② ［清］彭定求等编：《全唐诗》，第5913页。
③ ［清］彭定求等编：《全唐诗》，第5917页。
④ ［清］彭定求等编：《全唐诗》，第5911页。
⑤ ［清］董诰等编：《全唐文》，第6685页。
⑥ 参见［清］董诰等编：《全唐文》，第8771页。
⑦ ［后晋］刘昫等：《旧唐书》，第4566页。

同制》①,晁朴曾试协律郎。白居易知制诰在长庆元年(821),则晁朴试太常寺协律郎当在此时。当是虚衔。

73.卢载　长庆中

据白居易《杨景复可检校膳部员外郎郓州观察判官李绶可监察御史天平军判官卢载可协律郎天平军巡官独孤泾可监察御史寿州团练副使马植可试校书郎泾原掌书记程昔范可试正字泾原判官六人同制》,卢载曾试协律郎。白居易知制诰在长庆元年(821),则卢载试太常寺协律郎当在此时。制文云:"惟尔等六人,蕴才业文,咸士之秀者,果为贤侯交辟,俾朕得闻其姓名。"故亦当为虚衔。权德舆《送安南裴中丞序》:"因君是行,聊复起予,追思往岁,携手相乐,与兰陵萧元植、范阳卢载初宦游出处,多在江介,索然物故,何可胜言? 又想夫杨柳古湾,秣陵仁祠,寒夜促膝,欢言举酒,晦明飙驰,忽二十年,各乘风波,时一会合。"②则卢载为范阳人。《旧唐书》卷十七下《文宗本纪》开成元年(836)五月乙亥朔:"给事中卢载以承睱公正守道,屡有封驳,不宜置之外郡,乃封还诏书。"③可知卢载开成元年(836)曾任给事中。《全唐诗》卷五百一十有张祜《寄卢载》诗一首。

74.周元范　长庆中

白居易《闲夜咏怀因招周协律刘薛二秀才》:"世名检束为朝士,心性疏慵是野夫。高置寒灯如客店,深藏夜火似僧炉。香浓酒熟能尝否,冷淡诗成肯和无。若厌雅吟须俗饮,妓筵勉力为君铺。"④白居易《酬周协律》:"五十钱唐守,应为送老官。滥蒙辞客爱,犹作近臣看。凿落愁须饮,琵琶闷遣弹。白头虽强醉,不似少年欢。"⑤则周某在长庆二年(822)白居易知杭州时曾为协律郎。张为《诗人主客图序》:"若主人门下处其客者,以法度一则也。以白居易为广大教化主……及门……周元范。"⑥《全唐诗》卷四百四十三载白居易诗题云:"予以长庆二年冬十月到杭州,明年秋九月,

①　参见[清]董诰等编:《全唐文》,第6703页。
②　[清]董诰等编:《全唐文》,第5006页。
③　[后晋]刘昫等:《旧唐书》,第565页。
④　[清]彭定求等编:《全唐诗》,第4974页。
⑤　[清]彭定求等编:《全唐诗》,第5027页。
⑥　[清]董诰等编:《全唐文》,第8604页。

始与范阳卢贾、汝南周元范……同游恩德寺之泉洞竹石……遂留绝句。"
又《全唐诗》卷四百六十三有周元范《和白太守拣贡橘》一首,则周某可能
是周元范。

75.韦某　大和初

陆畅《陕州逢窦巩同宿,寄江陵韦协律》:"共出丘门岁九霜,相逢凄怆
对离觞。荆南为报韦从事,一宿同眠御史床。"①陆畅大和初迁凤翔少尹,
诗或作于此时。则韦某任协律郎或在大和初。

76.李方玄　大和初

杜牧《唐故处州刺史李君墓志铭(并序)》:"君讳方元,字景业……景
业少有文学,年二十四,一贡进士,举以上第,升名解褐,裴晋公奏以秘书
省校书郎校集贤殿秘书。聪明才敏,老成人争与之交。后以协律郎为江
西观察支使裴谊观察判官。"②李方元,《新唐书》卷一百六十二《李方玄
传》作方玄,当以方玄为是。可知李方玄曾以协律郎为江西观察支使裴谊
观察判官,协律郎当是虚衔。杜牧所撰墓志铭称:"会昌五年四月某日,卒
于宣城客舍,年四十三。"可推知李方玄生于贞元十八年(802),卒于会昌
五年(845)。又杜牧《与池州李使君书》:"仆与足下,年未三十为幕府吏,
未四十为天子廷臣,不为甚贱,不为不试矣。今者齿各甚壮,为刺史,各得
小郡,俱处僻左。幸天下无事,人安谷熟,无兵期军须、逋负诤诉之勤,足
以为学,自强自勉于未闻未见之间。"③杜牧《池州重起萧丞相楼记》:"萧
丞相为刺史时,树楼于大厅西北隅,上藏《九经》书,下为刺史便厅事,大历
十年乙卯建。会昌四年甲子摧,木悉朽坏,无一可取者。刺史李方元具
材,刺史杜牧命工,南北雷相距五十六尺,东西四十五尺,十六柱,三百七
十六椽,上下凡十二间,上有其三焉,皆仍旧制。"④则李方玄年二十四进
士及第,年未三十为幕府吏,会昌四年(844)已任刺史。李方玄以协律郎
为江西观察支使裴谊观察判官当在二十四岁至三十岁期间,即宝历二年

---

① 　[清]彭定求等编:《全唐诗》,第5480页。

② 　[清]董诰等编:《全唐文》,第7831页。

③ 　[清]董诰等编:《全唐文》,第7780页。

④ 　[清]董诰等编:《全唐文》,第7811页。

(826)至大和六年(832)之间。因其及第后曾任秘书省校书郎校集贤殿秘书,任协律郎在此后,故可推测李方玄任协律郎当在大和初年。

77.张周封　大和四年(830)

《新唐书》卷五十八《艺文志》:"张周封《华阳风俗录》一卷(字子望,西川节度使李德裕从事,试协律郎。)"①则张周封任协律郎当在任西川节度使李德裕从事前后。《资治通鉴》卷二百四十四唐文宗大和四年(830)冬十月戊申,西川节度使郭钊以疾求代,"以义成节度使李德裕为西川节度使"②。可知李德裕为西川节度使在大和四年(830)十月,则张周封任协律郎或在此时。

78.石某　大和中

周贺《送石协律归吴》:"僧窗梦后忆归耕,水涉应多半月程。幕府罢来无药价,纱巾带去有山情。夜随净渚离蛩语,早过寒潮背井行。已让辟书称抱疾,沧洲便许白髭生。"③周贺为大和中人,石某任协律郎或亦在此时。

79.杜颛　大和八年(834)

杜牧《唐故淮南支使试大理评事兼监察御史杜君墓志铭》:"君讳颛,字胜之……年十七,读《尚书》十三篇,《礼记》七篇,《汉书》止《贾谊传》不复执卷。年二十四,明年当举进士,始握笔茸《阙下献书》《与裴丞相度书》,指言时事……年二十五举进士。二十六一举登上第。时贾相国𫗧为礼部之二年,朝士以进士干贾公不获,有杰强毁嘲者,贾公曰:'我只以杜某敌数百辈足矣。'始命试秘书正字瓯使判官。李丞相德裕出为镇海军节度使,辟君试协律郎为巡官。后贬袁州……"④则杜颛进士及第后曾试协律郎。杜颛即杜牧的弟弟。杜颛试协律郎在李德裕出为镇海军节度使时,李德裕出为镇海军节度使在大和八年(834)十月,则杜颛试协律郎当在此时,亦为虚衔。杜牧《唐故淮南支使试大理评事兼监察御史杜君墓志

---

① 〔宋〕欧阳修、宋祁:《新唐书》,第1507页。
② 〔宋〕司马光:《资治通鉴》,第7872页。
③ 〔清〕彭定求等编:《全唐诗》,第5771页。
④ 〔清〕董诰等编:《全唐文》,第7835页。

铭》:"年四十五,大中五年二月二十五日卒。"可知杜颛生于元和元年
(806),卒于大中五年(851)。试协律郎时年 28 岁。杜颛长于属文。《新
唐书》卷一百六十六《杜颛传》:"颛,字胜之,幼病目,母禁其为学。举进
士……颛亦善属文,与牧相上下。"①杜颛幼年病目,后失明,由此去官。
《旧唐书》卷一百四十七《杜佑传》:"(杜从郁)子牧、颛,俱登进士第。颛后
病目而卒。"②杜牧《上宰相求湖州第二启》:"念病弟丧明坐废,十五年矣,
但能识某声音,不复知某发已半白,颜貌衰改。是某今生可以见颛,而颛
不能复见某矣,此天也,无可奈何!某能见颛而不得去,此岂天乎!"③

80.赵晢　大和末至开成初

李商隐《赠赵协律晢》一诗云:"俱识孙公与谢公,二年歌哭处还同。
已叨邹马声华末,更共刘卢族望通。南省恩深宾馆在,东山事往妓楼空。
不堪岁暮相逢地,我欲西征君又东。"④则赵晢曾为协律郎。又李商隐《为
安平公兖州奏杜胜等四人充判官状·赵晢》:"右件官洛下名生,山东茂
族,仁实堪富,天爵极高,妙选文场,亟仕侯国,珪璋特达,兰杜芬馨。今臣
廉问大藩,澄清列部,藉其谟画,共赞朝经,伏请赐守本官充臣观察判
官。"⑤兖州当为兖海观察使,赵晢被兖海观察使奏为观察判官。李商隐
《过故崔兖海宅与崔明秀才话旧因寄旧僚杜赵李三掾》:"绛帐恩如昨,乌
衣事莫寻。诸生空会葬,旧掾已华簪。共入留宾驿,俱分市骏金。莫凭无
鬼论,终负托孤心。"⑥此诗中,崔兖海当为兖海观察使。据《唐方镇年
表》,知崔兖海为崔杞,大和八年(834)至开成二年(837)任兖海观察使。
则赵晢任协律郎当在此时。

81.苏某　会昌六年(846)前

杜牧《送苏协律从事振武》:"琴尊诗思劳,更欲学龙韬。王粲暂投笔,

---

① 　[宋]欧阳修、宋祁:《新唐书》,第 5098 页。
② 　[后晋]刘昫等:《旧唐书》,第 3986 页。
③ 　[清]董诰等编:《全唐文》,第 7803 页。
④ 　[清]彭定求等编:《全唐诗》,第 6275 页。
⑤ 　[清]董诰等编:《全唐文》,第 8047 页。
⑥ 　[清]彭定求等编:《全唐诗》,第 6277 页。

吕虔初佩刀。夜吟关月苦,秋望塞云高。去去从军乐,雕飞岱马豪。"①杜牧会昌六年(846)卒官,苏某任协律郎当在此前。

82.郑瓘　开成至大中间

杜牧《郑瓘协律》:"广文遗韵留樗散,鸡犬图书共一船。自说江湖不归事,阻风中酒过年年。"②可知郑瓘曾为协律郎。杜牧从开成二年(837)至大中二年(848),均在各地为官,此诗作于此间的可能性最大,故推测郑瓘为协律郎在此期间。

83.张不疑　开成五年(840)

宋王谠《唐语林》卷四《企羡》:"张不疑进士擢第,宏词登科。当年四府交辟。江西李中丞凝、东川李相回、淮南李相绅、兴元归仆射融,皆当时盛府。不疑赴淮南命,到府未几,以协律郎卒。不疑娶崔氏,以不协出之,后娶颜氏。"③则张不疑进士及第后曾任协律郎,因不在朝廷,故亦是虚衔。唐郑还古《博异志》:"南阳张不疑,开成四年宏词登科,授秘书。游京,假丐于诸侯回,以家远无人,患其孤寂,寓官京国,欲市青衣,散耳目于闾里间。旬月内,亦累有呈告者,适憎貌未偶。月余,牙人来云:'有新鬻仆者,请阅焉。'不疑与期于翌日。及所约时至,抵其家,有披朱衣牙笏者,称前浙西胡司马,揖不疑就位,与语甚爽朗……即日操契付金……明年,为江西辟,至日使淮南,中路府罢。又明年八月而卒。卒后一日,尊夫人继殁。"《太平广记》卷三七二《精怪》五记之略同。可知张不疑开成四年(839)及第,开成五年(840)至淮南,次年八月卒,则其任协律郎当在开成五年(840)。

84.朱馀庆　开成、会昌中

许浑《再游越中,伤朱馀庆协律好直上人》云:"昔年湖上客,留访雪山翁。王氏船犹在,萧家寺已空。月高花有露,烟合水无风。处处多遗韵,何曾入刹中。"④可知朱馀庆家居越中,曾为协律郎。许浑大和六年(832)

---

① 〔清〕彭定求等编:《全唐诗》,第7803页。
② 〔清〕彭定求等编:《全唐诗》,第6030页。
③ 〔宋〕王谠:《唐语林》,第373页。
④ 〔清〕彭定求等编:《全唐诗》,第6098页。

进士及第,大中三年(849)辞官东归,其再游越中当在此时。方干《过朱协律故山》:"地下无余恨,人间得盛名。残篇续大雅,稚子托诸生。度日山空暮,缘溪鹤自鸣。难收故交意,寒笛一声声。"①方干大中年间举进士不第,遂游吴越,《过朱协律故山》当作于此时。此亦说明大中初朱馀庆已逝,则其任协律郎当在大中三年(849)之前。推测或在开成、会昌年间。唐代诗人有朱庆馀,宝历二年(826)登进士第,授秘书省校书郎,与朱馀庆当非一人。

85.牛蔚　会昌初

杜牧《唐故太子少师奇章郡开国公赠太尉牛公墓志铭(并序)》:"(牛公)夫人辛氏,以公封张掖郡,赠仆射秘之长女,士林称为妇师,凡三十年,前公八年殁。五男六女。长曰蔚,监察御史。次曰蕘,浙南府协律郎。皆以文行登进士第,不藉公势。"②牛公为牛僧孺,牛蕘为其次子,曾为协律郎。《旧唐书》卷一百七十二《牛蔚传》:"蔚,字表龄,开成二年登进士第,出佐使府,历践台省。乾符中,位至剑南西川节度使。黄巢之乱,从幸西川,拜太常卿。以病求为巴州刺史,不许。驾还,拜吏部尚书。襄王之乱,避地太原,卒。子蟜,位至尚书郎。"③牛蕘登进士第之后出佐使府,历践台省,任协律郎当在此时而稍后。牛蕘登进士第在开成二年(837),他任协律郎或在会昌初年。

86.张复鲁　会昌中

杜牧《唐故宣州观察使御史大夫韦公墓志铭》:"(韦温)夫人陇西李氏,赞善大夫怂之女,先公四岁终。生四男……女四人。长嫁南阳张复鲁,复鲁得进士第,有名于时,为试太常寺协律郎、鄂岳观察支使。"④可知韦温之婿张复鲁曾试太常寺协律郎。《旧唐书》卷一百六十八《韦温传》:"(韦温)明年,疡生于首,谓爱婿张复鲁曰:'予任校书郎时,梦二黄衣人赍符来追,及浐,将渡,一人续至曰:彼坟至大,功须万日。遂不涉而瘳。计

---

①　[清]彭定求等编:《全唐诗》,第 7492 页。
②　[清]董诰等编:《全唐文》,第 7825 页。
③　[后晋]刘昫等:《旧唐书》,第 4476 页。
④　[清]董诰等编:《全唐文》,第 7829 页。

今万日矣,与公诀矣。'明日卒,赠工部尚书,谥曰孝。"①杜牧所撰墓志铭云:"韦公会昌五年五月头始生疮,召子婿张复鲁曰:'三稚女得良婿,死以是托。墓宜以池州刺史杜牧为志。'复鲁曰:'公去岁两疮生头,今始一,尚微,何言之深?'公曰:'吾年二十九官校书郎时,尝梦涉浐水,既中流,有二人若举符召我者。其一人曰:坟墓至大万日始成,今未也。今万日矣,天已告我,我其可逃乎?'谢医不问。以其月十四日,年五十八薨于位。"则韦温卒于会昌五年(845),当时张复鲁在侧。杜牧《韦公墓志铭》未云张复鲁任别职,则当时他或许尚担任"试太常寺协律郎、鄂岳观察支使"。由此推断,张复鲁试太常寺协律郎或在会昌年间。

87. 任畴 会昌中

姚合《酬任畴协律夏中苦雨见寄》一诗云:"酒思凄方罢,诗情耿始抽。下床先仗屐,汲井恐飘瓯。危坐徒相忆,佳期未有由。劳君寄新什,终日不能酬。"②可知任畴曾任协律郎,且能诗。《全唐文》卷七百六十二《任畴小传》:"畴,会昌六年官太常博士。"③其任协律郎或亦在会昌年间。《全唐文》卷七百六十二载任畴《正献懿二祖昭穆疏》及《第二疏》,可知其熟知朝廷礼乐。

88. 李潼 会昌六年(846)

《旧唐书》卷二十五《礼仪志》:"(会昌六年十一月)太常博士任畴上言:'……协律郎……李潼。'"④则李潼武宗会昌六年(846)任协律郎。孙樵《自序》:"广明元年,狂寇犯阙,驾避岐陇,诏赴行在,迁职方郎中。朝廷以省方蜀国,文物攸兴,品藻朝伦,旌其才行。诏曰:行在三绝,右散骑常侍李潼有曾闵之行,职方郎中孙樵有扬马之文,前进士司空图有巢由之风,可载青史,以彰有唐中兴之盛。"⑤可知广明元年(880)李潼任右散骑常侍。《大唐传载》记有李潼事迹一则:"韦中书处厚在开州也。尝有李

---

① [后晋]刘昫等:《旧唐书》,第 4380 页。
② [清]彭定求等编:《全唐诗》,第 5714 页。
③ [清]董诰等编:《全唐文》,第 7918 页。
④ [后晋]刘昫等:《旧唐书》,第 966 页。
⑤ [清]董诰等编:《全唐文》,第 8326 页。

潼、崔冲二进士来谒，留连月余日。会有过客西川军将某能相术，于席上言李潼三日内有虎厄。后三日，相君与诸客游山寺，自上方抵下方，日已暮矣。李先下，崔后来，冲大呼李云：'待冲来！待冲来！'李闻'待冲来'声，谓虎至矣，颠蹶坠下山址，绝而复苏，数日方愈。及军将回，谓李曰：'君厄过矣。'"①《太平广记》引之略同。

89. 诸葛畋　会昌六年（846）

《旧唐书》卷二十五《礼仪志》："（会昌六年十一月）太常博士任畴上言：'……臣得……协律郎诸葛畋……等七人伏称。'"②则诸葛畋武宗会昌六年（846）任协律郎。任畴此疏名为《正献懿二祖昭穆疏第二疏》，全文收入《全唐文》③。

90. 皇甫松　会昌、大中年间

马戴《送皇甫协律淮南从事》："辟书丞相草，招作广陵行。隋柳疏淮岸，汀洲接海城。楚樯经雨泊，烟月隔潮生。谁与同尊俎，鸡鸾集虎营。"④则皇甫氏曾为协律郎。皇甫松、马戴同入《诗人主客图》，马戴此诗中的皇甫协律或即皇甫松。皇甫松工诗词，终生未及第，光化三年（900）韦庄奏请追赐为进士。《全唐诗》卷二八、卷三百六十九、卷八百九十一收录皇甫松《杂曲歌辞·杨柳枝》、《杂曲歌辞·浪淘沙》、《怨回纥歌》、《采莲子二首》、《抛球乐》、《忆江南》、《天仙子》等诗，许多是入乐之作。因此，他极有可能任协律郎。皇甫松可能先任协律郎，后从事淮南。马戴会昌四年（844）进士，大中初为太原军幕府掌书记。皇甫松任协律郎或亦在此期间。

91. 杨收　大中初

《旧唐书》卷一百七十七《杨收传》："收得第东归，路由淮右，故相司徒杜悰镇扬州，延收署节度推官，奏授校书郎。悰领度支，以收为巡官。悰

① 佚名：《大唐传载》（《唐五代笔记小说大观》本），上海古籍出版社2000年版，第891页。
② ［后晋］刘昫等：《旧唐书》，第966页。
③ ［清］董诰等编：《全唐文》，第7919页。
④ ［清］彭定求等编：《全唐诗》，第6509页。

罢相镇东蜀,奏授掌书记,得协律郎。"①《新唐书》卷一百八十四《杨收传》:"杜悰表署淮南推官。悰领度支,又节度剑南东西川,辄随府三迁。"②则杨收任协律郎不在太常,故亦是虚衔。《旧唐书》卷一百四十七《杜悰传》:"(悰)会昌中,拜中书侍郎、同中书门下平章事,寻加左仆射。大中初,出镇西川。"③杜悰罢相出镇西川在大中初年,则杨收为协律郎亦当在此时。杨收知诗。《新唐书》本传云:"收七岁而孤,处丧若成人。母长孙亲授经,十三通大义。善属文,所赋辄就,吴人号神童。里人多造门观赋诗,至压败其藩。"《旧唐书》本传云:"十三,略通诸经义,善于文咏,吴人呼为'神童'。兄发戏令咏蛙,即曰:'兔边分玉树,龙底耀铜仪。会当同鼓吹,不复问官私。'又令咏笔,仍赋钻字,即曰:'虽匪囊中物,何坚不可钻?一朝操政事,定使冠三端。'每良辰美景,吴人造门观神童,请为诗什,观者压败其藩。"杨收知音律。《新唐书》本传云:"浔阳耕得古钟,高尺余,收扣之,曰:'此姑洗角也。'既剜拭,有刻在两栾,果然。尝言:'琴通黄钟、姑洗、无射三均,侧出诸调,由罗荜附灌木然。'时有安涚者,世称善琴,且知音。收问:'五弦外,其二云何?'涚曰:'世谓周文、武二王所加者。'收曰:'能为《文王操》乎?'涚即以黄钟为宫而奏之,以少商应大弦,收曰:'止!如子之言,少商,武弦也。且文世安得武声乎?'涚大惊,因问乐意。"杨收又精于礼学,曾任太常博士,有《与安涚论乐意》,其对音律的精熟于斯可见。后官至宰相,因纳赂被免职赐死。④

92. 严某 大中初

钱起《登胜果寺南楼雨中望严协律》:"微雨侵晚阳,连山半藏碧。林端陟香榭,云外迟来客。孤村凝片烟,去水生远白。但佳川原趣,不觉城池夕。更喜眼中人,清光渐咫尺。"⑤则严某曾为协律郎。《重藏舍利记》:"原寺后魏元象元年戊午岁,幽州刺史尉苌命造。遂号'尉使君寺',后改

① [后晋]刘昫等:《旧唐书》,第 4598 页。
② [宋]欧阳修、宋祁:《新唐书》,第 5392 页。
③ [后晋]刘昫等:《旧唐书》,第 3984 页。
④ 参见[唐]李漼:《授杨收平章事制》,[清]董诰等编:《全唐文》,第 869 页;[唐]李漼:《赐杨收自尽敕》,[清]董诰等编:《全唐文》,第 884 页。
⑤ [清]彭定求等编:《全唐诗》,第 2604 页。

为智泉寺。至大唐则天时改为大云寺,开元中又改为龙兴寺。太和甲寅岁八月二十日夜,忽风雨暴至,灾火延寺。浮图灵庙,飒为烟烬。泊会昌乙丑岁,大法沦坠,佛寺废毁。时节制司空清河张公,准敕于封管八州内寺留一所,僧限十人。越明年,有制再崇释教,僧添二十。置胜果寺,度尼三十人。"①可知寺建于大中初年,则严某任协律郎或在此时。

93. 张礀　大中中

《全唐文》卷七百三十二《张礀小传》:"礀,大中时为处州军事衙推,试太常寺协律郎。"②可知张礀大中时曾试太常寺协律郎。张礀著有《新移丽阳庙记》一文。③

94. 宋玗　大中中

《唐文拾遗》卷三十一《宋玗小传》:"玗,大中时试太常寺协律郎。"④

95. 李某　大中中

许浑《戏代李协律松江有赠》:"蜀客操琴吴女歌,明珠十斛是天河。霜凝薜荔怯秋树,露滴芙蓉愁晚波。兰浦远乡应解珮,柳堤残月未鸣珂。西楼沉醉不知散,潮落洞庭洲渚多。"⑤此诗作于松江,当是许浑大中三年(849)辞官东归时所作。则李某任协律郎当在此前后。

96. 邓道石　大中十三年(859)

郑畋《唐故上都龙兴观三洞经箓赐紫法师邓先生墓志铭》:"先生即华封之从子也,讳延康……先生有子三人。长曰道牙,弃舒州太湖丞,授三洞经箓。次曰道石,(本缺一字)试协律郎,假职闽越……道牙奉遗告护元舆归于故山,以十三年十二月三日,葬于抚州南城县故乡谭潭里湖头村灵山碳,袝曾祖父茔。"⑥邓道石为龙兴观法师邓延康之次子,根据此铭,邓延康去世时邓道石似正在试协律郎,假职闽越。邓延康去世在大中十三年(859),则邓道石试协律郎当在此时。

---

①　[清]董诰等编:《全唐文》,第10214页。
②　[清]董诰等编:《全唐文》,第7556页。
③　[清]董诰等编:《全唐文》,第7556页。
④　[清]陆心源编:《唐文拾遗》,第10727页。
⑤　[清]彭定求等编:《全唐诗》,第6144页。
⑥　[清]董诰等编:《全唐文》,第7981页。

97. 孔纬　大中十三年(859)后

《旧唐书》卷一百七十九《孔纬传》:"大中十三年,进士擢第,释褐秘书省校书郎。崔慎由镇梓州,辟为从事。又从崔铉为扬州支使,得协律郎。"①可知孔纬任协律郎在大中十三年(859)之后。又《旧唐书》本传云:"昭宗谒郊庙,两中尉、内枢密请朝服。所司申前例,中贵人无朝服助祭之礼,少府监亦无素制冠服。中尉怒,立令制造,下太常礼院。礼官举故事,亦称无中尉朝服助祭之文,谏官亦论之。纬奏曰:'中贵不衣朝服助祭,国典也。'"则孔纬亦熟知朝廷礼乐,曾任太常卿。孔纬家尚节义,器志方雅,疾恶如仇,官至宰相。《新唐书》卷十《昭宗本纪》唐昭宗乾宁二年(895)九月癸亥:"孔纬薨。"②《新唐书》卷一百六十三《孔纬传》:"会天子出次石门,从至莎城,以病还都。家人召医视,纬曰:'天下方乱,何久求生?'不肯服药,卒,赠太尉。"③

98. 左某　光化中

曹松《送左协律京西从事》:"辟书来几日,遂喜就嘉招。犹向风沙浅,非于甸服遥。时平无探骑,秋静见盘雕。若遣关中使,烦君问寂寥。"④则左某曾为协律郎。曹松光化四年(901)进士,未几卒,则左某任协律郎或在此时。

99. 冯正　五代

冯道《长乐老自叙》:"第六子正,自协律郎改授银青光禄大夫检校国子祭酒兼御史中丞,充定国国节度使;职罢改授朝散大夫太仆丞。"⑤《旧五代史》卷一百二十六《周书·冯道传》记之相同。则冯道之子冯正曾任协律郎。冯道字可道,景城人。初为刘守光参军,后历唐、晋、汉、周,事四姓十君,自号长乐老。《旧五代史》卷一百二十六《周书·冯道传》:"道历任四朝,三入中书,在相位二十余年,以持重镇俗为己任,未尝以片简扰于

---

① [后晋]刘昫等:《旧唐书》,第4649页。
② [宋]欧阳修、宋祁:《新唐书》,第292页。
③ [宋]欧阳修、宋祁:《新唐书》,第5010页。
④ [清]彭定求等编:《全唐诗》,第8310页。
⑤ [清]董诰等编:《全唐文》,第8992页。

诸侯,平生甚廉俭。"①其子冯正曾任协律郎。

100. 李崧　五代

《旧五代史》卷一百八《汉书·李崧传》:"李崧,深州饶阳人。父舜卿,本州录事参军。崧幼而聪敏,十余岁为文,家人奇之。弱冠,本府署为参军。其父尝谓宗人李鏻曰:'大丑生处,形奇气异,前途应不居徒劳之地,赖吾兄诲激之。'大丑即崧之小字也。同光初,魏王继岌为兴圣宫使,兼领镇州节钺,崧以参军从事。时推官李荛掌书,崧见其起草不工,密谓掌事吕柔曰:'令公皇子,天下瞻望,至于尺牍往来,章表论列,稍须文理合宜。李侍御起草,未能尽善。'吕曰:'公试代为之。'吕得崧所作,示卢质、冯道,皆称之。繇是擢为兴圣宫巡官,独掌奏记。庄宗入洛,授太常寺协律郎。"②《新五代史》卷五十七《李崧传》:"李崧,深州饶阳人也。崧幼聪敏,能文章,为镇州参军。唐魏王继岌为兴圣宫使,领镇州节度使,以推官李荛掌书记。崧谓掌书吕柔曰:'魏王皇子,天下之望,书奏之职,非荛所当。'柔私使崧代为之,以示卢质、冯道,道等皆以为善。乃以崧为兴圣宫巡官,拜协律郎。"③可知李崧曾拜协律郎。

①　[宋]薛居正等:《旧五代史》,第 1665 页。

②　[宋]薛居正等:《旧五代史》,第 1419 页。

③　[宋]欧阳修:《新五代史》,第 653 页。

附录二

唐五代太乐、鼓吹令丞考

（一）太乐令考

1. 卢庆　高宗、武后朝

张鷟《太乐令卢庆状称五帝殊时不相沿乐三王异代不相袭礼请改圣朝乐名大象天下往极为号又应国姓》："卢庆职参乐令，匠典倡优。"①可知卢庆曾为太乐令，能文。张鷟此文收入其《龙筋凤髓判》。《四库总目提要》之《龙筋凤髓判提要》云："然鷟作是编，取备程试之用，则本为隶事，而作不为定律而作。自以征引赅洽为主，言各有当，固不得指为鷟病也。"②可知张鷟书判是公文练习，不是朝廷文书。张鷟上元二年（675）登进士第，又八次应制举，有"青钱学士"之称，开元二年（714）贬岭南。则此文当作于高宗武后时，卢庆任太乐令当亦在此时。从张鷟文看卢庆是精通礼乐的。

2. 裴知古　长安中

《通典》卷一百四十三《乐三》："裴知古，武太后朝以知音直太常，路逢乘马者，闻其声，窃云：'此人当坠马。'好事者随观之，行未半里，马惊，堕殆死。常观人迎妇，闻妇珮玉声，曰：'此妇人不利姑。'是日，姑有疾，竟亡。其知音皆此类也。"③《旧唐书》卷一百九十一《方伎列传》："时又有雍州人裴知古，善于音律。长安中为太乐丞。神龙元年正月，春享西京太庙，知古预其事。谓万年令元行冲曰：'金石谐和，当有吉庆之事，其在唐室子孙乎？'其月，中宗即位，复改国为唐。知古又能听婚夕环佩之声，知

---

①　［清］董诰等编：《全唐文》，第 1771 页。

②　［清］永瑢等：《四库全书总目》，中华书局 1965 年版，第 1142 页。

③　［唐］杜佑：《通典》，第 3656 页。

其夫妻终始。后卒于太乐令。"①《新唐书》卷九十一《李嗣真传》:"时雍州
人裴知古亦善乐律,长安中,为太乐令。"②《隋唐嘉话》卷下、《唐会要》卷
三十四《论乐》、《唐语林》卷五记之略同。可知裴知古曾为太乐令,时或在
长安中。

3. 刘贶　开元九年(721)

《旧唐书》卷一百二《刘贶传》:"开元初,迁左散骑常侍,修史如故。九
年,长子贶为太乐令,犯事配流。……贶,博通经史,明天文、律历、音乐、
医算之术,终于起居郎、修国史。撰《六经外传》三十七卷、《续说苑》十卷、
《太乐令壁记》三卷、《真人肘后方》三卷、《天宫旧事》一卷。"③《太平御览》
卷五百八十二《乐部》十二引《大周正乐》载刘贶论音乐一条。可知刘贶在
开元九年(721)曾任太乐令,精通音乐。《通典》卷一百四十六《乐六》:"自
长安以后,朝廷不重古曲,工伎转缺,能合于管弦者,唯明君、杨叛、骁壶、
春歌、秋歌、白雪、堂堂、春江花月夜等八曲。旧乐章多或数百言,武太后
时明君尚能四十言,今所传二十六言,就之讹失,与吴音转远。刘贶以为
宜取吴人使之传习。开元中,有歌工李郎子。郎子北人,声调已失,云学
于俞才生。才生,江都人也。自郎子亡后,清乐之歌阙焉。又闻清乐唯雅
歌一曲,辞典而音雅,阅旧记,其辞信典。"④《旧唐书》卷二十九《音乐志》
所记略同。可知刘贶曾建议用吴人习清乐。刘贶曾任太常博士,⑤能属
文,《新唐书》卷五十七《艺文志》著录刘贶《太乐令壁记》三卷。

4. 孙玄成　开元二十五年(737)

《通典》卷一百四十七《乐七》:"时太常旧相传有宴乐五调歌词各一
卷,或云贞观中侍中杨恭仁妾赵方等所诠集,词多郑、卫,皆近代词人杂
诗。至是,缘又令太乐令孙玄成更加整比,为七卷。"⑥又《旧唐书》卷三十
《音乐志》:"时太常旧相传有宫、商、角、徵、羽《宴乐》五调歌词各一卷,或

---

①　[后晋]刘昫等:《旧唐书》,第5101页。
②　[宋]欧阳修、宋祁:《新唐书》,第3797页。
③　[后晋]刘昫等:《旧唐书》,第3174页。
④　[唐]杜佑:《通典》,第3717页。
⑤　[清]董诰等编:《全唐文》,第3127页。
⑥　[唐]杜佑:《通典》,第3748页。

云贞观中侍中杨恭仁妾赵方等所铨集,词多郑、卫,皆近代词人杂诗,至缘又令太乐令孙玄成更加整比为七卷。"①可知孙玄成在开元二十五年(737)曾任太乐令。他精通音乐,并将太常旧相传《宴乐》五调歌词五卷整比为七卷,当亦通文学。

5.柳冕　大历中

颜真卿《杭州钱塘县丞殷府君夫人颜君神道碣铭》:"绍子婿郎中柳芳,今之良史;芳子太乐令冕,幼立盛名。"②可知柳冕曾任太乐令。《唐会要》卷三十八《服纪下》:"贞元二年十一月,德宗王皇后崩,上及百官已释服,唯皇太子及舒王谊以下则否,将及三年之制也。初,礼官议大行皇后丧服节,摄太常博士柳冕等七人奏请,皇太子依魏晋故事,为大行皇后丧服,既葬而虞,虞而卒哭,卒哭而除,心丧终制,则存厌降之礼。"③可知柳冕贞元中曾摄太常博士。柳冕任太乐令当在任太常博士之前,他任太乐令当在大历中。《旧唐书》卷二十一《礼仪志》:"贞元元年十一月十一日,德宗亲祀南郊。有司进图,敕付礼官详酌。博士柳冕奏曰:'开元定礼,垂之不刊。天宝改作,起自权制,此皆方士谬妄之说,非礼典之文,请一准《开元礼》。'从之。"④可知柳冕深通礼乐。他有《皇太子服纪议》、《请筑别庙居献懿二祖议》、《请定公主母称号状》,⑤亦可证明。柳冕亦深通文学。柳宗元《先君石表阴先友记》:"柳登、柳冕者,族子也。自其父芳,善文史,与冕并居集贤书府,冕文学益健。"⑥柳冕有《与徐给事论文书》、《答荆南裴尚书论文书》、《答杨中丞论文书》。

6.曹绍夔　大历中

《通典》卷一百四十三《乐三》:"近代言乐,卫道弼为最,天下莫能以声欺者,曹绍夔次之。夔、弼皆为太乐令。享北郊,监享御史有怒于夔,欲以乐不和为之罪,杂扣钟声,使夔阁名之,无误者,由是反叹伏。又洛阳有僧

---

① ［后晋］刘昫等:《旧唐书》,第1089页。
② ［清］董诰等编:《全唐文》,第3493页。
③ ［宋］王溥:《唐会要》,第685页。
④ ［后晋］刘昫等:《旧唐书》,第843页。
⑤ 参见［清］董诰等编:《全唐文》,第5351—5353页。
⑥ ［清］董诰等编:《全唐文》,第5943页。

房中磬日夜自鸣，僧以为怪，惧而成疾，求术士百方禁之，终不能已。绍夔素与僧善，来问疾，僧寻以告。俄击斋钟，磬复作声。绍夔笑曰：'明日可设盛馔，当与除之。'僧虽不信绍夔言，冀其或效，乃具馔以待。绍夔食讫，出怀中错，镞磬数处而去，声遂绝。僧苦问其所以，绍夔云：'此磬与钟律合，故击彼此应。'僧大喜，疾亦愈。"①《隋唐嘉话》卷下、《唐语林》卷五《补遗》、《太平广记》卷二〇三《乐一》所记略同。杜佑《通典》于大历年间开始撰写，则曹绍夔任太乐令当在此时。

7. 卫道弼　大历中

《唐语林》卷二《政事下》："近代言乐，卫道弼为最，天下莫能以声欺者。曹绍夔与道弼为乐令。"②可知卫道弼曾为太乐令，且有极高的音乐造诣，与曹绍夔大约同时。

8. 宋沇　长庆中

唐李肇《唐国史补》卷下："宋沇为太乐令，知音，近代无比。太常久亡徵调，沇乃考钟律而得之。"③则宋沇曾为太乐令，并精通音律。李肇撰《唐国史补》在长庆中，宋沇为太乐令或亦在此时。

9. 李从周　龙纪元年（889）

《旧唐书》卷二十九《音乐志》："广明初，巢贼干纪，舆驾播迁，两都覆圮，宗庙悉为煨烬，乐工沦散，金奏几亡。及僖宗还宫，购募钟县之器，一无存者。昭宗即位，将亲谒郊庙，有司请造乐县，询于旧工，皆莫知其制度。修奉乐县使宰相张浚悉集太常乐胥详酌，竟不得其法。时太常博士殷盈孙深于典故，乃案《周官考工记》之文，究其栾、铣、于、鼓、钲、舞、甬之法，沉思三四夕，用算法乘除，镈钟之轻重高低乃定。悬下编钟，正黄钟九寸五分，下至登歌倍应钟三寸三分半，凡四十八等。口项之量，径衡之围，悉为图，遣金工依法铸之，凡二百四十口。铸成，张浚求知声者处士萧承训、梨园乐工陈敬言与太乐令李从周，令先校定石磬，合而击拊之，八音克

---

① ［唐］杜佑：《通典》，第3656页。

② ［宋］王谠：《唐语林》，第176页。

③ ［唐］李肇：《唐国史补》（《唐五代笔记小说大观》本），第195页。

谐,观者耸听。"①可知李从周在昭宗即位时曾为太乐令,精通音乐,昭宗即位在龙纪元年(889)。段安节《乐府杂录》:"筝者,蒙恬所造也。元和至大和中,李青青及龙佐,大中以来,有常述本,亦妙手也。史从、李从周,皆能者也。从周,即青孙,亚其父之艺也。"②此可证明李从周亦精于乐器演奏。

10.贾峻　五代

《旧五代史》卷一百四十五《乐志》:"臣等今月(显德六年春正月)十九日于太常寺集,命太乐令贾峻奏王朴新法黄钟调七均,音律和谐,不相凌越。其余十一管诸调,望依新法教习,以备礼寺施用。"③此又见于《全唐文》卷八百六十四张昭《详定雅乐疏》。可知贾峻在五代时曾任太乐令,精通音律。

(二)太乐丞考

1.王绩　贞观十一年(637)

吕才《东皋子后序》:"贞观初以足疾罢归,欲定长往之计,而困于贫。贞观中以家贫赴选。时太学有府史焦革,家善酝酒,冠绝当时。君苦求为太乐丞,选司以非士职不授。君再三请曰:'此中有深意,且士庶清浊,天下所安。不闻庄周避漆园,老聃耻柱下。'卒授焉。"④可知王绩曾为太乐丞。根据年谱,王绩任太乐丞在贞观十一年(637)。《唐才子传》卷一《王绩》:"贞观初,以疾罢归……弹琴、为诗、著文,高情胜气,独步当时。"⑤可知王绩是著名诗人,又精通音乐。

2.封希颜　中宗、睿宗朝

《封氏闻见记》卷三《贡举》:"国初东皋子王绩始为良酝丞,太宗朝李义甫始为典仪府,中宗时余从叔希颜始为大乐丞。三官从此并为清流所处。"⑥可见封希颜在中宗时为太乐丞。《新唐书》卷一百二十九《崔沔

---

① [后晋]刘昫等:《旧唐书》,第1081页。
② [唐]段安节:《乐府杂录》(《中国古典戏曲论著集成》本),第53页。
③ [宋]薛居正:《旧五代史》,第1941页。
④ [清]董诰等编:《全唐文》,第1638页。
⑤ 傅璇琮主编:《唐才子传校笺》(二),第4页。
⑥ [唐]封演撰,赵贞信校注:《封氏闻见记校注》,第21页。

传》："崔沔，字善冲，京兆长安人……睿宗召授中书舍人，以母病东都不忍去，固辞求侍，更表陆浑尉郭邻、太乐丞封希颜、处士李喜以代己处。"①则封希颜在睿宗时尚在任。《唐会要》卷七十五《选部下》："先天元年……又擢密县尉宋遥、左补阙袁晖、封希颜、伊阙县尉陈希烈，后咸居清要。"②可知封希颜后来曾任左补阙。封希颜《六艺赋》："人无定，乐有曲，扣羽增智，闻商寡欲，必除怗懘之音，使优柔以自足。然后美教化，成风俗，鲁不纳于齐人，戎辞遗于秦穆。"③可知他精通音乐，又能为诗赋。

3.裴知古 长安中

《旧唐书》卷一百九十一《方伎列传》："时又有雍州人裴知古，善于音律。长安中为太乐丞。"④可知裴知古精通音律，长安中曾为太乐丞。《新唐书》卷九十一《李嗣真传》："时雍州人裴知古亦善乐律，长安中，为太乐令。"⑤裴知古或先为太乐丞，后为太乐令。

4.王进思 睿宗朝

韩份卿《唐尧城令王进思去思祠记》："我王公其人也。□讳进思，字令怀，本太原祁人也……故使臣毕构奏云清勤守职，持法详密，庭间野复调为太常寺大乐丞。自季札听歌，仲尼匡雅，穷微通妙，吾尽之矣。"⑥可知王进思曾任太乐丞，精通音乐。《旧唐书》卷一百《毕构传》："玄宗即位，累拜河南尹。"⑦《新唐书》卷一百二十八《毕构传》："睿宗嘉构脩置独行，有古人风，其治术又为诸使最，乃赐玺书、袍带。再迁吏部尚书。"⑧毕构奏王进思清勤守职当在睿宗朝，王进思任太乐丞当在此前后。

5.王维 开元九年(721)

《唐语林》卷五《补遗》："王维为大乐丞，被人嗾令舞《黄狮子》，坐是出

---

① ［宋］欧阳修、宋祁：《新唐书》，第4475页。
② ［宋］王溥：《唐会要》，第1358页。
③ ［清］董诰等编：《全唐文》，第2866页。
④ ［后晋］刘昫等：《旧唐书》，第5101页。
⑤ ［宋］欧阳修、宋祁：《新唐书》，第3797页。
⑥ ［清］陆心源编：《唐文拾遗》，第10952页。
⑦ ［后晋］刘昫等：《旧唐书》，第3115页。
⑧ ［宋］欧阳修、宋祁：《新唐书》，第4460页。

官。《黄狮子》者,非天子不舞也,后辈慎之。"①《新唐书》卷二百二《王维传》:"王维,字摩诘。九岁知属辞,与弟缙齐名,资孝友。开元初,擢进士,调太乐丞。"②可知王维曾为太乐丞。根据王维年谱,其任太乐丞当在开元九年(721)。王维精通音律,又是唐代著名诗人。

6.元行简　元和中

元稹《唐故朝议郎侍御史内供奉盐铁转运河阴留后河南元君墓志铭》:"有魏昭成皇帝十一代而生我隋朝兵部尚书府君讳某,后五代而生我比部郎中舒王府长史府君讳某,君即府君之第二子也,讳某,字元度。娶清河崔邻女。生四子:……次行简,太乐丞。"③可知元行简曾为太乐丞。元稹此铭作于元和十四年(819),元行简任太乐丞或在此前后。

(三)鼓吹令考

1.王乾　高宗、武后朝

张鷟《鼓吹令王乾状称鼓吹卤簿国家仪注器具滥恶请更饬制礼部员外崔嵩以府库尚虚以非急务判停》:"凫钟隐隐,随九变以交驰;鼍鼓逢逢,和八音而间作。或短箫横引,朱鹭铿锵;或长笛手吹,紫骝凄切。东宫所设,殊非列代之规;平阁爰施,亦匪先王之制。然国家仪注,须应礼经。既崇卤簿之班,又惠功臣之锡。有家有国,朝章不可暂亏;去食去兵,礼、乐如何辄废?王乾状请,崔嵩判停。尔爱其羊,我爱其礼。速令鸠集,请勿狐疑。"④可知王乾曾任鼓吹令,并上表请求修制鼓吹卤簿,可见王乾通晓音乐。张鷟书判作于高宗武后时,则王乾任鼓吹令当亦在此时。

(四)鼓吹丞考

1.吴缤　咸通中

唐段安节《乐府杂录》:"咸通中,有调音律官吴缤,为鼓吹署丞,善打方响,其妙超群,本朱崖李太尉家乐人也。"又:"咸通中有吴缤,洞晓音律,

---

① [宋]王谠:《唐语林》,第486页。

② [宋]欧阳修、宋祁:《新唐书》,第5764页。

③ [清]董诰等编:《全唐文》,第6660页。

④ [清]董诰等编:《全唐文》,第1772页。

亦为鼓吹署丞,充调音律官,善于击瓯。击瓯,盖出于击缶。"①则吴缤咸通中任鼓吹丞。

---

①　[唐]段安节:《乐府杂录》(《中国古典戏曲论著集成》本),第56页。

唐五代多部伎演出情况考

1.武德元年(618)十月,骨咄禄特勒来朝,奏九部乐

《旧唐书》卷一百九十四上《突厥列传》:"武德元年,始毕使骨咄特勒来朝,宴于太极殿,奏《九部乐》,赉锦彩布绢各有差。"①《新唐书》卷二百一十五上《突厥列传》:"武德元年,骨咄禄特勒来朝,帝宴太极殿,为奏九部乐,引升御坐。"②《通典》卷一百九十七《边防》十三:"大唐起义太原,刘文静聘其国,引以为援。始毕遣特勒康稍利献马千匹,会于绛郡,又遣二千骑助军,从平京城。及高祖受隋禅,以后赏赐不可胜纪。始毕使骨咄禄特勒来朝,赐宴于太极殿,奏九部乐,锡赉甚厚。二年春,始毕帅兵渡河,至夏州,贼帅梁师都出兵会之,谋入抄掠。四月,授马邑贼帅刘武周兵五百余骑,遣入句注,又追兵大集,欲侵太原。"③《册府元龟》卷九百七十四《外臣部》:"唐高祖武德元年十月戊寅,燕突厥使者,奏九部乐于庭,引骨咄禄特勒升御坐以宠之。"④宋王应麟《玉海》卷一百五《音乐》:"武德元年十月,突厥使来朝,帝宴太极殿,奏九部乐。"⑤

2.武德元年(618)十一月,降薛仁杲,唐高祖奏九部乐

《玉海》卷一百五《音乐》:"《实录》:武德元年十一月己酉,降薛仁杲,帝大悦,置酒高会,奏九部乐。"⑥《渊鉴类函》卷一百四十四:"《册府元龟》

---

① [后晋]刘昫等:《旧唐书》,第5154页。

② [宋]欧阳修、宋祁:《新唐书》,第6028页。

③ [唐]杜佑:《通典》,第5407页。

④ [宋]王钦若等:《册府元龟》,第11441页。

⑤ [宋]王应麟:《玉海》,广陵书社2003年版,第1915页。

⑥ [宋]王应麟:《玉海》,第1915页。

曰:高祖武德元年,太宗降薛仁杲,帝闻而大悦,因置酒高会,奏九部乐,赐群臣钱各有差。"①

3.武德二年(619)二月,宴群臣,奏九部乐

清秦蕙田《五礼通考》卷一百六十《嘉礼》三十三"飨燕礼"条:"(武德)二年二月癸巳,宴群臣,临奏九部乐,赐钱各有差,极欢而罢。"②

4.武德二年(619)闰二月,考群臣,奏九部乐

《玉海》卷一百五《音乐》:"(武德)二年闰二月甲辰,考群臣,置酒……皆奏九部乐。"③

5.武德二年(619)五月,宴凉州使人,奏九部乐

《玉海》卷一百五《音乐》:"(武德)二年……五月丙寅宴凉州使人,奏九部乐。"④

6.武德三年(620)正月,宴突厥,奏九部乐

《玉海》卷一百五《音乐》:"(武德)三年正月,甲午,宴突厥……奏九部乐于庭。"⑤

7.武德三年(620)五月,宴突厥使,奏九部乐

《玉海》卷一百五《音乐》:"(武德)三年五月庚午,宴突厥使。……皆奏九部乐。"⑥《册府元龟》卷九百七十四《外臣部》所记相同。⑦

8.武德三年(620)八月,宴群臣,奏九部乐

《玉海》卷一百五《音乐》:"(武德)三年……八月庚戌,宴群臣,奏九部于庭。"⑧清秦蕙田《五礼通考》卷一百六十《嘉礼》三十三"飨燕礼"条:"(武德三年)八月庚戌,宴群臣,奏九部乐于庭,赐布帛各有差。"⑨

---

① ［清］张英等:《渊鉴类函》,卷一百四十四,文渊阁《四库全书》本。

② ［清］秦蕙田:《五礼通考》,卷一百六十,文渊阁《四库全书》本。

③ ［宋］王应麟:《玉海》,第 1915 页。

④ ［宋］王应麟:《玉海》,第 1915 页。

⑤ ［宋］王应麟:《玉海》,第 1915 页。

⑥ ［宋］王应麟:《玉海》,第 1915 页。

⑦ 参见［宋］王钦若等:《册府元龟》,第 11441 页。

⑧ ［宋］王应麟:《玉海》,第 1915 页。

⑨ ［清］秦蕙田:《五礼通考》,卷一百六十。

9. 武德四年(621)三月,宴西突厥使,奏九部乐

《玉海》卷一百五《音乐》:"(武德)四年三月丁酉,宴西突厥使……并奏九部乐。"①

10. 武德四年(621)五月,宴五品以上,奏九部乐

清秦蕙田《五礼通考》卷一百六十《嘉礼》三十三"飨燕礼"条:"(武德)四年五月癸亥,宴五品以上,奏九部乐于庭。"②

11. 武德四年(621)七月,宴群臣,奏九部乐

清秦蕙田《五礼通考》卷一百六十《嘉礼》三十三"飨燕礼"条:"(武德四年)七月戊辰,宴群臣,奏九部乐于庭,帝举酒属百官,极欢乃罢,赐钱帛各有差。"③

12. 武德四年(621)十一月,唐高祖赐太宗九部乐

《旧唐书》卷二《太宗本纪》:"(武德四年)十月,加号天策上将、陕东道大行台,位在王公上。增邑二万户,通前三万户。赐金辂一乘,衮冕之服,玉璧一双,黄金六千斤,前后部鼓吹及九部之乐。"④《新唐书》卷二《太宗本纪》:"(武德)四年二月,窦建德率兵十万以援世充,太宗败建德于虎牢,执之,世充乃降。六月,凯旋,太宗被金甲,陈铁骑一万、介士三万,前后鼓吹,献俘于太庙。高祖以谓太宗功高,古官号不足以称,乃加号天策上将,领司徒、陕东道大行台尚书令,位在王公上,增邑户至三万,赐衮冕、金辂、双璧、黄金六千斤,前后鼓吹九部之乐,班剑四十人。"⑤高祖《册秦王天策上将文》:"维武德四年,岁次辛巳,十一月甲申朔二日乙酉,皇帝若曰:……加赐金辂一乘,衮冕之服,玉璧一双,黄金六千斤,前后二部鼓吹,及九部之乐,班剑四十人。"⑥则唐高祖赐太宗九部乐当在武德四年(621)十一月。又《玉海》卷一百五《音乐》:"《太宗纪》武德四年,执窦建德,六月

---

① [宋]王应麟:《玉海》,第 1915 页。
② [清]秦蕙田:《五礼通考》,卷一百六十。
③ [清]秦蕙田:《五礼通考》,卷一百六十。
④ [后晋]刘昫等:《旧唐书》,第 28 页。
⑤ [宋]欧阳修、宋祁:《新唐书》,第 26 页。
⑥ [清]董诰等编:《全唐文》,第 44 页。

凯旋,赐前后鼓吹、九部之乐。"①

13.武德六年(623),宴东征官僚,奏九部乐

《渊鉴类函》卷一百五十六《礼仪部》三:"唐高祖武德……六年丁酉,宴东征官僚,奏九部乐,帝亲举酒属百官。"②《玉海》卷七十三《礼仪》:"(武德)六年丁酉,宴东征官寮,奏九部乐,帝亲举酒属百官。"③

14.武德七年(624)二月,宴突厥使,奏九部乐

《玉海》卷一百五《音乐》:"(武德)七年二月,宴突厥使……并奏九部乐。"④

15.武德七年(624)四月,宴群臣,奏九部乐

《玉海》卷一百五《音乐》:"(武德)七年四月癸卯,宴群臣,皆奏九部乐。"⑤

16.武德七年(624)六月,飨丘和,奏九部乐

《旧唐书》卷五十九《丘和传》:"和遣司马高士廉奉表请入朝,诏许之。高祖遣其子师利迎之。及谒见,高祖为之兴,引入卧内,语及平生,甚欢,奏《九部乐》以飨之,拜左武候大将军。"⑥《新唐书》卷九十《丘和传》:"诏李道裕即授和交州大总管,爵谭国公。和遣士廉奉表请入朝,诏其子师利迎之。及谒见,高祖为兴,引入卧内,语平生,欢甚,奏九部乐飨之,除左武候大将军。"⑦又《玉海》卷一百五《音乐》:"(武德七年)六月戊戌,丘和谒见高祖,奏九部乐飨之。"⑧则事在武德七年(624)。

17.武德七年(624)七月,交州首领来朝,奏九部乐

《册府元龟》卷九百七十四《外臣部》:"(武德)七年七月戊戌,交州首

① 　[宋]王应麟:《玉海》,第1915页。
② 　[清]张英等:《渊鉴类函》,卷一百五十六。
③ 　[宋]王应麟:《玉海》,第1363页。
④ 　[宋]王应麟:《玉海》,第1915页。
⑤ 　[宋]王应麟:《玉海》,第1915页。
⑥ 　[后晋]刘昫等:《旧唐书》,第2325页。
⑦ 　[宋]欧阳修、宋祁:《新唐书》,第3777页。
⑧ 　[宋]王应麟:《玉海》,第1915页。

领来朝,奏九部乐以宴之,赍物各有差。"①

18. 武德八年(625)四月,宴西藩突厥林邑使者,奏九部乐

《册府元龟》卷九百七十四《外臣部》:"(武德)八年四月己丑,宴西藩突厥林邑使者,奏九部乐于庭。"②又《玉海》卷一百五《音乐》:"(武德)八年四月己丑,林邑献方物,设九部乐飨之。"③

19. 武德八年(625),范梵志遣使献方物,设九部乐飨之

《旧唐书》卷一百九十七《南蛮列传》:"武德六年,(林邑国)其王范梵志遣使来朝。八年,又遣使献方物。高祖为设《九部乐》以宴之,及赐其王锦彩。"④又《新唐书》卷二百二十二下《南蛮列传》:"隋仁寿中,遣将军刘芳伐之,其王范梵志挺走,以其地为三郡,置守令。道阻不得通,梵志哀遗众,别建国邑。武德中,再遣使献方物,高祖为设九部乐飨之。"⑤

20. 武德八年(625),宴占城使,设九部乐

《明集礼》卷三十一《宾礼》二:"乐舞:唐武德八年,占城遣使献方物,高祖为设九部乐以宴乐之。自后,凡大蕃大使,为设乐。次蕃大使及大蕃中使以下,皆不设乐。"⑥

21. 贞观二年(628)九月,庆有年,奏九部乐

《玉海》卷一百五《音乐》:"贞观二年……九月壬子,庆有年,赐酺三日,并奏九部乐。"⑦

22. 贞观四年(630),宴回纥,陈十部乐

《新唐书》卷二百一十七上《回鹘列传》:"回纥……贞观三年,始来朝……明年复入朝……帝坐秘殿,陈十部乐,殿前设高坫,置朱提瓶其上,潜泉浮酒,自左阁通坫趾注之瓶,转受百斛镣盎,回纥数千人饮毕,尚不能

① [宋]王钦若等:《册府元龟》,第11441页。
② [宋]王钦若等:《册府元龟》,第11441页。
③ [宋]王应麟:《玉海》,第1915页。
④ [后晋]刘昫等:《旧唐书》,第5270页。
⑤ [宋]欧阳修、宋祁:《新唐书》,第6298页。
⑥ [明]徐一夔:《明集礼》,卷三十一,文渊阁《四库全书》本。
⑦ [宋]王应麟:《玉海》,第1915页。

半。又诏文武五品官以上祖饮尚书省中。"①

23.贞观十五年(641)二月,宴从官及山东宗姓、洛阳高年,奏九部乐

《玉海》卷七十四《礼仪》:"《册府元龟》:贞观十五年二月癸丑,宴从官及山东宗姓、洛阳高年于贞观殿,奏九部乐,赐帛。"②

24.贞观十六年(642),新兴公主下嫁,群臣侍,奏十部伎

《新唐书》卷二百一十七下《回鹘列传》:"明年(贞观十六年),以使来益献马、牛、羊、橐它,固求昏。帝与大臣计曰:'延陀屈强,朕策顾有二:选士十万击之,使无遗种,百年计也;绝昏羁縻,使无边忧,三十年计也。然则孰利?'房玄龄曰:'今大乱余氓,痍破未完,战虽胜,犹危道也。不如和亲。'帝曰:'善。'许以新兴公主下嫁,召突利失大享,群臣侍,陈宝器,奏《庆善》、《破阵》盛乐及十部伎,突利失顿首上千万岁寿。"③

25.贞观十六年(642)十一月,宴百僚,奏十部乐

《太平御览》卷五百六十八《乐部》六:"贞观十六年十一月,宴百僚,奏十部。"④《玉海》卷一百五《音乐》:"贞观十六年十一月乙亥,还宫宴百僚,奏十部乐。"⑤《册府元龟》卷五百六十九《掌礼部》:"十六年十一月乙亥,宴百寮,奏十部乐。"⑥

26.贞观十七年(643),突利设来纳币、献马,设十部乐

《资治通鉴》卷一百九十七唐太宗贞观十七年(643)六月:"薛延陀真珠可汗使其侄突利设来纳币,献马五万匹,牛、橐驼万头,羊十万口。庚申,突利设献馔,上御相思殿,大飨群臣,设十部乐,突利设再拜上寿,赐赉甚厚。"⑦

27.贞观十七年(643)闰六月,大飨百僚,奏十部乐

《玉海》卷一百五《音乐》:"贞观十七年闰六月庚申,于相思殿大飨百

①　[宋]欧阳修、宋祁:《新唐书》,第6113页。
②　[宋]王应麟:《玉海》,第1371页。
③　[宋]欧阳修、宋祁:《新唐书》,第6134页。
④　[宋]李昉等:《太平御览》,第2567页。
⑤　[宋]王应麟:《玉海》,第1915页。
⑥　[宋]王钦若等:《册府元龟》,第6838页。
⑦　[宋]司马光:《资治通鉴》,第6199页。

僚,盛陈宝器,奏庆善破阵乐,并十部之乐。薛延陀突利设再拜上寿。"①

28. 贞观十九年(645),迎经像入寺,设九部乐

《酉阳杂俎》续集卷六《寺塔记下》:"初,三藏自西域回,诏太常卿江夏王道宗设九部乐,迎经像入寺,彩车凡千余辆,上御安福门观之。"②三藏自西域回在贞观十九年(645)。元陶宗仪撰《说郛》卷六十七上引《豫章古今记》:"初三藏自西域回,诏太常卿江夏王道宗,设九部乐迎经像入寺,彩车凡千余辆。上御安福门观之。太宗常赐三藏衲,约直百余金,其工无针线之迹。"③

29. 贞观二十一年(647)正月,回纥等部朝见,设十部乐

《资治通鉴》卷一百九十八唐太宗贞观二十一年(647)春正月丙申:"诏以回纥部为瀚海府,仆骨为金微府,多滥葛为燕然府,拔野古为幽陵府,同罗为龟林府,思结为卢山府,浑为皋兰州,斛薛为高阙州,奚结为鸡鹿州,阿跌为鸡田州,契苾为榆溪州,思结别部为蹛林州,白霫为置颜州;各以其酋长为都督、刺史,各赐金银缯帛及锦袍。敕勒大喜,捧戴欢呼拜舞,宛转尘中。及还,上御天成殿宴,设十部乐而遣之。"④《唐会要》卷九十六"铁勒"条:"(贞观二十一年)二十一年正月,铁勒回纥、俟利弦等诸姓并同诣阙朝见。太宗亲赍以绯黄瑞锦及标领袍,铁勒等睹而惊骇,以为未尝闻见,捧戴拜谢,盘叫于尘埃中,及还蕃,太宗御天成殿,陈十部乐而遣之。麟德中,余党复叛。"⑤《玉海》卷一百五《音乐》:"(贞观)二十一年正月己未,铁勒回纥俟利发等诸姓朝见,御天成殿,陈十部乐而遣之。"⑥

30. 贞观二十二年(648)正月,会四夷君长,奏十部乐

《册府元龟》卷八十《帝王部》:"二十二年正月己未,奏十部乐,会四夷君长于天成殿。王公称觞上寿,赐帛各有差。"⑦

---

① [宋]王应麟:《玉海》,第 1915 页。
② [唐]段成式:《酉阳杂俎》(《唐五代笔记小说大观》本),第 765 页。
③ [明]陶宗仪:《说郛》,卷六十七,文渊阁《四库全书》本。
④ [宋]司马光:《资治通鉴》,第 6244 页。
⑤ [宋]王溥:《唐会要》,第 1725 页。
⑥ [宋]王应麟:《玉海》,第 1916 页。
⑦ [宋]王钦若等:《册府元龟》,第 925 页。

31. 贞观二十二年(648)，送玄奘及所翻经像、诸高僧等入住慈恩寺，奏九部乐

《旧唐书》卷一百九十一《方伎列传》："高宗在宫，为文德太后追福，造慈恩寺及翻经院，内出大幡，敕《九部乐》及京城诸寺幡盖众伎，送玄奘及所翻经像、诸高僧等入住慈恩寺。"①刘轲《大唐三藏大遍觉法师塔铭(并序)》："(贞观)廿二年夏六月……戊申，皇太子宣令，请法师为慈恩上座，仍造翻经院，备仪礼自宏福迎法师。太宗与皇太子后宫等，于安福门执香炉，目而送之。至寺门，敕赵公英、中书令褚引入，于殿内奏九部乐破阵舞，及百戏于庭而还。"②则事在贞观二十二年(648)。《全唐文》卷九百六有玄奘《谢敕送大慈恩寺碑文表》。

32. 显庆六年(661)九月，徙封潞王贤为沛王，于沛王宅奏九部乐

《旧唐书》卷四《高宗本纪》显庆六年(661)九月壬子："徙封潞王贤为沛王。是日，以雍州牧、幽州都督、沛王贤为扬州都督、左武候大将军，牧如故。以洛州牧、周王显为并州都督。是日，敕中书门下五品已上诸司长官、尚书省侍郎并诸亲三等已上，并诣沛王宅设宴礼，奏《九部乐》。礼毕，赐帛杂彩等各有差。"③《玉海》卷一百五《音乐》："龙朔元年，沛王宅宴，奏九部乐。"④

33. 乾封元年(666)，改元，宴群臣，陈九部乐

《旧唐书》卷五《高宗本纪》："改麟德三年为乾封元年，诸行从文武官及朝觐华戎岳牧、致仕老人朝朔望者，三品已上赐爵二等，四品已下、七品以上加阶，八品已下加一阶，勋一转。诸老人百岁已上版授下州刺史，妇人郡君；九十、八十节级。齐州给复一年半，管岳县二年。所历之处，无出今年租赋。乾封元年正月五日已前，大赦天下，赐酺七日。癸酉，宴群臣，陈《九部乐》，赐物有差，日昃而罢。"⑤

---

① ［后晋］刘昫等：《旧唐书》，第 5109 页。
② ［清］董诰等编：《全唐文》，第 7681 页。
③ ［后晋］刘昫等：《旧唐书》，第 82 页。
④ ［宋］王应麟：《玉海》，第 1916 页。
⑤ ［后晋］刘昫等：《旧唐书》，第 89 页。

34. 乾封元年（666），封泰山毕，宴群臣，陈九部乐

《玉海》卷一百五《音乐》："乾封元年，封泰山毕，宴群臣，陈九部乐。"①

35. 乾封元年（666）四月甲辰，景云阁宴，设九部乐

《玉海》卷一百五《音乐》："（乾封元年）四月甲辰，景云阁宴，设九部乐。"②

36. 总章元年（668）十月，贺破高丽，奏九部乐

《太平御览》卷八百四十八《饮食部》六："高宗朝，文武官献食，贺破高丽。上御玄武门之观德殿，奏九部乐，极欢而罢。"③《陕西通志》卷七十二《古迹》一："观德殿，玄武门之外有殿曰观德，总章元年十月癸丑，文武官献食，贺破高丽，帝御玄武门之观德殿，宴百官，设九部乐，赐帛。"④

37. 永隆元年（680），李显立为太子，设九部伎。

《新唐书》卷二百一《袁利贞传》："朗从祖弟利贞，陈中书令敬孙，高宗时为太常博士、周王侍读。及王立为太子，百官上礼，帝欲大会群臣、命妇合宴宣政殿，设九部伎、散乐。利贞上疏谏，以为：'前殿路门，非命妇宴会、倡优进御之所，请徙命妇别殿，九部伎从左右门入，罢散乐不进。'帝纳之。既会，帝传诏利贞曰：'卿奕叶忠鲠，能抗疏规朕之失，不厚赐无以劝能者。'乃赐物百段。"⑤显庆二年（657）春二月，高宗封皇第七子李显为周王。永隆元年（680），章怀太子废，其年李显被立为皇太子。《大唐新语》卷二《极谏》："袁利贞为太常博士，高宗将会百官及命妇于宣政殿，并设九部乐。利贞谏曰：'臣以前殿正寝，非命妇宴会之地；象阙路门，非倡优进御之所。望请命妇会于别殿，九部乐从东门入；散乐一色，伏望停省。若于三殿别所，自可备极恩私。'高宗即令移于麟德殿。至会日，使中书侍郎薛元超谓利贞曰：'卿门传忠鲠，能献直言，不加厚赐，何以奖劝。'"⑥《唐

① ［宋］王应麟：《玉海》，第1916页。
② ［宋］王应麟：《玉海》，第1916页。
③ ［宋］李昉等：《太平御览》，第3793页。
④ ［清］刘于义等修，沈青崖纂：《陕西通志》，卷七十二。
⑤ ［宋］欧阳修、宋祁：《新唐书》，第5728页。
⑥ ［唐］刘肃：《大唐新语》，第22页。

语林》卷五《补遗》一所记略同。《全唐文》卷一百六十四有袁利贞《谏于宣政殿会百官命妇疏》。

38. 长安二年(702)，赐招福寺等身金铜像一铺，并九部乐

《酉阳杂俎》续集卷六《寺塔记下》："崇义坊招福寺，本曰正觉，国初毁之，以其地立第赐诸王，睿宗在藩居之。乾封二年，移长宁公主佛堂于此，重建此寺。寺内旧有池，下永乐东街数方土填之，今地底下树根多露。长安二年，内出等身金铜像一铺，并九部乐。南北两门额，上与岐、薛二王亲送至寺，彩乘象舆，羽卫四合，街中余香，数日不歇。"①《陕西通志》卷二十八《祠祀》一："招福寺，乾封二年，睿宗在藩立，本隋正觉寺，南北门额并睿宗所题。长安二年，上出等身金铜像一铺，并九部乐、南北二门额，上与岐薛二王亲送至寺。"②

39. 延和元年(712)七月，宴群公卿士，设九部乐

《玉海》卷一百七十《宫室》："延和元年七月庚申，御安福门，宴群公卿士，设太常九部乐。"③

40. 开元二十四年(736)，千秋节宴群臣，奏九部乐

《玉海》卷一百六十四《宫室》："《实录》:开元二十四年八月壬子千秋节，御广达楼，宴群臣，奏九部乐。内出舞人、绳伎，颁赐有差。"④清秦蕙田《五礼通考》卷一百三十七《嘉礼》十"朝礼"条："二十四年，八月五日千秋节，帝御广达楼，宴群臣，奏九部乐，内出舞人、绳伎，颁赐有差。"⑤

41. 开元二十九年(741)正月，得祥瑞，列十部乐

杜光庭《历代崇道记》："(开元)二十九年正月七日，陈王府参军田同秀于丹凤门外忽见紫云自西北映楼，又见混元乘白马，侍从二童子。二童子谓同秀曰:'我昔与尹喜将入流沙之日，藏一匦灵符在桃林故关尹喜旧宅，汝可请帝取之。'同秀具事闻奏，敕差内使李志忠监同秀往陕州桃林县

---

① ［唐］段成式:《酉阳杂俎》(《唐五代笔记小说大观》本)，第762页。
② ［清］刘于义等修，沈青崖纂:《陕西通志》，卷二十八。
③ ［宋］王应麟:《玉海》，第3113页。
④ ［宋］王应麟:《玉海》，第3021页。
⑤ ［清］秦蕙田:《五礼通考》，卷一百三十七。

南十二里故函谷关墟求访之。俄有紫云白兔现于枯桑之下,便乃穿掘,下至水际,得石函经匮,玉版朱书细篆。帝闻奏大悦,即令京师列十部乐,歌舞鼓吹,自通化门入。其文于宝舆中五色放光,洞照天地。帝于丹凤楼上,身披龙衮,手执金炉,六宫嫔媵,竞于楼上散花焚香,遥自作礼。帝又令乱撒金钱于楼下,纵令士庶分取,以为欢乐。"①

42.天宝十四载(755)三月,宴群臣,奏九部乐

《旧唐书》卷九《玄宗本纪》天宝十四载(755)春三月丙寅:"宴群臣于勤政楼,奏《九部乐》,上赋诗效柏梁体。"②《玉海》卷一百六十四《宫室》:"十四载三月丙寅,宴群臣,奏九部乐,上赋诗效柏梁体。"③《玉海》卷二十九《圣文》:"天宝十四载三月丙寅,宴群臣于勤政楼,奏九部乐,上赋诗效柏梁体,群臣毕和。"④

43.贞元四年(788)春正月,宴群臣,设九部乐

《旧唐书》卷十三《德宗本纪》贞元四年(788)春正月:"宴群臣于麟德殿,设《九部乐》,内出舞马,上赋诗一章,群臣属和。"⑤

44.贞元四年(788)三月,宴群臣,设九部乐

《玉海》卷一百五《音乐》:"(贞元)四年三月甲寅,宴群臣于麟德殿,设九部乐,内出舞马,上赋诗一章,群臣属和。"⑥又卷一百六十《宫室》:"旧纪:……德宗贞元四年三月甲寅,宴群臣于麟德殿,设九部乐,内出舞马,上赋诗一章,群臣属和。殿在大明宫拾翠殿西。"⑦

45.贞元十四年(798)二月,宴文武百僚,奏九部乐

《旧唐书》卷十三《德宗本纪》贞元十四年(798)春二月壬子朔戊午:"上御麟德殿,宴文武百僚,初奏《破阵乐》,遍奏《九部乐》,及宫中歌舞妓十数人列于庭。先是上制《中和乐舞曲》,是日奏之,日晏方罢。比诏二月

---

① [清]董诰等编:《全唐文》,第9713页。
② [后晋]刘昫等:《旧唐书》,第229页。
③ [宋]王应麟:《玉海》,第3020页。
④ [宋]王应麟:《玉海》,第569页。
⑤ [后晋]刘昫等:《旧唐书》,第364页。
⑥ [宋]王应麟:《玉海》,第1916页。
⑦ [宋]王应麟:《玉海》,第2930页。

一日中和节宴,以雨雪,改用此日。上又赋《中春麟德殿宴群臣诗》八韵,群臣颁赐有差。"①《旧唐书》卷二十八《音乐志》:"(贞元)十四年二月,德宗自制《中和舞》,又奏《九部乐》及禁中歌舞。伎者十数人,布列在庭,上御麟德殿会百僚观新乐诗,仍令太子书示百官。"②《唐会要》卷三十三《雅乐》下:"(贞元)十四年二月,上自制《中和舞》是也。又奏《九部乐》,及禁中歌舞伎者十数人,布列在庭。上制《中春麟德殿会百僚观新乐诗》,仍令太子书示百官。"③《玉海》卷一百五《音乐》:"贞元十四年二月戊午,麟德殿奏九部乐。"④又《续通典》卷八十五《乐》:"十四年二月帝自制中和舞,又奏九部乐,及禁中歌舞伎者十数人布列在廷。上御麟德殿,会百寮观新乐,作诗令太子书示百官。"⑤《渊鉴类函》卷一百五十六《礼仪部》三:"十四年二月戊午,上御麟德殿,宴文武百寮于东西厢,初奏破阵乐舞,遍奏九部乐。"⑥

46.贞元中,帝坐秘殿,陈十部乐

《玉海》卷一百五《音乐》:"旧纪贞元传云:帝坐秘殿,陈十部乐。"⑦

47.大中十二年(858),封敖任太常卿,设九部乐于私第

《新唐书》卷一百七十七《封敖传》:"(封敖)大中中,历平卢、兴元节度使……还为太常卿。卿始视事,廷设九部乐,敖宴私第,为御史所劾,徙国子祭酒。复拜太常,进尚书右仆射。"⑧《唐语林》卷七《补遗三》:"太常卿封敖于私第上事。御史弹奏,左迁国子祭酒。故事:太常卿上日,庭设九部乐,尽一时之盛。敖欲便于观阅,遂就私第视事。"⑨《东观奏记》下卷所记略同。《唐会要》卷六十五"太常寺"条称:"(大中)十二年十月,太常卿

---

① [后晋]刘昫等:《旧唐书》,第387页。
② [后晋]刘昫等:《旧唐书》,第1052页。
③ [宋]王溥:《唐会要》,第618页。
④ [宋]王应麟:《玉海》,第1916页。
⑤ [清]嵇璜等:《续通典》,卷八十五,文渊阁《四库全书》本。
⑥ [清]张英等:《渊鉴类函》,卷一百五十六。
⑦ [宋]王应麟:《玉海》,第1916页。
⑧ [宋]欧阳修、宋祁:《新唐书》,第5287页。
⑨ [宋]王谠:《唐语林》,第640页。

封敖左授国子祭酒。旧式,太常卿上事,庭设九部乐。时敖拜命后,欲便于观阅,移就私第视事。为御史所举,遂有此责。"①

48.天成四年(929),宴文武百僚,设九部之乐

《重定正冬朝会礼仪奏(天成四年十一月礼官)》:"窃以开元旧制,长安广庭,故可以究皇仪而展帝容,陈百辟而赞群后。今京邑新造,殿庑未更,若用前规,虑为狭隘。议请皇帝冠乌纱巾服赭黄袍,百寮具公服,候朝堂宏厂,即举旧仪。二舞鼓吹熊罴之案,工师乐器等事,縿久废无次颇甚,岁月之间,未可补修。且请设九部之乐,权用教坊伶人。"②

49.天福四年(939)十二月,正旦上寿,用九部雅乐

《旧五代史》卷七十八《晋书·高祖纪》天福四年(939)十二月壬戌:"礼官奏:'正旦上寿,宫悬歌舞未全,且请杂用九部雅乐,歌教坊法曲。'从之。"③

---

① [宋]王溥:《唐会要》,第 1137 页。
② [清]董诰等编:《全唐文》,第 10073 页。
③ [宋]薛居正等:《旧五代史》,第 1034 页。

附录四

唐梨园弟子考

关于梨园弟子的情况已有学者进行过考证,如李尤白先生《梨园考论》、李昌集先生《唐代宫廷乐人考略》等。李尤白先生在《梨园考论》中往往把教坊乐人误认为是梨园弟子,而李昌集先生列出了与梨园弟子相关的文献名目,但限于篇幅考证比较简略,于梨园弟子的任职时间和技艺等情况言之未详。在此试图对前人论述略有补充,试考唐代梨园弟子生平事迹如下。

1. 胡雏

《新唐书》卷一百三十《崔隐甫传》:"崔隐甫,贝州武城人。……迁洛阳令。梨园弟子胡雏善笛,有宠,尝负罪匿禁中。帝(玄宗)以他事召隐甫,从容指曰:'就卿丐此人。'对曰:'陛下轻臣而重乐工,请解官。'再拜出,帝遽谢,与胡雏,隐甫杀之。"①《唐国史补》卷上及《唐语林》卷二《政事》下所记略同,则胡雏为玄宗时人,善吹笛,深受玄宗宠爱,因罪被洛阳令崔隐甫所诛。《旧唐书》卷一百八十五下《崔隐甫传》:"隐甫,开元初再迁洛阳令,理有威名。"②则胡雏供职梨园当在开元初。

2. 公孙大娘

杜甫《观公孙大娘弟子舞剑器行》:"昔有佳人公孙氏,一舞剑气动四方。……先帝侍女八千人,公孙剑器初第一。五十年间似反掌,风尘倾动昏王室。梨园子弟散如烟,女乐余姿映寒日。"③则舞剑器之公孙大娘当为梨园弟子。世传张旭观公孙大娘舞剑器而书法大进,《新唐书》卷二百

① [宋]欧阳修、宋祁:《新唐书》,第4497页。
② [后晋]刘昫等:《旧唐书》,第4812页。
③ [清]彭定求等编:《全唐诗》,第2361页。

二《张旭传》:"旭,苏州吴人……旭自言,始见公主担夫争道,又闻鼓吹,而得笔法意,观倡公孙舞《剑器》,得其神。"①张彦远《历代名画记》卷九、李肇《唐国史补》卷上、《全唐文》卷四百三十三陆羽《僧怀素传》所记略同。李白《草书歌行》:"王逸少,张伯英,古来几许浪得名。张颠老死不足数,我师此义不师古。古来万事贵天生,何必要公孙大娘浑脱舞。"②又有怀素从公孙大娘舞剑器中悟出笔意的记载,唐段安节《乐府杂录》:"开元中有公孙大娘善舞剑器,僧怀素见之,草书遂长,盖准其顿挫之势也。"③《太平御览》卷五百六十九《乐部》七引《明皇杂录》曰:"上御勤政楼,大张声乐;罗列百伎……时刘晏为秘书省正字,年方小,形状狞劣而惠悟过人。上召于楼上帘下,贵妃置于膝,为施粉黛,与之巾栉。上令咏王大娘戴竿……时有公孙大娘者,善剑舞,能为邻里曲及裴将军,士谓之春秋设。大张伎乐,虽小大优劣不同,而剧其华侈。遐方僻郡,欢纵亦然。"④则公孙大娘舞剑器时正当刘晏幼时,一般认为刘晏生于开元四年(716),七岁举神童,授秘书省正字,则玄宗此次御勤政楼大张声乐当在开元十一年(723)前后。此时正是梨园的兴盛期,可知公孙大娘在开元十一年(723)前后已供奉梨园。杜甫生于先天元年(712),他幼年观看公孙大娘表演推测当在开元十年(722)前后,时公孙大娘为梨园弟子。公孙大娘在当时和中晚唐声名甚巨,屡有人形诸歌咏,如郑嵎《津阳门诗》云:"千秋御节在八月,会同万国朝华夷。花萼楼南大合乐,八音九奏鸾来仪。都卢寻橦诚龌龊,公孙剑伎方神奇。"⑤司空图《剑器》云:"楼下公孙昔擅场,空教女子爱军装。潼关一败吴儿喜,簇马骊山看御汤。"⑥

3.潘大同

陈鸿祖《东城老父传》:"老父姓贾名昌,长安宜阳里人。开元元年癸丑生。……(开元)二十三年,玄宗为娶梨园弟子潘大同女,男服佩玉,女

①　[宋]欧阳修、宋祁:《新唐书》,第5764页。
②　[清]彭定求等编:《全唐诗》,第1731页。
③　[唐]段安节:《乐府杂录》(《中国古典戏曲论著集成》本),第49页。
④　[宋]李昉等:《太平御览》,第2573页。
⑤　[清]彭定求等编:《全唐诗》,第6618页。
⑥　[清]彭定求等编:《全唐诗》,第7318页。

服绣襦,皆出御府。昌男至信至德。天宝中,妻潘氏以歌舞重幸于杨贵妃。夫妇席宠四十年,恩泽不渝,岂不敏于伎谨于心乎?……禄山往年朝于京师,识昌于横门外,及乱二京,以千金购昌长安洛阳市。昌变姓名依于佛舍,除地击钟,施力于佛。洎太上皇归兴庆宫,肃宗受命于别殿,昌还旧里。居室为兵掠,家无遗物,布衣憔悴,不复得入禁门矣。明日复出长安南门道,见妻儿于招国里,菜色黯焉。儿荷薪,妻负故絮。昌聚哭诀于道。遂长逝,息长安佛寺,学大师佛旨。……妻潘氏后亦不知所往。"①可知潘大同在开元中为梨园弟子,开元二十三年(735)玄宗将其女(善歌舞)嫁于鸡坊五百小儿长贾昌。安史乱后,贾昌出家为僧,妻潘大同女不知所往。李昌集先生以为潘大同女亦为梨园弟子。②

4. 贺怀智

《太平广记》卷二〇四《乐》二引《谭宾录》云:"天宝中,玄宗命宫女数百人为梨园弟子,皆居宜春北院。上素晓音律,时有马仙期、李龟年、贺怀智皆洞知律度。"③则贺怀智为梨园弟子。元稹《琵琶歌》:"琵琶宫调八十一,旋宫三调弹不出。玄宗偏许贺怀智,段师此艺还相匹。"④《乐府杂录》:"(琵琶)始自乌孙公主造,马上弹之。有直项者,曲项者,曲项盖使于急关也。……开元中有贺怀智,其乐器以石为槽,鹍鸡筋作弦,用铁拨弹之。"⑤《酉阳杂俎》卷六《乐》:"古琵琶用鹍鸡股。开元中,段师能弹琵琶,用皮弦。贺怀智破拨弹之,不能成声。"⑥《酉阳杂俎》卷十二《语资》:"乐工贺怀智、纪孩孩,皆一时绝手。"⑦《次柳氏旧闻》:"玉环者,睿宗所御琵琶也。异时,上张乐宫殿中,每尝置之别榻,以黄帕覆之,不以杂他乐器,

---

①　[清]董诰等编:《全唐文》,第 7412 页。

②　参见李昌集:《唐代宫廷乐人考略——唐代宫廷华乐、胡乐状况一个角度的考察》,钟振振等主编:《第三届唐宋诗词国际学术研讨会论文集》,第 21 页。

③　[宋]李昉等:《太平广记》,第 1544 页。

④　[清]彭定求等编:《全唐诗》,第 4640 页。

⑤　[唐]段安节:《乐府杂录》(《中国古典戏曲论著集成》本),第 50 页。

⑥　[唐]段成式:《酉阳杂俎》(《唐五代笔记小说大观》本),第 607 页。

⑦　[唐]段成式:《酉阳杂俎》(《唐五代笔记小说大观》本),第 645 页。

而未尝持用。至，俾乐工贺怀智取调之。"①则贺怀智精于琵琶。《独异志》卷下："玄宗偶与宁王博，召太真妃立观，俄而风冒妃帔，覆乐人贺怀智巾帻，香气馥郁不灭。后幸蜀归，怀智以其巾进于上，上执之潸然而泣，曰：'此吾在位时，西国有献香三丸，赐太真，谓之瑞龙脑。'"②《酉阳杂俎》卷一《忠志》所记略同。则贺怀智自开元至天宝年间及安史乱后玄宗回到长安时均供奉于梨园。

5.李龟年

李昉《太平广记》卷二○四《乐》二引《谭宾录》："天宝中，玄宗命宫女数百人为梨园弟子，皆居宜春北院。上素晓音律，时有马仙期、李龟年、贺怀智皆洞知律度。"③李端《赠李龟年》："遍识才人字，多知旧曲名。"④则李龟年为梨园弟子，知音律，善歌。《大唐传载》："龟年善打羯鼓。"⑤宋王谠《唐语林》卷五《补遗》："李龟年、彭年、鹤年弟兄三人，开元中皆有才学盛名。鹤年能歌词，尤妙制《渭州》。彭年善舞。龟年善打羯鼓。"⑥则李龟年除善歌之外亦善打羯鼓。郑处诲《明皇杂录》卷下："唐开元中，乐工李龟年、彭年、鹤年兄弟三人，皆有才学盛名。彭年善舞，鹤年、龟年能歌，尤妙制《渭川》，特承顾遇。于东都大起第宅，僭侈之制，逾于公侯。宅在东都通远里，中堂制度甲于都下。"⑦《太平广记》卷二○四《乐》二引《松窗录》记开元中李龟年歌李白《清平调》三章事，则李龟年可能在开元中已供职梨园，并有巨大声名。《旧唐书》卷二百上《安禄山传》和《新唐书》卷二百二十五上《安禄山传》记李龟年在天宝年间学安禄山的言谈举止，玄宗以为笑乐，则李龟年天宝年间尚在梨园。唐范摅《云溪友议》卷中"云中命"条云："明皇幸岷山，百官皆窜辱，积尸满中原……唯李龟年奔迫江潭，

---

①　[唐]李德裕：《次柳氏旧闻》，（《唐五代笔记小说大观》本），第 469 页。

②　[唐]李亢：《独异志》，（《唐五代笔记小说大观》本），上海古籍出版社 2000 年版，第 948 页。

③　[宋]李昉等：《太平广记》，第 1544 页。

④　[清]彭定求等编：《全唐诗》，第 3247 页。

⑤　佚名：《大唐传载》（《唐五代笔记小说大观》本），第 891 页。

⑥　[宋]王谠：《唐语林》，第 480 页。

⑦　[唐]郑处诲：《明皇杂录》（《唐五代笔记小说大观》本），第 962 页。

杜甫以诗赠之曰：'岐王宅里寻常见，崔九堂前几度闻。正值江南好风景，落花时节又逢君。'龟年曾于湘中采访使筵上唱：'红豆生南国，秋来发几枝。赠君多采撷，此物最相思。'又：'清风朗月苦相思，荡子从戎十载余。征人去日殷勤嘱，归雁来时数附书。'此词皆王右丞所制，至今梨园唱焉。歌阕，合座莫不望行幸而惨然。"①则安史乱中李龟年流落到江南，以歌唱为生，他供奉梨园的时间在开元天宝年间。

6. 迎娘

郑嵎《津阳门诗》："瑶光楼南皆紫禁，梨园仙宴临花枝。迎娘歌喉玉窈窕，蛮儿舞带金葳蕤。"②则迎娘为梨园弟子，善歌。同诗又云："开元到今逾十纪，当初事迹皆残隳。"可知迎娘在梨园的时间当在开元天宝年间。

7. 蛮儿

据上引郑嵎《津阳门诗》，可知蛮儿与迎娘同为梨园弟子，善舞。蛮儿与迎娘在梨园的时间略同，亦当在开元天宝年间。

8. 澄上人

严维《相里使君宅听澄上人吹小管》："秦僧吹竹闭秋城，早在梨园称主情。今夕襄阳山太守，座中流泪听商声。"③则澄上人曾为梨园弟子，善吹小管。严维天宝中应进士试未第，至德二载（757）登进士第，授诸暨尉，大历十二年（777）入河南幕，兼河南尉，大历十四年（779）入为秘书郎，建中元年（780）卒。据诗意，此诗当作于大历十二年（777）至大历十四年（779）入河南幕期间。诗称"秦僧吹竹闭秋城，早在梨园称主情"，则澄上人供奉梨园或在开元、天宝年间，安史乱后流落民间，后出家为僧。

9. 李謩

《太平广记》卷二〇四《乐》二引《甘泽谣》云："韦公洞晓音律，谓其笛声酷似天宝中梨园法曲李謩所吹者。遂召云封问之，乃是李謩外孙也。云封曰：'某任城旧士，多年不归。天宝改元，初生一月。时东封回驾，次至任城。外祖闻某初生，相见甚喜，乃抱诣李白学士，乞撰令名。……某

---

① 〔唐〕范摅：《云溪友议》（《唐五代笔记小说大观》本），第1290页。
② 〔清〕彭定求等编：《全唐诗》，第6618页。
③ 〔清〕彭定求等编：《全唐诗》，第2914页。

才始十年，身便孤立，因乘义马，西入长安。外祖悯以远来，令齿诸舅学业。谓某性知音律，教以横笛。每一曲成，必抚背赏叹。……' 韦公曰：'我有乳母之子，其名千金，尝于天宝中受笛李供奉。艺成身死，每所悲嗟。旧吹之笛，即李君所赐也。' 遂囊出旧笛。"①可知李謩曾供奉梨园，时间当在开元天宝中。李昉《太平广记》卷二〇四《乐》二引《逸史》云："（李）謩，开元中吹笛为第一部，近代无比。有故，自教坊请假至越州，公私更宴，以观其妙。"②则又以李謩为教坊乐工，未知孰是。李謩擅长演奏笛子，曾经将其技艺传授给外孙许云封。《太平广记》卷二〇四《乐》二引《国史补》"李謩"条云："李舟好事，尝得村舍烟竹，截为笛。坚如铁石。以遗李謩。謩吹笛，天下第一。月夜泛江，与同舟人吹，寥亮逸发。俄有客于岸，呼舟请载。既至，请笛而吹，甚为精妙，山石可裂，謩平生未尝见。及入破，呼吸盘擗，应指粉碎。客散，不知所之。舟人著记，疑其蛟龙也。謩尝秋夜吹笛于瓜洲，樯载甚隘。初发调，群动皆息；及数奏，微风飒然立至。有顷，舟人贾客，有怨叹悲泣之声。"③可知李謩吹笛的技艺的确出神入化。

根据文献记载，唐代的李谟、李牟、李子牟皆擅长吹笛，有的学者怀疑李謩与李谟、李牟、李子牟系一人。④ 关于李谟的材料见唐段安节《乐府杂录》："开元中，内人有许和子者……喉啭一声，响传九陌。明皇尝独召李谟吹笛逐其歌，曲终管裂，其妙如此。"⑤又元稹《连昌宫词》："李谟擫笛傍宫墙，偷得新翻数般曲。"⑥张祜《李谟笛》："平时东幸洛阳城，天乐宫中夜彻明。无奈李谟偷曲谱，酒楼吹笛是新声。"⑦则此李谟当系朝廷乐工，

---

① [唐]袁郊：《甘泽谣》（《唐五代笔记小说大观》本），上海古籍出版社 2000 年版，第 547 页。

② [宋]李昉等：《太平广记》，第 1553 页。

③ [宋]李昉等：《太平广记》，第 1552 页。

④ 参见李昌集：《唐代宫廷乐人考略——唐代宫廷华乐、胡乐状况一个角度的考察》，钟振振等主编：《第三届唐宋诗词国际学术研讨会论文集》，第 21 页。

⑤ [唐]段安节：《乐府杂录》（《中国古典戏曲论著集成》本），第 46 页。

⑥ [清]彭定求等编：《全唐诗》，第 4624 页。

⑦ [清]彭定求等编：《全唐诗》，第 5877 页。

他与李謩或系一人。关于李牟的记载见《唐国史补》卷下："李舟好事,尝得村舍烟竹,截以为笛,坚如铁石,以遗李牟。牟吹笛天下第一,月夜泛江,维舟吹之,寥亮逸发,上彻云表。俄有客独立于岸,呼船请载。既至,请笛而吹,甚为精壮,山河可裂,牟平生未尝见。及入破,呼吸盘擗,其笛应声粉碎,客散不知所之。舟著《记》,疑其蛟龙也。李牟,秋夜吹笛于瓜洲,舟楫甚隘。初发调,群动皆息。及数奏,微风飒然而至。又俄顷,舟人贾客,皆有怨叹悲泣之声。"①其事迹与李謩完全相同,可判定与李謩为一人。

李子牟的事迹见唐薛用弱《集异记·补遗》:"李子牟者,唐蔡王第七子也,风仪爽秀,才调高雅,性闲音律,尤善吹笛,天下莫比其能。江陵旧俗,孟春望夕尚列影灯,其时士女缘江,骈阗纵观。子牟客游荆门,适逢其会……子牟即登楼,临轩独奏,清声一发,百戏皆停,行人驻足,坐者起听。曲罢良久,众声复喧。而子牟恃能,意气自若。忽有白叟自楼下小舟行吟而至,状貌古峭,辞韵清越。子牟泊坐客,争前致敬。叟谓子牟曰:'向者吹笛,岂非王孙乎?天格绝高,惜者乐器常耳。'子牟则曰:'仆之此笛,乃先帝所赐也,神鬼异物,则仆不知,音乐之中,此为至宝,平生视仅过万数,方仆所有,皆莫之比,而叟以为常常,岂有说乎?'叟曰:'吾少而习焉,老犹未倦。如君所有,非吾敢知。王孙以为不然,当为一试。'子牟以授之,而叟引气发声,声成而笛裂。四座骇愕,莫测其人。子牟因叩颡求哀,希逢珍异。叟对曰:'吾之所贮,君莫能吹。'即令小僮自舟赍至。子牟就视,乃白玉耳。叟付子牟,令其发调,气力殆尽,纤响无闻。子牟弥不自宁,虔恭备极。叟乃授之微弄,座客心骨冷然。叟曰:'吾愍子志尚,试为一奏。'清音激越,遐韵泛溢,五音六律,所不能偕。曲未终,风涛喷腾,云雨昏晦。少顷开霁,则不知叟之所在矣。"此李子牟虽然擅长吹笛,其事迹和身份与李謩却颇不相同。李謩为朝廷乐工,而李子牟却是唐蔡王第七子,其笛"先帝所赐",被人称为"王孙",他并不是朝廷的乐工,事迹与李謩亦大不同。疑此李子牟与李謩并非一人。唐让皇帝李宪为睿宗长子,本名成器,文明元年立为皇太子,及睿宗立,降为皇嗣,改为皇孙,后为蔡王。李宪十

---

① ［唐］李肇:《唐国史补》,第195页。

子,即珊、嗣庄、琳、涛、珣、瑀、玢、珽、琯、璀。李玢当为第七子,为苍梧郡
开国公,历银青光禄大夫、秘书监员外置同正员。不知李子牟是否即为此
人。

10. 骆供奉

《碧鸡漫志》引《乐府杂录》云:"灵武刺史李灵曜置酒,座客姓骆唱《河
满子》,皆称绝妙。白秀才者曰:'家有声妓,歌此曲音调不同。'召至令歌,
发声清越,殆非常音。骆遽问曰:'莫是宫中胡二子否?'妓熟视曰:'君岂
梨园骆供奉耶?'相对泣下。"①李灵曜据汴州作乱,大历十一年(776)被李
勉械送至京师,被斩。他任灵武刺史当在肃宗、代宗朝。则骆供奉当为玄
宗朝梨园弟子,于安史乱中奔散,流离江湖,在灵武刺史李灵曜宴上唱《河
满子》。骆供奉当为梨园弟子中精于歌唱者。

11. 许云封

《甘泽谣》云:"贞元初,韦应物自兰台郎出为和州牧……轻舟东下,夜
泊灵璧驿。……忽闻云封笛声……云封曰:'某任城旧士,多年不归。天
宝改元,初生一月。时东封回,驾次至任城。外祖闻某初生,相见甚喜,乃
抱诣李白学士,乞撰令名。……某才始十年,身便孤立,因乘义马,西入长
安。外祖悯以远来,令齿诸舅学业。谓某性知音律,教以横笛。每一曲
成,必抚背赏叹。值梨园法部置小部音声,凡三十余人,皆十五以下。天
宝十四载六月日,时骊山驻跸,是贵妃诞辰。上命小部音声乐长生殿,仍
奏新曲,未有名。会南海进荔枝,因以曲名《荔枝香》。左右欢呼,声动山
谷。是年安禄山叛,车驾还京。自后俱逢离乱,漂流南海近四十载。今者
近访诸亲,将抵龙邱。'……韦公惊叹久之,遂礼云封于曲部。"②可知许云
封为梨园弟子,曾入梨园小部音声。许云封自述天宝改元时初生一月,则
生于天宝元年(742)。十岁入长安,即天宝十载(751)开始到长安学习音
乐。不久入梨园小部。天宝十四载(755)六月杨贵妃诞辰,曾于长生殿奏
《荔枝香》。则他供奉梨园的时间约在天宝十载至天宝十四载之间。其年
安史之乱爆发,许云封漂流南海近四十载。贞元初韦应物自兰台郎出为

---

① [宋]王灼:《碧鸡漫志》,第 103 页。
② [唐]袁郊:《甘泽谣》(《唐五代笔记小说大观》本),第 548 页。

和州牧,纳为曲部。许云封擅长吹笛,李中《吹笛儿》诗云:"陇头休听月明中,妙竹嘉音际会逢。见尔樽前吹一曲,令人重忆许云封。"①

12.雷海清

《资治通鉴》卷二百一十八唐肃宗至德元载(756):"禄山宴其群臣于凝碧池,盛奏众乐;梨园弟子往往歔欷泣下,贼皆露刃眈之。乐工雷海清不胜悲愤,掷乐器于地,西向恸哭。禄山怒,缚于试马殿前,支解之。"②则雷海清天宝年间为梨园弟子,安史乱中被叛军掠至洛阳,不屈而死。推测雷海清供奉梨园在天宝年间。唐郑处诲《明皇杂录·补遗》记雷海清事稍详:"天宝末,群贼陷两京,大掠文武朝臣及黄门宫嫔乐工骑士,每获数百人,以兵仗严卫,送于洛阳。至有逃于山谷者,而卒能罗捕追胁,授以冠带。禄山尤致意乐工,求访颇切,于旬日获梨园弟子数百人。群贼因相与大会于凝碧池,宴伪官数十人,大陈御库珍宝,罗列于前后。乐既作,梨园旧人不觉歔欷,相对泣下,群逆皆露刃持满以胁之,而悲不能已。有乐工雷海清者,投乐器于地,西向恸哭。逆党乃缚海清于戏马殿,支解以示众,闻之者莫不伤痛。王维时为贼拘于菩提寺中,闻之赋诗曰:'万户伤心生野烟,百官何日更朝天。秋槐落叶空宫里,凝碧池头奏管弦。'"③唐姚汝能《安禄山事迹》卷下所记略同。唐范摅《云溪友议》卷中"云中命"条:"伶官张野狐觱栗,雷海清琵琶,李龟年唱歌。"④则雷海清擅长演奏琵琶。

13.天宝乐叟

白居易《江南遇天宝乐叟》:"白头病叟泣且言,禄山未乱入梨园。能弹琵琶和法曲,多在华清随至尊。是时天下太平久,年年十月坐朝元。千官起居环珮合,万国会同车马奔。金钿照耀石瓮寺,兰麝熏煮温汤源。贵妃宛转侍君侧,体弱不胜珠翠繁。冬雪飘飘锦袍暖,春风荡漾霓裳翻。欢娱未足燕寇至,弓劲马肥胡语喧。豳土人迁避夷狄,鼎湖龙去哭轩辕。从此漂沦落南土,万人死尽一身存。秋风江上浪无限,暮雨舟中酒一尊。涸

---

① ［清］彭定求等编:《全唐诗》,第8624页。
② ［宋］司马光:《资治通鉴》,第6994页。
③ ［唐］郑处诲:《明皇杂录》(《唐五代笔记小说大观》本),第969页。
④ ［唐］范摅:《云溪友议》(《唐五代笔记小说大观》本),第1290页。

鱼久失风波势,枯草曾沾雨露恩。我自秦来君莫问,骊山渭水如荒村。新丰树老笼明月,长生殿暗锁春云。红叶纷纷盖欹瓦,绿苔重重封坏垣。唯有中官作宫使,每年寒食一开门。"①可知此天宝乐叟在天宝年间为梨园弟子,擅长弹奏琵琶,能在法曲演唱时伴奏,经常在华清宫为玄宗演奏。安史乱中漂泊江南,遇到白居易,问长安景况,白居易云骊山宫殿已经荒芜,宫门只偶尔一开。有学者认为该天宝乐叟擅琵琶,精法曲,每侍玄宗左右。安史之乱中飘落江南,乱平而年迈,每年寒食节宫中尚遣宦官探望之。我们认为,"能弹琵琶和法曲"似不能解释为精法曲。"我自秦来君莫问"中的"我"指白居易,"君"指天宝乐叟。根据诗意,此当是白居易为乐叟介绍长安情况,故"唯有中官作宫使,每年寒食一开门",是写宫殿荒芜,大门只是偶尔一开,似不当解作宫中尚遣宦官探望乐叟。天宝乐叟此时在江南,不在长安,朝廷派宦官每年到江南探望一漂泊乐工,亦于理不合。

14. 张徽(张野狐)

《明皇杂录·补遗》:"明皇既幸蜀,西南行,初入斜谷,属霖雨涉旬,于栈道雨中闻铃,音与山相应。上既悼念贵妃,采其声为《雨霖铃》曲,以寄恨焉。时梨园子弟善觱篥者,张野狐为第一。此人从至蜀,上因以其曲授野狐。洎至德中,车驾复幸清华宫,从官嫔御多非旧人。上于望京楼下命野狐奏《雨霖铃》,曲未半,上四顾凄凉,不觉流涕,左右感动,与之歔欷,其曲今传于法部。"②唐段安节《乐府杂录》:"《雨淋铃》者,因唐明皇驾回至骆谷,闻雨淋銮铃,因令张野狐撰为曲名。"③则张野狐为梨园弟子,善觱篥。《云溪友议》卷中亦记张野狐善觱栗。他曾随玄宗入蜀,至德中随玄宗回京,玄宗曾授其《雨霖铃》一曲。他供奉梨园可能在开元天宝到至德年间。张祜《雨霖铃》:"雨霖铃夜却归秦,犹是张徽一曲新。长说上皇垂泪教,月明南内更无人。"④则张野狐即张徽。《乐府杂录》云:"《还京乐》:

---

① 〔清〕彭定求等编:《全唐诗》,第4821页。
② 〔唐〕郑处诲:《明皇杂录》(《唐五代笔记小说大观》本),第973页。
③ 〔唐〕段安节:《乐府杂录》(《中国古典戏曲论著集成》本),第59页。
④ 〔清〕彭定求等编:《全唐诗》,第393页。

明皇自西蜀返,乐人张野狐所制。"①则张野狐又曾作《还京乐》。《乐府杂录》:"俳优:开元中,黄幡绰、张野狐弄参军。"②可知他又善俳优。

15.萧炼师

许浑《赠萧炼师》序云:"炼师,贞元初,自梨园选为内妓,善舞柘枝,宫中莫有伦比者,宠锡甚厚。及驾幸奉天,以病不获随辇。遂失所止。洎复宫阙,上颇怀其艺,求之浃日,得于人间。后闻神仙之事,谓长生可致,乞奉黄老,上许之。诏居嵩南洞清观,迨今八十余矣。雪肤花颜,与昔无异,则知龟鹤之寿,安得不由所尚哉!因赋是诗,题于院壁。"③则萧炼师曾为梨园弟子,善舞柘枝。许浑《赠萧炼师》序所记可能有误,德宗即位次年改元建中,至建中四年(783)十月,朱泚乱,车驾幸奉天。784年改元兴元,785年再改元贞元。如萧炼师贞元初自梨园选为内妓,则德宗幸奉天之事已过,故不当再有"以病不获随辇"事。疑萧炼师自梨园选为内妓在大历建中之间,其供奉梨园在此之前,当在大历年间。《旧唐书》卷十二《德宗本纪》:"大历十四年五月……停梨园使及伶官之冗食者三百人,留者皆隶太常。"④《新唐书》卷七《德宗本纪》云:"大历十四年五月……癸未,罢梨园乐工三百人。"⑤则萧炼师自梨园选为内妓当在大历十四年五月德宗罢梨园乐工时。据许浑《赠萧炼师》序,可知萧炼师在德宗驾幸奉天时未能随行,德宗回京后才得以重新回到宫中,后学道,萧炼师当是修道后的称呼。许浑《赠萧炼师》云萧炼师"后闻神仙之事,谓长生可致,乞奉黄老",恐亦不可信。宫中放女妓,多令其到道观修道,萧炼师恐是年长后被放出宫。许浑《赠萧炼师》云"网断鱼游藻,笼开鹤戏林",似已隐约言之。白居易有《送萧炼师步虚词十首,卷后以二绝继之》:"欲上瀛州临别时,赠君十首步虚词。天仙若爱应相问,可道江州司马诗。""花纸瑶缄松墨字,把将天上共谁开。试呈王母如堪唱,发遣双成更取来。"⑥可知白居易为萧炼师写

---

① [唐]段安节:《乐府杂录》(《中国古典戏曲论著集成》本),第59页。
② [唐]段安节:《乐府杂录》(《中国古典戏曲论著集成》本),第49页。
③ [清]彭定求等编:《全唐诗》,第6176页。
④ [后晋]刘昫等:《旧唐书》,第320页。
⑤ [宋]欧阳修、宋祁:《新唐书》,第184页。
⑥ [清]彭定求等编:《全唐诗》,第4925页。

过步虚词十首。李益有《同萧炼师宿太乙庙》[1]，孟郊有《送萧炼师入四明山》[2]，诗中的萧炼师与供奉梨园之萧炼师不知是否为一人，如系一人，则萧炼师同当时诗人颇有交往。

16. 李凭

杨巨源《听李凭弹箜篌二首》："听奏繁弦玉殿清，风传曲度禁林明。君王听乐梨园暖，翻到云门第几声。""花咽娇莺玉漱泉，名高半在御筵前。汉王欲助人间乐，从遣新声坠九天。"[3]则李凭为梨园弟子，擅长演奏箜篌，杨巨源曾听其演奏。杨巨源元和九年（814）至长庆四年（824）在朝任职。又李贺《李凭箜篌引》："吴丝蜀桐张高秋，空白凝云颓不流。江娥啼竹素女愁，李凭中国弹箜篌。昆山玉碎凤凰叫，芙蓉泣露香兰笑。十二门前融冷光，二十三丝动紫皇。女娲炼石补天处，石破天惊逗秋雨。梦入坤山教神妪，老鱼跳波瘦蛟舞。吴质不眠倚桂树，露脚斜飞湿寒兔。"[4]李贺元和五年（810）或六年（811）任奉礼郎，元和八年（813）春辞官，他听李凭弹箜篌当在任奉礼郎期间。可知李凭当于元和、长庆间（宪宗、穆宗朝）供奉梨园。

17. 尉迟璋

尉迟璋，《乐府杂录》作尉迟章。《旧唐书》卷一百七十七《曹确传》："大和中，文宗欲以乐官尉迟璋为王府率，拾遗窦洵直极谏，乃改授光州长史。"[5]《旧唐书》卷一百七十三《陈夷行传》："仙韶院乐官尉迟璋授王府率，右拾遗窦洵直当衙论曰：'伶人自有本色官，不合授之清秩。'郑覃曰：'此小事，何足当衙论列！王府率是六品杂官，谓之清秩，与洵直得否？此近名也。'嗣复曰：'尝闻洵直幽，今当衙论一乐官，幽则有之，亦不足怪。'夷行曰：'谏官当衙，只合论宰相得失，不合论乐官。然业已陈论，须与处置。今后乐人每七八年与转一官，不然，则加手力课三数人。'帝曰：'别与

---

① 参见[清]彭定求等编：《全唐诗》，第3211页。
② 参见[清]彭定求等编：《全唐诗》，第4260页。
③ [清]彭定求等编：《全唐诗》，第3742页。
④ [清]彭定求等编：《全唐诗》，第4405页。
⑤ [后晋]刘昫等：《旧唐书》，第4607页。

一官。'乃授光州长史,赐洵直绢百匹。夷行寻转门下侍郎。"①《新唐书》卷一百八十一《陈夷行传》、《资治通鉴》卷二百五十《唐纪》六十六、《唐语林》卷五《补遗》所记略同。则尉迟璋大和中曾为仙韶院乐官,亦属梨园弟子,文宗欲以为王府率,后改授光州长史。各种材料均记尉迟璋为仙韶乐官,唯《唐阙史》记其为太常寺乐官。② 尉迟璋多才多艺,既精于乐器,又善歌唱,又能制曲。《乐府杂录》:"笙者,女娲造也。仙人王子晋于缑氏山月下吹之。象凤翼,亦名'参差'。自古能者固多矣。大和中有尉迟章,尤妙。"③《唐阙史》卷下"李可及戏三教"条:"(尉迟璋)善习古乐,为法曲,箫磬琴瑟,戞击铿拊,咸得其妙,遂成《霓裳羽衣曲》以献。"④《南部新书》乙:"大和中,乐工尉迟璋左能啭喉为新声,京师屠沽效,呼为拍弹。"⑤可知尉迟璋擅长演奏笙,善习古乐,能制法曲,歌唱则能啭喉为新声,才能全面。

尉迟璋授光州长史后可能不久被罢免,又重为乐官。杜牧《唐故宣州观察使御史大夫韦公墓志铭(并序)》:"仙韶院乐官尉迟璋以乐官授光州长史。晏平以财赂贵幸,璋太有宠于上,公皆封诏书上还,上比谕之,公持益急,竟以康州还晏平,璋免长史。"⑥可知尉迟璋授光州长史后不久被罢免。《新唐书》卷八《文宗本纪》记开成五年(840)正月尉迟璋为仙韶院副使,可知尉迟璋免长史之后又回仙韶院任乐官。则尉迟璋为梨园弟子从大中年间一直持续到开成五年。《旧唐书》卷十八上《武宗本纪》:"(开成五年正月)三日,仇士良收捕仙韶院副使尉迟璋杀之,屠其家。"⑦《新唐书》卷八《文宗本纪》:"(开成)五年正月……庚辰,仇士良杀仙韶院副使尉迟璋。"⑧则尉迟璋开成五年正月被仇士良所杀,时任仙韶院副使。

---

①　[后晋]刘昫等:《旧唐书》,第4495页。

②　参见[唐]高彦休:《唐阙史》(《唐五代笔记小说大观》本),第1351页。

③　[唐]段安节:《乐府杂录》(《中国古典戏曲论著集成》本),第53页。

④　[唐]高彦休:《唐阙史》(《唐五代笔记小说大观》本),第1351页。

⑤　[宋]钱易:《南部新书》,第26页。

⑥　[清]董诰等编:《全唐文》,第7829页。

⑦　[后晋]刘昫等:《旧唐书》,第584页。

⑧　[宋]欧阳修、宋祁:《新唐书》,第239页。

18. 南不嫌

李讷《纪崔侍御遗事》:"李尚书夜登越城楼,闻歌曰:'雁门山上雁初飞。'其声激切。召至,曰:'去籍之妓盛小丛也。''汝歌何善乎?'曰:'小丛是黎(梨)园供奉南不嫌女甥也,所唱之音,乃不嫌之授也。今老且废矣。'时察院崔侍御自府幕而拜,李公连夕饯崔君于镜湖之光候亭,屡命小丛歌饯,在座各为赋一绝句赠送之。"①范摅《云溪友议》卷上"饯歌序"条所记相同。则南不嫌曾任职梨园,并将其歌唱技艺传授给盛小丛,南不嫌当亦擅长歌唱。《乐府杂录》云:"武宗已降,有陈幼奇、南不嫌较宠。"②则南不嫌为武宗以后人,其供奉梨园可能在会昌、大中年间。

19. 李周

吴融《李周弹筝歌》:"古人云,丝不如竹,竹不如肉。乃知此语未必然,李周弹筝听不足。闻君七岁八岁时,五音六律皆生知。就中十三弦最妙,应宫出入年方少。青骢惯走长楸日,几度承恩蒙急召。一字雁行斜御筵,锵金戛羽凌非烟。始似五更残月里,凄凄切切清露蝉。又如石罅堆叶下,泠泠沥沥苍崖泉。鸿门玉斗初向地,织女金梭飞上天。有时上苑繁花发,有时太液秋波阔。当头独坐拟一声,满座好风生拂拂。天颜开,圣心悦,紫金白珠沾赐物。出来无暇更还家,且上青楼醉明月。年将六十艺转精,自写梨园新曲声。近来一事还惆怅,故里春荒烟草平。供奉供奉且听语,自昔兴衰看乐府。只如伊州与梁州,尽是太平时歌舞。旦夕君王继此声,不要停弦泪如雨。"③则李周似为民间乐工而供奉梨园者,擅长弹筝,曾多次应诏入宫为皇帝演奏,得到皇帝的赏赐。六十岁时,自写梨园新曲,在梨园演奏。吴融在广明、中和间有盛名,龙纪元年(889)登进士第,为韦昭度辟为掌书记随军讨蜀,乾宁二年(895)贬荆南,次年召为左补阙,天复三年(903)卒。则李周或为僖宗、昭宗时人。

20. 陈敬言

《旧唐书》卷二十九《音乐志》:"广明初,巢贼干纪,舆驾播迁,两都覆

---

① [清]董诰等编:《全唐文》,第4470页。
② [唐]段安节:《乐府杂录》(《中国古典戏曲论著集成》本),第54页。
③ [清]彭定求等编:《全唐诗》,第7969页。

圯,宗庙悉为煨烬,乐工沦散,金奏几亡。及僖宗还宫,购募钟县之器,一
无存者。昭宗即位,将亲谒郊庙,有司请造乐县,询于旧工,皆莫知其制
度。修奉乐县使宰相张浚悉集太常乐胥详酌,竟不得其法。时太常博士
殷盈孙深于典故,乃案《周官考工记》之文,究其栾、铣、于、鼓、钲、舞、甬之
法,沉思三四夕,用算法乘除,镈钟之轻重高低乃定。悬下编钟,正黄钟九
寸五分,下至登歌倍应钟三寸三分半,凡四十八等。口项之量,径衡之围,
悉为图,遣金工依法铸之,凡二百四十口。铸成,张浚求知声者处士萧承
训、梨园乐工陈敬言与太乐令李从周,令先校定石磬,合而击拊之,八音克
谐,观者耸听。"①则陈敬言为梨园乐工,于昭宗即位的龙纪元年(889)供
奉朝廷,精通音律,曾为朝廷校定乐器。

---

① 　[后晋]刘昫等:《旧唐书》,第1081页。

唐教坊乐工考

　　教坊可考的乐工数量不多,乐工的事迹亦曾经前贤反复用心考证。如任半塘《教坊记笺订》列出教坊乐人名单,计"皆属教坊"者 21 人,"可能曾属于教坊"者 19 人。修君、鉴今《中国乐妓史》多言及教坊乐人事迹。李昌集《唐代宫廷乐人考略》亦列出教坊乐工名单及参阅文献,对乐工事迹有简明考证。李尤白《梨园考论》虽考证梨园弟子,亦多言及教坊乐工事迹。① 现重新对教坊乐工进行考证,不仅考证其事迹,对其音乐技能和供奉教坊的时间亦尽量详考,希望对前人成果略有补益。

1. 黄幡绰

　　唐崔令钦《教坊记》:"内妓歌,则黄幡绰赞扬之;两院人歌,则幡绰辄訾诉之。"②则黄幡绰似为教坊中人,而以俳优见长。唐赵璘《因话录》卷四《角部》:"玄宗问黄幡绰:'是勿儿得人怜?'对曰:'自家儿得人怜。'上又尝登苑北楼,望渭水,见一醉人临水卧。问左右:'是何人?'左右不知,将遣使问之。幡绰曰:'是年满令史。'上问曰:'汝何以知?'对曰:'更一转入流。'上笑而止。上又与诸王会食,宁王对御坐喷一口饭,直及龙颜。上曰:'宁哥何故错喉?'幡绰曰:'此非错喉,是喷嚏。'"③唐段成式《酉阳杂俎》卷十二《语资》:"明皇封禅泰山,张说为封禅使。说女婿郑镒,本九品

---

　　① 参见任半塘:《教坊记笺订》;修君、鉴今:《中国乐妓史》,中国文联出版社 1993 年版;李昌集:《唐代宫廷乐人考略——唐代宫廷华乐、胡乐状况一个角度的考察》,钟振振等主编:《第三届唐宋诗词国际学术研讨会论文集》,第 21 页;李尤白:《梨园考论》。

　　② 任半塘:《教坊记笺订》,第 40 页。

　　③ [唐]赵璘:《因话录》(《唐五代笔记小说大观》本),第 858 页。

官。旧例封禅后,自三公以下皆迁转一级。惟郑镒因说骤迁五品,兼赐绯服。因大脯次,玄宗见镒官位腾跃,怪而问之,镒无词以对。黄幡绰曰:'此泰山之力也。'"①则黄幡绰常侍从玄宗左右,受到玄宗的宠信。

唐段安节《乐府杂录》"俳优"条:"开元中,黄幡绰、张野狐弄参军。"②则黄幡绰又长于弄参军。唐段安节《乐府杂录》"拍板"条:"拍板本无谱。明皇遣黄幡绰造谱,乃于纸上画两耳以进。上问其故,对:'但有耳道,则无失节奏也。'韩文公因为乐句。"③唐南卓《羯鼓录》亦记黄幡绰知音。可知黄幡绰可能精通音乐。

唐李德裕《次柳氏旧闻》:"安禄山之叛也,玄宗忽遽播迁于蜀,百官与诸司多不知之。有陷在贼中者,为禄山所胁从,而黄幡绰同在其数,幡绰亦得出入左右。及收复,贼党就擒,幡绰被拘至行在。上素怜其敏捷,释之。有于上前曰:'黄幡绰在贼中,与大逆圆梦,皆顺其情,而忘陛下积年之恩宠。禄山梦见衣袖长,忽至阶下,幡绰曰:当垂衣而治之。禄山梦见殿中榻子倒,幡绰曰:革故从新。推之多此类也。'幡绰曰:'臣实不知陛下大驾蒙尘赴蜀,既陷在贼中,宁不苟悦其心,以脱一时之命? 今日得再见天颜,以与大逆圆梦,必知其不可也。'上曰:'何以知之?'对曰:'逆贼梦衣袖长,是出手不得也。又梦榻子倒者,是胡不得也。以此臣故先知之。'上大笑而止。"④可知安史之乱中黄幡绰陷贼,收京后又回到朝廷。黄幡绰在朝廷的时间当在玄宗、肃宗朝。

2. 裴承恩

唐崔令钦《教坊记》中有"筋斗裴承恩"⑤,则裴承恩当系教坊乐工,供奉于玄宗朝,善筋斗。任半塘以为他是西域人。⑥

3. 裴大娘

唐崔令钦《教坊记》有"筋斗裴承恩妹大娘,善歌"⑦,则裴大娘为裴承

---

① 　[唐]段成式:《酉阳杂俎》(《唐五代笔记小说大观》本),第 607 页。

② 　[唐]段安节:《乐府杂录》(《中国古典戏曲论著集成》本),第 49 页。

③ 　[唐]段安节:《乐府杂录》(《中国古典戏曲论著集成》本),第 58 页。

④ 　[唐]李德裕:《次柳氏旧闻》(《唐五代笔记小说大观》本),第 470 页。

⑤ 　任半塘:《教坊记笺订》,第 49 页。

⑥ 　参见任半塘:《教坊记笺订》,第 50 页。

⑦ 　任半塘:《教坊记笺订》,第 49 页。

恩之妹,善歌,供奉教坊亦当在玄宗朝。

4. 侯某

唐崔令钦《教坊记》:"筋斗裴承恩妹大娘,善歌,兄以配竿木侯氏。"①
则侯氏亦为教坊中人,供奉教坊亦当在玄宗朝,善竿木。

5. 赵解愁

唐崔令钦《教坊记》中有"长入赵解愁"②。则赵解愁为教坊中"长
入",他供奉教坊亦当在玄宗朝。张祜《千秋乐》:"八月平时花萼楼,万方
同乐奏千秋。倾城人看长竿出,一伎初成赵解愁。"③则赵解愁长于竿木。

6. 张四娘

唐崔令钦《教坊记》:"苏五奴妻张四娘善歌舞,亦姿色,能弄踏谣娘,
有邀迓者,五奴辄随之前。"④则苏五奴妻张四娘为教坊中人,善歌舞,能
弄踏谣娘,供奉教坊亦当在玄宗朝。但苏五奴未必是教坊乐工。

7. 范汉女

唐崔令钦《教坊记》:"范汉女大娘子,亦是竿木家。开元二十一年,出
内,有姿媚而微愠殟。"⑤则范汉女亦是教坊工人,是竿木家,开元二十一
年(733)出内,则她供奉教坊当在开元年间,根据陈寅恪《元白诗笺证稿》
推测可能是胡人。范汉是否属于教坊则不可知。

8. 吕元真

唐崔令钦《教坊记》:"吕元真打鼓,头上置水碗,曲终而水不倾动,众
推其能定头项。"⑥则吕元真为教坊工人,擅长打鼓,供奉教坊亦当在玄宗
朝。

9. 某小儿

唐崔令钦《教坊记》:"教坊一小儿,筋斗绝伦! 乃衣以缯采,梳洗,杂
于内伎中。少顷,缘长竿上,倒立,寻复去手。久之,垂手抱竿,翻身而

①   任半塘:《教坊记笺订》,第49页。
②   任半塘:《教坊记笺订》,第49页。
③   [清]彭定求等编:《全唐诗》,第5876页。
④   任半塘:《教坊记笺订》,第51页。
⑤   任半塘:《教坊记笺订》,第52页。
⑥   任半塘:《教坊记笺订》,第56页。

下。……中使宣旨云：'此伎尤难，近方教成'。"①则此小儿供奉教坊，长于筋斗和竿木。

10. 任氏四女

唐崔令钦《教坊记》："任智方四女皆善歌。其中：二姑子吐纳凄婉，收敛浑沦；三姑子容止闲和，旁观若意不在歌；四姑子发声遒润虚静，似从空中来。"②则任智方四女皆教坊乐人，善歌。从此则材料可以看出教坊乐工有一家供奉于教坊者。

11. 庞三娘

唐崔令钦《教坊记》："庞三娘善歌舞，然特工装束。又有年，面多皱，帖以轻纱，杂用云母和粉蜜涂之，遂若少容。尝大酺汴州，以名字求雇。……故坊中呼为'卖假金贼'。"③则庞三娘为教坊中人，善歌舞，工化妆，在大酺汴州时曾以名字求雇。可知教坊乐工亦可求雇于宫廷之外。

12. 颜大娘

唐崔令钦《教坊记》："有颜大娘，亦善歌舞。眼重、脸深，有异于众。能料理之，遂若横波，虽家人不觉也。"④教坊乐工颜大娘善于歌舞和化妆，从其容貌看或为胡人。

13. 魏二

唐崔令钦《教坊记》："魏二容色粗美，歌舞甚拙。尝与同类宴集，起舞。"⑤则魏二为教坊工人，拙于歌舞。

14. 杨家生

见于唐崔令钦《教坊记》，尝与魏二纷争，其余事迹不详。

15. 王辅国

见于唐崔令钦《教坊记》，事迹不详。

16. 郑衔山

见于唐崔令钦《教坊记》，事迹不详。

---

① 任半塘：《教坊记笺订》，第 47 页。
② 任半塘：《教坊记笺订》，第 42 页。
③ 任半塘：《教坊记笺订》，第 42 页。
④ 任半塘：《教坊记笺订》，第 43 页。
⑤ 任半塘：《教坊记笺订》，第 44 页。

17.薛忠

　　见于唐崔令钦《教坊记》,事迹不详。

18.王琰

　　见于唐崔令钦《教坊记》,事迹不详。

19.许和子

　　唐段安节《乐府杂录》:"开元中,内人有许和子者,本吉州永新县乐家女也,开元末选入宫,即以永新名之,籍于宜春院。既美且慧,善歌,能变新声。韩娥、李延年殁后千余载,旷无其人,至永新始继其能。遇高秋朗月,台殿清虚,喉啭一声,响传九陌。明皇尝独召李谟吹笛逐其歌,曲终管裂,其妙如此。又一日,赐大酺于勤政楼,观者数千万众,喧哗聚语,莫得闻鱼龙百戏之音。上怒,欲罢宴。中官高力士奏请:'命永新出楼歌一曲,必可止喧。'上从之。永新乃撩鬓举袂,直奏曼声,至是广场寂寂,若无一人;喜者闻之气勇,愁者闻之肠绝。洎渔阳之乱,六宫星散,永新为一士人所得。韦青避地广陵,因月夜凭阑于小河之上,忽闻舟中奏水调者,曰:'此永新歌也。'乃登舟与永新对泣久之。青始亦晦其事。后士人卒与其母之京师,竟殁于风尘。及卒,谓其母曰:'阿母钱树子倒矣!'"①《太平御览》卷五百七十三《乐部》十一所记略同。王仁裕《开元天宝遗事》卷四"歌直千金"条:"宫妓永新者善歌,最受明皇宠爱。每对御奏歌,则丝竹之声莫能遏。帝尝谓左右曰:'此女歌直千金。'"②

　　许和子为"内人","籍于宜春院",《教坊记》:"妓女入宜春院,谓之内人,亦曰前头人。"③故许和子为教坊乐人。她是"永新县乐家女",当是乐户的后代,属于官贱民或官奴婢,被选入宫。许和子有着极高的演唱技巧,深受玄宗宠爱。安史乱后流落民间,以演唱为生,最后殁于风尘。

20.唐崇

　　宋王谠《唐语林》卷一《政事》上:"玄宗宴蕃客。唐崇句当音声,先述国家盛德,次序朝廷欢娱,又赞扬四方慕义,言甚明辨。上极欢。……乃

---

①　[唐]段安节:《乐府杂录》(《中国古典戏曲论著集成》本),第46页。

②　[五代]王仁裕:《开元天宝遗事》(《唐五代笔记小说大观》本),第1739页。

③　任半塘:《教坊记笺订》,第19页。

敕教坊使范安及曰:唐崇何等,敢干请小客奏事? 可决杖,递出五百里外。"①则唐崇为玄宗时教坊乐人,长于歌唱,后因求官被驱逐出教坊。此材料中宴蕃客用教坊音声,说明教坊音乐亦在外交等场合使用。

21.许小客

　　宋王谠《唐语林》卷一《政事》上:"(唐)崇因长入人许小客求教坊判官,久之未敢奏。一日,过崇曰:'今日崖公甚蚬斗,欲为弟奏请,沉吟未敢。'崇谓小客有所欲,乃赠绢两束。后数日,上凭小客肩,行永巷中。小客曰:'臣请奏事。'上乃推去之,问曰:'何事?'对曰:'臣所奏,坊中事耳。'小客方言唐崇,上遽曰:'欲得教坊判官也?'小客蹈舞曰:'真圣明,未奏即知。'上曰:'前宴蕃客日,崇辞气分明,我固赏之,判官何虑不得? 汝出报,令明日玄武门来。'……乃敕教坊使范安及曰:'……小客更不须令来。'"②则许小客为教坊长入,因替唐崇求官被驱逐出教坊。从他替唐崇求官一事看,教坊长入与皇帝的关系要比一般的教坊乐工亲近。

22.乐工某

　　唐赵璘《因话录》卷一《宫部》:"德宗初登勤政楼,外无知者。望见一人衣绿乘驴戴帽至楼下,仰视久之,俯而东去。上立遣宣示京尹,令以物色求之。尹召万年捕贼官李镕,使促求访。李尉仁立思之曰:'必得。'及出,召干事所由于春明门外数里内,应有诸司旧职事使艺人,悉搜罗之。而绿衣者果在其中。诘之,对曰:'某天宝教坊乐工也。上皇时,数登此。每来,鸥必集楼上,号随驾老鸥。某自罢居城外,更不复见。今群鸥盛集,又觉景象宛如昔时,心知圣人在上,悲喜且欲泣下。'以此奏闻。敕尽收此辈,却系教坊。李尉亦为京尹所擢用,后至郡守。"③则此衣绿乘驴戴帽者原为玄宗朝乐工,德宗即位又复归教坊。

23.曹自庆

　　《唐会要》卷二十三"忌日"条:"先是,初经代宗忌辰,驸马诸亲,悉诣银台奉慰。及回,王仕平遂邀驸马郭暖、张昭贤、张怙,及暖女婿嗣许王

---

①　[宋]王谠:《唐语林》,第53页。

②　[宋]王谠:《唐语林》,第53页。

③　[唐]赵璘:《因话录》(《唐五代笔记小说大观》本),第836页。

昭、暖堂弟煦咺,用教坊音声人曹自庆,并于宅中欢乐。"①此事在建中元年(780),则教坊音声人曹自庆供奉教坊或在代宗德宗朝。

24.王大娘

唐郑处诲《明皇杂录》:"玄宗御勤政楼,大张乐,罗列百伎。时教坊有王大娘者,善戴百尺竿,竿上施木山,状瀛洲、方丈,令小儿持绛节出入于其间,歌舞不辍。……贵妃复令(刘晏)咏王大娘戴竿,晏应声曰:'楼前百戏竞争新,唯有长竿妙入神,谁谓绮罗翻有力,犹自嫌轻更著人。'玄宗与贵妃及诸嫔御,欢笑移时,声闻于外,因命牙笏及黄文袍以赐之。"②则王大娘为玄宗朝教坊乐人,擅长戴百尺竿。唐李亢《独异志》卷上:"德宗朝,有戴竿三原妇人王大娘,首戴十八人而行。"③此德宗朝之王大娘与上文之王大娘不详是否为一人。

25.张红红

唐段安节《乐府杂录》:"大历中有才人张红红者,本与其父歌于衢路丐食。过将军韦青所居,青于街牖中闻其歌者喉音寥亮,仍有美色,即纳为姬。其父舍于后户,优给之。乃自传其艺,颖悟绝伦。尝有乐工自撰一曲,即古曲《长命西河女》也,加减其节奏,颇有新声。未进闻,先印可于青,青潜令红红于屏风后听之。红红乃以小豆数合,记其节拍。乐工歌罢,青因入问红红如何,云:'已得矣。'青出,绐云:'某有女弟子,久曾歌此,非新曲也。'即令隔屏风歌之,一声不失,乐工大惊异,遂请相见,叹伏不已。再云:'此曲先有一声不稳,今已正矣。'寻达上听。翊日,召入宜春院,宠泽隆异,宫中号'记曲娘子',寻为才人。一日,内史奏韦青卒,上告红,红乃于上前呜咽奏云:'妾本风尘丐者,一旦老父死,有所归,致身入内,皆自韦青,妾不忍忘其恩。'乃一恸而绝。上嘉叹之,即赠昭仪也。"④张红红擅长歌唱和记曲,被韦青纳为姬,后被招入宜春院,则张红红为教坊乐工。韦青卒,张红红一恸而绝。张红红供奉教坊在大历中。

---

① [宋]王溥:《唐会要》,第449页。
② [唐]郑处诲:《明皇杂录》(《唐五代笔记小说大观》本),第956页。
③ [唐]李亢:《独异志》(《唐五代笔记小说大观》本),第908页。
④ [唐]段安节:《乐府杂录》(《中国古典戏曲论著集成》本),第47页。

26.教坊某小儿

　　孟郊《教坊歌儿》:"十岁小小儿,能歌得朝天。六十孤老人,能诗独临川。去年西京寺,众伶集讲筵。能嘶竹枝词,供养绳床禅。能诗不如歌,怅望三百篇。"①此十岁教坊歌儿以能歌而得见天子,时孟郊六十岁。孟郊生于天宝十载(751),他六十岁时为元和十一年(810),则此教坊歌儿供奉教坊当在元和年间。孟郊诗云"十岁小小儿,能歌得朝天",则此教坊小儿当是因为能歌而被选入教坊的,说明当时教坊可能存在从民间选拔乐工的制度。王建《宫词》:"青楼小妇研裙长,总被抄名入教坊。春设殿前多队舞,朋头各自请衣裳。"②此亦可证明有时民间乐工也会到教坊服务。"去年西京寺,众伶集讲筵。能嘶竹枝词,供养绳床禅",则说明当时的教坊不仅服务于宫廷,也服务于佛寺和民间。

27.某内人

　　白居易《吹笙内人出家》:"雨露难忘君念重,电泡易灭妾身轻。金刀已剃头然发,玉管休吹肠断声。新戒珠从衣里得,初心莲向火中生。道场夜半香花冷,犹在灯前礼佛名。"③此吹笙内人或系教坊乐工,擅长吹笙,供奉教坊当在中唐,被放后出家。

28.舞工某

　　宋钱易《南部新书》癸:"卢氏说:'有官人衣绯,于中书门祗候见宰相求官。人问前任,答曰:某属教坊,作西方师子脚来三十年。'"④则教坊舞工某三十年供奉教坊,作"西方师子脚"。卢氏即卢言,主要生活在中唐,则此舞工或为中唐教坊的舞工。

29.石火胡

　　唐苏鹗《杜阳杂编》卷中:"上(敬宗)降日,大张音乐,集天下百戏于殿前。时有妓女石火胡,本幽州人,挈养女五人,才八九岁。于百尺竿上张弓弦五条,令五女各居一条之上,衣五色衣,执戟持戈,舞《破阵乐》曲。俯

---

①　[清]彭定求等编:《全唐诗》,第 4214 页。
②　[清]彭定求等编:《全唐诗》,第 3442 页。
③　[清]彭定求等编:《全唐诗》,第 5285 页。
④　[宋]钱易:《南部新书》,第 167 页。

仰来去,赴节如飞,是时观者目眩心怯。火胡立于十重朱画床子上,令诸女迭踏以至半空,手中皆执五彩小帜,床子大者始一尺余,俄而手足齐举,为之踏浑脱,歌呼抑扬若履平地。上赐物甚厚。文宗即位,恶其太险伤神,遂不复作。"①则石火胡及其五养女擅长竿技,在敬宗时到宫中表演,文宗时此项表演停止。石火胡本幽州人,在敬宗"集天下百戏于殿前"时到长安的宫廷中表演,至于是否被选入教坊则不可知。此材料说明中唐以后有时民间艺人会到宫中表演。

30. 郑中丞

唐段安节《乐府杂录》:"文宗朝,有内人郑中丞,善胡琴(中丞,即宫人之官也)。内库有二琵琶,号大、小忽雷。郑尝弹小忽雷,偶以匙头脱,送崇仁坊南赵家修理。大约造乐器悉在此坊,其中二赵家最妙。时有权相旧吏梁厚本,有别墅在昭应县之西,正临河岸。垂钩之际,忽见一物浮过,长五六尺许,上以锦绮缠之。令家僮接得就岸,即秘器也。及发棺视之,乃一女郎,妆饰俨然,以罗领巾系其颈。解其领巾,伺之,口鼻有余息,即移入室中,将养经旬,乃能言,云:'是内弟子郑中丞也,昨以忤旨,命内官缢杀,投于河中,锦绮,即弟子相赠尔。'遂垂泣感谢,厚本即纳为妻。因言其艺,及言所弹琵琶,今在南赵家。寻值训、注之乱,人莫有知者,厚本赂乐匠赎得之。每至夜分,方敢轻弹。后遇良辰,饮于花下,酒酣,不觉朗弹数曲。泊有黄门放鹞子过其门,私于墙外听之,曰:'此郑中丞琵琶声也。'翊日,达上听。文宗方追悔,至是惊喜,即命宣召;乃赦厚本罪,仍加锡赐焉。"则内人郑中丞亦教坊乐工,擅长弹奏琵琶,供奉教坊在文宗朝。

31. 祝汉贞

宋王谠《唐语林》卷二《政事》下:"优人祝汉贞者,累朝供奉,滑稽善伺人意,出口为七字语。上有指顾,遽令摹咏,捷若凤搆,尤为帝所喜。上行幸,召汉贞前,抵掌笑谈,颇言及外间事。上正色曰:'我养汝辈,供戏乐耳,敢干预朝政耶?'遂疏之。后其子犯赃,上命杖杀,而徙汉贞于边。"②《资治通鉴》卷二百四十九唐宣宗大中十一年(857):"教坊祝汉贞,滑稽敏

---

①　[唐]苏鹗:《杜阳杂编》(《唐五代笔记小说大观》本),第1387页。

②　[宋]王谠:《唐语林》,第90页。

给,上或指物使之口占,摹咏有如宿构,由是宠冠诸优。一日,在上前抵掌诙谐,颇及外事。上正色谓曰:'我畜养尔曹,正供戏笑耳,岂得辄预朝政邪!'自是疏之。会其子坐赃,杖死,流汉贞于天德军。"①则祝汉贞善俳优,大中十一年(857)被流于天德军。祝汉贞"累朝供奉",他属教坊或在武宗、宣宗朝。

32. 王内人

李群玉《王内人琵琶引》:"檀槽一曲黄钟羽,细拨紫云金凤语。万里胡天海寒秋,分明弹出风沙愁。三千宫嫔推第一,敛黛倾鬟艳兰室。"②王内人或系教坊乐工,擅长弹奏琵琶。李群玉大中八年(854)赴京上表,献诗三百篇,授弘文馆校书郎,则王内人供奉教坊当在宣宗朝。

33. 刘真

唐段安节《乐府杂录》:"开元中,黄幡绰、张野狐弄参军。……僖宗幸蜀时,戏中有刘真者,尤能,后乃随驾入京,籍于教坊。"③则刘真为教坊工人,长于弄参军,时在僖宗朝。

34. 石野猪

孙光宪《北梦琐言》卷十:"又孔昭纬拜官,教坊优伶继至,各求利市。石野猪独先行到,公有所赐,谓曰:'宅中甚阙,不得厚致。若有诸野猪,幸勿言也。'"④宋王谠《唐语林》卷七《补遗》:"僖宗好蹴球、斗鸭为乐,自以能于步打,谓俳优石野猪曰:'朕若步打进士,当得状元。'野猪对曰:'或遇尧、舜、禹、汤作礼部侍郎,陛下不免且落第。'帝大笑。"⑤则石野猪为教坊俳优,时在僖宗朝。

---

①　[宋]司马光:《资治通鉴》,第 8063 页。

②　[清]彭定求等编:《全唐诗》,第 6640 页。

③　[唐]段安节:《乐府杂录》(《中国古典戏曲论著集成》本),第 49 页。

④　[五代]孙光宪:《北梦琐言》(《唐五代笔记小说大观》本),第 1891 页。

⑤　[宋]王谠:《唐语林》,第 670 页。

参 考 文 献

[宋]朱熹集注:《诗经集传》,中华书局 1962 年版。

[宋]朱熹集注:《诗集传》,上海古籍出版社 1980 年版。

程树德集解:《论语集解》,中华书局 1990 年版。

[宋]朱熹集注:《孟子集注》,中华书局 1983 年版。

王文锦译解:《礼记译解》,中华书局 2001 年版。

[清]阮元等编:《十三经注疏》,中华书局 1980 年版。

[汉]司马迁:《史记》,中华书局 1959 年版。

[北齐]魏收:《魏书》,中华书局 1974 年版。

[唐]令狐德棻等:《周书》,中华书局 1971 年版。

[唐]长孙无忌等:《隋书》,中华书局 1973 年版。

[后晋]刘昫等:《旧唐书》,中华书局 1975 年版。

[宋]欧阳修、宋祁:《新唐书》,中华书局 1975 年版。

[宋]薛居正等:《旧五代史》,中华书局 1976 年版。

[宋]欧阳修:《新五代史》,中华书局 1974 年版。

[宋]司马光:《资治通鉴》,中华书局 1956 年版。

谢保成集校:《贞观政要集校》,中华书局 2003 年版。

[唐]李隆基撰,李林甫注:《大唐六典》,三秦出版社 1991 年版。

刘俊文:《唐律疏议笺解》,中华书局 1996 年版。

[唐]萧嵩等:《大唐开元礼》,民族出版社 2000 年版。

[唐]杜佑:《通典》,中华书局 1988 年版。

[宋]宋敏求编:《唐大诏令集》,学林出版社 1996 年版。

李希泌主编:《唐大诏令集补编》,上海古籍出版社 2003 年版。

[宋]王溥:《唐会要》,中华书局 1955 年版。

[宋]王钦若等:《册府元龟》,中华书局 1960 年版。

[宋]郑樵:《通志二十略》,中华书局 1995 年版。

[元]马端临:《文献通考》,中华书局 1986 年版。

[清]张英等:《渊鉴类函》,文渊阁《四库全书》本。

[宋]李昉等:《太平御览》,中华书局 1960 年版。

[明]徐一夔等:《明集礼》,文渊阁《四库全书》本。

[清]秦蕙田:《五礼通考》,文渊阁《四库全书》本。

丘琼荪:《历代乐志律志校释》(第一分册、第二分册),人民音乐出版社 1999 年版。

国家图书馆善本金石组编:《隋唐五代石刻文献全编》,北京图书馆出版社 2003 年版。

王仁波等主编:《隋唐五代墓志汇编》,天津古籍出版社 1991 年版。

[清]刘于义等修,沈青崖纂:《陕西通志》,清雍正十三年刻本。

杨鸿年:《隋唐两京坊里谱》,上海古籍出版社 1999 年版。

吴廷燮:《唐方镇年表》,中华书局 1980 年版。

[清]永瑢等:《四库全书总目》,中华书局 1965 年版。

[宋]李昉等:《太平广记》,中华书局 1961 年版。

[唐]刘肃:《大唐新语》,中华书局 1984 年版。

[唐]段安节:《乐府杂录》(《中国古典戏曲论著集成》本),中国戏剧出版社 1959 年版。

任半塘:《教坊记笺订》,中华书局 1962 年版。

[唐]封演撰,赵贞信校注:《封氏闻见记》,中华书局 1958 年版。

[唐]刘𫗦:《隋唐嘉话》,中华书局 1979 年版。

[唐]姚汝能:《安禄山事迹》(丛书集成初编本),中华书局 1991 年版。

[唐]戴孚撰,方诗铭辑校:《广异记》,中华书局 1992 年版。

[唐]薛用弱:《集异记》,中华书局 1980 年版。

[宋]钱易:《南部新书》,中华书局 2002 年版。

[宋]邵伯温:《邵氏闻见录》,中华书局 1983 年版。

[宋]沈括:《梦溪笔谈》,上海书店出版社 2003 年版。

傅璇琮主编:《唐才子传校笺》,中华书局 1987 年版。

[宋]王灼:《碧鸡漫志》(丛书集成初编本),中华书局 1991 年版。

[宋]罗大经:《鹤林玉露》,中华书局 1983 年版。

[唐]王勃撰,[清]蒋清翊注:《王子安集注》,上海古籍出版社 1995 年版。

[唐]杨炯撰,徐明霞点校:《杨炯集》,中华书局 1980 年版。

[唐]卢照邻撰,李云逸校注:《卢照邻集校注》,中华书局 1998 年版。

[唐]骆宾王撰,[清]陈熙晋笺注:《骆临海集笺注》,中华书局 1961 年版。

[唐]陈子昂撰,徐鹏校:《陈子昂集》,中华书局 1960 年版。

[唐]高适撰,刘开扬笺注:《高适诗集编年笺注》,中华书局 1981 年版。

[唐]王维撰,陈铁民校注:《王维集校注》,中华书局 1997 年版。

[唐]孟浩然撰,佟培基笺注:《孟浩然诗集笺注》,上海古籍出版社 2000 年版。

[唐]李白撰,[清]王琦注:《李太白全集》,中华书局 1977 年版。

[清]仇兆鳌:《杜诗详注》,中华书局 1979 年版。

[清]浦起龙:《读杜心解》,中华书局 1977 年版。

[唐]岑参撰,刘开扬笺注:《岑参诗集编年笺注》,巴蜀书社 1995 年版。

[唐]岑参撰,陈铁民、侯忠义校注:《岑参集校注》,上海古籍出版社 2004 年版。

[唐]元稹撰,冀勤点校:《元稹集》,中华书局 1982 年版。

[唐]白居易撰,顾学颉校点:《白居易集》,中华书局 1979 年版。

[唐]韩愈撰,马其昶校注,马茂元整理:《韩昌黎文集校注》,上海古籍出版社 1987

年版。

[唐]韩愈撰，钱仲联集释：《韩昌黎诗系年集释》，上海古籍出版社 1984 年版。

[唐]孟郊撰，华忱之、喻学才校注：《孟郊集校注》，人民文学出版社 1995 年版。

[唐]刘禹锡撰，卞孝萱校订：《刘禹锡集》，中华书局 1990 年版。

[唐]柳宗元：《柳宗元集》，中华书局 1979 年版。

[唐]李贺撰，[清]王琦等注：《李贺诗歌集注》，上海古籍出版社 1977 年版。

[唐]李商隐撰，刘学锴、余恕诚集解：《李商隐诗歌集解》，中华书局 1998 年版。

[唐]杜牧撰，[清]冯集梧注：《樊川诗集注》，上海古籍出版社 1962 年版。

[宋]李昉等编：《文苑英华》，中华书局 1966 年版。

[宋]王应麟：《玉海》，广陵书社 2003 年版。

[清]严可均校辑：《全上古三代秦汉三国六朝文》，中华书局 1958 年版。

逯钦立辑校：《先秦汉魏晋南北朝诗》，中华书局 1983 年版。

[清]彭定求等编：《全唐诗》，中华书局 1999 年版。

陈贻焮主编：《增订注释全唐诗》，文化艺术出版社 2000 年版。

[清]董诰等编：《全唐文》，中华书局 1983 年版。

[宋]郭茂倩：《乐府诗集》，中华书局 1998 年版。

王重民等编：《敦煌变文集》，人民文学出版社 1957 年版。

黄征、张涌泉校注：《敦煌变文校注》，中华书局 1997 年版。

徐俊纂辑：《敦煌诗集残卷辑考》，中华书局 2000 年版。

孔范今主编：《全唐五代词释注》，山西人民出版社 1998 年版。

曾昭岷等编：《全唐五代词》，中华书局 1999 年版。

李时人编校：《全唐五代小说》，陕西人民出版社 1998 年版。

丁如明等校点：《唐五代笔记小说大观》，上海古籍出版社 2000 年版。

任半塘：《唐声诗》，上海古籍出版社 1982 年版。

任半塘、王昆吾编著：《隋唐五代燕乐杂言歌辞集》，巴蜀书社 1990 年版。

任半塘辑：《优语集》，上海文艺出版社 1981 年版。

[清]何文焕辑：《历代诗话》，中华书局 1981 年版。

丁福保辑：《历代诗话续编》，中华书局 1983 年版。

游国恩等：《中国文学史》，人民文学出版社 1963 年版。

林庚：《中国文学简史》，北京大学出版社 1995 年版。

袁行霈主编：《中国文学史》，高等教育出版社 1999 年版。

程毅中：《唐代小说史》，人民文学出版社 2003 年版。

李宗为：《唐人传奇》，中华书局 2003 年新 1 版。

叶嘉莹：《迦陵论诗丛稿》，中华书局 1984 年版。

陈贻焮：《论诗杂著》，北京大学出版社 1989 年版。

葛晓音：《汉唐文学的嬗变》，北京大学出版社 1990 年版。

葛晓音：《诗国高潮与盛唐文化》，北京大学出版社 1998 年版。

吴相洲：《中唐诗文新变》，台湾商鼎文化出版社 1996 年版。

吴相洲:《唐代诗歌与歌诗》,北京大学出版社 2000 年版。

吴相洲:《唐诗十三论》,学苑出版社 2002 年版。

吴相洲:《唐诗创作与歌诗传唱关系研究》,北京大学出版社 2004 年版。

萧涤非:《汉魏六朝乐府文学史》,人民文学出版社 1984 年版。

罗根泽:《乐府文学史》,东方出版社 1996 年版。

杨生枝:《乐府诗史》,青海人民出版社 1985 年版。

赵敏俐:《周汉诗歌综论》,学苑出版社 2002 年版。

陈寅恪:《隋唐制度渊源略论稿》,三联书店 2001 年版。

陈寅恪:《唐代政治史述论稿》,三联书店 2001 年版。

邓小军:《诗史释证》,中华书局 2004 年版。

王强:《隋炀帝文化政策与文学实践的研究》,汕头大学出版社 2007 年版。

王昆吾:《隋唐五代燕乐杂言歌辞研究》,中华书局 1996 年版。

王昆吾:《唐代酒令艺术》,东方出版中心 1995 年版。

王晓骊:《唐宋词与商业文化关系研究》,中国社会科学出版社 2004 年版。

钟振振等主编:《第三届唐宋诗词国际学术研讨会论文集》,中国社会出版社 2004 年
　　版。

陈戍国:《中国礼制史》(隋唐五代卷),湖南教育出版社 1998 年版。

任爽:《唐代礼制研究》,东北师范大学出版社 1999 年版。

杨志刚:《中国礼仪制度研究》,华东师范大学出版社 2001 年版。

孔令纪等:《中国历代官制》,齐鲁书社 1993 年版。

郁贤皓、胡可先:《唐九卿考》,中国社会科学出版社 2003 年版。

傅璇琮:《唐代诗人丛考》,中华书局 1980 年版。

周祖谟主编:《中国文学家大辞典》(唐五代卷),中华书局 1992 年版。

岑仲勉:《隋唐史》,河北教育出版社 2000 年版。

〔英〕崔瑞德编:《剑桥中国隋唐史》,中国社会科学院历史研究所西方汉学研究课题组
　　译,中国社会科学出版社 1990 年版。

赵文润:《隋唐文化史》,陕西师范大学出版社 1992 年版。

范文澜:《中国通史》,人民出版社 1994 年版。

白寿彝主编:《中国通史》,上海人民出版社 1995 年版。

文物出版社编:《中国历史年代简表》,文物出版社 2001 年版。

谭其骧主编:《中国历史地图集》,中国地图出版社 1996 年版。

冯秉文主编:《全唐文篇目分类索引》,中华书局 2001 年版。

冯俊杰等编著:《山西戏曲碑刻辑考》,中华书局 2000 年版。

韩成武编著:《北岳庙碑刻选注》,中国文联出版社 2003 年版。

〔日〕足立喜六:《长安史迹研究》,王双怀等译,三秦出版社 2003 年版。

姜波:《汉唐都城礼制建筑研究》,文物出版社 2003 年版。

杜泽逊:《文献学概要》,中华书局 2001 年版。

王光祈:《中国音乐史》,中华书局 1934 年版。

杨荫浏:《中国古代音乐史稿》,人民音乐出版社 1981 年版。

沈知白:《中国音乐史纲要》,上海文艺出版社 1982 年版。

廖辅叔:《中国古代音乐简史》,人民音乐出版社 1964 年版。

孙继南、周柱铨主编:《中国音乐通史简编》,山东教育出版社 1991 年版。

吴钊等编著:《中国音乐史略》,人民音乐出版社 1993 年版。

金文达:《中国古代音乐史》,人民音乐出版社 1994 年版。

修海林:《中国古代音乐教育》,上海教育出版社 1997 年版。

郑祖襄:《中国古代音乐》,中央音乐学院内部教材。

秦序:《中国音乐史》,文化艺术出版社 1998 年版。

〔日〕岸边成雄:《唐代音乐史的研究》,梁在平、黄志炯译,台湾中华书局 1973 年版。

〔日〕田边尚雄:《中国音乐史》,陈清泉译,商务印书馆 1998 年版。

郑祖襄:《中国古代音乐史学概论》,人民音乐出版社 1998 年版。

〔日〕林谦三:《东亚乐器考》,钱稻孙译,人民音乐出版社 1962 年版。

简其华等:《中国乐器介绍》(修订版),人民音乐出版社 1997 年版。

沈冬:《唐代乐舞新论》,北京大学出版社 2004 年版。

凌廷堪、林谦三、丘琼荪著,任中杰、王延龄校:《燕乐三书》,黑龙江人民出版社 1986
　　年版。

丘琼荪:《燕乐探微》,上海古籍出版社 1989 年版。

〔日〕林谦三:《隋唐燕乐调研究》,郭沫若译,商务印书馆 1955 年版。

刘崇德:《燕乐新说》,黄山书社 2003 年版。

周维培:《曲谱研究》,江苏古籍出版社 1999 年版。

王维真:《汉唐大曲研究》,台湾学艺出版社 1988 年版。

曹本冶主编:《中国传统民间仪式音乐研究》,云南人民出版社 2003 年版。

刘明澜:《中国古代诗词音乐》,香港中国科学文化出版社 2003 年版。

中国舞蹈艺术研究会舞蹈史研究组编:《全唐诗中的乐舞资料》,人民音乐出版社
　　1996 年版。

席臻贯:《唐诗中的唐乐及乐伎》,陕西人民出版社 1983 年版。

彭庆生、曲令启选注:《唐代乐舞书画诗选》,北京语言学院出版社 1988 年版。

王昆吾、何剑平编:《汉文佛经中的音乐史料》,巴蜀书社 2002 年版。

吉联抗:《隋唐五代音乐史料》,上海文艺出版社 1986 年版。

修海林编著:《中国古代音乐史料集》,世界图书出版公司 2000 年版。

中国艺术研究院音乐研究所编:《中国音乐书谱志》(增订本),人民音乐出版社 1994
　　年版。

李尤白:《梨园考论》,陕西人民出版社 1995 年版。

张兵:《中国古代梨园百态》,东方出版中心 1998 年版。

黄立新、沈习康:《梨园撷英》,东方出版中心 1999 年版。

任半塘:《唐戏弄》,作家出版社 1958 年版。

张发颖:《中国家乐戏班》,学苑出版社 2002 年版。

张发颖:《中国戏班史》,学苑出版社 2004 年版。

修君、鉴今:《中国乐妓史》,中国文联出版社 1993 年版。

项阳:《山西乐户研究》,文物出版社 2001 年版。

乔健、刘贯文、李天生:《乐户:田野调查与历史追踪》,江西人民出版社 2002 年版。

许健编著:《琴史初编》,人民音乐出版社 1982 年版。

叶栋:《唐乐古谱译读》,上海音乐出版社 2001 年版。

曹本治、刘红:《道乐论》,宗教文化出版社 2003 年版。

郑炳林:《敦煌地理文书汇辑校注》,甘肃教育出版社 1989 年版。

姜伯勤:《敦煌艺术宗教与礼乐文明》,中国社会科学出版社 1996 年版。

郑汝中:《敦煌壁画乐舞研究》,甘肃教育出版社 2002 年版。

汤涒:《敦煌曲子词地域文化研究》,上海古籍出版社 2004 年版。

秦序:《一苇凌波》(中国音乐学研究文库),上海音乐学院出版社 2004 年版。

王子初:《中国音乐考古学》,福建教育出版社 2003 年版。

乔建中、陈永华主编:《音乐文化》,人民音乐出版社 2000 年版。

后　记

　　关于唐代乐府制度的研究,日本学者岸边成雄先生的《唐代音乐史的研究》有开拓之功。该书的译者梁在平先生自谓是在"沉重的心情"下主持翻译工作的,因为这是中国文化,而"我们自己没有去做",让别人"开拓了学术研究的先河"。(《唐代音乐史的研究》译者序)岸边成雄先生的学识使人钦佩,他的一些结论却颇可斟酌。本书对唐代乐府制度进行了进一步的探讨,岸边成雄先生未曾论及的一些重要问题,特别是音乐制度与文学的关系问题,在这里也得到讨论。

　　本书由我的博士论文《唐代乐府制度研究》删改而成。论文在我的博士生导师吴相洲教授的悉心指导下完成,并经相洲师提出详细的修改意见。相洲师有教无类,给了我一个难得的学习机会,不仅指导我对先秦到五代的重要文献进行了通读,还引导我进入这个新的研究领域。

　　本书也是赵敏俐师主持课题成果的一部分,我因而有幸得到敏俐师多方的指导和格外的关照。彭庆生先生、陈铁民先生、钱志熙先生、孙明君先生、李炳海先生、黄卓越先生、邓小军师、赵敏俐师、左东岭师参加了论文的开题、预答辩和答辩。在写作过程中,曾得到詹福瑞师、郑祖襄先生、秦序先生的指导。经常向王强博士、谢建忠博士、鲍远航博士、曾智安博士等诸多同学请教,我见贤思齐,增长了不少学问。赵贞博士为我提供了有益的资料。我的妻子和女儿一直关心着本书的写作。

　　在本书出版之际,我谨向以上各位老师、同学和家人表示感谢。我也特别向我的硕士导师韩成武教授和我的博士后导师赵仁珪教授表示感谢,并请多年间曾为我传道授业的师长以及我所供职的中央财经大学文化与传媒学院的同人接受我的谢意和敬意。

　　向学问渊博、认真细致的商务印书馆田媛老师和中华书局沈锡麟先生表示感谢。

我的专业是古代文学,于六律五音、翕纯皦绎,实无解会。今凿壁偷光,成此小书,切望专家学者批评指正。

左汉林

2008 年 6 月 25 日

于中央财经大学文化与传媒学院